岩溶山区的绿色希望

——中国西南岩溶地区草地畜牧业考察报告

任继周　黄　黔　编著

科 学 出 版 社

北 京

内 容 简 介

　　本书是中国工程院组织的现场考察和工程科技论坛集结的成果，包括绪论、咨询报告、考察报告、岩溶论坛、决策参考五个部分。西南岩溶地区水热丰沛，自 20 世纪 80 年代任继周等引进优质牧草以来，该地区草地畜牧业长足发展，扶贫开发和石漠化治理取得成效，涌现"晴隆模式"和贵州连片开发经验，贫瘠的坡耕地被改造成连绵的绿茵草地，经冬不枯，在薄雪下嫩绿如春，山清水秀，欣欣向荣，呈现发展岩溶地区有中国特色的草地生态畜牧业的良好局面。

　　本书可供南方山区领导干部和农业技术人员参考，也可供高等院校和科研院所的教师、研究人员及研究生在草地畜牧业、生态修复、扶贫开发方面研究之用。

图书在版编目(CIP)数据

岩溶山区的绿色希望：中国西南岩溶地区草地畜牧业考察报告 / 任继周，黄黔编著. —北京：科学出版社，2011

ISBN 978-7-03-032010-0

I. ①岩… II. ①任… ②黄… III. ①岩溶区–畜牧业–考察报告–西南地区 IV. ①F326.377

中国版本图书馆 CIP 数据核字(2011)第 161032 号

责任编辑：李秀伟　李晶晶/责任校对：李　影
责任印制：钱玉芬/封面设计：美光制版

科学出版社 出版
北京东黄城根北街 16 号
邮政编码：100717
http://www.sciencep.com

北京通州皇家印刷厂印刷
科学出版社编务公司排版制作
科学出版社发行　各地新华书店经销

＊

2011 年 8 月第 一 版　　开本：787×1092　1/16
2011 年 8 月第一次印刷　　印张：27　插页：6
印数：1—3 000　　字数：525 000

定价：108.00 元
(如有印装质量问题，我社负责调换)

吴 征 镒 序

本书的作者之一任继周院士是我老友任继愈之弟，他 1958 年援助越南回昆明休假，带来从越南采集的植物标本，让我帮助鉴定，我们首次谋面，但不知他是老友任继愈之弟。其后在北京的几次会议上也曾相见。继周院士是我国现代草原科学的奠基人之一，一直坚持在甘肃做研究，成就斐然。2002年起 10 年间，继周院士与黄黔等在贵州开展岩溶地区草地畜牧业的调查研究，推动贵州岩溶山区种草养畜，在扶贫开发和生态修复上取得显著益效，是一项得之不易的成果。

本书的作者之二黄黔是我早年在清华大学同级不同系校友黄新民(我是生物系，黄是化学系)之子，他的母亲关蕴华我更熟知。抗战之初，长沙临时大学南迁，我参加"湘黔滇旅行团"步行到昆明的途中，在湖南桃源巧遇时在化学兵部队的黄新民，我们还有一幅抗战时期珍贵的合影。西南联大时期，关蕴华是我党的活动分子，我与吴晗相识得益于关蕴华的引见。当我收到黄黔为《岩溶山区的绿色希望——中国西南岩溶地区草地畜牧业考察报告》作序之邀时，不由浮想起与黄黔父辈的难忘交往。如今，校友之后黄黔有深造学历，教育和科研上多有所成，令人欣慰。

在 20 世纪 50 年代中晚期，我曾在滇、黔、桂做综合科考，初涉黔省石漠化问题，印象深刻。自 1980 年以来，继周院士等在云贵高原开展草原定位研究，持之以恒，探索岩溶山区植草建场养畜方法和人、畜、草协调发展的农业生态规律，加之黄黔等深入岩溶山区访贫问苦，总结群众的创新经验，化科技为兴业的动力，将其提升到区域整体持续发展的高度上，不乏可供政府决策的真知卓见。

畜牧业是大农业中农、林、牧、副、渔五业之一，且是需要长期坚持方可有效的大业。从长远看，岩溶山区应以林养牧、以牧富林，坚持不懈，水土流失严重的局面定会逐渐得到改变。岩溶地区发展草地畜牧业十分重要，石山绿化，牛羊兴旺，农村发展，农民富裕，前景才能美好。

知继周院士、黄黔编著的《岩溶山区的绿色希望——中国西南岩溶地区草地畜牧业考察报告》，有多位研究岩溶和生态的大家撰文，其中，我所熟知和知晓的李博院士、袁道先院士等均有献文，可喜可贺。

　　愿有更多的年轻人投身于岩溶地区的治理、生态修复和扶贫开发之中，把建设祖国大好河山作为己任，彻底改变岩溶地区贫困面貌指日可待。

　　是为序。

中国科学院资深院士

吴征镒

2011 年 1 月 12 日于昆明

徐匡迪序

改革开放三十多年来，我国在战胜贫困方面取得的巨大成就举世赞誉。绝对贫困人口数已由 1978 年的近 2.5 亿减少到 2500 万以下。不仅造福于中国人民，而且为达到全球在 21 世纪摆脱贫困的目标，作出了决定性的贡献。但是由于中国地域辽阔，地质结构与地形复杂，生态禀赋差异极大，特别是西部个别地区的环境容量明显难以承载人口的重负，如西北甘肃、宁夏的极度干旱地区(年平均降水量小于 80mm)和西南云南、贵州少数民族聚居的岩溶山区。前者国家已做出移民搬迁和蓄水、打井等安排，后者虽处于温带、亚热带，气候温和，雨量充沛，但降水大部分渗入地下水系，贫瘠的土层难以涵养水分，因而往往是旱涝交替出现。从清代中叶以来，由于人口剧增，人们为了果腹不得不在 15°以上甚至 30°的山坡地上种植相对耐旱的玉米和马铃薯，且不断向高海拔山地推进。这种破坏植被的垦殖，使得本已瘠薄的土层逐年流失，导致基岩裸露，土地退化，石漠化进程加快。这就使贫困缺粮的当地少数民族脱贫无门，成了全国解决温饱、全面实现小康的难点和生态形势严峻的重点地区。

中国工程院成立伊始，就十分关注西南岩溶地区的生态修复与农业可持续发展问题。1998 年由时任副院长的卢良恕院士牵头进行的"云贵川资源'金三角'农业发展战略与对策研究[①]"，拉开了这一课题研究的序幕。之后，由任继周院士和中国国际工程咨询公司专家委副主任黄黔教授等院士、专家组成的团队先后三轮深入西南岩溶地区，历时十余年就西南岩溶地区草地畜牧业发展、生态恢复与石漠化治理、民族地区开发扶贫模式进行探讨、研究。应该特别予以指出的是，这种咨询研究已经超越了通常课题咨询"调查分析、坐而论道"的模式，而是与当地省、市政府一道，选择有典型性的极贫困岩溶山区，如贵州省晴隆县和威宁县灼甫草场、云南省曲靖郎木山草场等地，

---

① 卢良恕, 沈国舫, 关君蔚, 等. 2003. 云贵川资源"金三角"农业发展战略与对策研究//中国工程院农业、轻纺与环境工程学部. 中国区域发展战略与工程科技咨询研究. 北京: 中国农业出版社: 11~66

进行全新的生态型草地畜牧农业系统试点,将咨询报告付诸实践。任继周院士已届耄耋之年,仍心系岩溶地区兄弟民族的脱贫致富事业,黄黔教授年复一年奔波于云岭道上,深入县、乡、农户、山林、草地,以对祖国、人民的满腔之爱点燃了岩溶山区绿色的希望。他们这种忘我的献身精神,值得广大科技工作者学习,并在工程院的咨询工作中发扬光大。

现在曾被国内学者和境外媒体评价为中国最贫穷的黔西南布依族苗族自治州晴隆县,通过宁波市对口帮扶和国家科技扶贫的财政投入,以及国家开发银行的开发性金融贷款,引进新西兰种羊和优质草种,累计扶持了 12 000 户农民在山坡地种草养羊,至 2009 年已有 7500 户脱贫致富,取得了令人欣慰的成果。许多农户盖上了新房,生态和农村面貌大为改观。往日石漠化严重的坡地通过十几年的努力,生态修复已初露端倪,即使在冬季的薄雪下,仍维持盎然生机,草地嫩绿如春。

综上所述,本课题是中国工程院团结各方面专家,根据国情深入实际,科学借鉴国内外先进经验,解决岩溶山区农业可持续发展、农民脱贫致富的成功咨询研究课题。当然,要真正做好这项工作,并将其全面推广到南方山区的扶贫开发中去,还需要国家在农村科技支撑体系建设,农村金融保险,生态保护基本建设投入和水利、电力建设等方面提供有力和持续的支持。希望该书的出版能引起有关部门更多的关注和重视,使西南岩溶地区的民族兄弟能在青山绿水中幸福生活,为祖国的锦绣大地再增添一片嫩黄新绿的亮丽色彩!

中国工程院主席团名誉主席、院士

徐匡迪

2011 年 2 月 28 日于北京

任 继 周 序

我国西南岩溶地区是引起各方面关注的地区之一。这里的生态问题、贫困问题、农业问题都很突出。这里生活着 50 多个少数民族，有的民族生活在边境附近。

中国工程院成立之初就对岩溶地区给予高度重视。1998 年先后设立了由卢良恕牵头的"云贵川资源'金三角'农业发展战略与对策研究"，任继周牵头的"西南岩溶地区农业持续发展战略与对策研究[①]"等咨询项目。

由任继周、黄黔共同主持的"西南岩溶地区草地畜牧业的咨询研究[②]"是中国工程院设立的第三个岩溶地区咨询项目。这本专著就是该咨询项目有关文件的集结。

早在中国工程院成立之前，中国科学界已对西南岩溶地区予以长期关注，曾经在这里进行短期考察、长期定位实验等多项活动。"六五"计划开始，任继周和他的科研团队到云贵高原设立定位实验站，坚持工作了 25 年，其间曾得到农业部和科技部长达 20 年的资助以及联合国和新西兰长达 5 年的国际援助。"九五"计划期间，中国科学院组织专题考察组，考察我国南方草地，认为任继周等用优良牧草建立的栽培草地，长盛不衰，形成了新的植被类型——东亚亚热带山地常绿温带草地。以上的各类科学活动，引起广泛关注，我国有关部门部署了多个草地畜牧业试点工程。但由于历史的局限性，试点大体采用了计划体制的运行模式，未能脱离外源型、项目孤立发展的窠臼。虽然有的项目在某些点上得到持续发展的机会，但限于当时的管理体制和认识水平，没有融入有生命力的农业生态系统。离开生态系统的农业科技措施，是没有生命力的。它们不是发展缓慢，停滞不前，就是沦为"项目投入结束之日，就是项目瓦解之时"的短命噩运。

---

① 任继周，刘更另，卢良恕，等. 2003. 西南岩溶地区农业持续发展战略与对策研究//中国工程院农业、轻纺与环境工程学部. 中国区域发展战略与工程科技咨询研究. 北京: 中国农业出版社: 67~91

② 中国工程院西南岩溶地区草地畜牧业咨询项目课题组. 2010. 西南岩溶地区草地畜牧业的咨询研究

　　中国工程院"西南岩溶地区草地畜牧业咨询项目"咨询组，吸收了以往历次研发试验的经验教训，经过两年多的深入现场调查，除了深入县、乡、农户，山林、草地、农田以外，还举办了"岩溶地区生态修复和草地畜牧业发展论坛"，对调查地区做了全面深入的论证。咨询组在调研中曾提出林草生态农业的设想：应在确保农村口粮生产的同时，降低畜牧业对饲料粮的依存度，增加栽培草地围栏放牧的草食畜禽，有效降低垦殖率。这样的生态农业的基本格局应当是35°以上陡坡育林，淤积平地修成梯田种粮，缓坡建围栏草场，分区轮牧草食畜禽。还提出科教带动，统筹协调，发展现代草地畜牧业的原则建议①。并提出将岩溶地区农业持续发展的战略问题与对策研究，列入国家重点攻关研究项目和国家级农业发展综合示范工程项目，组织协同攻关的书面报告。

　　与此同时，咨询组还协助贵州省政府和国务院扶贫办，开展了后咨询服务工作。

　　我们高兴地看到，作为本咨询项目的后续响应，贵州省已经把草地生态畜牧业建设纳入该省常规工作，以每县1000万~1500万元以及相关配套经费的规模，在全省43个县迅速开展。

　　21世纪以来，在贵州扶贫工作中涌现出新的生产模式——以晴隆县为代表的草地生态畜牧业模式。其特点是政府主导下按市场机制运行的内源型发展模式。它的主要形态是：栽培优质的混播牧刈兼用型草地，放牧饲养高产良种家畜，辅以圈舍和贮存草料过冬，实现季节性草畜平衡。农户百只以内小群体放牧，建立县域支柱产业平台，形成以农户为基础的集群经济。这个模式如能得到国家在资金和技术方面的支援，岩溶地区将出现生态修复和脱贫致富的可喜局面。

　　这个咨询项目，虽然已经结束数年，但我们咨询组的成员不但没有脱离项目地区，还以此项目为契机，更加深入地为贵州省提供多方面无偿科技支援。项目主持人之一黄黔同志在咨询项目结束以后，继续关注岩溶地区草地畜牧业的发展，多次到现场考察、参加会议，为构建一个全新的生态型的草

---

① 中国工程院草地畜牧业考察小组.2004.关于落实科教兴黔建议的调研报告之二——科教带动统筹协调 发展现代草地畜牧业

地农业系统出谋划策。他不断跟踪当地发展现状，提出新见解，多次向国务院报送决策参考。他的这种为岩溶地区开拓发展的献身精神深为业内同仁所敬重。我与岩溶地区石漠化难题打交道几十年，现届望九之年，深感任重而道远。幸遇同道黄黔同志，如此学养，如此敬业，特别对岩溶地区的自然、人文状况如此了然于胸，他必能率领我青年团队继续开拓精进，以抵于成。

这本岩溶地区的咨询专著，以"西南岩溶地区草地畜牧业的咨询研究"的总结报告为核心，集结、吸纳了项目成立以前的大量有关科技资料。因此，这本专著实际上是改革开放以后 30 多年来，岩溶地区草地农业科技探索的大集成。希望它对读者有一定的参考价值。

项目进行期间，自始至终得到中国工程院徐匡迪院长的关心和支持，得到周济院长、旭日干副院长和农业学部的支持，白玉良副秘书长做了细致安排，还得到国务院扶贫办刘坚主任、范小建主任和王国良副主任的支持，得到贵州省林树森省长和禄智明副省长以及有关厅局及晴隆县的密切配合，谨对他们表示衷心感谢。

吴征镒院士和徐匡迪院士为本书热情作序，不胜感激。

在书稿付印之际，欣闻中共贵州省省委书记栗战书同志和贵州省省长赵克志同志近日一同视察晴隆县，决定加大省财政经费对晴隆县草地畜牧业的支持力度。连续三年，每年增加拨款 1.6 亿元，再建设 60 万亩栽培草地。甚感鼓舞，祝愿贵州省更多贫困农户通过发展草地生态畜牧业走上脱贫致富和生态修复之路。

中国工程院资深院士

任继周

2011 年 7 月

目　　录

第五篇　决　策　参　考

图版

第一篇　绪　　论

第一章　西南草地畜牧业对我国山区牧业的启示

黄　黔

2002 年我列席国务院领导同志和五位与科学和技术有关的部长为期几天的西山会议，追溯中国近 500 年在科学和技术方面如何落到世界潮流后面，回顾我国现代科学和技术的崛起，展望世界科学和技术的未来，会议责成我执笔起草一个相应的报告，在报告中提出编制国家中长期科学和技术发展规划的建议。座谈中有一个附带话题，建议考察中国如何开展像印度"白色革命"那样的农业变革，印度经过以水奶牛和合作社为特征的白色革命，成为世界第一产奶大国。在随后的 10 年里，我陪同任继周先生考察研究了我国西部的草地畜牧业、扶贫开发、生态治理和农村发展。2002 年曾组织多部门同志考察西南草业和奶业，有幸邀请任继周院士同行，任先生从 1950 年起深入研究中国西部草原，从 1980 年起在南方草地持续开展试验，他曾走遍美国草原，也考察过其他国家草原。与他一同考察就把亲历的视野大为扩展延伸。还曾由中国国际工程咨询公司组织，在国家发展和改革委员会(以下简称"发改委")农经司支持下，邀请任继周、山仑院士和原林业部规划勘察设计院周昌祥院长调研西北生态治理的后续政策和后续产业。我曾应国务院扶贫办刘坚主任要求，与任先生一起考察研究黄土高原科技扶贫方案。又应国务院扶贫办范小建主任和王国良副主任要求，与任继周、山仑、石玉麟、张子仪院士等一起研讨亚洲开发银行支持的扶贫政策课题。2007 年以来经任继周、刘更另、张子仪、刘守仁院士提议，中国工程院农业学部组织西南岩溶地区草地畜牧业咨询研究。在这些考察研究过程中形成了给中央领导、相关部门和省领导以及地州县同志的十多篇决策参考建议。我还曾多次请教晴隆县草地畜牧中心主任张大权，请教贵州省省长林树森和副省长禄智明，关注支持晴隆县和贵州省草地畜牧业产业化扶贫。这期间我还浮光掠影地考察过美国西部草原、欧洲农村和瑞士高山畜牧业。

我国的现代化进入全面建设小康社会阶段，遇到美国金融危机的冲击，我们需要建立扩大消费需求的长效机制。在我国发展山区牧业，既是改变贫困山区落后面貌的重要途径，也是培育我国健康食物消费需求的有力措施。西南草地畜牧业的发展给我们许多有益启示。

一、我国急需发展山区牧业以适应食物消费需求的变化

近十年来，我国食物消费发生重大变化，对草食家畜产品的需求迅速增长，除草原牧区以外，山区牧业、农区草业和奶业也有很大发展。

(一) 城乡居民口粮消费需求明显减少

从 2001 年以来，城市人均口粮下降到 80kg 左右；农村人均口粮从 250kg 以上逐年下降，2009 年降至 190kg(表 1-1，表 1-2)。

表 1-1　城市居民人均口粮消费量　　　　　　　单位：kg/(人·a)

年份	1981	1982	1983	1984	1985	1986	1987	1988	1989	1990	1991	1992	1993	1994
人均口粮消费量	145.4	144.6	144.5	142.1	134.8	137.9	133.9	137.2	133.9	130.7	127.9	111.5	97.8	101.7
年份	1995	1996	1997	1998	1999	2000	2001	2002	2003	2004	2005	2006	2007	2009
人均口粮消费量	97.0	94.7	88.6	86.7	84.9	82.3	79.7	78.5	79.5	78.2	77.0	75.9	77.6	81.3

资料来源：国家统计局，2010；国家统计局农村社会经济调查司，2009c。

表 1-2　农村居民人均口粮消费量　　　　　　　单位：kg/(人·a)

年份	1954	1956	1957	1962	1963	1964	1965	1977	1978	1979	1980	1981	1982	1983	1984	1985	1986	1987	1988	1989
人均口粮消费量	221.7	246.5	227.0	189.3	208.0	212.7	226.5	234.7	247.8	256.7	257.2	256.1	260.0	259.9	266.5	257.5	259.3	259.4	259.5	262.3
年份	1990	1991	1992	1993	1994	1995	1996	1997	1998	1999	2000	2001	2002	2003	2004	2005	2006	2007	2008	2009
人均口粮消费量	262.1	255.6	250.5	251.8	257.6	256.1	256.2	250.7	248.9	247.5	250.2	238.6	236.5	222.4	218.3	208.9	205.6	199.5	199.1	189.3

资料来源：国家统计局，2010。

中国粮食产量近 4 年保持在 5000 亿 kg 以上，这是农业战线的伟大成就。按上述统计估算，2009 年中国口粮消费约占粮食产量的 35%，50% 的粮食用作饲料。自秦汉以来，我国从耕战农业格局发展为粮猪农业格局，可适应温饱阶段热量型饮食。进入小康建设阶段，需要调整农业布局以适应现代饮食

需求，在建设好基本农田的同时，充分利用我国丰富的草地资源，建设栽培草地，我国农业布局才能根本改观。

(二) 动物性食品需求增加

我国动物性食品消费尚缺乏系统的历史调查数据。从表 1-3 看出，目前中国肉类和奶类生产量与消费量比较接近，可以用生产量粗略估计消费量。改革开放 30 年，中国肉类生产人均拥有量增加了 45kg。2008 年中国肉类和牛奶人均生产量分别约为 1978 年的 6.2 倍和 29.1 倍，其中猪肉、牛肉、羊肉分别约为 1979 年的 3.4 倍、19.3 倍和 7.3 倍，禽蛋约为 1982 年的 7.4 倍，禽肉和兔肉约为 1985 年的 7.6 倍和 8.8 倍(分别与该类产品首次有全国统计分项数据的年份对比)。虽然猪肉仍约占肉类的 63.5%，然而羊肉、禽肉、兔肉、禽蛋增长 7 倍以上，牛肉增长近 20 倍，牛奶增长近 30 倍，增速都超过猪肉(表1-4)。查阅北京、上海、天津大城市数据，从 20 世纪 90 年代起人均猪肉消费量就基本没有增长。全国猪肉消费市场总需求虽有增长，但主要是农村和中小城市消费量的增加，市场支撑力较弱，因而猪肉的市场价格波动较大。

表 1-3　肉类、奶类生产量及进出口量与消费量的比率　　　　单位：%

国家	年份	肉类			奶类		
		生产/消费	出口/消费	进口/消费	生产/消费	出口/消费	进口/消费
中国	2001~2003	0.99	0.02	0.03	1.01	0.02	0.12
	2003~2005	0.99	0.02	0.03	1.01	0.02	0.09
美国	2001~2003	1.08	0.13	0.06	1.00	0.03	0.06
	2003~2005	1.06	0.11	0.06	1.03	0.05	0.07

资料来源：联合国粮农组织，2009。

表 1-4　我国人均主要动物性食品生产量　　　　单位：kg/(人·a)

年份	肉类总量	猪肉	牛肉	羊肉	禽肉*	兔肉*	牛奶	禽蛋*
1952	5.89							
1978	8.90						0.92	
1979	10.89	10.27	0.24	0.39	1.51	0.05	1.09	2.76
1988	22.33	18.17	0.86	0.72	2.47	0.10	3.30	6.26
1998	45.88	31.13	3.85	1.88	8.47	0.25	5.31	16.20
2008	54.81	34.79	4.62	2.86	11.55	0.44	26.78	20.35

* 1979 年栏目中禽肉和兔肉是 1985 年数据，禽蛋是 1982 年数据。

资料来源：中华人民共和国农业部，2009。

农产品市场是生产者众多且消费者众多的市场，多样性丰富，个人对食物选择性很强。从中国 30 年来的食物需求变化可以看出，发展牛肉和牛奶生产的空间很大，羊肉、禽肉、兔肉生产也增长较加快(表 1-4)。但与国际比较，中国猪肉消费和生产总量偏多，牛肉消费和生产明显不足(表 1-5，表 1-6)。这既不利于我国人民健康水平的进一步提高，也造成我国粮食生产长期处于比较紧张的状态。

表 1-5　2003~2005 年每日人均摄入 10 种动物食品国际比较　　单位：kcal[①]/(人·d)

国家	牛肉	羊肉	猪肉	禽肉	内脏	全脂奶	奶酪	鸡蛋	动物脂肪	蜂蜜
美国	117	3	132	205	3	201	151	56	109	5
法国	85	21	267	97	25	98	252	53	265	4
德国	35	6	249	53	6	129	131	46	315	9
英国	65	39	245	110	10	217	107	39	148	4
澳大利亚	129	95	107	146	30	142	110	19	141	6
新西兰	64	161	77	145	17	179	32	40	270	13
日本	25	1	89	53	8	74	22	75	37	3
中国	24	14	331	49	9	35	2	68	40	1
泰国	17	0	98	45	4	19	1	39	14	0
巴基斯坦	28	17		8	6	199	0	8	118	0
印度	8	3	4	6	1	69		7	57	0

资料来源：联合国粮农组织，2009。

表 1-6　2007 年中国人口和饲养猪鸡牛羊数占世界总数的比例　　单位：%

人口	猪	鸡	牛	羊
20.0	46.4	25.3	6.8	14.8

资料来源：联合国粮农组织，2009。

(三) 饲草饲料的多元化

动物生产以植物生产为基础，美国肉食的 73%、澳大利亚肉食的 90%、新西兰肉食的 100%由牧草和饲用作物转化而来。各国栽培草地占草地的比例，荷兰为 100%，新西兰为 69.1%，美国为 28.6%，中国仅为 2.3%。我国应大力栽培牧草，把草地畜牧业放在与粮食生产同样重要的战略地位，才能摆脱耕地紧张和生态退化的局面。

在草地畜牧业转型中，有人以为在狭小空间圈养肥猪的方法也是草地畜牧业现代化的方向。实际上，牧草和牲畜的健康生长是生产健康食品的基础。《本草纲目》一书中李时珍论述：猪天下畜之，而各有不同。豮猪肉(气味)酸冷无毒。

---

① 1kcal=4.184kJ，后同。

凡猪肉苦微寒有小毒。江猪肉酸平有小毒。豚肉辛平有小毒。豭猪肉治病，凡猪肉能闭血脉、弱筋骨、虚人肌，不可久食，病人金疮者尤甚。北猪味薄煮之汁清，南猪味厚煮之汁浓，毒尤甚。入药用纯黑豭猪。(主治)疗狂病久不愈，压丹石解热毒，宜肥热人食之，补肾气虚竭，疗水银风并中土坑恶气。黄牛肉(气味)甘温无毒。(主治)安中益气，养脾胃，补益腰脚，止消渴及唾涎。牛肉补气与黄芪同功。李时珍重视家畜习性对肉质的影响。当时的牛在草地放牧。现在有的牛在育肥后期舍饲圈养不活动，脂肪过分增加，处于亚健康状态，吃这样的牛肉也会闭血脉。欧美各国在出现疯牛病以后均在反思如何保持家畜的健康。

二、缓坡种草和陡坡育林以发挥山区资源潜力

在中国，山地、高原、丘陵占 69.3%。中国南方，山地和丘陵占 70%~80%；中国西部，海拔大都在 1000m 以上，这是基本国情。因此，不会治山就难以治贫。宋代以来普及梯田技术，明清以来引种玉米和马铃薯等旱地高产作物，支撑了南方和西部移民繁衍，但过度垦殖造成生态退化和农村贫困。20 世纪80 年代以来，我国南方山地栽培优质牧草，贵州省威宁县灼甫草场、云南省曲靖郎木山草场、湖南省城步县南山草场和近来贵州省晴隆等 43 个县的坡地种草，均为成功范例，在适度放牧条件下草场四季常绿，蔚为壮观，可长期保持生态稳定性，开辟了牧业发展和农村致富的道路。

(一) 我国南方草地是山区牧业的重要增长点

1979 年国家科委和国家农委组织草地资源调查，1994 年将调查结果汇总出版。我国秦岭淮河以南青藏高原以东 18 省区市 1142 县有 10.2 亿亩[①]天然草地。其中可利用草地 8.4 亿亩，理论载畜量占全国天然草地理论载畜量的41.4%。通过天然草地改造和陡坡耕地种草，可建设 6 亿亩栽培草地，发展山区牧业的潜力很大。

(二) 在陡坡耕地、撂荒地和冬闲田栽培牧草

关于"帮忙地"。第一次土地调查，全国耕地 1995 年 12 月 28 日汇总数为20.2 亿亩，中国科学院遥感数据更大一些。1996 年 10 月 31 日变更时点数为

---

① 1 亩≈666.7m²，后同。

19.5 亿亩，直到 2008 年国家年鉴沿用 19.5 亿亩，有 5 个省的地方年鉴与之不一致。2009 年和 2010 年国家年鉴改为 18.26 亿亩，而在联合国粮农组织年鉴中我国耕地采用 21.1 亿亩。这说明，由于对耕地质量重视程度不同，村组、农业部门和国土部门认定耕地面积有一些差别。村组和农民用"习惯亩"，国土部门在第一次调查用"航测亩"，第二次调查用"遥感亩"。在国家统计年鉴的 18.26 亿亩耕地以外有相当大面积的"帮忙地"未经农业部门认定；在 18.26 亿亩耕地以内也有一定面积的"帮忙地"未经地方农业部门认定。我国耕地资源紧缺，如何把这些质量优于荒地而劣于常用耕地的"帮忙地"改造为优质土壤，培肥地力，提高潜在粮食生产能力？西南的实践证明，有效方法不是扩大垦殖、广种薄收，而是混播牧草、放牧牲畜。

关于撂荒地。近年来，沿海发达地区耕地被开发、良田撂荒甚至植树的现象相当严重；山区壮劳力外出务工，"帮忙地"撂荒也很普遍；例如，甘蔗田因市场行情荒废等现象也时有发生。在粮食主产区主要靠粮食直补政策；在山区用扶贫或贷款方式扶助农户种草养畜也是调动农民生产积极性的良策。

关于陡坡耕地。为减少水土流失，40°以下缓坡种草、40°以上陡坡育林是保护生态的土地利用格局，欧洲常见这样的范例。

关于冬闲田土。南方山区，稻田和烟地冬季闲置 185~245 天，冬闲田种草是传统绿肥，也是农户致富途径。

关于草田轮作。黄土高原庆阳草地试验站 30 年的实验表明，引草入田，用 20%的耕地轮作播种豆科牧草，土壤有机质增加，粮食单产提高，总产量不减少，算上牧业收入，农民收入可加倍。

我国现有栽培草地、改良草地、飞播草地共 3.2 亿亩；如果在南方山地规划建设 6 亿亩栽培草地，全国可望建设 10 亿亩栽培草地。按种草、购畜、建圈三项计算，每亩需投入 500~1000 元(纬度和海拔较高则投入较大)，在 20~30 年内需投入 5000 亿~10 000 亿元。种草养畜，发展山区牧业，是一个大战略。

正像 1949~1995 年农垦部门和农民群众开垦 10.6 亿亩耕地支撑了我国工业化一样，今后 30 年栽培 10 亿亩栽培草地将支撑我国下一步现代化。为此，应当加强国家的草业管理机构，抓好草原牧区、山区牧业、奶业和农区草业、草原生态保护和监理等方面工作。在农业部统筹管理下，可随时根据需要安排部分草地生产粮食，我国粮食生产就可以长远无忧了。

(三) 灌丛草地的放牧利用

我国草地资源调查中，灌丛草地和疏林草地也是重要的草地资源。其中一部分在国土部门统计中划归为林业用地，这并未改变其放牧资源属性。灌丛草地经修整改良，载畜量可达到栽培草地的 1/3 以上，生态修复作用很强。科学放牧或刈割，不会损坏灌丛，反而使灌丛生长更加繁茂，更加秀丽。在西南山区，牛羊皆适宜采食的灌木有胡枝子、任豆、铁扫帚、洋槐、树苜蓿、饲用桑、宜昌木蓝、构树、葛藤、野生竹类等。专适宜牛的灌木有杭子梢，专适宜羊的灌木有白花刺、火棘等。

(四) 森林与疏林地林下种草

抚育森林，合理调整树距，可提高林分质量和木材蓄积量；林下种草、林牧结合，可保持水土、改良土壤、避免山火，还可减轻林业财政负担，改善林工和林农清苦的生活；陡坡育林对固土保护生态尤为重要。

三、山区牧业是农民就业的广阔空间

提高几亿农民消费能力的关键是拓展农民在市场经济体制下的就业空间，而山区牧业是扩大农民就业的有效途径。

(一) 农村妇女和老年劳动力可胜任小型放牧

目前农村外出务工 64% 是男性；70% 有初中文化，加上高中文化程度的，约占外出农民的 80%。贫困山区壮劳力大量外出务工，留下妇女、老人和儿童。在有技术服务体系的情况下，一个妇女或老人可以放牧 50 只羊。

(二) 吸引年轻人回农村创业的一种致富方式

有壮劳力的农户，草地畜牧业现金年收入可超过 2 万~3 万元，对年轻人回乡创业具有很大吸引力。

(三) 发挥农民的生产积极性

对农民而言，单纯种粮食，技术含量主要体现在种子、化肥、农药等生产资料中，农民增收有限，需要给予补助。如果同时从事草地畜牧业和种植特色经济作物，农民可以发挥知识和技能，产业链延伸空间较大，农民增收空间较大，可充分调动农民的生产积极性。

四、用扶贫资金和贷款方式提高农户资本有机构成

(一) 农户的生产性固定资产

如果农民仅在耕地上劳作，固定资产少，收益亦少。山区牧业增加农户固定资产，可提高农民收入。目前全国农户平均生产性固定资产 9054.9 元(其中生产用房占 2582.9 元)，扶贫重点县农户平均生产性固定资产 5621.5 元(其中生产用房占 1608.8 元) (表 1-7)。

表 1-7　全国农户及扶贫重点县农户土地和生产性固定资产

	每户土地和固定资产	全国	扶贫重点县
土地	耕地/(亩/户)	8.5	9.4
	林地/(亩/户)		3.0
	园地/(亩/户)		0.5
	牧草地/(亩/户)	17.4	17.6
	荒山荒坡/(亩/户)		0.9
	合计/(亩/户)	25.9	31.4
资产	年末生产性固定资产/(元/户)	9054.9	5621.5
	(其中生产用房原值)/(元/户)	2582.9	1608.8

资料来源：国家统计局农村社会经济调查司，2009a。

在西南草地畜牧业扶贫试点中，扶持每户 20 只羊，约值 1 万元。当农户达到 40 只基础母羊，将拥有固定资产 2 万元以上。农户固定资产增大，从简单的人力劳作变成管理和放牧牲畜使固定资产增值，是生产方式升级。肉牛业和奶业资本有机构成更高，致富推动力更大。

西南岩溶山区农户固定资产明显低于全国平均水平(表 1-8)，该区贫困人口约占全国贫困人口的 1/3。但山区农户拥有较丰富的光温水资源、植被资源和土地资源，有发展山区牧业的巨大潜力。

表 1-8 我国西南 8 省(自治区、直辖市)农户生产性固定资产 单位：元/户

省(自治区、直辖市)	生产性固定资产	其中农业固定资产	其中林业固定资产	其中牧业固定资产
全国	9054.9	4549.9	20.9	1835.3
重庆	4331.4	1874.1	12.7	1667.1
四川	6183.7	2674.3	19.5	2395.1
贵州	5467.2	2615.3		1771.0
云南	8852.0	4775.0	34.4	2516.1
湖北	5435.0	2920.7	8.6	1148.9
湖南	4196.9	1786.9		1426.8
广东	4276.7	1667.6	1.3	624.0
广西	5661.6	3209.2	8.3	930.8

资料来源：国家统计局农村社会经济调查司，2009b。

(二) 提高山区丘陵农户固定资产

我国山区县 894 个，人口 3.1 亿；丘陵县 531 个，人口 2.89 亿。如果实行农林牧结合，用扶贫资金和贷款方式提高其中 5000 万农户的固定资产，农民总固定资产可增加 1 万亿元，将形成巨大的生产能力和消费能力。牧业固定资产主要是基础母畜群、种公畜、棚圈和仓房，将形成耕地、林地和草地的镶嵌格局。

五、加强技术服务形成县域集群经济

我国贫困农村处于半自然经济向市场经济过渡的进程中，农户生产方式升级需要在资金、技术和管理上得到长期扶持。

(一) 小群体家庭养殖是山区牧业有活力的细胞

农户掌握新的生产方式，是山区牧业成功发展的关键，可发挥出更大的市场竞争力和抵御灾害能力。发达国家的家庭农场也是草地畜牧业的牢固基础。

(二) 扶贫和技术服务经济实体

在山区农户从耕作农户转为牧业农户的过程中，需要持续进行教育、培训和指导，需要具有技术服务功能和扶贫功能的经济实体，该实体应建立种畜场、种畜基地和育肥基地。

(三) 加工和销售企业

与沿海平原地区不同的是，山区畜产品加工和销售企业在农户家庭养殖尚未形成县域集群之前，一般难以生存。一些扶贫和技术服务经济实体在培育农户养殖的过程中发挥积极作用，可扶持这些经济实体不断发展壮大，并重组转化为企业。

六、把山区牧业列入国家发展规划

(一) 加强国家草业管理机构

解决好当前突出的牧区、牧业和牧民问题，抓好草原牧区工作，部署山区牧业发展，推动奶业和农区草业发展，健全草原生态保护和监理工作体制。

(二) 制订国家中长期草地建设规划

把山区牧业列入国家建设项目，重点在秦岭淮河以南、青藏高原以东 18 省区市 1142 个县规划建设 6 亿亩栽培草地，用扶贫资金或贷款扶持 1 亿农民发展山区牧业。通过种草养畜培肥地力，提高潜在粮食生产能力。

(三) 在西南岩溶地区发展高山生态畜牧业

西南岩溶地区是少数民族聚居的特殊贫困地区，贵州省农村贫困人口占全国农村贫困人口的比例，2000 年为 9%，2009 年上升到 15.4%。为遏制农村贫困人口进一步集中的趋势，应部署在西南岩溶地区栽培优质混播牧草，饲养优良草食家畜，实行划区轮牧，发展高山生态畜牧业，建设山清水秀、富裕安康的大西南。

(四) 种草育林遏制石漠化扩展趋势

岩溶地区生态脆弱，极易发生自然灾害，为遏制过度农耕导致的水土流失、生态退化和石漠化，应在建设好水稻田的同时，充分利用丰富的草地资源，缓坡种植牧草，陡坡育林。为了建设四季常绿草地，防止杂草造成的草场退化，应扶持农户科学放牧草食家畜，人管畜，畜管草，加强生态综合治理，遏制石漠化进一步扩展。

(五) 扩大我国健康食物的消费需求

发展山区牧业有利于形成扩大健康食物需求的长效机制，建设好 6 亿亩南方草地，逐步达到新西兰草地畜牧业生产水平，可使我国牛奶产量倍增，牛羊肉产量大幅增加，替代一部分猪肉消费，从而减轻山区垦殖压力，改善生态景观，促进我国从热量型饮食向小康型饮食转型。

建设南方草地，发展山区牧业，是一项宏伟的工程。中国的草业和奶业，将发展成为中华民族现代化事业的重要组成部分。

(本文完成于 2010 年. 作者黄黔，中国国际工程咨询公司，北京 100048)

参 考 文 献

国家统计局. 2010. 中国统计年鉴 2010. 北京: 中国统计出版社: 348, 371

国家统计局农村社会经济调查司. 2009a. 中国农村贫困监测报告 2009. 北京: 中国统计出版社: 189

国家统计局农村社会经济调查司. 2009b. 中国农村住户调查年鉴 2009. 北京: 中国统计出版社: 306

国家统计局农村社会经济调查司. 2009c. 中国农村统计年鉴 2009. 北京: 中国统计出版社: 18

李时珍. 1593. 本草纲目. (明)金陵: 胡承龙 1596 刻本. 李建中, 李建元校. 中国中医科学院图书馆藏: 兽部, 50: 1~40

联合国粮农组织. 2009. FAO 2009 年鉴. http://www.fao.org/economic/ess/publications studies/statistical yearbook [2010-11-08]

中华人民共和国农业部. 2009. 新中国农业 60 年统计资料. 北京: 中国农业出版社: 36

第二篇　咨　询　报　告

第二章　中国工程院关于西南岩溶地区草地畜牧业咨询研究的报告

关于报送《西南岩溶地区草地畜牧业的咨询研究》成果的报告

中国工程院文件　中工发[2010]69 号　　签发人：周济

国务院：

2008 年，中国工程院设立了"西南岩溶地区草地畜牧业的咨询研究"项目，4 位院士、10 多位专家参加了研究工作。两年多来，项目组的院士、专家们在认真分析、深入调研的基础上，经过综合、凝练，形成了项目研究综合报告。

项目组认为，西南岩溶地区水热丰沛，自 20 世纪 80 年代成功引种优质牧草以来，草地畜牧业健康发展，取得扶贫开发和石漠化治理的较成功经验，值得在岩溶地区加以推广。

一是贵州省灼甫草场试验示范经验。1980 年以来该项目组成员在贵州省威宁灼甫草场和云南省曲靖郎木山实验示范草场栽培牧草，优质牧草保持了 30 年生态稳定性，并带动农户致富；探索出草地农业生态系统理论，总结出亚热带山地多种混播草种配方和划区轮牧方法。"灼甫模式"证明，科学家深入贫困农村，探索农业生态系统和扶贫产业的规律，可为扶贫开发提供科学依据。

二是贵州省晴隆县科技扶贫经验。贵州省黔西南布依族苗族自治州晴隆县 1999 年启动种草养羊，累计投入扶贫资金、草地建设资金、贷款和配套资金共 1.23 亿元，建设 22 万亩栽培草地和 15 万亩改良草地，2009 年养羊 25 万只。扶持 1 万多农户种草养羊，大部分年收入达到 2 万~3 万元，许多农户盖上新房，生态景观和农村面貌大为改观。晴隆县草地畜牧中心按照企业方式为农户提供技术和销售服务，避免了项目验收之日成为项目萎缩之时。

三是贵州省扶贫连片开发经验。 2006 年以来贵州省在 43 个县推广种草养畜，扶助农户把陡坡垦殖和石旮旯地种玉米改变为坡地种草。实践证明，在坡地上种草养畜，既增加农民收入，又保护生态，有效遏制了石漠化扩展。财政部在科技扶贫专项的基础上，应设立扶贫连片开发专项，由国务院扶贫办组织省级连片开发，针对特殊贫困地区，按生态规律和市场规律部署连片开发，逐步消除地区性贫困。

项目组提出，西南草地、灌丛、疏林和林下草地应是我国食物安全的后备基地，西南草地畜牧业可作为我国食物安全保障。

我国粮食产区北移，食物消费需求从温饱型向小康型转变，城乡人均口粮下降，但动物食品以猪肉为主，使粮食长期处于比较紧张的状态，应发展草业和肉奶业，逐步优化食物结构；农业布局在建设好小麦和水稻粮食产地的同时，应从饲料粮地、饲用作物地、栽培草地、冬闲田土、天然草地、灌丛草地、疏林草地和林下草地等方面实现饲草料多元化；南方草地资源达 10 亿亩，充分利用南方光温水资源发展南方草地畜牧业，可供应肉奶产品，改良土壤，培肥地力，提高粮食生产能力，调动南方农民生产积极性。

项目组建议：

1. 制订国家南方草地畜牧业规划

南方草地涉及秦岭淮河以南、青藏高原以东 18 省区市 1142 县，在部署口粮田建设的同时，20 年内规划建设 6 亿亩南方栽培草地，制定扶持草业和肉奶业的政策措施。

2. 设立西南草地畜牧业扶贫专项

科技部在岩溶地区 8 省区市部署草地畜牧业实验示范区；财政部设立西南草地畜牧业扶贫专项，由国务院扶贫办组织省级连片开发，扶助重点县和贫困村种草养畜。

3. 开展栽培牧草的农业综合开发

在南方山地开展以草地建设、购畜贷款担保、政策性保险为主要内容的新型农业综合开发。在缺乏后备耕地资源的地方实行"占一亩耕地补三亩草地"的政策。

4. 修编岩溶地区石漠化治理专项规划

将岩溶地区石漠化治理的重点放在减少陡坡垦殖、实施坡地种草和石旮旯种植饲用灌木，促进农林牧业结合，建设完善的农业生态系统。

现将项目组的咨询研究报告报上，供参考。

附件①：《西南岩溶地区草地畜牧业的咨询研究》报告

中国工程院 二〇一〇年七月二十八日

---

① 附件即是本书后述的西南岩溶地区草地畜牧业咨询报告，但内容略有节略。

第三章　西南岩溶地区草地畜牧业咨询报告

中国工程院西南岩溶地区草地畜牧业咨询项目课题组

中国工程院农业学部组织 4 位工程院士和 18 位院外专家，考察研究西南岩溶地区草地畜牧业，历时 3 年。课题组认为，西南岩溶地区水热丰沛，自20 世纪 80 年代引种优质牧草，近年来草地畜牧业健康发展，取得扶贫开发和石漠化治理的显著成效，涌现晴隆县种草养羊经验，贵州省在 43 个县组织草地畜牧业连片开发，贫瘠的坡耕地变成连绵的绿茵草地，经冬不枯，在薄雪下嫩绿如春，山清水秀，欣欣向荣，成为我国重要的肉奶产品基地。有关部门应给予大力支持。

一、咨询项目的立项背景

本咨询项目由任继周、张子仪、刘更另、刘守仁院士建议立项。

岩溶地区水热丰沛，但土层薄，基岩为漏水的碳酸盐岩，形成地表和地下双层水系，土壤缺乏有机质，因过度垦殖导致生态恶化。岩溶地区农村贫困人口约占全国农村贫困人口的 1/3，该地区的生态修复和扶贫开发对于遏制岩溶地区石漠化扩展趋势和扭转我国贫困农村落后面貌具有战略意义。咨询项目包括考察岩溶地区各省市草地畜牧业及其布局，推动岩溶地区草地农业生态系统、扶贫开发和石漠化治理的监测评价和不同范式建构；总结岩溶地区不同地区草地畜牧业发展现状、存在问题和支撑体系。

自 1980 年任继周院士带领科研团队在云贵高原引种优质牧草，发展草地畜牧业；1996 年中国科学院生物学部曾考察南方草地；1997 年由卢良恕、沈国舫、关君蔚院士和其他 22 位专家开展"云贵川资源'金三角'农业发展战略与对策研究"；1998 年由任继周、刘更另、卢良恕、汪懋华、段镇基、石玉麟 6 位院士和其他 22 位专家开展"西南岩溶地区农业持续发展战略与对策研究"；2004年钱正英院士组织对贵州开展草地畜牧业和农村沼气专题调研；2005 年任继周、刘更另、张子仪院士就石漠化治理上书胡锦涛主席和温家宝总理，得到他们的亲切批示，国家发改委部署落实，陆续在 100 个县启动石漠化治理试点；2006 年 6 月国务院扶贫办在贵州召开南方草地畜牧业科技扶贫现场会；2006 年年底以来贵州省陆续启动 43 个县生态畜牧业扶贫开发；2007 年中国工程院农业学部决定开展西南岩溶地区草地畜牧业咨询项目，2008 年正式启动；2008 年国务院扶贫办在贵州省 10 个县启动石漠化治理与扶贫开发结合试点；黄黔教授 2002~2010 年在国务院研究室写了 14 篇相关的决策参考建议。

二、咨询项目的现场考察、院士研究和工程科技论坛

(一) 现场考察

　　咨询项目课题组，由任继周院士和黄黔教授带队，2007 年 6~7 月到重庆、广西、广东调研，与各省区市发改委、扶贫办、农业厅、林业厅、水利厅、国土厅、交通厅、畜牧局座谈，并到重庆丰都县、广西大化县、广东乐昌市与县市相关部门座谈，还深入山区村寨现场考察。2007 年 7 月到贵州省黄平、德江、务川县调研，2007 年 9 月到贵州省沿河、道真、毕节、赫章、威宁、长顺、惠水县调研，2008 年 5 月到贵州省晴隆、册亨、望谟、平塘、开阳县调研。调研中与各县的发改局、扶贫办、农业局、林业局、水利局、国土局、交通局、畜牧局座谈，现场考察草地畜牧业和农村贫困状况。调研中曾三次到贵阳市与贵州省发改委、扶贫办、农业厅、林业厅、水利厅、国土厅、交通厅座谈，两次向贵州省人民政府送交考察报告，提出相关建议。2009 年 4 月，再次到贵州省晴隆县考察，并到贵阳市与省扶贫办及畜牧局座谈。此外，2007 年 1 月到湖南省湘西土家族苗族自治州古丈、保靖、龙山、永顺县考察，2007 年 5 月随农业部调研组赴云南省寻甸县、迪庆藏族自治州香格里拉县和湖南省城步苗族自治县、湘西土家族苗族自治州龙山县考察。中国工程院咨询项目课题组共组织 9 次调研，考察了西南岩溶地区 6 个省区市 24 个县，进行了现场踏勘和座谈。

(二) 院士研究

　　中国工程院任继周院士发表论文，题为《回溯中国西南岩溶地区草地–畜牧系统的开发研究》(任继周，1999)。中国科学院李博院士发表考察报告，题为《南方草地资源开发利用对策研究》(李博，1998)。

2007 年任继周院士在中国工程院第 68 场工程科技论坛上发言题为"西南岩溶地区农业的出路在草地畜牧业";张子仪院士发言题为"对西南岩溶地区多民族文化特色区域农业创新思维的探索";刘更另院士发言题为"石灰岩地区的草食畜牧业问题";刘守仁院士发言题为"从南方养羊的一些往事谈起";中国科学院袁道先院士发言题为"岩溶石漠化问题的全球视野和我国的治理对策和经验"(中国工程院第 68 场工程科技论坛,2008)。

(三) 工程科技论坛

2007 年 11 月在广西壮族自治区南宁市举办了中国工程院第 68 场工程科技论坛——"岩溶地区生态修复和草地畜牧业发展论坛",承办单位有广西壮族自治区发改委、广西壮族自治区水产畜牧局、中国工程院农业学部。在论坛上发表学术报告的有:中国科学院院士袁道先,中国工程院院士任继周、张子仪、刘更另、刘守仁 5 人,特邀专家黄黔、李向林、李镇清、廉亚平、曹建华、张大权、张光辉、张泽军、张菁、赖志强、蒋建生、陈刚、刘加文、邹力行 14 人。在开幕式上致词的有:广西壮族自治区副主席穆虹,中国工程院张子仪院士,中央有关部门负责同志洪绂曾、刘连贵、王信建、吴华 6 人。论坛人数 70 余人(包括两院院士 5 人,中央有关部门 13 人,西南岩溶地区其他 7 省市发改委、农业厅或畜牧局、扶贫办计 24 人,广西壮族自治区发改委、水产畜牧局、扶贫办、广西大学及广西 12 个试点县计 26 人,研究生若干人)。黄黔教授做题为"岩溶地区发展生态畜牧业的潜力、问题和支撑体系"的论坛主旨报告,论坛围绕西南岩溶地区生态修复、扶贫开发和畜牧业发展的理论和实践问题,展开了热烈讨论。本次论坛具有学术性强、与区域经济发展紧密相关、与国家生态安全和食物安全紧密相关、与解决农村贫困问题紧密相关的特点。西南岩溶地区 8 省(自治区、直辖市)发改委、农业厅(畜牧局)、扶贫办均派员到会并发表意见,国家农业部、国家林业局、国务院扶贫办也派员与会并发言。

经过研讨,与会专家对西南岩溶地区的生态畜牧业有了更深入的认识。专家认为,用扶贫资金和贷款扶持农户在坡耕地、撂荒地、荒草地上精心栽培牧草,以放牧为主,实行划区轮牧,杂交配种,棚圈管理,季节出栏,合理利用灌木林地、疏林地、林间草地、林下草地的植被资源,充分发挥岩溶地区光、温、水资源潜力，适度利用相对较弱的土地生产力和农村劳动力，变弱势为优势，可以解决生态修复和扶贫开发两方面的难题。

专题研究论文包括：关于科学试验带动农民脱贫的"灼甫模式"案例研究，关于科技扶贫试点的"晴隆模式"案例分析，关于湖南省南山牧场和城步县奶业发展研究，关于西南岩溶地区植被资源、饲用灌木资源、地下水资源的研究，关于南方草地畜牧业发展的研究，关于我国食物安全的研究，关于我国生态现代化的研究，关于新时期扶贫开发的研究等。研究报告将汇集成书，另报农业学部。

本咨询项目得到中国工程院院长徐匡迪院士的关心和支持，石玉麟院士和山仑院士参加了扶贫开发和生态治理的研究讨论，工程院副秘书长白玉良同志和农业学部协助安排调研活动。

三、西南岩溶地区草地畜牧业稳步发展

岩溶地区水热资源丰富，但降水大部分渗入地下水系，旱涝灾害频发。原生植被是森林，次生植被为疏林、灌丛和草丛，暖性和热性草丛及灌草丛十分繁茂，但草地对家畜的适口性较差。岩溶地区交通不便、平坝少、水田少、坡地垦殖普遍，水土流失使土壤退化基岩裸露，许多地方残留游耕陋习和春季烧山陋习。

改革开放以来，20世纪80~90年代农业部门在南方山地部署草地建设和种草养畜，特别是在西南岩溶地区(云南、贵州、广西、湖南、重庆、四川、湖北、广东)建设栽培草地，发展草地畜牧业，在扶贫开发、食物安全(李向林，2007)和生态修复(黄黔，2008)方面取得成效。考察发现：灼甫草场试验示范模式、晴隆县科技扶贫模式和贵州省扶贫连片开发，工作深入，成效显著，值得在岩溶地区和南方山地推广。有关部门应制订相应规划，做出部署。

(一) 灼甫草场试验示范模式

1980年国家畜牧兽医总局派遣任继周院士带领科研团队在贵州省威宁县灼甫实验示范草场和云南省曲靖郎木山实验示范草场开展科学试验，栽培牧草，带动农户致富。在"六五"至"九五"期间，农业部和科技部给予长期资助，历届贵州省和云南省领导包括胡锦涛同志均给予大力支持，新西兰专

家长期参与学术交流和科研合作。这两个万亩草场在任继周院士指导下通过适度放牧保持了栽培草地30年的生态稳定性。任继周院士提出"人管畜，畜管草"的原则，提倡划区轮牧。由于杂草生长点较高，不耐牲畜啃食和践踏，不耐牲畜粪便，适度放牧可保持牧草的生长优势。任继周院士开展了与气候、土壤、地质有关的植被研究，解决了栽培草地恢复重建途径，提出了草地农业生态系统理论(任继周，2004)；提出了亚热带山地多种混播草种配方，划区轮牧的科学放牧方法，以及草地–绵羊、草地–奶牛和草地–肉牛系统概念模型。

1996年中国科学院生物学部组织考察南方草地，李博院士提出，"近十几年来经筛选引种的温带禾草与豆科草种，在南方山地较高处种植后经冬不枯，在薄雪下仍维持盎然生机，嫩绿如春，构成东亚亚热带山地的常绿草地带，形成了一个新的垂直地带性植被类型"(李博，1998)。

(二) 晴隆县科技扶贫模式

贵州省黔西南布依族苗族自治州晴隆县曾被国内学者和境外媒体评价为中国最贫穷县份，生态退化，农村贫困，石漠化严重。曾尝试多种扶贫产业未获成功。1999年宁波对口帮扶支援10万元购买波尔羊，县里派畜牧局副局长张大权主持县草地畜牧中心，带领群众种草养羊，为此他曾两次到新西兰梅西大学接受培训。从2001年起晴隆县列入国务院扶贫办的科技扶贫试点，累计9年来投入财政扶贫资金3970万元，开发性金融贷款2800万元，草地建设资金2831万元，配套资金1724万元，种羊场建设资金1000万元，在全县建设了22万亩禾本科与豆科混播栽培草地和15万亩改良草地(主要是用饲用灌木白花刺改良灌丛草地)，2009年全县羊饲养量达25万只，累计扶持了12 000多户农民种草养羊。其中7500户已经脱贫致富，户均年收入2万~3万元。另外约有1500户虽未养羊但仅土地流转年收入达3000元以上。草地畜牧中心配给农户的母羊回收后滚动扶贫。县草地畜牧中心主任张大权在扶持农户养羊的同时积累草地畜牧中心资产，既有扶贫热情又有企业家精神。到冬季，牧草在薄雪下一片碧绿，许多农户盖上新房，生态景观和农村面貌大为改观，草地畜牧中心也不断壮大。

根据1985年草地资源调查,晴隆县约有74万亩草地(其中成片草地48.67万亩，零星草地25.37万亩)。按国土局土地利用现状调查，目前牧草地38万亩，25°以上陡坡旱地 14 万亩，可建设栽培草地 50 多万亩，另有灌丛草地、疏林草地和林下草地可栽种宜牧灌木和牧草 20 多万亩。再用 5~10 年时间，晴隆县可发展到 2.5 万养羊户，养羊 50 多万只以上，还有一批因调整地块种草的土地流转受益户。在晴隆县 26 万乡村人口中，将有 1/3 农户因养羊受益。加上茶农、菜农和粮农的扶贫项目，可以解决晴隆县农村的地区性贫困问题。

(三) 贵州省扶贫连片开发

2006 年 6 月国务院扶贫办在晴隆县召开科技扶贫(南方草地畜牧业)现场经验交流会，并在西南地区全面部署草地畜牧业科技扶贫。7 月贵州省省长林树森同志到晴隆县调研，12 月决定在 10 个县种草养羊。2007 年 4 月扩大到 20 个县种草养畜，2008 年扩大到 33 个县，2009 年进一步扩大到 43 个县种草养畜。省财政资金每县拨款 500 万元，扶持 550 户农户种草、建圈、购畜。2008 年国务院扶贫办安排 10 个县开展石漠化治理与扶贫开发结合试点，每个县拨款 200 万元。2009 年省财政加大扶贫资金投入力度，在 43 个种草养畜县里对 10 个县每年投入 1500 万元。普通项目户配 20 只基础母羊，扶助 1.3 万元；重点户配 50 只基础母羊，扶助 3.2 万元。

据 1985 年草地资源调查，贵州草地面积为 6430.9 万亩；2006 年省国土厅统计牧草地为 2402.0 万亩，灌木林(含灌丛草地)3424.2 万亩，疏林地(含疏林草地)655.2 万亩，合计为 6481.5 万亩，与 1985 年草地资源调查数一致。

贵州省耕地，据 1995 年贵州农业部门耕地统计数为 2760 万亩(习惯亩)，同年国土部门调查数为 7595.6 万亩(航测投影面积)，后者约为前者的 2.75 倍。2006 年习惯亩 2630.3 万亩，调查数 6757.5 万亩，后者约为前者的 2.57 倍。这说明耕地质量差，许多坡耕地属于"帮忙地"，残留游耕陋习。

贵州省省长林树森同志调查分析了 18 世纪上半叶以来我国南方山地广泛种植玉米造成的严重水土流失问题，山坡上的石头很快裸露出来，江河湖泊被泥沙淤塞。从历史文献来看，北至陕西，南至广西，东至广东和浙江，西至四川，各地都为种植玉米造成的水土流失问题感到头痛，环境危害甚至比战火还要严重。像林则徐、魏源这样的名臣也都认识到了这一问题的严重性。当前我国云贵高原山坡上存在玉米带，一方面，玉米是西南岩溶地区重要的农产品和重要的饲料来源，另一方面，种植玉米也是造成石漠化面积不断扩大的主要原因。我们在提高玉米种植技术的同时，应逐步降低陡坡垦殖率。

贵州省委和省政府鼓励农民由种玉米养猪改变为种草养畜。林树森同志提出，如将一部分猪变成草食家畜，玉米的需求量就会大幅度减少。在坡地上栽培牧草饲养牛羊，既增加农民收入，又保护生态，一举两得。牧草生长周期短，根系发育快，在很短时间内就能够郁闭，比种树更有利于防止水土流失。豆科牧草固氮，可改良土壤。试点县在种草养羊以后，山变绿了，水变清了，农民的收入增加了。

贵州省地下水系发达，地下水资源丰富。经初步勘查，流量大于 20L/s 的地下河 1136 条，岩溶大泉 1700 多个，地下水资源总量 258.9 亿 m^3/a，允许开采量达到 138.9 亿 m^3/a。目前已开发地下水 16 亿 m^3/a，仅占允许开采量的 11.5%。地下水资源的开发对生态畜牧业发展、扶贫开发和防灾减灾十分重要。

根据晴隆县 10 年的发展经验，各项目县草地畜牧业需要得到持续稳定的支持。让这 43 个县的贫困农村从根本上摆脱贫困并实现生态修复，需要给予 15~20 年的财政扶持和技术服务，让贫困农户从半自然经济过渡到市场经济轨道上来。

四、草地畜牧业推动扶贫开发

我国贫困地区主要分布在中西部地区，山多，坡地多，光温水资源、土地资源和劳动力资源丰富，发展草地畜牧业潜力很大。西南岩溶地区从灼甫和郎木山的科学试验，到晴隆县的科技扶贫试点，直到贵州省 43 个县的连片开发，现代草地畜牧业发展经历了三个阶段，是行之有效的扶贫开发模式(黄黔，2009)，值得在农村扶贫工作中加以推广。

(一) 贫困片区的科学试验和产业示范

为了扭转贫困农村的落后面貌，科学家深入贫困农村，探索不同贫困片区农业生态系统和扶贫产业规律，了解贫困地区民族、宗教和文化特点，可为扶贫开发提供科学依据。

1. 建立以扶贫为目标的科学试验场站

西南草地研究是科学试验的成功案例。科技部与农业部应在不同贫困片区设置科学试验场站。

2. 设立贫困片区农业生态系统科研专项

科技部门和农业部门针对不同贫困片区部署科研课题,是扶贫产业持续发展的基础。

3. 用产业示范带动扶贫开发

在各省科技厅、农业厅和扶贫办农林牧渔业项目中选择扶贫成效明显的,形成科技扶贫试点方案。

(二) 县级科技扶贫试点

在县政府领导下,扶贫办牵头,农林牧结合,路水电配套,在贫困村实施整村推进,促进农户生产方式升级。

1. 建立扶贫产业支撑机构

我国贫困农村往往缺少龙头企业。中央和地方财政的扶贫资金需要有经济实体实现产业运作,有效带动农户的生产方式升级。晴隆县草地畜牧中心由干部和技术人员组成,在县委县政府领导下按照企业方式为农户提供全程服务,技术员和农民技术员层层落实责任制度,带领农户进入新的生产方式。

2. 培训农户转变生产方式

以晴隆为例,养羊先要种草,但农户没有种草习惯,也不掌握栽培放牧型草地的技术和划区轮牧技术;杂交配种可缩短出栏期减少过冬消耗,为避免近亲繁殖,每头种公羊在一个农户家里不能超过 8 个月;县草地畜牧中心扶持农户种草、购畜、建圈,还要建设种公羊基地和育肥基地。

3. 整合县政府各种支农项目

国家对扶贫重点县投入许多项目和资金,但是单个项目往往难以产生效益。例如,基本建设资金可以种草,扶贫产业资金可以购畜,二者结合农户才有经济效益。

4. 项目延续和农户效益

许多农村扶贫项目的验收之日就是项目开始萎缩之时。在新时期应把扶贫部门定位为扶贫产业发展部门，配备必要的工作装备和工作经费，持续推动扶贫项目的后续发展。贵州省财政厅制定文件，允许县草地畜牧中心在服务过程中与农户效益分成，通过产业发展获得产业的内在动力，也是一个重要经验。

(三) 省级连片开发

财政部在科技扶贫专项的基础上，应设立扶贫连片开发专项，由国务院扶贫办组织省级连片开发，在扶贫重点县和贫困村组织整村推进，扶助农户生产方式升级，从根本上摆脱贫困。

1. 连片开发解决地区性贫困问题

新时期农村温饱问题可通过低保制度解决，而连片开发首先针对集中连片的特殊贫困地区；解决特别突出的贫困问题；调动东部相对发达地区开展援建行动；并把 592 个扶贫重点县划为 8 个贫困片区(黄黔，2009)，有计划地逐步消除地区性贫困。

2. 连片开发应当符合生态规律

修复自然生态系统，建设农业生态系统，是连片开发的基本条件。扶贫产业应适合该地区自然条件，并对自然生态系统产生正面影响，使农业生态系统步入良性循环，植物生产层和动物生产层协同进化，产生持续的生态效益和经济效益。

3. 连片开发应当符合市场规律

连片开发包括扶贫资金投入，扶贫支撑机构运作，提高农户资本有机构成，实现农户生产方式升级，并使农产品进入市场；应充分利用光温水资源和劳动力资源，有长期稳定的市场需求；吸引和充分调动农民的生产积极性。

岩溶地区和南方山地扶贫连片开发，在抓好水稻田和草地畜牧业两项基础的同时，还应当因地制宜地发展多种农林牧渔特色产业。

五、草地畜牧业促进石漠化治理

考察发现，通过种草养畜减少坡地垦殖，可有效遏制石漠化扩展。

(一) 陡坡垦殖是石漠化扩展的主因

1. 岩溶面积和石漠化面积

在遥感图像中，当碳酸盐岩距地表 1~2m 以内，该图斑面积称为岩溶面积；当碳酸盐岩裸露面积达遥感图斑面积30%以上，该图斑面积称为石漠化面积(曹建华等，2005)，我国西南 8 省(自治区、直辖市)的岩溶面积和石漠化面积见表3-1。

表 3-1　西南 8 省(自治区、直辖市)岩溶面积和石漠化面积

省(自治区、直辖市)	土地面积/万 km²	岩溶面积/万 km²	岩溶面积比例/%	岩溶县数/个	石漠化面积/万 km²
贵州	18.98	11.61	61.2	70	3.24
云南	38.43	10.83	30.0	57	3.33
广西	23.64	8.21	34.8	45	2.73
重庆	8.17	3.01	36.8	13	0.45
湖南	21.15	6.36	30.1	47	0.51
湖北	18.56	5.18	27.9	29	0.43
四川	48.11	7.03	14.6	28	0.42
广东	17.65	1.03	5.8	3	0.24
合计	194.69	53.26	27.4	292	11.35

注：岩溶县以岩溶面积占30%划分。

资料来源：国土资源部航空物探遥感中心，1999。

2. 石漠化治理存在的问题

目前石漠化治理的主要措施有植树造林、封山育林、小流域治理、围栏禁牧，各部门按照行业标准搞生态建设，但未能遏制石漠化扩展趋势。

3. 陡坡垦殖仍然十分严重

明清以来岩溶地区移民垦殖，特别是引种玉米和马铃薯以后旱坡地垦殖十分普遍(杨伟兵，2008)。例如，贵州省没有平原，但垦殖率高达 25.5%(对比黑龙江为 26.1%，吉林为 29.0%) (国家统计局，2009)。其中，毕节地区垦殖率高达36.7%(贵州省国土资源厅，2009)，15°以上旱坡垦殖率高达 16.2%(贵州省国土资源厅，2007)。

随着玉米育种技术进步，云南、贵州、四川、重庆、湖南、湖北山区出现山坡上的玉米带，石旮旯遍种玉米，主要用于喂猪。近 30 年来岩溶地区各省(自

治区、直辖市)生猪饲养量增速高于全国平均增速，并超过该省人口数，是沉重的生态负担，见表 3-2。我们在提高玉米种植技术的同时应逐步降低陡坡垦殖率。

表 3-2　岩溶地区各省(自治区、直辖市)生猪饲养量及人均饲养量

省(自治区、直辖市)	1978 年饲养量/万头	2008 年饲养量/万头	30 年增长/%	人均饲养量/头	养猪在牧业产值比重/%
全国	46 238.0	107 307.9	132.1	0.81	53.2
贵州	1 140.3	3 148.6	176.1	0.84	72.9
云南	1 813.8	5 370.7	196.1	1.19	71.6
广西	1 689.7	5 242.0	210.2	1.09	58.5
湖南	3 344.1	9 068.4	171.2	1.43	78.5
川渝	6 418.5	15 222.4	137.2	1.39	64.6
湖北	2 625.5	5 960.7	127.0	1.05	71.8

资料来源：中华人民共和国农业部，2009。

我国坡地垦殖率较高省份牛羊存栏量的增长低于全国平均增速，草地被开垦，耕地生态负荷加重，见表 3-3。

表 3-3　坡地垦殖率较高 3 省牛羊存栏量 30 年来增长情况

省份	1978 年牛存栏量/万头	2008 年牛存栏量/万头	牛 30 年增长/%	1978 年羊存栏量/万只	2008 年羊存栏量/万只	羊 30 年增长/%
全国	7 072.6	10 576.0	49.5	16 993.7	28 084.9	65.3
贵州	355.7	523.4	47.1	174.4	231.2	32.6
云南	552.5	706.4	27.9	707.9	843.3	19.1
陕西	173.7	166.0	-4.4	601.5	681.6	13.3

资料来源：中华人民共和国农业部，2009。

(二) 石漠化治理的重点是把陡坡垦殖改变为坡地种草

西南山区灌草丛生，冬季枯黄，早春时有山火；混播牧草四季常绿，家畜与草地协同进化，可改良土壤；通过精心种草、划区轮牧，可形成人管畜、畜管草、草保水土的良性循环。把陡坡垦殖改变为坡地种草，在石旮旯种植饲用灌木，适度放牧，可调动农民发展生态畜牧业的积极性，有效禁绝垦殖陋习和烧山陋习，遏制石漠化扩展(黄黔，2010b)。

(三) 理顺农业生态建设管理体制

生态现代化需要解决工业化和城镇化带来的环境问题和生态问题，还要保护自然生态系统，建设农业生态系统。我国对自然生态系统保护实行环保部门综合管理与林业、草业、地质、水利、海洋分部门管理相结合的体制；对农业生态系统建设同样应当建立大农口综合管理与农业、林业、草业、水产业分部门管理相

结合的体制，形成农林牧业的耦合机制，可以首先在实验示范区内试行。

六、西南草地畜牧业可保障我国食物安全

西南岩溶地区夏无酷暑，冬无严寒，水热丰沛；但森林稀疏，灌丛和草地发育；图3-1至图3-4(同时参见彩图10至彩图13)以广西为例给出岩溶分布与森林、灌丛和草地分布的相关性。应在建设口粮田的同时，把草地、灌丛、疏林地和林下草地建设成优良牧场，成为我国食物安全的战略后备基地。

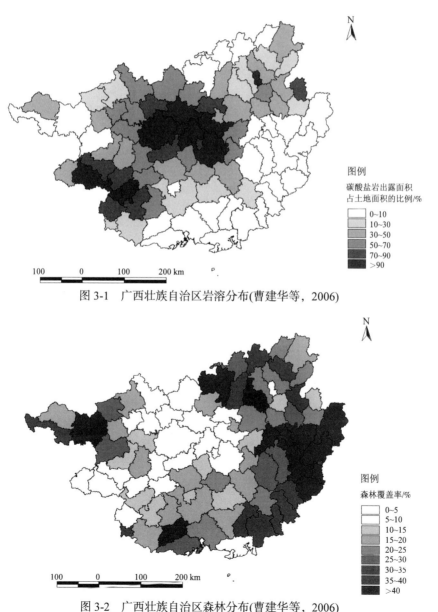

图3-1　广西壮族自治区岩溶分布(曹建华等，2006)

图3-2　广西壮族自治区森林分布(曹建华等，2006)

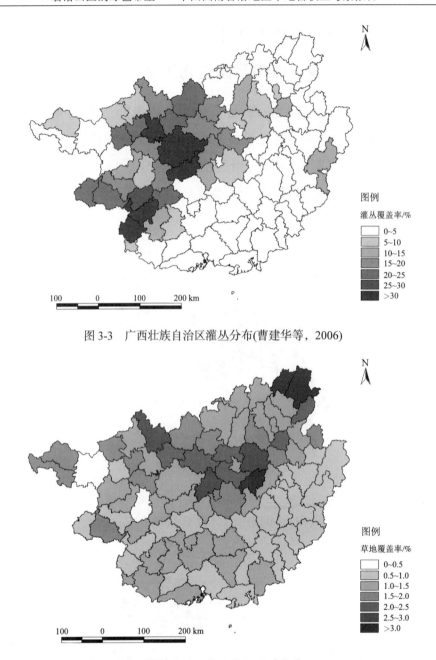

图 3-3　广西壮族自治区灌丛分布(曹建华等，2006)

图 3-4　广西壮族自治区草地分布(曹建华等，2006)

(一) 我国食物供需格局的变化

1. 我国粮食生产格局的变迁

目前沿海都市圈耕地减少很快，黄淮海地区和东北地区粮食产量占全国粮食产量的 53%，商品粮占全国商品粮的 66%。北方光照充足，温差较大，在灌溉条件下适宜籽实农业；但黄淮海流域水资源不足，东北平原积温偏低，存在资源风险。

2. 我国食物消费需求的变化

我国食物消费需求从温饱型向小康型转变。城市人均口粮消费 2001 年以后下降到 80kg 左右；农村人均口粮消费从 2001 年逐年下降，2007 年下降到 200kg 以下；我国动物食品以猪肉为主，猪肉脂肪多、热量高，现代型食物消费需要控制热量，转向生物活性更高的健康食品(表 3-4~表 3-6)。

表 3-4　城市居民人均口粮消费量　　　　单位：kg/(人·a)

年份	1981	1982	1983	1984	1985	1986	1987	1988	1989	1990	1991	1992	1993	1994
人均口粮消费量	145.4	144.6	144.5	142.1	134.8	137.9	133.9	137.2	133.9	130.7	127.9	111.5	97.8	101.7

年份	1995	1996	1997	1998	1999	2000	2001	2002	2003	2004	2005	2006	2007
人均口粮消费量	97.0	94.7	88.6	86.7	84.9	82.3	79.7	78.5	79.5	78.2	77.0	75.9	77.6

资料来源：国家统计局农村社会经济调查司，2008。

表 3-5　农村居民人均口粮消费量　　　　单位：kg/(人·a)

年份	1954	1956	1957	1962	1963	1964	1965	1977	1978	1979	1980	1981	1982
人均口粮消费量	221.7	246.5	227.0	189.3	208.0	212.7	226.5	234.7	247.8	256.7	257.2	256.1	260.0

年份	1983	1984	1985	1986	1987	1988	1989	1990	1991	1992	1993	1994	1995
人均口粮消费量	259.9	266.5	257.5	259.3	259.4	259.3	262.3	262.1	255.6	250.5	251.8	257.6	256.1

年份	1996	1997	1998	1999	2000	2001	2002	2003	2004	2005	2006	2007
人均口粮消费量	256.2	250.7	248.9	247.5	250.2	238.6	236.5	222.4	218.3	208.9	205.6	199.5

资料来源：国家统计局农村社会经济调查司，2008。

我国耕地紧缺，但畜牧业却主要靠粮食。美国肉食的 73%靠饲草转化而来，澳大利亚肉食的 90%靠饲草，新西兰肉食的 100%靠饲草，澳新肉奶更充足。耗粮畜牧业造成我国耕地与粮食长期处于紧平衡。我国应大面积栽培牧草，恰当利用豆科牧草的根瘤菌和反刍动物的瘤胃，获取天然氮库，发展草食畜牧业可使农业变活、农民变富、农村变美。

表3-6　2003~2005年每日人均摄入10种动物食品国际比较　单位：kcal/(人·d)

国家	牛肉	羊肉	猪肉	禽肉	内脏	全脂奶	奶酪	鸡蛋	动物脂肪	蜂蜜
美国	117	3	132	205	3	201	151	56	109	5
法国	85	21	267	97	25	99	252	53	269	4
德国	35	6	249	53	7	132	131	46	310	9
英国	65	39	245	110	10	217	107	39	152	4
澳大利亚	129	95	107	146	30	145	110	19	135	6
新西兰	64	161	77	145	17	96	32	40	278	13
日本	25	1	89	53	8	74	22	75	37	3
中国	29	17	358	54	11	35	2	78	45	1
泰国	17	0	98	45	4	19	1	39	14	0
巴基斯坦	28	17	—	8	6	199	0	8	118	0
印度	8	3	4	6	1	69	—	7	57	0

资料来源：联合国粮农组织，2008。

(二) 我国农业的科学布局

1. 我国农牧业分离、林牧业分离、农区与牧区分离的状况再也不能继续下去

单一农业、单一牧业和单一林业不但生物产量低，比较效益差，还造成生态退化。农林牧业结合将成为我国农业现代化的标志，也是我国农村发展的康庄大道。

2. 实现饲草料的多元化

我国在建设好小麦和水稻等基本口粮田和商品口粮田的同时，应从饲料粮地、饲用作物地、栽培草地、冬闲田土、天然草地、灌丛草地、疏林草地、林下草地等方面实现饲草料的多元化，全面发展畜牧业。

3. 建立农林牧业结合的农业生态系统

农牧结合和林牧结合将使生物产量加倍。草地繁茂期牲畜经放牧健康繁育，枯草期利用贮存的饲用作物过冬。抚育森林并在林下种草养畜，可促进林木生长，减少森林火灾，以短养长。美国经历20世纪30年代沙尘暴以后，形成西部草原区繁育家畜、中部农耕区育肥的格局，草原区增收6倍，农耕区增收10倍；草地采用划区轮牧并限制利用牧草茎叶的1/2。我国开展了多

年局部农区和牧区耦合试验，农区和牧区各增收 3 倍。

(三) 充分利用南方光温水资源应成为我国农业的战略举措

按 1979~1990 年农业部和中国科学院组织的第一次草地资源调查，我国东南片区(涉及 13 省区市 695 县市)亚热带和热带湿润地区暖性和热性草丛灌草丛面积为 4.76 亿亩；西南片区(涉及 9 省区市 447 县市)亚热带湿润地区暖性和热性草丛灌草丛面积 5.48 亿亩；两片区合计，南方草地资源(涉及 18 省区市 1142 县)达 10.2 亿亩(杜青林，2006)，其中可利用草地 8.4 亿亩，载畜能力占全国天然草地资源理论载畜量的 41.4%。加上冬闲田土、陡坡耕地和林下种草，南方可利用草地资源可达 10 亿亩。灌木和疏林地从绿化角度覆盖着林草植被，可计入林地；但兼有草地资源属性，农户经营可作为放牧地资源加以保护、建设和科学利用。我国光温水资源的合理配置是农业领域科学发展的战略性问题，大力发展南方草地畜牧业可供应肉奶产品，同时改良土壤，培肥地力，提高粮食生产能力，对我国食物安全具有重要意义(黄黔，2010a)。

七、几点建议

(一) 制订国家南方草地畜牧业规划

南方草地涉及秦岭淮河以南、青藏高原以东 18 省区市 1142 县，在部署口粮田建设的同时，20 年内规划建设 6 亿亩南方栽培草地；像种植粮食一样精心栽培牧草；把南方草地畜牧业放在与粮食生产同样重要的战略地位；制定扶持草业和肉奶业的政策措施。

(二) 设立西南草地畜牧业扶贫专项

科技部在岩溶地区 8 省区市部署草地畜牧业实验示范区；财政部设立西南草地畜牧业扶贫专项，由国务院扶贫办组织省级连片开发，扶助重点县和贫困村种草养畜，根本扭转岩溶山区的贫困落后面貌。

(三) 开展栽培牧草的农业综合开发

在南方山地开展以草地建设、购畜贷款担保、政策性保险为主要内容的新型农业综合开发，把南方山地改造成连绵的绿茵草地。在缺乏后备耕地资源的地方实行"占一亩耕地补三亩草地"的政策。

(四) 修编西南岩溶地区石漠化治理专项规划

将西南岩溶地区石漠化治理的重点放在减少陡坡垦殖、实施坡地种草和石旮旯种植饲用灌木，适度放牧，以保持牧草的生态稳定性，促进农林牧业结合，建设完善的农业生态系统，调动政府和农民两方面生态建设的积极性。

八、咨询项目课题组名单

(一) 咨询项目主持人

任继周	中国工程院院士，兰州大学教授
黄　黔	中国国际工程咨询公司专家委员会副主任，教授

(二) 咨询项目顾问

刘更另	中国工程院院士，中国农业科学院原副院长
张子仪	中国工程院院士，中国农业科学院北京畜牧兽医研究所研究员
刘守仁	中国工程院院士，新疆生产建设兵团农业科学院研究员

(三) 咨询项目课题组成员

任继周	中国工程院院士，兰州大学教授
黄　黔	中国国际工程咨询公司专家委员会副主任，教授
李向林	中国农业科学院北京畜牧兽医研究所草地生态研究室主任，研究员
李镇清	中国科学院植物研究所研究员
廉亚平	农业部规划设计研究院畜牧工程所原所长，研究员
张大权	贵州省晴隆县草地畜牧中心主任
程　遥	贵州省扶贫办资金监督处处长
赵熙贵	贵州省农业委员会草业饲料处处长，研究员
曹建华	中国地质科学院岩溶地质研究所研究员
侯扶江	兰州大学草地农业科技学院副院长，教授
林慧龙	兰州大学草地农业科技学院教授
徐　震	兰州大学曲靖试验站站长
高亚敏	兰州大学草地农业科技学院研究生

　　刘加文　　　农业部草原监理中心副主任

　　李维薇　　　农业部畜牧业司草原处处长

　　邹力行　　　国家开发银行研究院副院长，研究员

　　刘素芬　　　贵州省扶贫办副主任

　　罗次毕　　　贵州省农业委员会副巡视员

　　瓦庆荣　　　贵州省农业委员会畜牧兽医办公室副主任，高级畜牧师

(四) 咨询报告执笔人

　　黄　黔

2010 年 5 月 13 日

参 考 文 献

曹建华, 袁道先, 等. 2005. 受地质条件制约的中国西南岩溶生态系统. 北京: 地质出版社: 113

曹建华, 袁道先, 章程, 等. 2006. 脆弱的广西岩溶生态系统: 地质地貌对资源、环境和社会经济的制约. 中国人口、资源与环境, 16(3): 383~387

杜青林. 2006. 中国草业可持续发展战略. 北京: 中国农业出版社: 49

贵州省国土资源厅. 2007. 2006 年度贵州省土地变更调查成果资料. 贵阳: 贵州省国土资源厅印刷

贵州省国土资源厅. 2009. 2008 年度贵州省土地利用变更调查成果资料. 贵阳: 贵州省国土资源厅印刷

国家统计局. 2009. 中国统计年鉴 2009. 北京:中国统计出版社: 415, 449

国家统计局农村社会经济调查司. 2008. 中国农村统计年鉴 2008. 北京: 中国统计出版社: 20

国土资源部航空物探遥感中心. 1999. 国土资源部航遥中心内部报告

黄黔. 2008. 我国的生态建设与生态现代化. 草业学报, 17(2): 1~8

黄黔. 2009. 按贫困片区扶贫开发和中国扶贫产业的新特点. 草业科学, 26(10): 12~23

黄黔. 2010a. 我国食物供需格局变化和光温水资源战略配置. 草业学报, 19(2): 1~6

黄黔. 2010b. 西南岩溶地区石漠化成因和治理重点. 草业科学, 27(8): 5~9

李博. 1998. 南方草地资源开发利用对策研究//旭日干. 1999. 李博文集. 北京: 科学出版社: 392~398

李向林. 2007. 南方草地农业潜力及其食物安全意义. 科技导报(北京), 25(9): 9~15

联合国粮农组织. 2008. 2008 统计年鉴. http://www.fao.org/economic/ess/publications studies/statistical yearbook [2009-09-15]

任继周. 1999. 回溯中国西南岩溶地区草地–畜牧系统的开发研究. 草业学报, 8(专辑): 1~11

任继周. 2004. 草地农业生态系统通论. 合肥: 安徽教育出版社

杨伟兵. 2008. 云贵高原的土地利用与生态变迁(1659~1912). 上海: 上海人民出版社

中国工程院第 68 场工程科技论坛. 2008. 西南岩溶地区生态修复和草地畜牧业发展论坛专辑. 草业科学, 25(9): 1~122

中华人民共和国农业部. 2009. 新中国农业 60 年统计资料. 北京: 中国农业出版社: 547~549, 560~568

第三篇　考　察　报　告

第四章　贵州省生态畜牧业产业化扶贫考察报告

中国工程院专题调研组

中国工程院关注岩溶地区的生态修复和扶贫开发，部署了"西南岩溶地区草地畜牧业咨询项目"。近期由任继周院士和黄黔教授带队，考察了重庆、广西、广东、云南、湖南、贵州6省(自治区、直辖市)。其中，在贵州省考察了实施生态畜牧业产业化扶贫项目的黄平、德江、务川、沿河、道真、毕节、赫章、威宁、长顺、惠水、晴隆11个县。

考察中见到，贵州省委省政府和各地州市领导、各项目县党委和政府十分重视生态修复和产业化扶贫。项目县成立了以县长为组长的项目领导小组，整合农业、林业、交通、水利、电力等部门的资金支持生态畜牧业发展，抽调畜牧兽医技术人员组建草地畜牧中心，成立了乡镇项目办，引导农民协商调整地块，在陡坡耕地、撂荒地、退耕还林地和荒山荒坡建设栽培草地和改良草地，农民种草养畜积极性很高。调研组认为，所考察的贵州省各县，生态畜牧业扶贫项目的进展符合省扶贫办的部署和省农业厅的要求，2007年12月底可以基本完成种草、建圈和配畜工作，将在明年显现出生态修复和农户增收的效果。建议省政府加强对项目县在认识上、技术上和管理上的指导和培训，对实施项目后的生态效益和经济效益制定明确的考核指标，根据晴隆经验对参加项目的农户实行现金收入的风险担保。

一、贵州省的生态畜牧业

贵州省晴隆县通过种草养畜在岩溶山地铺上四季常绿地毯，放牧杂交羊当年出栏，发展生态修复和脱贫致富双赢的生态畜牧业。对农户投入扶贫或金融资金平均每户约为6000元，两三年后每户现金毛收入为8000~20 000元；冬季，种植的牧草在薄雪下一片碧绿，农村面貌大为改观。

近年来国内外兴起生态畜牧业，一般是指废弃物的资源化利用，如秸秆经厌氧发酵贮存作辅助饲料、畜禽粪便经沼气发酵还田等。晴隆县在栽培牧草基础上，划区轮牧，形成草畜平衡的生态系统，是健康高效的生态畜牧业。

调研组发现，近两年晴隆县在大面积建设草地的同时，种植饲用灌木，在未成林地清除灌木杂草之后栽种优质牧草，放养杜泊羊促进树苗成长，这些都是新鲜事物。生态畜牧业已经发展成为包含耕地畜牧业(饲料和饲用作物种植以及冬闲田种草)、草地畜牧业、灌木林畜牧业和林地畜牧业的完整的畜牧业体系，必将在岩溶地区石漠化综合治理中发挥更加重要的作用。

(一) 岩溶地区水热资源和植被资源

岩溶地区水热丰沛。过去因农户缺乏资金和技术，交通和水利条件较差，植被资源没有充分加以利用，农民十分贫困，生态压力集中在耕地上，垦殖过度引起石漠化。今后在财政扶贫资金的扶持下，可把陡坡耕地、荒山荒坡、疏林草地和灌丛草地改造成为栽培草地和改良草地，保护和利用植被资源和土地资源，发展山地生态畜牧业。

(二) 生态修复的根本途径

我们必须清醒地看到，农村贫困是岩溶地区生态退化的重要原因。在修复生态的同时必须建设林草生态经济，全面协调发展农林牧业。为了充分调动群众的力量，生态修复项目必须与群众利益结合，与脱贫致富结合，实现人与自然和谐相处；在土地利用格局上，应当注意使生态负荷相对分散，减轻局部生态压力，避免生态负荷超过生态承载力；财政资金与群众力量结合是岩溶地区生态修复项目取得成功的根本保证。

(三) 大力发展有畜农业

有畜农业是科学利用植被资源的有效形式。西南地区草地和其他植被资源丰富，植物茎叶可以作为草食家畜的饲料，却不可能都用人力刈割搬运，由家畜采食成本低、效率高，但要防止家畜过度啃食，需要掌握科学的放牧方法，通过划区轮牧，适度利用灌草资源并促进植被健康生长，实现"人管畜，畜管草，草保水土"的良性循环，充分利用相对薄弱的土地生产力和相对较弱的农村劳动力。

二、贵州省生态畜牧业产业化扶贫项目的新特征

考察中见到，贵州省的生态畜牧业产业化扶贫项目具有以下一些鲜明的新特征。

(一) 管理体系

各县均成立了以县长为组长、副县长为副组长、各有关部门为成员的生态畜牧业项目领导小组，整合资金和项目，协调处理产业化扶贫遇到的问题。乡镇均成立了项目办。

(二) 技术服务

各县抽调十多位畜牧兽医技术人员成立草地畜牧中心，深入第一线，包村包户指导农户种草养畜，安排农户的配种公畜，做防疫工作和其他技术服务。

(三) 注册公司

各县以草地畜牧中心为基础注册成立公司，以公司机制处理与技术人员及农户的关系，以保证技术人员工作效率和农户效益，以农户增收为前提逐步培育龙头企业。

(四) 部门配合

扶贫部门牵头，农林牧业协调，路水电设施配套。各项目县下拨500万元扶贫资金(扶持550户种草养畜，户均投入8200元)，并整合各部门的项目。

(五) 生态修复

生态畜牧业在扶贫开发和产业发展的同时发挥了生态修复作用，破解了我国生态脆弱地区农村贫困与生态退化恶性循环的怪圈。种草养畜和石漠化治理项目结合，将拉开我国岩溶地区石漠化综合治理的序幕。

三、贵州省生态畜牧业扶贫项目的进一步提升

贵州省生态畜牧业有了良好开端，能否持续发展是一个重要课题。调研

组认为，贵州的生态畜牧业扶贫项目仍有提升的空间。

(一) 效益验收

通常，项目验收主要检查实施内容、地点、数量和质量是否符合申报书的要求，对效益仅给出定性描述。生态畜牧业扶贫项目在全省铺开，在技术和管理上难免有一些因地制宜的变通；地州市领导和省级部门领导很关心项目，又下达了一些不同的要求，增加了项目验收的不确定性。因此，项目验收除了业务部门必要的具体要求外，应把生态修复和脱贫致富作为总体目标，提出明确的指标。根据各县估算，调研组提出种草养羊的两条效益指标：一是全县新建了多少亩四季常绿草地(长势好并科学放牧才能四季常绿)；二是完成种草配畜后第一年全县有多少户现金毛收入达到 4000元以上，第二和第三年达到 5000 元以上。至于种草养牛，因取得经济效益的周期长，可组织农户搞短期育肥以短养长，其脱贫致富指标有待进一步研究确定。

(二) 持续发展

对于科技含量较高的农村项目，通常项目验收之日便是项目结束之时，其科技内容残留为淡淡的余香。生态畜牧业产业化扶贫要建立县域支柱产业，在完成项目内容的同时要构建以农户养殖为基础的集群产业，建立完整的产业链，提供全面的技术服务和技术培训，必须建设好草地畜牧中心，许多工作应以公司形式运作，形成产业化架构，在农户得到显著效益的同时催生一个县域龙头企业。不但要实现农民的转型，还要实现技术人员的转型，实现政府职能转变和事业机构改革。

(三) 风险担保

对新参加种草养畜项目的农户，晴隆县草地畜牧中心担保配畜后一年每户现金毛收入 5000 元，达不到的，则由中心补齐。由于对技术人员奖惩力度大，通常包户技术员会自愿补齐。对养畜达不到要求的农户，技术员有权拒绝继续签约，一般应把基础母羊调整给其他农户，但其中积极性仍然很高的可允许再做一年，如果仍达不到要求，应调整去做产业链中其他环节辅助工作。一些未能与技术员签约的农户坚持养羊也只好让他们去养。晴隆县对配畜后第二年的农户，凡与包户技术员签约的继续保证每年现金毛收入 5000 元。多年来保持签约的农户约占 84%，没有继续签约的农户有的养羊水平太低不予签约，有的养羊大户不需签约，合起来约占 16%。

调研组建议，为了保护群众种草养畜的积极性，对新参与生态畜牧业项目的农户可给予风险担保。

四、几点建议

1. 种草养畜入门的关键

生态畜牧业科技含量高，致富潜力大，但目前农村的劳动力主要是老人和妇女，在启动阶段落实技术措施要靠各级畜牧部门和项目县的草地畜牧中心。种植放牧型草地对多数人来说是新学问，成群养畜对相当一部分农民来说是新技能，有的技术人员也缺乏实际经验，会出现一定比例失败。对每个新的项目区，种草能否成功，基础母畜能否成活，是种草养畜入门成败的两个关键环节，应加强技术辅导。

2. 2008 年年初开展进度验收

在陡坡耕地初次种草的适宜时机，主要在春季庄稼播种前和秋季收割后，第一批部署的 10 个县约有一半草地、第二批部署的 10 个县约有大部分草地在今秋收割后种草，2008 年年初开展进度验收时不宜搞末位淘汰，应使进度服从质量。

3. 2008 年年底开展效益验收

从种草配畜后，连续三年开展效益验收，可保证管理体系和技术体系全面连续地运行，保证达到生态修复和农户增收两个目标。

4. 石旮旯地可种植饲用灌木

种植饲用灌木是治理石漠化和发展生态畜牧业的重要手段，可降低石漠化程度，减小石漠化面积。牛羊皆适宜的灌木有胡枝子、任豆、铁扫帚、洋槐、树苜蓿、饲用桑、宜昌木蓝、构树、葛藤、野生竹类、美国合萌等。专适宜牛的灌木有杭子梢，专适宜羊的灌木有白花刺、火棘等。

5. 圈舍标准不宜过高

对农户建圈可提出技术要求和参考图纸，但不应强求统一，充分利用现有材料，由农户选择建圈地点。不要强制安排在路边、过分集中且较大规模地建圈，搞形象工程。

6. 是否建设养殖小区应因地制宜地决策

在平原地区以种植业为主的聚居村落，可采用养殖小区舍饲方式，避免人畜混居，改善村容村貌。由于贵州省山地崎岖，草地不平坦，刈割运输都不方便，一般应采取划区轮牧的方式，科学放牧与棚圈舍饲结合，由农户单户或自愿联合建圈，形成以农户养殖为基础的县域集群经济。晴隆县较大面积建设草场后，已经出现聚居农户逐步散居向家庭农场过渡的趋势。

7. 养牛与养羊相结合

牛羊采食方式和喜食植物不同，从充分利用植被资源和改进草地发育的角度，应发展牛羊结合的生态畜牧业。从产业发展角度，山羊、肉牛和奶牛需要的条件依次提高。

8. 关于基础母羊的滚动投放

晴隆县用扶贫资金和金融资金给农户配基础母羊均要求三年内归还，农户归还的通常是发下去的老羊，实际上平均只能再滚动投放一次。

9. 成立省级生态畜牧业项目管理和技术指导机构

在晴隆县建立省级生态畜牧业培训中心，在全省建立几个生态畜牧业的试验基地，做好试验和示范。调研组相信，贵州省生态畜牧业贯彻科学发展观，在科学引领和技术支撑下，可以逐步达到新西兰草地畜牧业生产水平，成为我国生态畜牧业大省。

中国工程院专题调研组

组　长：任继周、黄　黔

组　员：任继周、黄　黔、李向林、李镇清、张大权、罗次毕、程　遥、赵熙贵

执笔人：黄　黔

2007 年 9 月 28 日

第五章　贵州省石漠化治理与生态畜牧业扶贫相结合的启示

中国工程院专题调研组

2008 年 5 月中国工程院专题调研组由任继周院士和黄黔教授带队考察了贵州省晴隆、册亨、望谟、平塘和开阳县，调研组认为各地生态畜牧业扶贫项目进展顺利，并与石漠化综合治理项目结合，对西南地区生态修复和扶贫开发有重要启示。

一、贵州省科技扶贫的三个阶段

贵州省是西南岩溶地区的核心区，是我国唯一没有平原支撑的省份，坡地垦殖率高，石漠化和农村贫困特别严重。为了改变落后的垦殖方式，贵州省的科技扶贫经历了三个阶段。

(一) 科学试验阶段

1980 年邓小平同志命令空军飞播种草，但南方杂草生长很快，农业部和科技部连续 20 年部署科技攻关，任继周等科学家在云贵几个万亩草场长期探索，建成了生态稳定的亚热带山地常绿温带草地，省农业部门积极支持并努力推广。

(二) 扶贫试点阶段

自 21 世纪初，国务院扶贫办、国家开发银行、国家发改委、农业部对贫穷的晴隆县 7 年投入科技扶贫资金 2100 万元、开发性金融贷款 1720 万元、草地建设资金 1448 万元，支持张大权等带领农民种草养羊，绝大多数项目户成了万元户，冬季牧草在薄雪下一片碧绿，生态景观大为改观。

(三) 区域扶贫阶段

自 2006 年年底，贵州省政府用财政扶贫资金扶持 33 个县种草养畜，每县 500 万元，连续 5 年将投入 8.25 亿元。今年起国务院扶贫办支持贵州省 10 个县，每县 200 万元，连续 5 年将投入 1 亿元。另外，各县每年有石漠化综合治理试点项目约 1000 万元，不同程度与种草养畜结合。按照"人管畜，畜管草，草保水土"的原则，全面开展生态畜牧业产业化扶贫行动。

科学试验解决技术问题，扶贫试点解决方案问题，区域扶贫解决政策问题，扶贫部门在消除农村地区性贫困和生态修复方面发挥了综合协调作用。我国中西部农村仍处于由半自然经济向市场经济过渡的进程中，扶贫开发是我国现代化的重要方面军。

二、生态畜牧业扶贫项目深受岩溶地区农民欢迎

考察中感受到农民群众真诚欢迎生态畜牧业扶贫项目。一是生态畜牧业给贫穷山区带来希望。目前全国每个扶贫开发工作重点县每年各类项目约 1 亿元，但是岩溶地区石漠化面积仍在扩展，石山区深山区群众对小康之路仍感到迷茫。晴隆县漫山遍野地建设四季常绿草地，贫穷村寨从根本上改变了面貌，给岩溶地区群众带来希望。二是群众直接受益。在生态畜牧业扶贫项目中每户得到种草建圈和购畜直接补助上万元，交通水利电力等配套设施每户间接受益也近万元，在 2~3 年后绝大多数项目户养羊现金年收入超过 1 万元，从半自然经济进入市场经济，坚实地走上小康之路。三是生态修复与脱贫致富结合。该项目在陡坡耕地种植牧草；对灌丛植被边利用边改良；抚育森林，在提高植被覆盖率和林分质量的同时林下种草，把植物茎叶转化为农民的财富。四是实现财政力量与群众力量的结合。财政资金扶助农户种植牧草和饲用灌木发展生态经济，实现了生态建设中财政力量与群众力量的结合。栽培牧草和饲用灌木适口性好，群众因此改掉了烧荒习惯，自觉保护林草植被。五是出现新型的干群关系。县乡技术人员和管理人员进入生态畜牧业产业链，用资金、技术和管理等新的生产要素把农民的生产方式提高到新水平。六是生态畜牧业发挥了农村妇女和老人的致富潜力，也吸引了一些青壮年返乡建设新农村。

三、开阳县高寨乡牌坊村农户的土地资源

调研组考察了开阳县高寨苗族布依族自治乡牌坊村农户的土地资源。高寨乡海拔约 1200m，是典型的岩溶石山区。农户和村组账面上的土地面积仍然是按"习惯亩"计算的耕地面积。为掌握实际面积，牌坊村对每个村民组做了抽样丈量，估算出"丈量亩"耕地面积，经整理户均土地资源见表 5-1。总面积与乡里的数据接近。开阳县国土局只提供了到乡数据，没有到村和到组的数据。

表 5-1　牌坊村户均土地资源

项目	土地总面积	习惯亩耕地	丈量亩耕地	灌木地	有林地	退耕还林地	荒地
牌坊村户均土地/(亩/户)	69.5	5.7	17.1	33.8	12.3	4.2	2.1
占总土地比例/%	100	—	24.6	48.7	17.7	6.0	2.9
各组户均下限/(亩/户)	27.1	2.7	6.4	11.1	0.0	0.0	1.8
各组户均上限/(亩/户)	136.2	8.6	29.3	58.6	55.2	10.0	2.4

表 5-1 中，户均习惯亩耕地 5.7 亩，与实际耕地相差 2.98 倍(贵州全省 1995 年为 2.75 倍)；林地和草地承包后，户均总承包面积可达 60 多亩，与原来承包的习惯亩耕地面积相差约 10 倍。虽然抽样丈量估算数据会有误差，却有一定的代表性。在落实林权改革和草地承包过程中，国土部门的详查数据应从县乡落实到村组，使土地详查数据与农民承包数据衔接，让农户真正了解并自主经营自己承包的土地。

牌坊村农民积极发展生态畜牧业，除了水田(户均 1 亩)，筹划用熟土栽培牧草(包括坡耕地种草和退耕还林地林下种草)户均可达 15 亩，可承载基础母羊 15 只；灌木林地可栽种饲用灌木，户均 30 多亩，亦可承载基础母羊 15 只；林地通过抚育提高林分质量也可林下种草，户均 12 亩；荒地是石漠化程度较深的石旮旯地，栽种灌木封禁 3~4 年可郁闭覆盖，户均 2 亩。全面发展生态畜牧业可使高寨乡遍山绿色，户均养羊收入可达 1.5 万元左右。

考察中有的县把灌木林地、疏林地作为国家生态林全面禁牧，这样算起来林地覆盖率很高，但实际上林分很差，生态效益和经济效益都很低。如果农户被限制在坡耕地上垦殖仍将相当贫穷，石漠化也会继续扩展。江山依旧，面貌难改。

四、贵州省农林牧渔业发展的格局

贵州省农林牧渔业结构逐步调整，农民食物结构发生变化，但农村经济仍处于半自然经济向市场经济过渡的进程中。人口自然增长率很低，但养猪规模迅速增长，垦殖压力很大。

(一) 农业产业结构逐步调整

贵州省近年农林牧渔业产值的构成如表 5-2 所示。种植业比例下降，畜牧业比例上升，林业产值约在 5% 以下。在畜牧业中，养猪约占 70%，养禽约占 15%。

表 5-2　贵州省农林牧渔业产值构成　　　单位：%

项目	2001 年	2002 年	2003 年	2004 年	2005 年	2006 年
农业	66.9	64.6	61.6	60.6	58.7	58.1
林业	3.6	4.2	5.8	4.4	4.2	4.2
畜牧业	28.3	29.8	31.2	32.2	34.0	34.0
渔业	1.2	1.3	1.4	1.3	1.6	2.0
农口服务业	—	—	—	1.5	1.5	1.7

资料来源：贵州省统计局和国家统计局贵州调查总队，2007。

(二) 农户经营产品商品率不高

贵州省农村市场化相对滞后，农村住户主要产品商品率见表 5-3。

表 5-3　贵州省农村住户主要产品商品率　　　单位：%

项目	2001 年	2002 年	2003 年	2004 年	2005 年	2006 年
农林牧渔业	—	—	—	49.9	56.6	54.2
农业	—	—	—	34.5	42.9	41.5
粮食	18.55	18.0	15.8	15.8	17.7	18.9
烟叶	82.16	88.0	90.1	90.1	89.7	84.9
蔬菜	20.28	18.7	28.6	28.6	30.7	29.7
水果	56.84	54.9	66	66	62.1	62.6
茶叶	26.56	15.9	18.5	18.5	25.0	32.1
猪肉	56.26	52.4	56.2	56.2	60.6	62.0
羊肉	78.00	76.9	85.1	85.1	77.9	85.7
禽肉	30.11	31.3	69.6	69.6	60.8	57.5
禽蛋	47.37	44.1	40.8	40.8	39.9	31.6

资料来源：贵州省统计局和国家统计局贵州调查总队，2007。

(三) 农民人均口粮下降而饲料粮上升

贵州省农民人均粮食产量大体稳定。人均消费口粮明显降低，5 年减少约 26kg；人均支出饲料粮明显上升，5 年增加约 31kg，说明农民食物结构有变化(表 5-4)。

表 5-4　贵州省农民人均粮食生产、消费和结存情况　　　　单位：kg/人

项目	2001 年	2002 年	2003 年	2004 年	2005 年	2006 年
自产粮食	403.8	347.76	397.8	432.88	373.84	359.14
购入粮食	55.53	54.80	53.17	46.62	64.04	60.85
售出粮食	74.92	62.55	64.02	68.26	66.24	68.02
口粮消费	212.66	207.92	203.84	197.61	188.69	186.72
种籽支出	12.41	11.89	13.05	18.59	18.48	13.15
饲料支出	116.77	114.56	118.88	143.93	169.41	147.49
年末存口粮	215.4	194.99	197.28	169.42	167.14	176.01
年末存饲料	76.88	78.67	110.00	100.99	105.05	103.7

资料来源：贵州省统计局和国家统计局贵州调查总队，2007。

(四) 耕地承载的生态负荷上升

贵州省农民喜食猪肉，食物结构的变化带来养猪规模较快增长，虽然人口自然增长率控制在 10‰以下，但养猪总头数增长率约 76‰，加上鸡肉鸡蛋，耗粮畜牧业的发展使耕地的生态负荷迅速上升，石漠化扩展的风险很大(表 5-5)。

表 5-5　贵州省人口自然增长率和养猪总头数增长率　　　　单位：‰

项目	2002 年	2003 年	2004 年	2005 年	2006 年	5 年平均
人口增长	10.75	9.04	8.73	7.38	7.28	8.64
养猪增长	66.66	88.67	84.19	86.34	52.64	75.70

资料来源：贵州省统计局和国家统计局贵州调查总队，2007。

(五) 农林牧业的土地资源利用不均衡

贵州省各地州每公顷人口密度和养猪总头数及各类土地的比例整理见表 5-6。

表5-6 贵州省人口密度、养猪头数及各类土地资源占土地总面积的比例

地区	人口密度/(人/hm²)	养猪/(头/hm²)	耕地/%	(旱地)/%	林地/%	(森林)/%	(灌木)/%	(疏林)/%	牧草地/%	草地资源*/%	林草资源**/%
贵州省	2.25	2.60	25.5	17.2	45.0	23.7	13.0	2.5	9.1	24.6	54.1
贵阳市	4.41	3.94	34.1	23.6	34.1	16.2	8.6	1.2	3.3	13.1	37.4
六盘水市	3.06	2.27	30.5	26.4	35.6	9.0	17.3	0.4	9.8	27.5	45.4
安顺市	2.87	2.27	32.0	20.4	20.9	10.5	4.3	1.8	11.9	18.0	32.8
毕节地区	2.72	2.79	36.8	33.7	39.7	14.0	19.7	0.6	3.0	23.3	42.7
遵义市	2.42	3.61	27.4	16.8	45.8	21.2	16.7	3.3	6.0	26.0	51.8
铜仁地区	2.2	3.21	25.8	13.2	45.5	29.4	7.9	4.0	10.5	22.4	56.0
黔西南州	1.87	2.22	26.8	20.2	32.2	17.6	8.2	2.6	20.0	30.8	52.2
黔南州	1.52	1.87	18.8	10.4	47.7	24.4	17.0	1.9	11.2	30.1	58.9
黔东南州	1.47	1.74	12.6	4.1	66.5	45.0	7.8	4.1	9.3	21.2	75.8

* 草地资源为牧草地、灌木、疏林之和；** 林草资源为林地与牧草地之和。

资料来源：贵州省统计局和国家统计局贵州调查总队，2007；贵州省国土资源厅，2007。

表5-6中毕节地区和贵阳市、安顺市、六盘水市的坡地垦殖率很高，值得关注。全省养猪总头数超过了总人口，且多年平均增长速度是人口自然增长率的8.8倍，岩溶地区应当对养猪提出稳步发展和总量控制的方针。考虑到上海、北京等特大城市自20世纪90年代初以来人均猪肉消费量不再增长，全国猪肉市场的增长空间主要是中小城市和农村以及进城务工农民，猪肉价格呈现周期性下跌。考虑燃油价格及供应情况，从外省引进饲料的风险也很大。

五、土地资源的科学利用是人与自然和谐相处的核心

中华民族农耕文明向西南岩溶地区扩展，始于秦汉，盛于明清。西南地区尽管崇山峻岭、交通不便，但风景秀丽、水热丰沛。但长期过度垦殖造成生态退化，致使农村贫困。要迈入人与自然和谐的时代，既不能盲目垦殖，也不能简单回归自然，而应合理布局农林牧渔业，同时保护和修复自然生态系统。

(一) 更高质量地分类使用土地资源

考察发现，目前口粮地和饲料粮地耕作较精细，产出较高；而放牧用地和林业用地管理粗放，产出很低。要提高土地利用质量，一是耕地应区分口粮田和饲料粮地，进一步加强优质口粮田建设，而把一部分陡坡耕地和劣质饲料粮地改种优质牧草。西南农民喜食稻米，农田基本建设和水利设施首先要建好水稻田和中高产旱地，提高优质口粮自给率。在陡坡耕地上改种牧草，既可保护和改良土壤，又可供应高品质肉奶产品。由于农民目前喜食猪肉、鸡肉，缓坡耕地仍需稳定地种植饲料粮。二是林地应区分森林与灌丛疏林。优质森林应进一步加强保护和抚育，整理间距，林下种草，提高林分质量，增强生态功能和木材储备。灌丛和疏林地则应建设成放牧地，如果也都作为国家生态林不许农户放牧，则生态功能和经济效益均不理想，只能任其一岁一枯荣或樵采甚至烧荒。调研组曾在广西大化县七百弄乡见到一个瑶族村寨，枉有漫山绿色，农民一贫如洗。如果在灌丛和疏林地发展有畜农业，则经济效益会很好，农户会真心爱护并抚育改良植被，生态景观也将更加秀丽。三是石旮旯地可种植饲用灌木，3~5 年就能郁闭，直接减少石漠化面积，又可作为后备饲料基地。

(二) 农林牧渔业结合发展

贵州省有冬闲田种草的成功经验，既有利于土壤改良，又增加一季收入。考察中在晴隆县见到一片退耕还林的杉树苗因春季烧坡多年来长不起来，经清理灌木杂草、种植牧草、放牧杜泊羊，农民不再烧坡，由于豆科牧草改良土壤，杉树苗长势很好。贵州兴义、独山、习水等县已萌发出林地畜牧业，林牧结合可增加林农收入。这在世界各国都十分流行，美国 1/3 的牧场在林区。

(三) 充分利用当地的水热资源

岩溶地区水热资源丰富，但是基岩漏水，大部分可再生水资源进入地下水系再汇入江河。在降雨多而易渗漏的情况下，灌草再生能力很强，乔木在采伐后需要几十年才能恢复；该地区日照时间相对较短，光能相对较低，不利于籽实农业而有利于营养体农业。这两个特点决定了岩溶地区应利用牧草和饲用灌木发展生态畜牧业，这是发挥优势；又应保护森林和建设水田，这是克服劣势，都很重要。

(四) 农林牧渔业科学布局

岩溶山地自然条件的立体差异明显，农林牧渔业也应立体分布。洼地、川地、坝地应以水稻和蔬菜种植业为主。高山陡坡应保护森林，努力发展茶果药竹，做好林牧结合。缓坡应加强草地建设和适度放牧。低山丘陵需细心安排，由农户自主经营。总体来说，山地利用应以牧为主，林牧结合。

(五) 高度重视南方草地资源

按照 1979~1990 年全国第一次草地资源调查，我国南方草地(含灌丛)达 10.2 亿亩，可利用面积 8.4 亿亩。在我国草地资源中这 8.4 亿亩草地载畜能力最强，理论载畜量占全国天然草地理论载畜总量的 41.4%。但是，目前这些草地资源基本未作放牧使用。在我国耕地资源紧缺的情况下，这 8.4 亿亩草地资源可纳入农业综合开发范围，作为国家食物安全的战略后备基地。栽培草地载畜量比天然草地可提高 3~5 倍以上。在国家统计年鉴中，我国草地资源为 60 亿亩，其中可利用草地 47 亿亩。国土资源部土地利用现状调查，牧草地为 40 亿亩，荒草地 7 亿亩。统计口径不同，大数接近。但在南方，牧草地比可利用草地资源面积小了很多。

贵州省草地资源为 6430.9 万亩。如果把贵州省国土厅 2006 年统计的牧草地、灌木林和疏林地面积合计为 6481.5 万亩，与草地资源数据基本一致。

因此，灌木林和疏林地在确权承包和管理中应统筹协调、慎重决策。从绿化的角度属于林草植被覆盖，可计入林地，但兼有草地资源属性，在农户经营使用中作为放牧地资源加以保护、建设和科学利用。这部分土地是农户致富的潜力，林业部门和畜牧部门应携手为农民服务，共同指导农户修复生态，脱贫致富。

目前，贵州省生态压力集中在占土地 25.5%的耕地上，如果按照草地资源调查，认可灌木林和疏林的草地资源属性而加以保护建设和利用，则全省可增加 24.6%的土地资源用来放牧草食家畜，生态压力将分解到 50%的土地上；如果进一步做好林牧结合，抚育森林，林下种草放牧，则生态压力可分散到 80%的土地上，林草资源得到系统的保护建设和科学利用，生态修复和扶贫开发将迎来新局面，不但植被覆盖率大幅提高，农民也可尽快摆脱贫困。

六、生态畜牧业开局阶段值得关注的几个环节

各县生态畜牧业大都处于开局阶段，应关注以下环节。

(一) 协调地块和栽培牧草

种草是养畜的基础。①西南农民会种粮，但许多农民没有种过草，缺乏栽培放牧型草地的经验。岩溶山区地处亚热带，不同海拔和不同纬度的当家草种和饲用灌木品种需要认真探索。②适度放牧才能保证放牧型草地的生态稳定性。杂草不耐牲畜采食、不耐牲畜践踏，科学放牧可保持优良牧草的竞争优势。如果载畜不足，放牧利用过轻，不但容易出现杂草，还容易出现病虫害毁坏草地。③建设草地应由近及远。首先在村寨附近利用陡坡耕地和撂荒地等熟土栽培牧草，实现草畜配套和适度放牧；整个村寨可由农转牧，以减少协调地块的难度；远山的利用，可先按村组或联户组织，随着多数农户参与养畜以及牧草的精细栽培和划区轮牧，草地管理逐步细化到户。个别大户羊群过大，可去外乡外县开发荒山。

(二) 栽种灌木和抚育林地

提前规划好后备放牧地。在薄土和石旮旯地栽培饲用灌木以及林下种草，是栽培草地的重要补充。羊群繁殖很快，每户 20 只基础母羊是启动规模，不是致富规模。

(三) 购置种畜和防疫治病

购置种畜必须隔离观察和防疫治病，要保证药品质量。羊群在运输途中发生应激反应要及时处理，对流产母羊要及时处理，避免种羊死亡或丧失生育能力。

(四) 种畜基地和育肥基地

同一只种公羊长期在同一农户家里饲养会与后代发生近亲交配，草地畜牧中心应建立种羊基地，完善系谱档案，并适时为农户更换种公羊(8 个月左

右)。羊羔长大要及时出栏，草地畜牧中心还要建设育肥基地，组织商品羊销售，以实现季节性草畜平衡，减少过冬消耗。

(五) 建好圈舍和贮存草料

2008 年的冰雪凝冻灾害给出启示：高海拔地区圈舍一定要保暖，养殖户应贮存 20 天以上的过冬草料。县草地畜牧中心应按高海拔地区养羊数量贮存 30 天以上草料以备灾荒。

(六) 定期考核和组织会诊

应考核种草面积和草地质量，林下种草面积和栽种灌木面积，母羊受胎率、产羔率和羔羊成活率，种公羊和基础母羊的良种率。必要时可组织专家会诊。

七、抓好农民和技术员的培训是生态畜牧业成败的关键

项目成败关键在人，项目县急需加强草地畜牧中心主任、技术人员、农民技术员和农户的四级培训。

(一) 中心主任培训

选拔草地畜牧中心主任重要的不是资历，而是责任心、钻研精神和献身精神。建议全省 33 个县的草地畜牧中心主任每年集中研讨 1~2 次，互相学习，专家讲课，研讨问题，并由省扶贫办和农业厅组织考核，必要时向项目县提出更换的建议。

(二) 技术人员培训

技术人员必须掌握操作要领并善于解决问题。为吸引技术人员参与生态畜牧业，各县应制定鼓励政策，例如，应在职称评定上和今后体制改革中有所倾斜。

(三) 农民技术员培训

农民技术员负责掌握 20~30 户甚至更多农户种草养畜情况并做简单技术服务，根据业绩给予工资和奖金。

(四) 项目农户培训

新参与项目的农户应参加现场培训，未经培训的农户不能配发种羊。老养殖户也要培训提高种草养畜水平。

(五) 建立实习培训基地

四级培训都应强调处理实际问题的能力和操作技能，需要建立实习培训基地。各县要认真抓培训，建议把晴隆县作为全省的实习培训基地。

八、几点建议

1. 石漠化综合治理试点项目应与生态畜牧业扶贫紧密配合

安排栽培牧草、饲用灌木和林下草地，加强水利交通电力设施建设，把石漠化治理与区域经济发展和群众脱贫致富结合起来。

2. 岩溶地区生态建设应抓好林草植被覆盖率和森林覆盖率两项指标

认可灌木林地和疏林地兼有草地资源属性，允许农户放牧使用灌丛草地和疏林草地，把植被修复和科学利用结合起来。

3. 把草地承包与林权改革工作结合

全面落实农户对家庭承包林地、草地、耕地的经营自主权，引导农户科学利用土地资源，兼顾自然生态系统保护和农业生态系统建设，实现人与自然和谐。

4. 稳步有效地开发荒山

防止从部门利益出发"跑马圈地"，保留一些既宜林也宜耕又宜牧的荒山荒坡，为今后城镇建设、交通建设和水利建设规划出必要的发展空间。

5. 在缺乏耕地后备资源的地方试行"占一亩耕地补三亩草地"的政策

根据贵州多山的特点，在不具备建设耕地条件的地方，"占一补一"的土地整理工作应避免形式主义的浪费投资，经国土部门批准可试行"占一亩耕地补三亩草地"的替代做法。

6. 抓好生态畜牧业开局阶段各个环节

种好不同海拔的放牧型草地，栽种饲用灌木，林下种草；实行"政策管人、人管牲畜、畜管植被、植被保水土"的原则；做好防疫治病；草地畜牧中心建立种羊基地和育肥基地；建好圈舍，贮存越冬草料。

7. 抓好四级培训工作

认真抓好草地畜牧中心主任、技术人员、农民技术员和农户的四级培训，把生态畜牧业提高到新的水平。

8. 建设省级实习培训基地

建议省财政补助 500 万元改扩建晴隆县的实习培训基地，聘请专家，建设成省级实习培训基地。

9. 打造肉羊品牌、标准和龙头企业

对肉羊产业做全省布局，种羊繁育、草地栽培、科学放牧、饲养管理均应形成规范，打造贵州省肉羊的品牌、标准和龙头企业。

10. 建设草地畜牧业试验示范区

充实和整合威宁草地试验站(原由甘肃草原所与省农业厅合作建立)、麦坪草地试验站(原由省草地站建立)、独山草地试验站(原由省草业研究所建立)和晴隆县草地畜牧中心，申报建立国家野外试验站，通过申请重大科学研究课题，吸引高水平科技人员进一步探索在亚热带高海拔、中海拔和低海拔山地放牧型草地的规律和技术，探索草畜动态平衡模式，探索灌木和林下草地的生态学原理和放牧技术等。

中国工程院专题调研组

组　长：　任继周、黄　黔
组　员：　任继周、黄　黔、廉亚平、李维薇、李向林、李镇清、
　　　　　瓦庆荣、程　遥、赵熙贵、张大权、徐　震
执笔人：　黄　黔

2008 年 8 月 12 日

参 考 文 献

贵州省国土资源厅. 2007. 2006 年度贵州省土地变更调查成果资料. 贵阳: 贵州省国土资源厅印刷

贵州省统计局, 国家统计局贵州调查总队. 2007. 贵州统计年鉴 2007. 北京: 中国统计出版社: 45, 100,
　　104, 277~278

第六章 岩溶地区发展生态畜牧业的潜力、问题和支撑体系

《岩溶地区生态修复和草地畜牧业发展论坛》主旨报告

黄 黔

中国工程院关注岩溶地区生态修复和扶贫开发,农业学部设立西南岩溶地区草地畜牧业咨询项目。本文是该项目专题调研组由任继周院士和黄黔教授带队赴渝、桂、粤、黔、滇、湘6省(自治区、直辖市)调研的考察报告。2007年11月28日中国工程院在南宁市举办第68场工程科技论坛,题为"岩溶地区生态修复和草地畜牧业发展论坛",本文是该论坛的主旨报告。

中国工程院专题调研组发现岩溶地区存在发展生态畜牧业的巨大潜力,发展生态畜牧业可解决生态修复和脱贫致富两方面难题,本文还分析了岩溶地区生态畜牧业发展存在的问题和应建立的支撑体系。

一、什么是生态畜牧业

生态畜牧业是在健全的生态系统中,在生态承载力限度内,有利于生态系统和谐发展的畜牧业,是实现了植物生产层和动物生产层协同发展的健康高效的畜牧业。

(一) 我国近年来兴起的生态畜牧业

近年我国农区兴起的生态畜牧业,主要针对种植业和舍饲规模化养殖所造成的环境污染,通过废弃物的资源化利用,实现种植业和畜牧业的清洁生产和循环经济,如把秸秆等废弃物经微生物厌氧发酵作为辅助饲料,把原先污染环境的畜禽粪便经沼气发酵还田等。

近年我国牧区也兴起了生态畜牧业,主要针对超载过牧所造成的生态退化,通过季节性休牧、划区轮牧和季节性养殖,以及加强过冬饲料贮存等措

施，减轻草地生态负荷，实现草畜平衡，逐步恢复草原生态系统。

上述两种生态畜牧业的实施，产生了良好的经济效益和生态效益。而在西南岩溶地区兴起的生态畜牧业值得给予更大关注。南方生态畜牧业以栽培四季常绿草地为基础，科学放牧，保持草畜平衡，是生态修复和扶贫开发相结合的草地畜牧业。我国南方多为山地，水热资源丰富，但是山地的植被资源和土地资源尚未充分利用。通过种植牧草和饲用灌木，家畜杂交配种，农户小群体放牧，形成县域集群畜牧业，发展以放牧为主的现代生态畜牧业，可以修复、重建和合理利用草地、灌木林地、疏林地、坡耕地、荒山荒坡和林地的植被资源和土地资源，生产健康的肉奶产品。既能修复生态，又能使农民脱贫致富，还能建设食物基地。这种生态畜牧业不同于原始牧业、传统草地畜牧业和工厂化畜牧业，不是简单改进，而是草地畜牧业的转型和升级，可反映我国现代草地畜牧业的水平。这种生态畜牧业比舍饲规模化养殖更为进步，与各国在反思规模化舍饲养殖发生疯牛病等问题而出现的畜牧业新潮流是一致的。

(二) 岩溶地区草地畜牧业发展历程

20 世纪 80 年代出现以科学试验为主要目标的"灼甫模式"(任继周，1999)，位于贵州省威宁县。涌现这个科学模式有两个背景：一是 80 年代初期，有的植物学家认为岩溶地区原始植被是森林，因此不宜发展草地畜牧业，农业部派出任继周等专家前往调研；二是 1980 年邓小平同志命令空军飞播种草，但在西南飞播草地上杂草很快长到齐腰深，任继周先生带领科研团队在云贵几个万亩草地承担国家科技攻关项目，引进优质牧草，靠科学放牧保持栽培草地的生态稳定性，并带动周围农户致富(任继周，2005)。

21 世纪初涌现出以扶贫开发为主要目标的"晴隆模式"(黄黔，2006)。在贵州省贫困落后的农村把灼甫的科学试验转化为范围广阔的现实生产力，生态景观和农村面貌大为改观。晴隆县每户初始投入从 3000 元左右提高到 6000 元，两三年后每户现金毛收入为 8000~20 000 元，配发的母羊回收后滚动扶贫。到冬季，薄雪下牧草碧绿，许多农户盖上了新房，绝大多数项目户成了"万元户"。

2007 年贵州省用地方财政资金 1 亿元，在 20 个县开展草地生态畜牧业产业化扶贫行动，每县每年拨给 500 万元扶持 550 户贫困农民，连续支持 5

年。每户种20亩放牧型草地,配发能繁母羊20只或能繁母牛3只(黄黔,2007)。各项目县成立了以县长为组长的领导小组,整合农业、林业、交通、水利、电力等部门的资金支持生态畜牧业,抽调技术人员组建草地畜牧中心,乡镇成立项目办,引导农民协商调整地块,在坡耕地、撂荒地、退耕还林地和荒山荒坡建设优质栽培草地,农民种草养畜积极性很高。

(三) 生态畜牧业的基本原则

生态畜牧业包含植物初级生产层和动物次级生产层,在栽培和保护植被的同时适度利用植被资源发展有畜农业。西南岩溶地区林草植被的面积广大,靠人力刈割搬运成本较高,且植物有效营养物质的损耗较大;而利用家畜采食成本较低,牧草和家畜健康生长,畜产品质量较高。通过科学放牧防止家畜伤害植被,促进植被的修复和改造,实现植被和家畜的协同进化,发展生态畜牧业实行"政策管人、人管牲畜、畜管植被、植被保水土"的原则,可以把岩溶地区相对薄弱的土地生产力和目前农村相对较弱的劳动力资源变成岩溶地区贫困农村发展的潜力和优势。

二、岩溶地区存在发展生态畜牧业的巨大潜力

岩溶地区水热资源丰富,原生植被是森林,因基岩漏水,在人类活动情况下一旦森林被破坏,恢复速度十分缓慢,因此次生植被以疏林、灌丛和草丛为主。夏天遍山绿色,秋冬一片枯黄,春天为了让耕牛有嫩草吃,时有山火发生,使植被更为凌乱。该地区土地总面积的70%~80%是山地,目前植被资源和土地资源没有充分利用,生态压力集中到耕地上,过度垦殖造成石漠化逐步扩展。应有计划地在岩溶地区建设栽培草地,扶持农户发展草业和肉奶业。岩溶地区存在发展山地生态畜牧业的巨大潜力。

三、当前岩溶地区发展生态畜牧业存在的突出问题

(一) 农民学会栽培牧草才能发展生态畜牧业

岩溶地区依次分布有暖性草丛及灌草丛和热性草丛及灌草丛,每年在萌生初期草质较为青嫩,家畜喜食。四五月以后草质纤维化、适口性差、营养差,载畜容量较低。人工栽培牧草载畜容量大为提高。贵州晴隆县栽培草地

上养羊的经济效益是天然草地养羊的 3~5 倍。如果进一步提高草地质量，改良畜种，划区轮牧，则可提高到 6~10 倍。目前的困难和问题是，许多农民没有种牧草的经验；技术人员有些种过刈割型草地，但大多数尚未掌握栽培放牧型草地的技术；有的项目安排了种草，经费也往往被挪作他用，项目管理人员往往不理解草地建设还需要有经费、技术和管理等新的生产要素的投入；此外，牧草的生态稳定性依靠适度的持续的放牧，许多草地建设起来，没有及时配畜，草畜脱节，结果草地荒芜退化；灌木培育和利用也亟待研究，并需经试验示范加以推广。

(二) 政府扶持农户购畜并做好配种服务才能发展生态畜牧业

有畜农业延长农业产业链，提供就业机会，增加农户收入，最基本的条件是扶持农户购畜，在技术和销售等支撑条件完备的地方可以利用贷款扶持；在贫困地区起步时往往需要财政扶贫资金的扶持，并以企业对农户借畜还畜的形式效果较好。以养羊为例，一要为农户购置基础母羊群，本地羊通常价格低且适应性好；二要引进种公羊，杂交羊可缩短出栏期，减少过冬羊群消耗，大幅度提高经济效益，因为羊的孕期短，生长快，为避免近亲繁殖退化，种公羊在农户家停留时间仅限 8 个月，需要在每个县建设一批种公羊基地，建立种畜配置体系；三要安排好商品羊出栏，南方山羊可在 8 个月内出栏，减少商品羊的过冬损耗；四是本地羊的保种应当由政府资助的纯种场实施，不宜由贫困农户在扶贫开发项目中完成保种任务。

(三) 急需调整农林牧产业结构，建立肉奶产品供应基地

岩溶地区的口粮特别是商品口粮一般是稻米，在平坝或梯田上种植。坡耕地特别是石旮旯地则是种植玉米等猪鸡的饲料，或种植甘蔗、木薯或马铃薯，这是石漠化扩展的主要生态薄弱点。因此，石漠化治理的关键，是坡耕地向草地的转型，一年生饲料种植向多年生草地栽培的转型，猪、鸡等耗粮畜牧业向草食畜牧业的转型，规模化舍饲养殖方式向农户小群体放牧形成县域集群经济的转型。

(四) 岩溶地区生态修复需要与农村脱贫致富和谐同步

目前，生态修复通常有两种做法。一种是采取工程措施和生物措施，人工

建设生态系统；另一种是封山育林，依靠自然力量修复生态系统。这两种办法往往能使工程区内植被有所恢复，但生态负荷将集中在非工程区，可能加快非工程区的生态退化。目前生态退化的重要原因是农村贫困，这些简单化做法容易产生片面性，还没有抓住症结所在。全面的生态修复应当实现人与自然和谐相处。既承认工程措施和生物措施的作用，也承认自然修复的力量，在生态修复的同时适度地科学利用植被资源，使政府的石漠化治理项目与群众的切身利益紧密联系，使生态修复与农村脱贫致富和谐同步(黄黔，2007)。

四、如何建立岩溶地区生态畜牧业的支撑体系

(一) 技术和产业支撑

　　生态畜牧业以农户小群体养殖(每户为30~50只基础母羊)为基础,经村一级专业合作社和县草地畜牧中心，构建县域集群产业(为30万~50万只羊以上)。县草地畜牧中心和村专业合作社提供技术服务和销售服务，以公司和专业合作组织的机制处理与农户的关系，在农户脱贫致富的同时壮大为县级龙头企业和专业合作社网，实现技术服务机构的转型。

(二) 资金和项目整合

　　扶贫重点县的项目很多，在县政府统一领导下推进草地畜牧业，整村推进开发荒山草坡，建设草地、草路、草水、草电，扶持农户购置母畜并修建棚圈和配套农舍，开展试验示范、教育培训、配种防疫、技术服务、销售服务，整合多部门资金和项目。这种经验值得在岩溶地区推广。

(三) 效益验收和担保

　　贵州生态畜牧业产业化扶贫以生态修复和脱贫致富作为项目的考核目标，一是新建了多大面积的四季常绿草地(采用适宜牧草品种并科学放牧才能四季常绿，除过冬草料地以外约80%的草地应为常绿草地)；二是种草配畜后多少户现金毛收入达到4000元以上。县草地畜牧中心应对农户收入在项目实施的头三年里提供效益风险担保，保护项目农户的积极性。

(四) 与石漠化治理结合

　　岩溶地区垦殖过度造成生态退化，其极端退化形态是土壤流失而基岩裸

露，群众说："不长树，长石头"。石漠化是大自然对不恰当农耕活动的惩罚，从而出现了把陡坡垦殖改变为坡地种草的必要性。而石漠化治理，修复林草植被，提供了利用草灌乔的茎叶发展生态畜牧业的机遇，在目前阶段，石漠化治理应当首先规划在陡坡耕地、石旮旯玉米地和荒山草坡上栽培四季常绿的连绵起伏的绿茵草地。在南方山地草场，要认真把握草畜平衡，既可能因畜群超载造成草场退化，也可能因放牧不足而造成杂草疯长而草场荒芜。

五、几点建议

1. 设立岩溶地区生态畜牧业扶贫专项

对岩溶地区石漠化综合治理 100 个试点县，中央财政设立扶贫专项，每县每年拨款 500 万元，发展生态畜牧业，连续支持 5 年，共 25 亿元。

2. 建设南方草地，发展草地畜牧业

把南方草地建设纳入农业综合开发项目，实现草畜平衡，发展草地畜牧业；高山区应建好棚圈，贮存草料。

3. 种植和利用饲用灌木

在瘠薄土地和石旮旯地种植饲用灌木，利用灌木发展草地畜牧业。

4. 因地制宜建设养殖圈舍

岩溶山区应实行划区轮牧，由农户单户或自愿联合建圈，辅以必要的舍饲。在山区建设草场以后，农户出现逐步散居向家庭农场过渡的趋势，应予以关注和支持。

5. 建立试验示范区

针对不同地形和气候条件建立生态畜牧业试验示范区，做好科学研究和监测管理。

(本文完成于 2007 年. 作者黄黔，中国国际工程咨询公司，北京 100048)

参 考 文 献

黄黔. 2006. 在国家开发银行召开的西南草地畜牧业座谈会上的发言. 草业科学, 23(5): 1

黄黔. 2007. 我国的生态建设与生态现代化. 科学与现代化. 北京: 中国科学院现代化研究中心印刷(内部交流刊物), 2007(4): 8~21; 草业学报, 2008, 17(2): 1~8

任继周. 1999. 回溯中国西南岩溶地区草地–畜牧系统的开发研究. 草业学报, 8(专辑): 1~11

任继周. 2005. 贵州高原草地试验站 20 周年漫话. 草业科学, 22(12): 74~76

徐震, 林慧龙. 2005. 随任继周院士赴贵州省黔西南布依族苗族自治州草业考察笔记. 草业科学, 22(1): 46~48

第七章　南方草地资源开发利用对策研究

李　博

我国的食物安全与后备食物资源的开发已成为关系到 21 世纪我国经济社会可持续发展与农业对策的重要问题。我国南方草山草坡蕴藏着发展草食家畜的很大潜力，有可能建成我国重要的草食家畜生产基地，成为解决我国食物问题的重要组成部分。一些地区的实践证明，开发南方草山草坡已成为稳定脱贫致富、环境保护(水土保持)的重要途径。为了我国南方草地资源的有序开发与合理经营，制定切实可行的发展战略，中国科学院生物学部根据李博院士的建议，组成"咨询组"，在农业部畜牧兽医司，湖北、湖南和云南省政府的大力协助下，于 1996 年 11 月 18 日至 1996 年 12 月 6 日对我国南方草地资源及其开发利用的现状进行了考察[①]。考察结束后，"咨询组"完成了考察报告。本文就是在这一考察报告基础上完成的[②]。

一、南方草地资源的基本特点及近期可集中开发的规模

(一) 南方草地资源的基本特点

南方草地与北方草地比较(李博等，1993)，其共同点是景观开阔，水土保持效益明显，是对全球变化有明显影响的碳库和氮库。南方草地不同于北方草地的主要特点是：第一，水热条件好，单位面积生产力高，经改造后，1~2hm^{2}草地可饲养 15 只绵羊单位；第二，牧草生长期长，经改造可形成终年不枯的常绿草地带，一般可全年放牧，饲草供应较平衡，适于饲养我国紧缺的均质半细毛羊及高档肉牛、肉羊；第三，基本上无雪灾、旱灾、风灾等自然灾害，

---

① "咨询组"实地考察了湖北省恩施市大山顶草场、利川市齐岳山草场，湖南省龙山县山地、湘西北山地和滇东北山地丘陵的草山草坡；先后观看了湖南省桑植县南滩草场、城步县南山牧场和云南省思茅市草场的录像，并听取了湖北省、恩施州、恩施市、利川市、宜昌县、湖南省、湘西州、龙山县、张家界市和云南省等草地畜牧业的工作汇报。

② 本文载于《李博文集》. 旭日干主编. 1999. 北京：科学出版社：392~398

发展草地畜牧业的风险小；第四，易于改造，多年试验证明，在南方草山草坡建立优质高产栽培草地十分成功，试验点上已建立的禾草与豆科牧草混播草地，可与新西兰、澳大利亚等国的优质栽培草地相媲美；第五，分布较零散，初步统计，670hm²(万亩)以上成片分布的草地仅占总面积的 20%左右；第六，土壤中缺磷，部分地区缺钾，pH 值一般在 5 左右；第七，地形起伏，交通不便，成为草山草坡开发中的重要限制因素。由上可见，南方草山草坡蕴藏着巨大生产潜力，如能集中力量开发，将成为继北方牧区畜牧业、农区畜牧业之后的第三个草食畜牧业基地，其产值将超过北方牧区，且投资回报率高。

(二) 近期可集中开发的规模

根据农业部 20 世纪 80 年代初期组织的全国草地资源调查数据(中华人民共和国农业部畜牧兽医司等，1994)，我国南方草山草坡总面积约为6530 万 hm²，可利用面积约为 4670 万 hm²。大部分分布在亚热带(包括云贵高原、两广、两湖、四川、江西及东南沿海各省共 13 个省、自治区)的山地和丘陵地区，海拔多为 800~2500m，年降水量为 1000~2000mm，年均气温10~15℃，无霜期 180~250 天，冬季低温期随纬度与海拔不同，有明显的地区差异(赵松乔等，1985)。地表主要为石灰岩和其他岩类经风化形成的薄层母质，上面发育了黄壤、黄棕壤、红壤、紫色土与草甸暗棕壤等土壤类型。地貌整体上呈现为不同发展阶段的岩溶地貌，与侵蚀低山丘陵及河谷平原相互交错，地表切割破碎，部分地段残留着由不同地质时期和海拔高程不同的夷平面组成的"山原"和河谷阶地，相对高差较大。根据因地制宜、分层利用与农林牧综合发展的原则，以及本次实地考察后的估测，宜于发展草食家畜的草地及灌草丛有 2670 万~3330 万 hm²，但因地形、地表物质组成与土壤、交通条件等差异，可利用率与开发难易程度很不相同。根据部分地区开发利用实践与本次考察估测，我国南方宜于近期规模性开发的草山草坡约 1330 万 hm²。

二、南方草地资源开发利用案例分析

(一) 草山草坡开发利用试验与示范

我国自 20 世纪 80 年代开始对南方亚热带草地进行试验研究和示范性开

发。"七五"、"八五"、"九五"期间，国家科委和农业部都将南方草地畜牧业列为科技攻关项目，从"七五"的种草养畜试验、"八五"的草地畜牧业优化模式，到"九五"的草地畜牧业综合发展技术等研究的逐步深入，先后在湖北宜昌、利川、钟祥，湖南城步，贵州威宁，福建莆田，江西樟树和四川巫溪等地建立了实验区，为该地区草地畜牧业的发展奠定了科学基础，并提出了可借鉴的饲养经验与技术体系。近15年的科学实验和10多年的示范开发经验，确立了南方草地畜牧业的可行性和经营的高效性。

从1978年开始，农业部对南方草地先后实施了39个草地畜牧业综合开发项目。到目前为止，已在南方13个省区建成了栽培草地和改良草地近130万hm^2，其中飞机播种牧草保留面积约18万hm^2。这些综合开发项目的实施，对当地发展草地畜牧业起到了明显的示范作用，得到当地人民和政府部门的高度评价，被视为解决贫困山区脱贫致富的有效途径，在一些示范乡、村已成为稳定脱贫迈向小康的支柱产业。

从对湖北、湖南和云南境内的几个草地畜牧业承包户的调查结果来看，经济效益和生态效益都十分明显。例如，在湖北恩施市大山顶草场，对18家种草养畜专业户的抽样调查看，承包前(1983年)年畜牧业收入16 026元，占总收入的23%，人均畜牧业收入166.2元，到1995年，年畜牧业收入58 613元，占总收入的68%，草场开发区人均畜牧业收入723元，其中专业户人均畜牧业收入2000元以上，人均畜牧业收入比承包前增加了3~4倍。在湖南龙山县八面山乡，1982年人均收入149元，通过发展畜牧业，到1995年，人均收入1027元，比1982年增加了近8倍。就整个开发实验区来看，投资回收期一般在5年左右，投资年回报率在20%左右。就单位面积栽培草地看，每公顷建设投入1950元左右，建成后，年收益在4500元/hm^2左右；改良草地每公顷建设投入900元左右，建成后，年收益为1500~2250元/hm^2。草地改良和人工种草使山区土壤肥力及性状有了明显改善，不仅促进了林木的生长，而且还较陡坡裸露地减少土壤侵蚀量90%以上，比坡地农田减少80%~90%，比坡地天然草地减少70%左右。由此可见，开发草山草坡有着明显的经济效益和生态效益，已成为这些地区进行产业结构调整、生态与经济建设走向良性循环的成功之路。

通过十几年的试点示范，在南方建立的三叶草、黑麦草、鸭茅等混播草地及非洲狗尾草、狼尾草、象草等高产栽培草地十分成功，生产能力可以达到新西兰的栽培草地水平；引进的黑白花奶牛在长年放牧条件下，年产奶量可达 4~5t/头；罗姆尼半细毛羊、新疆细毛羊、考利代兰细毛羊、婆罗门牛等饲养状况良好。绵羊净毛率高达 60%~70%，净毛量可达 4kg/只，从而看到在南方建立优质高效羊毛和奶牛及肉牛生产基地的广阔前景。与此同时，通过千家万户在零星草地及坡地上放养山羊及肉牛的成功，以及探索出来的"公司+基地+农户"的行之有效的经营模式，看到了南方建立草食家畜生产基地的希望。可见，南方草地资源将成为我国重要的后备草食家畜生产基地，甚至可能成为广大南方地区经济发展的又一支柱产业。

通过上述分析，我们认为，南方草地资源的开发在技术上是可行的，经济与生态效益显著，作为贫困山区稳定脱贫致富的有效支柱产业是肯定的。但如期望成为我国重要的草食家畜产品生产基地还有待加强研究、开发与建设。

(二) 南方草山草坡开发利用与生态安全

生态安全是任何一个区域进行资源开发必须遵循的可持续发展准则 (Costanza et al.，1997)，南方草山草坡多为森林反复破坏后的次生草地，加之地形起伏大，土层薄，在滥垦、樵采等影响下，成为继北方黄土高原之后又一水土流失严重地区。北方被冲刷的黄土形成了黄河，南方被冲刷的红黄壤形成了"赤水"！据报道，目前长江流域水土流失面积已占土地总面积的40%左右，30 年来，该区域水土流失面积正以每年 1.25%~2.5%的速率递增。我们在这次考察中看到，一些岩溶地区，上百万年形成的薄层土壤已被冲刷殆尽，形成了光秃秃的卧牛石，因失去土壤再生能力而形同"石漠"。严重的水土流失不但破坏了土地生产力，而且抬高了河床、湖底，淤积水库，降低湖泊及水库的调蓄能力及工程效益，导致频繁的灾害。因此，开发南方草山草坡应与生态安全建设和环境保护结合起来。

10 余年前，我国曾开展过一场关于南方山地是否宜于开发草地畜牧业或宜林或宜草的争论，应当说，不分场合地向南方草山要牛肉或概不宜牧的提法都是不够客观的，但对毁林养畜、遍山放牧会引起水土流失与土地退化的忧虑却是完全正确的，值得引起重视。

南方山地的垂直分异是很明显的，处于不同海拔的山地与丘陵，其适宜性是不同的(吴征镒，1983)。总的讲，南方山地既宜林，又宜牧，也宜农(含经济作物)(侯学煜，1988)，南方草山可以并且应该牧、农、林各业互相结合、互有促进地协调发展，但在不同海拔上，应有不同的生产结构，形成各层次优化的"农牧林"镶嵌景观，提高区域整体的可持续发展的社会经济生产力，以维持区域长期稳定的良性循环。为了实现这一目标，必须在保护生态环境、防止水土流失的前提下进行科学合理的区域性生态经济规划，合理配置农林牧生产，以形成土地利用和各业投入在生态经济上的平衡配置，但草地畜牧业不论在生态效益(保护水土、贮碳育氮)和经济收入上都应占有重要地位。

就草地本身而言，由于气候条件的制约，北方草地是夏绿冬枯的，非洲著名的热带、亚热带稀树草原是雨绿旱枯的，北方冻原、青藏高原与高山草地更有大半年处于冰冻休眠状态，我国南方亚热带天然草山草坡在冬季也有短期枯萎，且草质粗硬，多不堪食。但是，近十几年来经筛选引种的温带禾草与豆科草种，在南方山地较高处种植后却经冬不枯，在薄雪下仍维持盎然生机，嫩绿如春，构成东亚亚热带山地的"冬天里的春天"——常绿草地带，形成了一个新的垂直地带性植被类型——亚热带山地常绿温带草甸。这不仅在生态学上有值得深究的理论价值，在经济上更为亚热带丰富的大农业增添了一项优质高产的新兴产业，必然为我国社会主义市场经济作出重要贡献。

大部分地段土地属集体与个人混合使用，用地养地矛盾突出。为了解决这个问题，湖北、湖南和云南等省都从多方面探讨草山草坡土地使用权与所有权分离的具体执行方案。湖南省湘西州提出的拍卖、租赁与入股三种方式有明显的实效性和可操作性。为了进行草山草坡的合理开发，明确草山草坡的使用权属，认真贯彻《中华人民共和国草原法》，完善草地承包制已成为南方草地开发中的一项重要的政策投入，且势在必行。

三、南方草地资源开发利用对策

我国粮食紧缺，尤其是饲料粮紧缺，且会越来越明显。每增加 1t 牛羊肉，等于增加 9t 粮，如实现南方草山草坡开发 1330 万 hm^2，年产牛羊肉的能力可达 300 万 t，可等于生产粮食 2400 万 t，可能弥补国家粮食缺口。另外，我国年进口羊毛20万t，年花费外汇近10亿美元。其中半细毛羊我国紧缺，每年需由新西兰进口10万t。而我国南方草地生态条件与新西兰相似，适于饲养半细毛羊，如建成1330万hm²栽培草地，其畜产品产量将相当于两个新西兰[①]。可见，南方草山草坡的开发对保证我国的食物安全和毛纺工业的发展均具战略意义，已引起国家有关部门和南方13个省区的高度重视，也成为南方草山草坡分布区广大人民群众迫切要求。依据以上分析，我们提出下列建议。

(一) 国家将南方草地列为加大开发力度的一项后备农业自然资源，并组织编制南方草地资源总体开发规划

建议由国家计委[②]牵头，组织农业部及南方13个省区人民政府共同编制南方草地资源总体开发规划。首先根据生态经济区划[③]原则(张新时和杨奠安，1995)，编制南方草山草坡土地利用规划，从而明确不同地区土地利用方向和土地利用结构，为编制草地资源总体开发规划提供空间定位的基础。

在土地利用规划的基础上，以草地利用为主的生态经济类型区(总面积约1330万hm²)为对象，编制南方草地资源总体开发规划，明确国家集中开发区域与各省区地方开发区域，建议两者各规划667万hm²(1亿亩)。在规划中应根据实际情况提出每个区域草地开发的具体面积与地块、草畜结构及畜产品生产指标与技术体系，同时考虑畜产品加工基地及销售体系的建设，以及相应的配套基础设施建设的具体目标。

作为开发的第一步，可先选择条件和基础较好、具有一定代表性的县进行示范基地的建设，以积累经验，培养干部。建议"九五"期间，配合国家"八七"扶贫攻坚计划，可选择若干个有代表性的县(区)，建立若干个6670hm²(10万亩)左右规模的草食家畜生产示范基地，纳入总体规划，做到栽培草地与良种家畜配套，具有现代化生产、管理水平，符合社会主义市场经济机制，产权明晰，基础设施建设、经营与技术配套。并建议由国家计委农

---

① 编著者注，此处应为：相当于1个新西兰(新西兰有2亿亩草地)。若按本文前述估测的13省区宜开发草地及灌草丛面积2670~3330hm²，则相当于两个至两个半新西兰。

② 编著者注：国家计委指当时的国家计划委员会。后同。

③ 生态经济区划系指在南方山地科学地划分"生态经济带"，根据区域内的景观分异(气候、地形、海拔、基质、土壤、植被等)与社会经济结构，划分农、林、牧、经济作物等的适宜地带及地带内的优化组合。

村经济司或国家科委①农村科技司和农业部畜牧兽医司与基地建设所在省区人民政府共同组织进行。

为了做好上述工作，建议国家计委长期计划司或国家科委农村科技司与农业部畜牧兽医司牵头；组织有关科研院所及南方有关省区尽快开展"我国南方草地资源开发利用评价"科技工程项目，充分利用现代"3S"(RS、GIS和 GPS)技术和目前已有的各种关于南方草地的图件(如南方草地资源图、土地利用详查图等)，从草地资源开发的角度，编制不同比例尺的草地资源开发利用评价图，并提供按利用难易程度和利用方式的草地资源数据，为编制开发计划提供依据。同时，建议国家基金委设立一项"我国南方草地资源开发评估与生态经济带划分研究"重点项目，从理论上支持南方草地的开发。

(二) 设立南方草地资源开发及草食家畜生产示范基地建设的专项基金

建议中央像支持北方牧区草地畜牧业那样，设立南方草地资源开发基金，财政上开一个户头，对南方草地资源的开发予以支持，各省区在使用这项经费时，应给予配套，并应建立相对应的专项基金。

作为第一步，在"九五"期间先支持 10 个南方草食家畜生产示范基地。据初步估算，每个示范基地投入约需 3000 万元，其中草地及畜牧业建设费占50%左右，基础设施及加工转化占 50%左右，前者由国家设立的南方草地草食家畜生产示范基地专项基金解决，后者由项目所在省区配套解决，并一起纳入本项目的建设基金。每一个示范基地建设都要编好切实可行的项目(工程)可行性方案，做到空间定位、规划科学可视、管理落实、技术配套、预算合理可靠、主管责任明确、符合现代企业制度。

示范基地筛选采取一定的竞争机制，并由国家计委和农业部拟订相应的条例，优先选择基础好、条件符合且靠近主干交通线和消费市场，通路、通电及水源条件较好的区域组织实施。初步认为可选择鄂西山区、湘西和湘南山区、黔北山区、滇东北山区、川东三峡地区、赣中南丘陵区、闽东南沿海丘陵区、粤北南岭山区、桂西北山区等地开展示范基地建设工作。

---

① 编著者注：国家科委指当时的国家科学技术委员会。后同。

在取得 10 个示范基地经验的基础上，在"十五"期间进一步扩大，争取通过 4 个五年计划，建成现代化的南方草食家畜生产基地，成为我国食物供给的重要基地并实现国产羊毛自给。

(三) 加强国家和地方各省区人民政府对南方草地资源的管理

根据土地利用规划，完善对草山草坡权属的划定，真正把草地承包使用落实到千家万户，给使用者用地、养地创造一个宽松的政策环境。

着眼于草地资源的开发利用，用 20 世纪 80 年代末期和 90 年代初期所进行的土地详查成果，并采用现代"3S"技术，对我国南方草地资源进行详查。逐步建立南方草地资源档案制度和草地资源管理信息系统，从而为我国南方草地管理和执法提供资源动态的科学依据，并将草地资源逐渐纳入国民经济的核算体系。

加大南方各省区草原执法力度，认真而系统地组织各级人民政府制定贯彻《中华人民共和国草原法》的条例，使草地管理真正走上依法管理的轨道。为此，加强各级人民政府对草地畜牧业的领导及草地管理机构的建设、草地监理机构和队伍的建设，真正做到各级政府都设有专门机构，县有中心，乡有站，村有兽医，从而彻底改变现有管理能力不能满足开发建设需要的被动局面。

进一步筛选适合我国南方草地管理的先进技术体系，将其纳入各级人民政府推广农业技术体系之中。因此，必须加强草地畜牧业人才的培养、草地畜牧业实用技术培训与推广站网的建设等。应特别注意种草养畜能手的培养，加大县一级政府主管的职业中学培养种草养畜基础人才力度，使南方草山草坡所在地区的千家万户真正掌握实用的种草养畜技术。

加强先进经验的推广和宣传投入。在广大南方草山草坡地区树立发展草地畜牧业、稳定脱贫致富的观念，充分利用报刊、杂志、电台、电视，大张旗鼓地宣传发展草地畜牧业的重要意义，宣传草原法规及草地畜牧业发展的先进典型，从而形成发展草地畜牧业的共识和良好气氛。

(四) 完善国家和地方各级人民政府对畜产品加工规模和产品结构的短期和中、长期计划与规划

我国南方草地畜牧业的大力发展必将改变目前业已形成的区域畜产品组

成的结构和规模，也将改变我国整体的畜产品结构和供求关系，以及我国畜产品的进出口结构、规模及水平。为此，在制定南方草地畜牧业开发规划的同时，要全面考虑我国畜产品供求现状及发展趋势，以及与我国有畜产品进出口贸易往来的国际畜产品供求市场的发展态势，全面考虑南方草食性畜产品加工转化基地的建设计划与规划。

随着南方草地畜牧业的发展，我国畜产品资源结构将发生明显改变，畜产品消费结构也会有明显变化。因此，一方面要考虑出口畜产品(特别是出口中国港澳台地区和东南亚国家)加工基地的建设，另一方面要针对我国不同地区城市发展的规模、区域交通运输条件的保障程度和经济合理性，全面规划我国南方草食家畜产品加工生产基地。

通过多方筹措畜产品加工基地建设资金，逐渐通过发展外向型的产业，建立沿海发达地区与前述草食家畜产品生产基地间的合资或股份制的畜产品加工企业。充分利用产地畜产品"绿色食品"优势和先进的加工技术及市场优势，逐渐形成具有现代企业制度的、新型的草食家畜产品的加工体系。

为了争创南方草食家畜产品名牌，要增加畜产品加工企业的技术含量，确保质量，真正形成一支在市场经济竞争中立于不败之地的、满足国内外市场需要的现代化畜产品生产企业集团，从而通过市场机制推动我国南方草食家畜产品生产基地的迅速、健康发展。

(五) 对已有草地开发试验基地管理的建议

根据本次考察，除湖南城步县南山牧场已形成规模生产外，其他各试验点均处于初期建设阶段，且存在权属不清、管理未规范化等问题。建议对已有草地开发试验基地加强管理，完善草地使用承包责任制，严格放牧管理，实行合理轮牧，完善经营模式，逐渐扩大开发规模，争取建成南方草地开发和示范基地。

四、结语

南方草地资源的开发在技术上是可行的，经济与生态效益显著，是这一地区稳定脱贫致富的有效支柱产业。南方草山草坡蕴藏着巨大生产潜力，如能集中力量开发，将生态安全建设与"常绿草地带"种草养畜有机结合起来，将成为我国又一主要的草食畜牧业基地。通过示范基地的先期开发，在 3~4 个五年计划期间，形成 1330 万 hm^2(2 亿亩)的开发能力是可行的。建议国家从编制总体规划、设立开发示范基金、加强草地资源管理、畜产品转化基地与市场建设等方面加快南方草地资源开发步伐。

(本文完成于 1998 年. 作者李博，中国科学院院士，内蒙古大学，1929~1998 年)

参 考 文 献

侯学煜. 1988. 中国植被地理. 北京: 科学出版社

李博, 等. 1993. 中国北方草地畜牧业动态监测研究(一). 北京: 中国农业科学技术出版社

吴征镒. 1983. 中国植被. 北京: 科学出版社

张新时, 杨奠安. 1995. 中国全球变化的样带研究. 第四纪研究, 6(1): 43~52

中华人民共和国农业部畜牧兽医司, 中国农业科学院草原研究所, 中国科学院自然资源综合考察委员会. 1994. 中国草地资源数据. 北京: 中国农业科学技术出版社

赵松乔, 牛文元, 王德辉, 等. 1985. 中国自然地理(总论). 北京: 科学出版社

Costanza R, d'Arge R, de Groot R, et al. 1997. The value of the world's ecosystem services and natural capital. Nature, 387(15):253~260

第四篇 岩 溶 论 坛

第八章　院 士 发 言

西南岩溶地区农业的出路在草地畜牧业

任继周

农业是历史最久、影响最广的环境因素。以籽粒为主要生产对象的耕地农业，往往过度开荒种地，导致水土流失，土地资源遭受严重破坏，使农业效益低下。这是中国农村贫困的基本根源。世界面临人口、资源和环境的挑战，农业不可避免地要面临挑战，其核心问题是食物的消费和生产失调。我国食物安全的真正压力来自饲料。以食物当量来计算，为"2＋5"模式。即人用口粮为 2 亿 t/a，饲料用 5 亿 t/a。要满足 5 亿 t 饲料的食物当量，必须走出局限于耕地农业的阴影，发展草地农业。对西南岩溶地区生产籽实而言，日照尤显不足。草地农业在保证环境安全的前提下，可以利用的土地资源比耕地农业多 3~4 倍；可利用的气候资源、生物资源比耕地农业多许多倍，农业收入也成倍增加。

一、农业与环境的相互作用

农业是历史最久、影响最广的环境因素。农业的危机——三农问题，突出表现在：①土地贫瘠化：水土流失，肥力衰退；②农民与城市居民收入之比为 1：3；③农村社会保障不足：医疗、教育、社会福利有待进一步发展。

二、世界农业面临"人类世"的挑战

20 世纪末，有些科学家明确提出地球进入新的地质时代——"人类世"(Kotchen and Young, 2007)，其特征突出表现：①土地、水、大气资源的危机；②人口压力；③食物浪费与不足：大约 1/3 人口营养不良；1/3 处于维持水平；1/3 营养过剩；④食物系统的断裂。

三、现代粮食(食物)的概念

对人的食物构成来说，应包含矿物性食物、植物性食物和动物性食物三大类，领域十分广阔(图 8-1)。在食物生产中如果不顾整体，鲁莽从事，过分热衷于某一类食物，如籽粒类的"粮食"，而将其他食物弃置不用或用得很不充分，就会打乱食物系统和这类食物"生产者"赖以生存的环境。我国农业存在的众多问题，其根源在于作物生产与家畜生产各自独立进行，两种食物系统的废弃物不能相互转化，农业资源低效利用，过剩的营养物质排向江河流域，如太湖、巢湖、滇池流域，蓝藻大暴发的生态灾难在全国蔓延。因此需建立新的食物系统观(任继周等，2007a；任继周和侯扶江，1999)。

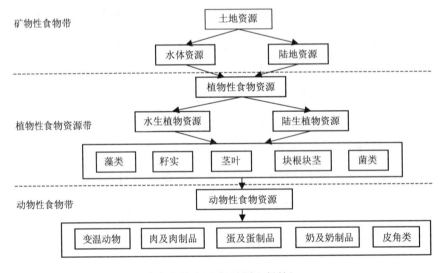

图 8-1   人类食物构成图(任继周和侯扶江，1999)

四、岩溶地区籽实农业困境突出

1) 籽实作物对水热节律的要求严格，尤其从孕蕾到结实阶段，易致减产成灾；

2) 降水分配不均，渗漏严重：夏半年70%以上"地表水贵如油，地下水滚滚流"；

3) 日照不足；

4) 土地瘠薄。

五、我国食物安全的压力来自何方？

1998 年我国粮食产量 5.123 亿 t，发生"陈化粮"问题。这表示粮食生产已满足社会需求而有余。此时人均 412.4kg。

2002 年产粮 4.57 亿 t，全国缺粮 0.5 亿 t，缺额与实际产量之和恰为 5 亿 t 左右。

从正反两方面证明，当前口粮加饲料粮的需要量估计为 5 亿 t 是基本合理的。其前提是动物性食物的不断增加。而且动物性食物的增加量大体与籽粒性食物减少量相当(图 8-2) (任继周等，2007b，2005)。

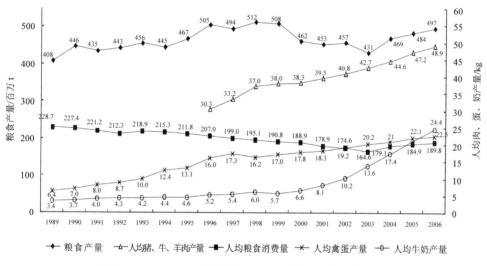

图 8-2　1989~2006 年我国粮食、肉、蛋、奶的消费动态

六、2020 年预测

2003 年口粮消费量 2.19 亿 t，随城市化发展，城市人口比重加大，2020 年口粮需求可能下降到 2 亿 t (图 8-3)。

2020 年非口粮消费为 5 亿 t (2003 年饲料粮等间接谷物消费 2.34 亿 t 食物当量) (图 8-3)。

2020 年口粮 2 亿 t＋间接消费 5 亿 t＝7 亿 t (图 8-3)。

我国食物(含粮食、饲料)的中长期规划目标，即"2＋5"模式。大约人用食物当量占 30%，饲用食物当量占 70%(图 8-3) (任继周等，2005)。

5 亿 t 饲料，现在以谷物生产为主的耕地农业难以承担，而以草类生产为主的草地农业，其非谷物饲料的生产则游刃有余。

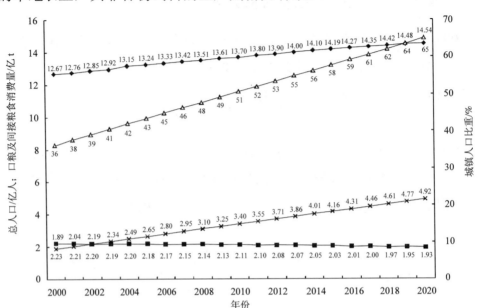

图 8-3　我国总人口与城镇人口的直接及间接口粮消费量发展趋势

七、草类饲用植物蕴藏巨大食物资源

1 hm^2 黑麦草地＝1.44hm^2 农田当量(任继周和林慧龙，2006)；

1 hm^2 青贮玉米＝1.75 hm^2 农田当量(任继周和林慧龙，2006)；

1 hm^2 多年生栽培草地＝0.75 hm^2 农田当量(任继周和林慧龙，2006)；

草地农业扩大了土地资源：草田轮作＋天然草地＋改良草地的生产能力是耕地的 3~4 倍；

草地农业扩大了牧草资源：草＋饲用作物＋灌木，资源丰富、潜力巨大。这些食物资源只有草食动物才能充分发掘。

八、草地畜牧业健康高效

充分发挥豆科植物和反刍家畜这一草地畜牧业的两大优势——也是疯牛病后西方反思的焦点。

新西兰"草地型"畜牧业效益显著(表 8-1)。以草地型畜牧业的新西兰与非草地型畜牧业的英国相比，蛋白质的生产效益前者约为后者的 4 倍。至于经济效益可达 6~8 倍。而且家畜健康状况远较舍饲者为优。

表8-1 新西兰和英国蛋白质生产的能量消耗

产品	能耗/(MJ/kg)		
	新西兰	英国	新西兰：英国
羊肉	116	465	1：4
牛肉	95	348	1：3.7
牛奶	68	208	1：3.1

九、草地畜牧业有利于生产环境的生态健康

充分利用国土资源。我国草地面积达国土面积的 42%，如果在南方建设栽培草地 2000 万 hm²(3 亿亩)，可相当于一个半新西兰。如果我国草地开发达到新西兰水平的 1/2，加上与农区的耦合效益(林慧龙和侯扶江，2004；林慧龙等，2004)，可获 600 万个畜产品单位，约合 4800 万 t 粮食，相当于增加了 1 亿多亩耕地，以此弥补目前的粮食缺口而有余。

充分发挥气候(水热)资源潜力，节约水资源。牧草等饲用植物，生长期比一般农作物长 1~2 个月，比农作物多利用 20%~40%的积温，节约 15%~20%的水分。以 20%的耕地用牧草作填闲作物，在保证谷物生产的同时，可增加收益。

保持水土。目前水土流失，70%来自耕地，草地一般比农田减少水土流失 70%~80%以上。

种草可减少化肥农药的施入量，减少面源污染和畜产品污染，顺应市场对绿色畜产品的需求；节约大量的人力、物力。

生产链长，可以容纳多种技术支撑，各个生产层之间的系统耦合，效益大幅度增加(林慧龙和侯扶江，2004)。

抗灾能力强，对水热时空变异适应性较大。因牧草有休眠芽，可以熬过严酷季节，不易成灾；而且多种牧草混播，增加抗病力。

培肥地力，藏粮于草。草田轮作是沃土工程的有效途径。黄土高原区的试验，草田轮作一个周期(3~4 年)可以提高土壤有机质 23%~24%，氮素 100~150kg/hm²。一旦市场急需增加粮食供应，可以将轮作草地立即改为农田，以更高的土壤肥力完成产粮任务。

十、草地农业有利于调整耗粮型与节粮型家畜之比

中国耗粮型家畜比重过大，2003 年猪肉产量占肉类总产量的 65.18%，饲养了 4.660 17 亿头猪；美国是产粮大国，猪肉产量只占全世界的 9.32%；我国是贫粮国，猪肉产量却占世界的 47.18%。

草食家畜比重过低，2003 年中国草食类家畜牛、羊肉与耗粮类家畜猪肉产量之比为 21.86：100；美国两者之比为 137.92：100。中国养猪是美国的 7.83 倍，与全球平均值相比，中国牛羊肉占肉类的百分比低 13.89 个百分点，而猪肉高出 26.85 个百分点。

十一、草地农业的特殊形态——营养体(饲用植物)生产特别适宜于岩溶地区

营养体生产是以生产植物茎、叶、根、芽等植物营养体为主，相对于籽实生产。所包含的营养体，是广泛的动物的食物(此外，还包括纤维植物和香料植物等)。

植物生产的有机物质，人类能直接利用的不足 25%，其余 75% 需经草食动物转化为人类可用产品。其经济价值大约与直接利用部分的相等或略多。

(一) 岩溶地区有营养体生产的条件

校正云量以后的总辐射量 130 kcal/cm^2 以上的地区宜生产籽粒作物。岩溶地区校正云量以后的总辐射量为 100 kcal/cm^2，以生产植物营养体(即茎叶)生产为宜。

总辐射量 100~130 kcal/cm^2 的地带，两者都可以生产，但仍以生产营养体较为丰产、稳产。例如，在这些地区蔗糖产量远胜于谷物，而牧草营养物质产量与甘蔗不相上下。以丰产牧草作为稻田填闲作物，可增产相当于稻田 110% 的能量单位(杨中艺等，1997)。

(二) 营养体生产的适宜范围

适宜区(1)：西南岩溶地区，年均温 14~21℃，＞0℃活动积温一般为 5000~7000℃，无霜期长；降水充沛(900~1500mm)，但日照不足，温度的年较差与日较差较小，不利于籽实作物生产，有利于营养体生产。天然草地的

产量是北方草地的 4~6 倍，栽培草地是北方栽培草地的 2~3 倍，可与新西兰草地媲美。普遍生长的豆科木本饲用灌木和小乔木是不可忽视的饲用资源，有利于水土保持，抗逆性强，较稳产、高产，蛋白质丰富度不亚于豆科牧草，是山羊和鹿的良好食料。

适宜区(2)：以青藏高原为代表的高寒山区，面积约为 227 万 km² 。因热量不足(年均温 0℃以下)，籽实作物难以成熟(青藏高原与云贵高原面积之和约 281 万 km²，占陆地国土总面积的 29%)。

适宜区(3)：①不需要粮食自给或已经自给有余的地区；②农业结构需要优化的地区。

十二、对一个流传颇广的反对意见的分析

Wirsenius(2003)从生态金字塔原理出发，认为食物经动物转化耗能多。以能量计，草食动物系统约消耗了植物生物量的 2/3，而它对人类膳食的贡献却仅为 13%。反刍动物消耗尤多。但其片面性在于：

(1) 草食动物所消耗的这 2/3 营养物质，绝大部分是人类不能直接利用的；

(2) 草食动物系统转化生成的 13%的能值，其食物形态为蛋白质、动物脂肪、酶、激素等高质能食物，其生物学价值是低质能无法比拟的，也是不可代替的；

(3) 高质能的经济价值比低质能高若干倍。农牧民将因此收益大增。

十三、结束语

草地畜牧业是岩溶地区响应全球变化和生态危机的有效途径之一；

草地畜牧业具有生态修复与和农业持续发展的双重功能，特别有益于食物安全；

西南岩溶地区有发展草地畜牧业的优越条件。土地资源、生物资源、气候资源都可得到远比耕地农业更为充分的利用；

草地畜牧业不是落后的生产方式，而是先进的后工业化畜牧业生产的自然回归。

(本文完成于 2007 年. 作者任继周，中国工程院院士，兰州大学，甘肃兰州 730020)

参 考 文 献

林慧龙, 侯扶江. 2004. 草地农业生态系统中的系统耦合与系统相悖研究动态. 生态学报, 24(6): 1252~1258

林慧龙, 肖金玉, 侯扶江. 2004. 河西走廊山地–荒漠–绿洲复合生态系统耦合模式及耦合宏观经济价值分析. 生态学报, 24(5): 965~971

任继周, 侯扶江. 1999. 改变粮食观, 试行食物当量. 草业学报, 8(增刊): 55~75

任继周, 林慧龙. 2006. 农田当量的涵义及其所揭示的我国土地资源的食物生产潜力——一个土地资源的食物生产能力评价的新量纲及其在我国的应用. 草业学报, 15(5): 1~10

任继周, 林慧龙, 侯向阳. 2007b. 发展草地农业, 确保中国食物安全. 中国农业科学, 40(3): 614~621

任继周, 南志标, 林慧龙. 2005. 以食物系统保证食物(含粮食)安全——实行草地农业, 全面发展食物系统生产潜力. 草业学报, 14(3): 1~11

任继周, 南志标, 林慧龙, 等. 2007a. 建立新的食物系统观. 中国农业科技导报, 9(4): 17~21

杨中艺, 辛国荣, 岳朝阳, 等. 1997. "黑麦草–水稻" 草田轮作系统应用效益初探(案例研究). 草业科学, 14 (6): 35~38

Kotchen M J, Young O R. 2007. Meeting the challenges of the anthropocene: Towards a science of coupled human-biophysical systems. Global Environmental Change, 17: 149~151

Wirsenius S. 2003. Efficiencies and biomass appropriation of food commodities on global and regional levels. Agricultural Systems, 77: 219~255

对西南岩溶地区多民族文化特色区域农业创新思维的探索

张子仪

从自然地理条件、地区经济社会条件分析，西南岩溶地区的总体宜农条件较差。从科学发展观出发，这些地区宜走产前、产中、产后在内的具有原料供给、非农就业、生态保护、观光休闲、乡村旅游、文化传承等非农生产在内的大农业之路；在和谐发展的理念下，维护好少数民族非物质文化遗产，同时把人力资源开发放在首要战略地位。采取"请进来"消费、多民族文化交流的方式是走共同繁荣致富之路。

我国西南岩溶地区位于广西、贵州、云南接壤地带，具有南亚热带高原季节性气候，生物资源多样，地下资源及地热、水资源丰富。但是限于地质、地貌等生态条件，长期以来水土流失严重。以贵州省为例，石漠化面积占全省土地总面积的比重不断扩大，而且仍有发展的趋势。从生态恢复的前景展望，这将是一场任重而道远的持久战。因此，必须从长计议，另辟蹊径，探索人与自然和谐可持续发展之路。作者对岩溶地区的过去及现状知之甚少，仅就随团走马观花式的印象，提出粗浅想法，敬请批评指正。

一、从科学发展观出发，走创新型大农业生产之路

"粮"、"饲"、"草"是手段，"食"是目的。作者认为：总结我国在发展现代化农业过程中的经验教训，结合岩溶地区的农业生产实际，重新探索创新思维是必要的。2008年中央"一号文件"在加快构建强化农业基础的长效机制中指出："要在经济发展新阶段，农业的多功能与基础作用日益彰显，必须更加自觉地加强农业基础地位，不断加大强民惠民政策力度。"因此，对岩溶地区的脱贫致富问题从"现代大农业"的观点寻求出路是必要的。自古以来，"民以食为天"。按《黄帝内经》[①]所记载"食"的理念是："五谷为养；五果为助；五畜为益；五菜为充。[②]"这种观点源起何时待考，但是一个理念启

---

① 黄帝内经：藏气法，时论篇，第三十二。
② 养(满足基本能量需要)；助(维生素、矿物质)；益(蛋白质)；充(维生素、多糖、寡糖、纤维质)。

发人们"食"需"粮"，但不唯"粮"。回顾历史，从商鞅变法到西汉演变成"辟土殖谷曰农"，这种观点可能便是从"食"向"谷(粮)"乃至"以粮为纲"的农业生产模式的始作俑者。小平同志于 1983 年指出："农业翻番不能只靠粮食，主要靠多种经营，农业文章很多，我们还没有破题。"在民国初期，以晏阳初[①]、梁漱溟[②]为代表的先驱都曾扎根农村，为了探索中国农业以什么模式走向何处去的问题提出过各自的见解。及至 20 世纪后期，已故许振英[③]于 1981 年也曾在黑龙江省海伦县长期蹲点后，提出过以物质、动力、经济三大循环为标志的"纯农业地区新农业发展"构思(张子仪，2007)，惜限于种种历史条件的限制均以无果而终。应该承认"六五"期间，何康提出的以粮食作物、经济作物、饲料作物为标志的三元结构农业生产模式；任继周(2004)提出的三个界面耦合与四个生产层之间有机联系的草地农业生产模式新概念；卢良恕(2006)提出的区域农业生产模式；洪绂曾(2007)提出的建立包括产前、产中、产后和观光农业在内的具有营养、安全、舒适、风味、卫生等功能的大农业产业体系等都是在长期实践的基础上，提出的真知灼见。

经过改革开放以来 30 多年的探索，"六五"至"十五"期间，中央"一号文件"关于三农政策的发展也可以看出，开始是从联产承包责任制，到促进农民增收，到突破僵化传统农业经营方式，向扩大市场调节度，千方百计促进农民增收(1982~1989 年)，提高农业生产能力，向建设社会主义新农村方向前进(2004~2006 年)。2007 年中央"一号文件"首次提出了"农业不仅具有食品保障功能，而且具有原料供给、就业、增收、生态保护、观光休闲、文化传承等功能"(中共中央国务院，2007)。2008 年又提出了"不断加大工业反哺农业，城市支持农村的力度，坚持多予少取放活；大力发展节约型农业；提高非农就业增收，提高乡镇企业、家庭工业和乡村旅游业发展水平，改善

---

① 晏阳初：耶鲁大学毕业；创平教会，推广到泰国、菲律宾、危地马拉、哥伦比亚及加纳等国；倡攻"愚、穷、弱、私"四端；倡文艺、生计、卫生、公民、教育；举家迁定县，试乡村建设；崇"3C"(confucius、christ、coolies)；获美国总统里根"终止饥饿终身成就奖"及哥白尼逝世 400 年纪念会"世界具有革命性贡献伟大人物"称号。

② 梁漱溟：教育救国先驱，倡"创造新文化，救活旧农村"；不使文化失传，不使文化停滞不前；倡自爱爱民，自新新民；曾在山东、河南倡办乡村教育建设，组织中国民主政团联盟。办河南村治学院、光明报。新中国成立后任全国政协委员，孔子研究会顾问。著《人心与人生》、《乡村建设理论》。

③ 许振英在中国科学院黑、宁、冀、浙农业现代化综合科学实验基地会议发言。

农民工进城和返乡创业环境"(中共中央国务院，2008)。总的指导方针是粮食不能丢，但不能以粮为纲。经过近百年的实践，当前一个共识是从全局看"食"需要"粮"，但不唯粮；饲、粮应"各矢其的"，分别管理，分别按需规划生产；"草"、"粮"、"饲"殊途同归，应融合为一体，而不是形式的结合。要突破就农业论农业，要依靠科技缩小城乡差距、工农差距，提高整体效益，探索如何走中国自己的道路，尽快完成我国农业现代化的转变过程。

二、脱贫致富的前提是保护好少数民族非物质文化的延续性及生态伦理与生态经济的结合

一度对"非物质文化"这一名词有过争议。联合国教科文组织曾通过了"传统文化与民间创作"及"口头和非物质文化遗产(oral and intangible heritage)"[①]这一表达方式。国务院(2005)在有关文件中也强调了保护"非物质文化遗产"的重要性。作者认为，"不以词害义"，通过语言、文学、音乐、舞蹈、游戏、神话、礼仪、习惯、手工艺、建筑艺术及其他信息表达非物质文化是一个复杂的问题。但从主体上看，非物质文化的形成、发展乃至升华都是经过了去粗取精、去伪存真的历史洗炼，保留下来的宝贵财富。因此，任何经济社会发展方式都必须保证祖先传承下来的文化遗产。抢救这些文化是生态文明社会发展的需要，也是发展和谐社会的需要。

贵州、广西、云南岩溶地带是多民族杂居的地区，其中广西壮族自治区有壮、瑶、苗、侗、仫佬、毛南、回、京、水等48个少数民族，占全自治区人口的38.3%。贵州省有苗、布依、侗、土家、彝、仡佬、水、回、白、壮、瑶等49个少数民族，占全省人口的38.9%。云南省有彝、白、哈氏、壮、傣、傈僳、回、拉祜、佤、阿昌、怒、德昂、蒙古、基诺、水、独龙等52个少数民族，约占全省人口的33.4%。所在地区不仅有特产、药材、珍稀动植物和旅游等丰富的自然资源，而且还有民俗、民间文化和名胜古迹。为此，加强文化交流，不仅是多民族地区与现代文明互相沟通理解的需要，也是防止不同文明隔绝、矛盾冲突的需要。通过接触、互动不仅可以缩小地区差距、城乡差距，统筹协调区域发展、经济社会

---

① 联合国教科文组织第25届总会：《关于保护传统文化与民间创作的建议》及《人类口头和非物质遗产代表宣言》1989 巴黎。

发展以及协调人与自然的和谐发展，也是我国长治久安的战略决策。

当前我国西部少数民族地区特别是岩溶地区不仅贫困人口分布广，与东南沿海经济发达地区差距大，而且从 20 世纪 90 年代以来，这些地区的城乡收益差距、城乡公共服务差距仍然有不断扩大的趋势。据中国科学院和清华大学国情研究中心的资料(胡鞍钢，2001)，这三个地区以全国经济发展差距指标为 100 比较，分别为–26.8%、–25.0%、–63.7%。广西、云南、贵州三个地区在全国的排序分别是第 20、25 和 31 位。从这三个地区的农业自然资源条件、地区经济社会条件分析，不仅振兴经济需要足够资金的长期投入，而且在投入过程中还有可能会自觉不自觉地产生"等、靠、要"等负面影响。因此，在投入之前，还应考虑不同民族文化的延续性、生态的安全性、经济合作或科学发展中持续发展战略的诸多问题。单纯依靠投入、过度消耗自然资源的投资方式是不可取的。但从生态伦理的原则出发，也要像抢救动物、植物物种那样防止盲目追求表面上的经济快速增长，赶超沿海地区的经济增长模式。要避免把投资的重点放在过度依赖资源开发，重繁荣轻文化的倾向。一定要防范民族特色文化的失传。在发展产业、投入导向方面应从生态效益、社会效益与经济效益整体考虑，着力于市场导向型、民族特色型、生态文明环保型、区域特色型、劳动密集型产业的开发，利用比较优势发展具有地区特色的本土化经济。对资源密集型、资本密集型的产业的立项一定要经过充分论证，慎重上马。岩溶地区宜农条件较差，应扬长避短，整合各种资源，在维护少数民族特色的文化传承，尊重民情民俗，满足当地居民对国民幸福总值(GNH[①])意愿的前提下，发展以"请进来"消费的旅游业以及传统民族手工业、医药业。这是多民族长期和谐发展共存共荣的基础，也是岩溶地区多民族在脆弱的自然资源生态环境下走共同繁荣致富的可行之路。

三、把人力资源开发放在岩溶地区科学发展战略的首要地位

在知识经济时代，人力资源的优化配置、国民素质的不断提高是脱贫致富

---

① GNH(gross national happiness): GNH＝GGDP＋HL, GGDP＝Green GDP, HL＝Happy Land 最早由不丹国王热米辛耶提出(1995)。

的先决条件。人力资源是一种最积极、最活跃的生产要素，具有可无限开发与可再生性。20世纪中期，当我国人口年增1200万人，即每年以20‰的速度递增时，马寅初便在其《新人口论》中提出了节制生育与提高人口素质并重的观点。在此之前，晏阳初在30年代也曾提出过解决三农问题首先要攻"四端"(愚、穷、弱、私)的主张。大体同年代梁漱溟也曾提出"创造新文化，救活旧农村"的号召。当前在人力资源开发方面不仅要求尽快提高当地少数民族的文化、科学素质，同时还需要有一批能洞察国情国力、了解民情民俗的高素质的决策者与一批能在基层艰苦的逆境中献身于社会主义农村建设事业的孔繁森式的英雄人物。这是科学利用自然资源、积累物质资本、统筹经济社会和生态协调发展的先锋队与主力军。毛泽东同志曾在新中国成立初期便提出："政治路线确定之后干部便是决定的因素。"我国科研成果转化效率低的原因便是在生产与科研成果之间缺乏必要的科普队伍与科普桥梁。科普是人文与科学结合的圣婴，是检验科研成果的试金石，是富国强民的主战场。改革开放以来，广西、云南、贵州地区各级政府在这方面做了大量艰苦卓绝的努力，并取得许多可喜的成效。但是面对上述脆弱的生态环境及种种历史条件所走过的生态足迹[①]与生态赤字[②]分析，仍然是任重道远的。据中国科学院和清华大学国情研究中心(胡鞍钢，2001)的资料显示，在西部少数民族的社会发展与全国平均值比较仍然是滞后的，需要加倍努力才能夯实必要的社会基础(表8-2)。

表8-2 少数民族地区综合发展差距比较(全国=100%)

地区	知识发展差距		人类发展差距	
	差距指标	全国排序	差距指标	全国排序
广西	−49.12	27		19
云南	−51.25	28	−16.83	27
贵州	−61.68	30	−26.39	30

资料来源：胡鞍钢，2001。

岩溶地区地处边陲，生活条件相对艰苦，信息相对闭塞，"孔雀东南飞"

---

① Wackemagel于1996年提出生态足迹(ecological footprint)是维持人类自然资源消费和吸纳人类的废弃物排放所必需的生物生产性土地面积(biologically productive areas)和海洋面积，以此衡量全球不同国家人均占用的资源环境状况。

② 生态赤字=生态足迹−生态承载力。

的现象大量存在。应该承认，在东西部之间，对人才的争夺是激烈的。当前在选贤问题上有种种误区，一是重视外来人才而轻本地人才；重视高职称人才而轻中低级职称人才；重视某一领域的专门人才，而轻有长期实践经验的"本地通才"；偏重用福利待遇招聘外来人才而忽视用改善生活和工作条件来稳住洞察当地民情民俗的本地人才的体制必须改革。只有这样才能遏制"本地和尚"见异思迁、"外来和尚"念"洋经"、"蜻蜓点水"的不良倾向。高新技术需要有热爱乡土的人才来转化。若从困难的地方财政中挤出一点"优惠条件"来"移桐引凤"，是不可能形成一批能打硬仗、招之能来、来之能战、战之能胜的过硬战斗团队的。全民素质的提高是发挥人力资源作用的基本条件。科学研究成果的受体是生产者，是科研成果的用户。为此，任何时候都不应忘记提高受体的接受能力。根据现实生活中农民的实际需要与中长期目标，摆正这一关系。缩小科研工作者与农民的距离，是需要经过几代人的艰苦努力，才能生根开花结实。否则任何一项高新技术成果最后只能束之高阁，成为一纸空文。李四光先生曾说过"科学研究脱离生产就空洞，生产没有科研指导则盲目"这一警句。作者认为，对今天解决岩溶地区存在的种种问题，把人的因素放在首要地位，把人力资源开发放在战略地位仍然具有重要指导意义。

（本文完成于 2008 年. 作者张子仪，中国工程院院士，中国农业科学院北京畜牧兽医研究所，北京 100193）

参 考 文 献

邓小平. 1983. 各项工作都要有助于建设有特色的社会主义. 1983 年 1 月 12 日与国家计委、经委和农业部负责同志谈话要点. 邓小平文选, 3: 22~23

国务院. 2005. 关于加强文化遗产保护的通知. 国发〔2005〕42 号

洪绂曾. 2007. 现代农业是大农业. 草业科学, 24(4): 1~2

胡鞍钢. 2001. 西部少数民族地区传统追赶战略与新追赶战略特征的选择//胡鞍钢. 中国科学院, 清华大学国情研究中心. 地区与发展——西部开发新战略. 北京: 中国计划出版社: 296~308

卢良恕. 2006. 中国农业发展理论与实践//卢良恕. 西南岩溶地区现代农业建设的新思路. 江苏: 江苏科学技术出版社: 157~162

任继周. 2004. 草地农业系统通论. 合肥: 安徽教育出版社

张子仪. 2007. 学习《许振英文选》后的体会(许振英文选的跋)//单安山, 蒋宗勇, 霍贵成. 许振英文选(中

国畜牧兽医学会和东北农业大学编). 北京: 中国农业出版社: 951~960

中共中央国务院. 2007. 关于积极发展现代化农业扎实推进社会主义新农村建设的若干意见. 中发〔2007〕1 号

中共中央国务院. 2008. 关于切实加强农业基础建设进一步促进农业发展增收的若干意见. 中发〔2008〕1 号

石灰岩地区的草食畜牧业问题

刘更另

从 1962 年开始，我一直在湖南石灰岩地区工作。前后 28 年，在湖南衡阳地区祁阳县官山坪。起初研究低产水稻田改良，后来研究耕作制度，推出双季稻绿肥制，实行晚稻超早稻。经过 20 多年的努力，湖南衡阳地区，本来是一个低产田很多的地方，后来水稻产量大增。衡阳地区当时以占湖南全省 10% 的水稻田，生产了湖南 12% 的稻谷，成绩是明显的。

在大力发展粮食生产的同时，我也认识到：没有畜牧业的农业，是不完全的农业。特别是在南方，水热条件优越，适合营养体植物生长，宜发展草食畜牧业。因此，从 20 世纪 80 年代开始，我就开始兴办牛场和羊场，从湖南桃源购买"湘西黄牛"，在永州孟公山饲养山羊，结果都以失败告终。

失败了，但是没有吸取足够的教训，因为我本人参加实践的时间太少了，对教训认识不深刻。于是把工作重点放在恢复红壤地区植被的改良，提高石灰岩地区红壤旱地增产措施上。先后引进茶叶、柑橘、板栗、楠竹、湿地松、水杉、樟树等经济林木，同时，引进各式各样的牧草，共计 200 多种。选出一些适于当地生长的牧草，如意大利黑麦草 *Lolium multiflorum*、聚花草 *Floscopa scandens*、草决明 *Cassia tora*、象草 *Pennisetum purpureum*、宽叶雀稗 *Paspalum wettsteinii*、苜蓿 *Medicago sativa*、三叶草 *Trifolium* spp.、羽扇豆 *Lupinus polyphyllus*、兰花草子 *Iris lactea* var. *chinensis* 等，准备建立饲养牛羊的饲料基地。

在石灰岩红壤地区，由于水热条件优越，一般来说牧草生长很好。当地的野生种如白茅 *Imperata cylindrica* var. *major*、黄花蒿 *Artemisia annua*、假俭草 *Eremochloa ophiuroides* 是当地的主要种群。能否利用这些野生种作饲料基地呢？根据观察，这些种群与气候、土壤和人为活动有密切关系，天气晴朗、大气干燥、土壤紧实适合假俭草群落繁殖。这些草，铺满地面、耐践踏、保土功能好，别的种群很难与它们竞争。但是这些草每年生长的生物量不多，供牛、羊等采食利用的数量很少。在这种草坪上，经过人工耕翻或挖翻，迅速出现的是以白茅为主的群落，这种草丛高 80~100cm，繁殖异常迅速，根茎迅速在松土中生长，在根节上再繁殖茎叶。茎叶可以喂牛羊，可以刈割。刈割后很快再生，雨水好，生长更快。但这种草生长很迟，一般到 5 月才生长，往往被许多灌木抑制。在非常瘠薄的红壤土这些草如何高产，缺乏系统研究。1975 年，本人在湖南祁阳官山坪北坡上做了一个白茅施肥、刈割试验。分 4 个小区处理：①对照。②每年 10 月刈割白茅，移走。③每年 10 月刈割 1 次，移走后施氮肥。④每年 10 月施氮肥 1 次，不刈割。

小区面积 5m×5m，施肥区施 $10.6kg/hm^2$ 尿素。

经过 5 年观察：①对照区，白茅高 80~100cm，杂有灌木，早春灌木生长快，抑制白茅生长。②只刈割不施肥处理，白茅高 60cm，整齐；抽穗，穗很短；茎很细，直立；无灌木生长。③施肥而不刈割的处理，白茅猛长，苗高 1.5~1.6cm，秆子软，第 3 年起不通风，第 4 年起倒伏，到第 5 年底层腐烂死亡。④刈割加施肥的处理，白茅在第 2、3、4 年逐步死亡，到第 5 年白茅全部死亡。

白茅另一个缺点是营养价值不高，容易变老、变粗，许多草食动物不愿采食。如果把白茅生长的地方改种别的牧草，把白茅的残根全部处理干净要花很多工。否则白茅在松土里繁殖特别快，变成恶性杂草。从发展畜牧业的观点，无论是白茅、假俭草，还是其他蒿草，都不是很理想。但是从增加地面覆盖度、保持土壤、改善生态环境的角度看，这几种天然植被又有它们特有的优越性。在云南、贵州、广西的喀斯特石漠化严重地区，发现和培植当地土生土长的植被，改良、优化当地土生土长的植物群落非常重要，因为它们适应当地的土壤、气候条件。南方有一种马芽根，也是根茎类植物，原来茎叶很短，像假俭草一样贴在地表面生长。后来有人从遗传的角度育出新种，生长许多嫩枝嫩叶，是牲畜的好饲料。

中国是一个农业大国，又是一个农业古国。几千年来中国精耕细作的传统对世界农业的发展作出了很大的贡献。但是，从自然条件来分析，中国的光照、温度、水量、空气湿度和人口的分布又有非常明显的特点。从长远看，合理安排农牧业，是增加农业生产、提高农产品数量与质量的重要问题。

我国北方地广人稀，如内蒙古面积有 114.5 万 km^2 余，而人口只有 2400

万，新疆面积 166.5 万 km^2，人口只有 1900 万，我们国家广阔的草原就在这些地区。这些地区光照充足，每年平均有 2500~2900h，而水量较少，每年平均降水量只有 100~400mm。而且降水的强度大，最容易形成地面径流，很少渗入土壤。这样草原的营养体生长不好。在没有灌溉的条件下，产草量很低，虽然我国有广阔的草原，一般来说产肉量还是不高，10 多亿人民的肉食需求，主要还是靠广大农区供应。

我国南方通常被划为农区，地少人多，每平方千米有两三百人，有的地方甚至更多。目前青壮劳动力很少从事农牧业。在自然条件上，这些地区水热条件好，光照不足，如长江流域光照每年仅 1100~1700h，西南某些地方如重庆、贵州、桂林每年只有 900~1100h。从水、热、光照条件分析，这里适合营养体生长，适合发展草食畜牧业。可是事实上，这里发展的是很发达的耗粮型畜牧业。例如，四川、湖南是养猪大省，然而大规模的草食畜牧业并不发达。江苏、浙江的湖羊，就是一个好品种，它是多胎型的，又长肉、又长毛。新疆刘守仁院士准备把中国多胎型的湖羊品种与美国高脚萨夫克品种杂交，培育出一个新种，既多胎高产，又大量产毛、产肉。为此我们联合在湖南桃源建立繁养湖羊基地，2004 年从浙江引进湖羊 300 只，想繁殖出一个稳定的群体，再开展育种改良的研究。在养育湖羊的过程中，取得了许多经验教训。

草食牲畜的特点就是吃草，准备充足的草料，选择适口性好、能量高、蛋白质含量高的牧草，这是每个畜牧场都注意到了的。除此以外，每天到了16:00 以后，我们还能放牧 2h，让羊群在自然界选择它们喜欢吃的植物，这样养羊持续了两年，其结果：①羊群是扩大了，28 只母羊死亡 4 只，24 只母羊 2004 年产羔 40 只，真正成活的只有 16 只。2005 年春又产羔 10 只，共有羊 50 只。②每胎产 2 只小羊的，一般都可以成活，1 胎产 3 只的只活了 1 只，有 1 胎只活 2 只，有 1 胎只活 1 只。1 胎怀 3 只的一般第 1 个最健壮，第 2个次之，第 3 个很难成活。③有的母羊只顾自己吃草，不让小羊吃奶，致使小羊死去。④有人一到羊圈，全部羊都大叫，说明肚子饿，要吃东西，羊大叫要消耗能量，对羊生长不利。⑤在桃源，野草营养不好，草丛刺很多，绵羊不能进入草丛和灌木丛。我想这些羊生长不好的原因还与土壤中缺磷、钙、镁有关。

在桃源，曾经有一度还是非常重视养羊的，曾经有一个副书记在一个溶田里修建了 10 栋羊圈，修了一条简易公路，据说每栋羊圈养羊 300 只，计划养羊 3000 只，当地还成立了"养羊协会"，后来失败了。又有一个姓李的干部家里养了 100 多只山羊，有南江黄羊、浏阳黑山羊，都是放养的。说是有饲料基地，其实饲料基地很小，但是他的管理还是好的，母羊、奶羊、怀胎羊分栏饲养，羊舍干净，但是羊很瘦小，繁殖慢，据他说："养羊亏本。"也有的人，素质不好，私心太重，专占公家的便宜，不能依靠这类人发展新兴产业，办什么大事。

这里我想到两个问题：①为什么在南方，包括西南各省，水热条件好，植物营养体部分生长茂盛，一年四季都有青饲料，但是草食畜牧业并不发达？大群的羊群、牛群很少，把养羊、养牛作为一个支柱产业的也很少。②在南方，虽然草食畜牧业不发达，像北方一户养 400~500 只羊群的很少，但是南方各地产生了许多牛、羊的良种。例如，南江黄羊、马头羊、贵州黑山羊、浏阳黑山羊、广西山羊、浙江湖羊、沿河山羊，还有湘西黄牛、南阳黄牛、洞庭水牛、广西水牛等。这是什么原因？

根据分析，这与南方气候、土壤条件是密切相关的。

第一，南方雨多，有时一连许多天下大雨，如果牲畜没有避雨的地方，无论是牛还是羊都不能很好生长。因此这决定了南方的牛、羊一定要有圈，实行放牧与圈养结合。

第二，在南方的山丘区，自然植被是灌木多、乔木多，牛羊能利用的牧草很少，在灌木中有许多带刺的灌木，不利于牛羊采食，加之土壤中磷、钙、镁缺乏，植被的营养不足。因此，发展草食畜牧业，一定要有人工的、巩固的饲料基地。不同的土壤、不同地形部位，一年四季保证有充足的能量饲料、蛋白饲料和全面的养分供应。

第三，南方空气湿度大，有的时候感到很热，有的时候感到很冷，羊圈的降温与保暖直接影响羊群身体的健康与疾病的传染。在羊圈的地理位置、羊圈的设计以及羊群的饲养、密度都要有认真的研究。

第四，草食家畜，顾名思义，它能食草，有的人把草食家畜食草的特性绝对化。在牛、羊胃中确实有许多纤维分解菌，能产生纤维分解酶，可以把纤维分解转化为牲畜生理需要的糖类和其他化合物。但是纤维分解是一个缓慢的过程，在草食家畜生育的过程中，一定要补充精料，特别是在牲畜怀胎、喂乳和育肥期间，要更多地补充精料。其效果是非常明显的。

2004~2007 年，4 年功夫使我学习到了许多发展草食牲畜的经验。

(本文完成于 2007 年. 作者刘更另，中国工程院院士，中国农业科学院，1929~2010 年)

从南方养羊的一些往事谈起

刘守仁

昨天(2007 年 11 月 28 日)张子仪先生讲到，南方草地相当于两个新西兰。新西兰生产出很多奶、肉、毛产品。我们的南方草地没有生产出什么东西，没有发挥出来很大的作用。

在 20 世纪 80 年代，我们国家也看准了南方草地，那时国家的畜牧局长是陈凌凤，他争取了许多投资，重点抓湖北。湖北有两个很出名的地方：一个是百里荒，一个叫火烧坪，两块大草原。农业部提出，要求在那里要盖房子、通电话、通电灯、通水，投了许多钱。最后，没有干成，没有效果。

20 世纪 80 年代末、90 年代初，农业部和国家计划委员会通知我，让我到南方去养羊。当时给我介绍说，在南方养过奶牛，不成功；又养了鸭子和鹅，想得很好，养了，还是不成功。你去试一试养羊。当时让我在 6 个省养羊。我就去干一干，试一试，这么好的草，不单是岩溶地带，包括一些其他好的地带。我的点放在重庆的仙女山，涪陵地区，点放到了红石坝，那个地方的三叶草真漂亮啊！北方的人看到了，垂涎三尺，有的同志在草地上打了几个滚，非常高兴！这么好的草，为什么养不出羊。我们运去了羊，预备在那里干一下，干了 3 年，成功了。但是，到现在整个看，还是失败了。为什么失败了？6 个省，四川，实际是现在的重庆，云南陆良我们运去了 200 头羊，江西、浙江、湖南、湖北的恩施，运去细毛羊、肉用羊和半细毛羊。根据新西兰的情况，半细毛羊是可以的。我们也上了半细毛羊。到现在看无影无踪，都不行，失败了。最后人家问我，那 6 个省干得怎么样？我说，垮了，不行！分析起来，不是羊不行，羊肯定行。我们的羊到了那里肯定行，这是没有问题的。羊完全可以适应。问题出在后期，垮在产品的处理，垮在市场上。羊羔养起来最后卖到什么地方去。我们运去的细毛羊在涪陵仙女山剪出羊毛来，有个兽医收购之后划船卖给重庆毛纺厂。回来以后山区老百姓分到很多钱，1000 元、2000 元、3000 元，开会到台上领，数钱。我们也很激动，成功了！3 年以后，重庆毛纺厂垮台，破产了。羊毛没有地方去了，羊就垮了。当时我联系了一下，在北京开会，院士和企业家结对子，我和一个毛纺厂的总经理谈。我说，请你帮一个忙，到南方去收羊毛，收 5 年，羊就可以起来。羊多了，羊毛收购没有问题。现在几百只羊，10t、20t 毛，没有人管这件事。我说，你能不能帮我去收一下。收上 5 年，你可以得到很多毛。而且我们经过测试，到上海毛纺厂试纺，南方的羊毛质量很好，没有积雪痕。北方的羊要过冬，毛粗细不均，很细的地方容易拉断。南方的毛不存在这个问题。总经理说，收什么羊毛，我派个人跟着你到南方去看一看，你说哪个山好，划一个圈，我把山买下来。我是知识分子，脑子迟钝一点，觉得他不是干活的人，吹牛的，没有来头，就不和他打交道了。结果涪陵的羊垮了。湖北恩施的羊场，也很成功，老百姓非常欢迎。到最后，还是个产品处理问题，结果也垮了。我深有体会的是，在南方发展畜牧业，不管养细毛羊、粗毛羊、半细毛羊，绝对是成功的，羊没有问题。要是你们哪位领导要养羊，要干的话，我可以帮你干，我可以给你们提供一个羊场，我投资。到你那个地方干。但你要把销路找好，羊毛的销路很成问题。

　　我最近到山东梁山，他们那里有一种小山羊，青山羊，宰肉宰个 15kg，也许 12kg，老板说这个山羊可以卖 1000 块钱，肉特别好吃。在新疆这么大的小山羊 200 元卖不到。我知道，我国宁夏的滩羊最好吃，经测定，肌肉里含的氨基酸，有一种作用类似于味精，所以羊肉特别鲜。没有听说山东的山羊也这么好吃。他们的销路可以，养得下去。我到江苏看湖羊怎么处理。每年 9 月，香港老板来收湖羊羊羔，宰 20kg 肉。湖羊一般 3 胎。收入 2000 元，妇女就干了。其他地方起不来的原因就是销路问题。南方草这么好，气候这么好，好大一块肥肉真想咬一口。但是现在年龄大了，精力不行。广西大学一个老师问我，南方草地和新西兰差不多，为什么养羊就不行。我的观点是，销路不行。只要解决销路，怎么会不行。浙江嘉兴我们的羊场成功了，因为那里有一个毛纺厂。

　　南方畜牧业，比较有利的是羊，到底是山羊还是绵羊，到底是肉用还是产毛的，值得研究一下。在这里我敢保证，羊是没有问题的，你养不活就来找我，写封信我就可以来，帮你养羊。问题在产品的销路，老百姓就看经济效益。我讲这一点意见供大家参考。谢谢大家!

(本文完成于2007年. 作者刘守仁, 中国工程院院士, 新疆农垦科学院畜牧兽医研究所, 新疆石河子832000)

岩溶石漠化问题的全球视野和我国的治理对策和经验

袁道先

对岩溶石漠化问题的认识起源于我国明朝徐霞客时代,我国的岩溶石漠化研究、综合治理技术方法对国际岩溶理论研究、其他岩溶地区石漠化治理都具有示范性。在阐述岩溶石漠化分布区域性,我国岩溶石漠化现状、特点的基础上,提出治理对策、总结已有的经验,同时提出石漠化综合治理中需要解决的科学技术问题。

一、对岩溶石漠化问题的认识过程

虽然岩溶(Karst)一词来源于南斯拉夫西北部伊斯的利亚半岛石灰岩高原,但对岩溶石漠化问题的认识起源于中国。早在 300 年前,明代地理学家徐霞客对中国西南岩溶地貌、岩溶石漠化就有描述。在《徐霞客游记·黔游日记》中记载 "1638 年 3 月 29 日,……四里,逾土山西度之脊,其西石峰特兀,至此北尽。逾脊西北行一里半,岭头石脊,复夹成隘门,两旁石骨嶙峋。……;4 月 15 日,……从西入山峡,两山密树深箐,与贵阳四面童山迥异。自入贵省,山皆童然无木,而贵阳尤甚。……"(徐弘祖,1642)。可见在徐霞客时代不仅对地貌有 "土山"、"石山" 之分,而且对石漠化 "童山" 也有认识,并将生态良好的 "密树深箐" 与生态恶劣的 "童山" 相对照。

随着岩溶学科的发展和对岩溶环境脆弱性认识的不断深入,近 30 年来,对岩溶石漠化概念有了较清晰的认识。

1983 年 5 月,美国科学促进会第 149 届年会有个专门讨论岩溶环境的分会:Degradation and Rehabilitation of Fragile Environment: Karst and Desert Margin (脆弱环境的退化和重建:岩溶和沙漠边缘)。这个提法把岩溶地区比作沙漠边缘一样的脆弱环境。同年的 9 月,贵州环境学会组织了 "贵州喀斯特环境问题学术会议",讨论了贵州省的 "石山化" 问题。

1988 年 5 月,袁道先和蔡桂鸿编著的《岩溶环境学》由重庆出版社出版,第一次将地球系统科学引入岩溶学研究,从地球系统科学考察岩溶的形成演化及其资源环境问题,并专门讨论了贵州赫章、清镇等地区的石山化问题,提出石山化的主要原因是：碳酸盐岩成壤能力弱和水土流失严重(袁道先和蔡桂鸿，1988)。

1991~1997 年，"石漠化"的英译 rock desertification 一词被使用并推向国际岩溶学术界(Yuan，1997，1993，1991)。

20 世纪 90 年代后期以来，岩溶石漠化问题引起国内学术界和国家政府的高度重视，相关的学术问题除了地质、地貌领域，更有林业、水利、农业及相关生物学领域的专家共同参与。

1994 年 5 月，中国科学院地学部组织院士对西南岩溶地区科学考察后，曾向国务院呈送《关于西南岩溶石山地区持续发展与科技脱贫咨询建议的报告》，报告中对"石漠化"的解释是：由于对土地的不适当利用，一些地区生态已面临崩溃边缘，成为一片岩石裸露的石海，称为石漠化地区。

2002 年 3 月 4~10 日，中国科学院学部组织了近 40 位院士与专家在广西平果、马山、桂林地区考察了石漠化、水文生态以及山区人畜饮水等问题。2002 年 4 月 24~30 日，又组织 12 位院士和专家对贵州普定、独山，广西河池、都安等县进行了考察。在此基础上完成了《关于推进西南岩溶地区石漠化综合治理的若干建议》的咨询报告。报告中认为石漠化是一种岩石裸露的土地退化过程(中国科学院学部，2003)。

2007 年 4 月，国家发展和改革委员会组织编制了《岩溶地区石漠化综合治理规划大纲(2006~2015)》，对石漠化的定义是：岩溶石漠化指在热带、亚热带湿润、半湿润气候条件和岩溶极其发育的自然背景下，受人为活动干扰，使地表植被遭受破坏，造成土壤侵蚀程度严重、基岩大面积裸露、土地退化的表现形式。该定义较全面地论述了岩溶石漠化的区域性、岩溶石漠化与自然因素(地质、植被、土壤)和人类因素之间的关系、岩溶石漠化的表现形式和特征。

二、中国西南岩溶地区石漠化问题的重要性

(一) 国际岩溶学术研究的需要

中国是一个岩溶大国，裸露型、埋藏型、覆盖型岩溶的面积总和达 344 万 km^2，西南裸露型岩溶地区是全球三大碳酸盐岩连续分布区之一，该区域岩溶类型齐全。我国岩溶工作者利用我国岩溶的地域优势，先后申请获准执行

国际地质对比计划 IGCP299 "地质、气候、水文与岩溶形成"、IGCP379 "岩溶作用与碳循环"、IGCP448 "全球岩溶生态系统对比" 和 IGCP513 "岩溶含水层与水资源全球研究"。"国际岩溶研究中心" 落户中国桂林这一提案也于 2008 年 2 月 11 日在巴黎由国土资源部部长与联合国教科文总干事签署生效。同时我国西南区也是石漠化最为严重的区域，不同的岩溶类型区引发石漠化的自然、人为因素也各不相同，该区域岩溶石漠化的研究成果及综合治理对策、技术措施，对其他国家岩溶地区石漠化问题的研究和综合治理有很好的示范作用。

(二) 岩溶石漠化综合治理已列为国家目标

2001 年 3 月，朱镕基总理在《中华人民共和国国民经济和社会发展第十个五年计划纲要》中明确提出 "加快小流域治理，减少水土流失，推进黔桂滇岩溶地区石漠化综合治理"；2004 年 3 月温家宝总理在十届人大二次会议的政府工作报告中，再次强调 "要扎实搞好退耕还林、退牧还草、天然林保护、风沙源和石漠化治理等重点生态工程"，同年 8 月，国家发改委报请国务院同意，国家发展和改革委员会以[2004]1529 号文下发了《关于进一步做好西南石山地区石漠化综合治理工作指导意见的通知》，通知指出 "西南石漠化的治理，不仅为改善当地生态环境、实现可持续发展创造条件，也是消除农村贫困、发展区域经济、促进民族团结的迫切需要"。2006 年 3 月《中华人民共和国国民经济和社会发展第十一个五年规划纲要》中将广西、贵州、云南等岩溶石漠化防治区划分为限制开发区，同时将 "石漠化地区综合治理" 列入国家 "十一五" 期间的 11 个 "生态保护重点工程" 中。国家发展和改革委员会又以[2006]1050 号文下发了《关于做好岩溶地区石漠化综合治理规划大纲编制工作通知》。2006 年 8 月至 2007 年 4 月，国家发展和改革委员会委托中国国际工程咨询公司组织专家编写了《岩溶地区石漠化综合治理规划大纲(2006~2015)》。2007 年 10 月，胡锦涛总书记在党的十七大上的报告指出 "加强水利、林业、草原建设，加强荒漠化石漠化治理，促进生态修复。加强应对气候变化能力建设，为保护全球气候作出新贡献"。

三、中国西南岩溶石漠化问题的全球视野：背景，特点

(一) 岩溶石漠化是岩溶生态系统在特定条件下运行的产物，其分布具区域性

岩溶生态系统是受岩溶环境制约的生态系统，岩溶生态系统的基本特征是：富钙偏碱的岩溶地球化学背景，岩溶水文地质的双层结构，岩溶植被的石生、旱生和喜钙性，无光、恒温和潮湿的地下生物群。

在中国西南由于碳酸盐岩的可溶性，地下水系十分发育，降雨通过竖井、落水洞、漏斗携带泥沙首先进入地下管道、地下河，加上碳酸盐岩酸不溶物含量甚少，成土缓慢，土层薄，因此很容易造成水土流失和石漠化发生。是否所有的具有双层结构、偏碱性的岩溶生态系统都会产生石漠化？不是！在俄罗斯的西伯利亚，偏碱性的双层结构，有利于排除和中和泰加林中过多的酸性水，从而有利于农业发展。因此，世界上岩溶地区的石漠化，只发生在特定的条件下。

从全球碳酸盐岩岩溶分布看，在北回归线附近，有一条由中国碳酸盐岩堆积区向西、经中东到地中海的碳酸盐岩分布带，并与大西洋西岸隔海相望 (图 8-4)。世界岩溶分布面积 2200 万 km^2，占陆地面积的 15%，全世界约有 25% 的人口饮用岩溶水，而生活在岩溶地区的 10 亿人口的经济发展水平一般都低于平原地区和沿海地区。

岩溶石漠化主要发生在热带、亚热带，没有冰缘沉积物，碳酸盐岩坚硬的岩溶地区。

(二) 中国西南岩溶石漠化的背景特点

中国岩溶石漠化的形成、演化具有如下 5 个特点。

(1) 碳酸盐岩古老、坚硬、质纯，出露的碳酸盐岩地层主要为三叠系至前寒武系，使岩溶形态挺拔、陡峭。这是我国岩溶地区石漠化易发生的地质岩性的结构特征，而有别于中美洲第三纪松软、高孔隙度碳酸盐岩形成的岩溶。

(2) 季风气候水热配套，中国岩溶发育主要受到太平洋季风气候的影响，水热配套，有利于岩溶碳酸盐岩的溶蚀、沉积，有利于岩溶的发育，更有利于岩溶水文地表、地下双层结构的形成。

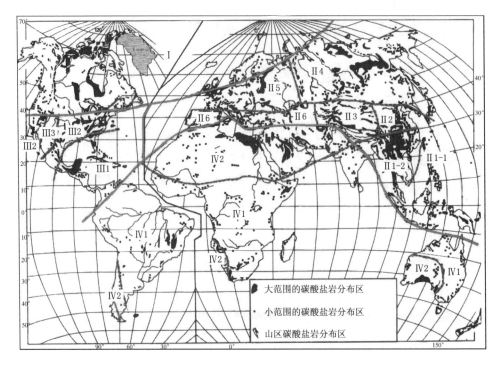

图 8-4　全球碳酸盐岩分布及岩溶类型划分

I. 冰川岩溶；II. 欧亚板块岩溶　II1. 热带亚热带岩溶，II1-1. 新生代孔隙度大的碳酸盐岩岩溶，II1-2. 古生代坚硬碳酸盐岩岩溶，II2. 半干旱区岩溶，II3. 青藏高原岩溶，II4. 温带湿润半湿润区岩溶，II5. 中欧地台岩溶，II6. 地中海气候、特提斯构造岩溶；III. 北美板块岩溶　III1. 热带亚热带新生代孔隙度大的碳酸盐岩岩溶，III2. 湿润半湿润区温带岩溶，III3. 北美西部干旱区岩溶；IV. 冈瓦那大陆岩溶　IV1. 湿润半湿润区岩溶，IV2. 干旱区岩溶

(3) 新生代强烈抬升，碳酸盐岩的可溶性与新构造运动的不断抬升，使岩溶发育的形态充分和完整，不存在长期的夷平和堆积作用；有别于冈瓦那大陆长期侵蚀、搬运、夷平、堆积过程的岩溶。

(4) 未受末次冰期的大陆冰盖的刨蚀，使岩溶的形态，尤其是地表形态得以完整保存，中国成为一个天然的岩溶博物馆，有别于冰川岩溶区的冰川刨蚀形成的石漠化，如英国中部 Yorkshire 石灰岩存在冰川刨蚀后形成的冰溜面石漠化。

(5) 面临更大的人口压力，如我国岩溶石漠化分布中心贵州省，人口密度平均达 200~300 人/km^2，且大都为贫困人口，因此我国西南石漠化问题面临生态恶劣、经济落后双重危机。

四、中国岩溶石漠化的分布、趋势、严重后果

(一) 中国西南岩溶石漠化的分布、趋势

石漠化首先要厘定在岩溶分布的范围内，因为岩溶石漠化是在岩溶环境脆弱性加上人类活动不恰当的土地利用的扰下形成的。西南裸露型岩溶地区 51.36 万 km²，若以县作为基本信息单元，并将岩溶分布面积占土地面积的比例≥30%的县称之为岩溶县，则西南 8 省(自治区、直辖市)分布有岩溶县 292 个，云南、贵州、广西三省(自治区)分布有 185 个，占 62.29%(图 8-5，同时参见彩图 2) (曹建华等，2005)。

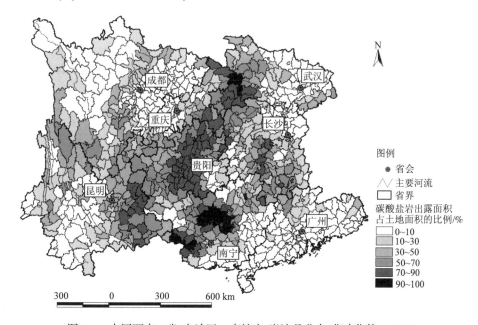

图 8-5 中国西南 8 省(自治区、直辖市)岩溶县分布(曹建华等，2005)

在岩溶石漠化调查方面，国土资源部、国家林业局和水利部均做出了很大的努力。针对西南 8 省(自治区、直辖市)全面调查岩溶石漠化的有 3 次，1987年、1999 年国土资源部、中国地质调查局的调查，2005 年国家林业局的调查(李梦先，2006)。调查的结果显示，西南岩溶石漠化的面积从 1987 年的 9.09万 km²，到 1999 年的 11.34 万 km²，到 2005 年的 12.96 万 km²，呈现增加的趋势。若以县域范围内石漠化面积≥300km² 的县作为石漠化严重县，则西南岩溶地区共有 173 个石漠化严重县，其中云南、贵州、广西三省(自治区)石漠化严重县 119 个，占 68.79%(图 8-6，同时参见彩图 3)。

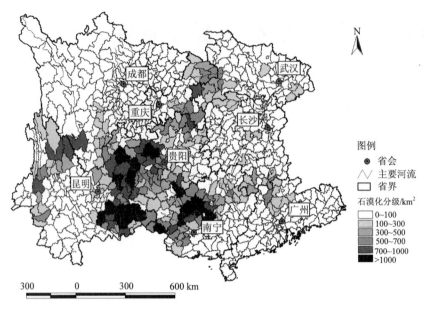

图8-6 中国西南8省(自治区、直辖市)石漠化严重县分布细图(袁道先，2008)

(二) 中国西南岩溶石漠化问题的严重后果

1. 耕地资源减少，生态退化，环境恶化

对贵州山区 19 条地表河流的悬移质输沙模数与自然、社会的多因素回归分析，其结果显示影响贵州山区水土流失的因素最为显著的是旱地开垦，其次是森林覆盖率、人口密度、土壤类型(朱安国等，1994)。贵州关岭县 1987年、1999 年石漠化遥感调查结果显示，植被覆盖率上升 5.93%，裸露土壤面积下降 12.15%，裸露基岩面积上升 4.08%。这表明尽管植被在恢复、水土流失总量在减少，但石漠化面积仍在明显上升，生态形势依旧严峻(万军等，2004)。

2. 加剧岩溶地区的干旱和内涝灾害

地下河系统是峰丛洼地、谷地的主要泄水通道，有的地下河洞穴高大且宽阔，输水能力强，有的矮小且狭窄或某一部位为瓶颈状洞道，输水能力较差。因此在降雨量较小时，雨水通过岩溶地下管道系统迅速漏失地下，导致地表干旱；当连续降雨时，狭小的地下河过水断面，或者地表携带的枯枝落叶和泥沙的淤积，雨水排泄不及时，岩溶洼地、谷地形成内涝。据调查统计，广西岩溶地区经常性旱片 67 个，受干旱影响的耕地总面积 18 万 hm^2(张卫等，

2004；光耀华等，2001)。

3. 水土流失造成水库和河道淤积，影响水利水电设施运行，危及珠江和长江流域的生态安全

虽然岩溶地区水土流失的强度总体偏低，但其造成的水库和河流淤积，缩短水利工程使用寿命的影响不可忽视。例如，广西郁江西津大型水库电站建成后 1961~1979 年共淤积泥沙 $1.2×10^8t$，平均每年 $6.89×10^6t$，相对于建库前横县以上平均年输沙量的 51%。

4. 森林生态系统严重受损，生物多样性逐渐丧失

西南岩溶地区由于地势崎岖不平，生境空间分异大，生境的异质性可影响植物多样性的形成，甚至成为植物多样性维持的主导因子。小生境的多样性导致植被群落组成物种的复杂性。桂西南岩溶地区是我国 14 个具有国际意义的生物多样性地区之一(曹建华和李先琨，2004)。因此岩溶地区植被被破坏，就意味着生态系统受损、生物多样性丧失。

5. 区域贫困加剧

在西南岩溶石漠化区，贫困县与岩溶县、石漠化严重县具有很大的一致性。1993 年国家级贫困县 592 个，其中 224 个分布在西南 8 省(自治区、直辖市)，131 个县与岩溶县相一致；在滇东和黔桂岩溶石漠化集中分布区，国家级贫困县 102 个，其中贫困县与岩溶县吻合的有 85 个县；广西贫困县 28 个，21 个为岩溶县；贵州贫困县 50 个，48 个为岩溶县。最近国务院扶贫办公布的国家扶贫工作重点县 592 个，其中 246 个县分布在西南 8 省(自治区、直辖市)，这意味着与其他地区相比，西南岩溶石漠化区的扶贫攻坚难度更大。

五、治理对策和经验

(一) 基本原则

1. 综合治理

岩溶生态系统虽然归属于地质生态范畴，但其研究的学科领域涉及地质、地球化学和农、林、水、环境等领域相关的学科。岩溶石漠化区面临着生态恶劣和人口贫困的双重危机，因此岩溶石漠化需要综合治理。

2. 生态效益和经济效益结合

鉴于我国岩溶石漠化形成演化的特殊性，影响岩溶石漠化自然与人为因素的因果关系，需要强调以人为本，将生态效益与经济效益有机结合。

3. 因地制宜

中国岩溶类型，石漠化形成机制有别于世界其他岩溶地区。同时西南岩溶地区由于岩溶生态系统类型的差异，导致石漠化形成主导因素也各不相同，需要区别对待，因地制宜。

(二) 长远打算，全面规划，分步实施

国家发展和改革委员会编制的《岩溶地区石漠化综合治理规划大纲(2006~2015)》中，就充分体现了长远打算、全面规划、分步实施的思想。考虑到岩溶石漠化的复杂性和科学技术研究相对滞后，石漠化综合治理是一个长期的过程，因此规划也是阶段性规划，工程规划分两期执行：2006~2010年，治理石漠化面积 3 万 km^2，占工程区石漠化总面积的 23%；到 2015 年，完成石漠化治理面积 7 万 km^2，占石漠化总面积的 54%。

(三) 治理典型示范

在近 30 年间，国家科技部、发改委、国土资源部、水利部、农业部和国家林业局从各自的专业特色开展了石漠化治理的试点、示范工程。这些示范工程经验的归纳总结，将对此次岩溶石漠化综合治理工程大有裨益。

以贵州省为例，就有多种石漠化治理模式：晴隆县以草地畜牧业为主线的石漠化治理，贞丰干热峡谷区以经济灌木为主线的"花椒-养猪-沼气"的石漠化治理，关岭县以水土保持为主线的石漠化治理，兴义市则戎乡以地表坡面径流利用为主线的石漠化治理，普定县以地下水利用为主线的石漠化治理。

六、石漠化综合治理的科技问题

(一) 岩溶生态系统类型与石漠化综合治理分区划分

中国西南岩溶生态系统类型已有初步的划分(曹建华等，2005)，国家发改委在《岩溶地区石漠化综合治理规划大纲(2006~2015)》中也将石漠化综合治

理分为八个区块，但针对流域尺度、县域范围的治理实施方案，仍需要根据实际的岩溶地质、石漠化状况、气候水文条件进行进一步的划分，以便具有更好的代表性和推广意义。

(二) 岩溶水开发利用有关科技问题

(1) 岩溶发育的条件，机理，空间分布(平面的、深度)，地下河坝位选择，井位选择等；

(2) 岩溶水资源评价：方法选择，模型选择和运用；

(3) 示踪技术：岩溶水系网的分布；

(4) 钻井技术：酸化，压裂等；

(5) 岩溶含水层脆弱性评价：指标，编图，溶质(含污染质)在碳酸盐含水层中的地球化学行为等；

(6) 已被污染的岩溶含水层的修复技术。

(三) 石漠化综合治理其他有关的科技问题

(1) 石漠化的趋势及成因(自然的，还是人为的)，"3S"技术的应用，同位素技术的应用；

(2) 不同碳酸盐岩(白云岩、石灰岩)成土过程的差异，作用机理，形成的土壤特征，以及对农业、草地畜牧业发展的影响；

(3) 不同碳酸盐岩形成的地球化学特征，以及小气候、不同地形条件下既有经济效益，又有生态效益的适生物种的选择和培育。

(本文完成于2007年. 作者袁道先，中国科学院院士，中国地质科学院岩溶地质研究所，广西桂林 541004)

参 考 文 献

曹建华, 李先琨. 2004. 中国西南岩溶生态系统特征、演变与生态恢复//段昌群. 生态科学进展(第一卷). 北京: 高等教育出版社: 121~134

曹建华, 袁道先, 等. 2005. 受地质条件制约的中国西南岩溶生态系统. 北京: 地质出版社: 1~188

光耀华, 郭纯清, 李文清, 等. 2001. 岩溶浸没内涝灾害研究. 桂林: 广西师范大学出版社: 1~88

李梦先. 2006. 我国西南岩溶地区石漠化发展趋势. 中南林业调查规划, 25(3): 19~22

万军, 蔡运龙, 张惠远, 等. 2004. 贵州省关岭县土地利用/土地覆被变化及土壤侵蚀效应研究. 地理科

学, 24(5): 573~579

徐弘祖. 1642. 徐霞客游记//唐云校注本. 1995. 成都: 成都出版社

袁道先. 2008. 岩溶石漠化问题的全球视野和我国的治理对策与经验. 草业科学, 25(9): 19~25

袁道先, 蔡桂鸿. 1988. 岩溶环境学. 重庆: 重庆出版社: 1~332

张卫, 覃小群, 易连兴, 等. 2004. 滇黔贵湘岩溶水资源开发利用. 武汉: 中国地质大学出版社: 1~334

中国科学院学部. 2003. 关于推进西南岩溶地区石漠化综合治理的若干建议. 地球科学进展, 18(4): 489~492

朱安国, 林昌虎, 杨宏敏, 等. 1994. 贵州山区水土流失影响因素综合评价研究. 水土保持学报, 8(4): 17~24

Yuan D X. 1991. Karst of China. Beijing: Geological Publishing House: 1~224

Yuan D X. 1993. Environmental change and human impact on karst in South China. *In*: Williams Paul W. Karst Terrains, Environmental Change and Human Impact. Catena supplement 25, Cremlingen: 99~107

Yuan D X. 1997. Rock desertification in the subtropical karst of south China. Z. Geomorph. N. F, 108: 81~90

回溯中国西南岩溶地区草地–畜牧系统的开发研究

任继周

我国碳酸盐岩分布面积约 137 万 km^2，其中有 54 万 km^2 集中分布在云南、贵州、广西、四川、湖南、湖北、重庆、广东等省(自治区、直辖市)，约占全国碳酸盐岩分布面积的 40%(吴应科，1995)。西南岩溶地区的特点是碳酸盐岩出露(距地表 1~2m 以内)，水土流失严重，全国石漠化面积主要集中在此区。而且石漠化还在以约每 20 年翻番的速度发展。贵州省岩溶面积达全省土地总面积的 61%，有的县岩溶面积甚至高达 90%，这是举世罕见的，即使以"喀斯特王国"著称的前南斯拉夫，喀斯特面积也不过占国土面积的 33%。我国岩溶地区地形破碎，土壤瘠薄，土地生产水平甚低，粮食不能自给，农村陷于极端贫困之中，全国 1/3 的贫困人口集中于该区(卢良恕等，1996)。历史上形容贵州省贫困状况的谚语"天无三日晴，地无三里平，人无三分银"颇能概括过去岩溶地区的贫困面貌。近 20 年来，这里的经济状况有了一定的改善，但仍然是我国的深度贫困地区。这里居住着 50 多个少数民族，6500 多万人口，尽管经过努力可能解决温饱问题，但如何实现小康仍然是我们面临的重大任务。

岩溶地区的特殊问题，引起了国内外广泛关注。各个有关省区的规划研究部门，农业、林业、畜牧业等厅局和大专院校，全国性的研究单位，如地矿部的岩溶研究所、地质水文研究所、中国农业科学院、中国科学院综考会等部门，都在各自的领域进行了深入细致的研究，积累了可观的资料。

甘肃草原生态研究所较早介入了我国南方草地开发研究，尤其是岩溶地区的开发研究任务。我们认为中国南方的草地面积虽然只相当北方草原的 20%左右，但就其水热资源、生物资源和开发前景来看，它的生产潜力比北方草地大得多。而且南方草地处于生态活性地区，草地资源容易变好，更容易变坏。岩溶地区经历了几千年来以谷物生产为主的传统农业的不适当开发，尤其是新中国成立以来迫于粮食压力，强调"以粮为纲"的政策，伐木垦草，水土资源处于严重破坏的危机之中。笔者等目睹这一严重局势，"文化大革命"以后把南方草地的工作作为自己的主要目标。甘肃农业大学草原专业大学生的招收侧重南方各省区的生源，研究项目侧重南方草地资源的保护和利用。为此，我们从 20 世纪 80 年代初就开始对南方草地，尤其是岩溶地区草地进行较为系统的研究。

"六五"期间(1981~1985 年)笔者承担了农业部"云贵高原退化栽培草地的恢复与重建"的研究项目，在贵州威宁的灼甫从事飞机播种退化草地的恢复重建，探明了对于退化栽培草地的维持与建植的成功模式，使 500hm^2 退化栽培草地恢复了生机。

1989~1992 年笔者担任农业部南方草地畜牧业项目专家组组长，参与了农业部南方草地示范建设项目。由中央和湖南、湖北、贵州三省每个省各提供 1000 万元(中央和地方各出资半数)，建设草地畜牧业建设示范基地 10 处。其中湖南有通道、泸溪、八面山、吉首四处，湖北有恩施、宜昌两处，贵州有威宁、花溪、六盘水、惠水四处。这些基地分布在湘西、鄂西和云贵高原的东北部，都属岩溶地区。项目的中心任务是在上述贫困地区，利用天然土地资源，建立高产稳产栽培草地，组建草地科技中心带动周围农户，促进当地草地畜牧业的发展，实现脱贫致富。当时在科学技术上解决了以下几个问题：①栽培草地建立和退化草地恢复的技术系统；②适宜长江中游和岩溶地区牧草品种的筛选；③以技术中心带动专业户的基本格局。

虽然取得以上成绩，但由于种种原因，原来设想建成技术经济实体的目标未能实现，项目管理仍然未能摆脱"官办"窠臼，难以滚动发展，项目开始时我们曾再三强调不要重复"项目结束之时就是项目瓦解之日"的警训，但多数基地不幸而言中，所建项目基地在结束以后多数被旧体制所消融而泯灭无存。

在 10 个基地中，只有 3 个基地由于建立了较强的技术服务中心，给以持续的长期辅导，得以保存。

贵州花溪奶牛基地，依托项目进行期间建立的奶业中心的技术支持、产品加工和市场辅导，已经发展成为贵阳的三大奶业支柱之一，各个专业户都已达到小康水平。

湖北宜昌的种草养畜基地，在中国农业科学院畜牧研究所主持下，进入"七五"、"八五"和"九五"国家攻关项目，研究任务不断扩大，取得了可观的成就。

　　威宁的灼甫基地，项目结束前由甘肃草原生态研究所和贵州省农业厅联合在威宁建立了贵州高原草地实验站，同时在灼甫建立了实验牧场。这个实验牧场是以实验站所属的中心实验场为核心，与周围的专业户联合而成。他们不但还清了贷款，而且巩固发展，原来都是赤贫的专业户已经脱贫致富，一般都有了 10 万元以上的资产。

　　云贵高原的项目顺利进入"七五"和"八五"国家攻关项目。在"八五"期间，蒋文兰主持的"八五"国家攻关项目与任继周主持的联合国和新西兰资助的"草地农业系统开发研究"项目相结合，除继续深化了原有的草地–绵羊系统项目以外，增加了草地–奶牛系统和草地–肉牛系统，把草地畜牧业生态系统的研究推向新的高度。这项国家攻关项目获得农业部科技进步奖二等奖和国家科技进步奖三等奖。"八五"项目的主持人蒋文兰获得优秀科技人员奖。"九五"期间这一国家攻关项目进一步发展，成为地跨云南和贵州两省的云贵高原草地农业系统研究的大型项目，现在正在云南、贵州两省的积极支持配合下顺利开展。

　　以下就甘肃草原生态研究所为主承担的研究项目做一简短介绍。

一、"六五"期间"云贵高原退化栽培草地的恢复与重建"项目

　　主持人：任继周

　　任务：恢复与重建已经为杂草淹没的退化栽培草地，为南方栽培草地恢复和建设提供科技支持和管理经验。

　　经费：农业部研究经费 12 万元，与南方草地研究项目 1000 万元配套使用。

　　组织领导：课题组与农业部南方草地畜牧业发展项目联合执行。

　　基本收获和经验：我国开始在贵州省威宁县灼甫飞机播种的第一批栽培草地，因管理利用不当，以菊科的多种蒿属植物和禾本科的马唐为主要组分的杂草，猖獗蔓延，栽培牧草几乎不复存在。这时议论蜂起，认为在南方建立栽培草地失败已成定局。同时南方不宜发展草地畜牧业的论调也正广为流传。云贵岩溶山区能否建成丰产稳产的栽培草地，能否发展草地畜牧业是当时面临的严重挑战。它的成败也关系到我国南方草地畜牧业的前途。甘肃草原生态研究所同仁义无反顾地投入一望无际的齐腰深的杂草防除与稳产草地的重建工作。

　　经过 3 年实验，通过合理利用，科学施肥和日常管理，杂草被有效控制，

优良牧草得以恢复，项目结束时一片连绵起伏的丰产栽培草地呈现面前。其关键技术有以下两点。

1. 适时适量采摘

杂草多为一、二年生蒿属和禾本科草，其特点是生长季早期生长迅速，足以抑制优良牧草的生长，成为优势种。如果连续几年保持其优势地位，优良牧草将逐年减少而渐近消失。针对这一问题，在生长季的早期以割草或放牧的方式及时采摘，以抑制杂草生长，以后连续适当利用，杂草得以抑制而给优良牧草以较充分的生存空间，使优良牧草逐步恢复活力而取得优势。大概连续两年实施及时采摘，就可以减少杂草播种繁殖的机会，收到显著改良效果。

2. 晚秋放牧利用不可过度

因在适当采摘以后，优良牧草有恢复趋势，晚秋为优良牧草往根部输送养分，巩固生机，为来年萌生做准备。放牧过重将削弱优良牧草的竞争力。

施用钾、磷肥，可以促进原来播种的白三叶等豆科牧草的恢复。在豆科牧草的带动下，禾本科牧草也将相应恢复。

二、农业部南方项目(1984~1988年)"湖南、湖北、贵州三省南方草地实验示范区"的建设

主持人：农业部项目组组长李毓堂，技术专家组组长任继周

任务：在南方贫困山区以农民专业户为基础，建立草地畜牧业示范基地，探索我国南方发展节粮型草地畜牧业的途径。

经费：每个省1000万元，中央和地方对半承担。

组织领导：国家计委立项，由农业部组织湖北、湖南、贵州三省共同出资施行。农业部畜牧局组成专家组，负责项目的全面技术指导监督。各省分别组成项目领导小组，由各省农业厅长任组长，各个基地的畜牧业务领导部门参加；在有关基地县成立县项目领导组，各个县的项目基地成立基地工作组。初立项时，各有关省积极性高，希望多建立基地。但经过考察、论证，项目数量大为减少。最后定为10个种草养畜示范基地。湖南有泸溪、吉首、通道、八面山四处；湖北有恩施、宜昌两处；贵州有威宁、花溪、惠水、六

盘水四处。

基本收获和体会：各个省的基地通过项目的实施，从对种草养畜基本无认识到积极开展种草养畜，从完全外行到建立技术服务体系，本项目对我国南部地区草地建设起到了探索道路、开阔视野、坚定信心、积累经验的启蒙作用。

其中有些项目已经在群众中扎根，如花溪奶牛基地和灼甫实验示范牧场等，如今已经运行了10多年，仍在健康发展中，起到了示范推广作用。尤其是威宁项目基地引来联合国和新西兰190万美元的联合援助和国外专家的系统合作，对我国南方草地研究开发、提高科学水平产生长远影响。

研究单位(甘肃草原生态研究所)与地方(贵州省农业厅)在威宁县共同建立了贵州高原草地试验站，试验站与威宁县合办示范牧场，示范牧场以技术和市场引导服务带动周围专业户，建成灼甫示范基地，是成功的经验。这被贵州省委总结为"灼甫道路"在贵州推广。直到"九五"期间，贵州省还组织这个项目经验的推广会议。可见其影响的深远。

项目基地全面技术覆盖是办好项目的必要条件。凡是技术力量较强，能够从时间上和空间上保证对基地提供全面支持的基地，一般都能完成项目预定任务，否则将流于形式，无实效，甚至半途而废。从这个意义上说，相对于当时组织的技术力量，项目开始选择10个基地数量过多，难以保证足够技术覆盖。这是项目未能取得原定目标的主要原因之一。

摆脱行政干预，以经济技术实体为核心，按市场规律办事，是项目存在的必要条件。凡是违反市场规律，政府层层投资、层层管理，交给农民使用的项目往往没有生命力。所谓"项目结束之日就是项目垮台之时"说的就是这类项目。按本项目整体来说，成功项目不过30%，其余70%失败的原因就在这两条。

三、"七五"国家攻关(1986~1990年)"云贵高原栽培草地草畜试验区"

主持人：任继周，蒋文兰

经费：44.5万元，地方配套经费50万元。

任务：通过对优良牧草建植技术和管理利用技术的研究，建立丰产栽培草地6000亩，完成6000亩草地的新建与改良任务，亩产干草600kg(当地合鲜草 2400kg/亩)。要求 40%的草地即 2400 亩,按 2 亩地一只羊的水平配套养畜(即总共配套养羊 1200 只);每只羊年产净毛 2kg(当地净毛率合污毛 3.34kg)。

基本收获和体会:确定了当家草种豆科牧草 3 种(红三叶、白三叶、紫花苕子),禾本科牧草 5 种(多年生黑麦草、鸭茅、紫羊茅、园草芦、多花黑麦草)。6 个混播组合。提出了栽培草地规范化建植技术。确立了当地栽培草地补播和施肥模式及 60%利用率的采摘模式。新建和改良草地 7730 亩(完成攻关计划的 129%)。栽培草地测产,亩产鲜草已达 2500kg 以上(合干草 625kg 以上);高产草地测产,亩产鲜草达 4400kg 以上(合干草 1100kg 以上),均已超过攻关任务中亩产干草 600kg 的指标。

通过家畜配套实验,截至 1989 年年底,试验区内 7730 亩草地上全部配套养家畜有半细毛羊 2830 只(不包括羔羊 835 只);马、牛 79 头;猪 216 头;兔 400 只。合计 3533 个羊单位,完成攻关任务总指标的 294%。试验站及灼甫示范牧场中心场,内六户的 5266 亩草地上共饲养半细毛羊 2231 只(不包括羔羊 634 只);马、牛共 44 头;猪 133 头;兔 400 只;合计 2676 个羊单位,相当于 1.97 亩地养一只羊。该项任务完成攻关指标的 219%。

实验绵羊的生产性能表现优越。1989 年试验区内灼甫示范牧场中心场及内六户测定 1400 只绵羊个体剪毛量,每只平均剪羊量达 4.01kg(合净毛 2.41kg,相当于攻关指标的 121%);中心场绵羊平均个体剪毛量达 5.30kg(合净毛 3.18kg,相当于攻关指标的 159%),其中,种公羊个体平均剪毛量达 9.7kg(合净毛 5.82kg,相当于攻关指标的 291%),种母羊个体平均剪毛量达 6.09kg(合净毛 3.65kg,相当于攻关指标的 183%)。尤其值得注意的是,考力代羊的体重等项生产性能达到了原产地新西兰的指标。

1988 年冬在贵州高原草地试验站内进行的杂种绵羊放牧越冬试验表明,在当地条件下,利用优良豆科、禾本科栽培草地进行纯放牧饲养,不加任何补饲,冬季不用羊舍,野营露宿,完全可以安全顺利越冬,对羊毛细度并无影响,其体重变化也不显著。1990 年试验区内中心场进口羔羊出生率达104.30%,繁殖成活率 89.02%。据有关专家分析,绵羊在当地的生态适应指数为 9.448,远远高于其他任何畜种。截至 1989 年年底,全县绵羊共存栏237 380 只,达全省绵羊只数的 50%以上,已成为贵州省绵羊生产基地。今后,极有希望成为亚热带高山地区半细毛羊生产基地。

建立了"云贵高原栽培草地养畜试验区"计算机管理系统，系统中包括总库、分类库和子库，容纳了科学试验、生产统计、经营管理的数据资料和有关的运行程序。

特别值得注意的是经济效益颇为可观。试验区灼甫示范牧场的 7092 亩草地上(不包括试验站在内)，总投资为 66 万元，而项目结束时已有固定和流动资产共计 64 万元左右，仅 1988 年、1989 年两年经营(不包括 1986 年、1987年建设阶段的经营以及外三户 1988 年的经营)，承包草地畜牧业总产值达 70多万元，超过了投资总额，总收入达 40 万元，纯收入达 15.68 万元。仅 1989年一年总收入达 215 313.06 元，纯收入达 89 046.79 元。全场亩均纯收入为12.56 元，每绵羊单位家畜纯收入近 40 元。全场平均投资利润率达 13.43%，按此计算全部投资回收期不到 7 年半。牧场内六户 1989 年人均纯收入平均达1690.65 元(劳均纯收入为 3139.78 元、户均纯收入为 7326.15 元，平均总收入13 965.33 元)，是威宁县农民人均纯收入 188 元(1989 年水平)的 8 倍以上，这些专业户已成为当地种草养畜脱贫致富的典范。

与此同时也取得了相应的生态效益。

1. 草地植被状况改善

优良牧草已达 96% 以上，不可食草和有害草已下降到 3.5% 以下。每亩栽培草地产量为天然草地的 10 倍左右，粗蛋白产量则为天然草地的 13倍以上。

2. 土壤肥力增加

对天然草地和栽培草地的土壤养分进行分析，结果见表 8-3。

表 8-3　试验区的灼甫草场栽培草地与天然草地土壤养分比较

项目	全氮/%	全磷/%	全钾/%	有机质/%	速效氮/ppm[①]	速效磷/ppm	速效钾/ppm
栽培草地	0.39	0.07	0.95	4.42	65.41	1.25	92.92
天然草地	0.25	0.03	0.73	3.48	54.69	2.00	58.33

① 1ppm=10^{-6}，后同。

分析结果说明，除速效磷而外，栽培草地中各种营养成分的含量都高于天然草地中相应的各种营养成分含量，其中以栽培草地中全氮、全磷、全钾和有机质含量的提高最为明显。栽培草地中速效磷含量较低可能与高产栽培牧草需磷量大和土壤中速效磷基础含量低有关。

3. 水土流失减少

1989 年 8~10 月在试验区内外的适度利用栽培草地和农田地上测定水土流失量，结果见表 8-4。

表 8-4　不同处理的土壤冲刷量和地表径流量

项目	适宜利用草地	农田
测定日期	1989.8.30~10.6	1989.8.30~10.6
各处理坡度/(°)	7.1~7.8	7.1~7.8
土壤冲刷量/(kg/hm^2)	3.48	31.40
地表径流量/(m^3/ hm^2)	4.83	5.46

结果说明，土壤冲刷量只相当于农田的 11.08%。

社会效益：试验区的草地畜牧业经营，不仅取得显著的经济效益和良好的生态效益，还取得明显的社会效益，具体表现如下。

(1) 试验区从生产体制、经营模式、技术配套、人才培训、综合服务等方面进行了综合探讨，初步形成了草地–畜牧业系统工程的"科技系统工程框架"，即第一层，由甘肃草原生态研究所与贵州省农业厅合办贵州高原草地试验站；第二层，由贵州高原草地试验站和威宁县合办的灼甫示范牧场；第三层，由中心场及其示范户形成试验区；第四层，由试验区和推广户形成不断扩大的草地畜牧业生产基地的辐射中心。由这 4 个层次组成的科技网络就是当地支持草地畜牧业持续、稳定发展的"灼甫模式"。

(2) 试验区内示范户和推广户不仅脱贫，而且达到致富的成效，激发了当地农民及干部以种草养畜为手段，开发贵州山区的热情。几年来，在试验区内示范户的带动下，一批又一批农户积极要求参加这支科技脱贫队伍。目前，以试验区为核心，在 2 乡 10 村已有 300 户农民成为种草养畜专业户(或兼业户)，为巩固和发展项目奠定了基础。

(3) 几年来，经过各部门、各方面的通力协作，联合攻关，试验区已成为一个吸引国内外科技力量和资金的"生长点"，并成为一个有效发挥各方力量、有效运用资金来源的基地，它展现了建成威宁现代化草地畜牧业的前景。

(4) 试验区培养了一批以试验员、推广员为骨干，以示范户、推广户为基本力量的乡土技术人才队伍(共 250 人以上)，他们成为以试验区为核心的科技辐射网中无数结点上的纽带，成为当地草地畜牧业商品化、现代化的中坚。

多年来，试验区在草地建设、家畜配套、经营管理等方面进行了系统深入的微观研究和各方面成果的宏观组合配套，使试验区很好地发挥了整体效益。它从理论上和实践上都证明了用草地农业的途径开发利用南方草地这类非耕地资源不仅是可行的，而且是有效的。

工作中的突破和达到的水平：建立了贵州高原地区草地建植和利用的科技系统的雏形，其中包括地面处理、播种时间、播种方法、混播组合、施肥方案、利用强度、栽培草地控制杂草、退化草地复壮等子系统。其中在下列三个方面取得突破性进展。

1. 提出混播草地的三组六个配方组合

刘牧兼用型混播组——红三叶+白三叶+多年生黑麦草+紫羊茅；

红三叶+白三叶+鸭茅+紫羊茅；

红三叶+白三叶+多年生黑麦草；

刈草型组——红三叶+鸭茅；

放牧型组——白三叶+紫羊茅；

白三叶+多年生黑麦草。

通过三组系统施肥试验，证明当地条件下磷为必要肥料元素。通过含有磷的适当肥料组合的施肥处理，可使混播草地豆、禾比稳定在 1∶2 左右。这是当前所能达到的较高水平。

2. 建立了退化栽培草地改良的技术系统

通过本技术系统，可使被杂草严重感染的栽培草地中优良牧草恢复到95%以上。

3. 建立了适于当地的草地畜牧业科技开发系统工程框架

由甘肃草原生态研究所与贵州省农业厅合办了贵州高原草地试验站；又由该站与威宁县合办灼甫联户示范牧场；该场又由试验站直属的中心场向周围农户提供技术、经济支持，构成技术经济联合体。这种联合体又形成向周围农户提供技术支持的辐射中心。这种多层联合、中心辐射的科技开发网络，向内外两个方面迅速延伸：国内，当地农民以很大的热情趋向联户示范牧场，已在牧场周围发展到 300 户，还有数百户申请加入；国外，已延伸向凯尔国际组织及联合国开发计划署，并已吸收部分力量纳入本框架。本项研究工作所形成的草地畜牧业科技开发系统工程框架，表现了旺盛的生命力。

较深入地进行了试验区的效益分析。该项分析证明，在联户示范牧场建成后，两年内(1988 年、1989 年)总产值近 70 万元，超过总投资水平(总投资为 66.35 万元)，总收入近 40 万元，纯收入 15.8 万元。现拥有固定资产与流动资产 64 万元，与牧场投资总额相接近。牧场中内六户人均纯收入水平是威宁县农民人均纯收入水平的 8 倍以上；与此同时，土壤流失减少近 90%，土壤肥力大幅度提高，其中有机质含量四年内增加 1/5，表示生态环境已明显改善。对内六户、外三户、边九户分别进行的经济分析对我国南方草地畜牧业的开发提供了农业经济方面的依据。

组织管理：本试验区在"七五"攻关任务完成过程中，组织管理方面具有以下特点。

1. 多方面协作

"七五"攻关任务的完成，首要的条件是省、地、县、区、乡当地各级政府部门、业务部门的大力支持和帮助；二是专题承担单位和专题协作单位之间的真诚通力协作，这种由共同目标结合在一起的协作各方的相互理解成为相互支持的基础，也是事业成功的基础。

2. 多学科攻关

以完成"七五"攻关任务为目标而建立的"栽培草地养畜试验区"，实际上是草地-畜牧业系统工程的雏形，它不仅涉及系统的科学研究内容，而且涉及草地畜牧业生产全过程，真正体现多学科联合攻关，本专题在执行过程中又设置了畜牧、兽医、经济三个方面的专项研究(子课题)，并将计算机信息管理系统引入试验区的管理体系。多学科的结合，互相渗透、互相充实，为攻关任务的全面完成创造了条件。

3. 多层次联合

从科研到生产，跨越了不同的技术层次，只有组织起一支多层次的科技队伍，才有可能完成攻关任务。

由专题承担单位和专题协作单位的专家、教授6人，研究生(博士、硕士)4人，大学本科毕业生7人，中专生8人，试验员、推广员15人，工作人员及技术干部12人组成52人的科技队伍，本专题执行过程和生产任务是在不同技术层次上完成的。

4. 跨地域的科技系统工程

国家"七五"攻关项目本身的跨地域性特征以及科研和示范性生产任务的系统性，促使试验区形成一个跨地域的科技系统工程框架，即科研–示范–推广–培训四位一体。本试验区内以科研、培训为主的贵州高原草地试验站和以示范、推广为主的灼甫示范牧场形成了这个系统工程框架的主体，正是它承担了跨地域(甚至跨国界)的科技系统工程中的每一项具体任务。

5. 跨所有制的经济技术联合体

为了使试验区内的科技投入转化为真实效益，专题从生产体制、经营模式、技术配套、人才培训、综合服务等方面进行了综合探讨，在不断的调整和完善过程中，试验区逐步形成了一个跨所有制的(多种经济成分的)经济技术联合体，在这个联合体中，生产经营与科学技术融为一体，个体承包与科技开发融为一体。尽管这个联合体目前尚不完善，但它以其独特的、全开放的、迅速外延的辐射力展示了它的生机。

四、"八五"国家攻关项目(1991~1995年)："云贵高原草地畜牧业优化生产模式实验区"

主持人：蒋文兰

任务：①优良牧草筛选及其持久性的研究；②栽培草地杂草生态学研究；

③栽培草地虫害防治技术的研究；④草地畜牧业生产系统化的研究。

经费：国家攻关项目经费 89.1 万元，联合国开发计划署项目及地方经费 165 万元。凯尔国际项目经费直接发给地方政府和农户使用。

基本收获和体会：筛选出放牧条件下具有晚秋早春生长优势的牧草 6 种，高产多年生牧草 7 种，具有 9 年以上持久性的牧草 6 种。

社会效益：该项目成果新增收益 455 万元，年新增纯收益 45.5 万元。农民收益显著提高。项目的覆盖面已由威宁扩散到清镇、独山两地。受益农户 2046 户，草地畜牧生态系统进一步健全，为持续发展创造了条件。

工作中的突破和达到的水平：采用草地畜牧业先进国家新西兰的牧场系统优化原理，制订了当地使用的草地畜牧业优化方案，从系统和动态的角度探讨草地放牧系统的草畜动态平衡的问题，开创性地找出了解决历来困扰我国草地畜牧业的难题途径。其具体内容如下。

(1) 建立栽培草地–绵羊放牧系统的概念模型。根据概念模型的框架对本系统的牧草、家畜、放牧管理、经营管理进行系统监测，建立了不同生产水平的信息库。

(2) 利用信息库进行了更深一层的系统优化与原模型对比评价。

(3) 利用实验法和模型法找出关键因素，如产羔期、载畜量等，尽行专项研究，以此成果与其他技术组装，对系统进行逐年纵向优化。

通过上述处理，达到草畜供求的基本合理，每个羊单位补饲成本由 43.46 元下降到 12.08 元，草地产出利润由 745 元/hm^2 提高到 1413 元/hm^2。双羔率由 23% 提高到 47%，繁殖成活率由 89% 提高到 116%。

组织管理：与"七五"期间同。

五、联合国开发计划署项目(1989~1994 年)："贵州草地农业系统的开发研究"(Guizhou Agro-Grassland System Project, CPR/88/008/A/01/09)

主持人：项目组长，赵庆儒(贵州省农业厅)

技术总裁，任继周(甘肃草原生态研究所)

国际协调员，朱昌平(新西兰梅西大学)

任务：引入国际先进经验，特别是新西兰草地放牧系统的经验，建立相对低投入高产出、可以持续发展的草地农业系统，建立示范推广实验基地，培养中国的技术人才。

经费：联合国 120 万美元，新西兰 70 万美元，中国 1000 万元人民币。

基本收获和体会：建立了威宁、独山、清镇三个实验基地，合计面积约 572hm²(8580 亩)，包含家庭牧场 80 户，他们共有绵羊 686 只、肉牛 240 头、奶牛 28 头。由于项目的建立，在基地周围受益农户 2046 户。一定程度上达到了示范、扶贫的目的。

通过项目的实施，已经建立的威宁草地实验站与"八五"攻关项目结合，得到了巩固、提高。这个实验站至今仍然对当地草地农业继续发挥它的科技支持作用。

分别建立的三个草地–畜牧系统，它们是威宁建立了草地–绵羊系统；独山建立了草地–肉牛系统和草地–奶牛系统；清镇建立了草地–奶牛系统。同时进行了有关实验(实验内容和结果见"八五"国家攻关部分)。这应该是我国草地畜牧业，也就是狭义的草地农业系统在我国农村较为全面的一次组建尝试。

先后送出国外学习人员 30 人次，国内培训 450 人次。

举办国际草地农业学习班和学术会议两次。出版论文集一部。将我国南方草地畜牧业的理论和技术提高到一个新水平。

组织管理：将联合国和新西兰援助项目与国内"八五"攻关项目相结合，两者相得益彰，收效巨大。

本项目建立了较为坚强稳定的科技服务网，外国专家由朱昌平博士统一组织联系，以新西兰梅西大学为骨干，组成一个稳定的专家集体，在项目技术总裁协调之下，与稳定的中国专家组密切联合，形成科技核心，保证了项目的正常运行和必要的科技水平。联系各个基地的服务中心，组成了可以完整覆盖基地的技术系统，对项目全程给以技术指导、监督，保证了各项任务的全面落实。

强有力的、协同良好的项目领导组是项目得以顺利完成的关键。项目主任、贵州省农业厅厅长赵庆儒同志，以他的热情、全面、细致、周到的工作作风，使国内外的项目参与人员能够充分理解，竭诚合作，始终保持了良好的协作关系，保证了历时几年、涉及众多方面的各方力量能够亲密无间，克服困难，达到预期目标。其中项目的国际协调人朱昌平博士，以其卓越的组织才能、高度负责的精神和精湛的科学素养，对项目作出了巨大贡献。项目国际协调人朱昌平与"八五"攻关项目负责人蒋文兰对项目技术总裁任继周的充分支持，也是项目取得成绩的重要因素。

存在的问题和建议：尽管我们做了一些有益的探索，但在取得某些成绩的同时，也留下了遗憾。项目建立之初就明确宣布的项目企业化管理，在某些习惯势力的干扰下未能实现，是本项目的最大遗憾，以致项目进行当中和项目结束以后都严重局限了项目的发展和巩固。为此提出以下几点建议。

(1) 试验区能否稳定存在和持续发展，取决于能否把南方草地开发利用安排在国家经济建设和农业发展战略的重要位置上，设立南方草地开发的专项资金和专业机构，并对于从事草地开发的专业户从贷款到生产资料的供应都给予一定优惠政策；还取决于能否制定切实可行的南方草地开发的相应法规和政策，建立健全各级草地监理机构和执法队伍，制止对南方草地资源的破坏，改变对草地只使用不建设和过度放牧的做法，保护草地承包对草地的合法使用权利，保护试验区的科研、示范、推广工作。

(2) 黔西北高原具有发展半细毛羊的得天独厚的自然条件，威宁县半细毛羊存栏数已占贵州全省存栏数的50%以上(1989年年底)，1988年又从新西兰引进一批纯种考力代羊，具备了建立半细毛羊生产基地的条件。为此，建议将试验区内的灼甫示范牧场建成种羊生产基地，将试验区划建成亚热带高原半细毛生产基地。

(3) 今后新项目的建立，必须以企业化管理为前提，在企业化管理得到充分保证以后再筹建项目。在保证企业化管理的前提下，以本项目为基础，重新整顿、组建新项目以巩固已经取得的成果，实现西南岩溶地区的草地农业各个组分的产业化。

(4) 建立、扶持龙头企业，使它具有强大的市场影响力，足以统帅产业化项目的全部进程而不受干扰。

试验区的科技人员主要是横向联合的协作人员，流动性相对较大，给试验区的常规工作带来一定困难；多学科联合攻关仅仅是开始，有待于加强和深化，也有待于形成较稳定的联合机构。

(5) 为了基地的长期建设和促进当地草地畜牧业现代化，当地急需培养一批技术人才，在更大范围内进行科技推广活动，为此，建议在威宁县建立一个中等草地畜牧业学校。

六、结束语

经过近 20 年的实验研究，我们认为在岩溶地区建立一个有特色的较现代化的持续发展的大农业系统，该区具备有利条件：①有适宜农业生产的水热资源。虽然日照对于生产籽粒的谷物颇感不足，但对于以营养体为产品的植物(如饲用植物)几乎可常年生长，甚为有利，可以发展生产水平高的"营养体产业"(任继周和侯扶江，1991)；②有丰富的农业生物资源。该区是世界闻名的动植物资源库，它们是发展特色农业、建立持续农业的宝贵手段；③土地资源潜力尤为可观。目前农田面积与可利用草地面积之比为 1∶9.46(任继周，1995)，也就是说还有大约 9 倍于耕地的草地资源没有充分利用，此外还有广大的林地；④临近南部沿海国外市场，具有发展产品的加工流通的优越条件；⑤岩溶地带地势高差悬殊，生物垂直地带性分异大，可能在较小的空间内建成多组分的、便于集约经营的持续发展的生态农业；⑥岩溶地区能源(水利与煤炭)潜力居南方各省之冠，可以满足现代化农业所需要的支持性能源；⑦近20 年的研究实验，积累了一定的经验，培养了一批专业技术人员，这都是进一步开展岩溶地区草地–畜牧系统开发研究工作的良好基础。

展望未来，岩溶地带完全有可能建成以草地畜牧业为主的持续发展的现代大农业系统(任继周，1995)。

(本文完成于 1999 年. 作者任继周，中国工程院院士，兰州大学，甘肃兰州 730020)

参 考 文 献

卢良恕, 苟红旗, 沈秋兴. 1996. 中国西南岩溶地区农业发展的问题及对策. 中国贫困地区, 53~55

任继周, 侯扶江. 1991. 我国山区发展营养体农业是持续发展和脱贫致富的重要途径. 大自然探索, 1: 5~9

任继周. 1995. 草地农业生态学. 北京: 中国农业出版社: 7

吴应科. 1995. 开展西南石灰岩地区国土环境整治与保护整体研究刍议. 中国西南石灰岩地区开发治理学术研讨会论文

第九章　案例分析

西南岩溶地区草地畜牧业的"灼甫模式"

李向林

20 世纪 80 年代，我国南方地区的草地资源及畜牧业发展潜力得到科学界和政府部门的高度重视。南方草地面积虽然只有 10 亿亩，仅相当于北方草原的 1/4 左右，但就其水热资源、生物资源和开发前景来看，生产潜力远大于北方草原。80 年代以来的改革开放，也使发达国家先进的科学技术不断传入中国，特别是新西兰、澳大利亚的草地畜牧业技术与经验，对我国南方草地畜牧业发展提供了重要的启示。在此背景下，草原学家任继周教授等基于对南方地区"以粮为纲"所造成的贫困和生态问题以及草地畜牧业发展潜力的认识，大力倡导在南方地区建立现代化草地农业系统，并在国家农业部等的支持下，组织开展了一系列研究与示范项目，拉开了南方草地畜牧业发展的序幕。

20 世纪 80 年代初期，农业部南方草地建设与畜牧业发展示范项目，由任继周教授担任项目专家组组长。该项目在湖南、湖北、贵州三省 11 个县实施，而贵州省威宁县灼甫的万亩草地就是其中的示范基地之一。任继周教授从甘肃草原生态研究所派出了以蒋文兰为首的科研团队深入灼甫农村，在生活、工作条件极为艰苦的条件下，与贵州的省、地、县、乡各级政府密切配合，开展了卓有成效的工作，在此建立了"研究-示范-推广"一体化的发展模式，被称为南方草地畜牧业发展的"灼甫模式"，当时在南方地区乃至全国产生了重大影响。

究竟何谓"灼甫模式"？它最重要的内涵是什么？它对现阶段开展的西南岩溶地区石漠化治理和可持续发展有哪些经验和教训值得借鉴？笔者作为"灼甫模式"建设的参与者，拟在本文中对这些问题予以讨论。

一、"灼甫模式"产生的背景

威宁彝族苗族回族自治县位于贵州西北部，纵横跨越北纬 20°30′~27°26′，东经 103°26′~104°45′，面积 6295km²，是一个经济发展落后的少数民族贫困县。灼甫海拔约 2440m，岩溶地貌有一定发育，年平均降水量 1030mm，年平均气温 10.5℃，极端最低气温-15.7℃，极端最高气温 30.8℃。该地植被以次生草甸、草甸灌丛、山顶矮林为主，农作物主要为马铃薯和荞麦，部分农民种植玉米，然而由于积温不足，产量很低，农民生活十分贫困。当地草地面积大，地势相对缓和，气候条件有利于栽培牧草生长。继 1980 年飞播牧草成功以后，草地畜牧业得到一定发展，但由于管理不善，栽培草地退化相当严重。

20 世纪 80 年代改革开放初期，我国农村经济体制改革正处于探索阶段，草地畜牧业经营体制的建立和完善也是"摸着石头过河"，没有现成的经验和模式。长期以来，当地农户虽然有养畜的习惯，但以天然草地自由放牧为基本生产方式。人工种植牧草、饲养良种家畜、发展商品生产等现代畜牧业经营理念，对很多农民来说仍然是闻所未闻。畜牧局的技术推广人员虽然对家畜改良、饲养管理的重要性有较深刻的认识，但对于栽培草地的建植、管理、利用等技术几乎没有任何经验。如何建立新型的技术服务体系，将农民组织起来，使新技术得到有效的推广应用，提高草地畜牧业生产经营水平，是当时草地畜牧业发展所面临的挑战。

任继周教授领导的课题组最初的任务是进行科学研究与试验，以解决当时草地畜牧业生产所急需的技术问题。但是，在进行技术攻关的过程中，科研人员对我国当时科研与生产的严重脱节深有体会——许多科研成果完成后往往束之高阁，无人问津，而农民仍然按照原来的方式从事生产。虽然在灼甫进行的科学研究初战告捷，但却因为缺少有效的推广机制，不能转化为生产力，也不能造福于广大农民，这是科研人员最大的悲哀。尽管不少人怀疑这些科研人员仅仅是为了"取得几个数据"，但实际上他们已经在酝酿一个大胆的计划，那就是建立一种新型、高效的"研究-示范-推广"一体化发展模式，即后来所称的"灼甫模式"。

二、"灼甫模式"的体制结构

为了实现这种新型的研究-示范-推广体系,1986年由甘肃草原生态研究所和贵州省农业厅联合在威宁建立了贵州高原草地试验站,同时建立了灼甫联户示范牧场(示范场)。试验站的功能是承担科研任务,针对生产中的技术问题开展研究与试验,形成科技成果。示范场由一个试验站直接经营的中心试验场(中心场)和若干示范农户组成,其主要功能是进行畜牧业生产技术试验与示范。中心场除了自己的畜牧业生产之外,更主要的是负责农户的技术服务、生产资料供应及产品销售。最初的示范户只有6户,后来经过不断辐射发展,扩大到了300多户,并在随后的一系列发展项目中不断辐射放大。通过这种结构,种草养畜的农户得以组织起来,并且都能接收示范场的技术服务。试验站研究出来的科技成果首先在中心试验场应用,并迅速在示范户中推广。由中心试验场派出的技术推广员深入农户具体指导农民应用新技术。这样,就形成了一个科研、示范、推广紧密结合的新机制(图9-1)。

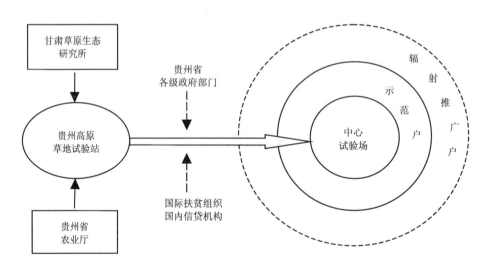

图9-1 "灼甫模式"的体制构成(同心圆表示推广规模的放大)

试验区从生产体制、经营模式、技术配套、人才培训、综合服务等方面进行了综合探讨,初步形成了草地-畜牧业系统工程的"科技系统工程框架",即第一层,由甘肃草原生态研究所与贵州省农业厅合办贵州高原草地试验站;第二层,由贵州高原草地试验站和威宁县合办的灼甫示范牧场;第三层,由中心试验场及其示范户形成试验区;第四层,再由试验区和推广户形成不断扩大的草地畜牧业生产基地的辐射中心。由这 4 个层次组成的科技网络就是当地支持草地畜牧业持续、稳定发展的"灼甫模式"。

三、"灼甫模式"的功能和成就

(一) 科学研究

1986 年，甘肃草原生态研究所在威宁基地完成了"六五"农业部重点课题"南方草地建设"。栽培草地的迅速退化是当时南方草地的一个技术难题，对草地畜牧业发展形成严重制约。栽培草地建植后因管理利用不当，火绒草、香青等菊科杂草以及本地劣质禾本科和杂类草植物猖獗蔓延，栽培牧草几乎不复存在。这时议论蜂起，认为在南方建立栽培草地失败已成定局，同时南方不宜发展畜牧业的论调也广为流传。课题组经过 3 年的试验研究，终于取得技术突破，解决了这一技术难题，其科研成果"贵州退化栽培草地改良试验"1987 年获得农业部科技进步奖二等奖。

1990 年，完成"七五"国家攻关计划专题"云贵高原栽培草地草畜试验区"，确定了适宜的豆科和禾本科当家草种，最优混播组合及比例，栽培草地适宜放牧强度及放牧制度，形成了栽培草地建植、管理、利用的配套技术，草地和家畜生产技术水平达到了新西兰的水平。课题获得农业部科技进步奖二等奖、国家科技进步奖三等奖。

1995 年，完成了"八五"国家科技攻关计划专题"云贵高原草地畜牧业优化生产模式实验区"，在"七五"课题的基础上，引进新西兰牧场系统优化技术，建立了以栽培草地为基础的绵羊、肉牛、奶牛生产模式，进一步降低了生产成本，提高了生产效率和效益，把草地畜牧业系统的研究推向新的高度。课题成果再次获得农业部科技进步奖二等奖和国家科技进步奖三等奖。"九五"期间，相关研究工作进一步扩大到横跨云贵两省的云贵高原草地农业系统研究项目。

(二) 示范推广

"灼甫模式"最主要的功能是将研究的技术成果直接应用和推广示范。灼甫示范场建立之后，新建和改良草地 7730 亩，多年生放牧草地亩产鲜草达 2500~4400kg 以上，饲养家畜 3533 个羊单位，实现了平均 2 亩草地饲养一个羊单位的技术指标。家畜生产方面，每只绵羊平均剪毛量达 4.01kg(净毛 2.41kg)，中心场绵羊平均剪毛量 5.30kg(净毛 3.18kg)，产羔率和繁殖成活率分别为 104%和 89%。

灼甫示范牧场的 7092 亩生产草地上(不包括研究用地)总投资为 66 万元，1988 年和 1989 年两年畜牧业总产值达 70 多万元，超过了投资总额，总收入达 40 万元，纯收入达 15.68 万元。仅 1989 年一年总收入达 21.5 万元，纯收入达 8.9 万元，全场平均投资利润率 13.43%，按此计算全部投资回收期不到 7 年半。示范场 6 个重点示范户 1989 年家庭人均纯收入 1691 元，户均纯收入 7326 元，是全县同期农民人均纯收入(188 元)的 8 倍以上，这些示范户成了当地依靠种草养畜脱贫致富的典范。示范场的投入并不是无偿的，而是国家的扶贫贷款。事实上，示范场的农户不仅自己走上了脱贫致富的道路，而且都按照合同规定彻底还清了贷款，这在长期依靠国家救济的贫困地区是极为罕见的。

灼甫示范牧场不仅在草地畜牧业技术和经营管理方面，而且也在生态环境保护方面发挥了示范作用。1989 年 8~10 月在示范场适度利用栽培草地和农田地上测定结果表明，栽培草地和农田的土壤流失量分别为 3.48kg/hm^2 和 31.4kg/hm^2，草地的土壤侵蚀只相当于农田的 11%。

灼甫示范场的成功不仅给当地农户带来示范效应，而且通过各种渠道传遍全省及南方各省，人们纷纷前来学习、考察，从而对南方地区的草地畜牧业发展起到了促进作用。同时，"灼甫模式"也吸引了一些国际组织的注意，凯尔国际、乐施会等民间组织在威宁实施了扶贫发展项目，联合国开发计划署(UNDP)于 1989~1994 年在威宁、独山、清镇三个县实施了更大规模的"贵州草地农业系统项目"，分别对绵羊、肉牛、奶牛系统进行试验、示范和推广，取得显著成效。通过这些项目的带动，基地周围 2000 多个农户参与了种草养畜，走上了脱贫致富的道路，反过来农户的发展也使"灼甫模式"得到了巩固、提高。

(三) 人才培养

"灼甫模式"发展过程中，不仅培养了一批具有实践经验的科研人员和研究生，而且培养了一大批扎根于当地的技术干部和乡土人才。在项目实施的十几年里，每年都有来自不同院校的多名本科生、硕士生、博士生在试验站和示范场完成实习或从事学位论文研究，甚至还有两名荷兰的留学生在试验站做了半年多的实习研究。贵州省农业厅、毕节地区草地站、威宁县畜牧局等单位先后派出多名年轻技术干部来示范场工作，有的时间长达几年。通过在示范场工作，这些年轻技术人员的才干和技术水平得到很大提高，积累了丰富的经验，其中很多人后来都走上了重要的领导岗位和技术岗位，成为推动草地畜牧业发展的中坚力量。

示范场的技术推广员都是从当地高中或初中毕业的青年农民中招聘的。这些技术推广人员接收了一定的培训后即开始工作，而且在工作中不断学习、积累，最后成了示范场的技术骨干。前期发展的示范农户后来都成了草地畜牧业的方面的"土专家"，来访的新西兰专家曾惊叹这些农户的技术水平不亚于新西兰受过高等教育的农场主。

人才是推动事业不断发展的根本动力。通过国家科技攻关课题、国际民间组织项目、联合国开发计划署项目等的实施，先后有 30 多人到新西兰学习半年至一年，有数百名技术人员和农户参加了不同形式的培训。

四、"灼甫模式"的启示

(一) 科学技术是第一生产力，科学技术必须与生产实践相结合

灼甫的实践证明，科学研究和技术开发必须瞄准生产实践中存在的问题，开展科技攻关，从而形成有用的科技成果。现在有不少研究工作仅仅是为研究而研究，甚至无病呻吟，闭门造车，所谓研究成果应用率低也就不足为怪了。

(二) 一项事业的成功，需要一个有事业心的人才队伍

"灼甫模式"之所以能够成功，关键在于有一个以科研人员、技术干部及乡土人才组成的事业心强、志同道合的团队。这个团队在异常艰苦的条件下，一心一意地从事这项事业，赢得了当地干部和群众的信任，也得到了领导的重视和支持，同时也培养了一批本地人才队伍。很多类似的项目最终归于失败，主要是因为人的因素所致。

(三) 草地畜牧业项目建设需要有系统观念，要按照系统工程的技术路线组织实施

综观过去和现在的一些项目，部门和行业之间往往存在条块分割、缺乏合作，甚至相互排斥的现象。例如，许多草地发展项目不考虑草畜配套，围栏等基础建设项目不考虑草地和家畜生产，技术推广项目不考虑市场需求，生态保护不考虑农民生计，农、林、草之间互不相让……其结果，项目实施的效果自然大打折扣。

(四) 需要有打破常规、大胆探索、勇于创新的精神

"灼甫模式"是在当时的历史条件下，适合特定环境的一个成功案例，本身就是打破传统体制限制、开拓创新的产物，反过来也需要在发展中不断改进，不断完善，不断创新。"灼甫模式"的精髓在于根据客观实际不断创新，与时俱进。因此，各地在学习有关"模式"的时候，关键是学习其思路和原则，根据现实情况创造性地加以应用，切忌照抄照搬。

(五) 贫困地区图发展，农户服务是关键

边远贫困地区农户的经济、技术、知识水平有限，且传统观念根深蒂固。要发展一项新的事业，需要打破传统，引入新的技术和机制，而有的农户患得患失，顾虑较多。无论"灼甫模式"还是其他成功案例，都充分说明一个高效的农户服务机制和一支强有力的服务队伍是必不可少的。只要为农户提供可靠的草地、家畜、兽医技术服务及产品市场服务，使农户的利益得到保障，他们的积极性就会被激发。

(本文完成于 2009 年. 作者李向林，中国农业科学院北京畜牧兽医研究所，北京 100193)

贵州省晴隆县种草养羊的经验
——岩溶山区的科技扶贫与生态建设

张大权

贵州省黔西南布依族苗族自治州晴隆县地处云贵高原中段，是一个山区贫困县，属于典型的喀斯特地区，山高、坡陡、谷深、岩溶发育强烈，河流深切，地形此起彼伏，最高海拔 2025m，最低海拔 543m。我县土地面积 1327.3km²，全县辖 14 个乡镇、181 个村。居住着汉、布依、苗、仡佬等 13 个民族，总人口 28 万人，少数民族占总人口的 54%。土地贫瘠，75%的耕地呈条状小块坡地，保水保肥能力差，自然灾害频繁，农业生产条件恶劣，严重制约了当地农业的发展。1995 年中央电视台焦点访谈报道称：晴隆县是全国最贫困的县。2000 年年末，农民人均粮食 335kg，人均纯收入 1600 元。为加快农民脱贫致富步伐，面对石漠化严重的现实，晴隆县委、县政府在深化县情认识的基础上，既要让农民增收，又要建设生态，决定把草地畜牧业作为农业产业结构调整的重点，作为农民增收的重头戏来抓。在国务院扶贫办、国家发展和改革委员会、农业部和省扶贫办等有关部门的支持下，经过 6 年的发展，取得了可喜的成绩：一是建植了一批优质、高产的栽培草地。六年来建设草地 17 万亩，改良草地 8.3 万亩。二是建立了优质肉羊示范基地、牧草种植试验基地及南方草畜同步平衡数据试验基地。三是促进了周边地区草地畜牧业的发展。现存栏优质肉羊达 13.8 万只。正是由于晴隆县取得了如此可喜的成绩，全省各县市及四川、云南、广西、湖南、湖北等均组团到我县考察学习草地畜牧业发展的经验。四是大幅度促进了农民增收。养羊农户年收入最低的达到 6000 元，最高的可达到 50 000 元。五是培养了一批草地畜牧业的建设人才。2000 年以前，晴隆县没有一个技术干部是学习草业科学专业的，现在全县已有 300 多名技术人员，不仅会种草养畜，而且掌握了防治牲畜疾病等技术。六是促进了生态环境的良性发展。昔日的石漠化地区，现在铺上了绿茵茵的优质牧草，扶贫开发与生态建设相结合，并取得较好的效益，有关专家到晴隆实地考察，总结为"晴隆模式"。

过去，晴隆县因为被定为全国最贫困的县而"闻名"中国。现在，晴隆县因为种草养畜，发展草地畜牧业，不但在贵州省，乃至在全国都有了相当的知名度。晴隆县的做法和经验，得到了全国政协、民主党派、全国工商联的关心和帮助，得到国家发展和改革委员会、国务院扶贫办和贵州省委、省政府的充分肯定。中央电视台、贵州电视台、《参考消息》、《贵州日报》及《黔西南日报》都先后作了采访报道。2006 年 6 月 19~22 日全国南方科技扶贫(草地畜牧业)现场经验交流暨培训会议在晴隆召开，对晴隆扶贫模式进行认真总结，会上领导和专家给予充分肯定和高度赞扬，建议在南方各省区大力推广这一扶贫模式。九三学社中央副主席洪绂曾认为晴隆发展草地畜牧业创造了 3 种模式，值得向全国推广：①南方喀斯特山区产业结构调整，使农民迅速脱贫致富的模式；②喀斯特地区生态治理和经济效益成效显著的模式；③国有企业和农民利益有效结合的模式。国务院扶贫办原主任刘坚认为晴隆扶贫模式好在 3 个方面：一是思路好，二是模式好，三是机制好。

这个工程科技论坛，是一次难得的学习机会，对加快晴隆县农村脱贫致富和新农村建设步伐，必将产生重大影响。下面，我对晴隆县科技扶贫和生态建设作一个简要汇报，敬请各位领导、专家和兄弟省市的同志们批评指正。

一、基本情况

面对生态脆弱、水土流失严重；可耕地少，人地矛盾突出；自然资源开发利用不合理，产业结构单一；农民收入少，贫困面大、贫困程度深的严峻现实，新阶段扶贫开发如何开展？生态建设如何加强？如何调整产业结构？在国务院扶贫办和省扶贫办的大力支持下，晴隆县委县政府积极探索，把扶贫开发与生态建设有机结合起来，不断探索、勇于创新，在喀斯特地区大力发展种草养畜。

1999 年宁波对口帮扶支援 10 万元购买波尔山羊，晴隆县开始组织农民种草养羊。2001 年以来，省扶贫办、国务院扶贫办批准我县实施波尔山羊及优质杂交肉羊科技扶贫项目，我县抓住这个机遇，立足草山草坡可开发利用潜力大的优势，面向国内外消费者要求天然、绿色、无公害农产品的市场走势，以科技为支撑，在陡坡岩溶山地开展人工种植优质牧草，养殖优质肉羊，辐射带动全县发展草地生态畜牧业，做好肉羊品种改良、做大畜群、做大草场、做大产业，推动农业结构调整,促进农民增收,逐步探索出了一条喀斯特地区开发式扶贫的新路子。晴隆品牌波尔山羊及优质杂交肉羊以肉质细嫩、味道鲜美、营养丰富、绿色安全打入沿海、北京及香港市场,产品通过了无公害产品认证和国际质量体系认证。晴隆县草地畜牧业开发有限责任公司 2004 年被科技部命名为龙头企业技术创新公司,2005 年被国务院扶贫办批准为国家扶贫龙头企业。目前,由于波尔山羊及优质杂交肉羊科技扶贫项目的强力带动,晴隆草地生态畜牧业有了突破性的发展,从优良羊种的繁育、基础羊群的建设、疫病防治、质量检测、技术服务、饲草饲料生产,到产品标准化规模生产、品牌形成、市场营销等,生态建设已初步奠定了产业化发展的基础,为下一步进行产品加工增值奠定了基础。

6 年来,晴隆县喀斯特地区波尔山羊及优质杂交肉羊科技扶贫工作及草地生态畜牧业效益显著,体现出了它 4 个方面的生命力:一是科技含量高,经济效益好。为了提高畜牧业发展的科技含量和综合生产力,2001 年以来,晴隆县草地畜牧业开发有限责任公司把着力点主要放在引进消化吸收国内外优良品种和先进繁育技术以及饲养管理技术上。由于对种羊实行科学选配、纯种繁育,进行三元杂交组合对比试验,培育出了适合晴隆县情的优秀杂交品种,其 8 月龄后每只体重可达 80 斤[①],销售收入达 800 元左右。据调查,项目直接受益农户,每户平均年收入达 6000 元以上,有的高达 5 万元以上。对栽培草地实行统一草种、科学种植、规范管理,产草量高,四季常青。二是促进了农村就业结构和生产结构的有效调整。项目实施采取由公司向农户提供基础羊群、种羊,配套技术服务和产品销售,农户自行守牧、放牧和日常管理,利益分成,农民不出本金,无后顾之忧,参与积极性高,安置了 1.5 万多农村劳动力就业。同时,农民通过种草养羊不但增加了收入,还掌握了牧草种植、饲养管理、市场营销等方面科技知识,培养了一批农民技术员、农村经纪人,造就了一批具有时代气息的新型农民。据不完全统计,我县仅自发和受聘到外地作为养羊技术员的农民就有 126 人,月薪在 1000 元以上。项目实施还促进了农业生产结构的有效调整,全县畜牧业占农业总产值的比重由 2000 年的 31% 提高到 2005 年的 42%,平均每年提高近两个百分点。三是水土流失面积逐年减少,生态效益明显提高。由于项目实行退耕还草,合

---

① 1 斤=500g,后同。

理规划，科学选择种植适宜优质牧草，多种牧草混播，科学管理，合理载畜，保水、保土、保肥，草地四季常青，实现了经济效益与生态效益的良性循环，六年来，全县每年水土流失面积减少 20km^2 左右，石漠化趋势得到有效遏制。四是促进了农民的稳定增收，加快了脱贫致富的步伐。全县农民人均纯收入 6 年来连续稳定增长，由 2000 年的 1156 元增加到 2006 年的 1680 元，年均递增 4%，2 万多人越过温饱线，贫困发生率由 15.1% 下降到 11%，这些越过温饱线的贫困人口，相当一部分是实施科技扶贫项目的受益人。

二、基本做法

6 年多来，晴隆县围绕如何做好波尔山羊及优质杂交肉羊科技扶贫工作，做大做强喀斯特地区生态畜牧养殖业，实现产业化发展这篇大文章，主要开展了以下几方面的工作。

(一) 加强领导，明确职责

县委县政府坚持把扶贫开发与生态建设作为全县经济社会发展的重中之重，坚定不移地把实施好波尔山羊及优质杂交肉羊科技扶贫项目作为发展全县喀斯特地区生态畜牧业的突破口。2001 年省扶贫办把我县作为科技扶贫试点县，报经国务院扶贫办批准后，实行"政府引导、市场运作、以场带户、产业拉动"的工作运行机制，组织有关部门、聘请专家认真进行调查研究和论证，制订了切实可行的实施方案。县人民政府成立了科技扶贫工作领导小组，由县长任组长，分管农业和农村工作的副县长任副组长，相关部门主要领导为成员，负责统一领导、组织、协调科技扶贫项目和草地畜牧业工作；成立了晴隆县草地畜牧中心作为项目实施单位，20 多名人员从全县畜牧系统 35 岁以下畜牧专业毕业的大中专生骨干中挑选产生，中心实行事业单位的企业化管理，人员工资及福利由县财政统一拨付，升职、调动、考核、职称评聘与同类单位现职人员同等待遇，还可根据效益情况发放奖金。2004 年注册了晴隆县草地畜牧业开发有限责任公司，以公司形式处理与农户和技术人员的经济关系。县人民政府与公司签订年度目标管理责任状，继续担负扶持农户脱贫致富的责任；公司与职工签订工作目标责任状，落实奖惩措施，建立激励机制；公司职工工资、奖金、职称、职务与工作目标完成及农户的经济效益情况直接挂钩；要求每个技术人员负责的示范基地及养殖户达到"三个百分之九十五"(冻精输配及母羊受胚率达到 95%、母羊产羔率达到 95%、羔羊成活率达到 95%);单只羊防疫治疗、驱虫保健费不超过 8 元,超支自负,中药的使用在药品使用中必须在 60%以上,技术人员每月为自己负责的每个农户服务不少于两次。

(二) 科技支撑,服务保障

公司以引进、开发、推广优良品种、先进饲养管理及疫病防治、优质高产牧草种植及草地管理等先进实用技术为重点,采取"请进来"的办法,先后与贵州大学动物科学学院、山东莱阳农学院、中国农业大学签订了草地种植与改良、杂交羊繁殖、养殖新技术使用、标准羊的饲养管理等 7 个方面的技术合作协议,与南非、新西兰、澳大利亚等畜牧业发达国家开展了技术合作,引进 18 个血统的原种波尔山羊进行纯种繁育,筛选三元杂交对比试验,选出了适合本地条件的"波×黄×黑"杂交组合,还与新西兰的克尔索公司成功进行了纯种波尔山羊胚胎移植技术合作。为把科学技术转化为现实生产力,公司加强了技术培训、指导的服务工作,加大工作力度和检查考核力度。首先,抓好技术人员的培训,确保技术输出不变形不走样。定期或不定期聘请专家进行专题讲座,现场指导培训技术人员,在技术人员之间开展传帮带活动,不断提高工作人员的业务水平。其次,在省扶贫办的支持下,抓好科技扶贫示范户(专业户和普及户)的培训,利用示范基地举办科技示范户(专业户)培训班,或派技术人员到项目实施村点培训示范户,向示范户讲解种羊饲养管理及草地种植管理知识技术,指导好示范户的养殖及疫病防治工作,帮助示范户熟练掌握技术,发展生产,提高效益。逐步把科技示范户发展成为种草养羊技术推广应用的带头人;大力抓好普及户的技术培训,为产业化发展奠定基础。公司在技术推广上不盲目铺摊子,而是先抓好培训后发展生产。普及户在实施种草养羊项目前,必须接受技术培训 3 次以上,在公司基地强化训练一个月,学会对羊群的日常管理、新生羊羔的护理、常见疾病的防治技术及药品的管理识别和使用、栽培草地的种植和管护等,以确保普及户按照国家对农产品的质量标准和公司的技术要求饲养。培训合格后,公司还要落实技术人员负责跟踪指导和技术服务,确保学会一户,发展一户,见效一户。6 年来,公司共举办了不同规模、类型、技术层次的种草养羊培训班 304

期，培训人员达 1.68 万人次，共接待到我县参观考察的省内外兄弟县市人员 1.55 万人次。

(三) 建好基地，多极辐射

示范基地建设直接影响项目实施的成败和发展战略目标的实现。县委县政府高度重视基地建设工作。省委省政府及省扶贫办等有关部门领导多次到我县调研和指导，帮助解决实际困难和问题。我公司认真制订了实施方案，多次聘请专家进行技术培训和现场指导。对各示范基地建设，一是要求做到"四统一"：统一规划、统一管理、统一实施方案、统一技术要求(包括品种、圈舍布局及技术服务)；二是要求实行"三结合"：每个示范点均要建有种羊繁育基地、优质肉羊育肥基地、栽培牧草种植及改良基地，做到示范、生产、推广相结合；三是要求达到"四配套"：每个示范点水、电、路等基础设施齐全，技术人员、生产设施及技术设备相配套，达到资源共享，节省投资，形成生产力。目前全县 31 个波尔山羊及优质肉羊科技扶贫示范点，均水通、路通、电通，均建有良种繁育基地、杂交肉羊生产基地、优质高产草地、人工授精点等，有的还建有胚胎移植公司，羊舍整齐，技术人员落实，技术设备配套实用。

(四) 整合资源，强化管理

为确保项目的顺利开展，晴隆县积极争取上级有关部门、科研院所、大专院校乃至国外技术支持。2004 年，中央民主党派亲临我县认真总结了科技扶贫与生态建设有机结合的经验，并成立了联合推动组进驻我县开展智力支持。县委县政府以财政扶贫资金为引导，以科技扶贫项目为载体，加强了统一领导和协调指挥，要求有关部门本着"渠道不乱、用途不变、统筹安排、集中使用、各负其责、各记其功"的原则，服从大局，科技扶贫无论涉及什么部门、单位，要人给人、要钱给钱、要技术服务就提供技术服务，同时明确了各部门的职责，重点整合发改、交通、水利、农业、林业等部门的项目资金，主要用于项目区基础设施建设。为了确保项目资金"放水到田"，避免跑冒滴漏，我县对项目资金加强了管理和审计监督，尤其是对财政扶贫资金严格实行专户管理、专款专用，严格报账制和验收决算制管理，对项目资金实行公示公告，广泛接受各方监督，确保资金用到项目上，用出效益。

(五) 分类扶持，利益驱动

为了发挥项目在扶贫开发中的示范带动作用，公司主要建立了以下 5 种发展模式和利益连接机制。一是土地入股基地带动模式。公司的良种基地和肉羊基地是全县种羊和能繁母羊的供应基地，也是农户学习种草养羊的示范基地，必须有一定的草场规模支撑。解决基地建设占用农户的坡耕地和荒山问题，公司主要采取了两种方式，一种是按国家有关政策规定由公司及相关部门对土地评定等级估价，农民以土地入股，参与基地的生产经营，按股分成；另一种是对农户的土地评定等级后按面积一次性给予补偿。其中对土地被占用 60% 以上的农户，优先安排经过技术培训后到基地当放牧员，保证工资加奖金每年收入 5000 元以上；对基地周边其他农户，通过农户之间土地调整转让，经过技术培训后发展种草养羊。在基地获得劳务收入的农民放牧员，与公司职工同等管理，公司根据个人的管理能力和成效兑现工资奖金，管理基础羊群 40~60 只，月基本工资 400~1500 元，羊群增长率在 95% 以上的，每增加一只羔羊，奖励放牧员 80 元、技术干部 20 元，少一只则罚放牧员 20 元、技术干部 80 元。这样做既相对集中连片地有效扩大了基地草场面积，减少了基地用于土地的投入，又带动了周边农户的发展。二是公司+养羊协会+农户的模式。公司帮助实施种草养羊的贫困村建立养羊协会，无偿提供草种，以羊放贷的形式向农户发放种公羊和基础母羊，并负责配套技术服务和农户商品羊的销售。农户在公司的指导下自己建草场，进行饲养、放牧和草地管理，新生羊羔按 3：7 比例分成(公司占 3，农户占 7)，断奶后上交，当扶持户的存栏羊达到 90 只或自有羊达 50 只时，公司根据农户的脱贫情况收回原提供的基础羊群，并把收回的 30% 转换为基础母羊发放给其他贫困户饲养，不断扩大项目对贫困户的扶持面。农户不出资金就能获得基础羊群发展生产，增加收入，公司在没有增加其他投入的情况下规模逐步扩大。养羊协会由农户选举产生，上联公司下联农户，主要负责协调解决农户之间及农户与公司之间的矛盾，协助搞好草场及羊群的日常管理，并参与公司的销售，每销售一只羊，提取 4 元作为协会日常管理费。农户将需要出售的商品羊赶到公司的肉羊基地，公司按等级收购，一次性付清羊款，不拖欠，不打白条。三是集体转产模式。这种模式主要是对一些边远贫困、石漠化程度高、基础设施薄弱，但荒山草坡面较大，适宜种草养畜的地区，结合整村推进，动员农民改变传统的耕作制度，发展种草养羊，由种植业整体转向养殖业，农民向牧民转变。县乡党委政府通过思想动员，将农民土地全部拿出来，由公司和农户联合采取统一规划、统一种草、分区管理、分户核算的办法，相对集中进行规模化养殖。公司派技术人员蹲点指导，负责提供草种、种羊、配套技术服务、商品羊销售，农户负责种草及管理草地、放牧、守牧。养羊协会协助公司抓好草场管理、技术服务及商品羊销售。为了帮助贫困户发展生产，第一年公司不分成，收入全部归农户，第二年新生羊羔按 3：7 比例与农户分成，第三年也按 3：7 比例分成，联合期 3~5 年。如实施项目的江满村，是全县最贫困的村之一，由于海拔较高，气候寒冷，广种薄收，水不通、路不通、电不通，每年 3 月左右家家缺粮，农民生活靠政府救济和卖血维持，没有一幢像样的房子。该村第五组 19 户农户被县人民政府列为易地搬迁扶贫对象，相继迁走了 8 户，2002 年在这里实施种草养羊科技扶贫后，全组目前羊存栏 1260 多只，每年调出商品羊 1000 多只，带动周边农户养羊 12 000 只，农户年收入最高达 5 万元，最低的也有 8000 多元，农民人均纯收入跃居全县前列。如今，江满村实现了水、电、路"三通"，家家户户住上了宽敞漂亮的房子，部分农户购置了红木家具、彩电，有的农民还配上了手机，原迁出去的农户大部分又迁了回来。群众高兴地说，发展草地畜牧业使他们改变了生存环境，走上了致富路。四是小额信贷发展模式。主要是对具有一定生产经营能力和经济基础的低收入贫困户，由公司向银行担保为农户贷款 6000~10 000 元，发展种草养羊，公司负责技术培训、配套技术服务和商品羊销售，防疫治病只收成本，无偿提供种公羊，帮助农户选购基础母羊，协调解决发展中出现的问题，新生羊羔按 2：8 分成(公司占 20%，农户占 80%)。五是技术服务扶持模式。主要是对有一定经济基础，能熟练掌握饲养管理、防疫治病、草地种植管理技术，并有一定数量自有羊群的非贫困户，公司帮农户 8 个月换一次种公羊，无偿提供春秋两防疫苗，负责技术服务和商品羊销售，新生羊羔按 1：9 分成(公司占 10%，农户占 90%)。

(六) 保证质量，市场先行

晴隆县发展波尔山羊及优质杂交肉羊，是在禾本科与豆科混播优质草地上采取全放牧并结合羊圈管理生产出来的。严格执行国家畜禽生产经营许可制度，严格按照国家认定和国际认证的质量标准组织生产。首先，注重从源头上把好产品质量关。认真抓好优良品种的引进选育、品种改良、良种繁育，为良种生产和产品质量奠定基础。其次，抓好生产过程质量控制关。建立和落实工作责任制，统一品种、疫病防治、检验检疫及技术服务要求，从技术及工作环节上加强产品质量监督，对严重危害畜牧业生产及人体健康的动物疫病，制订防治预案，实施计划免疫，加大优质栽培草地建设，改良原有草地，严禁技术人员及农户使用违禁药品及滥制乱用饲料添加剂。第三，把好市场准入关。加强产地检疫及屠宰检疫，严格控制染疫羊产品进入市场，公司在收购上实行最低保护价(每千克活羊 13 元)和优质优价，稳定与农户的产销关系，用价格引导农户发展优质产品。目前我县晴隆品牌波尔山羊及优质杂交肉羊已通过国家无公害产地认证和国际质量体系认证，成为市场畅销的绿色食品。公司在抓优质肉羊产品标准的同时，积极开拓省内外市场，发展订单畜牧业，加强信息平台建设，逐步建立多种形式的信息传播渠道，抓好产品生产、销售和市场信息的收集和发布，准确、及时、有效地引导农户组织生产和流通。

三、基本经验

总结 6 年来我县开展波尔山羊及优质杂交肉羊科技扶贫工作的实践，主要有以下几点经验和体会。

(一) 坚持科学发展观，扶贫开发与生态建设相结合，是喀斯特地区扶贫开发的根本出路

喀斯特地区耕地少，耕地质量差，生态脆弱，生态恢复和建设极为不易，由于传统农业生产结构下对资源开发利用不合理，陷入越垦越穷、越穷越垦的恶性循环，石漠化加剧，退耕则现有生存条件难以为继，加大垦殖则生态进一步恶化。事实证明，在这些地区种粮养猪的传统致富模式与生态建设矛盾尖锐；改革传统的耕地制度，实行种草养畜致富模式，坚持开发式扶贫的

方针，可保护环境，促进生态建设，最终实现人口、资源、环境的良性循环，经济效益与生态效益同步增长，实现可持续发展。

(二) 依靠科技，开展产业化扶贫，是新形势下政府领导开发式扶贫的必然选择

以科技为支撑，实施产业化扶贫，是贫困地区群众稳定脱贫走上富裕的根本出路。围绕抓好产业化扶贫，应着力做好几方面的工作：一是转变观念，增加投入，科学引导，加强统筹协调工作。二是以市场为导向，立足优势资源，制订符合县情民意的产业化扶贫规划，尤其要选准支柱产业和主导产业。三是以先进实用科技为先导，引进、消化吸收并推广先进技术，抓好示范，典型引路。四是从服务入手，加强对农民的技术培训、指导和服务。五是抓生产与抓市场相结合，创造宽松的发展环境，提供优惠政策，大力扶持产业化扶贫龙头企业，引导、帮助企业和农民建立公平合理的利益连接机制。及时为农民提供准确的市场信息，科学引导生产和流通。

(三) 完善机制，各方共赢，是扶贫开发实现可持续发展的内在动力

我县波尔山羊及优质杂交肉羊科技扶贫，在六年时间内完成从引进技术消化创新、示范基地建设、技术培训推广，到龙头企业发展壮大、优质品牌建立、产业化规模初步形成的演变，关键是建立了三种利益连接机制的驱动。一是企业职工的激励机制。这是项目成功实施的前提条件。晴隆县草地畜牧业开发有限责任公司实行一套班子、两块牌子；事业单位，职工工资及福利由财政统一拨付，职工调动、提拔、职称评聘等不受影响，解除了职工的后顾之忧，职工心里踏实，有稳定感、安全感；企业运作，公司可根据效益情况给职工发奖金，制订了明确的工作责任制和奖惩措施，树立了正气，激活了职工的创业和增收欲望，有效防止了干好干坏一个样和干多干少一个样的平均主义。二是坚持让贫困群众直接受益，建立互利双赢滚动扶持的利益机制。首先，对示范基地建设占用农民土地实行了行之有效的利益补偿机制。公司根据国家有关政策和土地等级面积对农户进行合理补偿，并安置失地农民到基地放牧获取劳务收入；帮助基地周边农户调整转让土地种草养羊，或鼓励农民以土地入股分成，解决了基地发展用地和资金短缺的困难，帮助农

民找到了增收门路，公司与农户形成了稳定有序的土地利益机制，创造了基地与周边农户和谐共生的发展环境。其次，建立了互利双赢滚动扶持的利益机制。公司与农户明确了双方的责权利关系，对农户实行以羊放贷，滚动扶持，利益分成，归还的母羊又投放扶持其他贫困户发展。尤其是县草地畜牧中心负责技术培训、配套技术服务，制订保护价销售产品，降低了贫困户发展生产的风险，形成了互利双赢的利益机制，确保了国有资产保值增值，也确保了扶贫开发的可持续发展。最后，区别对待，资源共享，形成了多方受益的利益导向机制。党的扶贫政策是一项惠民政策，应尽可能扩大受益面，但又不能搞平均主义的普惠制，要根据群众的贫困程度、发展基础、自我发展能力实行区别对待，克服平均主义，教育、激励和帮助广大农民群众依靠自力更生脱贫致富。晴隆县在项目实施过程中，对绝对贫困户，不仅无偿提供种公羊、基础母羊，而且在利益分成上尽可能让利于民，适当延长羊群回收年限，无偿提供技术培训、防疫治疗药品和技术服务，制订产品销售的保护价；对低收入贫困户，帮助农户担保争取小额扶贫贷款，无偿提供种羊，帮助选购基础母羊，负责产品销售，防疫治病只收成本，利益分成大头让给农户；对有一定发展基础的非贫困户，着重抓好技术服务和产品销售。

(四) 整合资源，形成合力，是加快扶贫开发进程的重要手段

6 年来，晴隆县波尔山羊及优质杂交肉羊科技扶贫工作，一直得到了国务院扶贫办、省扶贫办、省发改委、省财政厅、省农业厅和民主党派中央的大力支持，得到了省内外大专院校、技术部门的鼎力相助和国际友人的真诚合作。县委县政府加强了统筹协调和组织指挥，对人、财、物、技术等扶贫资源进行了整合，有关部门密切配合，形成了合力开发齐抓共管的局面，保证了我县科技扶贫工作的顺利开展。

(五) 科学管理，强化监督，是提高扶贫开发成效的根本措施

扶贫开发要见成效，管理是关键。晴隆县加强科技扶贫的管理工作，第一，加强了责任目标管理。县委县人民政府与县有关部门及乡镇党委政府签订了目标管理责任状，要求相关单位细化目标，将任务落实到个人。扶贫、财政部门作为资金项目的主管单位，加强了项目申报、项目实施、资金管理

和报账全过程的跟踪。晴隆县草地畜牧中心作为项目实施单位，建立了目标管理责任制，落实了激励机制，做到奖罚分明。严格扶贫资金管理，实行扶贫资金专户管理、严格报账程序和验收决算制管理。第二，在实施扶贫项目中对扶贫对象、扶贫资金、扶持项目均实行事前公示，事中监督，事后公告，确保资金到项目到村到户，真正让贫困群众受益。第三，加强了农户生产管理的指导。加强对农户的技术培训、指导和服务，帮助农户建好圈舍，种好管好草地，搞好日常饲养管理，把项目的整体效益建立在抓好一家一户的生产管理和发展的基础上。

(六) 建设好技术体系是做大畜牧产业的保障

生态畜牧业与传统畜牧业的明显区别在于生态畜牧业必须有完善的技术体系，包括诸多技术环节，如①草地建设，含土壤改良、草种配方和施肥等；②种畜配置，含种畜养殖和轮换、谱系管理和冻精配种等；③科学放牧，含划区轮牧和棚圈补饲等；④畜群管理，含选留基础母畜和及时出栏等；⑤备冬和防灾，含储存饲草饲料等；⑥家畜防疫和畜病治疗等。这些技术因素标志着新的生产方式，标志着草地畜牧业的转型和现代化。同时，生态畜牧业与传统农户养殖的明显区别还在于，生态畜牧业是由农户小群体养殖，经县草地畜牧中心的技术服务网络，连接形成了县域的集群产业。县草地畜牧中心派出技术员包村包户，指导农户种草养畜，安排农户的配种公畜，负责防疫和其他技术服务；中心技术员进一步通过农民技术员对分管农户开展初级的技术服务，并通过村级专业协会对农户的种草养畜活动和草畜平衡状况进行管理和协调。

(七) 省委省政府的高度重视是做好生态畜牧业的关键

贵州省委省政府提出了"建设畜牧大省"、"生态立省"的发展战略，特别是 2007 年，在省级财政困难的情况下，给省扶贫办拨出 2 亿元的专项资金，在贵州 20 个县 63 个乡大力发展草地生态畜牧业，每个县成立以县长为负责人的项目领导小组，并成立草地畜牧中心，抽调业务素质高的人到中心工作，重点县每个县投入科技扶贫资金 500 万元，非重点县 100 万~150 万元，全部用于农户发展草地畜牧业，并在项目区要求整合资金，做好草水、草路、草电的配套工作。我们坚信，在贵州省委、省政府的领导下，相关部门齐抓共管，贵州将会成为生态畜牧业大省。

　　回顾晴隆县 6 年来的工作，虽然取得了一定的成效，但离大规模的产业化发展还有相当的距离，还需要进一步加大发展的力度；取得的经验也只是初步的，还需要进一步总结、完善和探索。今后，我们要认真向先进省市的同志们学习，在完善服务体系、壮大畜群规模、发展产品加工、形成品牌优势和支柱产业等方面进一步努力，为我县贫困群众的脱贫致富和新农村建设再立新功。

　　(本文完成于 2007 年. 作者张大权，贵州省晴隆县草地畜牧中心，贵州晴隆 561400)

西南岩溶地区科技扶贫的"晴隆模式"

李向林　　万里强　　席翠玲

我国西南岩溶地区是世界三大岩溶地区之一。贵州、云南、广西、广东、四川、重庆、湖南、湖北 8 省(自治区、直辖市)总面积 194.7 万 km²，岩溶面积占 27.3%，石漠化面积占岩溶面积的 21.3%，石漠化面积大于 400km² 的县有 94 个。岩溶地区的水土流失导致生态环境持续恶化，旱涝灾害交替出现，不仅破坏了当地农牧业发展条件，而且使下游地区的生态安全受到严重威胁。石漠化严重制约了当地经济社会发展，也是造成岩溶地区贫困的重要根源。如何破解农村贫困与生态恶化的难题，是岩溶地区实现可持续发展的一个重大问题。

贵州省是岩溶地区石漠化问题最突出的省份，而位于云贵高原中段、贵州西南部的晴隆县，则是石漠化地区的一个典型。长期以来，当地农民主要以种植玉米、水稻、小麦、油菜等作为生计来源。1995 年中央电视台焦点访谈报道称，晴隆县是全国最贫困的县。面对石漠化和贫困化的严峻现实，晴隆县将生态治理和农民增收作为重点目标，以科技扶贫为突破口，以种草养羊为发展重点，在国务院扶贫办、国家发改委、农业部和省扶贫办等有关部门的支持下，探索了一条岩溶石漠化地区破解贫困和生态双重难题的"晴隆模式"。

本文是笔者 2008 年在晴隆实地调查研究的结果，内容分为两个部分：第一部分为"晴隆模式"的内涵，着重讨论"晴隆模式"的发展思路和体制保障；第二部分是根据农户调查结果而进行的效益分析，对以作物为主、山羊为主以及作物–家畜混合经营的生产系统经济效益及农户消费进行了比较。

一、"晴隆模式"的内涵

(一) 生态保护与脱贫致富相结合

长期以来，西南山区的农民增加收入的主要方式就是开垦耕地。虽然山高坡陡、土地贫瘠，农作物单位面积增产潜力十分有限，但山坡垦荒扩充耕地仍然似乎是增产增收的唯一方式。不断垦殖的结果是水土流失日益严重，石漠化面积进一步扩展。生态恶化与农村贫困互为因果，形成恶性循环。在这种传统模式下，生态保护和脱贫致富成了一对矛盾：发展生产意味着破坏生态环境，而保护生态环境意味着限制生产继续贫困。显然，传统的思维模式是不可持续的。

晴隆县的实践为打破这种生态-生产矛盾的恶性循环提供了可行的途径，而斩断这个恶性循环怪圈的"利剑"就是草地畜牧业。晴隆人充分认识到了多年生草地对水土保持、环境保育的作用，也预见到了山羊生产的市场机遇和发展潜力。从 2001 年开始，晴隆县在石漠化严重的地区实施了大规模的退耕种草，截至 2007 年年底已建植了 1.13 万 hm^2 的高产优质栽培草地和 5500hm^2 的改良草地，用于山羊生产。在部分乡村，还实行了整村全面退耕种草，将农民转为牧民，彻底以畜牧业为主体产业。这就从根本上杜绝了陡坡地耕种所引发的水土流失和石漠化现象。

坡地退耕种草，一方面消除了频繁耕作对表土的扰动，另一方面实现了多年生植被的全年覆盖，因此可有效减少坡地的水土流失，对于防止土地石漠化有重要作用。据调查，发展种草养畜 6 年来，全县每年水土流失面积减少 20km^2 左右，石漠化趋势得到有效遏制。

栽培草地不仅能够保护环境，还通过畜牧业发展增加了农民收入，一定程度上化解了生态和生产的矛盾。2001 年以来，全县农民人均纯收入由 2000 年的 1156 元增加到 2009 年的 2408 元，有 2 万多人越过温饱线，其中有相当一部分是因为参与科技扶贫项目而脱贫致富。

(二) 优质肉羊产业化发展

在国务院扶贫办和省扶贫办的支持下，晴隆县根据国内外市场对天然绿色无公害农产品的需求不断增长的市场趋势，立足栽培草地，大力发展优质肉羊生产，带动全县发展生态型草地畜牧业。他们按照"做好肉羊品种改良、做大畜群、做大草场、做大产业"的思路，推动农业结构调整，建立了具有一定规模效应的优质山羊生产基地。他们生产的"晴隆牌"波尔山羊及优质杂交肉羊以优质安全的产品优势打入沿海地区、北京及香港市场，晴隆县草地畜牧业开发有限责任公司也在 2004 年被科技部评为龙头企业技术创新公司，在 2005 年被国务院扶贫办评为国家级扶贫龙头企业。公司从草地建设、种羊繁育、羊群管理、科学放牧、疫病防治、质量检测，直到肉羊标准化生产、品牌形成、市场营销等方面已初步形成产业化发展规模。

晴隆县优质肉羊基地将产品质量安全与占领市场作为产业化发展的重中之重。首先，他们从优良品种的引进选育、品种改良、良种繁育等方面把好产品质量关。其次，建立和落实工作责任制，统一品种、疫病防治、检验检疫及技术服务要求，加强产品质量安全的监督，严禁技术人员及农户使用违禁药品及滥制乱用饲料添加剂。第三，加强产地检疫及屠宰检疫，严格控制染疫羊产品进入市场，实行最低保护价和优质优价，稳定与农户的产销关系，用价格引导农户发展优质产品。第四，积极开拓省内外市场，加强信息平台建设，逐步建立多种形式信息传播渠道，引导和组织农户生产和流通。

(三) 多种方式的运行与管理机制

"公司＋农户"是晴隆县草地畜牧业发展的基本模式，但是农户的技术水平、经济条件、资源状况差别很大，很难采用一种模式。为此，晴隆县针对不同的情况设计并实施了 5 种不同的模式。

(1) 土地入股基地带动模式。公司建立了种羊繁育基地和肉羊育肥基地，向全县供应种羊和能繁母羊，并向农户进行示范。公司利用农户的坡耕地和荒山种草，建设科学放牧的基地。对种羊基地和育肥基地公司主要采取了两种方式建立与农户之间的土地关系：一种是对农民土地评定等级，农民以土地入股，参与公司的生产经营，按股分成；另一种是农户的土地评定等级后，按面积一次性给予补偿，公司统一经营，农民就业。

(2) 公司–养羊协会–农户相结合模式。公司帮助实施种草养羊的贫困村建立养羊协会，无偿提供草种，以贷羊形式向农户发放种公羊和基础母羊，并负责配套技术服务和农户商品羊的销售。农户在公司的指导下自己建设草场，管理草场，进行放牧和饲养，新生的羊羔按 3：7 比例分成(公司 3，农户 7)。由农户选举产生养羊协会，协会上联公司下联农户，负责发展和协调养殖户种草、养殖、销售(商品羊议价、运输)等环节的服务。

(3) 集体转产模式。一些边远贫困农村，石漠化程度高，但荒山草坡面积较大，适宜种草养羊，结合整村推进，由乡(镇)发动农民将承包土地全部退耕还草，实行统一规划、统一种草、分片管理、分户饲养、分户核算，公司派技术人员蹲点指导，负责提供各项技术服务，农户负责草地的建植、管理、利用及山羊的饲养管理。

(4) 小额信贷发展模式。对具有一定生产经营能力和经济基础的低收入贫困户，由晴隆县草地畜牧业开发有限责任公司向银行担保为农户贷款6000~10 000元，发展种草养羊，公司负责技术培训、技术服务和商品羊销售，防疫治病只收成本，无偿提供种公羊，帮助农户选购基础母羊，协调解决发展中出现的问题。新生羊羔按2：8分成(公司2，农户8)。

(5) 技术服务扶持模式。对有一定经济基础，能熟练掌握饲养管理、防疫治病、草地种植管理技术，并有一定数量自有羊群的非贫困户，公司帮农户8个月换1次种公羊，无偿提供春秋两次预防疫苗，负责技术服务和商品羊销售，新生羊羔按1：9分成(公司1，农户9)。

(四) 保障技术含量和服务质量

提高生态畜牧业的技术含量，保障技术服务，是科技扶贫的关键。晴隆县草地畜牧中心以引进、开发、推广优质高产牧草的种植和草地管理、优良种羊品种和先进饲养管理及疫病防治等先进实用技术为重点，先后与国内的贵州大学等高校和科研机构，国外的新西兰、澳大利亚等畜牧业发达国家签订了草地种植与改良、杂交羊繁殖、养殖新技术使用、标准羊的饲养管理、胚胎移植等方面的技术合作协议。

为把科学技术转化为生产力，中心还加强技术培训和指导的服务工作，加大工作力度和检查考核力度。一是聘请专家对中心技术员进行业务培训，不断更新和提升技术水平。二是由中心派技术员到各基地或项目村办培训班，培训农民技术员。三是由农民技术员教农户，农户带农户，不断普及推广和应用新技术。农户培训合格后，中心还要落实技术人员跟踪指导和服务。确保了发展一户见效一户，发展一片成功一片。

为确保技术服务质量，县政府与中心签订了年度目标管理责任状；中心与职工签订了工作目标责任状，落实奖惩措施，建立激励机制。中心职工工资、奖金、职称、职务与工作目标的完成及农户的经济效益情况直接挂钩。

二、晴隆县不同生产系统农户经济效益比较

为了深入了解"晴隆模式"的实际效果，并与其他非养羊农户进行比较，我们于 2008 年对晴隆县不同农户进行了实地采访调查。调查范围包括 4 个乡镇 7 个自然村，分别是光照镇的者布村和干沟村、莲城镇的菜籽村和江兴村、鸡场镇的羊岐山村、大厂镇的上虎村和嘎木村。本研究一共调查了 98 户，其中 5 户数据不完整，可用 93 户。

调查内容包括农户家庭情况、土地利用、畜牧业状况、生产投入、生活消费、产品出售、收入及其来源等，具体见表 9-1~表 9-3。通过实地走访农户家庭、采访户主来获得调查数据。

表 9-1 所调查农户生产系统的基本特征(2007 年)

农户特征	作物系统	山羊系统	混合系统
调查户数	32	13	48
家庭人口	5a	4a	5a
土地面积/hm²	0.63c	3.06a	0.85b
作物面积/hm²	0.63a	0c	0.38b
草地面积/hm²	0c	3.06a	0.47b
猪/头	2.3a	1.4b	1.2b
牛和马/头	2a	0b	1.5a
山羊/只	0b	57a	63a

注：同行标有不同字母的平均值之间差异显著($LSD_{0.05}$)。表 9-2、表 9-3 与此相同。

表 9-2 不同系统模式生产系统经济分析(2007 年)

收入和支出项目	作物系统	山羊系统	混合系统
生产收益/元	13 974a	16 846a	18 986a
作物	7 755a	0b	2 912b
山羊	0b	6 950a	10 715a
养猪	4 424a	2 959ab	2 661b
其他家畜	259a	154a	477a
种草补贴	767b	5 954a	755b
其他	769a	829a	1 466a

续表

收入和支出项目	作物系统	山羊系统	混合系统
生产成本/元	4 165b	6 385ab	6 460a
种子	232a	0c	134b
化肥	967a	0c	698b
农药	48a	0c	30b
精饲料	1 749a	1 199a	1 253a
青粗饲料	0a	115a	90a
兽药和补盐	0b	483a	403a
家畜成本	813b	4 588a	3 801a
其他	356a	0a	51a
生产纯收益/元	9 809a	10 461a	12 526a
务工收入/元	6 442a	3 662ab	3 621a
合计纯收益/元	16 251a	14 123a	16 147a

表 9-3　晴隆县不同系统模式家庭消费结构(2007 年)

家庭消费支出项目	平均消费/元		
	作物系统	山羊系统	混合系统
日用品	840b	849ab	1 156a
食品	4 591a	4 771a	4 459a
家用电器	3 010a	832ab	517b
教育	1 818a	712ab	514b
交通和通信	620a	291a	516a
医疗保险	46a	44a	48a
馈赠亲友	1 525a	1 754a	1 632a
电费	298a	309a	307a
其他	3 073a	5 327a	3 435a
合计	15 821a	14 889a	12 584a
恩格尔系数	29.0	32.0	35.4

(一) 生产系统基本特征

本项研究的重点是分析农户种草养羊的生产经营和效益,为此将农户生产系统分为三个类型：作物系统、山羊系统和农牧结合系统。它们的定义如下：作物系统是指以农作物(粮食和经济作物)为主的生产系统，虽然饲养有猪及少量役畜(牛、马)和家禽，但没有种草，也不饲养山羊；山羊系统是指以山羊饲养为主的生产系统，其家庭承包土地完全用来种植牧草，没有任何作物生产，是农民转为牧民的农户；混合系统是指作物-山羊混合生产系统，其承包土地既种植传统作物，也种植牧草，饲养的家畜既有山羊，也有其他家畜。根据上述分类依据，本研究的农户样本中作物系统有 32 户，山羊系统有 13户，农牧结合系统有 48 户。

三种生产系统的农户在土地面积、土地利用、畜牧生产方式等方面有明显的差异(表 9-1)。各系统间农户家庭人口基本相同，但家庭土地面积差异较大，其中山羊系统的农户平均每户拥有 $3.06hm^2$，显著高于作物系统($0.63hm^2$)和混合系统($0.85hm^2$)农户的户均土地面积，且其土地全部用于种草。作物系统的农户土地全部用于作物生产，而混合系统的农户土地 45%用于种草。虽然所有的农户普遍饲养生猪，但作物系统的农户平均养猪数量显著高于其他农户($P<0.05$)，代表了传统的"粮-猪农业"模式。作物系统和混合系统的农户为了耕作的需要，饲养了少量的牛和马，但仅作为役畜饲养。值得注意的是混合系统的农户也饲养了可观数量的山羊，且略多于山羊系统(差异不显著)。

山羊系统的农户大都分布在山区，土地以坡地为主，人口密度相对较低，户均土地面积分别是作物系统和混合系统的 4.8 倍和 3.6 倍。近几年来，晴隆县通过农业结构调整，在石漠化严重的部分村寨实行全部耕地种草的整村推进(自然村)，建植了以多年生黑麦草和白三叶为主的放牧草地，按统一的技术规程进行管理。农户以借贷方式从公司获得一定数量的山羊，在栽培草地上放牧饲养，并以向公司上交扩繁山羊的方式支付草地和家畜管理及归还羊贷的费用，出栏山羊则统一由公司按签订合同价格，低于市场价格时按市场价格组织回收销售。建植的栽培草地以自然村为单位，在公司的技术指导下统一管理和利用，而退耕还草的农户从公司获得相应的补助。

混合系统的农户虽然并未将全部土地用于牧草种植，但其户均山羊饲养量却是最高的。该系统的农户兼营作物、牧草、山羊及其他家畜，饲料除了牧草之外，还有部分余粮及秸秆，系统组分的多样性是这一系统的显著特点。

(二) 生产系统经济分析

不同系统的农户收益和生产支出见表9-2。所调查农户的收益主要的来源有农作物、山羊、养猪、其他家畜(牛、马及家禽)、退耕种草补贴及其他收入(主要包括政府的羊圈补贴和家庭副业生产收入)。作物收益根据当年农作物收获产量及其市场价格折算而来，家畜收益根据当年家畜出栏数与市场价格折算而来，其中也包括农户家庭自己食用的作物和家畜产品。务工收入是农户家庭成员带(汇)回家庭的现金收入，直接按纯收入计算。退耕种草补助是公司根据农户退耕种草的面积每年发放的专项补助款。

农户生产支出主要包括种子，化肥，农药，家畜的精饲料、粗饲料、兽药和补盐、购畜成本(还羊贷款)，但农户家庭的劳动力未计入成本。家畜成本主要包括购买家畜及归还购畜贷款的支出，但对于饲养山羊的农户(山羊系统和混合系统)，其"家畜成本"不仅包括贷羊还羊、购买仔猪的支出，而且包括了草地管理费用。根据契约，凡是从公司贷羊并在栽培草地放牧的农户，均按照一定比例向公司支付贷羊和草地管理费用[①]。生产成本中的"其他"一项主要包括雇工和机械燃油费等，基本用于农作物生产，山羊生产中无此项支出。外出务工不属于农牧业活动，故未计入生产收入。生产纯收益和务工收益的总和即为农户的合计纯收益。

三种生产模式中以混合系统的农户生产总收入最高，山羊系统次之，作物系统最低，但统计学上三者差异不显著($P>0.05$)。作物系统农户生产收入主要来自农作物(55.5%)和养猪(31.7%)；山羊系统农户生产收入主要来自山羊(41.3%)、种草补贴(35.3%)和养猪(17.6%)，混合系统农户生产收入主要来自山羊(56.5%)、作物(15.3%)和养猪(14.0%)。山羊系统和混合系统的总生产成本略高于作物系统，这是因为这两个系统的农户必须支付较高的"家

---

① 目前公司规定，公司与农户3：7比例分成，但有的农户过去每贷养10只母羊每年上交4只体重20kg以上的健康羔羊。

畜成本"作为贷羊还羊和草地管理的支出(但同时他们也获得中心的退耕还草补助作为收入)。在三个系统中，精饲料均为一项较大的生产支出，主要用于养猪。

生产纯收入以混合系统为最高，山羊系统次之，作物系统最低，但不同系统之间在统计学上差异不显著($P>0.05$)。本研究结果说明，作物生产所需要的投入相对较低，而山羊生产则相对较高，这主要是因为在发展初期山羊生产需要较高的家畜投入(贷羊还羊支出)。经过一定时期的发展，当农户还清羊贷后，该项支出有望下降，从而提高山羊系统的纯收益。

作物系统的农户外出务工收入是山羊系统和混合系统农户的约 1.8 倍，这主要是因为作物系统农户有较多时间外出务工。

(三) 农户家庭消费结构

农户的家庭消费支出主要包括日用品、食品(包括饮品)、子女教育、交通、通信、医疗保险、馈赠亲友(节日及婚丧馈赠)、电费、其他(住房及畜圈修建、医疗费等)等消费(表 9-3)。从本次调查的结果来看，作物系统的农户在家用电器和子女教育方面的投入相对较大，其中家用电器支出分别是山羊系统和混合系统的农户的 3.6 倍和 5.8 倍，教育支出分别是后两者的 2.6 倍和 3.5 倍。除这两项之外，其余消费支出在三个系统之间差异不大。从消费结构来看，食品消费仍然是农户家庭消费的最主要支出项，占其各自家庭总消费的29.0%~35.4%；家用电器在作物系统家庭消费中占19.0%，而在其他两个系统只占 4.1%~5.6%；作物系统的教育支出占 11.5%，而其他两个系统只占4.1%~4.8%；逢年过节、婚丧嫁娶的馈赠也是农户消费的一项重要开支，占家庭消费的 9.6%~13.0%；其他开支主要包括住房和畜圈修建及医疗开支，该项消费以山羊系统最高(35.8%)，混合系统次之(27.3%)，以作物系统最低(19.4%)，主要是因为后两者有较高的羊圈修建支出；交通、电费、医保的开支很小，不足家庭总支出的 5%。

三种生产系统的恩格尔系数(食品消费占家庭总消费的百分数)分别为作物系统29.0，山羊系统32.0，混合系统35.4，低于2007 年全国平均恩格尔系数 36.3。恩格尔系数既可以衡量一个家庭的富裕程度，也可以反映一个地区的生活水平。一般来说，一个家庭的生活水平越低下，恩格尔系数就越大；恩格尔系数越小，生活水平越高。

(四) 生产系统的比较和评价

晴隆县在贵州省乃至西南岩溶地区农村具有典型意义，这里存在山多平地少、坡地垦殖率高、水土流失严重、石漠化扩展、人民生活贫困的问题。保护生态环境、提高农民收入，是该区域实现可持续发展的关键。为此，晴隆县在政府的倡导和支持下，在石漠化严重的山地村寨实施较大规模退耕种草，发展山羊生产。根据本研究的调查和分析，单纯从生产性收入来看，混合系统的农户平均纯收益最高，山羊系统次之，作物系统相对最低。这个结果说明，在原有的作物-生猪生产系统(本研究中的作物系统)中引入牧草和山羊生产，对于保障农村生计、增加农民收入具有重要作用。通过种草，将侵蚀严重的坡耕地转变为多年生牧草的草地，是控制水土流失、防治石漠化的一项有力措施。研究中还发现，在混合系统中农作物剩余产品和废弃物转化为畜产品，使资源得到充分的利用。本次研究以农户为基本单位，而没有以单位土地面积为基础。三个生产系统所处的环境条件有较大差异，一般作物系统以水田和玉米为主，土地质量较高，但户均面积较小；山羊系统土地质量最差，但户均面积较大；混合系统居中。

全面退耕种草、农民变牧民，是山羊系统的最显著特征。这种模式有利于草地的统一管理和技术措施的实施。从调查结果看，山羊系统的农户纯收入可达万元，略高于作物系统。而且，预期该模式的农户纯收入还有一定的增加余地。首先，许多熟悉作物生产的农户对种草养羊这项新技术的认识和掌握还不够；其次，调查的许多农户参加种草养羊项目只有一至两年，无论畜群规模还是畜群结构，还未达到优化水平；最后，在发展初期需要较大的投入(进羊、修圈)，农户贷养山羊每年必须上交公司羔羊。以上因素对山羊系统农户收益的影响不可低估。另外，目前山羊的放牧比较自由，每个农户的羊群并非完全在自家草地放牧，而是在自然村范围集体利用。在这种草地"共有"、家畜私有的情况下，草地载畜量有可能难以控制，如果部分农户不断扩大畜群规模，必然会影响其他农户的利益，随着羊群发展，草地管理制度还需要进一步完善。

三、结束语

面对贫困和生态问题的双重挑战，晴隆县选择了草地畜牧业作为突破口，在石漠化严重的地区以退耕种草、发展山羊生产部分或全部替代以往的作物生产，取得显著成效，成为科技扶贫的一个先进典型，创建了科技扶贫的一个新模式——"晴隆模式"。"晴隆模式"的内涵可以归纳为四个要素：

(1) 生态安全：将发展的目标定位于生态保护与脱贫致富的结合点，致力于石漠化贫困地区农业和农村的可持续发展；

(2) 产业化发展：按照市场经济的原则，以栽培草地生产的优质肉羊为主打产品，按照公司带动农户的方式，实现草地畜牧业产业化发展；

(3) 机制创新：根据农户的自然与经济社会条件差异，建立多种方式的经营管理模式，将农户及其土地资源进行优化配置，组织规模化的草地畜牧业生产；

(4) 科技保障：尽可能采用先进技术，加大力度开展技术人员和农户的培训，建立较为完备的技术服务体系，充分体现了科技扶贫的特点。

晴隆县按照上述"晴隆模式"，努力发展退耕种草和山羊养殖，为破解西南岩溶山区生态和贫困问题探索了一条有效途径，并通过公司带农户的方式，较好地解决了边远山区发展草地畜牧业的技术服务和市场销售问题，为西南其他地区的可持续发展起到了示范作用。

本次调查研究表明，目前该地区农户生产纯收入以山羊-作物混合系统为最高，山羊系统次之，作物系统最低。山羊系统农户大多是山区贫困农户，能很快赶上耕地条件较好的作物系统农户，而且有更大发展空间。这充分说明，无论在原有的作物系统中增加栽培草地和山羊生产，还是完全退耕种草饲养山羊，农户的生产纯收入都比纯粹种植作物的农户有较大提高。坡耕地退耕种草后，不仅增加多年生植被覆盖，而且减少化肥使用量，草地上不使用任何农药，从而显著降低水土流失和环境污染的风险。同时，栽培草地放牧利用有利于养分归还土壤，培肥地力，从而较好体现了环境保护和生产发展的协调。值得提醒的是，应当让农民懂得，需要依据自己栽培草地的载畜能力决定饲养山羊的数量，切不可盲目发展，挤占他人的或公共的草地。生态畜牧业要防止超载过牧。本次调查的山羊-作物混合系统 48 户，栽培草地平均每户 7 亩，饲养山羊平均每户 63 只，载畜量每亩达 9 只。目前晴隆栽培草地载畜量平均每亩 1~2 只，只有少数草地载畜量可超过每亩 4 只。诚然，作物秸秆可以作为补充饲料，但其营养价值并不高。县乡管理部门必须对山羊产品质量和草地生态安全予以关注。

　　"晴隆模式"的建立和发展，离不开各级政府部门在政策和资金方面的大力支持，更离不开以县畜牧局副局长、县草地畜牧中心主任张大权为代表的团队的勇敢探索和艰辛努力。相信"晴隆模式"会在实践中与时俱进，不断完善和发展。

　　(本文完成于 2009 年. 作者李向林、万里强、席翠玲，中国农业科学院北京畜牧兽医研究所，北京 100193)

草地畜牧业是改变岩溶地区贫穷面貌的首选产业

张光辉　　张新平　　张　丽

我在湖南从事农村工作 30 多年，深深地感到：生产方式落后和资金短缺是贫困农村的主要特征，生态退化是贫穷农村的重要致贫因子，消除贫困是修复生态保护环境的根本保证。

一、湖南省岩溶地区分布和特征

据国土资源部遥感监测数据，湖南省岩溶面积(碳酸盐岩出露面积，基岩距地表在 1~2m 以内)为 63 606.02km^2，石漠化面积(碳酸盐岩基岩裸露占遥感图斑 30%以上)为 5070.53km^2(表 9-4)。

表 9-4　湖南省岩溶面积和石漠化面积分布情况

市　州	岩溶面积/km^2	岩溶面积比例/%	石漠化面积/km^2
长沙市	1 158.99	9.8	0
株洲市	1 938.43	17.2	0
湘潭市	1 283.63	25.6	56.86
衡阳市	4 178.4	27.3	108.76
邵阳市	8 589.79	41.3	478.49
岳阳市	149.78	1.0	0
常德市	2 887.73	15.8	225.92
张家界市	5 653.81	59.2	477.65
益阳市	1 227.54	10.0	85.21
郴州市	8 337.32	43.1	951.39
永州市	11 413.86	51.3	1 686.55
怀化市	3 039.67	11.0	21.93
娄底市	5 260.77	65.0	420.34
湘西自治州	8 486.3	54.9	557.43
合计	63 606.02	30.0	5 070.53

湖南省岩溶面积约占全省土地总面积的 30%。岩溶面积主要分布在娄底、

张家界、湘西自治州、永州、郴州、邵阳等市州，石漠化面积主要分布于永州、郴州、湘西自治州、邵阳、张家界、娄底等市州。这些地区大多是山区、革命老区、少数民族地区和贫困地区，生态脆弱，经济落后，财政紧张，农民收入较低。

二、草地畜牧业是改变岩溶地区贫穷面貌的首选产业

要发展农村经济，增加农户收入，改变贫困地区落后面貌，必须依托一个产业。岩溶地区的首选产业是草地畜牧业。发展草地畜牧业可兼顾生态安全和经济发展两大目标，是最佳结合点。随着湖南省全面建设小康社会进程，需要高品质的健康食品，草地畜牧业的发展势在必行。种草可以固土保水，改良土壤，修复生态，还可提供饲草资源，发展草食畜禽，增加农民收入。这样的良性循环，可以改变岩溶地区贫困落后的面貌。

(一) 种草是修复生态的首选途径

在岩溶地区脆弱的生态环境下，由于人类不合理的经济活动与自然因素耦合，造成人口超载、植被破坏、水土流失、生态退化，岩石逐渐裸露，地表呈现荒漠景观。有的地方靠单纯植树来治理石漠化修复生态。由于没有实行草灌乔结合，水土流失依然较为严重。根据试验测定(蔡锡安和夏汉平，2003；陈文光，2002)，在25°坡耕地上，当降雨量为340mm时，裸地水土流失量为6750kg/hm^2，耕地为3570kg/hm^2，林地为600kg/hm^2，草地为93kg/hm^2。而且坡度越大，土壤流失越多。根据对退耕还林地最初5年的测试研究(蔡锡安和夏汉平，2003；陈文光，2002)，坡度5°~10°的年流失土壤1358t/km^2，10°~15°的年流失土壤2070t/km^2，15°~20°的年流失土壤3733t/km^2，20°以上的年流失土壤5542t/km^2。研究资料表明，草地固土保水能力大大高于林地：3~8年龄的林地，其拦蓄地表径流的能力为34%，而2年龄的草地拦蓄地表径流的能力达到54%；按保土的能力来说，草地和林地减少径流中的含沙量分别为70.3%和37.3%，草地保土能力为林地的1.9倍(蔡锡安和夏汉平，2003)。这是因为草本植物在表土层中具有庞大的根系，生长快，对地面覆盖密度大，也是其他木本植物不可比的。

湖南省岩溶地区，降水量大，由于水的冲刷作用，土层瘠薄，坡地垦殖

的投入大而收获少，造成生态退化。提倡栽培牧草，种植饲用灌木，发展草食畜禽，可以恢复植被，固土保水。混播栽培豆科牧草，种植豆科饲用灌木还可以增加土壤中的有机质，改良土壤。

(二) 种草可为畜牧业提供丰富的饲草来源

发展草食畜禽需要种草作为基础。湖南省天然草地丰富，但栽培草地上放牧草食畜禽的经济效益远高于天然草地，要像种粮一样精心栽培牧草。湖南省天然草地面积达 9559 万亩(湖南省畜牧局, 1983)，其中禾本科牧草占 70%以上，平均每亩产草约 500kg，15~20 亩才能养 1 头牛。天然草地适口性差，一旦抽穗，便迅速老化，营养价值急剧下降，粗蛋白含量仅 3%~5%。人工栽培的优质牧草不但产量高，适口性好，牛羊爱吃，而且易消化。禾本科牧草鲜草产量每亩可达 5~20t，粗蛋白含量都在 10%以上；豆科牧草鲜草产量每亩可达 6000kg，蛋白质含量在 20%以上(表 9-5)。一头成年黄牛平均体重 450kg，按每天食量为体重的 8%计，1 个黄牛单位 1 年的耗草量约为 13 000kg，大体 1 亩栽培草地就可养 1 头牛。

表 9-5 湖南省常见优质牧草粗蛋白含量及干草亩产量

牧草种类	禾本科牧草					豆科牧草			
	矮象草	桂牧一号	一年生黑麦草	扁穗牛鞭草	冬牧黑麦草	白三叶	园叶决明	紫穗槐	刺槐
蛋白质含量/%	13.34~16.58	13.1~16.5	14.3	14.63	12.96	18~24	20.4	25.7	26.1
单位面积干草产量/(kg/亩)	812	920	675	750	835	763	560		

种草还可培肥地力，提高粮食产量。据研究表明：利用冬闲田种植优良豆科牧草，实行稻草轮作，来年粮食单产可提高 20%左右，土壤有机质 3 年内可增加 25%，化肥用量减少 1/3。种草效益高于种粮。以种植高产饲草墨西哥玉米为例，亩产可达 10 000kg，以鲜草 0.12 元/kg 计，可收入 1200元；若用来养牛，一年牛体重可达 350kg，按 40%的出肉率，一年可创产值 2000~2500 元。而种植 1 亩一季稻，在不计人工费用的情况下，每亩纯收入 300~500 元。

(三) 草地畜牧业是当前岩溶地区农户收入的主要来源

近来湖南省岩溶山区贫困农村大部分强壮劳力外出打工,家中留守的都是老人和儿童,不能从事繁重体力劳动。而放牧牛羊,发展草地畜牧业已成为农村的主要产业之一。农民饲养一头本地牛出栏可获利 800~1200 元,饲养一头杂交肉牛出栏可获利 2000 元以上,饲养一只山羊可获利 200 元左右,饲养一头奶牛一年可获利 3000~5000 元。山区有"养一头牛脱贫,两头牛致富,三头牛盖小楼"之说。据调查,岩溶地区农村农民收入有 60%~70%来自养殖业。

(四) 南山牧场成为中国南方的一颗明珠

1956 年长沙和邵阳的知识青年到城步县南山创办农场、园艺场、林场,但均未获成功,从 1973 年起改办牧场,请来澳大利亚专家开展学术交流,引进先进技术,建设了 7.5 万亩栽培草地,常绿草地连绵起伏,十分壮观,被中央领导同志称赞为"中国南方的一颗明珠",生产的"南山奶粉"在市场上成为名牌产品。1997 年以后南山牧场转制为上市公司,把草地租赁给周围各县的农民。南山牧场能够在海拔 1200~1600m 的山地栽培出优质牧场,像一幅美丽的画卷,吸引着周围的农民。

(五) 城步县奶业扶贫的经验

城步苗族自治县耕地面积不足 5%,原来在海拔 700m 以上主要聚居着苗族等少数民族。1998 年城步县依托南山牧场发展奶业。湖南省畜牧局扶贫工作组在长安营村种草养奶牛试点成功,人均纯收入由试点前的 785 元增长到试点后的 4521 元。2001 年,全县推广种草养奶牛,并提出"围绕奶业建牧县"的发展战略,县委书记带队考察新西兰,2003~2006 年县委、县政府、县人大陆续制定实施了《关于加快奶业发展的决定》、《奶业小额信用贷款操作管理办法》、《基层奶业工作人员管理办法》、《奶牛县内有序流转管理制度》、《城步苗族自治县奶业发展条例》、《奶牛风险防范管理办法》、《关于进一步加强科技兴奶工作的意见》等一系列文件和条例,推动全县奶业发展。各乡镇农户种草养奶牛的积极性很高。奶牛业主要沿着现有公路两旁发展,农户主要是利用承包的农田和周边零星草地种草,平均每头奶牛种草 1.2 亩(皇竹草、桂牧 1 号、黑麦草等)。用牧草、稻草和饲料喂养奶牛。经过多年的努力，目前，城步县实现奶业税收 5500 万元，占城步全县财政收入的 42%，畜牧业产值占全县农业产值的 44%。

城步县林草资源丰富，草地占全县土地面积的 35%，林地占 47%。我们应在国家的扶持下规划建设路水电基础设施，延伸到山地草场，同时通过抚育森林，建设林下草地和林间草地，使奶业发展得到放牧型栽培草地的支撑，可以期望城步县奶业有更大的发展。南山牧场创业的历程和城步县各乡镇奶业的发展，证明南方山地适合发展草业和肉奶业，草地畜牧业是农户摆脱贫困的有效途径，全放牧的草地畜牧业模式适合中国南方山地，还证明农村产业转型需要得到政府在资金、技术和管理等方面的支持，以解决产业转型可能遇到的困难。

实践充分证明，草地畜牧业是改变岩溶地区贫穷落后面貌的首选产业。岩溶地区贫困农村应当加强交通、教育、卫生、文化等基础设施建设，充分利用各自的特色资源，在抓好口粮田建设和草地畜牧业的基础上，因地制宜地发展多种农林牧渔业，彻底改变岩溶地区的落后面貌。

(本文完成于 2007 年. 作者张光辉、张新平，湖南省畜牧水产局，湖南长沙 410006；张丽，湖南省饲料工作办公室，湖南长沙 410011)

参 考 文 献

蔡锡安, 夏汉平. 2003. 森林生态系统中草层植物的生态功能. 热带亚热带植物学报, 11(1): 67~74

陈文光. 2002. 加强四川省草原治理, 建设长江黄河上游草地生态屏障——川西北草原退化沙化的调查与思考. 四川草原, 3: 1~4

湖南省畜牧局. 1983. 湖南省草地资源与开发建设. 长沙: 湖南省畜牧局印刷: 42

屠敏仪, 郑明高. 1993. 南方山地草地发展草食动物综合技术. 北京: 中国农业出版社

第十章 资 源 分 析

中国西南岩溶生态系统特征与石漠化综合治理对策

曹建华　袁道先　童立强

以贵州省为核心的中国西南岩溶地区面临双重危机：生态恶劣，石漠化严重；农村贫困，全国 1/3 的扶贫开发工作重点县分布在该地区。针对西南岩溶生态系统特征、石漠化分布和《岩溶地区石漠化综合治理规划大纲(2006~2015)》的指导思想，提出岩溶石漠化综合治理的对策：水是龙头，土是关键，植被(经济植物)是根本，区域生态经济双赢、农民脱贫致富是目标。

一、概述

中国西南岩溶地区包括云南(滇)、贵州(黔)、广西(桂)、湖南(湘)、重庆(渝)、四川(川)、湖北(鄂)、广东(粤)8 省(自治区、直辖市)，跨中国地貌单元的三级阶梯，主要位于第二级阶梯的云贵高原，区域内地势西北高、东南低。该地区的地理位置非常重要，是珠江的源头(云南曲靖市境内乌蒙山脉的马雄山)，长江的重要补给区，影响着珠江、长江下游的生态安全；广西沿海是我国西南重要的出口港湾；贵州位于西南岩溶地区的中心地带，是长江、珠江的分水岭。

西南岩溶地区是我国重要的老、少、边、山、穷区。老：是百色起义、左右江根据地、遵义会议等红色革命区；少：是少数民族聚居地，居住着壮、苗、瑶、布依、毛南、彝、哈尼、白、仫佬、水、黎、满、回、侗等 50 多个民族，有 41 个少数民族自治县；边：云南、广西是与越南、缅甸、老挝等接壤的边境地区，共有陆地边界线 1942km、海岸线 1595km；山：该地区以山地为主，贵州、重庆没有大平原，岩溶地区特别是石漠化地区均为山区、丘陵区；穷：全国"八七"扶贫攻坚的国家级贫困县 592 个，其中 224 个分布在西南岩溶地区所在的 8 省(自治区、直辖市)，占全国的 37.84%(国家统计局农村社会经济调查总队，2001)。在新世纪国务院确定的 592 个国家扶贫开发工作重点县中有 246 个分布在西南 8 省(自治区、直辖市)。

岩溶生态系统是受岩溶环境制约的生态系统。岩溶石漠化是岩溶生态系统退化到极端的表现形式。石漠化是指在热带、亚热带湿润、半湿润气候条件和岩溶极其发育的自然背景下，受人为活动干扰，地表植被遭受破坏，造成土壤侵蚀程度严重，基岩大面积裸露，土地退化的表现形式。对岩溶石漠化内涵有一个逐步认识的过程(蒋忠诚和袁道先，2003；王世杰等，2003；蔡运龙，1999；Wang et al.，2004；Yuan，1997)。从岩溶石漠化的定义可以看出，岩溶(地质)环境是石漠化形成的基础，土壤侵蚀(水土流失)与石漠化的演变相伴相随，人为活动是重要的驱动力。本文拟在分析西南岩溶生态系统特征的基础上，提出西南岩溶石漠化综合治理的 4 点建议，根据地质、气候、水文、岩溶发育及石漠化分布将西南岩溶地区石漠化综合治理划分为八个区块。

二、中国西南岩溶生态系统、石漠化基本特征

(一) 中国西南岩溶分布和岩溶石漠化基本情况

1. 碳酸盐岩出露及岩溶县

岩溶生态系统是受岩溶环境制约的生态系统。碳酸盐岩是构成岩溶生态系统的物质基础，碳酸盐岩的层位、矿物成分和化学成分、出露条件和岩溶发育特征都将影响岩溶生态系统的结构、运行规律。根据 1∶50 万西南各省地质图(中国地质大学—武汉提供) 地层岩性的描述将各图斑划归为碳酸盐岩和非碳酸盐岩，即在数字地质图上，依据地层、岩性及厚度的描述，将其转换成碳酸盐岩分布图。在岩性归类的图层上叠加行政区划图，以县为单元计算两类岩石出露面积；计算各县碳酸盐岩出露面积占土地面积的比例，统计各省碳酸盐岩出露面积和不同比例碳酸盐岩出露面积的县数(表 10-1)，并绘制西南各县碳酸盐岩出露面积比例的空间分布图。西南岩溶地区碳酸盐岩及岩溶县分布特征如下(曹建华等，2005)。

(1) 西南 8 省(自治区、直辖市)，土地面积有 194.69 万 km^2，占全国土地面积的 20.28%。碳酸盐岩出露面积 53.26 万 km^2，占西南 8 省(自治区、直辖市)土地面积的 27.36%。

表 10-1 西南 8 省(自治区、直辖市)碳酸盐岩出露面积及不同比例碳酸盐岩出露面积的县数

省(自治区、直辖市)	土地面积(L) /10^4km^2	碳酸盐岩出露面积(C) /10^4km^2	(C/L)/%	总县数	不同比例碳酸盐岩 出露面积的县数			
					≥30	≥50	≥70	≥90
广西	23.64	8.21	34.8	85	45	32	15	8
广东	17.65	1.03	5.8	90	3	1	0	0
贵州	18.98	11.61	61.2	82	70	64	29	0
湖北	18.56	5.18	27.9	78	29	17	7	1
湖南	21.15	6.36	30.1	104	47	29	10	0
四川	48.11	7.03	14.6	157	28	9	0	0
云南	38.43	10.83	28.2	125	57	26	9	0
重庆	8.17	3.01	36.8	32	13	8	5	1
合计	194.69	53.26	27.36	753	292	186	75	10

(2) 碳酸盐岩出露面积占土地面积的比例由大到小依次为：贵州省、重庆市、广西壮族自治区、湖南省、云南省、湖北省、四川省和广东省。

(3) 以碳酸盐岩出露面积占土地面积的比例≥30%作为划分岩溶县的界限，则岩溶县主要分布在滇东、桂西、黔、渝东、湘西、鄂西，呈 NE—SW 向带状展布。此带以东，湘中南、鄂东、桂东呈岛屿状分布；此带以西，岩溶县呈分散状分布。碳酸盐岩出露面积大于 70%的岩溶县主要分布在云南、广西、贵州、重庆，处于岩溶县带状分布的中心。

2. 石漠化及石漠化严重县

石漠化是西南岩溶地区严重的地质生态灾害(王世杰，2003；卢耀如等，1996)，已引起国家有关部门和学术界的高度重视(新华社，2006；中国科学院地学部石漠化治理研究组，2003；中国工程院中国岩溶地区农业持续发展战略研究组，1999)。国土资源部、水利部、林业部等均对西南岩溶石漠化的调查、遥感解译做过大量的工作，但对石漠化的判别分类标准不尽相同(李梦先，2006；童立强和丁富海，2003；熊康宁等，2002)。本文以国土资源部航空物探遥感中心的分类方法和解译结果(1999 年数据)对西南岩溶石漠化的分布特

征作一论述。根据岩石裸露程度将石漠化分为：轻度石漠化(岩石裸露程度 30%~50%)、中度石漠化(岩石裸露程度 50%~70%)、重度石漠化(岩石裸露程度≥70%)。解译统计的结果见表 10-2。

表 10-2　西南 8 省(自治区、直辖市)石漠化面积、及不同石漠化面积的分布县统计

省(自治区、直辖市)		云南	贵州	广西	重庆	湖南	湖北	四川	广东	合计
土地面积/10^4km^2		38.43	18.98	23.64	8.17	21.15	18.56	48.11	17.65	194.69
碳酸盐岩出露面积/10^4km^2		10.83	11.61	8.21	3.01	6.36	5.18	7.03	1.03	53.26
石漠化面积/10^4km^2	轻度	0.93	1.53	0.89	0.23	0.26	0.20	0.16	0.11	4.31
	中度	1.21	1.19	1.15	0.14	0.17	0.16	0.09	0.08	4.19
	重度	1.19	0.52	0.69	0.08	0.08	0.07	0.17	0.05	2.85
	合计	3.33	3.24	2.73	0.45	0.51	0.43	0.42	0.24	11.35
石漠化面积分级县数/个	≥1000km^2	7	5	8	0	0	0	0	0	20
	≥700 km^2	19	12	12	0	0	1	1	0	45
	≥400 km^2	28	33	22	5	0	3	1	2	94

因此，西南岩溶石漠化分布的基本特点如下。

(1) 根据遥感解译的结果显示，1999 年西南岩溶地区石漠化面积合计 11.35 万 km^2，占碳酸盐岩出露面积的 21.31%，其中滇、黔、桂石漠化面积分别占碳酸盐岩出露面积的 30.75%、27.91%、33.25%。

(2) 全区轻度、中度、重度石漠化面积分别为 4.31 万 km^2、4.19 万 km^2、2.85 万 km^2，占总石漠化面积的 37.97%、36.92%、25.11%。

(3) 石漠化主要分布在滇、黔、桂 3 省(自治区)，3 省(自治区)的石漠化面积分别为 3.33 万 km^2、3.24 万 km^2、2.73 万 km^2，合计 9.30 万 km^2，占全区石漠化面积的 81.94%。

(4) 全区石漠化面积大于 400km^2 的县有 94 个，石漠化面积大于 700km^2 的县有 45 个，石漠化面积大于 1000km^2 的县有 20 个。如果将石漠化面积大于 400km^2 的县称为石漠化严重县，则石漠化严重县集中分布在滇东、黔西南、黔南和桂中、桂西(图 10-1，同时参见彩图 9)，分布在滇、黔、桂的石漠化严重县占总数的 93.26%。

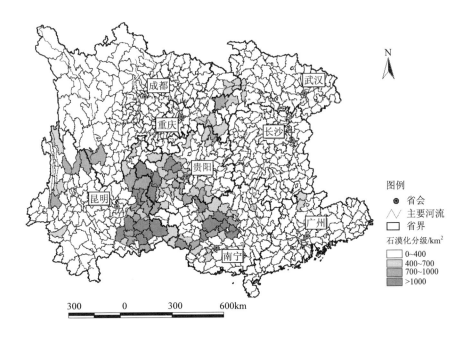

图 10-1　中国西南 8 省(自治区、直辖市)石漠化严重县分布略图(曹建华等，2008)

3. 石漠化的演变

根据国土资源部和国家林业局分别在 1987 年、1995 年、1999 年和 2005 年做的比较全面的石漠化调查结果显示，西南岩溶地区的石漠化面积呈加剧和扩大趋势。

(1) 从 1987~1999 年，西南岩溶地区石漠化的面积从 9.09 万 km^2 增加到 11.35 万 km^2，石漠化面积净增 2.26 万 km^2，平均每年增长 $1875km^2$，石漠化面积年均增长率 1.86%。

(2) 石漠化面积增长主要发生在黔、桂、滇、渝 4 省(自治区、直辖市)，4 省(自治区、直辖市)石漠化增加的面积占总石漠化增加面积的 92.48%。

(3) 贵州省石漠化调查结果显示(李梦先，2006；高贵龙等，2003；童立强和丁富海，2003)，石漠化面积从 1985 年的 1.39 万 km^2，增长到 1987 年、1995 年、1999 年和 2005 年的 2.15 万 km^2、2.26 万 km^2、3.24 万 km^2 和 3.76 万 km^2。石漠化面积呈现不断增加的趋势。

(二) 岩溶生态系统是受地质条件制约的生态系统

在影响生态系统形成、演变的因素中，气候因素、水文因素是塑造生态系统的长期的、缓慢的驱动力,而地质、地貌因素则是生态系统得以存在和发展的载体和物质基础(刘燕华和李秀彬,2001)。岩溶生态系统表现出明显受地质条件制约的特征(曹建华等,2004)。

1. 岩溶地球化学背景具有富钙偏碱的特征

岩溶生态系统的富钙性来源于碳酸盐岩的富钙性。不同地质时代碳酸盐岩的化学组分虽有一定的差异(其 CaO 的含量 27.3%~54.33%,MgO 的含量 0.49%~19.66%,酸不溶物的含量 0.41%~10.53%),但与玄武岩、花岗岩(曹建华等,2003;成都地质学院岩石教研室,1978)相比具有一个共同的特征,那就是钙、镁含量高,这就构成了岩溶生态系统的富钙性,并在大气圈、水圈、生物圈都有明显的表现:大气降水,由于雨点总是围绕着尘粒,而岩溶生态系统中的大气尘粒常是钙质的,以致雨水中含有较高的钙,如广西、贵州岩溶地区雨水中钙含量达 2.9~6mg/L,非岩溶地区雨水中钙离子含量常低于 1mg/L(袁道先和蔡桂鸿,1988);岩溶水,尤其是岩溶地下水是重碳酸根水,其含量达 50~120mg/L,通常随纬度的升高而降低(蒋忠诚等,1996;袁道先,1990)。对于一个流域而言,排泄区水中的钙离子含量则受到流域中碳酸盐岩分布面积比例大小的制约(Boeglin and Probst,1998);生长在岩溶地区的植被与非岩溶地区的植被相比,具有高的灰分及钙、镁含量,而硅、铝含量较低(贵州省土壤普查办公室,1994)。

桂林毛村的典型研究结果显示,以生长在泥盆系融县组、东岗岭组石灰岩、白云岩为母岩的石灰土和上泥盆统下部砂页岩为母岩的红壤上的 11 种相同植物,取其根圈土作为研究对象,测试结果揭示,生长在石灰土上植物根际土的 pH 值(图 10-2)为 6.22~7.63,平均值为 7.05;而红壤上的植物根际土的 pH 值为 4.14~5.84,平均值为 4.81。石灰土上植物根际土钙的含量为 0.653%~1.312%,而红壤上植物根圈土的钙含量绝大部分都在 0.34%以下,有的甚至低于 0.16%。石灰土的 pH 值比红壤高出 2.16 个单位,而钙的平均含量是酸性土的 3.6 倍(卢玫桂等,2006)。

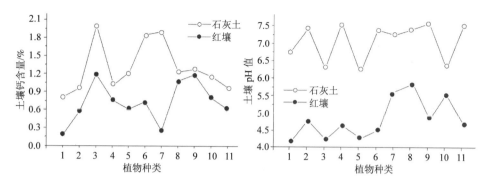

图 10-2　桂林毛村岩溶生态站不同生态条件下植物根圈土壤 pH 值和钙含量

1. 马尾松；2. 黄荆；3. 檵木；4. 金樱子；5. 枫香；6. 樟树；7. 龙牙草；8. 野菊；9. 千里光；
10. 桂花；11. 盐肤木

2. 岩溶生态系统的脆弱性主要表现在缺水、少土

1) 双层岩溶水文地质结构，使水资源难利用

由于碳酸盐岩的可溶性，形成地表地下双层结构，降雨通过竖井、落水洞、漏斗迅速汇入地下，在岩溶山区，水分的入渗系数为 0.3~0.6，甚至高达 0.8(刘燕华和李秀彬，2001)。地下水系十分发育，在中国西南连片分布的岩溶石山区，共查明地下河 2836 条，是西南岩溶水赋存运动的重要场所，其总流量达 1482m³/s，总长度 13 919km，相当于一条黄河(袁道先，2000)。地下河不但是当地的主要水源，而且也是制约当地洪涝的咽喉。在枯水季节，由于地表水系不发育，地下水深埋，而导致地表土壤干旱，甚至人畜饮水困难。仅滇、黔、桂 3 省(自治区)就有 2531 万亩耕地受旱。而雨季来临，持续的降雨，口径有限的落水洞很容易被洪水所携带的泥沙、枯枝落叶等堵塞，引起洪水漫溢，淹没洼地中的耕地和农舍，酿成岩溶内涝。

2) 碳酸盐岩成土物质先天不足，造成土壤资源短缺

碳酸盐岩中的成土物质，先天不足，其酸不溶物通常很低。据已有研究资料表明，广西碳酸盐岩的溶蚀，形成 1m 厚的土层需要 250~850ka(袁道先和蔡桂鸿，1988)；贵州碳酸盐岩溶蚀风化形成 1m 厚的土层需要 630~7880ka(王世杰等，1999)。岩溶地区的成土速率仅为非岩溶地区的 1/10~1/40。黔、桂地区碳酸盐岩风化成土速率为 6.8~0.21g/(m²·a)。而根据流经贵州、广西主要岩溶地区河流的悬移质估算的土壤侵蚀模数为 56~129t/(km²·a)(何腾兵，2000)，即土壤侵蚀量是岩石风化成土量的数十至数百

倍。作为人类环境容量和生存空间的重要标志——耕地，在岩溶石山区就显得十分分散、零星和不足。土壤浅薄、土被不连续，使土壤的蓄水功能下降。

而从岩溶地区的土壤结构看，碳酸盐岩母岩与土壤之间，缺失 C 层，土壤与岩石之间呈明显的刚性接触，两者之间的亲和力和黏着力差，一旦遇大雨，极易产生水土流失和块体滑移(刘燕华和李秀彬，2001)。

岩溶地下水资源量占总水资源量的比例比碳酸盐岩出露面积占土地面积的比例高，而石灰土面积占总土类面积的比例比碳酸盐岩出露面积占土地面积的比例低。换言之，随着碳酸盐岩出露面积比例的增加，水资源逐渐以地下水资源为主；而石灰土资源占总土壤资源的份额相对变小(表 10-3)。

表 10-3　中国西南各省(自治区)岩溶地下水资源与石灰土资源分布特征

省(自治区)	碳酸盐岩出露		岩溶地下水资源[*]		石灰土资源[**]	
	面积/10^4km^2	比例/%	水资源量/(10^8m^3/a)	比例/%	面积/10^4亩	比例/%
贵州	11.61	61.2	177.77	83.1	4178.3	25.84
广西	8.21	34.8	514.8	66	1227.9	7.59
湖南	6.36	30.1	263.4	57	1713.1	10.59
云南	10.83	28.2	325.15	43.2	1630.4	10.59
湖北	5.18	27.9	186.8	44.8	1950.7	12.06
四川	10.04	17.8	293.63	41.4	2729.0	16.88
广东	1.03	5.8	5.19	6.5	623.8	3.91

注：重庆市资源包含在四川省资源数据内。

[*]：于浩然，1998；[**]：全国土壤普查办公室，1998。

三、西南岩溶地区植被分布特征及原因分析

西南地区东南边邻海，是太平洋东南季风向内陆推进的入口；云南南部还受到印度洋西南季风的影响。因此，西南岩溶地区的降雨、气温分布与地势的关系十分密切，如以县作为基本的信息单元，则平均海拔与气候之间存在较好的对应关系，其年平均降雨、年平均气温与平均海拔之间存在较好的负相关，其相关系数 r 为-0.61 和-0.69(图 10-3)。

如果只考虑水热条件，则自然植被的覆盖应出现由低海拔向高海拔有规律的变化。而根据中国科学院北京中科永生数据公司提供的 2000 年遥感解译的结果显示，西南岩溶地区植被覆盖分布特征是多因素叠加综合的结果(图 10-4，同时参见彩图 4 至彩图 8 及彩图 2)。

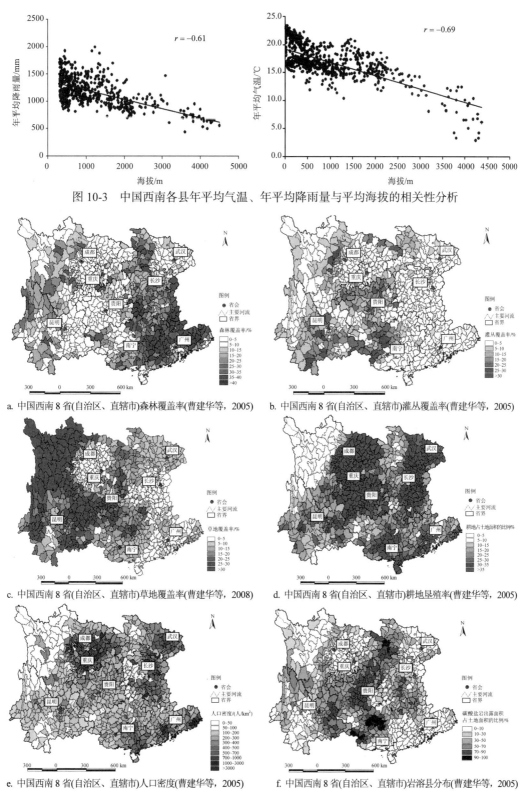

图 10-3　中国西南各县年平均气温、年平均降雨量与平均海拔的相关性分析

a. 中国西南 8 省(自治区、直辖市)森林覆盖率(曹建华等，2005)

b. 中国西南 8 省(自治区、直辖市)灌丛覆盖率(曹建华等，2005)

c. 中国西南 8 省(自治区、直辖市)草地覆盖率(曹建华等，2008)

d. 中国西南 8 省(自治区、直辖市)耕地垦殖率(曹建华等，2005)

e. 中国西南 8 省(自治区、直辖市)人口密度(曹建华等，2005)

f. 中国西南 8 省(自治区、直辖市)岩溶县分布(曹建华等，2005)

图 10-4　中国西南 8 省(自治区、直辖市)森林、灌丛、草地覆盖率，耕地占土地面积的比例及岩溶县分布、人口密度

(1) 森林覆盖率表现出东、西部高，而中部的滇东、桂西、黔、渝、四川盆地低。中部森林覆盖率低与其岩溶集中分布区、四川盆地高密度人口分布区存在一定的联系，与岩溶地区缺水少土、乔木立地条件差有关，而四川盆地人口密度大，生存压力迫使人类活动强烈。东部人口密度虽然较高，但水热条件较好，岩溶分布分散，农业生产活动也相对较弱。西部则与人口稀少、人类活动弱有关。

(2) 灌丛群落高密度分布区则主要与岩溶分布区，尤其是岩溶石漠化严重的滇东、桂西和贵州存在较好的对应关系。

(3) 草本群落的高密度分布区主要出现在四川、贵州和云南，以及渝、桂西、湘西、鄂西。出现这一现象与任继周和侯扶江(1999)研究的在不同温度和太阳辐射量条件下，营养体植物(以生产植物茎叶等植物营养体为主产品满足社会需求)和籽实植物(以收获作物的籽粒为目的)的适应程度的结果相吻合：在温度年较差 16℃以下的地区，总辐射量 418kJ/cm^2 以下的地带以植物营养体生产为宜；在 544kJ/cm^2 以上的地带，以生产籽粒为宜；在 418~544kJ/cm^{2}的地带，则二者都可以生产，但仍以生产营养体较为丰产、稳产。而根据我国自然资源手册(中国科学院–国家计划委员会自然资源综合考察委员会，1989)，四川、贵州年太阳辐射总量 335~420kJ/cm^2，是我国太阳能资源最少的地区；湖南、湖北、广西年太阳辐射总量 420~500kJ/cm^2；云南年太阳辐射总量为 500~585kJ/cm^2。云南省草本群落分布密度高可能与该省地形破碎、地势反差大、山地气候明显相关。

而广西统计的结果显示，植被群落类型与岩溶地质环境之间存在较好的内在联系，意味着岩溶地区灌草群落具有生长优势(曹建华等，2006)。广西 85 个县市中，76 个县有碳酸盐岩分布，碳酸盐岩出露面积占土地面积的比例≥30%的岩溶县有 45 个，其中有 30、17 和 8 个县的比例分别≥50%、≥70%和≥90%。相同的方法可以获得广西森林、灌丛、草地的平均覆盖率分别为21.18%、8.63%、2.10%。岩溶县的森林、灌丛、草地的平均覆盖率分别12.43%、14.60%、2.64%，而非岩溶县的森林、灌丛、草地的平均覆盖率分别 31.45%、1.61%、1.34%(表 10-4)。前者分别是后者的 0.39 倍、9.07 倍和1.97 倍。如果以各县碳酸盐岩出露面积的比例为横坐标(PCR)，森林、灌丛、草地(AC、BC、GC)覆盖率为纵坐标，则广西森林覆盖率与碳酸盐岩出露面积的比例呈显著的负相关，灌丛、草地则呈正相关(图 10-5)，其线性回归方程分布为：

表 10-4　广西碳酸盐岩出露面积占土地面积的比例与植被平均覆盖率的关系

植被平均覆盖率/%	碳酸盐岩出露面积占土地面积的比例/%					
	≥90	90~70	70~50	50~30	30~10	≤10
森林	4.37	7.31	10.7	20.87	25.49	34.31
灌丛	23.07	18.06	15.41	7.72	3.57	0.66
草地	3.53	2.45	2.44	2.48	1.71	1.67

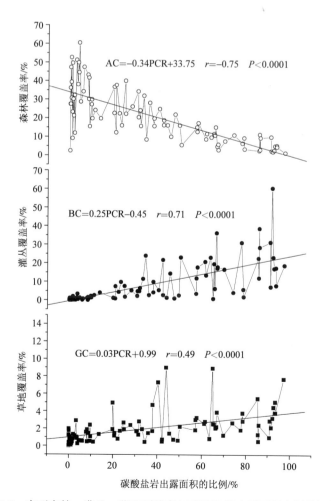

图 10-5　广西森林、灌丛、草地覆盖率与碳酸盐岩出露面积比例的相关性

森林：$AC=-0.34PCR+33.75$ $r=-0.75$ $P<0.0001$

灌丛：$BC=0.25PCR-0.45$ $r=0.71$ $P<0.0001$

草地：$GC=0.03PCR+0.99$ $r=0.49$ $P<0.0001$

四、岩溶地区石漠化综合治理对策

西南岩溶地区石漠化综合治理的指导思想是：以人为本，将生态建设与区域经济发展、农民脱贫致富有机地相结合。鉴于西南岩溶生态系统特征、石漠化分布的特点，其综合治理的对策可归纳为：水是龙头，土是关键，植被(经济植物)是根本，区域生态经济双赢、农民脱贫致富是目标。在具体实施过程中特别强调因地制宜、分类指导。

(一) 水是龙头——以岩溶流域为单元，地表、地下水综合开发利用

西南岩溶地区地处热带、亚热带季风气候区，水热条件充足，但双层岩溶水文地质结构，使赋存在表层岩溶带的水资源仅为总水资源量的 8% (陈植华等，2003)，滇、黔、桂可再生水资源分别有 43%、83%、66%流入地下水系，水资源以地下水资源为主(易淑棨和胡预生，1993)。例如，贵州岩溶地下水资源量 $3.8626×10^{10}m^3/a$，占全省水资源量的 80.58%(张卫等，2004)。由于岩溶含水介质的不均一性，地下水通常深埋，开发利用条件差。在岩溶地区水资源开发利用要有多种形式，通过蓄、引、提、堵等方式，有效开发水资源。同时需要注意以下几点：①关注植被覆盖率，提高岩溶表层带对水循环的调蓄能力，注意地头水柜、水窖建设要与岩溶表层带(泉)有机结合，充分利用坡面径流，尤其是地下水埋深大的岩溶地区；②充分利用有利的地质、地理条件，开发利用地下水，使水、土资源协调。同时关注地下水与土地利用之间的关系，防止地下水源的污染，因为岩溶地下水对于岩溶地区的生产、经济发展起到至关重要的作用。据岩溶地区水循环的特点：地表降雨经由岩溶表层带，沿山坡汇集于洼地、谷地，通过低洼处的落水洞、漏斗进入地下河。而岩溶洼地、谷地是岩溶地区农业活动、工业生产、城镇发展的主要场所，而且西南岩溶地区的丰水季节与工农业生产活动基本同期，使地下水极易受到污染；③以岩溶流域，尤其是地下河流域为单元，统筹考虑水资源与土地利用之间的供需关系，可作出合理的土地利用结构调整和综合治理方案。

(二) 土是关键——保护土壤资源、遏制水土流失，提高土地生产力

保护水土资源主要包括 3 个方面的内容：①保持土壤总量、保护水田和优质口粮田，减少旱坡垦殖，做好配套小型水利工程，遏制水土流失；②提高和保持土壤有机质含量是土壤改良的重要措施，在自然状态条件下，石灰土土层薄，但有机质含量、土壤肥力水平较高，有机质结构稳定，土壤肥力持久，团粒结构良好。在人类活动影响下，如果不关注石灰土的特征，导致石灰土有机质下降，石灰土的团粒结构失去稳定性，黏粒充填于土壤孔隙中，使土壤有效水分降低，抵御干旱的能力降低，并导致严重的水土流失。保持和提高石灰土有机质含量对石灰土中若干营养元素有效态含量的提高也大有裨益；③提高石灰岩地区成土速率，凡是可以提高土壤环境中的 CO_2 浓度、有机酸和土壤生物酶(尤其是碳酸酐酶)的浓度和活性的技术，均可促进碳酸盐岩的溶蚀成土速率(曹建华等，2001；易淑棪和胡预生，1993；Liu，2001)，如提高植被覆盖率就是行之有效的措施，因为植被的存在，不仅提高了微环境(土壤环境)中生物活性组分(包括 CO_2、有机酸和生物酶)的含量，同时水源地林草覆盖率的提高增强了岩溶表层带对水的调蓄功能，延长水岩相互作用的时间，促进土壤形成速率。

(三) 植被(经济植物)是根本——物种选择、生物地球化学的研究是 岩溶石漠化区生态经济建设的途径

生长在岩溶环境中的植物物种长期对岩溶环境的适应，形成一批特有的岩溶植被，岩溶植被具有 3 个基本的特征：富钙性、旱生性、石生性(袁道先和蔡桂鸿，1988)。已有的研究显示，灌木和草在岩溶地区具有生长优势(曹建华等，2006)，而大量的灌木则可以在岩石缝隙、石旯旮地上生长良好，且豆科灌木在生长过程需要吸收大量的钙素作为其营养的需要(王贤等，2006)，因此灌木类植物在岩溶石漠化区生态经济建设中将发挥重要的作用。对岩溶石漠化区具有良好适应的生态经济物种，包括饲用灌木木豆 *Cajanus cajan*、山毛豆 *Tephrosia candida*，木本任豆 *Zenia insignis*(邓辅唐等，2006；黄玉清等，2006；龚德勇等，2005)；药用藤本植物金银花 *Lonicera japorica*、使君子 *Quisqualis indica* 等(李强等，2007)。目前岩溶地区木本、藤本、草本植被的研究和开发工作相对薄弱。

(四) 生态经济双赢、农民脱贫致富是目标——因地制宜开展农村产业结构调整

西南岩溶生态系统主要受到地质条件的制约，其生态系统特征、运行规律受到碳酸盐岩类型、结构、成分和组合特征的影响，如以石灰岩、白云岩为物质基础构成的生态系统中的水循环及水资源赋存，土壤形成及土壤资源利用均存在差异(曹建华等，2005，2003)。因此，因地制宜开展农村产业结构调整首先要根据西南岩溶发育的特征，结合区域自然、经济社会特点，石漠化状况，对西南岩溶石漠化区进行类型区划分，不同的类型区具有不同的结构特征，其农村产业结构调整也应有不同的措施方案。

对西南岩溶石漠化区农村产业结构调整的原则主要有以下考虑。

(1) 重点突出。岩溶石漠化综合治理应明确石漠化扩展的重点区域，在综合治理中，轻度和中度石漠化区重点解决农村产业结构的调整，重度石漠化区则以封育为主，禁止垦殖和樵采。

(2) 保土节水。改变以粮食生产为主的传统产业结构，重视发展经济灌木和草食畜牧业。

根据岩溶生态演化的空间特点，石漠化过程具有按石峰和洼地垂直分布的特点，由洼地到山峰，土壤覆盖越来越薄、越来越少，石漠化越来越严重，因此对于岩溶石漠化区的草食畜牧业发展可在山坡下部轻度石漠化区，土壤层较厚，人工种草，发展高效的栽培草地；在中坡中度石漠化区，土壤层较薄，围栏封育，草地改良，适度放牧；石峰上部，重度石漠化，土壤残留石缝中，为石旯旮地，培育不动土的经济饲用灌木。晴隆县就是按这一思路走出生态经济双赢的典型范例，同时还摸索出一套实用的管理体系，使农民走上脱贫致富路。

(3) 因地制宜。主要有两层含义：其一，要根据岩溶环境特征，制订合理科学的规划，如纯的石灰岩区、白云岩区、碳酸盐岩与非碳酸盐岩互层区等；不同地貌类型区，如峰丛洼地区、峰林平原区、断陷盆地区、岩溶槽谷区等；不同的气候条件，如温度、降雨、光照等。不同的岩溶环境应区别对待、实施分类指导。其二，产业结构的具体内容和运作模式要与当地特点相吻合，如贵州省贞丰县北盘江镇，地貌为典型的干热峡谷区，石漠化非常严重，传

统的种植业，玉米产量不足 200kg/亩，且缺林少草，人地矛盾十分突出。自1997 年以来，该地区发展"花椒–猪–沼气"种养结合的农村产业结构调整(苏维词等，2004)。利用经济灌木花椒的喜温、耐旱、耐瘠的特点，结合该地土著种顶坛花椒的产品优势，芳香油总量、不饱和脂肪酸含量分别是川椒的 2.58倍和 1.28 倍，具有很强的市场竞争力。通过花椒收入养猪。养猪提供优质农家底肥，猪粪发酵产生沼气，解决农村能源。这样的良性循环有利于解决农民温饱问题。

(4) 可持续性。包括两层含义：其一是产业结构链的延伸、科技附加值的增值和生态友好；其二是根据岩溶环境的分散多样性特点，探索和推广"公司＋基地＋农户"等多种适应性的管理模式，使农村产业结构在生态、经济两方面都具有可持续性，如贵州晴隆"晴隆县草地畜牧业开发有限责任公司＋养羊协会＋养羊户"的管理模式。

(本文完成于 2007 年. 作者曹建华、袁道先，中国地质科学院岩溶地质研究所，广西桂林 541004；童立强，国土资源部航空物探遥感中心，北京 100085)

参 考 文 献

蔡运龙. 1999. 中国西南喀斯特山区的生态重建与农林牧业发展:研究现状与趋势. 资源科学, 21 (5): 37~41

曹建华, 潘根兴, 袁道先. 2001. 柠檬酸对碳酸盐岩溶蚀动力模拟及岩溶意义. 中国岩溶, 20(1): 1~4

曹建华, 袁道先, 潘根兴. 2003. 岩溶生态系统中的土壤. 地球科学进展, 18(1): 37~44

曹建华, 袁道先, 童立强. 2008. 中国西南岩溶生态系统特征与石漠化综合治理对策. 草业科学, 25(9): 40~50

曹建华, 袁道先, 章程. 2006. 脆弱的广西岩溶生态系统: 地质地貌对资源, 环境和社会经济的制约. 中国人口资源与环境, 16(3): 383~387

曹建华, 袁道先, 章程, 等. 2004. 受地质条件制约的中国西南岩溶生态系统. 地球与环境, 32(1): 1~8

曹建华, 袁道先, 等. 2005. 受地质条件制约的中国西南岩溶生态系统. 北京: 地质出版社: 1~188

陈植华, 陈刚, 靖娟利, 等. 2003. 西南岩溶石山表层岩溶带岩溶水资源调蓄能力初步评价//中国地质调查局. 中国岩溶地下水与石漠化研究. 南宁: 广西科学技术出版社: 180~188

成都地质学院岩石教研室. 1978. 岩石学简明教程. 北京: 地质出版社: 1~215

邓辅唐, 喻正富, 杨自全, 等. 2006. 山毛豆、木豆、猪屎豆在高速公路边坡生态恢复工程中的应用. 中国水土保持, 13(4): 21~23

高贵龙, 邓自民, 熊康宁, 等. 2003. 喀斯特的呼唤与希望. 贵阳: 贵州科技出版社: 1~260

龚德勇, 左德川, 刘清国, 等. 2005. 木豆在贵州亚热带地区的推广应用. 亚热带农业研究, 1(2): 24~26

贵州省土壤普查办公室. 1994. 贵州省土壤. 贵阳: 贵州科技出版社: 1~311

国家统计局农村社会经济调查总队. 2001. 中国农村贫困监测报告. 北京: 中国统计出版社: 152~164

何腾兵. 2000. 贵州喀斯特山区水土流失状况及农业建设途径. 水土保持学报, 14(8): 28~34

黄玉清, 王晓英, 陆树华, 等. 2006. 岩溶石漠化治理优良先锋植物种类光合、蒸腾及水分利用效率的初步研究. 广西植物, 26 (2): 171~177

蒋忠诚, 翁金桃, 谢运球, 等. 1996. 北京西山岩溶. 桂林: 广西师范大学出版社: 1~110

蒋忠诚, 袁道先. 2003. 西南岩溶区的石漠化及其综合治理综述//中国地质调查局. 中国岩溶地下水与石漠化研究. 南宁: 广西科学技术出版社: 13~19

李梦先. 2006. 我国西南岩溶地区石漠化发展趋势. 中南林业调查规划, 25(3): 19~22

李强, 邓艳, 余龙江, 等. 2007. 两种忍冬属植物叶表皮扫描电镜观察及其生态适应性的研究. 广西植物, 27(2): 146~151

刘家彦. 1999. 中国贵州生态环境. 贵阳: 贵州教育出版社: 1~258

刘燕华, 李秀彬. 2001. 脆弱生态环境与可持续发展. 北京: 商务印书馆: 1~471

卢玫桂, 曹建华, 何寻阳. 2006. 桂林毛村石灰土和红壤元素生物地球化学特征研究. 广西科学, 13(1): 58~64

卢耀如, 杨丽娟, 张凤娥. 1996. 中国岩溶地区地质——生态环境演化趋势类型及其判别要素//袁道先, 谢云鹤. 岩溶与人类生存、环境、资源和灾害. 桂林: 广西师范大学出版社: 12~27

全国土壤普查办公室. 1998. 中国土壤. 北京: 中国农业出版社: 1~1253

任继周, 侯扶江. 1999. 我国山区发展营养体农业是持续发展和脱贫致富的重要途径. 大自然探索, 18(67-1): 48~52

苏维词, 朱文孝, 滕建珍. 2004. 喀斯特峡谷石漠化地区生态重建模式及其效应. 生态环境, 13(1): 57~60

童立强, 丁富海. 2003. 西南岩溶石山地区石漠化遥感调查研究//中国地质调查局. 中国岩溶地下水与石漠化研究. 南宁: 广西科学技术出版社: 36~45

王世杰, 季宏军, 欧阳自远, 等. 1999. 碳酸盐岩风化成土的初步研究. 中国科学(D 辑), 29(5): 441~449

王世杰, 李阳兵, 李瑞玲. 2003. 喀斯特石漠化的形成背景、演化与治理. 第四纪研究, 23(6): 657~666

王世杰. 2003. 喀斯特石漠化——中国西南最严重的生态地质环境问题. 矿物岩石地球化学通报, 2: 120~126

王贤, 赵廷宁, 丁国栋, 等. 2006. 牧草栽培学. 北京: 中国环境科学出版社: 1~234

新华社. 2006. 中华人民共和国国民经济和社会发展第十一个五年规划纲要 (全文). http://news.xinhuanet.com/misc/[2006-03-16]

熊康宁, 黎平, 周忠发, 等. 2002. 喀斯特石漠化的遥感-GIS 典型研究——以贵州省为例. 北京: 地质出版社: 1~183

易淑棨, 胡预生. 1993. 土壤学. 北京: 中国农业出版社: 1~247

于浩然. 1998. 中国南方岩溶石山与经济发展战略雏议//中国地质学会岩溶地质专业委员会. 岩溶石山地区资源、环境与可持续发展研讨会论文集(内部报告): 75~80

袁道先, 蔡桂鸿. 1988. 岩溶环境学. 重庆: 重庆出版社: 1~232

袁道先. 1990. 中国岩溶地球化学研究的进展. 水文地质与工程地质, 5: 41~42

袁道先. 2000. 对南方岩溶石山地区地下水资源及生态环境地质调查的一些意见. 中国岩溶, 19(2):

103~108

张卫, 覃小群, 易连兴, 等. 2004. 滇黔桂湘岩溶水资源开发利用. 北京: 中国地质大学出版社: 1~174

中国工程院中国岩溶地区农业持续发展战略研究组. 1999. 中国岩溶地区农业持续发展战略问题与对策研究. 草业学报, 8(专辑): 32~42

中国科学院地学部石漠化治理研究组.2003.关于推进西南岩溶地区石漠化综合治理的若干建议.中国科学院院刊, 3: 169

中国科学院–国家计划委员会自然资源综合考察委员会. 1989. 中国自然资源手册. 北京: 科学出版社: 1~902

Boeglin J L, Probst J L. 1998. Physical and chemical weathering rates and CO_2 consumption in a tropical lateritic environment: the upper Niger basin. Chemical Geology, 148: 137~156

Liu Z H. 2001. Role of carbonic anhydrase as an activator in carbonate rock dissolution and its implication for atmospheric CO_2 sink. Acta Geologica Sinica, 75(3): 275~278

Wang S J, Liu Q W, Zhang D F. 2004. Karst rocky desertification in southwestern China: geomorphology, landuse, impact and rehabilitation. Land Degradation Development, 15: 115~121

Yuan D X. 1997. Rock desertification in the subtropical karst of south China. Z. Geomorph. N. F, 108: 81~90

中国西南岩溶地区的植被资源

李镇清　　富兰克

西南岩溶地区主要的地带性植被是亚热带常绿阔叶林，由于当地特殊的地质(如岩溶发育、山地、河谷等)、气候条件以及人类活动的干扰，灌丛、灌草丛和草丛(草甸)等成为现状植被的主要类型。在人为干扰条件下，灌草丛和草丛群落具有一定的稳定性。

地球表面自然环境的变化有明显的规律性，普遍呈现地带性变化。各个地带的生态条件和在生产上的有利或不利因子均有明显的差别。决定植被成带分布的是气候条件，主要是热量、水分及其配合状况。地球上的气候条件按纬度、经度与高度这三个方向改变，植被也沿着这三个方向交替分布(孙鸿烈等，2004)。

按温度的差异划分为赤道带、热带、亚热带、暖温带、温带和寒带 6 个温度带。这种依纬度呈带状分布的现象，受温度南北方向变化的控制。与此相应的植被类型也呈带状依次更次，在湿润的气候条件下，植被类型由南到北的顺序为：热带雨林—亚热带常绿阔叶林—温带落叶阔叶林—寒温带针叶林—极地苔原，即为植被分布的纬度地带性。海洋上蒸发的大量水汽，通过大气环流输送到陆地，是陆地上大气降水的主要来源。在同一热量带范围内，陆地上降水量从沿海到内陆渐次减少。按年降水量可划分出湿润带、半湿润带、半干旱带和干旱带 4 个水分带。这种分带主要受海陆分布的影响，沿经度方向延伸。植被因水分状况而按经度方向呈带状依次更替，即为植被分布的经向变化。气温和降水水平变化，遇到一定高度的山地，就会因山地高度的不同而发生变化。这一垂直变化现象又随山地的高差、走向、坡向和山体所处位置的不同而有所不同。气候条件的垂直差异导致了植被垂直分布的变化，形成了具有一定特点的植被垂直带。山地植被的垂直带是以所在地植被水平地带为基带，形成具有一定特点的植被垂直带系列。

几乎所有的自然地理要素都呈现出这三种地带性。在气候条件的影响下，各个分带里的植被、土壤和生活在那里的动物都各具特点。各地河流的水文亦受气候和植被分带的影响。从地理学上看来地质条件是非地带性的，与地质条件有密切联系的地貌、土壤母质、地下水等因素，它们的原始形成物如山脉、湖泊、沼泽等也是非地带性的。但是它们的地表部分的发育过程，如山地的侵蚀与堆积、湖沼的演化、土壤的发育等，都受到当地气候和植被等条件的影响，而无不打上地带性的烙印。与自然条件密切相关的人类生产活动的区域性差异，亦具有地带性特征。

中国大陆的岩溶主要分布在云南、贵州、广西、四川、重庆、湖南、湖北和广东一带，以及北方的陕西、山东、河南、河北一带。其中前者以贵州高原为中心连带成片，形成西南岩溶地区，西南岩溶地区是我国主要岩溶分布区，也是世界岩溶分布重点地区之一。受气候、土壤、地形、生物等自然因素及人为因素的综合影响，岩溶地区植被地理分布错综复杂，植被区域各具特色。西南岩溶地区的气候特征为温暖湿润的亚热带季风气候，热量丰富，降水充沛，水热条件比较匹配，有益于植被生长。另外也由于降雨相对集中，年内变化大，分布不均匀，尤其在夏季易成暴雨和特大暴雨而发生洪涝灾害；同时岩溶作用强烈，地表岩溶发育，溶痕、溶沟、溶隙、溶孔、溶洞纵横交错，又因其坡度大，形成的水流对于地表本来就贫瘠的土壤侵蚀更为迅速，水土流失严重。由于岩溶地区发育着地下排水系统，降雨时地表水常沿溶蚀裂痕、落水洞等很快向地下漏失。有的峰丛山区旱季地下水位埋深超过100m，加上土层薄，岩石裸露，地表蒸发强烈，因此，即使在雨量比较充沛的西南岩溶地区，森林覆盖率也较低。大部分地区岩石裸露，土壤贫薄，岩溶干旱，形成特殊的石漠化过程(朱守谦，2003)。

地形并不是直接作用于植物和植被的因子，但是地形却因其变化而引起生境水热条件的再分配。西南岩溶地区的岩溶洼地，往往同地下排水系统有密切关系。雨季地下河水反馈导致洼地底部年复一年被洪水淹没，植被很难在这里生长，因此在这些洼地中，植被最茂密的部分常分布在山坡的中上部，但是那里土层薄，地下水位深，树木需要有很深的根系，穿过几十米厚的坚硬岩石以吸取水分。所以，即使在雨量比较丰富的地区，也会出现"岩溶干旱"现象，这就使得当地植被表现出不同程度的旱生性。由于岩溶地区土层一般很薄，因而其植被也常具有石生特点。

　　岩溶生态系统是受岩溶环境制约的生态系统(袁道先，2001)，其系统中的物质能量迁移都带有岩溶环境的"烙印"。西南岩溶地区主要的地带性植被是亚热带常绿阔叶林，属于常绿阔叶林生态系统。根据在部分碳酸盐岩地段保存较好的常绿阔叶林可知，水热匹配较好的西南岩溶地区原生植被应为常绿阔叶林，其他植被类型均为常绿阔叶林演替过程中的次生林。通过对古植被的研究发现，原始的岩溶地区因亚热带季风的影响，雨量充沛，森林十分茂密。不过这种森林生态系统建立在裸露的岩石之上，所以十分脆弱。由于当地特殊的地质(如岩溶发育、山地、河谷等)、气候条件以及人类活动的干扰，灌丛、灌草丛和草丛(草甸)等成为现状植被的主要类型。森林覆盖率表现出东、西部高，而中部的滇东、桂西、黔、渝、四川盆地低，中部森林覆盖率低与其岩溶集中分布存在一定的联系。灌丛高密度分布区则主要与岩溶分布区、尤其是石漠化严重的滇东、桂西和贵州存在较好的对应关系。灌草丛和草丛高密度分布区主要出现在川、贵、滇，以及渝、桂西、湘西、鄂西。有研究表明，广西森林覆盖率与碳酸盐岩出露面积呈显著的负相关，灌丛、草地则呈正相关(曹建华等，2004)。理论上讲因人为干扰形成的次生植被，停止干扰后会顺向演替，恢复成原生植被——亚热带常绿阔叶林。但长期的实践表明，这一过程是十分缓慢，甚至是困难的。也就是说，在人为干扰条件下形成的偏途顶极群落——灌草丛和草丛具有一定的稳定性。

　　生态系统不仅包括植物，也包括动物和人以及非生物环境。所谓的生态修复是要恢复生态系统的功能，而不仅仅是种树。生态建设要与区域发展和农民脱贫相结合。现阶段农村贫困是岩溶地区生态退化的一个主要原因，因此在石漠化地区不仅要修复生态，还要建设林草生态经济，在生态改善的同时适度利用植被资源。实践证明，森林抚育、灌木刈割、草地适度放牧可以促进植物生长进而促进生态系统的恢复，同时，乔木、灌木、草本相结合才能有效地保持水土。因此植被恢复应按照生态演替规律，利用当地的植被资源发展生态畜牧业，既保证生态效益，又保证经济效益。

　　(本文完成于 2007 年. 作者李镇清、富兰克，中国科学院植物研究所，北京 100093)

参 考 文 献

曹建华, 袁道先, 章程, 等. 2004. 受地质条件制约的中国西南岩溶生态系统. 地球与环境, 32(1): 1~8

孙鸿烈, 张荣祖, 黄荣金, 等. 2004. 中国生态环境建设地带性原理与实践. 北京: 科学出版社: 1~342

袁道先. 2001. 全球岩溶生态系统对比: 科学目标的执行计划. 地球科学进展, 16(4): 461~466

朱守谦. 2003. 喀斯特森林生态系统研究(III). 贵阳: 贵州科学技术出版社: 1~415

西南地区的草地资源

皇甫江云 卢欣石 李镇清

中国南方草地系指秦岭淮河以南、青藏高原以东的亚热带和边缘热带草地，其中的西南片区可称为中国西南草地，因不含高寒草甸，与中国西南行政区划不同，其地理位置为北纬 21°08′~34°05′，东经 98°30′~111°24′，东以大巴山、巫山、武陵山、云贵高原东缘线为界，北以秦岭、大巴山为界，西以邛崃山、峨眉山、横断山脉等青藏高原东缘一线为界，南与缅甸、老挝、越南接壤。西南草地包括贵州省全部、云南大部、四川东南部、重庆市、广西北部、湖南和湖北西部、陕西南部、甘肃陇南。该区不仅是鱼米之乡，还有大面积草山草坡，多属亚热带湿润气候，无霜期长，热量丰富，雨量充沛，冬无严寒，夏无酷暑，生物资源丰富，动植物种类繁多，蕴藏着发展草地畜牧业的巨大潜力。区内共辖 447 个县市，土地面积 115.33 万 km^2，占我国国土面积的 12.01%。它是我国热性灌草丛的主要分布区，是我国南方草地的重要组成部分(万里强等，2003；中华人民共和国农业部畜牧兽医司和全国畜牧兽医总站，1996)。

一、天然草地资源

(一) 西南地区草地资源基本情况

根据农业部 1996 年的草地调查资料，西南草地涉及 9 省(自治区、直辖市)，共有天然草地 3650.3 万 hm^2，可利用草地 2996.9 万 hm^2。其中以云南省面积最大，占该区草地面积的 38.1%，其次是四川省(含重庆市)、贵州省，分别占 23.5% 和 11.7%，4 省市共占 73.3%，其他 5 省只占 26.7%(中华人民共和国农业部畜牧兽医司和全国畜牧兽医总站，1996)。该片区共 447 个县(市、区)，包括贵州全省 80 县(市)；云南大部(除了丽江、怒江、迪庆县属高寒草甸外)114 县(市)；四川除甘孜、阿坝以外地市的 128 县(市)；重庆的 33 县(市)；广西柳州地区融水县、三江县，桂林地区资源县、龙胜县，河池地区天峨县、南丹县，百色地区凌云县、乐业县、田林县、西林县、隆林县 11 县(市)；湖南湘西自治州，常德地区常德市、石门县、大庸市、慈利县、桑植县，怀化地区麻阳县、沅陵县等 23 县

(市)；湖北鄂西自治州，宜昌地区宜昌县、远安县、五峰县、长阳县、秭归县、兴山县，郧阳地区竹山县、竹溪县和房县，襄樊市保康县及神农架林区等 20 县(市、区)；陕西省汉中、商洛、安康地区(除岚皋县)，宝鸡市凤县、太白县等 29 县(市)；甘肃省陇南地区的 9 县(市) (中华人民共和国农业部畜牧兽医司等，1994)。按草地资源分省(自治区、直辖市)统计的数据见表 10-5。其中湖北省、湖南省和广西壮族自治区均有一部分草地属于西南片区，其分县数据见附表 1；三省(区)均还有一部分草地属于东南片区，其分县数据见附表 2。

表 10-5　西南地区各省(自治区、直辖市)草地资源统计表

省(自治区、直辖市)	总人口/万人	土地面积/km^2	天然草地面积/hm^2	可利用草地面积/hm^2	理论载畜量/(羊只·a)
贵州	3 236.97	176 128	4 287 257	3 759 735	11 734 636
云南	3 518.3	334 140	13 463 253	10 482 214	28 088 000
四川	7 733.51	253 491	6 429 275	5 530 286	20 853 085
重庆	2 920.91	82 335	2 158 444	1 916 440	10 958 305
广西	243.41	35 450	1 581 370	1 198 032	4 102 232
湖南	921.35	53 858	2 259 019	2 021 020	7 402 798
湖北	731.48	58 408	2 539 800	1 953 652	6 435 407
陕西	872.92	74 045	2 118 063	1 539 323	4 580 392
甘肃	240.6	23 899	741 821	637 796	839 184
西南区(合计)	20 419.45	1 091 754	35 578 302	29 038 498	94 994 039

资料来源：中华人民共和国农业部畜牧兽医司等，1994。

(二) 西南地区各类草地资源分布

该区水热资源丰富，地形条件独特，形成 9 类天然草地，其中以热性草丛类和热性灌草丛类面积最大，分别占草地面积的 21.5%和 24.4%，其次为暖性草丛类和暖性灌草丛类，分别占草地面积的 4.5%和 13.6%，其他 5 类草地面积都较小，而农林闲隙零星草地 1105.2 万 hm^2，占该区草地面积的 30.3%(中华人民共和国农业部畜牧兽医司和全国畜牧兽医总站，1996)，见表 10-6。中国科学院西南资源开发考察队曾按农业经济区划要求，将其分为 4 个类型区(中国科学院西南资源开发考察队，1991)：①热带湿润灌草丛区域，主要包括滇南山地丘陵区和桂南盆地区。该区水热丰富，四季生长，植被产量高、潜力大，但由于夏季湿热，畜体散热困难，不宜饲养绵羊；②亚热带湿润灌草丛区域，主要包括四川盆地、贵州高原和桂北盆地。该区主要依靠暖性牧草的较早返青和温性牧草的冬季生长完成全年的青绿饲料供应，利于草地畜牧

业发展。但光能较低，日温差小，对光合产物形成有一定影响；③亚热带半湿润灌草丛区域，主要包括金沙江河谷山原、滇东南高原、滇西横断山区。该区具有明显西部型季风高原气候特征，冬暖夏凉、干湿季明显、四季不分明。草地植物耐旱喜暖、光合性能强，有机质含量高，利于高效畜牧业发展；④高原温带湿润灌丛草甸区，主要分布在高山峡谷区，植被以温性的高寒草甸植物为主，利于牧业发展，为我国高原畜牧业的重要基地之一。

表 10-6　西南地区各类草地面积统计表　　　　单位：hm^2

省 (自治区、 直辖市)	暖性 草丛类	暖性 灌草丛类	热性 草丛类	热性 灌草丛类	干热稀树 灌草丛	低地 草甸类	山地 草甸类	高寒 草甸类	沼泽类	零星草地	合计
贵州	323 938	303 993	570 527	786 870			52 580		723	2 248 000	4 286 631
(可利用草地)	255 207	199 853	449 394	565 564			40 513		578	2 248 000	3 759 109
云南	883 331	1 563 000	5 206 000	2 441 000	789 896		235 000	213 000		2 572 027	13 903 254
(可利用草地)	651 216	1 135 000	3 801 000	1 811 000	581 133		174 000	160 000		2 572 027	10 885 376
四川、重庆	210 814	1 659 195	1 134 766	3 918 654	65 685	229 280			83 000	1 284 000	8 585 394
(可利用草地)	185 800	1 373 508	1 008 257	3 324 071	52 548	179 707			37 000	1 200 000	7 360 891
广西			685 000	405 000						491 000	1 581 000
(可利用草地)			549 000	256 000						429 000	1 234 000
湖南		33 000		761 000						1 750 000	2 544 000
(可利用草地)		29 000		661 000						1 491 000	2 181 000
湖北	209 000	881 000	100 000	600 000						1 182 000	2 972 000
(可利用草地)	184 000	616 000	80 000	429 000						994 000	2 303 000
陕西			151 000	1 000					2 000	1 525 000	1 679 000
(可利用草地)			129 000	1 000					2 000	1 249 000	1 381 000
甘肃		511 000					225 000	215 000			951 000
(可利用草地)		444 000					216 000	206 000			866 000
西南区合计	1 627 083	4 951 188	7 847 293	8 913 524	855 581	229 280	512 580	428 000	85 723	11 052 027	36 502 279
(可利用草地)	1 276 223	3 797 361	6 016 651	7 047 635	633 681	179 707	430 513	366 000	39 578	10 183 027	29 970 376

资料来源：中华人民共和国农业部畜牧兽医司和全国畜牧兽医总站，1996。

二、草地资源特点

据统计，西南草地约 82%的区域属于热带和亚热带湿润气候；18%的区域属于高原温带湿润气候(中国科学院西南资源开发考察队，1991)。受地形和太平洋季风影响，形成了高温、湿润、多雨的热带亚热带森林气候特征，而世界同纬度其他地区，如北非、阿拉伯半岛等均为干热荒漠。得天独厚的自然条件，孕育了西南草地资源的生物多样性，良好的水热条件、复杂的地貌类型、丰富多样的植物种类为发展草地农业提供了有利的条件。草地资源具有以下特点。

(一) 自然条件优越，草地资源多样而丰富

西南草地资源区由于东亚季风环流和青藏高原的影响，使行星风系环流系统在近地面空气层发生变化，而形成了湿润的季风型气候，年降雨量1000mm 以上，年均气温 14℃以上，≥10℃的生物有效积温 4500℃以上，雨热同期，四季温热，对草地植物生长发育十分有利。

该区是我国山地最多的一个地区，山地约占全区土地面积的 74%。地貌单元主要包括云贵高原、川西高原、横断山脉、四川盆地、广西盆地，众多山体对北来寒潮具有良好的阻挡作用，冬季气温通常高于同纬度的东部沿海地区，对常绿饲用植物和暖性牧草越冬也十分有利。由于山区坝地和平缓地带大都垦为农田，天然草地主要分布在峡谷和山地中，从生态修复的角度，旱地陡坡耕地应逐步减少，而坡地种草养畜可以收到生态修复和扶贫开发两方面的成效。

该区自然资源的另一特点就是丰富的生物多样性和土壤类型。该区云南省被誉为"植物王国"，种子植物 15 000 种，约占全国的 1/2，这为草地畜牧业提供了丰富的饲用植物资源。由于区内盆地、低山丘陵、河谷坝地广泛分布有农业植被，实施农牧结合和草地农业发展具有良好的条件。该区基带主要由 6 种土壤类型，以红黄壤为主，富铝化作用强烈，土壤多呈酸性，栽培豆科牧草需要改良土壤。

(二) 岩溶地形分布广泛，草地资源具有明显的地貌特征

我国西南山区是世界上三大岩溶分布区之一，以贵州高原为中心，在云

南、广西、四川、重庆、湖南、湖北和广东等省(自治区、直辖市)均有分布，岩溶面积——碳酸盐岩出露面积(土层在 1~2m 以内)达 53.26 万 km^2，石漠化面积——碳酸盐岩裸露面积(既无土被也无植被)达 11.35 万 km^2。岩溶地区是珠江水域的发源地，长江水域的重要补给区，影响珠江和长江下游的生态安全。贵州位于西南岩溶地区的中心地带，具有鲜明的地貌特征和资源特点。岩溶地区基岩漏水，形成地表和地下双层水系，地表旱涝灾害频发，土壤贫瘠，植被生长环境相对干旱。以酸性红壤和黄壤为主。部分地区为石灰土，富含钙质。西南岩溶地区主要次生植被类型有：次生裸地、草丛、灌草丛及灌丛、乔木林等。水热丰沛，日照略显不足。因陡坡垦殖引起水土流失，造成石漠化(姚长宏等，2001)。

(三) 草地资源以次生植被为主，具有明显的不稳定性

由于岩溶地区地下水系发达，地表水系发育不足，在人类耕作造成森林等原始植被破坏之后，生态的正向演替速度十分缓慢。从遥感图像看，森林分布与岩溶分布呈明显的负相关性，灌丛和草地分布与岩溶分布呈明显的正相关性。西南地区天然草地资源的主体是灌丛和草丛构成的次生植被。由于热性和暖性草丛及灌草丛纤维化程度高，适口性很差，每年 2~4 月时有山火。贫困农村的垦殖活动、游耕陋习和烧荒陋习，使该区次生植被退化，具有不稳定性。自从 20 世纪 80 年代以来，在引种优质牧草的试验草场上，牧草在放牧条件下长期保持了生长优势和生态稳定性。

(四) 天然牧草利用价值有限，人工饲料作物种植利用潜力广大

该地区草丛草地和亚高山草甸草地的饲用植物通常以中生多年生禾草为主，产量高，能量高，天然草地的产草量一般为 1500~2500kg DM/hm^2；无氮浸出物含量一般可达 45%~50%，但是，营养物质含量较低，难消化物质含量较高，干物质(DM)中粗蛋白含量一般为 3.5%~10.5%，粗纤维含量一般为30%~50%(任继周和张英俊，2002；中华人民共和国农业部畜牧兽医司和全国畜牧兽医总站，1996)。相对而言，草甸类草地的粗蛋白质含量比草丛和灌草丛类高 1 倍左右，而粗纤维含量则仅相当于草丛和灌草丛类的 60%左右。作为南方天然草地主体的草丛和灌草丛草地，不仅干物质产量低，而且营养品

质较差、适口性差，降低了它的利用价值(吕世海，2005；任继周和张英俊，2002；李向林，2001)。但是和北方草原区相比，该地区具有良好的水热条件，区内盆地、低山丘陵、河谷具有种植栽培牧草饲料作物的优越条件，分布广泛的农业植被为栽培草地种植提供了良好基础。当前，该地区是优良牧草黑麦草、苇状羊茅、苏丹草等的主要种植区，单位面积干草产量可达1000~3000kg。生产潜力相当惊人。栽培草地、粮草间作、草田轮作等模式日益扩展，草地生产和利用方式多样。此外该地区的农作物种类较多，水稻、小麦、玉米、甘薯、荞麦、燕麦、马铃薯等作物及副产品是家畜舍饲圈养和冬春补饲的饲草料来源。

(五) 草地水资源丰富，空间分布不均匀，利用难度较大

岩溶地区可再生水资源的 60%~80%渗入地下水系，时而涌出地面，又渗入地下，在下游汇入江河，与水利部门统计的地下水资源有所不同。岩溶地区地表水系发育不足。境内河流主要是发源于青藏高原和云贵高原注入太平洋的长江水系、珠江水系、澜沧江水系、红河水系等，注入印度洋的水系有怒江水系和伊洛瓦底江水系，总流域面积约 130 万 km^2。可再生水资源约 8048m^3/a，占全国总量的 30%。该区内草场分布大都在黔、桂、滇的碳酸盐岩地区。目前，岩溶地区地下水系尚难以利用，近年在加大地下河水系的勘探和利用。

三、资源保护利用所面临的主要问题与挑战

西南地区的草地资源保护利用具有其特殊的意义，也面临着特殊的问题和挑战。归纳起来，主要有以下几个方面。

(一) 地处偏远，经济社会条件具有一定限制

按行政区划，西南地区是老少边穷特殊贫困地区，区内有 41 个少数民族自治县，50 多个少数民族，全区共有陆地边防线 1942km^2，海岸线 1592km^2。在全国 592 个扶贫开发工作重点县中，246 个分布在该区，占全国的 41.5%。该区人均耕地面积 0.09hm^2，为全国平均水平的 80%，农业人口占 80.2%，主要农产品是马铃薯和烟草，产量分别占到全国的 38.3%和 61.8%。农民人均收入是全国平均水平的 80%左右。地域经济和文化特征对草地资源利用有一定限制性影响(万里强等，2003)。

(二) 草地分散, 气候变化, 牧草须适应自然条件

西南草地主要分布在山地和丘陵地区, 海拔多为 800~2000m, 可利用草地面积占草地总面积的 85%, 占土地面积的 26.7%, 多为零星分布, 地处偏远, 开发难度较大。据统计, 小于 20hm² 的零星草地约占 65%, 万亩以上的成片草地仅占总面积的 20% 左右。草场道路是草地建设的重要条件; 降水集中在 5~9 月, 常占全年降水量的 70%, 草地水利设施建设也十分必要。冬秋季偏于干旱的时间可长达 60~90 天, 在海拔 1200m 以上地区常有云雾天气出现, 适合冷型牧草生长, 多年生牧草在薄雪下嫩绿如春; 低海拔地区大于 32℃的高温天气可长达 30~80 天, 适合暖型牧草生长。气候变化对牧草的品种和栽培技术提出了较高的要求。

(三) 生态环境脆弱, 旱坡耕地改造成连片草地潜力很大

西南地区旱坡地垦殖率很高, 造成严重的水土流失, 近年来大面积改造成连绵的多年生常绿草地, 既修复了生态, 又增加了农户收入, 还成为我国重要的草业和肉奶业基地(黄黔, 2008)。山区和丘陵峡谷区丰富的草山草坡逐步开发成辅助牧场。在该地区分布生长的 160 余种豆科牧草资源, 有待开发利用, 20 世纪 80 年代以来, 云、贵、湘、鄂引种的温带禾本科和豆科优质牧草在亚热带山地表现良好, 在适度放牧条件下, 保持生长优势和长期的生态稳定性。草食家畜的地方品种在粤、港、澳市场很受欢迎, 但生产性能低, 2004 年统计显示, 全区牛羊的个体产肉量分别为 115kg/头和 12.7kg/只, 分别比全国水平低 20kg 和 1.4kg, 比世界平均水平低 90kg 和 2.3kg。近年引入优良牛羊品种与当地品种杂交, 表现良好, 有较强市场竞争力。

四、草地资源利用的主要方向

西南草地的资源特点和生态问题给草地资源利用提出挑战。如何扬长避短, 科学利用, 是该区发展草地经济的课题。

(一) 规划建设我国南方栽培草地, 大力发展草业和肉奶业

我国西南地区有丰富的水热资源潜力, 年均温 14~21℃, >0℃活动积温一般为 5000~7000℃, 无霜期长; 降水充沛, 一般为 900~1500mm, 但日照不

足，温度的年较差与日较差较小，不利于籽实作物生产，有利于营养体生产。天然草地的产量是北方草地的 4~6 倍，栽培草地是北方栽培草地的 2~3 倍，可与新西兰草地媲美(任继周，2008；曹建华等，2008)。因此要发挥南方水热资源优势和草地生产潜力，需要建立高产优质的栽培草地。

在西南草地经过多年的生产实践，已初步形成优质饲草料当家品种。主要品种有：多年生黑麦草、白三叶、紫花苜蓿、菊苣、墨西哥玉米、苏丹草等。紫花苜蓿、红三叶、多年生黑麦草可建植成高效人工饲草料地；鸭茅、白三叶可在放牧型草地里添加；菊苣可单播或混播种植；墨西哥玉米和苏丹草产量高，是好的青贮原料，可解决冬春草料不足问题。这些优质饲草，可用来饲喂牛、羊、猪、鸡、鹅等各种畜禽，性能较好，家畜喜食，保护生态环境，农户能取得可观的经济效益。

(二) 科学放牧，在栽培草地、灌丛草地、疏林草地上大力发展草食家畜

西南草地与北方草地的区别在于，优质牧草只有在放牧条件下才能长期保持生长优势和生态稳定性。通过划区轮牧方法，人管畜，畜管草，在草地农业生态系统中，人草畜协同进化，草地畜牧业成为生态修复和扶贫开发的结合点。通过种草养畜，贫困农户摆脱"越穷越垦，越垦越穷"的恶性循环，根本改变游耕陋习和烧荒陋习，降低陡坡垦殖率，把贫瘠的旱坡耕地改变为连绵常绿草地，是石漠化治理的根本途径。

灌丛草地和疏林草地是南方丘陵地区的重要草地类型，对这类草地的开发利用，新西兰采取开垦和播种牧草的方式，虽然成本较高，但载畜量大，形成优质牧场，在我国湖南省城步县的南山牧场，也建设出连绵草地，成为我国"南方的明珠"。目前在贵州省草地畜牧业扶贫连片开发中，每户从20亩"熟地"种草入手(改造旱坡耕地为栽培草地)，对灌丛草地和疏林草地采用改良手段，加播白花刺等优质饲用灌木，作为辅助放牧场。今后，可根据草路、草水等建设条件和整体建设实力，全面规划，整村推进，改良土壤(酸性土壤加石灰，施用磷肥、钾肥等)，选择优质混播草种配方，利用豆科牧草和牲畜粪便逐步提高土壤肥力。

草地畜牧业应牛羊结合。对扶贫开发项目而言，饲养肉羊投入较小，品

种改良时间较短；饲养肉牛则政府和农户投入较大，品种改良周期较长，在农户取得明显经济效益之前，政府需要给予更多扶助。饲养奶牛还需要建立收集鲜奶的冷链网络。除了栽培草地，还应充分利用灌丛草地。山羊喜食灌木杂草，饲养山羊是栽培草地里清除地面灌木和控制杂草的有效途径(李向林和黄文慧，2000)。

(三) 建立草田轮作耕作制度，完善牧区和农区系统耦合机制

南方的低海拔平原地区及山间盆地，水稻收获后出现大量的"冬闲田"(当年的 9 月至翌年 4 月)，利用这些冬闲田种植冷季型一年生牧草，建立轮作草地，生产潜力很大。自从 20 世纪 90 年代广东开展"黑麦草–水稻"草田轮作试验以来，冬闲田种草已经在南方各地普遍推广，发展迅速。根据南方各地的经验，冬闲田黑麦草的产量可达 12 000~15 000kg DM/hm^2，同时还能改善稻田土壤的物理及化学特性，有利于后作水稻产量的提高，配套养畜(禽)的经济效益十分显著，目前西南 8 省(自治区、直辖市)冬闲田种草与资源情况还有较大的发展空间(李向林，2007) (表 10-7)。

表 10-7　2007 年西南 8 省(自治区、直辖市)农闲及冬闲田种草与资源情况 单位：万亩

省(自治区、直辖市)	农闲可利用面积	农闲已利用面积	冬闲田种草已利用面积
贵州	3 200	654	614
云南	1 566	405.15	299.45
四川	2 309.310 3	1159.5	396
重庆	404.3	51.2	32.3
广西	1 484.39	91.36	70.99
湖南	4 791.5	297.54	254.74
湖北	666.57	237.94	111.49
广东	569.16	75.34	19.43
总计	14 991.230 3	2 972.03	1 798.4

注：农闲田种草包括冬闲田、夏(秋)闲田、果园隙地、四边地及其他。
资料来源：全国畜牧总站，2009。

根据四川省的试验，冬闲田种植小麦，产量不过 3500kg/hm^2，而种植一季一年生黑麦草，产量可达 15 000kg DM/hm^2。这些牧草用于饲养兔、鹅、山羊或奶牛，可增加收入 15 000~37 500 元/hm^2。而传统的小麦或油菜收入只

有 3000~3500 元/hm²(表 10-8)。

表 10-8　四川省冬闲田种植多花黑麦草的效益

农作系统	增加动物生产/hm²	种草养畜增收/(元/hm²)	增加纯收入/(元/hm²)
秋季水稻收获后种植一年生黑麦草，次年春季再种水稻。牧草生长期为 150~200 天。干物质产量为 850~17 200kg DM/ hm²	猪：25~300 头	1 725~31 500	
	兔：1 125~1 200 只	16 875~18 000	10 125~10 800
	鹅：1425~1500 只	33 750~37 500	13 500~15 000
	山羊：75~120 只	15 000~24 000	9 000~14 000
	牛奶：11 250~15 000kg	22 500~30 000	

　　如果全年种植牧草，则干物质产量更高。根据在四川西部的调查，稻麦两熟地区平均生产小麦 3750kg/hm² (3420kg DM/hm²)，水稻 9000kg/hm² (7950kg DM/hm²)，全年粮食产量 12 750kg/hm²(12 420kg DM/hm²)。同样的土地种植牧草，冷季饲草(一年生黑麦草等)平均生产 15 000kg DM/hm²。暖季饲草(苏丹草、墨西哥玉米、杂交狼尾草等)平均生产 30 000kg DM/hm²，全年生产 45 000kg DM/hm²，相当于粮食产量的 3~4 倍(李向林，2001)。

　　贵州有 7.5×10⁵hm² 稻田和 1.8×10⁵hm² 烟地可冬闲种草(如紫云英和黑麦草等)，加上其他优质耕地，全省能够复种或轮作种草的农田，可折合高产草地 6.7×10⁵hm²，具有供给 100 万头奶牛营养需要的潜力。1999~2000 年，贵州省饲草饲料工作站利用省财政投入的 40 万元资金，在凤冈、桐梓、长顺、天柱、黎平 5 县开展冬闲田土种草试点示范工作，冬闲田土种草 2.22×10³hm²；2000~2001 年，贵州省冬闲田土种草发展到 3.55×10³hm²，其中，集中连片示范面积达 254hm²，为 2000 年的 159.88%；2002 年全省冬闲田土种草 1.53 万 hm²，为 2001 年的 431.52%；2003 年全省冬闲田土种草 2.33 万 hm²，为 2002 年的 152.18%；2004 年各地大力推广种植优良多花黑麦草特高、钻石 T 等，优良牧草的普及率达 68.72%，优良牧草产量普遍达到 6000~8000kg/亩。2004 年贵州省共完成冬闲田土引草入田 6.7 万 hm²，为 2003 年的 285.71%。2005 年全省共完成冬闲田种草 6.87 万 hm²，为 2004 年的 103%。2008 年全省完成冬闲田土引草入田种植 8.33 万 hm²，比 2007 年的 7.33 万 hm² 增加 13.6%，预计可生产 700 万 t 以上优质牧草，可配套养畜 70 万个黄牛单位，新增畜牧产值 21

亿元。但是,目前利用率仍不足冬闲田资源的 20%,具有很大的潜力(杜青林,2006;刘贵林,2006)。

广西有冬闲田 115 万 hm²,其中闲置时间 240d/a 和 120d/a 的单季稻、双季稻稻田面积分别为 14 万 hm² 和 101 万 hm²,若能利用 50%面积冬季种黑麦草,可增加饲草产量 3750 万 t,增加载畜量 2000 万只羊单位。以桂牧 1 号和矮象草为代表的象草类牧草,属 C₄类高光效作物,以营养繁殖和利用营养器官为主,气候对产量的影响相对较小,完全可以在与籽实类作物产量、经济效益的竞争中取得优势地位,成为种植业结构"三元化"的当家品种。实验表明,象草类牧草与广西各类大田作物相比较:干物质,象草类:玉米:稻谷=4.62:1:1.66;粗蛋白,象草类:玉米:稻谷=5.60:1:1.75;代谢能,象草类:玉米:稻谷=3.69:1:1.45;奶牛能量单位(NND),象草类:玉米:稻谷=2.80:1:1.12。灵川、灌阳等县种草养羊取得了 0.07hm² 纯利润 2000~3000 元水平,说明草地畜牧业有较高的比较效益和竞争力(杜青林,2006;韦炳瑞,2004)。

南方水稻产区的冬闲田是重要的草地农业资源,若能充分利用,其生产潜力相当可观。冬闲田黑麦草的发展使土地资源得到更充分的利用,可缓解南方平原地区饲草资源的不足,对于促进草食家畜生产具有重要的意义。由于此类地区经济发达,市场繁荣,容易建成产业化程度较高的草地农业系统。

(四) 发展林草生态经济

林间草地指林木和灌木郁闭度分别在 0.3 和 0.4 以下的草地。林间草地有自然形成和人工种植两种。林间草地的建立、科学管理、合理保护和利用,不仅可以有效保持水土,而且可以美化、绿化环境;牧草和林木的部分嫩枝叶还可作为畜禽的优良饲草,是解决肥料、燃料、饲草和木材短缺的有效措施之一。林草结合,对于开发我国南方林间草地资源,发展节粮型畜牧业,缓解粮食供需矛盾,保护生态环境以及帮助贫困山区脱贫致富具有深远的意义(白慧强和文亦茹,2007)。

西南 8 省(自治区、直辖市)除部分平缓丘陵地区适宜农田耕作外,山地一般都适宜林草生长,形成林地中的林间草地或草地。根据农业部组织的全国统一草地调查资料表明，在我国南方草山草坡总面积中有相当大一部分为林间草地(白慧强和文亦芾，2007；胡民强，2005)(表 10-9)。

表 10-9 西南 8 省(自治区、直辖市)草地面积、可利用草地面积和灌木、疏林地面积

省(自治区、直辖市)	草地面积/万 hm²	可利用草地面积/万 hm²	灌木、疏林地面积/万 hm²	占可利用草地面积/%
贵州	428.70	376.0	109.8000	29.20
云南	1530.80	1192.6	525.6000	44.07
四川、重庆	2253.80	1962.0	443.6800	22.61
广西	869.83	650.0	381.7800	58.74
湖南	637.30	566.6	307.0340	54.19
湖北	635.20	507.2	126.9500	25.03
广东	326.60	267.7	31.3593	11.71
总计	6682.23	5522.1	1926.2033	34.88

南方亚热带丘陵地区是经济林的主要分布区，各种果园、茶园的栽种面积较大。在幼龄果园种草，可以降低土温、增加有机质、减少地表冲刷，具有良好的生态效益和经济效益。在三峡库区的试验证明，柑橘园和茶园种草同样可以增加土壤肥力、减少水土流失、降低夏季温度，同时每公顷可增加水果产量 2700kg 左右，增加茶叶 24kg，增收 4500~6750 元，其中还不算牧草用来养畜后的经济效益(李向林和黄文慧，2000)。贵州省黔南州农业局饲草站在果树下种草养鹅，林地产鲜黑麦草 75 000kg/hm² 以上，养鹅 1200~1500 只/hm²。

在亚热带丘陵地区利用经济林的空隙种植牧草，发展复合农业系统，是一种有巨大潜力的高效生态农业模式。经济林种草养畜还可与作物种植业结合，建立优化的农–林–草–畜生态系统，进行不同农业系统之间的耦合和综合开发，可发挥更大的经济效益、生态效益和社会效益。

研究表明，在疏林地种植牧草和饲养家畜具有良好效益。马尾松林下禾草–三叶草草地的产量受林木密度或林冠郁闭度的影响。林下种植了牧草的马尾松树高和胸径比未种草的林地分别增加 1.49 倍和 1.63 倍。在树木密度为

720 株/hm^2 的马尾松林间草地(鸭茅、高羊茅、多年生黑麦草、白三叶、红三叶的混合草地)放牧 11 月龄的幼牛,在 4~11 月的牧草生长季内,幼牛平均日增重达 478g,18 月龄体重达到 200kg(李向林,2001,2007)。贵州省安顺市紫云县林下种草养鸡,研究表明,4~5 年的幼树林放牧家畜,对树木没有影响;在 20 月龄以上的树下放牧牛羊,5 年内使"小老头树"胸径增加 1 倍,树高约增加 1 倍(白慧强和文亦芾,2007)。贵州省独山草种场、兴义绿茵奶牛场采用"蹄耕法"建植疏林草地上千亩,效果较好,为推广"蹄耕法"建植疏林草地做出了示范(李兴淳,2004)。

五、措施与对策

(一) 推行人工种草,大力发展草业和肉奶业

我国西南草地水热充沛,草山草坡面积大,农区有饲料和农闲田,山林有灌丛草地、疏林草地和果园隙地、经济林地,可以建设不同类型的栽培草地。西南地区各省区市可利用草地面积占其土地总面积的比例平均为 28%,目前有效开发利用的不多。以草为先锋,增加饲草供应,建设放牧型栽培草地,实行划区轮牧,发展以草食家畜为主的节粮型畜牧业。

(二) 降低坡地垦殖率,把坡地垦殖改变为坡地种草

石漠化扩展的原因主要是旱坡地垦殖,石旯旯地遍种玉米造成严重的水土流失。因此,石漠化治理的重点应当是降低坡地垦殖率。对陡坡地集中分布的山区,应进一步落实生态补偿制度,鼓励将陡坡地改变为连绵的绿茵草地,种草养畜。

(三) 建立牧区、农区、林区系统耦合机制,有序开发草地资源

依据海拔和植被特征可将西南山地划分为平坝区、缓丘区和坡地区,低洼平坝地带可建水田等耐洪涝的湿地高效种植业;在农户集中的缓丘区可考虑多种经济发展,综合发展农、林、牧业;在坡地建立优质草场,发展肉奶业。

(四) 进一步深入调查资源现状,建立资源承载力的动态监测系统

西南草地具有多个气候带和垂直分布区,是我国饲用植物种类和草地类

型数量最多的地区。确立草地资源的评价体系和石漠化评价体系，从生态学角度寻找最佳的生态系统和土地利用模式。维持草地生态系统的动态稳定是草地畜牧业持续发展的基础，确定南方不同地域草地资源的承载能力并监测其动态变化，及时调整畜群数量、结构和相应的投入(周海林，2000)。引导农牧民合理利用草地资源，确立良好的经营管理体制，提高科技投入比率，增强草地资源可持续发展能力。

(五) 重点扶持西南草地畜牧业，综合开发林草生态经济

国家扶植重点应放在坡地垦殖率较高、贫困人口集中的坡地垦殖区，草地畜牧业将成为生态修复和扶贫开发的结合点，山变绿，水变清，农民致富。这些地带经济不发达，农户自身发展能力较差，依靠自身的财力难以实现草地的规模开发，中央政府应通过生态建设和基础设施建设资金，整村推进，开发成片草地，通过扶贫资金为农户配备基础母畜和优良种公畜，提高农户经营的资本有机构成，建设种畜场和种公畜基地，为农户提供配种服务和全面的技术服务，把南方草地资源的开发利用列为国家农业综合开发的投资重点，将道路、电力、水利基础设施建设列入贫困农村基础建设的优先领域。岩溶地区地方政府应将扶贫开发的重点放在草地资源的开发利用，将资源优势转化为产业优势，带动肉奶业、食品业和皮毛加工业的发展。

附表 1　西南地区分县(市)草地资源统计表

省(自治区、直辖市)	地区	总人口/万人	土地总面积/km²	天然草地面积/hm²	可利用面积/hm²	理论载畜量/(羊只/a)
贵州	贵阳市	153.16	2 406	59 165	54 584	172 412
	六盘水市	245.50	9 914	272 371	231 906	681 093
	遵义地区	617.74	30 753	582 440	538 470	1 744 611
	铜仁地区	326.24	18 023	434 749	395 543	1 241 496
	黔西南州	253.34	16 796	530 733	449 124	1 396 900
	毕节地区	598.42	26 846	552 143	498 196	1 537 750
	安顺地区	346.56	14 891	392 516	321 771	995 006
	黔东南州	368.03	30 302	717 875	639 009	1 974 426
	黔南州	327.98	26 197	745 265	631 132	1 990 942
	小计	3 236.97	176 128	4 287 257	3 759 735	11 734 636

续表

省(自治区、直辖市)	地区	总人口/万人	土地总面积/km²	天然草地面积/hm²	可利用面积/hm²	理论载畜量/(羊只/a)
云南	昆明市	355.00	15 942	671 234	546 386	1 113 500
	东川市	28.50	1 674	51 553	41 760	72 500
	昭通地区	429.10	23 021	1 007 965	770 087	1 864 000
	曲靖地区	525.50	33 821	1 388 907	1 083 345	2 726 000
	楚雄自治州	233.30	29 258	1 564 387	1 238 992	2 355 500
	玉溪地区	181.90	15 285	906 220	763 040	1 180 000
	红河自治州	363.90	32 931	1 487 947	1 107 033	2 666 500
	文山自治州	296.80	32 239	935 475	750 248	2 200 500
	思茅地区	220.90	45 178	1 487 334	1 238 435	3 790 000
	西双版纳州	78.20	19 700	491 553	356 866	1 164 000
	大理自治州	302.90	29 459	1 117 746	905 375	2 195 000
	保山地区	212.20	19 637	617 546	406 347	1 396 000
	德宏自治州	90.70	11 526	637 733	357 766	1 258 000
	临沧地区	199.40	24 469	1 097 653	916 534	4 106 500
	小计	3 518.30	334 140	13 463 253	10 482 214	28 088 000
四川	成都市	919.51	12 054	120 478	102 354	505 705
	自贡市	298.13	4 373	13 465	11 708	63 775
	攀枝花市	90.84	7 435	373 222	301 166	813 390
	泸州市	437.80	12 242	227 577	198 356	1 214 405
	德阳市	357.59	5 953	39 281	32 879	164 490
	绵阳市	491.81	20 251	427 101	369 797	1 272 900
	广元市	287.56	16 305	659 498	595 321	2 208 065
	遂宁市	347.60	5 320	49 862	41 403	206 340
	内江市	880.65	13 339	102 184	90 153	1 065 825
	乐山市	651.23	20 011	278 936	248 324	1 316 285
	宜宾地区	467.80	13 282	266 051	231 895	2 117 285
	南充地区	1 011.96	16 919	163 851	140 391	760 910
	达县地区	989.28	30 832	895 640	849 787	4 162 065
	雅安地区	141.03	15 062	402 104	331 265	1 191 765
	凉山自治州	360.72	60 113	2 410 025	1 985 487	3 789 880
	小计	7 733.51	253 491	6 429 275	5 530 286	20 853 085

续表

省(自治区、直辖市)	地区	总人口/万人	土地总面积/km²	天然草地面积/hm²	可利用面积/hm²	理论载畜量/(羊只/a)
重庆	重庆市	1 483.69	23 113	134 828	114 457	691 845
	万县地区	812.18	29 485	1 043 125	921 956	5 005 340
	涪陵地区	359.65	12 801	395 941	353 608	2 301 990
	黔江地区	265.39	16 936	584 550	526 419	2 959 130
	小计	2 920.91	82 335	2 158 444	1 916 440	10 958 305
广西	三江自治县	31.83	2 442	158 507	116 795	463 270
	融水自治县	44.22	4 644	244 151	168 178	765 370
	龙胜自治区	16.53	2 539	72 124	52 696	247 470
	资源县	16.27	1 954	75 757	68 181	349 507
	凌云县	16.79	2 037	122 039	77 122	172 070
	乐业县	13.11	2 616	54 833	37 163	148 110
	田林县	21.18	5 576	211 239	146 783	389 055
	隆林县	32.12	3 508	177 645	142 402	390 180
	西林县	11.61	3 020	100 742	91 133	485 560
	南丹县	26.54	3 918	129 162	116 122	388 975
	天峨县	13.21	3 196	235 171	181 457	302 665
	小计	243.41	35 450	1 581 370	1 198 032	4 102 232
湖南	湘西自治州(8个县区)	230.67	15 124	697 517	621 662	2 471 403
	常德市	122.41	949	55 239	50 888	279 662
	石门县	67.89	3 572	124 742	113 659	491 390
	大庸市(3个县区)	147.88	9 318	319 475	295 883	1 094 511
	绥宁县	32.12	2 812	51 075	46 087	285 559
	新宁县	55.13	2 707	65 113	58 501	276 220
	黔阳线	39.48	2 088	127 524	118 703	300 439
	沅陵县	60.9	5 686	181 025	172 950	553 063
	麻阳县	32.45	1 502	71 611	66 893	212 329
	新晃县	24.17	1 523	79 726	73 705	243 520
	芷江县	32.41	2 065	90 883	83 610	285 483
	会同县	32.36	2 250	155 508	139 675	266 828
	靖州县	23	2 113	133 591	91 165	279 513
	通道县	20.48	2 149	105 990	87 639	362 878
	小计	921.35	53 858	2 259 019	2 021 020	7 402 798

续表

省(自治区、直辖市)	地区	总人口/万人	土地总面积/km²	天然草地面积/hm²	可利用面积/hm²	理论载畜量/(羊只/a)
湖北	保康县	29.16	3 222	102 581	85 760	212 860
	竹山县	47.03	3 582	148 065	116 775	387 615
	竹溪县	36.03	3 296	157 593	100 995	316 031
	房县	48.98	5 106	249 579	176 725	490 017
	宜昌县	56.79	3 743	144 889	129 734	343 609
	远安县	21.86	1 750	68 280	60 324	216 787
	兴山县	18.93	2 329	93 642	60 405	209 217
	秭归县	42.03	2 422	67 687	49 519	176 240
	长阳县	42.77	3 427	129 253	108 884	263 390
	五峰县	20.77	2 364	80 897	63 121	221 681
	鄂西自治州	367.13	27 167	1 297 334	1 001 410	3 597 960
	小计	731.48	58 408	2 539 800	1 953 652	6 435 407
陕西	凤县	10.99	3 187	42 370	36 046	71 941
	太白县	4.88	2 780	45 926	35 213	104 860
	汉中地区	358.91	27 246	541 771	479 960	1 563 528
	安康地区	267.03	21 540	619 364	560 733	1 822 485
	商洛地区	231.11	19 292	868 632	427 371	1 017 578
	小计	872.92	74 045	2 118 063	1 539 323	4 580 392
甘肃	陇南地区	240.60	23 899	741 821	637 796	839 184
西南区	合计	20 419.45	1 091 754	35 578 302	29 038 498	94 994 039

附表2 广西、湖南、湖北三省(自治区)属于东南片区各县(市)的草地资源

省(自治区)	地区	总人口/万人	土地总面积/km²	天然草地面积/hm²	可利用面积/hm²	理论载畜量/(羊只/a)
广西	河池市	28.29	2 340	186 128	135 108	368 015
	环江自治县	32.71	4 572	249 665	196 072	494 830
	罗城自治县	34.09	2 658	133 459	93 689	282 385
	融安县	30.00	2 895	111 459	82 114	351 600
	百色市	29.03	3 720	46 476	39 716	284 170
	那坡县	19.01	2 231	144 376	98 398	272 675
	小计	173.13	18 416	871 563	645 097	2 053 675

续表

省(自治区)	地区	总人口/万人	土地总面积/km²	天然草地面积/hm²	可利用面积/hm²	理论载畜量/(羊只/a)
湖南	靖州自治县	23.00	2 113	133 591	91 165	279 513
	怀化市	48.48	2 182	68 112	59 991	378 107
	城步自治县	23.6	2 498	90 537	76 696	402 715
	东安县	55.68	2 191	130 571	100 543	348 087
	永州市	55.25	2 005	136 034	112 480	388 476
	双牌县	15.69	1 648	50 265	34 651	150 995
	道县	60.33	2 394	121 488	112 286	281 879
	江永县	23.01	1 728	84 356	80 984	245 797
	江华自治县	41.45	2 908	90 364	82 375	207 514
	澧县	85.51	2 680	47 878	41 373	234 670
	津市市	23.75	208	1 811	1 583	15 262
	安乡县	54.84	1 155	9 992	9 939	133 709
	南县	69.55	1 490	12 948	12 710	146 388
	华容县	75.51	1 898	21 194	20 217	167 383
	岳阳县	78.53	3 261	51 894	47 783	161 604
	临湘县	44.68	1 677	18 643	16 779	89 018
	平江县	95.24	4 245	52 700	34 412	289 938
	小计	874.10	36 281	1 122 378	935 967	3 921 055
湖北	郧西县	50.17	3 506	123 116	92 266	242 184
	通城县	42.47	1 118	35 604	29 442	117 190
	洪湖市	81.88	2 517	49 662	40 015	190 426
	监利县	130.16	3 115	70 018	54 690	315 780
	石首市	58.87	1 415	27 865	25 459	141 431
	江陵县	93.99	2 427	39 202	37 555	236 580
	公安县	97.80	2 184	42 765	40 063	180 012
	松滋县	86.54	2 235	48 070	43 680	178 477
	小计	641.88	18 517	436 302	363 170	1 602 080
三省(自治区)	合计	1 689.11	73 214	2 430 243	1 944 234	7 576 810

(本文完成于 2010 年. 作者皇甫江云, 北京林业大学, 北京 100083, 贵州省草原监理站, 贵州贵阳 550001; 卢欣石, 北京林业大学, 北京 100083; 李镇清, 中国科学院植物研究所, 北京 100093)

参 考 文 献

白慧强, 文亦芾. 2007. 我国南方林间草地放牧利用存在的问题及发展对策. 草业与畜牧, 141(8): 53~55

曹建华, 袁道先, 童立强. 2008. 中国西南岩溶生态系统特征与石漠化综合治理对策. 草业科学, 25(9): 40~50

杜青林. 2006. 中国草业可持续发展战略(地方篇). 北京: 中国农业出版社: 9

胡民强. 2005. 我国南方林间草地的作用及其放牧利用技术. 草业科学, 22(6): 71~74

黄黔. 2008. 岩溶地区发展生态畜牧业的潜力、问题和支撑体系. 草业科学, 25(9): 14~18

李向林, 黄文慧. 2000. 西南地区草地畜牧业发展对策. 草业与西部大开发学术研讨会暨中国草原学会 2000 年学术年会, 10: 102~107

李向林. 2001. 中国南方的草地改良与利用. 21 世纪国际草业展望——国际草业(草地)学术会论文集: 92~96

李向林. 2007. 南方草地农业潜力及其食物安全意义. 草坪与牧草, 11: 2~4

李兴淳. 2004. 黔西南州生态畜牧业发展战略与思考. 四川草原, 102(5): 35~36

刘贵林. 2006. 贵州草地畜牧业发展及分析. 四川草原, 3: 47~53

吕世海. 2005. 我国南方草地资源现状及其发展前景. 四川草原, 115(6): 37~41

全国畜牧总站. 2009. 中国草业统计(内部报告). 北京: 全国畜牧总站印刷: 9~133

任继周, 张英俊. 2002. 中国南方草地资源及其发展战略. 中国计量学院学报, 13(2): 174~180

任继周. 2008. 岩溶地区农业的出路在草地畜牧业(演讲提纲). 草业科学, 25(9): 26~30

万里强, 任继周, 李向林. 2003. 大力发展草地畜牧业是我国西南岩溶地区脱贫致富的必由之路. 中国农业科技导报, 5: 28~32

韦炳瑞. 2004. 广西草地畜牧业发展的现状与展望. 中国畜牧杂志, 40(4): 33~35

姚长宏, 蒋忠诚, 袁道先. 2001. 西南岩溶地区植被喀斯特效应. 地球学报, 22(2): 159~164

中国科学院西南资源开发考察队. 1991. 西南畜牧业资源开发与基地建设. 北京: 科学出版社

中华人民共和国农业部畜牧兽医司, 全国畜牧兽医总站. 1996. 中国草地资源. 北京: 中国科学技术出版社: 11

中华人民共和国农业部畜牧兽医司, 中国农业科学院草原研究所, 中国科学院自然资源综合考察委员会. 1994. 中国草地资源数据. 北京: 中国农业科学技术出版社: 4

周海林. 2000. 南方山地草地资源可持续利用战略分析. 山地学报, 18(2): 129~133

西南岩溶地区石山灌草丛草地演替及其培育利用

蒋建生 邹知明 彭丽娟

本文阐述了石山灌草丛草地的涵义与特征,分析了石山灌草丛草地的形成与植被演替、石山的传统利用方式及其评价,针对石山基况低劣和现有植被改良方式速度慢、易退化及其生态效益和经济效益低下的现状,在石山建植灌草丛草地成功实践的基础上,提出石山生态修复和开发利用应遵循其植被系统的自然演替规律,借助进展演替的动力,建造能体现石山的自然条件、经济条件和生产条件的人工生态系统;认为其关键是要选择适合于石山贫瘠生境,能迅速生长、繁殖的豆科灌木和豆科藤本植物。据此,本文提出了在石山封育、补播和建植豆科饲用灌木、豆科饲用藤本植物和天然草本植物的新方式,选育出适合广西石山灌草丛草地培育利用的豆科饲用灌木和豆科藤本植物:饲用金合欢、大翼豆、葛藤。本文还就发展岩溶地区草业科技和教育提出具体建议。

岩溶山地俗称石山。世界的石山面积达 534 万 km^2,约占陆地面积的 4%。其中我国的石山面积位居世界第一。我国南方石山面积约占全国同类土地的 44%和全国总面积的 6%,主要分布于云南、贵州、广西、湖南、湖北、四川等省(自治区)(洪业汤,2000;欧阳自远,1998;广西科学院石山课题组,1994)。同时这些地区又是我国南方 6530 万 hm^2 天然草地的主要分布区(张新时等,1998)。例如,广西石山主要分布的桂西、桂中和桂东北地区,仅石山面积占全县总面积 30%以上的 50 个岩溶县市就有草地面积 718 万 hm^2,占广西草地总面积 82%。因此,草地植被是石山的第一大植被生态系统。作为石山生命支持系统的草地生态系统(石山植被和自然环境),在人类长期掠夺性农业活动的干扰压力下,生态受损严重,石漠化和水土流失加剧(中国工程院中国岩溶地区农业持续发展战略研究组,1999b),正逐渐逆向演替成为裸岩地,甚至将引发一系列的生态灾难,严重威胁到珠江流域周边地区的环境与发展。鉴于石山生态环境的脆弱性及生态恢复治理的迫切性,南方岩溶地区有关部门高度重视石山的造林绿化,投入了大量的人力、物力及财力,但收效令人沮丧，岩溶地区农民增收难和生态治理难的问题远未解决。如何使石山真正绿起来，提高其整体植被绿化水平，改善生态环境和生态景观，满足岩溶山区人民日益提高的生产和生活需求，仍然是南方岩溶山区人民当前面临的一个重大课题。

一、石山灌草丛草地的涵义与特征

热性灌草丛类草地是在亚热带、热带地区湿热气候条件下，次生的以旱中生和中生草类为主，并散生有少量乔木和灌木而形成的灌草丛植被。根据地形和景观植被不同，热性灌草丛类草地又划分为 4 个组：山地灌草丛组、丘陵灌草丛组、平原灌草丛组和石山灌草丛组。石山灌草丛草地是指石山中以旱中生或中生多年生禾草类为主的草本植物群落，并有灌木和乔木生长，天然的石山灌草丛草地中的乔木和灌木的郁闭度(crown density)多在 0.4 以下。从它的生境条件、种类组成、外貌和结构看来，石山灌草丛草地不同于典型热带草地的萨王纳(Savannah)草地、卡帕拉(Chaparral)草地和热带次生草地，更迥异于温带草地(任继周，2004)。典型热带草地主要受干热气候影响所致，以旱生多年生草本植物为主，其间有个别乔木稀疏分布的草本植物群落；温带草原主要受温带大陆性半干旱到半湿润气候所制约，以旱生多年生草本植物为主的草本植物群落。而石山灌草丛草地，是受亚热带季风气候控制，呈现出独特的群落结构和生态外貌。

石山灌草丛草地是中国西南岩溶地区(洪业汤，2000；欧阳自远，1998)草地的主要组成部分。云南、贵州、四川、重庆、广西、湖北和湖南 7 个省(自治区、直辖市)均有大量石山灌草丛草地，即便是石山草丛类草地，其植被成分中也有一定比例的灌木。石山灌草丛草地饲用植物种类丰富，生活有乔木、灌木、半灌木、藤本及草本等多种成分，具有较强的生活力、繁殖力和竞争力，外来种常被排挤掉。广西石山灌草丛草地优势灌木种有黄荆 *Vitex negundo*、桃金娘 *Rhodomyrtus tomentosa*、番石榴 *Psidium guajava*、假木豆 *Dendrolobium triangulare*、美丽胡枝子 *Lespedeza formosa*、任豆 *Zenia insignis* 等灌丛。偶见乔木，多为马尾松 *Pinus massoniana*，郁闭度 0.1~0.2。优势牧草有白茅 *Imperata cylindrica*、五节芒 *Miscanthus floridulus*、荩草 *Arthraxon hispidus*、野古草 *Arundinella anomala*、龙须草 *Eulaliopsis binata*、黄背草 *Themeda triandra*、扭黄茅 *Heteropogon contortus*、纤毛鸭嘴草 *Ischaemum indicum* 等。

南方草地豆科牧草较缺乏，但石山灌草丛草地的饲用豆科灌木较为丰富，为其突出特点。据调查，广西石山灌草丛草地生长着 20 多种豆科饲用灌木。例如，山蚂蝗属 *Desmodium* 植物中的假木豆、山蚂蝗 *D. racemosum*、大叶拿身草 *D. laxiflorum*、假地豆 *D. heterocarpon*、小叶三点金 *D. microphyllum* 等都是重要豆科牧草。胡枝子属 *Lespedeza* 小灌木，如胡枝子 *L. bicolor*、截叶铁扫帚 *L. cuneata*、大叶胡枝子 *L. davidii*、美丽胡枝子 *L. formosa*。木蓝属 *Indigofera* 灌木，如苏木蓝 *I. carlesii*、木蓝 *I. tinctoria* 等都是良好的饲用灌木。此外，在石山的山腰和山脚有优质豆科饲料树——任豆生长。灌木下还有九龙藤 *Bauhinia championi*、葛藤 *Pueraria lobata*、红绒毛羊蹄甲 *Bauhinia aurea*、蔓草虫豆 *Atylosia scarabaeoides*、鸡眼草 *Kummerowia striata* 等豆科饲用藤本植物和豆科牧草散生，可以弥补禾本科牧草蛋白质的不足。尤其是在冬春草本植物枯黄时，这些饲用豆科灌木和豆科饲用藤本植物仍然青绿，是山羊和黄牛的主要采食对象。

二、石山灌草丛草地的形成与植被演替

石山灌草丛草地是石山裸岩大量外露而不利于森林发育、反复破坏森林、山地弃耕和人工草丛草地退化后形成的次生性植被。

由于受石山裸岩较多，地下水位低，物理风化作用弱，地表风化层薄，成土作用慢，化学溶蚀作用强，地表干燥缺水等立地因子的制约，林分生长状况很差，不利于森林植被发育而形成灌草丛草地。此外，石山原生植被(森林)破坏后形成了灌草丛草地。随之土壤肥沃、深厚、湿润的森林气候也不复存在，土壤变得瘠薄、干旱，气候干燥，森林环境变成草地环境。由于环境退化，森林在这里自然恢复很难。就是在石山上栽植乔木，也因气候干旱和土壤瘠薄使乔木种植成活率低，即便成活，生长也很差，数年后仍为"盆景式的小老头树"。

一些岩溶地区仍然沿用的游耕农业也有利于灌草丛草地的形成。当地农民在干旱季节砍掉林木，然后将灌木和老草烧光，利用森林土壤的肥力和放

火烧山的灰烬，种植玉米等作物，一块地上种几年后，因小气候急剧变干、水土流失严重、地力耗尽、病虫害加剧、作物产量下降后而让其荒芜，另找其他森林开始新的刀耕火种。这些丢荒的土地很少演替为森林，只能逐渐生长灌丛，变为灌草丛草地。

栽培草丛草地容易退化成灌草丛草地。石山天然草地用来放牧草食动物，因产草量低、营养价值差，家畜只能维持而不能产出，而难以进行商品生产。必须加以改良，才能发展草地畜牧业。目前天然草地的改良都是补播或翻耕播种优良草本植物(主要为优良禾本科和豆科牧草)。20 世纪 60 年代初，广西田林县央牙牧场、岩龙牧场、洞弄牧场；1980 年，广西黔江示范牧场、田林县安定草场、环江平原牧场、宁明那亮牧场等均进行了大面积的天然草地改良，而建植的草丛类栽培草地，质量很好的只能保持 2~3 年；较差的因竞争不过杂草，栽培牧草当年就消失了，草地上灌丛逐年增多，形成了以枫香 *Liquidambar formosana*、假木豆、美丽胡枝子等灌木为主的灌草丛草地。

三、石山灌草丛草地的传统利用方式及其评价

石山灌草丛草地在林地资源评价中大多属于三等和四等宜林地，其中裸岩大量出露的灌草丛草地已属于不宜林的山地。目前对石山的利用，主要方式为封山育林、人工造林、传统草地改良、临时采樵、季节放牧和刀耕火种等。

封山育林是重建石山植被较为易行的"穷办法"，对改善生态环境有积极意义，且投资少，并能取得较好的生态效益。但速度极慢，经济效益低下，难以解决短期内农民脱贫致富问题。封山育林到一定的郁闭度后，如不及时适度放牧或砍伐，植物种类会急剧减少，只剩余生态位高的植物，植物种类的多样性甚至比荒山还低得多，变为石山绿色荒漠。石山封育后 3~5 年，一般只能生长少数禾本科类、菊科类杂草，之后才有藤刺灌丛侵入生长，随着草被覆盖率的不断提高和环境的改善，灌木才开始侵入，20~30 年后再逐步演替成种类较多、结构层次较复杂的石山灌草丛草地。

人工造林和传统草地改良受立地条件限制较大。人工造林花工较多，成林率极低，宜选择在土层较厚、裸岩较少的灌草丛草地插花种植，而且要选用耐干旱、耐瘠薄、喜钙质土壤，且根系发育和茎再生萌发力强的乔木；传

统草地改良则仅限于补播和全翻耕播种优良禾本科和豆科牧草，而石山草地岩石裸露、地表破碎、坡陡，难以建植栽培草地，而且由于石山的天然灌木和草本植物具有很强的竞争力，建立的栽培草地退化很快，传统的补播牧草不易成功。并且此两种方式投资较多，不符合目前岩溶山区现实，经济效益和生态效益也不够理想，只宜有限推广。

临时采樵和季节放牧，经济效益和生态效益均很低，被证明是粗放的、应予以淘汰的生产方式。

刀耕火种是一种原始的农业经营方式，是以破坏生态为代价来满足石山地区人口日益增长的口粮需求的掠夺式利用方式。在这些荒弃的刀耕火种地上，也会逐渐形成相对稳定的石山灌草丛草地。

四、石山生态修复和开发利用的新方式

寻觅石山生态修复和开发利用的新的有效方式，必须体现石山的自然条件、社会经济条件和生产条件，充分利用自然资源和经济社会资源，遵循自然规律与经济社会规律。

由于石山的自然原因(如土壤、气候、水资源等)，一要建设高于自然的人工生态系统，才能获得较高的能量转换效率，达到高产、优质和高效。必须保持人工生态系统内各子系统和组分的协调配置，发挥自然资源的优势，保证其不断更新和持续利用。目前石山在强烈的人为破坏作用下，大多已逆向演替为各种荒山类型。一旦人为破坏作用停止，这些荒山凭借自然的力量会发生进展演替，但所需时间长达数十年，必须借助进展演替的自然力量，建造高于自然的人工生态系统。这是遵循自然规律，即遵循石山灌草丛草地生态系统的顺应自然的演替规律。但是从另外一方面看，人们采取新的利用方式建造这种高于自然的人工生态系统，还需遵循经济社会规律。因此，二要保证所建造的人工生态系统能满足石山地区人民日益提高的生产和生活需求，符合生产力发展的水平，使他们在经济和技术上均能够承担得了。应考虑社会需求及价格因素，立足本地市场，面向全国，考虑国际，发挥区域优势，发展本地优势农产品，保证新的开发利用方式和建造的人工生态系统所创造的产品有广阔的发展前景，能促进岩溶山区经济繁荣。三要坚持提高农业综合生产能力，保护生态环境，实行可持续发展(中国工程院中国岩溶地区

农业持续发展战略研究组，1999a)。

针对石山基况低劣和现有植被改良方式速度慢、易退化及生态效益和经济效益不高的现状，根据上述思路及部分石山补播优质饲用豆科灌木、豆科藤本植物、保留天然草本植物而建立灌草丛草地的实践，本文认为石山建设新的人工生态系统，关键是要选择适合于石山贫瘠生境并能迅速繁殖的饲用豆科灌木和豆科藤本植物。这种豆科灌木和藤本植物凭借自然力量能进展演替为稠密的灌草丛草地，并为建立森林生态系统创造条件。据调查，既能适应石山贫瘠生境、又具有较高经济价值的首推豆科饲用灌木和豆科饲用藤本植物。野外观察和建植实践表明，某些饲用豆科灌木和豆科藤本植物耐碱喜钙、耐旱、耐瘠薄，速生丰产、侵占性和竞争力很强，容易在适当的人为干预下发展成为石山灌草丛草地(蒋建生等，1997)，可以在推动石山进展演替中起着关键作用。据此，本文提出了在石山封育、补播和建植豆科饲用灌木、豆科饲用藤本植物和保持恢复天然草本植物的新方式，并选育出适合广西石山灌草丛草地培育利用的豆科饲用灌木和豆科饲用藤本植物：饲用金合欢 *Acacia sinuata*、大翼豆 *Macroptilium atropurpureum*、葛藤。

五、石山灌草丛草地的培育

(一) 封育

选择饲用植物种类多、比例大，退化严重的石山，按计划、分地段暂时封闭一段时期，在此期间不进行放牧或刈割，使优势饲用植物有一个休养生息的机会，积累足够的贮藏营养物质，逐渐恢复生产力，并使其有进行结籽或营养繁殖的机会，促进植被自然修复。要全面地恢复石山灌草丛草地的生产力，最好在封育期内结合采用综合培育改良措施，如施肥和补播，在裸岩较多或退化严重的地段补播上述饲用豆科灌木和豆科藤本植物。

封育地点应选择在干旱瘠薄和坡度过大的石山及其山顶和山脊。近年来，有些地方的林业和畜牧部门均在这些地方栽植乔木林和饲料林——任豆，既浪费了大量的人力、物力，又挫伤了群众植树造林的积极性，得不偿失；即使勉强成活、成林，生长也很差。例如，广西马山县白山镇合作村在土层厚度只有10~12cm的石山上营造的任豆，14年生平均树高只有1.5~1.7m，其生态效益和经济效益很低。

封育时间，应根据石山的自然状况及退化的程度进行逐年逐段轮流封育。例如，全年封育数年；优势植物以种子繁育的，每年夏秋结籽季节封育，冬春季利用；优势植物以根茎繁育的，每年春季和秋季两段封闭，留作夏季和冬季利用。

封育到一定的郁闭度后，应选择适当时期，及时适度放牧或砍伐，以免影响中、下层植物生长和饲用部分变粗，降低适口性和营养价值。

（二）补播

在清除了有毒有害植物的石山；原有植被饲用价值低或种类单一，需要增加优质饲用豆科灌木和饲用豆科藤本植物的石山；开垦石山后撂荒的弃耕地等石山植物群落中播种一些抗逆性、蔓延侵占性、竞争力和再生力极强的优质饲用豆科灌木和饲用豆科藤本植物，以增加群落中优良饲用植物种类成分，恢复和提高植被盖度，改善饲用植物品质。

由于石山多为坡度大、冲刷严重的裸岩荒坡，应该补播具有"岩生适应"和"旱生适应"的豆科饲用灌木和豆科藤本植物及恢复天然草本植物。补播应选择当地的乡土种和乡土种与表现较好的外来种经杂交选育的品种。通过分析，根据广西石山豆科饲用灌木和豆科藤本植物的类型、特征及在石山的生长表现，结合广西石山豆科饲用灌木和豆科藤本植物的品种筛选和灌草丛草地补播试验，本文初步提出适合补播在广西石山灌草丛草地的豆科饲用灌木和豆科藤本植物，主要是饲用金合欢、大翼豆、葛藤等。

补播可因地制宜地采用以下 3 种方法。其一，在山地上人工挖掉有毒有害植物，在原挖坑处随即播种经过处理的种子；其二，对稀疏灌草丛草地、退化草地、弃耕撂荒地及石山的石缝、石穴、石沟及陡壁不做任何地面处理，在春季和夏初直接撒播种子；其三，用种子育苗，待苗高 15~20cm 时，于雨天土壤湿润时，在山地上挖穴定植。补播应在当地雨季来临前使其形成次生植被，避免造成新的水土流失。

根据不同石山类型、土壤条件和植物的生物学特性，并结合当地农林牧副业生产实际，采用饲用豆科乔木、豆科灌木、豆科藤本和天然草本植物相结合的灌草丛草地建植类型。对土层干燥、瘠薄的石山上部和顶部补播优质饲用豆科灌木和饲用豆科藤本植物，并保留天然牧草。石山及半土半石山上部和山顶，除主要补播优质饲用豆科灌木和饲用豆科藤本植物外，适当补播耐瘠薄、耐碱喜钙的饲用豆科乔木。在土层较厚的山腰、山底和撂荒地采用饲用豆科乔木、饲用豆科灌木、饲用豆科藤本植物和天然牧草四层组合类型。

六、石山灌草丛草地的利用

(一) 抑制石漠化，减少水土流失，涵养水源

饲用豆科灌木和饲用豆科藤本植物多属 C_4 植物，根系发达，主根穿透力强，能通过岩缝石隙向土层深处下扎，侧根密如蛛网，根幅、冠幅都较大，且生长迅速、繁茂，耐瘠薄、耐干旱，再生力和侵占性极强，一旦建植成功即可持续利用；加上灌丛下面的天然野生牧草具有发达的根茎或匍匐茎，能迅速伸展，覆盖地面，可以减少雨水冲刷及地面径流。因此，既能抑制石漠化，较快控制水土流失，又能涵养水源，调节小气候。

(二) 培肥地力，改良土壤，再创森林环境

饲用豆科灌木和饲用豆科藤本植物茎叶繁茂，根系发达，能在土壤中聚集大量的有机质，提高土壤肥力。同时，能将空气中大量的游离氮素固定在土壤中，丰富土壤氮源。草地环境改善后，可恢复成森林环境，营造人工林，促进林牧结合。

(三) 放牧山羊和黄牛

西南岩溶地区山羊饲养量近年大幅度增加，但目前广西壮族自治区的山羊大都舍饲圈养，喂的大部分饲草是含水量高、蛋白质含量低的草本植物，主要是象草 *Pennisetum purpureum* 类禾草，很难满足山羊生长发育需要，而且山羊肉质及口感也显著下降，并带来山羊饲养一系列营养、繁育、疾病等问题。广西山羊禁牧，一是因为人们的误解，认为山羊的蹄像铁锹，角像刀斧，吃过的植物很难生长，其实山羊只在饥饿又无优质饲草可食的情况下才啃食树皮；二是没有适合山羊放牧的优质灌草丛草地。山羊天生喜欢放牧,并大部分采食粗蛋白质和粗纤维含量较高又有异味的灌木，只吃少量草本植物，甚至单一采食灌木。饲用豆科灌木丛基部分枝，呈多枝丛状，株高 2~3m，为放牧家畜较理想的采食高度。与草本牧草相比，灌木嫩枝叶和木质豆科藤本植物的产量和营养成分随季节变动小，而且在冬春草本牧草枯黄时，大多仍

然保持青嫩；干物质所含蛋白质和总营养物质超过精料，而蛋白质的生物学价值与维生素含量则远远大于精料；饲用豆科灌木和饲用豆科藤本植物多为药饲两用植物，含有生物活性物质或未知生长素(unidentified growth factor)，对采食家畜具有药用保健助长作用，可防病治病，增进健康，促进生长，并有利于改善畜产品品质。

山羊的放牧应确定合理的载畜量，掌握适当的放牧强度和放牧时间，控制放牧后的灌木和藤本植物剩余比例及草本植物的留茬高度。

(四) 用作饲料和燃料

石山灌草丛草地中的饲用灌木和藤本植物除了用作放牧外，还可在生长旺季、饲草充足时采集嫩枝叶作家畜越冬饲料或加工成草粉用作配合饲料的原料，或采集嫩枝叶提取叶蛋白，以减少饲料用粮，缓解石山地区粮食紧张矛盾，有利于坡地退耕还林还草；还可在冬季采伐部分老枝条作薪柴，这不仅能促使来年枝条更新，又能缓解山区能源矛盾，有利于保护森林资源。

七、结语与建议

培育石山灌草丛草地的关键是要选择适合于石山贫瘠生境，并能迅速生长繁殖的豆科灌木和豆科藤本植物。石山灌草丛草地的培育方式主要是封育和补播。补播应选择当地的乡土种和乡土种与表现较好的外来种经杂交选育的品种。石山灌草丛草地具有水土保持和促进林木生产、饲草生产、家畜生产等多种利用方式。这种新的培育和利用方式能够为岩溶地区生态修复和发展现代草地畜牧业开创一条新路。

目前石山植被退化与恢复的理论落后于实践，很多石山植被恢复计划缺乏理论支撑，各种项目只停留在政府的行政行为，在石山草地植被退化、植被恢复与重建的基础理论和应用基础理论方面缺乏研究；特别是关于石山草地退化机理方面，尤显空白，与其他草地生态系统研究存在着很大的差距。广西热性草丛类面积仅次于云南，居第二位；热性灌草丛面积达 382 万 hm^2，居首位(含现重庆市的原四川省热性灌草丛面积 391 万 hm^2) (中华人民共和国农业部畜牧兽医司和全国畜牧兽医总站，1996)；岩溶土地面积居全国第三位。但其研究实力和基础最为薄弱，广西没有一所国家重点大学和相关的国家科研院所，中央各单位几乎没有在广西开展过任何形式的草地基础和应用研究。相比之下，四川、云南、贵州、湖南、湖北等南方草业和岩溶土地大省，中央各单位从 1980 年起即在这些省份开展了草地恢复、建植、管理、利用的系统研究和示范推广工作(任继周，1999)。建议国家将广西岩溶地区草地生态系统功能的恢复重建作为重点领域和优先主题，在广西草业科研人员争取国家项目立项时给予倾斜和支持；组织国家科研院所与广西相关部门联合开展岩溶地区现代草业的相关基础研究和高技术研究，以促进广西草业科技和草业教育事业的发展。

(本文完成于 2007 年. 作者蒋建生、邹知明、彭丽娟，广西大学，广西南宁 530005)

参 考 文 献

广西科学院石山课题组. 1994. 广西石山地区生态重建工程技术可行性研究. 南宁: 广西科学技术出版社: 7~11

洪业汤. 2000. 岩溶(喀斯特)环境与西部开发. 第四纪研究, 20(6): 532~538

蒋建生, 梁兆彦, 张桂荣, 等. 1997. 开发优质饲用灌木, 建立长期人工灌草丛草地. 草业科学, 14(3): 49~53

欧阳自远. 1998. 中国西南喀斯特生态脆弱区的综合治理与开发脱贫. 世界科技研究与发展, 20(2): 53~56

任继周. 1999. 回溯中国西南岩溶地区草地–畜牧系统的开发研究. 草业学报, 8(专辑): 1~11

任继周. 2004. 草地农业生态系统通论. 合肥: 安徽教育出版社: 493~539

张新时, 李博, 史培军. 1998. 南方草地资源开发利用对策研究. 自然资源学报, 13(1): 1~7

中国工程院中国岩溶地区农业持续发展战略研究组. 1999a. 我国西南岩溶地区发展畜牧业的战略设想. 草业学报, 8(专辑): 43~47

中国工程院中国岩溶地区农业持续发展战略研究组. 1999b. 中国岩溶地区农业持续发展战略问题与对策研究. 草业学报, 8(专辑): 32~42

中华人民共和国农业部畜牧兽医司, 全国畜牧兽医总站.1996. 中国草地资源. 北京: 中国科学技术出版社: 266~274

中国西南岩溶地区饲用灌木资源与石漠化综合治理初探

曹建华　黄　芬

灌木在我国西南岩溶地区植被恢复中具有一定的优势，利用灌木的饲用价值与牧草结合发展草食畜牧业对岩溶地区石漠化综合治理具有重要的意义。本文对西南岩溶地区灌木的自然分布、饲用灌木的品种及产量进行了初步的分析，并对饲用灌木在发展西南岩溶地区草食畜牧业方面的作用，以及其与石漠化综合治理的关系进行了初步探讨。

一、前言

灌木是一种具有木质化茎秆但没有发展成明显主干的植物。茎秆从土壤表面上部或下部的基部进行分枝。它通常包括矮灌木、半灌木和爬地植物(李清河等，2006)。从灌木的叶形可分为阔叶、羽叶、针叶、肉叶，根据叶的生理周期可分为常绿、落叶。

灌木中有的属于 C_3 植物，有的属于 C_4 植物。C_4 植物光合作用效率高，生长周期长，生物量累积速率高，其植株矮小，根系发达，生命力强，自我繁殖快，易栽种，3~5 年就能形成茂密的灌丛林，灌木林可以利用耕作农业尚难以利用的土地，进行第一性生产(曹国军和文亦芾，2006)。

灌木中的豆科品种，多数种具有庞大的根系和很强的固氮能力，其灌木叶片、籽实粗蛋白质含量较高，同时还含有一些对人和动物非常有价值的营养物质，如维生素、酶、抗生素、微量元素、甾醇等(何蓉，1999)。树叶中还含有对人畜无害的类胡萝卜素等天然着色剂，这是使禽类蛋黄颜色增强的重要源泉。豆科灌木根际发育根瘤菌，具有固氮作用，能有效地增加土壤含氮量，提高土壤肥力(张志杰和张奎文，2002)。孙祯元(1981)对 6 种灌木林(花棒岩黄芪、蒙古岩黄芪、紫穗槐、柠条锦鸡儿、沙棘和沙柳)的固沙效果进行了研究，结果显示，经过 20 多年的改造，林地粉粒和黏粒总量比对照提高2.15~14.42 倍，土壤有机质含量比对照提高 3.4~8.2 倍。

灌木作为生物围栏材料，可有效地防治土壤侵蚀，控制水土流失，有美化环境和调节气候等生态效益。

与草本植物相比，饲用灌木具有耐践踏、耐牧、耐啃食和耐刈割的特性，灌木全年营养成分含量变异幅度比牧草小，可全年放牧利用，尤其是在冬季和早春枯草季节，因此常绿饲用灌木价值更大，灌木饲料在干旱、半干旱地区及荒漠地区是家畜获得营养的重要来源，在年降水量少于 400mm 的地区，豆科灌木的幼嫩枝叶更是家畜生产环节中不可缺少的饲料组分(曹国军和文亦芾，2006)。

但饲用灌木含有更多的纤维素和木质素，同时银合欢中存在有含羞草酸氨基酸毒素，含羞草酸在反刍家畜食道和瘤胃中可全部降解为 3-羟基-4-吡啶酮(3,4-DHP)，3,4-DHP 有毒，使反刍家畜出现甲状腺肿大、食欲减退、消瘦等症状，降低食物利用率，对家畜的生长产生抑制作用(李昌林和陈默君，1995；汪儆等，1992，1987)。酚类化合物是主要抗营养因子，广泛存在于灌木特别是豆科灌木中，单宁是酚类化合物的一种，在灌木中普遍存在，胡枝子属、银合欢属等植物含有单宁，截叶胡枝子含 5.1%~9%的单宁，单宁对家畜产生副作用，主要表现在对家畜肠黏膜的损坏及其本身毒性刺激神经系统引起家畜呕吐，从而降低饲料消化率和引起动物疾病，降低采食量。对以上饲用灌木控制采食或解毒对提高优质饲用灌木的利用率将具有重要的意义。

饲用灌木的这些特点在西南岩溶地区石漠化综合治理中非常重要，因为岩溶地区，尤其是石漠化区的基本特点是：①碳酸盐岩成土物质的先天不足导致土壤资源短缺，坡耕地、石旮旯地所占的比例高；②双层岩溶水文地质结构导致地表水缺乏、地下水难利用，存在季节性的岩溶干旱；③岩溶地球化学背景以富钙偏碱性为特征，岩溶植被具有富钙性、旱生性、石生性等特点；④人口密度大，贫困面大，人地矛盾突出(曹建华等，2005)。因此在国家启动的西南岩溶地区石漠化综合治理工程中将草食畜牧业作为重要的建设内容是十分必要的。

二、西南岩溶地区灌木的空间分布特征

根据刘纪远等(2003)对全国资源环境遥感调查的结果显示，与全国相比，西南 8 省(自治区、直辖市)的土地面积占全国的 20.28%，而耕地面积占全国耕地面积的 36.46%，是全国平均值的 1.42 倍，而水域面积仅占全国水域面积的 10.42%，为全国平均值的 40%。这充分反映了西南岩溶地区地表水资源量的短缺和人类活动对土地的强烈开垦。虽然草地面积仅占全国平均水平的

56.02%，但是灌木分布面积是全国平均水平的 3.35 倍(表 10-10，图 10-6)。因此西南 8 省(自治区、直辖市)灌木地+草地面积达 62.03 万 km^2，占土地总面积的 32.16%，而全国灌木地+草地面积达 349.5 万 km^2，占土地总面积占 36.41%。以上分析结果显示一点，在西南岩溶地区将草地+灌木地用于发展生态草食畜牧业是可行的。

表 10-10　西南 8 省(自治区、直辖市)主要土地类型及面积统计　　单位：万 km^2

省(自治区、直辖市)	耕地	有林地	灌木地	其他林地	草地	水域	土地面积
重庆	3.68	0.95	1.08	1.02	1.18	0.092	8.065
广东	4.39	10.43	0.059	1.21	0.72	0.75	17.65
云南	6.88	8.39	8.79	4.67	8.87	0.27	38.28
贵州	4.98	2.36	4.32	2.66	3.19	0.04	17.61
四川	12.12	7.15	6.28	3.08	17.27	0.38	48.32
湖南	6.13	8.88	0.897	3.44	0.76	0.72	21.19
湖北	6.97	4.14	2.14	3.01	0.71	1.08	18.6
广西	5.18	8.65	3.67	3.24	2.09	0.35	23.18
合计	50.33	50.95	27.24	22.33	34.79	3.68	192.89
全国	138.05	145.96	40.39	55.12	309.11	35.33	(960)
比例/%	36.46	34.91	67.44	40.51	11.25	10.42	20.28

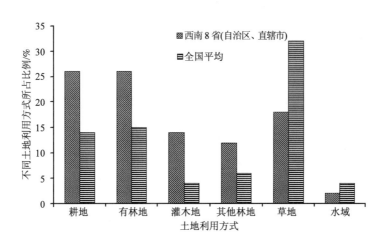

图 10-6　西南 8 省(自治区、直辖市)不同土地类型所占的比例及与全国平均水平相对比

西南岩溶地区灌木的分布受到碳酸盐岩分布的影响，灌丛群落分布区与岩溶分布区，尤其是岩溶石漠化严重的滇东、桂西和贵州存在较好的对应关

系(图 10-7，同时参见彩图 2 和彩图 5)。

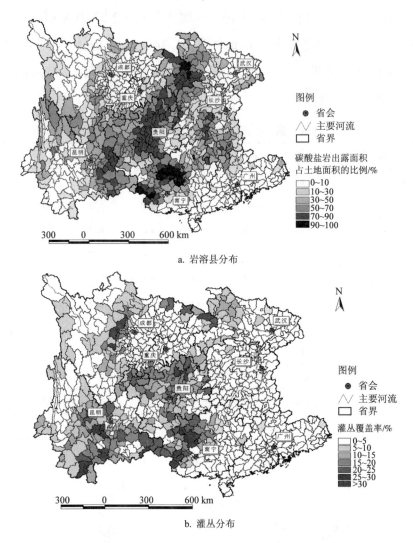

a. 岩溶县分布

b. 灌丛分布

图 10-7 西南各县碳酸盐岩出露面积占土地面积的比例与各县灌丛平均覆盖率的相关性(曹建华等，2005)

胡会峰等(2006)根据灌木的地域分布特点将之概括为 8 类：①热带海滨硬叶常绿阔叶灌丛、矮林；②温带、亚热带落叶灌丛、矮林；③温带、亚热带亚高山落叶灌丛；④亚热带、热带石灰岩具有多种藤本的常绿、落叶灌丛、矮林；⑤亚热带、热带酸性土常绿、落叶阔叶灌丛、矮林和草甸结合；⑥亚热带高山、亚高山常绿革质叶灌丛、矮林；⑦温带高山矮灌木苔原；⑧温带、亚热带高山垫状矮半灌木、草本植被。李清河等(2006)根据灌木林通常生长分布的生境条件，将其划分 4 类：干旱荒漠区灌木林、草原牧场地灌木林、盐碱地灌木林、森林区次生灌木林。

由于对灌木资源缺乏调查和深入研究，全国范围灌木的分布特征还缺乏认识，西南岩溶地区主要分布在湿润的热带、亚热带，对灌木资源的重视更是薄弱。需要在今后的调查研究中深化对饲用灌木的认识，做好资源的科学利用。

三、饲用灌木的主要品种及营养价值

饲用灌木有广泛的分布，云南省天然灌木植物约有 42 科 184 属 456 种，主要优质饲用灌木有 7 科 27 属 60 种，其中豆科饲用灌木有 17 属 47 种(何蓉等，2001)；广西区具有重要饲用价值的灌木种类有 8 科 12 属 54 种(广西植物研究所，1997)；根据 2008 年黔西南、黔东北的初步调查，共收集到贵州省饲用灌木种类 17 科 35 属 49 种。

黔西南、黔东北的饲用灌木调查及分析结果显示刀果鞍叶羊蹄甲、马棘、苦参、光腺合欢、紫穗槐、青刺尖、构树、小构树 8 个品种的蛋白质含量大于 20%，其中豆科灌木 5 种，特别是光腺合欢高达 30.49%，达到了蛋白质饲料的标准。白刺花、杭子梢、假木豆、任豆、波叶山蚂蝗、火棘、刺梨、蒙桑、鸡桑的粗蛋白含量大于 15%，高于玉米(7.0%)和小麦(13.1%)等禾本科饲料的蛋白质含量，属于较好的饲用植物。单独使用这些饲料就已经能够满足草食家畜正常发育的蛋白质需要。其余饲用灌木品种的蛋白质含量也都达到 10%~15%，具有较好的营养价值(表 10-11)。

表 10-11　贵州省 27 种饲用灌木叶片的常规营养成分　　　　单位：干重%

树种	ASH	CP	EE	G	CF	NFE	Ca	P	Ca/P	CP/CF
刀果鞍叶羊蹄甲 *Bauhinia brachycarpa*	7.69	22.92	2.95	3.90	21.95	44.50	4.64	0.24	19.37	1.04
白刺花 *Sophora davidii*	5.17	17.50	2.42	8.15	25.09	49.83	4.11	0.21	19.27	0.70
杭子梢 *Campylotropis macrocarpa*	7.23	17.74	3.71	7.34	22.15	49.17	4.59	0.14	32.87	0.80
马棘 *Indigofera pseudotinctoria*	8.60	28.15	4.42	4.69	9.40	49.43	4.24	0.27	15.63	2.99
胡枝子 *Lespedeza bicolor*	7.11	13.15	2.51	6.09	34.10	43.14	4.28	0.12	37.04	0.39
苦参 *Sophora flavescens*	6.81	22.53	2.66	6.08	20.23	47.77	4.60	0.14	31.95	1.11
假木豆 *Dendrolobium triangulare*	8.32	16.90	2.60	4.15	29.04	43.15	4.61	0.19	24.92	0.58

续表

树种	ASH	CP	EE	G	CF	NFE	Ca	P	Ca/P	CP/CF
任豆 *Zenia insignis*	9.38	15.85	3.88	3.23	28.30	42.60	5.10	0.16	31.08	0.56
波叶山蚂蝗 *Desmodium sequax*	6.76	16.50	2.48	5.98	31.51	42.75	4.38	0.20	22.39	0.52
光腺合欢 *Albizia calcarea*	6.59	30.49	3.38	5.77	18.68	40.86	3.95	0.20	19.39	1.63
羊蹄甲 *Bauhinia purpurea*	4.43	12.24	2.24	4.43	44.17	36.92	3.75	0.11	34.27	0.28
杭子梢属 *Campylotropis*	6.23	11.89	2.88	5.41	36.41	42.59	3.99	0.09	46.64	0.33
西南杭子梢 *Campylotropis delavayi*	5.71	14.77	2.22	5.34	26.69	50.61	4.54	0.15	29.65	0.55
云实 *Caesalpinia decapetala*	13.81	10.81	3.54	5.32	22.73	49.12	6.46	0.12	54.31	0.48
紫穗槐 *Amorpha fruticosa*	6.65	22.11	3.54	5.15	22.74	44.96	4.27	0.23	18.99	0.97
火棘 *Pyracantha fortuneana*	6.10	16.42	3.02	6.61	28.58	45.89	3.89	0.24	16.00	0.57
刺梨(缫丝花) *Rosa roxburghii*	5.13	16.64	2.34	6.85	16.67	59.22	3.73	0.28	13.38	1.00
小果蔷薇 *Rosa cymosa*	7.85	13.05	3.57	5.18	19.51	56.02	4.49	0.13	33.65	0.67
扁核木 *Prinsepia utilis*	8.95	20.28	4.10	4.99	24.66	42.01	4.22	0.30	14.14	0.82
山樱桃 *Cerasus cyclamina*	8.72	13.21	3.79	6.42	19.50	54.78	4.53	0.14	32.49	0.68
白刺 *Nitraria tangutorum*	8.31	10.32	2.41	4.06	16.74	62.22	4.42	0.07	63.14	0.62
构树 *Broussonetia paprifera*	13.99	20.55	2.40	2.87	20.13	42.94	6.18	0.31	19.64	1.02
斜叶榕 *Ficus tinctoria*	11.46	13.91	2.83	2.65	31.15	40.66	4.66	0.23	20.49	0.45
小构树 *Broussonetia kazinoki*	11.30	22.63	2.72	6.36	10.51	52.85	5.32	0.26	20.20	2.15
蒙桑 *Morus mongolica*	11.52	15.78	4.89	10.22	14.95	52.86	4.73	0.19	24.97	1.06
鸡桑 *Morus australis*	9.33	19.88	4.11	6.72	11.05	55.63	4.73	0.24	20.03	1.80
马桑 *Coriaria nepalensis*	8.47	11.53	2.96	5.72	17.03	60.01	4.38	0.11	40.39	0.68

注：ASH 为粗灰分百分比，CP 为粗蛋白百分比，EE 为粗脂肪百分比，G 为可溶性糖，CF 为粗纤维百分比，NFE 为无氮浸出物。

与何蓉等(2001)对云南省豆科饲用灌木的研究结果相比，这些饲用灌木的钙/磷值普遍偏高(14.14~63.14)，主要原因可能是贵州省此次采集的饲用灌木均生长在岩溶地区，导致植物体内钙含量偏高(3.73%~6.18%)，而磷含量正常(0.09%~0.31%)。

谷物饲料一般钙含量较低而总磷含量较高，在动物消化吸收的过程中，钙磷之间有复杂的相互作用，足够的钙磷含量和适宜的钙磷比是优良饲料必须具备的条件。

四、饲用灌木在草地畜牧业中作用

(一) 饲用灌木，尤其是豆科饲用灌木可作为蛋白质饲料

唐一国等(2003)对云南饲用灌木的调查结果显示，大部分饲用灌木蛋白质含量高，基本能达到蛋白质饲料的标准，如马鹿花种子的粗蛋白含量达33.07%；金莲叶黄花木种子的粗蛋白含量达35.40%；白花羊蹄甲的粗蛋白含量达21.33%；灰毛槐树的粗白含量达22.86%。贵州省初步调查的结果显示：刀果鞍叶羊蹄甲的粗蛋白含量为22.92%；马棘的粗蛋白含量为28.15%；苦参的粗蛋白含量为22.53%；光腺合欢的粗蛋白含量为30.49%；紫穗槐粗蛋白含量为22.11%；构树粗蛋白含量为20.55%；小构树粗蛋白含量为22.63%。

从数据看，云南省部分饲用灌木营养丰富且含量高，有的种可与一些优良牧草媲美，甚至有的品种营养成分与豆类接近，不少饲用灌木氨基酸总量高于小麦麸，而且部分豆科灌木的氨基酸含量可接近豆类，是植物蛋白饲料比较理想的原料来源(表10-12)。例如，赖氨酸含量均高于小麦麸；木豆、马鹿花、马棘等的赖氨酸含量与豌豆粉接近，甲硫氨酸含量高于或接近豌豆粉。由此可以判断，部分优质饲用灌木如果利用方法恰当，可以部分替代传统蛋白饲料。

表10-12　云南部分饲用灌木叶片(种子)的限制性氨基酸(赖氨酸、甲硫氨酸)含量　单位：g/100g

种或品种	赖氨酸	甲硫氨酸	种或品种	赖氨酸	甲硫氨酸
马棘	1.0150	0.1970	波叶山蚂蝗	0.9292	0.1317
多花木兰	0.8808	0.1320	毛秧青	0.7630	0.0560
多花杭子梢	0.7592	0.0924	滇千斤拔	0.8301	0.1021
舞草	0.8685	0.1263	大叶千斤拔	0.9480	0.0320
粉花羊蹄甲	0.9580	0.0570	葫芦茶	0.8690	0.0400
马鹿花	1.1820	0.1640	木豆	1.1700	0.3300
下关大豆	2.5200	0.3600	豌豆粉	1.2500	0.1700
小麦麸	0.6300	0.2000			

曹国军等(2006)对饲用灌木的营养价值进行了总结,认为有些灌木的营养成分优于豆科牧草,如银合欢、紫穗槐、沙棘、多花木兰、木豆等鲜叶的粗蛋白含量占干物质的21%~25%,比盛花期的紫花苜蓿高,槐叶干粉和紫穗槐叶粉还富含氨基酸、维生素,尤其是胡萝卜素和维生素 B_{12} 含量很高。多花木兰枝叶、种子产量高,营养成分丰富,饲用价值高,猪体内消化率可达到50%~70%。胡枝子生物量为 15 000kg/hm^2,粗蛋白含量在16%以上,有机物质消化率达到 55%,且富含维生素,各种氨基酸含量平衡,既可鲜叶饲喂,又可制成叶粉。胡枝子属、锦鸡儿属中 6 种灌木叶片或种子作为动物的蛋白饲料或添加剂。

(二) 饲用灌木的产量

饲用灌木的产量的大小一直没有一个准确认识,如杨膺白等(2007)对广西马山县岩溶石山坡地灌木可食部分进行采剪,结果显示灌木地上可食部分鲜重在夏季约为 4155kg/hm^2,冬季则约 1170kg/hm^2,这一产量仅相当于栽培草地产草量的十分之一。该结论有其合理性,但有两点值得商榷:①灌木地上可食部分的产量是在自然条件下生长的,而栽培草地是在人为管理下的;②栽培草地的产草量在一年中是多次刈割的。

而王宗礼等(2006)在内蒙古林西县温带季风区开展的饲用灌木栽培试验,结果显示产草量以细枝岩黄芪较高,干草产量达 30 586.4kg/hm^2;二色胡枝子(21 252.1kg/hm^2) 产量次之;山竹岩黄芪 (18 751.9kg/hm^2) 和塔落岩黄芪(16 251.6kg/hm^2) 干草产量也较高;柠条锦鸡儿干草产量较低, 只有3167.0kg/hm^2;达乌里胡枝子、尖叶胡枝子和驼绒藜干草产量相近, 为6081.4~7103.6kg/hm^2;沙打旺和红豆草产草量相近,约 20 000kg/hm^2(表 10-13)。牧草产量测定是在孕蕾期或初花期选典型地段取 1m^2 样方刈割,一年刈割一次。

由此可见,人工管理下的饲用灌木产量要比自然条件下的产量高得多,而且在南方湿润的亚热带地区,其生物生产量更大,一年中可刈割多次。因此准确测定西南岩溶地区饲用灌木在各不同生境下的生产量还需要做更多的工作。

表 10-13 9种饲用灌木与对比豆科牧草的产量 单位: kg/hm²

品种名称	产草量	
	鲜草	干草
中间锦鸡儿	5 000.5	2 583.6
华北驼绒藜	23 011.5	7 103.6
达乌里胡枝子	12 501.2	7 084.0
尖叶胡枝子	15 501.5	6 081.4
山竹岩黄芪	47 504.7	18 751.9
塔落岩黄芪	40 004.0	16 251.6
细枝岩黄芪	91 675.8	30 586.4
二色胡枝子	37 503.7	21 252.1
柠条锦鸡儿	7 500.7	3 167.0
敖汉沙打旺	75 007.5	20 102.0
红豆草	50 421.7	15 922.6

Papanastasis 等(2008)对欧洲地中海气候条件下的草本饲料和木本饲料的产量进行了对比, 结果显示木本饲料的生态经济效益高于草本饲料(表 10-14)。

表 10-14 意大利中部部分饲用植物(草本和木本)干物质年产量及其利用时间: 三年最大值和最小值

品种	干物质年产量/(t/hm²) (最小~最大)	利用时间
草本		
黑麦草	5.2~6.3	11月至翌年4月
喜湿藕草	5.9~7.2	11月至翌年4月
高羊茅	6.4~8.5	10月至翌年5月
扁穗雀麦	6.0~7.1	10月至翌年5月
百脉根	4.2~5.8	3~6月
三叶草	6.0~7.1	11月至翌年4月
南苜蓿	5.1~5.9	11月至翌年4月
木本		
桑树	4.2~5.3	7~10月
紫穗槐	4.0~4.8	7~10月
刺槐	5.5~6.1	7~9月
鱼鳔槐	3.7~4.2	7~10月
木本苜蓿	3.9~5.0	8~9/1~2月

Jama 等(1995)在肯尼亚半干旱地区利用豆科灌木作为生物篱与玉米套种, 取得很好结果, 与单一玉米和灌木种植相比, 玉米的产量几乎不受影响, 而饲用灌木产量提高 10%~24%(表 10-15, 表 10-16)。

表 10-15 生物篱银合欢和铁刀木与玉米按不同比例间作的产量

品种	占有率(生物篱：玉米)	生物量/(干物质，10^3kg/hm^2)						年平均值
		1989 年		1990 年		1991 年		
		季节 1	季节 2	季节 1	季节 2	季节 1	季节 2	
银合欢	100：0	7.91	11.67	7.13	12.87	7.10	4.90	17.19
	25：75	1.63	3.32	2.14	4.23	2.27	1.82	5.14
	20：80	1.41	2.72	1.81	4.41	1.85	1.15	4.45
	15：85	1.23	2.64	1.60	1.84	1.52	1.22	3.35
铁刀木	100：0	5.03	7.92	4.37	7.07	4.90	2.70	10.67
	25：75	1.11	2.00	1.33	1.87	0.92	0.50	2.58
	20：80	1.17	1.72	1.12	1.40	1.15	0.65	2.40
	15：85	0.72	1.74	0.75	1.34	0.93	0.41	1.96
季节降雨量/mm		330	442	631	334	214	373	—

表 10-16 玉米与生物篱银合欢和铁刀木按不同比例间作(HI)和单植(BP)的产量

品种与结果	玉米产量/(10^3kg/hm^2)						年平均值
	1989 年		1990 年		1991 年		
	季节 1	季节 2	季节 1	季节 2	季节 1	季节 2	
1. 品种与种植方式							
银合欢(HI)	2.26	2.85	2.69	2.16	1.01	2.28	2.21
银合欢(BP)	2.02	2.51	1.73	2.07	0.65	1.20	1.70
铁刀木(HI)	2.56	3.70	2.75	3031	1.47	2.39	2.70
铁刀木(BP)	2.01	2.73	1.99	2.77	0.68	1.35	1.92
2. 比率(生物篱：玉米)							
25：75	2.61	3.18	2.84	2.73	1.38	2.68	2.57
20：80	2.14	3.19	2.70	2.59	1.25	2.72	2.43
15：85	2.49	3.48	2.39	2.89	1.10	2.38	2.46

因此如何在有限的土壤资源条件下提高饲用灌木的产量，品种的选择和管理方式及水平有重要影响。

(三) 牲畜对饲用灌木的采食

杨泽新和蔡维湘(1995)在贵州通过对放牧山羊试验，揭示其嗜食性和采食率的季节性规律：春季山羊喜啃食灌木嫩枝叶，灌木嗜食性比率较高，采食率也较高；夏季山羊喜食草本植物，草本植物的嗜食性比率高于灌木；秋季山羊较喜啃食灌木枝叶，嗜食性比率灌木高于草本植物，采食率低于春季，灌木采食率高于草本植物。周圻(2005)在海南省坡鹿对饲草的选择性研究中，揭示灌木类饲料的蛋白质和微量元素明显高于草本类饲料，是坡鹿生态营养平衡供给的重要来源，完全依赖大田饲草资源不能满足坡鹿的营养需求。

同时根据任继周撰写的《草地农业生态系统》(1995)论述了大草食动物自由采食饲用植物的比例，其中山羊、鹿、驴、羚羊对饲用灌木有明显的偏好(表10-17)。

表 10-17 大草食动物自由采食时各饲用植物采食量比例 单位：干重%

种类	观测数量	禾草	杂草类	灌木
山羊	13	29±19	12±11	59±18
驴	3	8±3	39±26	55±26
维基尼阿鹿	42	10±11	30±23	60±27
加拿大驼鹿	19	2±4	8±16	90±18
北美驯鹿	9	32±21	22±22	46±24
大角羚	4	18±22	21±18	51±36
东非羚羊	6	40±29	21±14	39±22
象	4	46±33	10±10	44±35

五、发展饲用灌木与石漠化综合治理

饲用灌木在石漠化综合治理中具有显著的生态效益。饲用灌木在"石旮旯"地具有明显的生长优势。

开发利用饲用灌木并配合牧草，是在西南岩溶地区发展生态畜牧业具有良好可行性的途径。在规划发展区域时应注意三点：岩溶地质背景与气候条件的配合、牲畜的选择和草畜的科学管理。

西南岩溶地区草食生态畜牧业的发展还有大量基础性的研究和应用基础研究工作需要开展，需要草业学家、岩溶地质学家和生态学家的大力协作。

(本文完成于2009年. 作者曹建华、黄芬，中国地质科学院岩溶地质研究所，广西桂林 541004)

参 考 文 献

曹国军, 文亦芾. 2006. 我国灌木类饲用植物资源及其可持续利用对策. 草业与畜牧, 10: 26~29

曹建华, 袁道先, 等. 2005. 受地质条件制约的中国西南岩溶生态系统. 北京: 地质出版社: 1~188

广西植物研究所. 1997. 广西植物资源开发利用战略研究. 南宁: 广西科学技术出版社: 1~203

何蓉, 和丽萍, 王懿祥, 等. 2001. 云南 19 种豆科蛋白饲料灌木的营养成分及利用价值. 云南林业科技, 97(4): 60~64

何蓉. 1999. 云南豆科蛋白质饲料灌木的研究现状和利用前景. 云南林业科技, 3: 31~34

胡会峰, 王志恒, 刘国华. 2006. 中国主要灌丛植被碳储量. 植物生态学报, 30(4): 539~544

李昌林, 陈默君. 1995. 灌木类饲用植物研究动态. 黑龙江畜牧兽医, 6: 18~21

李清河, 江泽平, 张景波. 2006. 灌木的生态特性与生态效能的研究与进展. 干旱区资源与环境, 20(2): 159~164

刘纪远, 张增祥, 庄大方. 2003. 20 世纪 90 年代中国土地利用变化时空特征及其成因分析. 地理研究, 21(1): 1~12

任继周. 1995. 草地农业生态系统. 北京: 中国农业出版社: 1~177

孙祯元. 1981. 六种固沙先锋树种的固沙效益初报. 陕西林业科技, 6: 35~38

唐一国, 龙瑞军, 李季蓉. 2003. 云南省草地饲用灌木资源及其开发利用. 四川草原, 3: 39~42

汪儆, 雷祖玉, 冯学勤, 等. 1992. 热带、亚热带牧草银合欢的开发利用——涠洲岛黄牛、山羊瘤胃液的接种转移及我国 DHP 降解细菌资源的发现. 草业科学, 9(1): 20~22

汪儆, 杨家晃, 李天赐. 1987. 用银合欢饲喂肉牛的效果及其毒性观察. 中国草地, 4: 60~63

王宗礼, 赵淑芬, 张志如. 2006. 几种灌木饲用植物生产力及经济效益对比分析初报. 中国草地学, 28(3): 31~34

杨膺白, 唐辉, 方海英. 2007. 广西马山县石山地区灌木产量测定. 中国草食动物(增刊), 21: 138~139

杨泽新, 蔡维湘. 1995. 灌丛草地放牧山羊的牧草适应性与嗜食性及山羊采食率研究. 草业科学, 12(2): 17~24

张志杰, 张奎文. 2002. 灌木在忻州林业生态建设中的作用. 山西林业(增刊): 34~35

周圻. 2005. 海南坡鹿饲草养分含量比较. 草业科学, 20(10): 64~67

Jama B A, Nair E K R, Rao M R. 1995. Productivity of hedgerow shrubs and maize under alleycropping and block planting systems in semiarid Kenya. Agroforestry Systems, 31: 257~274

Papanastasis V P, Yiakoulaki M D, Decandia M, et al. 2008. Integrating woody species into livestock feeding in the Mediterranean areas of Europe. Animal Feed Science and Technology, 140: 1~17

中国西南岩溶地区地下水资源开发与石漠化综合治理

曹建华　康志强

中国西南岩溶地区双层岩溶水文地质结构使降水迅速渗入地下，水资源以地下水为主，旱涝频繁；以云南、贵州、广西、湖南 4 省(自治区)的岩溶地质背景、岩溶水资源调查数据为基础，分析了岩溶地下水赋存的特点，如以县为统计单元，湖南和广西两省(自治区)，岩溶水资源量所占水资源份额随碳酸盐岩占土地面积比例的增加而增加；而在云南、贵州两省的岩溶地带，水资源量以岩溶水为主，在部分县市甚至是唯一的水资源。因此在岩溶地区的石漠化治理和经济社会发展中，岩溶水的有效开发利用具有重要的地位；目前岩溶水资源利用率低，有较大的开发利用空间；近些年来已有的开发利用成功案例为西南岩溶地区水资源的开发利用和石漠化治理提供了借鉴。

一、概述

石漠化在空间分布上和水资源的缺乏程度息息相关，在 2010 年我国南方的春季大旱中，岩溶地区的干旱程度最为严重，如广西的百色、河池地区是广西干旱最为严重的地区，也是岩溶石漠化集中分布区。为此有学者明确提出：治理石漠化，治水是龙头，解决缺水问题是从源头上阻断新的石漠化发生和发展的基础(曹建华等，2008；王明章，2006b)。因此有必要从岩溶水文地质结构的形成、岩溶水运行的规律、水资源赋存的状态等方面探讨岩溶地区水资源有效开发利用的途径，以及与石漠化的发生和治理之间的关系。

二、岩溶水文地质结构以垂直分带为特征

由于碳酸盐岩的可溶性，加上地壳的持续抬升，岩溶地区的地形崎岖不平，其含水介质以溶蚀裂隙、空隙、地下管流带为特征。因此岩溶水被定义为赋存在碳酸盐岩溶蚀裂隙、空隙和洞穴中的地下水。根据含水介质对水运移的调蓄功能和水运移的特点，由地表至当地侵蚀基准面间，岩溶含水介质可划分为表层岩溶带、包气带、裂隙饱水带及管流带(图 10-8)。岩溶水循环系统可划分成两个子系统，其中包气带、裂隙饱水带及管流带属于一子系统，

而表层岩溶带属于另一子系统，两个含水子系统之间存在水量交换，前一含水系统占整个岩溶水资源量的绝大部分，且含水介质具有高度非均质化特点，通常以地下河系的形式深埋于地下；后一子系统则主要为近地表数米至数十米内的表层岩溶带，其含水介质相对均匀，对降水起到一定的调蓄作用，其调蓄的程度受地表土壤、植被的覆盖程度影响明显，表层岩溶泉的发育往往成为山区分散供水的重要水源地。

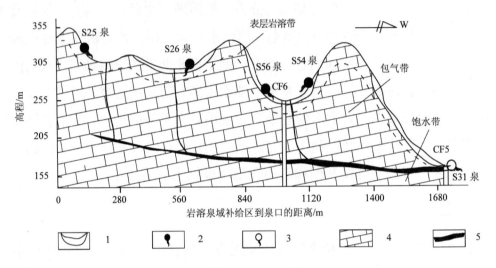

图 10-8　桂林典型岩溶水系统纵剖面图

1. 土壤覆盖层；2. 表层岩溶带泉；3. 管流带岩溶泉；4. 灰岩；5. 管流带

　　因此，就水循环模式来看，岩溶地区水文系统与碎屑岩区水文系统具有如下显著差异。岩溶水文系统以地下水为主，降水通过岩溶表层带、包气带垂向运移至饱水带和地下河。其中很大部分降水则直接通过漏斗、落水洞、竖井，以管道流的方式直接进入地下河，然后通过地下河在较远的低洼处再汇入地表河，这就出现岩溶地区大流域水资源丰富，而小流域，尤其是地下河流域内地表水资源短缺的尴尬状况。从水资源的空间分布情况来看，岩溶地区十分缺乏地表水系，但地下水系发育(图 10-9，同时参见彩图 14)。而碎屑岩区的水文系统则以地表水为主，降水通过地面径流，形成纵横交错的地表水系网络，这给水资源的人工调蓄和有效利用带来便利，同时也给水资源的评价和工程施工带来便利。

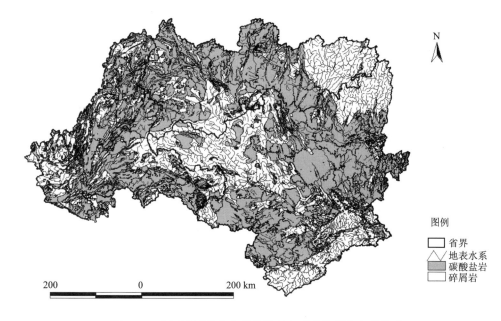

图例
☐ 省界
△ 地表水系
▨ 碳酸盐岩
☐ 碎屑岩

200   0   200 km

图 10-9　珠江流域地表水系的发育与碳酸盐岩分布的关系

三、岩溶水运移在空间上表现为垂向下渗，在时间上表现为暴起暴落

岩溶水的补给源主要为大气降水，当降水到达地面时，沿岩溶裂隙等表层岩溶形态下渗至表层岩溶带。一部分会沿裂隙、溶隙直接下渗径流至管流带。而另一部分则经过表层岩溶带的调蓄作用，在条件适宜的地段以悬挂泉的形式出露地表；岩溶水以垂直运动为主，近地表为补给区，表层岩溶带以下、管流带以上部位为地下水的径流区，管流带则为集中排泄区，岩溶水以大泉或地下河集中径流的形式排泄。岩溶水水平方向上"补给—径流—排泄"分带并不明显。

在时间上，岩溶水季节性动态变化幅度大。根据实际观测，表层岩溶带泉对降水的响应很快，延迟效应极其微弱，多为季节性泉，流量不稳定，如广西区马山县古零乡弄拉屯封山育林 40 年和 20 年两个不同演化阶段的植被群落，通过对其中表层泉发育的动态监测，结果显示在一个水文年中，乔木群落覆盖下的兰电塘泉，断流 31 天；而灌丛群落覆盖下的东望泉，则断流两次，分别为 42 天和 124 天(曹建华等，2004)。

降雨后，排泄区岩溶水流量的衰减表现出三个亚动态(图 10-10)，分别代表管道流(第 I 亚动态)、溶隙流、裂隙和孔隙级流(第 II 和 III 亚动态)。对于第 I、II 亚动态，衰减系数较大，因而水量衰减很快，地下水停留时间短，充分反映出岩溶水系统中管道水的快速流特征。研究表明，岩溶水系统流量衰减，除受到地表土壤、植被的影响外，更重要的是受到岩性及其结构特征的影响。表 10-18 列出了不同岩性的岩溶水系统的衰减系数，所有灰岩的岩溶水系统第 I 亚动态除贵州普定后寨河流域外，衰减系数均超过 0.1，泥灰岩、云灰岩差别不很明显，而白云岩岩溶水系统仅存在两个亚动态，相当于灰岩的第 II 和第 III 亚动态，表明白云岩和灰岩岩溶水系统存在较大的差异，说明石灰岩水系统对水的调蓄能力最差。

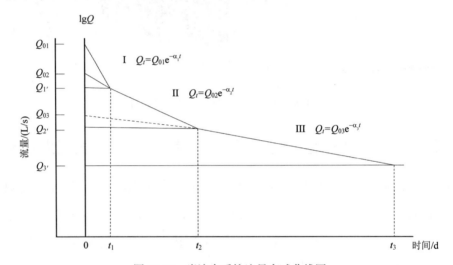

图 10-10　岩溶水系统流量衰减曲线图

α_1 代表第 I 亚动态从 0 时刻开始至 t_1 时刻的衰减速度；α_2 代表第 II 亚动态从 t_1 开始至 t_2 时刻的衰减速度；α_3 代表第 III 亚动态从 t_2 开始至 t_3 时刻的衰减速度

表 10-18　不同岩性岩溶水系统流量衰减系数

岩性	地名	I 亚动态	II 亚动态	III 亚动态
泥灰岩	普定龙潭口	0.072 3	0.014 4	0.002 57
灰岩	普定后寨地下河	0.035 5	0.012 9	0.003 23
灰岩	洛塔蚌蚌河	0.15	0.039	0.016 5
灰岩	洛塔双鼻洞	0.151	0.033 3	0.006 3
云灰岩	普定洪家地坝	0.126 1	0.031 98	0.003 45
灰云岩	普定犀牛潭	0.076 3	0.013 8	0.003 47
白云岩	普定陇嘎	0.030 17	0.003 89	

四、岩溶水资源的空间分布受到岩溶分布的制约

根据中国地质环境信息网 2008 年 11 月 6 日公布的最新调查成果数据，西南石漠化地区有 3000 多条地下河，总长度超过 1.4 万 km。中国地质调查局 2008 年地质环境调查成果显示，这些地下水的汇水面积约达 30 万 km²，枯水季节径流量也高达 470 亿 m³/a，相当于黄河的径流量。地下河水资源量占该区地下水总量的 70%，开发潜力巨大(王文彬，2008)。

为进一步了解岩溶水的赋存状态，根据西南岩溶地区水资源调查资料(张卫等，2004)及广西岩溶地下水资源潜力研究成果资料(广西壮族自治区地质矿产勘查开发局，2000)，对滇、黔、桂、湘 4 省(自治区)279 个县市(其中云南 60 个、广西 53 个、贵州 79 个、湖南 87 个)岩溶分布面积和岩溶水资源量的相关性作统计(图 10-11)。

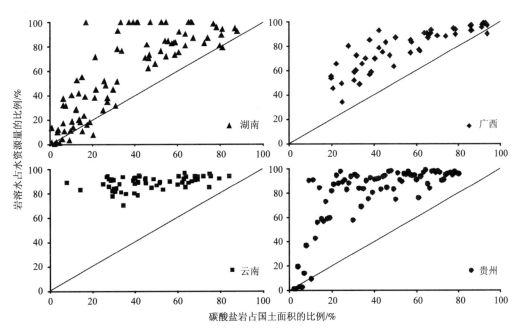

图 10-11　碳酸盐岩分布面积与岩溶水资源量统计图

从图 10-11 可以看出，湖南和广西两省(自治区)岩溶水资源量所占份额随岩溶占土地面积比例的增加而增加；而在云南、贵州两省，岩溶水资源在部分县市甚至是当地唯一的水资源(本图中数据主要针对不同形式地下水)。

　　从表 10-19 可以看出，中国西南岩溶地区地下水资源总量大，但开发利用程度低，4 省(自治区)已开采总量仅占允许开采量的 9.55%。由于岩溶地区地表水资源的严重缺乏，地下水资源的供水意义显得极为重要，如何能有效合理地开发岩溶水资源，成为该区经济发展中亟待解决的问题。

表 10-19　我国西南部分省(自治区)岩溶地下水资源统计表

省(自治区)	多年平均天然资源量 /($10^8 m^3/a$)	允许开采量 /($10^8 m^3/a$)	已开采量 /($10^8 m^3/a$)	已开采比例 /%
云南 [a]	215.70	57.39	2.16	3.77
贵州	380.20	138.87	16.03	11.54
湖南	250.92	69.09	9.42	13.64
广西	555.64	166.15	13.59	8.18
合计	1402.46	431.5	41.21	9.55

资料来源：a. 耿弘等，2002；其他. 蒋忠诚等，2006。

五、可利用水资源的短缺，不仅导致石漠化容易发生，也导致区域贫困

　　从上文可以得出以下认识：针对某个县，如果岩溶分布面积占土地面积的比例越大，地下水资源量占总水资源量的比例越大，易利用的水资源量越少，水土资源之间的矛盾越突出，石漠化也越严重，人口的压力和人为活动对环境的影响也越明显。

　　根据国家"八七"扶贫攻坚计划中确定的国家级贫困县，全国 592 个，其中分布于西南 8 省(自治区、直辖市)的贫困县有 224 个，占全国的 38%，而西南地区的土地面积 195 万 km^2，占全国的 20.3%。其中有 131 个贫困县与岩溶面积占土地面积≥30%的岩溶县重叠，占该区贫困县总数的 58.48%；165 个贫困县与岩溶面积占土地面积≥20%的有岩溶分布县重叠，占该区贫困县的 73.66%；212 个贫困县有碳酸盐岩出露，占 94.64%，见图 10-12(同时参见彩图 15)。

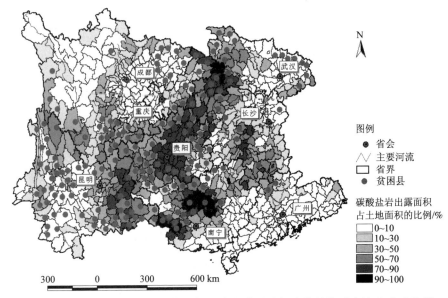

图 10-12 中国西南 8 省(自治区、直辖市)国家级贫困县与岩溶县的对应关系(曹建华等，2005)

而根据国务院新世纪确定的国家扶贫开发工作重点县名单，全国 592 个，其中分布于西南 8 省(自治区、直辖市)的重点县有 246 个，占全国的 41.55%，其中有 137 个重点县与岩溶面积占土地面积≥30%的岩溶县重叠，占该区重点县总数的 55.69%，164 个重点县与岩溶面积占土地面积≥20%的有岩溶分布县重叠，占该区重点县的 66.67%，见表 10-20。

表 10-20 西南 8 省(自治区、直辖市)国家贫困县、扶贫开发工作重点县与岩溶分布的重叠状况

省(自治区、直辖市)	"八七扶贫攻坚计划"国家贫困县		国家扶贫开发工作重点县	
	与≥30%的岩溶县重叠的县数	与≥20%岩溶分布面积重叠的县数	与≥30%的岩溶县重叠的县数	与≥20%岩溶分布面积重叠的县数
广东	1	2	0	0
广西	20	23	20	23
湖南	7	9	11	13
湖北	16	17	16	17
贵州	38	45	41	45
云南	31	42	32	43
四川	11	18	10	14
重庆	7	9	7	9
合计	131	165	137	164

对比前后的变化可以看出，国家扶贫开发工作重点县主要增加在四川省、湖南省。四川省扶贫重点县多增加在高寒边远区，原来 28 个国家级贫困县增加到现在的 36 个扶贫开发工作重点县，在重点县中岩溶县所占据的比例略有下降；湖南省扶贫重点县多增加在岩溶分布区，原来的 10 个国家级贫困县增

加到现在的 20 个扶贫开发工作重点县,在重点县中岩溶县所占比例有所增加。

六、岩溶水的开发利用及在石漠化综合治理中的作用

在西南碳酸盐岩裸露地区,有大量的植被生长在无任何土壤的石缝之中,其中不乏参天的乔木。这可以给我们一条治理石漠化的启示,即如果能充分利用岩溶地下水,保持地表足够的湿度,石漠化地区的植被恢复并不是没有可能(王明章,2006b)。就目前岩溶地下水的开发利用方案来看,主要技术手段无外乎"引、提、堵、蓄"(何师意,2008)。但具体到某一个例,则需要因地制宜地采取相关措施。近几十年来,我国西南岩溶地区为了解决地表缺水及能源短缺的局面,建设了众多的水利水电工程,在当地的供水及发电中起到了关键作用,在石漠化综合治理中也取得了良好的效果,同时也积累了许多宝贵的经验和教训(王明章,2006a)。

(一) 表层岩溶带水资源的开发利用案例

表层岩溶带位于四大圈层的交接部位(蒋忠诚和袁道先,1999)。受地质条件控制,表层岩溶带主要接受大气降水入渗补给,其中的溶隙、溶孔及节理裂隙作为水的储存、运移空间。受底部相对弱透水层的顶托作用,地下水径流方向受其限制,在条件适宜的地方出露成泉。相对于岩溶管道型含水层而言,表层岩溶带含水介质较为均匀,水位埋深也相对较浅,便于开采。因而一直作为当地居民的生活饮用水源及农业灌溉水源。虽然其水资源量总量不大,仅为总降水量的8.06%左右(陈植华等,2003),但对于山区分散的居民点,表层岩溶带的供水意义重大,适合小规模分散式开采。因而表层岩溶带水资源开发也具有悠久的历史。

随着人口增加和耕作方式转换,当地供水压力逐步凸显。再加上地表植被的破坏,使表层岩溶带的调蓄功能相对减弱,表层岩溶带水资源量也有所减少,使石漠化面积陡增。种种迹象表明,表层岩溶带的富水状况与当地生态系统的健康程度息息相关。因而,开发表层岩溶带水资源,增加表层岩溶带调蓄能力,是治理石漠化的关键所在(陈植华等,2003)。

然而,表层岩溶带地下水主要经历浅循环,径流途径短。特别是石漠化地区,植被覆盖较少,因而往往是季节性泉,其流量是降水脉冲的快速反应,响应时间非常短。夏季流量较大,而冬季大部分干涸。表层岩溶带地下水的另一个特点就是分散排泄。在同一个山麓地带,通常会有好几个泉口作为水

资源的排泄点。因而，表层带岩溶泉水的开发利用主要应该着手于"引、蓄"两方面，通过对表层带岩溶泉口修建引水渠道，将其集中蓄积到某一有利位置。例如，广西马山弄拉屯通过对 4 个岩溶泉水的开发，解决了全屯人畜饮用水和经济作物及苗圃的灌溉问题(蒋忠诚等，2006)。

在地势稍微平缓的地带，地下水位埋藏较浅，表层岩溶带含水层分布也较为均匀，水文地质条件也相对简单。因而可在利用地球物理探测等方法查清水文地质条件的基础上，在富水地段钻井来开发利用岩溶水。例如，贵州正安县高水乡，掘取一口供水量为 300m³/d 的深井，解决了 3500 人和 4000 头大牲畜的饮用水，并通过生态环境综合治理，每年根治石漠化和土地荒漠化 27hm²，效益极其明显(王明章，2006a)。

(二) 地下河及岩溶大泉

地下河是岩溶山区地下水资源的主要赋存形式。据统计(王宇等，2006；杨世松和程伯禹，2003；杨秀忠和王明章，2003；光耀华，2001)，其水资源量占岩溶水资源量的 40%以上(表 10-21)。大部分水资源赋存于地下岩溶主干管流带中，水流具有地表河流特征，水位落差较大，具有较高的水力势能。由于其埋藏较深，地表通常严重缺水。因而对地下河及岩溶大泉的开发大部分是用于发电、灌溉及供水。有条件的地区亦可发展旅游、养殖等产业。因而，有效开发利用地下河水资源，不仅可以改变地表土地利用方式，转变农田产业结构，同时可以改变当地能源结构，具有显著的经济效益及社会效益。

表 10-21 西南岩溶地区部分省(自治区)岩溶地下河水资源量统计表

省(自治区)	地下河数目/条	枯季总流量/(10⁸m³/a)	岩溶水资源量/(10⁸m³/a)
云南[a]	276	117.08	325.15
广西[b]	435	60.31	374.12
贵州[c]	1130	43.36	316.67
鄂西南[d]	157	58.30	99.42

注：受统计时间的影响，该表部分数据与表 10-19 有所出入。

资料来源：a. 王宇等，2006；b. 光耀华，2001；c. 杨秀忠和王明章，2003；d. 杨世松和程伯禹，2006。

1. 地下河出口和泉口直接提水

在地下河及岩溶大泉出口提水是利用地下河出口或岩溶大泉泉口水量集中排泄的优势，建立提水站等水利设施集中开采地下水。其工程投入量小，产出大，经济社会效益显著。例如，贵阳市汪家大井，位于贵阳市东郊的余梁河谷，为一上升泉，由河床底部涌出，枯季流量 1285.8L/s。1988 年根据贵州省地矿局研究成果，贵阳市在该泉口建成了日供水量 10 万 m^3 的自来水厂，成为贵阳市城市供水的主要供水源之一。

2. 拦截、拦引地下河

该类工程是在地下河出口或地下河主干道上修建渠道直接拦截地下河水，或是通过坝体壅高水位，然后打水平隧洞拦引地下河水，将水引到需水地带。在我国西南很多地方，碳酸盐岩与碎屑岩相间分布，因而常常有一些沿高层位碳酸盐岩地层发育的地下河，相对于居住在洼地或峡谷中的居民点来说，其出口往往高悬，在地下河干流上或是地下河出口常常有较大的跌水，甚至形成瀑布。因而，通过凿取隧洞直接在上游引水，利用地下河水的势能自流灌溉或发电，工程效益显著。例如，贵州道真上坝地下河(图 10-13)，利用 240~300m 的高差优势凿洞引水，可自流引水到道真上坝乡和玉溪镇，解决当地的人畜饮水和工业用水，并实施农田分片集中保灌(王明章，2006a)。

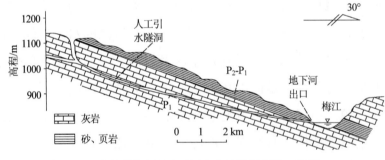

图 10-13　贵州道真上坝地下河水文地质剖面图(王明章，2006a)

3. 天窗、溶潭提水

天窗、溶潭提水是利用地下河径流段上发育的地下河天窗、溶潭、溶洞或人工开挖的大口井等建立提水站。在溶潭中提水时，由于季节变动对地下河水位影响较大，可采用升降滑动式提水设施。在枯水季节降至较深处取水，而丰水季节则可以上升至水位较高处提水，既可节约提水费用，又可防止电机被水淹没造成损失。在有条件的地段，也可以通过在天窗中修筑挡水坝的形式，使地下河水水位壅高而溢出地表。例如，云南广南珠琳苏都库暗河截流工程(图 10-14)，在暗河天窗的中间部位设置高 12m 的混凝土堵体，拦截暗河水流，将其水位壅高溢出地表，实现自流引水开发。坝体方量为 30m³，总投资 5 万元，成功获得枯季流量 $1296.86m^3/d$，解决了苏都库村周围三个村庄的人畜饮用水及 $20hm^2$ 水田的灌溉用水，同时使 $27hm^2$ 旱地变成了水浇地(王宇等，2006)。

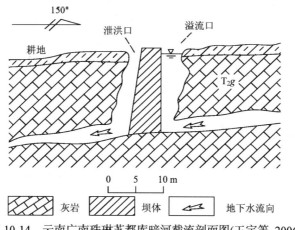

图 10-14　云南广南珠琳苏都库暗河截流剖面图(王宇等, 2006)

4. 堵洞蓄水成库

堵洞成库是目前地下河水开发利用最为常见的工程措施。根据堵洞的位置、方式，以及成库性质的不同，大体上可分为地下河出口堵洞成库、伏流(盲谷)入口堵洞成库两种类型。

出口堵洞地下成库是指在地下河出口或地下河道上修筑挡水坝，利用地下洞体的地下空间，或与之相连的岩溶洼地作为水库的有效库容的工程。其典型工程范例较多，如云南文山六郎洞地下河水库、云南曲靖水城暗河水库、湘西大龙洞地下河水库、贵州普定马关地下河水库等。通过对地下河主干管道的堵塞，可以大幅度提高水位，如贵州独山新寨奋发洞地下水库(图 10-15)，其水位提高 26m，在上游与地下河联通的红梅洼地和破屋西洼地相连蓄水成湖，地下库容为 22 万 m^3，引流灌溉 $100hm^2$，解决了当地供水及灌溉问题(王明章，2006a)。

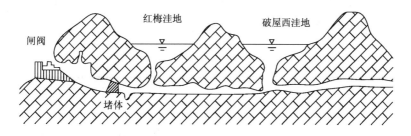

图 10-15　贵州独山新寨奋发洞地下水库剖面示意图(王明章, 2006a)

在我国西南岩溶地区，明流、伏流交替较为频繁。明流段多为隔水性相对较好的碎屑岩或不纯碳酸盐岩分布区，地表岩溶洼地及岩溶槽谷发育。当河流流经质地较纯、岩溶较发育的碳酸盐岩时，通过伏流入口潜入地下。因而，在伏流(盲谷)入口处堵洞，可以利用岩溶槽谷作为水库蓄水库容(图 10-16)。例如，云南蒙自五里冲盲谷无坝水库，靠封堵五里冲地下河及高压帷幕灌浆处理岩溶渗漏，形成中型水库。其库容 7949 万 m^3，自 1997 年开始向蒙自县供水，每年可供水 8161 万 m^3，增加灌溉面积约 6667hm^2，改善灌溉面积 1533hm^2，向城市及工业供水 1210 万 m^3，使蒙自水利化程度由 37% 提高到 70%以上(王宇等，2006)。

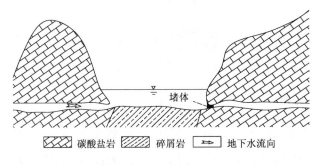

图 10-16　伏流(盲谷)入口堵洞成库工程剖面示意图

七、岩溶地区地下水资源与环境

(一) 水循环的调蓄与干旱和内涝洼地的治理

内涝及干旱是岩溶洼地经常交替性发生的自然灾害。岩溶地区耕地分布于山麓地带及岩溶洼地底部附近。洼地底部土壤最为肥沃，是岩溶地区农业生产最重要的耕地分布区。然而，部分岩溶洼地在丰水季节基本处于淹没状态，无法进行正常的农业生产。因此，传统的内涝灾害治理工程主要是"排水"。典型工程如广西马山县东部岩溶洼地内涝治理，通过在主干岩溶管道上打排洪隧道，以达到泄洪的目的(李庆松等，2008)。

大部分洼地整体表现出严重缺水状态，易涝洼地数量还不到洼地总数的 3%(莫日生和邱书敏，2006)。因此，可以对易涝洼地因地制宜地进行改造，使其变成蓄水洼地，成为其他洼地灌溉的水源地。

通过对洼地的治理，可以为当地居民增加水田面积，在保证总收入增长的前提下，尽量少种玉米等斜坡地带的需刨土耕种的旱地作物，从石漠化成因入手，控制石漠化的增长趋势(林树森，2008)。

(二) 岩溶水保护与污染防治

近些年来，工农业发展速度较快，由于缺少水资源管理与保护意识，厂矿企业污水未经处理或处理不达标排放、农药化肥等过度投放，再加上岩溶地区特殊的地质背景，岩溶地区局部地方地下河已成为"下水道"(中国科学院院士工作局，2007)。不仅破坏了秀美山川，给旅游业带来致命打击，更使当地居民饮用水安全受到了极大威胁，成为亟待解决的紧迫问题。例如，广西柳州鸡喇地下河，受到来自工业、农业、生活和垃圾堆等的污染，水中大部分指标大大超过背景值(1960 年的值)。其中 SO_4^{2-}、NO_3^- 含量均超过背景值10 倍左右，农业区中的 NO_3^- 超过背景值 54.8 倍(于晓英等，2009)。贵州大方县大鱼洞地下河，由于城市排水规划管理不到位，成为大方县县城生活废水的主要排放点。大鱼洞地下河入口处实测流量 50.7L/s，其水浑浊、刺鼻，并有大量固体垃圾，导致大鱼洞地下河水不能用于饮水及灌溉。

综上所述，岩溶水作为岩溶地区的供水水源及旅游资源，其污染现状已经十分严重。岩溶地下水系的保护与污染防治刻不容缓，相关法律法规的制定与实施也势在必行。

八、结语

西南岩溶地区地表水系不发育，水资源主要赋存于地下水系，地面干旱缺水，旱涝灾害频发。目前岩溶水资源开发还有很大空间，包括表层岩溶带水资源和地下河的开发利用，对石漠化综合治理和当地的经济社会发展具有重要意义。近年来，贵州省和云南省地下河开发取得一些进展，对石漠化综合治理发挥了积极作用。但是，岩溶地区有些地方环境保护不力，厂矿污水排放和农业面源污染日益严重，岩溶地下水系的污染防治已成为刻不容缓的紧迫问题。

(本文完成于 2009 年. 作者曹建华，中国地质科学院岩溶地质研究所，广西桂林 541004；康志强，中国地质大学，湖北武汉 430074)

参 考 文 献

曹建华, 袁道先, 等. 2005. 受地质条件制约的中国西南岩溶生态系统. 北京: 地质出版社: 1~188

曹建华, 袁道先, 童立强. 2008. 中国西南岩溶生态系统特征与石漠化综合治理对策. 草业科学, 25(9): 40~50

曹建华, 袁道先, 章程, 等. 2004. 受地质条件制约的中国西南岩溶生态系. 地球与环境, 32(1): 1~8

陈植华, 陈刚, 靖娟利, 等. 2003. 西南岩溶石山表层岩溶带岩溶水资源调蓄能力初步评价//中国地质调查局. 中国岩溶地下水与石漠化研究. 南宁: 广西科学技术出版社: 180~188

耿弘, 王宇, 汪才芳. 2002. 云南岩溶地区水资源开发利用. 昆明: 云南科技出版社: 1~133

光耀华. 2001. 广西岩溶地区水资源可持续利用研究. 人民珠江, 1: 5~10

广西壮族自治区地质矿产勘查开发局. 2000. 广西岩溶地下水资源开发利用潜力研究报告(内部报告). 南宁: 广西壮族自治区地质矿产勘查开发局印刷: 1~109

何师意. 2008. 岭谷型岩溶区水文地质特征和溶洼成库研究——以湘西大龙洞地下河流域为例. 武汉: 中国地质大学博士学位论文

蒋忠诚, 覃小群, 劳文科, 等. 2006. 西南岩溶地区典型表层岩溶水的调查与开发//中国地质调查局, 中国地质科学院岩溶地质研究所. 中国西南地区岩溶地下水资源开发与利用. 北京: 地质出版社: 1~10

蒋忠诚, 夏日元, 时坚, 等. 2006. 西南岩溶地下水资源开发利用效应与潜力分析. 地球学报, 27(5): 495~502

蒋忠诚, 袁道先. 1999. 表层岩溶带的岩溶动力学特征及其环境和资源意义. 地球学报, 20(3): 302~308

李庆松, 李兆林, 裴建国, 等. 2008. 马山东部岩溶洼地谷地内涝特征与治理规划. 中国岩溶, 27(4): 359~365

林树森. 2008. 围绕两个重点抓好十项工作, 扎实推进全省水利事业加快发展. 当代贵州, 12: 17~19

莫日生, 邱书敏. 2006. 广西岩溶地下水资源开发与利用//中国地质调查局, 中国地质科学院岩溶地质研究所. 中国西南地区岩溶地下水资源开发与利用. 北京: 地质出版社: 62~72

王立彬. 2008. 西南石漠化地区地下河总长超过 1.4 万千米. 中国地质环境信息网. http://www.cigem.gov.cn/ReadNews.asp?NewsID=16538[2008-11-06]

王明章. 2006a. 贵州省岩溶地下水资源及其开发利用//中国地质调查局, 中国地质科学院岩溶地质研究所. 中国西南地区岩溶地下水资源开发与利用. 北京: 地质出版社: 35~61

王明章. 2006b. 西南岩溶石山区地下水开发在石漠化防治中的地位. 贵州地质, 23(4): 261~265

王宇, 张贵, 吕爱华. 2006. 云南暗河水资源开发利用条件及典型工程研究//中国地质调查局, 中国地质科学院岩溶地质研究所. 中国西南地区岩溶地下水资源开发与利用. 北京: 地质出版社: 11~34

杨世松, 程伯禹. 2003. 鄂西南岩溶地下水资源潜力评价及其开发利用//中国地质调查局. 中国岩溶地下水与石漠化研究. 南宁: 广西科学技术出版社: 210~217

杨秀忠, 王明章. 2003. 贵州省岩溶地下水资源合理利用与生态环境改善//中国地质调查局. 中国岩溶地下水与石漠化研究. 南宁: 广西科学技术出版社: 197~203

于晓英, 邹胜章, 唐健生, 等. 2009. 广西壮族自治区柳州鸡喇地下河流域地下水复合污染特征与成因分析. 安徽农业科学, 37(8): 3645~3648, 3653

张卫, 覃小群, 易连兴, 等. 2004. 滇黔桂湘岩溶水资源开发利用. 北京: 中国地质大学出版社: 1~174

中国科学院院士工作局. 2007. 中国科学院院士建议(内部报告). 北京: 中国科学院印刷, 164(4): 1~17

第十一章　草地畜牧业研究

以动物为手段进行西南岩溶地区休养再生研究

赖志强　陈远荣　覃尚民　米兰·波哥兹尼克
易显凤　姚　娜　梁永良　覃式泽

通过建立灌木、草地两个不同系统，饲养适宜的反刍动物，利用动物适当的放牧采食、排泄粪便等行为来增加生物多样性，全面改善岩溶地区脆弱的生态环境，提高生产性能，探索出一条可在广西乃至西南岩溶地区推广应用的生态恢复与重建并能保持农业经济可持续发展的新路子。

一、项目概述

2002 年广西壮族自治区科学技术厅下达了广西科学研究与技术开发计划项目"利用有益动物繁殖系统进行岩溶地区休养再生研究示范"，广西畜牧研究所为第一完成单位，桂林矿产地质研究院为第二完成单位，桂林市科技局为第三完成单位，负责项目总体规划、设计以及项目草地、灌木系统的建设与利用、动物饲养与放牧试验、生态监测、项目总结等工作。桂林市畜牧水产局、桂林市奶牛场、凌云县畜牧水产局及凌云县沙里乡政府为协作单位，负责项目的协调实施。时间为 2002 年 6 月至 2007 年 6 月。

二、主要技术措施

(1) 岩溶地区不同生态环境恢复与重建最佳技术方案；

(2) 岩溶地区灌木、草地系统的生态恢复和重建中最佳种植、养殖模式的建立；

(3) 岩溶地区灌木、草地系统的生态恢复和重建中最佳物种的筛选；

(4) 岩溶地区水土保持最佳方案；

(5) 动物繁殖系统在岩溶地区恢复、重建中的作用与实施措施。

三、主要技术成果

(一) 灌木系统

1. 适生灌木品种的筛选

采用营养杯苗造林方式，建立灌木系统 30hm^2，完成任务指标的 180%。品种有任豆 *Zenia insignis* Chun、银合欢 *Leucaena leucocephala* (Lam.) de Wit、构树 *Broussonetia papyrifera* (Linn.) Vent.、美国槐 *Cassia surattensis* var. *suffruticosa* (K. Koenig ex Roth) Sealy ex Isely、桑树 *Monus alba* Linn.、阴香 *Cinnamomum burmannii* (C. G. et Th. Nees) Bl.、山葡萄 *Vitis amurensis* Rupr.、山茶 *Camellia japonica* Linn.、碧桃 *Amygdalus persica* f. *duplex* Rehd.、板栗 *Castanea mollissima* BL.、红梅 *Armeniaca mume* f. *alphandii* (Carr.) Rehd.、西洋梨 *Pyrus communis* Linn.等国内外饲料树、经济果木和花卉等 16 个品种，成活率都在 60%以上，高的可达 98%。乡土树种任豆等适应性强，生长迅速，10 个月的株高可达 219.9cm，地径粗为 1.54cm，美国槐能适应当地气候土壤，10 个月地径增粗 1.32cm，树高生长增加 85.4cm(易显凤等，2005；赖志强等，2002)；随着林龄的增长，各个树种嫩枝叶产量也随之递增，产量最大是构树，依次为构树>美国槐>银合欢>任豆>阴香；适生树的生长速度依次是：任豆>银合欢>山葡萄>构树>美国槐>碧桃>板栗>桑树>阴香>山茶。适生性强、稳产高产，富含营养的树种有任豆、银合欢、美国槐、阴香(表 11-1)。

表 11-1　立地条件与林木生长关系

树种	树龄/年	弃耕地			黄茅草地		
		高/cm	地径/cm	冠幅/cm	高/cm	地径/cm	冠幅/cm
任豆	1	255.80	2.52	0.80	172.00	1.56	0.30
	3	1050.00	12.02	410.00	312.00	4.18	0.82
银合欢	1	210.80	1.96	92.88	69.27	0.62	29.65
	3	370.00	7.52	250.00	125.00	3.23	83.21
美国槐	1	212.80	4.08	193.00	116.40	2.84	154.00
阴香	1	65.40	0.90	25.00	50.00	0.70	15.00
	3	188.00	2.53	110.00	46.00	0.91	60.00

2. 灌木生长状况分析

立地条件与林木生长关系：据测定，弃耕地的氮含量为 179.80g/kg、磷含量为 3.30g/kg，分别比黄茅草地高 78.44%和 21.2%，加之黄茅是地下走茎，耕作层根系盘根错节，争夺水肥，使土壤板结，透气性差。结果表明：弃耕地上的树木比黄茅草地上的树木长得好，因此，翻耕试验地，清除黄茅草根，才能确保幼林速生快长。

整地方法与林木生长关系：用不同的整地方法造林，对幼树生长影响十分明显，全垦整地造林效果最佳，挖坎种植效果较差。任豆全垦种植，10 个月生长的幼树高约是挖坎种植的 1.72 倍，地径粗的 2.05 倍，根总长度的 1.93 倍，根幅的 1.23 倍，生物量地上部分的 3.82 倍，根系的 4.33 倍(表 11-2)。这是由于全垦整地，杂灌草根清理较彻底，土壤疏松，增强水源涵养能力，促进树木根系的发育，使地上部分速生快长，起到使树木根深叶茂的作用；而挖坎种植，坎的松土面积有限，周边原生植被根系发达，侵入坎内争夺有限的水肥，茎叶遮挡阳光雨露，抑制了幼树的生长(陈远荣等，2005)。

表 11-2　整地方法与林木生长关系

整地方法	树种名称	生长量/cm				生物量/g		注
		树高	地径	根长	根幅	地上部	地下根系	
全垦	任豆	219.90	2.58	284.00	80.00	840.00	520.00	长势旺盛，叶青绿色
挖坎	任豆	128.20	1.26	147.00	65.00	220.00	120.00	有枯梢现象

灌木适口性分析：2006 年，在二年生林草下实施轮牧，让牲畜自由采食牧草，任豆的嫩枝叶采割回栏喂养，据观测，种植的灌木适口性良好，牛羊喜食，特别是任豆、桑树、构村、阴香；其次是银合欢、美国槐。

(二) 草地系统

在桂林项目点共建植禾本科牧草与豆科牧草混播草地 17.22hm², 种植品种有白三叶 *Trifolium repens* Linn.、鸡脚草 *Dactylis glomerata* Linn.、巴拉草 *Brachiaria mutica* (Forsk.) Stapf、合萌 *Aeschynomene indica* Linn.、狗牙根

Cynodon dactylon (Linn.) Pers.、坚尼草 *Panicum maximum* Jacq.、非洲狗尾草 *Setaria viridis* (Linn.) Beauv.、东非狼尾草 *Pennisetum clandestinum* Hochst. ex Chiov.、木豆 *Cajanus cajan* (Linn.) Millsp.、巴哈雀稗 *Paspalum notatum* Flugge、宽叶雀稗 *Paspalum wettsteinii* Hackel.、柱花草 *Stylosanthes guianensias* SW.等 12 个，在凌云点建植桂牧 1 号杂交象草[(*Pennisetum purpurenm* cv. Mott)×(*P. americanum*×*P. purpurenm*)] cv. Guimu No 1、合萌、柱花草、山毛豆 *Tephrosia candida* DC.、决明 *Cassia tora* Linn.草地 9.67 hm²，完成任务指标 161.32%。

1. 第一试验区

2003 年项目点采用禾本科牧草与豆科牧草混播方法，选择白三叶、鸡脚草、巴拉草、合萌、狗牙根、坚尼草、非洲狗尾草、东非狼尾草、木豆、巴哈雀稗、宽叶雀稗、柱花草 12 个优质牧草品种，对栽培牧草品种进行筛选试验，共建植试验草地 7.8hm²，5 个混播组合区(合萌+白三叶+鸡脚草、巴拉草+合萌+白三叶+鸡脚草、狗牙根+坚尼草+合萌+白三叶、非洲狗尾草+木豆+白三叶+东非狼尾草+鸡脚草、宽叶雀稗+巴哈雀稗+柱花草)和 1 个对照区(天然草地)，定期观察记录其生长情况，包括牧草生长高度、频度、草地品种组成、草地牧草群落空间结构分布、鲜草产量及风干物质产量、营养分析等(张俊鹏等，2007)。

试验结果表明：通过定期观测，综合分析上述各项数据指标，在 5 个牧草组合中，适合本地生长，有较好经济效益和生态效益的牧草组合是第 3 区狗牙根+坚尼草+合萌+白三叶混播组合，全年共产鲜草 23t/hm²，其中人工建植牧草产鲜草 10t/hm²，占总鲜草量的 42.%；其次是第 2 区巴拉草+合萌+白三叶+鸡脚草混播组合，共产鲜草 30t/hm²，栽培牧草占 37%。；第三是第 4 区非洲狗尾草+木豆+白三叶+东非狼尾草+鸡脚草混播组合；第四是第 5 区宽叶雀稗+巴哈雀稗+柱花草混播组合；第五是第 1 区合萌+白三叶+鸡脚草混播组合；第六是空白对照区。在引种的 12 种牧草中，表现较好的禾本科牧草有宽叶雀稗、巴拉草、巴哈雀稗、狗牙根、非洲狗尾草、坚尼草，豆科牧草有柱花草、木豆、合萌，生长表现较差的牧草有白三叶、鸡脚草、东非狼尾草。

2. 第二试验区

通过 2003 年的试验研究，筛选出生长表现较好的牧草品种于 2004 年扩大种植试验，分两个试验区(A 区：狗牙根+木豆+巴拉草+合萌+白三叶+鸡脚草，B 区：非洲狗尾草+宽叶雀稗+巴哈雀稗+合萌+白三叶+鸡脚草)和 1 个对照区(C 区：天然草地)，面积为 9.42hm^2。

结果表明：人工建植牧草生长量、生长速度均明显高于野生牧草。从株高来看，非洲狗尾草平均高度达 289cm，巴拉草 258cm，狗牙根 171cm，宽叶雀稗 138cm，野生牧草生长缓慢，且再生能力差，全年平均株高仅为 110cm。从出现的频率来看，栽培草地内野生牧草出现频率逐年递减，几种主要的禾本科栽培牧草可以达到 100%的频度，在 A 区中，频度最高的是巴拉草 100%，狗牙根 83%；B 区中频度最高的是非洲狗尾草和宽叶雀稗，频度均为 100%，豆科牧草，由于再生能力稍差，出现频度较低，栽培草地中出现的野生牧草主要有飞机草 *Eupatorium odoratum*、黄葵 *Abelmoschus moschatus*、白花菜 *Cleome gynandra* 等；从产量来看，B 区产草量从 2004~2006 年呈逐年递增趋势，平均鲜草产量可达 36t/hm^2，风干物质达 10t/hm^2；A 区栽培草地第 1 年生长缓慢，略低于对照区产量，次年生长较快，约是对照区野生牧草产量的 2 倍，2006 年鲜草产量 40t/hm^2，风干物质达 11t/hm^2；对照区生长缓慢，与 A 区、B 区相比差异显著(表 11-3)。

表 11-3 牧草鲜草产量　　　　　　　　　　　　　单位：t/hm^2

区号	2004 年	2005 年	2006 年	平均产量
A 区	9	40	40	34
B 区	21	34	53	36
对照区	11	19	22	17

(三) 林草结合模式

在桂林试验点任豆、银合欢、构树等灌木林下间种、套种非洲狗尾草、黑麦草、宽叶雀稗、山毛豆、柱花草、圆叶决明、合萌等多种牧草 2hm^2，在凌云试验点林下种植桂牧 1 号杂交象草、山毛豆、大翼豆、圆叶决明、羽叶决明、柱花草、合萌、黑麦草等牧草 5.33hm²。

结果表明，林下种植牧草，可以提高单位面积复种指数，充分利用地力和空间，提高阳光利用率，从而提高单位面积总生物产量，任豆树高年增长 2.32m，地径增粗 0.88cm；而在对照区(不种草)，树高仅增长 2.1m，地径仅增粗 0.57cm；林下种植禾本科非洲狗尾草达 26t/hm²，仅比草地种植非洲狗尾草略低 1.6t/hm²，而林下种植宽叶雀稗产量则较草地区高 2t/hm²。豆科牧草柱花草和山毛豆林下产量分别达到 7t/hm² 和 10t/hm²，林草结合效益明显，既能合理利用土地，又达到了林茂草盛的效果。

(四) 放牧试验研究

1. 单独放牧试验

A、B 区为试验区，C 区为对照区，将两个大区分成三个小区进行牛、羊放牧试验，试验结果表明：在 A 区中牧前和牧后采食程度最大的巴拉草差额为 91.6cm，狗牙根 79cm，采食最少的是本地狗尾草，出现负差额(草长高)。在 B 区中牧前和牧后采食程度最大的非洲狗尾草差额为 $B_1$91.2cm，$B_2$53.8cm；巴哈雀稗分别是 B_1 为 23.4cm，B_2 为 35.8cm；宽叶雀稗分别是 B_1 为 15.5cm，B_2 为 30.1cm。而其他本地野生草种中如飞机草、马唐等出现负差额，日采食量最大的是 A 区，羊群每天采食鲜草 970kg，其次是 B_2 862kg，再次为 B_1 443kg。这说明巴拉草、狗牙根、非洲狗尾草、巴哈雀稗质量好，适口性好，野生牧草适口性差。

试验羊 60 只，试验时间为 122 天，试验区草地面积 4.55hm²。羊群牧前体重为(24±7.04)kg，60 只羊总共增重 451kg，平均增重 7.5kg/只，平均日增重为 0.061kg/只。A 区年鲜草产量为 39t/hm²，每公顷草地能饲养羊只 23.7 只；B 区年鲜草产量为 52.5t/hm²，每公顷草地能饲养羊只 31.2 只；C 区年鲜草产量为 22.5t/hm²，1hm² 草地不够饲养 15 只羊。

2. 混牧轮牧试验

根据草地生物产量，将试验草地划分成 16 个小区，每个小区平均放牧 6 天，轮牧周期为 30 天，放牧 120 天。试验结果表明：将放牧家畜牛、羊换算成标准羊单位，A 区草地载畜量为 23.7 只羊/(hm²·a)；B 区草地载畜量为 31.2

只羊/(hm^2·a)；C 区草地载畜量为 13.19 只羊/(hm^2·a)。家畜轮牧期第 1、2 周期体重呈上升趋势，且增重明显，羊群增重可达 2.3kg，轮牧后期(第 3、4 放牧期)牧草处于枯黄期，牧草再生缓慢，粗纤维含量增加，影响牛羊采食量，体重呈下降趋势，在本试验中，羊增重 3kg/只，牛增重 32.5kg/头。

3. 林下放牧试验

在幼林长到树高 2m 以上，草盛期，根据林下牧草产量分为 8 个小区进行林下放牧，10 只成年母羊分成 2 组，5 只在林下套种牧草区放牧，5 只在草地区放牧进行增重对比试验，试验 59 天。

试验结果为：1 区、2 区林下放牧时，对照羊属于草地轮牧第四周期(枯草期)，与林下轮牧试验羊相比，对照羊体重呈下降趋势，而林下轮牧试验羊体重呈上升趋势；林下轮牧 3 区期间，2 只试验羊产羔，体重略微下降；林下放牧第 3 区时，对照羊结束草地轮牧试验，转为舍饲圈养，饲喂青贮玉米、干稻草及部分精料(玉米、麦麸、米糠)，体重基本呈稳定趋势；林下放牧 6 区时已于12 月下旬，气温明显降低，出现霜冻，牧草停止生长，试验羊体重呈下降趋势。

(五) 生态监测与试验结果

生态监测包括物种多样性监测、土壤养分监测、土壤水涵养量监测和土壤酸度监测。主要在第二试验区，即牧草种植区、灌木种植区、灌木与牧草混种区以及空白对照区(表 11-4)。

表 11-4　牧草、灌木区不同年度生态监测参数

试验区	年份	物种数	盖度/%	多样性指数	重要值指数
牧草 A 区	2005	4~5	100	1.186~1.821	1.351~1.95
	2006	7~9	100	1.986~2.352	1.476~1.98
牧草 B 区	2005	9~11	95~100	1.475~1.796	0.972~1.279
	2006	10~13	100	1.965~2.295	1.002~1.435
任豆种植区	2005	4	90	1.972	1.944
	2006	8	95	2.375	2.115
任豆牧草混种区	2005	4	88	1.645	1.6
	2006	6	95	2.565	1.815
空白对照区	2005	4~9	80~90	0.695~0.946	
	2006	7~9	85~90	0.715~0.835	0.715

1. 牧草区

从物种数看，2005~2006 年，空白对照区变化不大，而在牧草种植区及任豆种植区尽管在绝对数量上仍然有限，但已显示出明显增多的趋势。

从盖度上看，各种植区均明显高于空白对照区。

从多样性指数和重要值看，2005~2006 年，各种植区均有较大幅度的提高，而且明显高于对照区。

土壤养分和水涵养量变化状况：① 2005 年，相对于对照区来说，全磷、有效磷、有效钾、有效氮和有机质等养分指标无论在巴拉草+狗牙根+合萌+木豆试验区，还是在非洲狗尾草+宽叶雀稗+巴哈雀稗+鸡脚草试验区，都已处于积累阶段，但全氮、全钾仍有较大消耗。而到了 2006 年，全部养分指标在两个试验区都已经高于对照区。②各项微量元素含量，均属于植物生长有利范围。③ 2004 年两个放牧试验区的土壤水涵养量均低于对照区，而到了2005 年，两个放牧试验区的土壤水涵养量已明显高于对照区，2006 年又在2005 年的基础上进一步提高了一个多百分点(图 11-1)。④土壤 pH 值在巴拉草+狗牙根+合萌+木豆试验区与 2005 年相同，而在非洲狗尾草+宽叶雀稗+巴哈雀稗+鸡脚草试验区有所提高，酸度降低。

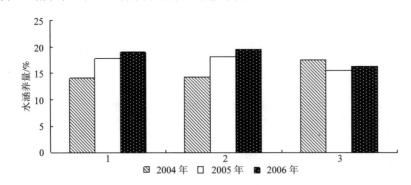

图 11-1　两个放牧试验区土壤水涵养量不同年度变化
1. 巴拉草+狗牙根+合萌+木豆种植区；2. 非洲狗尾草+宽叶雀稗+巴哈雀稗+鸡脚草种植区；3. 对照区

2. 灌木区

从盖度看，各灌木种植区中，银合欢与任豆种植区的盖度在 2006 年进一步扩大，而其他试验区变化不大。但在牧草种植区，2005 年遭受大火严重烧伤的 2~5 试验区由于继续处于过度放牧状态，其盖度仍然保持在 2005 年时的较低水平，没有恢复到 2004 年前的高覆盖状态，表明这些区域有很大一部分地段土地处于裸露状态。

从多样性指数看，各灌木种植区中，除了板栗种植区有所下降以外，其余种植区均有不同程度的提高，其中任豆、银合欢、构树种植区增幅较大。这显示了随着灌木的生长，其对生态环境的改善作用越来越明显。

从重要值指数看，在灌木区，银合欢、任豆、桑树和构树的重要值在2006年继续升高，日本板栗在2005年大幅降低后于2006年有所回升，而山茶的重要值2006年与2005年持平，说明山茶的适生性较差和生长较慢。

土壤养分生态监测：除有效钾外，全氮、全磷、有效氮、有效磷和有机质等指标均由原来的消耗转变为积累，这充分显示了随着种植时间的增长，各灌木种植区土壤的养分逐步增高。在水涵养量方面，各灌木种植区2005年以前全部低于对照区，但到了2006年，银合欢和任豆比对照区高了4个百分点，这充分显示了随着灌木的生长，对土壤水土保持的作用越来越明显。

生态监测结果表明：灌木区的重要值进一步提高，特别是任豆，种植4年后已经长成乔木林，枝繁叶茂，林冠较密，树阴下还生长了大量宽叶雀稗；银合欢也已经结荚，具有再生能力，周围已长出大量幼苗，水涵养量得到大幅度提高，特别是银合欢、任豆和板栗种植区，2006年银合欢、任豆区比对照区高了4个百分点。这说明随着时间的推移，银合欢、任豆、构树、桑树、板栗等灌木品种对该区生态环境的改善已初见成效，由原来的量变逐步实现质的飞跃，它们对岩溶地区的生态恢复与重建起到越来越大的促进作用。

牧草试验区经过几年的合理放牧后，虽然物种增量较少，但盖度、多样性指数及重要值已经明显高于对照区，而且巴拉草、宽叶雀稗、巴哈雀稗、狗牙根与木豆等牧草均长势良好。其土壤养分各项指标在2005年还处于部分积累阶段，2006年则全部高过了对照区。土壤水涵养性方面，在2005年获得较大改善的状况下，2006年又提高了一个百分点。土壤的pH值进一步提高，酸性减弱。各项指标均显示该区的生态环境正朝着良性方向快速发展。

总之，经过3年的种植与放牧，无论是土壤的养分，还是土壤的水涵养性，均得到了较大改善与提高，生态环境越来越好。显然，合理的围栏分区放牧不但不会破坏岩溶地区的生态环境，反而有利于其生态环境的全面改善和恢复(罗荣太，2003；赖志强和李振，1993；Lai et al.，2004a，2004b；Qin et al.，2004）。换言之，虽然岩溶地区的生态环境极其脆弱，但只要采用科学的合理的种植和养殖方法，仍然可以开展大规模的畜牧养殖，在获取较高经济效益的同时，还能达到岩溶地区的生态恢复与重建的目的。

四、结论

本项目通过引进斯洛文尼亚在岩溶地区利用草食动物为手段进行生态恢复、重建与开发利用方面的成功经验，建立灌木和栽培草地系统，合理地分区放牧牛、羊，利用其采食、排便等行为进行岩溶地区的休养再生研究技术，形成了适宜岩溶地区的优质灌木、牧草品种在岩溶地区高产栽培技术、林草结合栽培技术、禾本科牧草与豆科牧草混播技术和林牧结合技术模式，解决了岩溶地区草食畜禽饲草缺乏的问题，增加了优良的动物品种(谢金玉，2001；Chen et al.，2004a，2004b；Xue and Lin，2004)。生态监测结果表明，各试验小区土壤肥力、土壤特性、土壤水分涵养性等都不同程度地得到了提高和改善，加快了岩溶地区生态恢复，提高了农业生产效率，探索出了一条可在岩溶地区推广应用休养再生的新路子，对该区总面积 33.7%的岩溶地区及中国南方其他岩溶地区的生态恢复及开发利用提供了有效的技术开发模式和科学依据。

(本文完成于 2007 年. 作者赖志强、易显凤、姚娜、梁永良、覃式泽，广西壮族自治区畜牧研究所，广西南宁 530001；陈远荣，桂林矿产地质研究院，广西桂林 541004；覃尚民，广西林业科学院，广西南宁 530001；米兰·波哥兹尼克，卢布尔雅那大学兽医学院，斯洛文尼亚卢布尔雅那)

参 考 文 献

陈远荣，徐庆鸿，张俊鹏，等. 2005. 岩溶区生态恢复与重建的初步效果及意义. 地质通报，24(10): 1002~1006

赖志强，李振. 1993. 广西野生饲用植物资源考察. 草业科学，10 (1): 6~9

赖志强，蒋如明，陈远荣，等. 2002. 斯洛文尼亚岩溶区生态重建、恢复与开发利用. 广西畜牧兽医，18(2): 8~10

罗荣太. 2003. 广西加速加大草业发展势在必行. 草业科学，20 (7): 41~44

谢金玉. 2001. 广西发展草地畜牧业方向与途径的探讨. 草业科学，18 (4): 46~49

易显凤，赖志强，梁永良，等. 2005. 岩溶山区畜牧业现状与发展对策之我见. 广西畜牧兽医，21(4):

157~160

张俊鹏, 陈远荣, 王小慧, 等. 2007. 广西岩溶区土壤修复对策研究. 矿物学报, 27(1): 77~82

Chen Y R, Xu Q H, Zhang X L, et al. 2004a. The monitor results of ecological environment in Guilin dairy farm test ares. Proceedings of International Symposium "Sustainable Recultivation and Land Use on Karst and Mountainous Regions by Use of Animals". Bled, Slovenia, September 4th

Chen Y R, Lai Z Q, Xu Q H, et al. 2004b. The basic ecological and social feature of Karst Region in Southern China. Proceedings of International Symposium "Sustainable Recultivation and Land Use on Karst and Mountainous Regions by Use of Animals". Bled, Slovenia, September 4th

Lai Z Q, Yi X F, Liang Y L, et al. 2004a. Pasture yield and growth in shrub system. Proceedings of International Symposium "Sustainable Recultivation and Land Use on Karst and Mountainous Regions by Use of Animals". Bled, Slovenia, September 4th

Lai Z Q, Chen Y R, Qin S M, et al. 2004b. General introduction. Proceedings of International Symposium "Sustainable Recultivation and Land Use on Karst and Mountainous Regions by Use of Animals". Bled, Slovenia, September 4th

Qin S M, Lai Z Q, Qin S Z, et al. 2004. Species and growth in shrub system. Proceedings of International Symposium "Sustainable Recultivation and Land Use on Karst and Mountainous Regions by Use of Animals", Bled, Slovenia, September 4th

Xue Y G, Lin Y U. 2004. Study on the population's structure of *Pseudotsuga brevifolia* Cheng et L.K.Fu of Dashiwei area in leya, Guangxi, China. Proceedings of International Symposium "Sustainable Recultivation and Land Use on Karst and Mountainous Regions by Use of Animals". Bled, Slovenia, September 4th

在西南岩溶地区种草养畜的技术措施

廉亚平

在西南岩溶地区实施种草养畜，有实践需要，但也有许多技术措施需要落实。岩溶地区的干部群众探索了多年，其效果不一，原因各异。成功经验表明，在岩溶地区种草养畜，推广标准化、无公害生产技术，开发生态型山地养殖业，可以改善生态环境，是石漠化综合治理的组成部分，也是开发式扶贫的有效途径之一(王明进等，2007；任继周，1999)。现在我们回顾历史，以严谨的态度分析种草养畜的特点和难点，周密思考，反复推敲，搞清楚怎么看和怎么做，或许是有用的。在实地考察了广东、广西、云南、贵州、湖北、四川等地种草养羊生产情况后，我从畜牧工程角度谈一点粗浅看法，供大家参考。

一、岩溶地区种草养畜具有两重性、长期性、多样性和群众性的特点

(一) 两重性

岩溶地区的牧草是重要资源，不利用牧草资源是一种浪费，但放牧过度又会破坏生态环境，这是事物的两重性。岩溶地区天然草地石多土少，牧草虽然茂盛，但天然草地营养质量差，且地块零碎分散，利用难度大，这是不利的一面，反过来，这些不足也正是待发掘的生产潜力所在。带动农民种草养畜不是一件容易的事，适度发展则山绿农富，当农民积极性被调动起来后，又要限制农民养畜规模。面对上述两重性特点，就得要求干部调查研究，实践创新，解决各种矛盾。栽培牧草是发展生态畜牧业的前提和基础。

(二) 长期性

过去岩溶地区毁林开垦、过度樵采、过度放牧，造成石漠化现象，现在我们修复植被，治理石漠化，改善生态环境，这是社会发展的过程。种草养畜有其自身内在的生产规律，建立起"人-草-畜-山"的草地农业生态系统，需要维持草畜动态平衡系统的常年运转，不能像过去农民自家传统养畜一样，

市场好时就盲目多养，市场滞销就杀掉不养。这是个系统工程，要建设栽培草地，实行划区轮牧，根据栽培草地承载力决定畜群规模，不养则已，一养就要常年坚持，才能起到改善环境的作用。至于怎样应对市场波动调整养殖规模，是系统运营要注意的问题，在这里应该树立长期性的观念。

(三) 多样性

岩溶地区的地理地貌不同，局部气候条件差异明显，植被类型千差万别，经济社会发展和农民可接受能力也参差不齐。这就决定了各地区发展模式上的多样性。譬如种植牧草，一般情况 800m 以下为低海拔地区，800~1300m 为中海拔地区，1300~1500m 以上为高海拔地区。因不同海拔的气候、土壤条件和水资源不同，必然形成不同的栽培草地制度。不同海拔的地区对于牧草的品种选择、种植结构、草地布局、利用方式、利用程度等，都不尽相同。同时，海拔又制约着畜种选择、饲养规模、养殖方法、运行机制等生产环节，做法也有所不同。各个地区在种什么草，养什么畜和怎样养，怎么管等各方面，必然会形成多样性(陈功建，2002)，不可能"一刀切"。但相似地区也可相互学习借鉴好的经验和做法，生产模式大同小异，呈现草地畜牧业的地域性。

(四) 群众性

岩溶山区面积大，分布广，区域内人口多。例如，云南省岩溶面积 10.83 万 km²，占全省土地面积的 28.2%；贵州省岩溶面积 11.61 万 km²，占全省土地面积的 61.2%；广西壮族自治区岩溶面积 8.21 万 km²，占全区土地总面积的 34.8%。岩溶地区零星草地多，集中连片草地少，居住分散，交通不便，这就决定每户饲养量少，养殖户数多，覆盖面大的特点。千家万户农民积极参与草地畜牧业生产活动，不是办几个大规模集约化养殖场所能奏效的。草地畜牧业分布面广，要依靠广大农牧民参与，具有群众性特点。

二、岩溶地区种草养畜应遵循生态优先、因地制宜、整体推进、提高素质的原则

(一) 生态优先、草畜平衡的原则

在岩溶山区下大力气种树种草，饲养家畜，其根本出发点和落脚点是为

了建立起"人管畜—畜管草—草治山—山养人"的良性循环,通过家畜采食牧草"过腹还山",让山绿草茂,保持水土,修复生态环境(任继周,2004),必须做到以草定畜,草畜平衡。

第一要根据草地类型和牧草种类确定草地利用方式和饲养什么畜种。例如,水土条件很差,牧草贴地生长,低矮稀疏,就不能打草,只能让牛羊放牧啃食;在水土条件较好的地方,人工种植的长草才采用打草贮备方式。又如,牛是用舌卷草撕扯到嘴里咽下,而羊是嘴叼草用门齿咬断再咽下,所以陡坡或灌丛草地不符合牛的采食习性,只能养羊不能养牛。

第二要从时间和空间上做到产草量和饲养量维持动态平衡。这可以从提高牧草产量并抓住旺季,积极加工贮存饲草,以及狠抓当年出栏商品畜,压缩过冬畜、存栏畜这样两条线来调整草畜需求矛盾。但总体上必须常年坚持"以土定草、以草定畜、草畜平衡",严禁草地超载过牧,做到生态环境保护与牧草资源利用的平衡、协调、可持续发展。

(二) 因地制宜、开拓创新的原则

各省岩溶地区的自然气候、地形地势、水土资源、人文社会、经济发展差异较大。各地区首先要考虑气候特点、饲草资源、经济社会、技术支撑、投入资金、农民意愿、预期效益等各种因素,因地制宜确定种什么草和怎样种的问题。草地分打草场、栽培草地、天然草地,要统一规划落实各类草地的比例,确定怎样利用和怎样布局。然后解决养什么畜和怎样养的问题。草食畜禽包括牛(奶、肉),羊(毛、肉),兔(毛、肉),鹅(蛋、肉、肥肝)等不同畜种,要选择适合本地饲养的畜禽。牛羊以"放牧+舍饲"为主,鹅可圈养舍饲,兔则要笼养。怎样把草和畜科学合理有机地组合成一个良好高效的生产系统,各地要因地制宜,开拓创新,制订出可操作性强的具体实施方案,用以指导农民的生产。再者,种草养畜起步容易维持难,这就要求建立起切实可行的运行机制和现代化组织管理体系,用标准化饲养技术规范养殖户的生产行为,用安全无公害的优质畜产品换取经济收益,使之具有滚动发展的资金和动力,这样才能够使广大农民的种草养畜事业有序运行、稳定生存,最终起到保护环境、致富农民的作用。

(三) 整村推进、滚动发展的原则

第一，从地域布局上讲，种草养畜以自然村(寨)为基本单位较好，这样可实行连片整体推进，大面积改善植被。否则东一户西一户的零敲碎打，插花分散，起不到改善生态环境的效果。具体到某个局部区域，其大环境具有明显的相似性和趋同性，可做行政村或全乡规划，这为自然村整村推进提供了较好的客观条件。整村推进也便于技术服务进村入户，落实到位，经营管理规范，产品质量达标。

第二，整村推进还意味着要把生物技术和工程措施有机结合起来，在抓种草、养畜的同时，要完善沼气池、节柴灶、集水池、牧草加工、青贮饲料等配套设施建设，形成配套的技术体系，创造种草养畜的环境条件。简单表示如下：

(1) 生物技术+工程措施=生产环境

　　(培训)　　(投入)　　(无公害)

(2) 科学管理+运行机制=生产组织

　　(人才)　　(政策)　　(企业化)

例如，2008 年年初出现罕见的冰雪灾害，在贵州省某县一个村子里两户人家同样饲养 60 多只基础母羊，我们却看到了截然不同的两种情况。一户人家的羊舍是用砖瓦建造的，挡风遮雨，保温性强；自己种了 6 亩地的皇竹草 *Pennisetum hydridum*，贮备有干草和青贮饲料；同时采用春羔快速育肥，当年出栏的饲养技术；他家 2007 年年末已卖出 80 多只羔羊，只留下母羊过冬，虽然羊也掉膘了，但是没死一只。而另一户人家的羊舍是敞蓬式草木结构，挡风保温性能低；没有草料贮备；在这场冰雪灾害中，他家共冻死 26 只羊，还卖掉了 10 只母羊，才度过了这场灾害。这个典型的例子充分说明推广综合养殖技术的重要性。

第三，整村推进还意味着受山地草场资源限制，每个农户饲养的量不会太多，但整村(寨)整片地区合起来统一经营就能形成以农户养殖为基础的县域集群产业。这就要求每户、每乡都要按统一规划，分步实施，由小到大，滚动发展，最终打造成一个有竞争力的畜牧产业。

调查某些省份配套工程设施投资情况如下，供参考。

(1) 农村生态能源工程：把推广节柴灶和农户沼气池建设结合起来，并配套进行改厨、改厕、改圈、改水，可改善石漠化地区人居环境，减少木质能源消耗，减少人为破坏植被。沼气池每座一般投资 3000 元，节柴灶每座一般投资 150 元，太阳能热水器每平方米投资约需 1200 元。

(2) 水源开发利用工程：积极采取拦、蓄、积、灌、排等工程措施，减轻水土流失，保育土壤，努力解决岩溶山区农村用水问题，是保护岩溶地区林草植被，遏制水土流失，建设社会主义新农村的措施之一。提水站补贴 50 000 元/处；投资引水渠 200 元/m；投资蓄水池 7500 元/座；投资贮水窖 2500 元/座。

(3) 牧草贮备和畜舍工程：改变草食家畜饲养方式，综合解决草畜矛盾和农民所需的燃料、饲料和肥料，使生态走上良性循环轨道。改良草地投资 3000 元/hm^2，人工种草投资 4200 元/hm^2，家畜畜栏舍建设造价 150 元/m^2，青贮池造价 80 元/m^2。农户小型饲料加工机械 1500 元/台。

(四) 提高素质、科技入户的原则

种草养畜成败的关键还在于能否让千万农民按技术要求自觉规范个人的生产活动，所以强调"素质工程"。第一，用理论指导实践，组织农民学习科学技术，有针对性地向农民传授技术，深入浅出，把复杂的问题简单化，让农民看得见，听得懂，学得会，用得上，做到科技入户释疑解惑。第二，加强法制化建设，要对农民进行"讲法、懂法、守法"教育，用政策法规约束农民的生产经营行为。第三，要加强信息化建设，做到信息快速畅通，资源共享，增强市场快速反应能力，提高组织生产效率。

三、对羊舍建设的几点建议

看了一些地方现在已建的羊舍，感觉在推广"放牧＋舍饲"这种生产模式时，要本着因地制宜、就地取材、合理布局、科学适用、安全生产的原则建造羊舍，特别应注意以下几点。

(1) 羊舍选址时要考虑到地形地势特点，把羊舍建在村寨住户的下风和下坡处，不要污染村寨环境。尤其南方山区建有许多小水池、水窖、水塘，羊舍要在这类水源下方，不要污染水源。还要考虑与村镇道路和当地自然水系保持适当距离，既防止道路带菌过往人员车辆等感染羊群，同时又要防止羊群带菌污染道路和当地自然水系。

(2) 羊舍选址时要考虑与周围饲草资源量和可利用放牧地的承载能力相匹配。羊舍不要过丁集中，带来超载过牧和污染环境的恶果；但为便于生产管理和羊群安全，羊舍也不要太过分散，要有一个适度经济规模。避免带来过高的水电路等配套设施投入。

(3) 羊舍应能遮风挡雨，防寒防潮，尽量改善局部小气候环境，给羊群提供一个比较舒适的圈舍环境，同时还应具备给羊群饮水、补饲、产仔护理等功能，不要理解为只是圈羊过夜的简单棚圈。因此羊舍建造尺度、用材、式样要适合当地局部小气候特点。尤其要注意羊舍内地板用材与条缝宽度等局部细节，做得不好，很容易刮伤或崴伤羊腿。羊舍地板下的贮粪坑要防渗，防雨水冲淋，并定时清理，防止因雨水冲淋粪坑造成粪尿随雨水外排而污染周围自然环境。

(4) 在每年 12 月至翌年 3 月，羊群舍内喂饲的比例较大，贮备优质干草和青贮饲料就是养羊必备的条件之一，如按每只羊平均每日需 2kg 干草计算，每只羊越冬应贮备 240kg 干草。但南方多阴雨，气候潮湿，能靠自然晾晒制备干草的时间有限，不能满足羊群越冬需要。所以就要多途径、多方法来收集、加工和贮备羊的越冬草料，现在广泛采用的有人工种草，打草贮备，还有用池贮、袋贮、堆贮等多种方法制作青贮饲料，还可把秸秆氨化处理后用于喂羊等。在羊舍建造时要考虑储备饲草料的设施和粉碎机等设备。

四、肉羊饲养管理技术要点

(一) 经济杂交

我国目前尚无肉用羊品种，主要靠引进体型大、产肉性能好的国外品种及国内良种公羊与当地土种母羊杂交，获得杂交商品肉羊。在饲料条件较好的地区采用三元杂交，饲料条件较差的地区可采用二元杂交。

(二) 卫生防疫

(1) 定期消毒：每年春秋羊舍常规定期消毒一次,常用消毒药有 10%~20% 石灰乳、10%漂白粉溶液、0.5%~1.0%次氯酸钠、0.5%过氧乙酸等。

(2) 定期驱虫：羊体内寄生虫——在羊育肥之前用高效驱虫药左旋咪唑，做肌肉注射，可驱除羊体内多种圆虫和线虫；用硫双二氯酚，空腹灌服，能驱除羊肝片吸虫和绦虫；羊体外寄生虫病——剪毛后用 1%~2%敌百虫液药浴，消灭体外寄生虫。

(3) 免疫接种：布氏杆菌 2 号疫苗免疫期 24 个月；羔羊大肠杆菌病灭活疫苗免疫期 5 个月；O 型口蹄疫灭活疫苗免疫期 4 个月；羊肺炎支原体氢氧化铝灭活疫苗免疫期 18 个月。

(三) 饲养管理

完全舍饲条件下，一只 50kg 重的成年母羊年需饲料量：干草 365kg(一定比例的豆科干草)；青贮 500kg(或 200kg 玉米秸秆)；混合精料 220kg(高能饲料占 60%~65%，蛋白质饲料占 30%~35%，矿物质饲料占 2%~3%)。在放牧条件下，可按放牧月数减少饲料贮备量。

一般冬季要准备 3~4 个月补饲用优质干草或青贮饲料。

(1) 种公羊：采用放牧和舍饲相结合的方式，在青草期以放牧为主，枯草期以舍饲为主。非配种期每天精料补充料 0.25~0.35kg；配种期每天精料补充料 1~1.5kg；优质干草不限量。

(2) 种母羊：放牧为主，母羊的饲养分空怀期、妊娠期和哺乳期三个阶段。母羊每天每只饲料供给量：混合精料 0.3~0.5kg；苜蓿干草 1.0~1.5kg；青贮饲料 2.0~4.0kg。

(3) 羔羊培育：主要抓五个环节，①吃好初乳；②保温防寒；③去角断尾；④及早补饲；⑤羔羊断奶。哺乳期羔羊每天精料混合料补饲量为：15~30 日龄，50~75g；1~2 月龄，100g；2~3 月龄，200g；3 月龄断奶。

(4) 羔羊育肥：断奶后羔羊育肥是肉羊生产的主要方式，多采用舍饲育肥。精粗饲料比为 30∶70。

(5) 后备种羊：羔羊断奶至初配怀孕为育成羊。育成前期，精粗料比为 35∶65；育成中期，精粗料比为 25∶75。

(本文完成于 2008 年. 作者廉亚平,农业部规划设计研究院,北京 100026)

参 考 文 献

陈功建. 2002. 从南滩草场开发谈南方草场存在的问题及对策. 草业科学, 19(11): 5~6

任继周. 1999. 回溯中国西南岩溶地区草地–畜牧系统的开发研究. 草业学报, 8(专辑): 1~11

任继周. 2004. 摒弃"厌草"情结,培养"有草文化". 草业科学, 21 (4): 52~53

土明进, 刘章中, 夏先林. 2007. 喀斯特山区种草养畜刍议. 四川畜牧兽医, 34(12): 15~16

南方草业大有可为

刘加文

我国近 60 亿亩草原中，南方草地分布在秦岭淮河以南青藏高原以东的四川、云南、广西、湖南、湖北、江西、贵州、广东、浙江、福建、安徽、海南、江苏、重庆 14 个南方省(自治区、直辖市)，以及甘肃、陕西、河南三省部分地区和上海市郊区，共 18 省(自治区、直辖市) 1142 个县，计有 10.2 亿亩亚热带草地和热带草地。这些地区的草地资源大多分布在山地和丘陵地区，以草山草坡为主要表现形式。南方草地的理论载畜量占全国天然草地理论载畜量的 41.4%，是我国草原的重要组成部分。长期以来，我国在南方草地资源的开发利用方面做了一些有益的探索，取得了不少成功经验，为保护生态环境、促进当地经济发展发挥了积极作用。但总地来看，南方草业发展尚处于起步阶段，总体水平仍然不高。党的"十六大"以来，中央提出了以人为本、全面协调可持续的科学发展观，规划了"建设资源节约型、环境友好型社会"的任务，发出了"建设社会主义新农村"的号召，"十七大"又提出了"建设生态文明"的目标，这为我国南方草业发展带来了前所未有的大好机遇。

一、加快南方草业发展具有十分重要的现实意义

(一) 发展南方草业是建设现代农业、促进农业和农村经济发展的需要

党的十六届五中全会明确提出要发展现代农业，积极推进社会主义新农村建设。发达的草业是现代农业的重要标志之一。纵观世界，农业发达的国家无一不是草业较为发达的国家，如美国、法国、荷兰、爱尔兰等。新西兰以草地畜牧业为主的畜产品出口收入占出口总收入的 60%以上，是新西兰的经济基础。澳大利亚草地畜牧业有力地支持了出口创汇和经济发展，成为全球最大的羊毛生产和出口国。荷兰通过种草养畜，在没有任何天然草原的条件下建立起强大的草业经济，草地畜牧业成为农业的主体，产值占农业总产

值的 55%以上。实践证明，单纯的粮食生产不能适应现代化农业经济发展的需要。我国南方有着丰富的草地资源，其水热等条件和生产潜力不亚于国外同类草原，通过合理和科学有效的开发，完全可以建成一批草地畜牧业生产基地和草业发展基地，从而优化农业生产结构，提高农业发展水平，促进新农村建设。

(二) 发展南方草业是增加粮食综合生产能力、保障食物安全的需要

目前，我国人均肉、蛋、奶等畜禽产品消费量远低于世界发达国家，而人均口粮消费量却很高，特别是我国庞大的农村人口食物结构单一，动物性食物所占比例低，对粮食的依赖程度较高，形成对口粮的巨大压力。确保食物安全是我国一项长期的战略任务，必须树立大食物的观念，积极开发粮食以外的其他食物资源。第一，开发南方草地发展畜牧业，可以有效增加肉、奶等畜产品的供给，从而扩大食物来源，改善人们的食物结构，提高生活质量和水平，减少对粮食的依赖。第二，积极发展草食畜牧业，有利于节约粮食，减少畜牧业对粮食的依赖。改革开放以来，我国畜牧业持续快速发展。但从生产结构看，生猪是畜产品的主体，每年畜牧业耗粮约占全国粮食消耗量的 1/3。2005 年，我国猪肉产量占肉类总产量的 64.7%，而牛羊肉产量只占 14.8%。世界发达国家牛羊肉产量占肉类总产量的比重一般都在 50%以上。显然，我国牛羊肉比重远低于发达国家水平。若积极调整畜牧业生产结构，大力发展牛羊等草食家畜，将有利于改变目前"人畜争粮"的局面，实现"人畜分粮"。因此，从一定意义上说，开发南方草地资源，发展草食家畜就是增产粮食。第三，我国南方约有 60%的农田属于中低产田，如果将粮食作物与优质牧草进行轮作、间作、套种，尤其是发挥豆科牧草共生固氮沃土肥田的特性，将有效改良中低产田，大幅度提高粮食产量和生产潜力。据测定，以豆科牧草为主的栽培草地每年每公顷可固定空气中的氮素 150~200kg，粮食作物与牧草轮作一个周期可提高土壤有机质23%左右。因此，发展南方草业有利于增加粮食综合生产能力。

(三) 发展南方草业是维护国家生态安全、建设环境友好型社会的需要

草是地球的"衣被"和"皮肤"，具有很好的固沙、防风、保持水土、

涵养水源、净化空气等作用。据测定，在相同条件下，草原土壤含水量较裸地高出 90% 以上，有草的坡地与裸露坡地相比，地表径流量可减少近 50%，冲刷量减少 77%。近几十年来，由于大量开垦、滥征乱占、滥采乱挖、过度放牧，南方草地资源遭到破坏，导致不少地区生态环境恶化，石漠化面积不断扩大、水土流失加剧、地质灾害频发。只有加强保护建设，加快恢复和改良南方草地植被，才能保证生态环境安全，让人们喝上干净的水、呼吸新鲜的空气、拥有美好的家园。

(四) 发展南方草业是促进扶贫开发、建设和谐社会的需要

南方草地大多分布于自然条件恶劣、生态环境脆弱、交通不便的偏远山区或边疆地区，是贫困人口集中分布、贫困程度较深的地区，也是革命老区县和国家扶贫重点县较多的地区。约 1/3 的国家扶贫开发重点县和农村贫困人口分布在南方山区。在全国 18 片集中连片的贫困地区中，涉及山区草地的有太行山地区、秦岭大巴山地区、武陵山地区、大别山地区、井冈山和赣南革命根据地五大片区。全国 70% 以上的老区县分布于山区草地。湖北省的 58 个老区县中 26 个为国家扶贫开发重点县，江西省 42 个老区县中 19 个为国家扶贫开发重点县。南方草地也是我国少数民族分布较广的地区，55 个少数民族中，有约 35 个在这一地区有分布，其中云南省就有 25 个少数民族。贫困是南方草地的重要特征，并成为我国建设社会主义新农村，实现小康目标的重点和难点。草地畜牧业往往是其传统的优势产业，只有充分发挥产业优势，才能加快这些地区的经济发展，才能实现经济社会全面、协调、可持续发展的目标，才能建成社会主义和谐社会。

二、南方草业发展的基本思路及战略重点

南方草地面积大、气候条件优越、区位优势明显、畜牧业发展基础好、草地自然灾害少、人力资源丰富，发展草业具有很好的有利条件。发展南方草业必须以科学发展观为指导，牢固树立大农业、大生态、大资源、大食物的理念，坚持生态效益和经济效益并重，保护优先、开发有序的原则，根据草地资源承载能力和发展潜力，按照优化开发、重点开发、限制开发和禁止开发的不同要求，积极稳妥地推进。南方草业发展必须突出以下重点。

(一) 生态保护

党的"十七大"强调要加强资源节约和生态环境保护，增强可持续发展能力。坚持节约资源和保护环境的基本国策，关系人民群众切身利益和中华民族生存发展。必须把建设资源节约型、环境友好型社会放在工业化、现代化发展战略的突出位置，落实到每个单位、每个家庭。近几十年来，我国南方人口急剧增加，人类活动加剧，使得该地区生态状况变得相当严峻，并呈现不断恶化之势。据初步调查，南方地区石漠化面积达 1300 万 hm^2，其中，贵州 332 万 hm^2、云南 288 万 hm^2、广西 238 万 hm^2，分别相当于其草地面积的 26%、22%、18%。我国水土流失 70%来自耕地，南方地区水土流失面积已占到其土地总面积近 40%。南方地区也是长江、珠江、钱塘江、怒江等重要江河的流经地，草地的水源涵养能力直接影响着江河水量、质量和泥沙淤积。保护生态环境是南方草业发展的重要任务。当前要以治理石漠化和水土流失为主要目标，以恢复草原植被为主线，加快实施岩溶地区石漠化治理工程及草原植被恢复工程，加强草原自然保护区、重要生态功能区和江河两岸沿线的草原生态保护与管理，有效保护生物多样性。只有这样，才能尽快改善南方地区生态环境，保障中华民族的长远生存和发展。

(二) 草地畜牧业

发展草地畜牧业是兼顾生态安全和经济发展两大目标的最佳结合点。发展南方草业，提高草业经济水平，必须将草与畜的结合作为重点，大力发展草地畜牧业，不断提高牛羊等草食家畜在畜牧业中的比重。从贵州晴隆、江西于都、湖南南山牧场等地的草地畜牧业经验来看，发展草地畜牧业对优化农业结构，促进农牧民增收，带动地区经济的发展起到了积极作用。由于优越的气候条件等原因，南方草地的草产量一般是北方天然草原的 4~6 倍。经过改良而建成的栽培草地，生产能力可提高 10 多倍。南方 10.2 亿亩天然草地中，可利用草地面积占 80%。若通过围栏、改良、补播、除杂、施肥、灌溉等综合农艺措施，将其中易于开发的 3 亿亩建成优质的栽培草地，每年可以增加畜产品大约 450 万 t。若将其余的可利用草地也充分利用发展畜牧业，按每公顷平均生产 2 个羊单位计算，可增加畜产品 137 万 t。以上两项共增加畜产品 587 万 t，折合粮食约 5870 万 t (有关专家研究表明，1kg 畜产品可折合约 10kg 粮食)，按每亩耕地产 300kg 粮食(2005 年全国平均单产)计算，约相当于 2 亿亩耕地的粮食产量。所折合的耕地面积几乎相当于湖南、湖北、江西、福建 4 省的耕地面积之和，是南方耕地总面积的 23%。由此可看出，南方草地畜牧业具有很大的发展潜力。

(三) 粮草轮作

实施"引草入田"战略，将草与农田紧密结合，是建设现代农业的根本要求，符合节约资源、高效产出、生态与生产兼顾、可持续发展的现代农业特征，具有很大的发展潜力和良好的发展前景。从世界各国的经验看，种植业和草业的结合是农业生产有机化、生态化的根本出路。我国南方有中低产田面积约 5 亿亩，多数土壤瘠薄、坡度较大、水土流失严重、粮食产量较低。这些农田长期以来主要是通过增加化肥施用量来提高粮食单产，对生态环境造成了严重的影响，也制约了粮食产量的进一步提高。从生态农业的发展趋势看，必须发挥草在农业中的重要作用，大力实施粮草轮作、粮草间作，积极发展"粮食作物-经济作物-饲草料作物"三元种植结构，在增加牧草产量的同时，有效增加土壤有机质含量，改善土壤结构，提高土壤肥力，从而改良中低产田，提高粮食生产能力，并大幅度减少化肥施用量，降低生产成本，减少环境污染。若将南方中低产田的 40%(2 亿亩)实施粮草轮作，按单产平均提高 15%计算，可增产粮食 891 万 t，相当于增加了 3000 万亩耕地。同时，实施粮草轮作，还可收获大量优质牧草，按 30 个羊单位/hm^2 计算，可增加畜产品 594 万 t，可以折合 5940 万 t 粮食，相当于 2 亿亩耕地的粮食产量。仅以上两项共增加粮食约 6831 万 t，相当于 2.3 亿亩耕地的粮食产量。如果加上坡耕地种草，或者将一部分农田建成永久性栽培草地，粮食和畜产品的增产潜力将更大。因此，当前要抓住实施农业结构调整和建设现代农业的有利契机，确立大农业的理念，大力发展草地农业。

(四) 草产品生产及加工业

开发南方草地资源必须确立"立草为业"的指导思想，必须遵循经济规律，用工业化的理念谋划草产品加工，用商业化的理念谋划草产品营销。发展专业化生产方式，实现高效协作的客观经济规律。要充分发挥南方在自然、社会、经济、区位等方面的优势，大力发展牧草种植业、牧草种子业、草产品加工业、草产品经营等产业。我国目前正在实施畜牧业结构的战略性调整，南方草食畜牧业将会有较快的发展。这客观上要求有大量优质的牧草良种、草产品以及市场经营体系为支撑。仅从奶业来说，我国奶类产品的主要消费群体在南方，但奶产品及蛋白质饲料的生产主要在北方。2005年南方地区奶产品产量只占全国的10%，而消费量占50%以上，这种生产和消费的空间错位加大了生产成本，不利于产业的发展。从发展趋势看，南方奶业及其他草食家畜饲养业必将加快发展，与此同时，与之相配套的苜蓿、玉米等优质饲料作物的种植、加工、经营也必须跟进。从农民增收角度看，发展草产品生产和加工业有利于延长产业链，提高附加值，从而增加就业劳动力，提高农民收入。从国际市场情况看，由于南方牧草产量高、栽培牧草质量好、市场区位优势明显，且劳动力成本低，草产品具有一定的竞争优势，应积极开拓国外市场，尤其是东南亚市场，这样既能保证畜牧业的发展，又有利于草产业效益的提高。

（五）绿化产业

南方包括我国经济发展最快的东南沿海地区，也包括发展较快的华中、华南等地区。改革开放以来，随着经济和社会的发展，这些地区在城乡绿化、草坪运动场地建设、园林建设、道路护坡绿化、庭院绿化等方面也迅速发展，并带动了草坪种子、机械、专用肥料、草坪农药等相关产业的发展。可以预见，随着人们日益增长的物质和文化生活水平的进一步提高，南方地区对绿化产业发展的需求将越来越大。我国正在加速实现城镇化进程，到21世纪中叶，城镇人口将达到7亿~8亿，而这些人口将主要在南方地区。目前，我国城镇人均绿地拥有量仅8m^2，为发达国家的1/10左右，因此，我国城镇绿化产业发展的空间还相当大。我们必须抓住这一有利的契机，让草业在美化环境、提高人们生活质量水平方面真正发挥出其独特的应有的作用。

三、对策及措施

加快南方草业发展必须有新的举措，必须认真贯彻落实科学发展观与构建和谐社会的重要战略思想，正确把握草业发展的客观规律，把以人为本的要求与草业发展的自身规律结合起来，把人与自然和谐发展的理念与草业发展的具体实践结合起来，把建设社会主义新农村的任务与草业发展的丰富内涵结合起来，坚持用现代发展理念指导草业发展，努力提高草业发展的质量和效益。

(一) 完善政策

草业是具有明显公益性的基础性产业。政府部门要把草业发展摆到应有的位置，在经济建设中要赋予草业重要地位，在生态建设中要赋予草业突出地位。一是要高度重视，加强领导。建立健全草原保护和建设的目标责任制，做到认识到位、责任到位、措施到位、投入到位。二要统筹规划，协调推进。从实际出发，把南方草地保护建设和草业发展纳入当地国民经济和社会发展规划，重点支持。三是要加大投入。南方草地大多数经济欠发达，该区农民的经济收入普遍较低，需要国家和地方政府增加对草业的投入，给予开发资金支持，尤其是增加对草原生态建设工程、草原监理、监测、科研、推广、灾害防治等公益性事业的投入。四要加强信贷支持。积极运用贴息、资本金投入等经济手段，引导和鼓励各类金融机构增加对草业的贷款。五要加快建立草原生态补偿机制。在草原地区实施草畜平衡补贴、种草补贴、牧草种子补贴等生态补偿政策。

(二) 落实制度

草地家庭承包制是我国农村土地承包经营制度的重要组成部分。落实和稳定草地承包关系，是保障农牧民合法权益、促进农牧业发展、维护草地生态安全的基本制度。目前，我国南方草地(草山、草坡)，从严格的意义上讲，真正落实草地所有权和使用权、依法承包给农牧民管理和经营的很少，草地大多处于"混用"或"无主"状态，很多草地被当作"荒地"或待开垦、征占用的后备地。承包草地界限不明确、林草矛盾突出、承包及流转工作不规范等问题普遍存在，这在很大程度上制约了南方草地的合理开发和利用。因此，必须依法加快落实和完善草地承包，要按照"长期、到户"的原则，全面落实草地生产经营、保护与建设的责任，调动农牧民保护和建设草地的积极性。同时，还要积极建立基本草地保护制度，实行草畜平衡制度，推行划区轮牧、休牧和禁牧制度，加强草原执法监督管理，使南方草地的开发及利用真正走上法制化、科学化、规范化的轨道。

(三) 创新机制

发展南方草业，机制创新是关键，必须走产业化发展的道路。改革开放以来，南方在草业方面摸索了不少成功的经验。例如，四川省洪雅县按照"良种牛、优质草、生态奶"的发展思路，着力扶持龙头企业新阳平乳业有限公司，走"公司+农户"的产业化发展之路。浙江李子园牛奶食品有限公司发挥龙头企业的作用，实行"龙头+基地+农户"的产业化经营模式，逐步形成了种养加、产供销、农工商、经科贸一体化生产经营体系，使牧场草地畜牧业走上了一条自我发展、自我调节、自我积累的良性发展轨道。贵州晴隆县实行"草地畜牧中心+农户"的经营模式，不仅提高了草地畜牧业的科技含量，也显著增加了农民的收入。湖南城步南山牧场成立上市公司后，以优势的财力，由场部统一集中连片开发草山，并且实现水、电、路三通，以200~500亩为单元承包给场部职工及农户从事奶牛饲养，全场饲养量达5000头以上，南山牌奶粉年销售额近8亿元，为国内乳业知名品牌。贵州独山县发展规模养殖，以项目为依托，连片开发，形成了奶牛、肉牛养殖专业村、养殖大户和连户养殖小区。通过连片开发，形成较大规模的养殖群体，实行产加销一体化，加快农业和农村经济结构调整，推动农村经济发展。这些成功经验的核心就是坚定不移地走产业化发展之路。产业化经营是发展现代草地畜牧业的重要途径，也是把草业发展成为一个大产业的必由之路。加快南方草地开发必须认真总结这些成功的经验，努力形成建、管、用和责、权、利相结合的草地保护利用机制，形成生产、加工、经营相结合的利益共享、责任共担的生产经营机制。

(四) 加快建设

南方草业要实现跨越式发展，必须走以大工程带动大发展之路。近几年国家虽然逐步增加了对草原保护建设的投入，但主要投向了北方草原，对南方草地资源保护和合理开发的投入很少。国家及地方政府应逐步调整和完善草业发展投资政策，兼顾南方和北方，兼顾草原保护和合理开发利用，真正实现全面、协调、可持续发展。当前，加快南方草地建设应突出草地改良、栽培草地建设、石漠化综合治理、水土流失区治理、自然保护区建设等，并加快山区道路、水电等基础设施建设。前不久，国务院批复了《全国草原保护建设利用总体规划》，当前要认真落实党中央、国务院有关文件精神，加快有关规划的落实及实施进程。要坚持以国家投入为主，积极探索市场化多元投入机制，鼓励社会资本进入草业，引导社会资金，扩大利用外资规模，拓宽筹资渠道，增加草原保护与建设投入。

(五) 面向市场

发展南方草业必须遵循市场经济规律，面向市场，加快实现区域化布局、标准化生产、规模化经营、社会化服务，不断提高草产品及草食家畜市场竞争力。要加快草地畜牧业生产方式的转变，改变单纯依靠天然草地放牧家畜的生产方式，大力建设栽培草地，科学放牧，科学舍饲，加强标准化饲养小区建设，加快出栏周转。要加强高产优质人工饲草料基地建设，提高人工饲草料供给能力，满足家畜全面、均衡营养需要，并缓解天然草地放牧压力。要不断优化畜群结构，因地制宜，宜牛则牛、宜羊则羊，优化牛羊比例，加快引进和改良牲畜品种，提高优质畜种比例。要加强对农牧民的技术培训，积极推广和普及科学的饲养技术，提高饲草的利用率和转化率，提高畜产品和草产品的科技含量。要打好生态牌，充分发挥草地畜牧业所生产的畜产品绿色、安全、无污染的优势，积极开拓市场，争取在市场竞争中的主导地位。

(六) 农草联动

农草联动就是将种植业和草业紧密联系起来，在农业和农村经济发展中赋予草业应有的地位，互相促进，共同发展。树立"大农业"的理念，将草业作为农业的重要组成部分，统筹规划、协调发展。在制定农业发展政策时，不仅要考虑种植业，也要统筹兼顾草业，尤其要重视以草促农；在农业结构调整中，不仅要在粮食作物品种内部调整，还要注意"引草入田"，积极推行"粮食作物-饲料作物-经济作物"三元种植结构；在促进农民增收过程中，要充分发挥草业产业链条长、劳动力密集的特点，鼓励和支持农牧民发展牧草生产、加工、运输、营销，发展种草养畜；在发展循环农业、生态农业的过程中，要高度重视"绿肥"，通过粮草轮作、间作、套作，培肥地力，增加粮食产量，保护农业的可持续发展能力。

加快南方草业发展事关国家生态安全和食物安全，事关资源节约型和环境友好型社会建设，事关经济社会全面协调可持续发展，意义重大，任务艰巨。只要我们认真落实科学发展观，牢牢把握好当前的发展机遇，不断创新思路，扎实工作，南方草业一定大有可为。

(本文完成于 2007 年. 作者刘加文，农业部草原监理中心，北京 100026)

生态与经济并举　推进石漠化治理

洪绂曾

岩溶地区石漠化发展已成为我国区域发展中一个最艰难、最需认真对待的迫切课题。近年来因为承担扶贫的任务，使我比过去有更多接触和了解岩溶地区的机会，主要是在贵州，特别在黔西南州和安顺地区，更加深了感性认识。这次中国工程院主办、广西壮族自治区有关部门承办的《岩溶地区生态修复和草地畜牧业发展论坛》，具有鲜明的理论和实践意义，对贯彻科学发展观，贯彻党的"十七大"精神，从我国经济与社会发展全局的高度，推动石漠化地区的治理与发展必将起到积极作用。中国工程院特别是以任继周院士为首的许多专家从 20 世纪 80 年代就开始调查研究，做了大量工作，富有远见卓识。广西壮族自治区非常重视石漠化治理工作，有不少经验，这次会议在这里召开也是一次学习。感谢论坛主办方、承办方的邀请，给我学习的机会，同时主要根据近年在贵州工作的体会谈几个观点，供参考。

一、从统筹区域发展理念出发，加大对石漠化地区治理与开发

党的十六大就提出"五个统筹"的科学发展观，党的"十七大"报告又进一步明确提出"科学发展观，第一要义是发展，核心是以人为本，基本要求是全面协调可持续，根本方法是统筹兼顾"。五个统筹中，区域发展的统筹具有重要内涵，体现中国特色社会主义，力谋社会发展的公平、公正。

石漠化是我国岩溶地区喀斯特地貌上形成的荒漠化生态现象。石漠化程度甚至严酷到寸草不生，比北方荒漠有过之而无不及。据资料介绍，2005年全国石漠化面积约 2 亿亩，分布在 8 个省(自治区、直辖市)。我国西南喀斯特地区是全球最集中、面积最大，人的生存受到重大威胁，贫困面最大、贫困人口最多、贫困程度最深的地区。单以贵州省而言，石漠化面积已达 3.6 万 km^2，占国土面积的 20.4%，而且仍以每年 900km^2 的速度递增。石漠化成为贵州省发展的重要桎梏。贵州省 86 县市中，90%有岩溶面积分布，在 70 多个岩溶县市中有 50 个国家扶贫重点县、20 个省级扶贫重点县。2006

年贵州省 GDP 仅 2260 亿元，名列全国最后，而同年北京的 GDP 为 7870
亿元，北京土地面积是贵州的 1/8，而 GDP 则是贵州的 3.5 倍。广西壮族自
治区近年经济发展较快，但是岩溶分布的地区也同样是严重滞后的。在全
面建设小康社会过程中，这样大的经济社会落差成为我们面临的严重挑战。
因此从统筹区域发展的理念出发，加大岩溶地区石漠化治理具有刻不容缓
的全局意义。

二、从生态与经济并举的观点出发，编制国家西南岩溶地区石漠
化综合治理与发展规划，确定重大工程项目

面对岩溶地区的现实，在国家经济得到较快发展的今天，治理石漠化已
摆上了国家发展的议程。近年国家相关部门、科技教育和社会各界都对这一
地区的发展给以更多关注。岩溶地区的领导和群众也面对现实采取一些积极
的改良和防止石漠化进一步发展的措施。

对于这样一个跨省、跨地区具有共性的生态极度脆弱地区，首要的任务
就是要在全面深入调查、认真分析研究的基础上，通过广泛论证，由国家发
改委牵头，相关职能部门共同组织编制出一个国家西南岩溶地区石漠化综合
治理与发展的区域规划。国务院已从 2007 年起正式启动石漠化专项治理工
程，因此编制一个科学的、符合实际的全面规划应是这一重大工程的先行步
骤。石漠化程度轻重不同，经济社会发展水平有差异，我国已积累了一定的
生态保护与建设的经验，既要对石漠化程度严重甚至危及人民基本生存条件
的地区给予优先安排，同时还要预防潜在石漠化的发展，既要抓紧困难地区
治理，同时也要从实效出发，对易于治理的地区予以兼顾。

规划的基本原则应该是生态治理优先，生态与经济并举。过去的经验已
经证明，为生态而生态的单纯做法，不考虑经济和人文社会因素是难以长期
奏效的。

规划应尽可能动员相关省、市地方主要领导和国家、地方相关部门参加，
同时邀请相关领域不同学科专家和有实践经验的群众积极参与，在科学规划
基础上由国家设立重大工程专项，通过科学设计、论证和分步实施能使工程
取得事半功倍的效果。

三、从科学与管理创新出发，以发展草地畜牧业等生态产业为重点，建立实验示范基地

近年来在国家与地方政府领导推动下，在各方面支持下，岩溶地区的干部群众创造了不少适于当地生态与经济并举的石漠化治理模式，采用生物措施和工程措施并且以生物措施为主的方式积极探索，已经取得初步效果，积累了经验。例如，贵州省安顺地区采取综合治理工程措施进行花江喀斯特峰丛峡谷地区、珠江上游南北盘江石灰岩地区以及法郎小流域水土保持等石漠化综合治理，同时大力探索冬闲田种草，退耕地和石旮旯地种紫苜蓿，低海拔干热河谷地带种植苏丹草、高丹草，以及在适宜地区种植皇竹草、菊苣等方式，通过种植牧草发展畜禽，调整了产业结构，在增加农民收入的同时促进石漠化治理；黔西南州在加强建立自然保护区、开展封山育林的同时，积极发展岩溶山区草地畜牧业，还探索了在发展经济的同时恢复石漠化地区植被的路子，如陡坡山地还林种植花椒，石山、半石山地区种植金银花，干热河谷地带种植车桑子，以及岩溶山地、半石山地种植牧草都收到一定效果。

从黔西南、安顺以及其他类似地区来看，从发展现代农业和建立现代农业产业体系而言，草地畜牧业应该是生态与经济并举治理石漠化首选的重点项目。2006 年国务院扶贫办和贵州省扶贫办与民主党派中央及全国工商联智力扶贫黔西南联合推动组总结了晴隆县在中高山喀斯特地貌上建植白三叶与黑麦草栽培草地，在石漠化地区既形成良好植被覆盖，又发展养羊，使极端贫困人口较快脱贫的经验，召开了现场观摩与推广会议。会后国务院扶贫办又把这一经验向适宜地区推广。把草地畜牧业作为重点，一是因为在我国南方草地畜牧业是现代农业中发展潜力大、经济效益好、惠及"三农"的产业；二是在喀斯特不同地区都有一定的发展条件，适应性广泛；三是草地在小块寸土和浅表土上都可生长蔓延，迅速形成致密覆盖的植被。因此应从加大科技与管理创新出发，在总结群众经验上进一步加强研究示范，选择适当地区建立适当规模的草地畜牧业为重点的治理石漠化的实验示范区，发挥科技引导作用，总结科学的生物与工程结合的技术措施，研究配套政策，如建立生态补偿机制等加强支撑，做出样板推动岩溶地区的生态治理和经济发展。

四、从整合资源、提高效能出发，建立相应机制，争取多元投入和更大效益

岩溶地区生态形势险峻，但也具有可发掘的优势。例如，虽然土地资源有限，但雨热同步，不少地方处于南亚热带气候，自然资源好，生物多样性丰富，加上矿产蕴藏量大，只要选准项目、依靠科技、发挥优势，积极推动产业结构调整，如农业内部以发展草地畜牧业和特色农业取代岩溶地区传统低水平种植业，逐步以现代农业产业体系武装；在一、二、三产业中提高农产品加工和发展第三产业以提高资源利用效能。

石漠化治理是以生态建设为主导的涉及多领域、多部门的系统工程，涉及不同行政区域，因此做好资源包括自然、人力、科技特别是财力资源的整合，做到认识统一、加强协作、步调一致，是保证治理与建设发展同步、较快收到成效的关键。因此在规划编制、立项和实施的全过程，要从全局出发，建立跨行政区域、跨部门协作的高效运作和管理机制，相互促进，互相支持，共同为岩溶地区的生态治理和经济社会发展作出贡献。

国家经济和综合实力的增强，统筹区域发展的投入力度也会不断加大。但是总面积高达 55 万 km^2 的喀斯特石漠化治理工程量巨大、任务极其艰巨，在国家为主导加强投入的同时，发动社会包括企业、地方及个人的投入，同时创造条件争取国际相关机构和基金类的支持，才能加速石漠化治理和岩溶地区经济社会发展进程。

(本文完成于 2007 年. 作者洪绂曾，农业部，北京 100026)

开发性金融支持石漠化生态治理模式探讨

邹力行

中国西南岩溶地区 8 省区市石漠化灾害严重，总面积已有 13 万 km²，涉及人口 6500 万人。这些地区土壤严重侵蚀，基岩大面积裸露，林草植被减少，水源涵养能力减弱；群众说"不长树，长石头"，是中国生态脆弱区和贫困人口集中分布区。石漠化问题严重制约了当地农民的脱贫致富和经济社会的可持续发展，成为新农村建设的严重障碍。有没有办法解决这个问题呢？有！

西南地区降雨量较大，种植多年生牧草符合自然规律和客观现实。通过种植多年生牧草，配以牛、羊等草食畜禽，并进一步开发畜禽加工业，合理利用牧草，将其转化为畜产品，这既可以抑制石漠化，又可以增加农民收入。同时，利用畜禽粪便生产沼气，解决生火、照明问题，可大大缓解因砍伐草木对植被破坏的压力。中国工程院任继周院士等科技工作者 20 多年如一日进行研究，在技术上解决了石漠化生态治理的障碍(任继周，1999)。现在的问题是如何使石漠化生态治理技术产业化，在广大的岩溶地区普遍推广，帮助贫困山区农民脱贫致富。解决这个问题需要资金，更需要资金使用的经济模式。

国家开发银行(以下简称"开行")参与了支持西南岩溶地区石漠化生态治理的工作，根据工作中的体会，我认为开行目前有四种支持石漠化生态治理产业化的融资模式。

一、"公司+开行+技术+农户"模式

多年来，西南石漠化治理工作进展不大的一个重要原因是产学研脱节，没有形成良性循环的产业化运作体系。国家开发银行发挥开发性金融作用，探索"公司+开行+技术+农户"经济模式，积极支持西南石漠化治理工程，帮助构建产业化运作体系，支持科技扶贫，促进新农村建设。总体工作思路：政府组织、开行推动、统筹规划、整合资源、公司运作、农户参与、技术指导、分步实施。即政府组织制订和推动石漠化生态治理规划，国家开发银行帮助构建产学研相结合的产业化运作体系，统筹考虑具体实施方案，整合各方面资源，进一步完善信用结构，建立公司型的操作管理平台，积极组织农

户参与，依靠专家进行技术指导，突出重点，抓好试点，及时总结经验，逐步推广。具体操作的建议如下所述。

(一) 建立省级技术金融服务平台

省级政府主管部门负责组建石漠化治理技术金融服务平台。充分发挥草业和畜牧工作站网的作用，一些事业单位可实行企业化管理。省级政府主管部门整合各方面资源，制订本省石漠化治理具体实施方案，组建贷款担保机构，组织技术培训，建立养殖保险体系，为相关工作保驾护航。

(二) 建立地市州和县级产业平台，扶持龙头企业

地市州和县级政府负责组建区域草地畜牧业龙头公司，吸引各方创业投资，实行有限责任合伙制，重要专家和管理人员可以普通合伙人身份参与。龙头公司实行现代企业制度，负责承载政府专项资金和开行资金，组织农民种草养畜形成产业链，实施石漠化生态治理方案。

当地政府和龙头公司共同负责推动建立"公司＋农户"的产业化机制，以及专业协会、合作社等农民合作组织，提高农民组织化程度及其在市场中的主体地位。龙头企业组织优良品种和养殖技术，以及储运、加工、贸易等经济活动，带动农户脱贫致富。

(三) 开行提供融资和融智支持

开行在开发性金融合作框架内和当地政府支持下，提供必要的软贷款和中长期贷款，与政府各类专项资金匹配使用，融资推动石漠化地区草地治理工程。同时，开行提供财务顾问服务，"融智"和"融资"相结合，放大政府的有限资源，推动龙头公司治理结构建设、法人建设、现金流建设和信用制度建设。

(四) 专家技术指导

西南岩溶地区发展草地畜牧业需要种植优良牧草建设高质量的栽培草地，在承包的草场中采用优良种畜与当地基础母畜群配种，划区轮牧。这是一项典型的科技扶贫项目，需要相关领域专家的长期精心指导。为更好地发挥专家作用，需建立专家库及工作机制，进行可行性研究、规划设计、跟踪监测、中期评估和后期评价等，并对专家的工作绩效进行考评。

(五) 加强农户主体地位，发挥农户作用

农户是这项工程成败的关键因素之一，需要加强对农民的培训，使农民改变粗放的养殖和种植习惯，学会科学种草，科学放牧，树立市场观念及信用观念，明确"贷款要还，谁借谁还"的原则。建立健全农户信用协会，营造诚信为基础的投融资环境，为农户微贷款创造条件。农户贷款可采用"实物借贷、实物偿还、滚动扩大"的方式，即县草地畜牧中心负责用草种和母羊等实物支持农户，并给农民必要的微贷款作为启动资金，组织农户种草养羊、养牛。羊牛养大后，县草地畜牧中心统一收购，龙头企业组织出口或就地进行畜牧品深加工，提升价值，实物回收，比例分成，滚动扩大。

农民微贷款管理可借鉴世界银行的经验：由县草地畜牧中心出面申报；专家小组进行评估；批准后草地畜牧中心按预算安排代农户采购草种、羊种、牛种；经技术、财务、行政等方面验收后向开行委托机构报账拿到贷款；政府负责指导和监督，并给予一定贴息。

(六) 运作流程图(图 11-2)

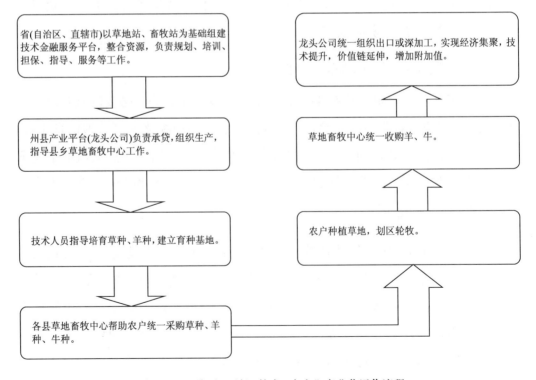

图 11-2　"公司+开行+技术+农户"产业化运作流程

上述商业运作模式较好体现了公司操作、技术指导、农户主体、小群体生产、大规模集群的产业特点，是一种发展草地畜牧业、治理石漠化、帮助农民脱贫的有效途径。

2006 年，开行投资业务局和贵州分行一起，在行领导直接指导下，在深入现场调查研究的基础上，提出了"公司+开行+技术+农户"产业化运作模式，并在与当地政府联合，建立合理信用结构的基础上，为贵州省晴隆县提供了 1000 万元石漠化生态治理专项资金，加快了晴隆县草地生态畜牧业的发展，取得了良好效果(黄黔，2006)。

二、"公司+公司"模式(图 11-3)

发展草地畜牧业产业化经营，需要各地结合实际探索草地畜牧业经营组织形式，使草地畜牧业生产经营与社会主义市场经济相适应、与现代农业发展相衔接、与农民现实需求相契合。"公司+公司"是国家开发银行重庆分行探索形成的一种草地畜牧业经营组织形式。适当调整和充实后，可以在西部岩溶地区石漠化治理中更广泛地推广应用。在这一模式中，前一个"公司"是指龙头企业公司，主要负责组织良种、防疫、收购、批发和深加工，同时承担贷款。后一个"公司"是指农民自己组织起来的"公司"，主要负责种草和养殖，农户根据实际条件和相关利益，自发组织起来，开展一定规模的草地畜牧业生产活动，进而提高劳动生产率，实现规模化草地畜牧业生产。模式中的"+"，表示这两个公司是互相关联的公司，这种关联属于草地畜牧业产业化的关联；两个互相关联的公司，是一个产业链上的两个主体，相互依存，形成整体。"公司+公司"草地畜牧业产业化经营组织形式，能够促进农业生产的规模化、集约化、专业化，提高农业生产率和现代化水平，体现如下 3 个特点。

一是符合社会主义市场经济发展的方向。在社会主义市场经济条件下，分散的小农户实力不强，抗风险能力弱，缺乏市场竞争力，难以在大市场、大流通中长期占据一席之地。"公司+公司"模式把分散的农民组织起来，建立自己的公司，集合土地等农民所拥有的生产资料，形成具备一定实力和发展潜能的市场主体，通过规模化、集约化经营，在市场中不断发展壮大。

二是适应农业产业化发展的需求。农业产业化，也就是农业生产的规模化、集约化、专业化，这是市场经济条件下农业发展的根本出路。"公司+

公司"模式适应了农业发展的这一内在要求。农民公司可以根据农业生产规模化的需求进行组合，其经营范围可以是几百只羊、几千只羊甚至上万只羊；经营品种可以是单一的农产品，也可以是多种农产品，并可以根据市场需求开发新的品种或服务。组合后形成的独立公司，可以引入现代企业经营管理方式和运用现代科技成果，实现专业化、集约化经营，从而获得规模效应，不断增加经济实力和扩大再生产能力。

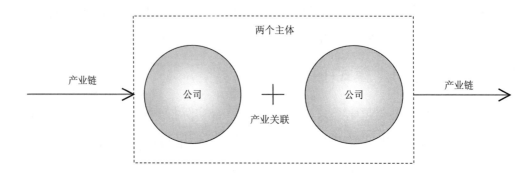

图11-3 农业经营组织新形式(公司+公司)

三是切合广大农民群众的需求。我国地域辽阔，各地自然条件、资源禀赋差别很大。长期以来，广大农民居住在农村，有的散居在边远山区，靠耕种田地维持生计，难以享受到现代文明。随着经济社会的不断发展，越来越多的农民尤其是年轻一代要求走出山林、走出农村，到城镇谋求发展、感受现代文明。如重庆郊县，目前就有300多万农民外出打工，约占农村劳动力总数的50%。而这种外出极不稳定，一方面是打工工作不稳定；另一方面是家有老小，还有田地，留下无尽的牵挂。如何从根本上解决这一矛盾？"公司+公司"模式是一个有益探索。按照这种模式，农民根据自己的意愿，将羊群和田地入股农民公司，在不失相关权益的前提下从土地的束缚中摆脱出来，从而可以举家外出，专心在外谋生。在农民公司务工的农民，也可以获得更高的收入，享有更好的生产生活条件。

三、微贷款模式

微贷款(microfinance)是指专向低收入群体提供小额度的持续的信贷服务活动。微贷款作为金融行业的一部分，是一种保证信贷资金到贫困户、广大农民和微小企业手中的有效工具。良好的微贷款操作具有以下特征：①小笔金融交易。一般来说，每笔贷款和存款额度低于(现也有数倍于)本国的年度人均国内生产总值。②流畅且简单的程序。③接近客户的操作方式。④不延误的和可靠的交易。各种微贷款均包括两个基本要求：第一，为大量低收入(包括贫困)人口提供金融服务；第二，保证微贷款机构自身的生存与发展。这两个既相互联系又相互矛盾的方面，构成了微贷款的完整要素，两者缺一都不能称为是完善或规范的微贷款。

从20世纪90年代初开始，我国在部分贫困地区先后开展了小规模的微贷款试验，重点探索孟加拉"乡村银行"(grameen bank)微贷款项目在中国的可行性。开展时间较早、规模较大、规范较好的项目主要有中国社会科学院"扶贫社"项目、联合国开发计划署(UNDP)的四川和云南项目、世行四川阆中和陕西安康项目、陕西商洛地区政府"扶贫社"项目等。进入新世纪，在中国人民银行的推动下，微贷款项目(信用贷款和连保贷款)得到较大发展，但总体规模不大。到2004年年底，这两种微贷款余额在2000亿元左右。

开发银行总结和借鉴国际金融机构先进的金融管理理念和经验，提出在国内加速推进和开展微贷款业务，建立一个高效的社会运作系统，使所有具备劳动能力的人都能享受到微融资服务，在解决"富国"问题的同时，解决"富民"问题。

(一) 开行微贷款情况

2004年，开行引进欧洲复兴开发银行(EBRD)的业务理念，与世界银行和德国复兴信贷银行(KfW)合作，开展以中小金融机构为依托的商业可持续的微小贷款业务。

2005年11月，开行聘请了德国国际项目咨询公司(IPC)为项目执行顾问，并选择包头市商业银行和台州市商业银行作为首批合作银行，开展以技术援助和转贷款资金为主的微小贷款业务试点。与此同时，开发银行与中小商业银行合作，通过制度创新，克服了传统银行的制度瓶颈，帮助商业银行在目前中高端市场过度竞争的状况下开辟适合自身特点的微小贷款业务。目前，开行对19家中小金融机构进行了调查评价，与其中的12家签订了微贷款技术咨询与转贷款协议，有8家金融机构的40家分支行在合作项目下开展了微贷款业务，累计培训了 450 名微贷款业务人员，形成了在风险可控条件下每月向超过 2000 名客户发放贷款的能力。

开行还积极联合国际社会开展微贷款业务。 2006 年 9 月 20 日，开行和 KfW 签订了 5000 万美元的转贷款协议和 300 万欧元的赠款协议，并已提交了提款申请。此外，开行联合财政部与世界银行就 1 亿美元转贷款完成了最终谈判，《贷款协议》和《项目协议》近期签署。上述资金均专项用于微贷款项目下的贷款发放和技术援助费用。

截至 2007 年 9 月末，开行已累计向 16 066 户个体户和微小企业发放了微小贷款，贷款累计发放金额 10.28 亿元，贷款平均额度 6.4 万元，贷款客户中 90% 以上是第一次从银行获得贷款。不良贷款率仅为 0.3%，取得了十分显著的社会效益。

(二) 主要思路和做法

开发银行微小贷款的基本思路是：借鉴国际先进经验，与中小商业银行合作，以提供技术援助的方式使商业银行内部实现制度创新，建立开展商业可持续微小贷款的能力，同时提供中长期转贷款资金，支持商业银行为微小贷款提供持续、稳定、快捷的贷款服务。

开行微小贷款业务的基本原则是商业可持续性，即银行向微小贷款客户提供贷款时实行市场化定价，根据对客户还款能力和还款意愿的分析判断发放贷款。银行通过加强业务能力和管理能力，控制风险、降低成本，实现赢利。由于按照市场化原则运作，不但使广大个体经营者按照市场化原则获得平等的融资机会，而且使商业银行具备了不断改进经营管理能力、长期开展微小贷款业务的内在驱动力。

开发银行以农村信用社、城市信用社等当地中小金融机构作为开行微贷款发放的代理机构，并向其提供贷款发放、风险防范、客户管理等技术支持，由代理机构利用其丰富的网点优势向农户提供贷款，开发银行向农户提供申请贷款的操作流程、所需资料等方面的指导，帮助农户向代理机构提出合格的贷款申请，见图 11-4。

开发银行微贷款重点服务于缺乏可靠融资来源、没有任何社会关系和背景的微小企业或个人。这些处于经济社会金字塔底部的草根阶层，以前由于被认为没有信用能力而长期被银行拒之门外。开发银行开展的微小贷款业务，使广大有劳动能力的个体经营者获得了平等的融资机会，享受到参与市场经济并分享经济社会发展成果的途径。

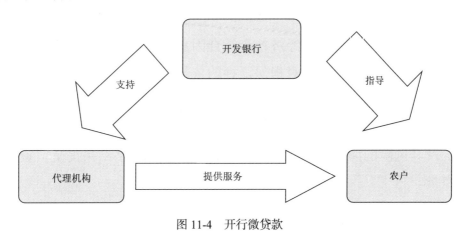

图 11-4　开行微贷款

(三) 微贷款业务思想和组织建设

微贷款是一项庞大的系统工程和长期持续的金融服务业务，它和以往的融资贷款性质不同的是，它可以覆盖和延伸到社会各个阶层和个人，因此，工作量大，迄今为止大多数银行尚未开展此项金融服务。推进微贷款业务，需要开发银行和政府各级组织以及与其他商业金融机构的共同参与和配合。首先是通过已建立的与政府合作的关系，取得政府的认可和支持，并借助政府不可替代的组织与协调作用，广泛地宣传和推动大家对市场规则、信用建设、金融风险的认识，让所有人都认识到微贷款在社会发展中的积极作用，认识和理解"借款归还"是社会运转最基本的规则，倡导"还款光荣、不还款可耻"的思想。其次，开发银行与地方商业银行、城市信用社、农村信用社等金融机构的密切合作，发挥他们的网点优势和结算优势，服务于广大客户。通过合作，开行以自己的资金投入带动其他商业银行的资金投入，促进商业信贷参与并融入微贷款服务领域。开行的责任就是通过几年的运转，使这项业务成熟起来，产生盈利，形成良性持续发展。最后，建立微贷款管理职能部门和培训基层信贷员制度。开行组织建立微贷款专门管理部门，并积极与政府、社会团体、协会、共青团组织合作，挑选和培训大批年轻自愿者，提高他们的金融知识、财务分析评估技能和沟通能力，组成庞大的信贷员队伍，担负起信贷管理工作。

(四) 微贷款业务程序

1. 借款人资信评估

开行主要采用以金融和经济社会综合因素分析评估的方式对借款人的资质进行评估，抛开了单纯地对担保抵押的依赖。对小企业，重点评估企业运营借债能力、现金流状况和借款人的品格。对个人，则将信贷分析延伸到对借款人的家庭收入(作为一个经济单位)进行分析，以获得对借款人的收入和费用状况及其风险的清晰理解。最终将企业或个体的评估结果提交信贷委员会进行审批。

2. 贷款担保抵押政策

通过使用不同形式的贷款抵押担保组合以实现风险防范的多元化，贷款担保抵押允许采用多种形式，如有形和无形资产、企业的不动产和附属品以及个人担保等。此外，简化担保程序，尽量避免采用繁琐的注册抵押担保形式。个别项目甚至允许开展完全没有抵押担保的贷款，担保方式和担保额度具有很大的灵活性。

3. 微贷款资金来源

微贷款业务的资金来源不同于建设项目的资金来源，基于微贷款单笔用款规模较小的特点，可以利用多种资金来源渠道，除了开发性金融信贷资金为主要来源外，还可包括政府专项资金，如扶贫资金、下岗再就业基金、教育基金、农牧业发展基金，以及商业银行贷款、社会组织、慈善机构、社会团体和个人的捐款、赠款，甚至包括国际技术援助贷款、赠款以及其他方面的转贷款等。这些资金按照金融管理资金规则运作，使其增值、盈利和循环滚动使用，可有效地促进微贷款业务滚动发展。

4. 微贷款发放与偿还

在综合评估的基础上，根据借款人不同的担保条件、客户风险及交易成本，并依据借款人现金流和借债能力确定贷款规模、期限和偿还方式，按客户资金需求时间和规模，及时快捷地发放贷款。贷款还款以等额本息分期还款为原则，控制宽限期和避免一次性还款，减轻借款人偿贷压力。贷款定价采用透明的浮动政策，即基于风险、资金成本、管理费用、市场等因素，并参考国际微贷款利率的浮动范围，确定合理的贷款价格。

5. 贷款的监督管理

贷款发放后，信贷员作为直接的管理者，在收取等额本息分期还款时，对项目和经营情况进行定期的动态监管。监管过程中，按照微贷款服务管理的原则，坚持满足客户关注的关键因素，即突出体现快捷的处理时间、可靠的服务、企业所需的融资、最低的贷款抵押担保需求和公平便利的还款条件。这些管理优势可吸引和满足更多新的、更小的和广泛的客户群体。根据经验，每位信贷员平均每月可发放 20~30 笔贷款，管理 300~400 名微小企业贷款客户(贷款组合)。

综上所述，开行微贷款业务是建立在开发性金融理论基础上的新型融资方式，是造福千家万户和体现最广大劳动群体根本利益的金融服务手段，也是适用于社区金融体系建设需要的重要融资工具。开行微贷款不是无偿的慈善事业或短期财务援助，而是一项长期、持续和稳定发展的贷款资金支持形式。它通过对用款人社会、经济、金融和道德等综合指标进行分析和评估，来判断其风险和确定贷款因素，一改过去单一地依赖抵押或担保方式防范风险。主要特点体现在担保方式灵活，贷款快捷、简便，公平到位的服务和循序渐进的贷款规模。开行微贷款扮演着银行与大众信贷需求之间出色的中介角色。

四、村镇银行模式

开行村镇银行试点见表 11-5。

2004 年中央"一号文件"提出"鼓励有条件的地方，在严格监管、有效防范金融风险的前提下，通过吸引社会资本和外资，积极兴办直接为'三农'服务的多种所有制的金融组织"。2005 年"一号文件"又指出"培育竞争性的农村金融市场，有关部门要抓紧制定农村新办多种所有制金融机构的准入条件和监管办法，在有效防范金融风险的前提下，尽快启动试点工作"。

表 11-5　开发银行村镇银行试点

名称		批准日期(年–月–日)	开业日期(年–月–日)	资本金/万元
村镇银行	四川仪陇县金城镇惠民银行	2007-02-06	2007-02-08	200
	包头市固阳县惠农银行	2007-02-15	2007-04-27	300
	甘肃庆阳市瑞新镇银行	2007-02-28	2007-03-08	1000
	平凉市泾川县汇通镇银行	2007-03-02	2007-03-15	1800
	陇南市武都区金桥镇股份银行有限公司	2007-03-08	2007-03-12	800
	吉林省磐石市容枫镇股份银行有限公司	2007-02-16	2007-02-27	2000
	吉林省东丰县东丰镇股份银行有限公司	2007-02-14	2007-02-26	2000
	吉林省敦化市江南镇股份银行有限公司	2007-03-18	2007-03-27	1000
	湖北省仙桃市北陇上镇银行	2007-04-13	2007-04-20	1000
村镇金融公司	包头市达茂旗金融公司	2007-02-15	2007-03-01	200
	吉林省德惠市金融公司	2007-04-18		100
	四川省仪陇县马鞍镇金融公司	2007-02-06	2007-02-08	50
村镇信用社	吉林省梨树县榆树台镇闫家村信用社	2007-02-14	2007-03-09	10
	甘肃省景泰县龙湾村信用社	2007-03-13	2007-03-20	14
	甘肃省岷县岷州东路当归城信用社	2007-03-13	2007-03-20	30
	乐都县雨润镇深沟村信用社	2007-02-12	2007-03-28	36

　　2007 年，开行在银监会支持和指导下，从全国选择了 9 个比较落后的县开展村镇银行试点工作，并在另外 5 个县开展村镇金融公司和信用社的试点工作。开行参与设立村镇银行，有利于解决农村金融机构网点覆盖率低、金融服务不足和农村融资难的问题。

　　一旦试点取得比较成熟的成果，这种金融模式可以推广到西南岩溶地区 8 省(自治区、直辖市)，支持石漠化综合治理。

　　西南岩溶地区石漠化生态治理是一个大战略。各地都在积极探索有效形式，推广实用技术和工作模式。及时总结和交流经验，不仅对西南地区种草养畜产业的发展有指导意义，而且为整个贫困地区破解"三农"问题提供重要借鉴，对开发性金融与产学研相结合支持新农村建设同样具有重要启示。建议有关部门积极整合资源，创新工作机制，坚持专业化合作方向，进一步完善相关政策，扩大试点范围，推广经验，加快西南岩溶地区 8

省(自治区、直辖市)石漠化治理和草地畜牧业发展。这不仅是应对全球环境变化和生态危机的有效途径，也是我国实施可持续发展战略的重要措施。国家开发银行积极参与这项工作，旨在发挥开发性金融作用，体现政策性金融机构强烈的社会责任感，融资与融智相结合，推动我国西南岩溶地区石漠化治理。

(本文完成于 2007 年. 作者邹力行，国家开发银行研究院，北京 100036)

参 考 文 献

黄黔. 2006. 在国家开发银行召开的西南草地畜牧业座谈会上的发言. 草业科学, 23(5): 1

任继周. 1999. 回溯中国西南岩溶地区草地–畜牧业系统的开发研究. 草业学报, 8(专辑): 1~11

第十二章 食物安全、生态现代化和扶贫战略

南方草地农业潜力及其食物安全意义

李向林

本文讨论了南方地区草地农业的主要类型，并结合粮食安全问题分析了南方草地农业的发展潜力。分析表明，南方地区水热条件优越，土地类型多样，具有发展多种草地农业系统的巨大潜力。其中典型的南方草地农业系统包括：山地温带多年生栽培草地，冬闲田黑麦草，冷季和暖季相结合的一年生饲草系统，以及林草复合系统。随着经济的快速发展，直接口粮消费不断下降，而动物源食物消费不断增长，这就为草地农业发展带来良好机遇。简单推算表明，南方发展草地农业、实行以草代粮是可行的，而且潜力巨大。

一、引言

食物安全已经成为关系到我国经济社会可持续发展的重要问题。自联合国粮农组织(FAO)于1974年首次提出"食物安全"(food security)概念以来，其含义不断丰富和延伸，已经形成包括食物数量安全、食物质量安全和食物可持续安全在内的广义概念。然而，"food security"在我国却译为"粮食安全"，以食物生产为己任的农业，在我国也约定俗成地被简化为作物种植业。这种"以粮为纲"的食物安全观忽视了动物生产在整个食物生产系统中的作用，不仅未能很好地解决"三农"问题，而且过度强调谷物生产还引发了水土流失、土地退化、环境污染等诸多生态安全问题。

随着我国城乡居民经济收入的增加，我国居民的食物消费结构有了较大变化，动物源食物的消费水平日益增长，牛肉、羊肉、牛奶等源自草食动物的食物消费增长尤为迅速。这就要求在我们食物安全问题上更加重视草地农业。草地农业是生态农业之一种，由我国传统农业的精耕细作结合西方"有

畜农业"发展而来。草地农业有别于传统农业的显著特点,是将牧草作为植物生产的重要组分纳入农业土地利用,并突出草食家畜在食物生产和经济发展中的重要性(Barnes et al., 1995)。草地农业将植物生产与动物生产相结合,把食物生产系统作为整体来开发利用,符合节约资源、高效产出、生态和生产兼顾、可持续发展的现代农业特征(任继周,2004;任继周等,2002)。我国南方地区热量丰富、雨量充沛,有大面积的草山草坡、疏林草地、果园隙地、冬闲田等土地资源,可以发展不同类型的草地农业系统。本文将对南方地区的主要草地农业系统和模式予以讨论,在此基础上结合粮食安全问题对南方地区草地农业的发展潜力予以分析。

二、南方主要草地农业系统

南方大多数地区属于亚热带(少部分热带)湿润气候,热量丰富,雨量充沛。区内地形多样,整体上丘陵和山地是平原面积的 4.85 倍,多数省区市为 2~3 倍,云南和贵州则分别为 12 倍和 15 倍(任继周,1999)。平原地区多为水稻产区,作物一年两熟或三熟;丘陵山地则多为林地、草地和旱作农田。从低地平原到丘陵山地,常常具有显著的垂直气候变化。生态环境的立体垂直变化是南方农业系统差异的决定性因素,其影响往往超过水平地带的变化。因此,从平原(或盆地)到山地,适宜的草地农业系统具有明显的不同。

(一) 山地温带多年生混播草地系统

南方山地具有温带气候特点,也是南方草地资源的主要分布区。根据 20 世纪 80 年代农业部组织的全国统一草地资源调查(中华人民共和国农业部畜牧兽医司等,1994),南方地区各类草地总面积达 7952 万 hm^2,占该区域土地总面积(26 020 万 hm^2)的 30.56%。南方草地包括暖性草丛、暖性灌草丛、热性草丛、热性灌草丛、干热稀疏灌草丛、低地草甸和山地草甸等类型,其中以热性灌草丛类和热性草丛类草地面积最大,分别占草地总面积的 39.2% 和 31.6%,两类合计占总草地面积的 70% 以上。这些草地大多数分布于海拔 1000m 以上的山地,常称为"草山草坡"。特别是在云贵高原及其东延的各大山系顶部的山原地带,地势相对开阔,草地面积大而连片，属于山地温带湿润气候，适宜建立以温带牧草为主的高质量混播栽培草地。

　　自 20 世纪 80 年代以来，通过"七五"至"九五"国家科技攻关项目以及农业部的示范性开发，我国南方山地栽培草地的建植、管理、利用以及防止退化的技术已经基本成熟并相互配套。以豆科牧草白三叶 *Trifolium repens* 和红三叶 *Trifolium pratense* 与多年生黑麦草 *Lolium perenne*、鸭茅 *Dactylis glomerata* 等禾本科牧草混播而建立的多年生栽培草地，可与新西兰的栽培草地相媲美，形成了独特的"亚热带山地常绿温带草甸"景观(张新时等，1998)。在良好管理条件下，这类以三叶草为基础的栽培草地牧草干物质产量为 7500~8500kg DM/hm^2，载畜能力至少达到 7.5 个羊单位/hm^2(李向林等，2001)。这类草地适合发展肉牛、肉用山羊以及半细毛羊(毛肉兼用)等家畜，以放牧利用为主，而在交通和市场销售便利的地区可发展奶牛生产。湖南南山牧场是南方草地开发的一个成功典型。南山牧场位于海拔 1760m 的湘西边陲，多年来已经建立了三叶草和黑麦草为主的栽培草地 5000hm^2，实行公司+基地+农户的产业化经营模式，饲养奶牛 5700 多头，成为我国南方最大的现代化牧场和绿色食品生产基地。

　　早在 10 年前，由中国科学院院士和中国工程院院士及著名专家组成的南方草地考察组就得出结论，认为南方草山草坡是亟待开发的后备食物资源，如能高水平开发 1330 万 hm^2，年产牛羊肉的能力可达 300 万 t，等于生产 2400 万 t 粮食(孙鸿烈等，1998)。

(二) 水稻冬闲田黑麦草系统

　　南方的低海拔平原地区及山间盆地(平坝)，农作物可一年两熟或三熟，水稻是主要作物，在水稻收获后的冷季，过去主要种植小麦或油菜等。近十几年来，由于冷季作物的效益日益下滑，加上劳动力向城市的转移，南方水稻产区出现大量的"冬闲田"。利用这些冬闲田种植冷季型一年生牧草，建立轮作草地，生产潜力很大。自从 20 世纪 90 年代利用水稻冬闲田种植多花黑麦草 *Lolium multiflorum* 的"黑麦草–水稻"草田轮作系统在广东开始试验以来(杨中艺等，1997a，1994；杨中艺，1996；杨中艺和潘静澜，1995；杨中艺和潘哲祥，1995)，近 10 年来已经在南方各地普遍推广，发展迅速。

根据南方各地的经验，冬闲田黑麦草在一个生长季(一般从9月下旬至翌年4月中旬约150天)的干物质产量可达12 000~15 000 kg DM/hm²，同时还能改善稻田土壤的生物、物理及化学特性(王华等，2005；辛国荣等，1998)，有利于后作水稻产量的提高(杨中艺等，1997a；杨中艺，1996)。冬闲田种植黑麦草并配套养畜(禽)的草地农业系统经济效益十分显著。例如，根据笔者在四川省的调查，传统上稻田在冷季种植小麦，粮食产量不过3500kg/hm²，收入为3000~3500元/hm²，而同样的土地种植多花黑麦草，干物质产量可达15 000kg DM/hm²，用于饲养兔、鹅、山羊或奶牛，可增加收入15 000~37 500元/hm²。江苏常熟地区通过发展"稻–草–鹅"模式，在不降低水稻产量的情况下，每公顷可产鹅肉5250kg(张卫建等，2001)；在广东省潮州、梅州等地，直接出售冬闲田种植的黑麦草可获得收入15 000~45 000元(杨中艺等，1997b)。

南方水稻产区的冬闲田是极其重要的草地农业资源，如能充分利用，其生产潜力相当可观。冬闲田黑麦草的发展使土地资源得到更充分的利用，可极大缓解南方平原地区饲草资源的不足，对于促进草食家畜生产具有十分重要的意义。此类地区经济发达，市场繁荣，容易建成产业化程度很高的草地农业系统。

(三) 一年生饲草轮作系统

在南方中海拔、低海拔的丘陵旱作农业区，多具有冬冷夏热的过渡性气候特点，尤以长江中下游地区为甚。在这种气候条件下，多年生牧草常存在越冬(热带牧草)或越夏(温带牧草)困难。利用暖季型和冷季型一年生饲草对温度条件的不同需要，将两者结合，分段种植，可最大限度地利用气候和土地资源，形成生长季延长到全年的高效饲草系统。根据对多花黑麦草、小黑麦 *Triticoseale wittmack* 等冷季牧草与饲用玉米 *Euchlaena mexicana* Schrad.、高丹草(高粱–苏丹草杂交种，*Sorghum bicolor×S. sudanenes*)不同组合的研究(刘芳等，2006)，证明冷季和暖季饲草相结合建立的一年生饲草系统全年干物质产量可超过36t DM/hm²(表12-1)。

表 12-1　冷季和暖季饲草相结合的一年生饲草系统干物质产量

饲草生产系统	冷季饲草产量 /(kg DM/hm²)	暖季饲草产量 /(kg DM/hm²)	合计产量 /(kg DM/hm²)
黑麦草 – 玉米	12 575.1	19 390.0	31 965.1
黑麦草 – 高丹草	12 686.1	14 346.8	27 032.9
小黑麦 – 玉米	18 720.7	17 966.4	36 329.6
小黑麦 – 高丹草	18 720.7	17 966.4	36 687.1

资料来源：刘芳等，2006。

如以每年饲草干物质产量 36t DM/hm² 、每个羊单位每年需要 550kg DM、饲草占总日粮的 80%计算，则这样的一年生饲草系统每公顷的生产力可超过 80 个羊单位，潜力十分惊人。南方地区人均耕地面积很小，人口压力较大，因此土地资源应得到最大限度的利用。传统的旱作粮食作物受制于籽实成熟所需要的特定气候条件，因而气候和土地资源的利用不够充分。饲草生产属于"营养体"农业而不受这一制约，以营养体(生物学)产量计算其生产效率远高于传统粮食生产(贠旭疆，2002；刘国栋等，1999)。

(四) 林草复合系统

南方山区有许多疏林地和果园地，可以用于牧草和家畜生产。有意识地将林地与农作物或草地畜牧业相结合而形成的复合系统，被称为"农林业"(agroforestry)，自 20 世纪 80 年代以来在欧洲和大洋洲均有相当的发展(Lundgren and Nair，1985)。农林业有各种不同的类型，其中与草地有关的是"林草系统"(silvopastoral system)和农林草系统(agro-silvopastoral system)(Atta-Krah，1993)。前者是指木本植物(树)与草本植物在草地开发中的结合，后者则是在林草系统的基础上增加作物组分(包括饲料作物)而形成的农林草"三元结构"(不同于常说的"种植业三元结构")。

以往在南方的一些研究工作已经揭示了在疏林地种植牧草和饲养家畜的潜在效益。马尾松林下禾草–三叶草草地的产量受林木密度或林冠郁闭度的影响，要达到较高的牧草产量，必须保证林木郁闭度不能太高(图 12-1) (聂中南等，1992)。研究表明，林下种植了牧草的马尾松树高和胸径比未种草的林地分别增加 1.49 倍和 1.63 倍(王代军和聂中南，1992)。在树木密度为 720 株/hm² 的马尾松林下栽培草地，放牧 11 月龄的幼牛，在 4~11 月的牧草生长季内，幼牛平均日增重达 478g，18 月龄体重达到 200kg (吴克谦和周清水，1992)。同时，草地上的林木可为家畜提供阴凉和生物围栏作用。

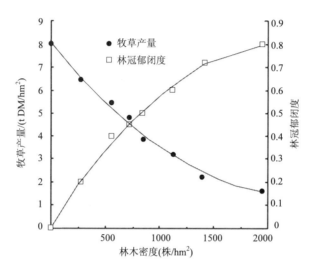

图 12-1　亚热带丘陵地区马尾松密度和郁闭度对林下禾草–三叶草混合草地产量的影响
资料来源：聂中南等，1992

亚热带丘陵地区也是经济林的主要分布区，各种果园、茶园的栽种面积较大。在果园种草，可以降低土温、增加有机质、减少地表冲刷，具有显著的生态效益和经济效益。在三峡库区所做的试验证明，柑橘园和茶园种草同样可以增加土壤肥力、减少水土流失、降低夏季温度，同时每亩可增加水果产量 180kg 左右，每亩增加茶叶 1.6kg，每亩增收 300~450 元，其中还不算牧草用来养畜后的经济效益(陈伟烈等，1994)。在亚热带丘陵地区利用经济林的空隙种植牧草，发展复合农业系统，是一种有巨大潜力可挖的高效生态农业模式，值得进一步研究、试验和开发。

林间草地或果园草地放牧家畜的最大风险是家畜(特别是山羊)对林木的破坏，风险的大小与林木的种类和年龄、放牧的家畜和载畜量以及放牧的时期有密切关系。为降低这种风险，应尽可能采用刈割和舍饲的利用方式。

三、草地农业与粮食安全

社会和政府对粮食安全的担忧可能会成为草地农业发展的制约因

素。我国粮食生产于 1998 年达到历史记录之后出现连续下降，粮食价格在持续 6 年下降后于 2003 年秋季开始回升，从而引发了许多人对我国粮食的担忧。我国的粮食安全真的面临巨大挑战吗？统计资料和一些客观的研究结果表明，我国目前是世界上粮食最安全的发展中国家之一，2003 年秋季以来的粮价上涨总体上是一个正常的市场供需反应(黄季焜，2004)。

从城乡居民食物消费来看，我国的口粮安全是完全有保障的。自 20 世纪 80 年代以来，我国城乡居民人均粮食消费一直在持续下降，其中农村居民人均粮食消费从 1983 年的 260kg 下降到了 2004 年的 219.3kg，同期城市居民人均粮食消费从 144.5kg 下降到了 78.2kg。相反，同期我国城乡人均肉食(猪、牛、羊和家禽)消费则在微幅波动中持续增加，其中农村和城市居民肉食人均消费分别从 1983 年的 10.8kg 和 22.4kg 增加到了 2004 年的 17.9kg 和 31.3kg (图 12-2)。显然，随着家庭经济收入的增加，动物源食物的比例不断增加，而直接的粮食消费需求不断下降(图 12-3)。这说明，在家庭经济条件改善以后，居民对食物的质量有了更高的需求，这是近 20 多年来我国畜牧业持续快速发展的主要驱动因素。

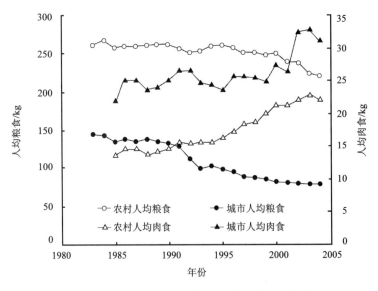

图 12-2　全国城乡居民粮食和肉食消费水平变化

资料来源：中国农业年鉴编辑委员会，1984~2005

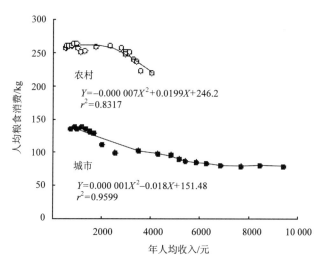

图 12-3 全国城乡居民粮食消费与人均收入的关系

资料来源：中国农业年鉴编辑委员会，1984~2005

按照目前城乡居民的平均粮食消费水平，1 个农村人口的粮食消费约等于 2.8 个城市人口的粮食消费。2004 年全国城市和农村人口分别为 5.4283 亿和 7.5705 亿，按当年城乡人均口粮消费水平，全国总的口粮消费应为 2.08 亿 t。根据统计数据，我国农村人口比例已经从 1978 年的 82.1%下降到了 2004 年的 58.2%，城市人口则相应地从 17.9%增加到了 41.8%，每年平均变化 0.92 个百分点。据此计算，在 2013 年左右我国农村和城市人口将各占 50%，届时全国人均口粮消费约为 150kg，14 亿人口的口粮总需求约 2.1 亿 t，与 2004 年的需求量相差无几。这说明，农村人口比例降低所导致的粮食消费需求减少，可以大体抵消新增人口导致的粮食消费需求增加。2004 年我国粮食总产量近 4.7 亿 t，远远大于口粮消费，说明我国粮食产量的一半左右被用作饲料用粮和工业用粮。

从全国整体来看，目前并不存在对国家粮食安全构成巨大威胁的因素，但饲料粮将是未来全国粮食消费的第一大项。尽管我国猪肉占肉类总产量的比重已经从 1985 年的 86%下降到了 2004 年的 65%以下，而且有继续下降的趋势，但作为人均耕地缺乏的国家，我国却是世界第一养猪大国，2004 年猪肉产量占全世界的 47.6%，猪饲料占了世界的 40%以上；美国是产粮大国，猪肉产量却只占全世界的 9%。与北方相比，我国南方地区饲料粮比较缺乏，但目前南方猪肉人均占有量却高于全国平均水平，而牛肉、羊肉和奶类人均占有量分别只有全国平均水平的 44.67%、42.86% 和 20.41%(表 12-2)。因此，在南方地区更需要调整畜牧业结构，大力发展草地农业，增加草食家畜比重。

表 12-2　全国和南方地区主要畜产品产量人均占有量比较(2004 年)

	人均占有量/kg					
	肉类	猪肉	牛肉	羊肉	禽肉	奶类
全国	55.73	36.17	5.20	3.07	10.40	18.22
南方	51.66	38.77	2.32	1.32	8.60	3.72
南方与全国相比/%	92.69	107.18	44.67	42.86	82.71	20.41

注：①各产品人均占有量系根据总产量和总人口计算而来；②"南方"包括上海、江苏、浙江、安徽、福建、江西、湖北、湖南、广东、广西、海南、重庆、四川、贵州、云南 15 个省级行政区。

资料来源：国家统计局，2005；中国农业年鉴编辑委员会，2005。

四、南方以草代粮发展草地农业的潜力

既然我国粮食产量完全能够满足城乡居民的口粮需求，而且全国粮食产量的一半左右是用作饲料的，那么粮食安全的问题实际上已经转化为饲料安全的问题。从解决饲料资源的角度，可以将单位面积粮食(饲料粮)和饲草的生产效率作一对比。为了便于不同农业系统之间产出的比较，在这里引入"稻田当量"的概念。以南方地区主要作物稻谷的饲料代谢能产量为标准，将其他作物或饲草(可利用)与之比较，按单位面积饲料代谢能产量折算为相当于稻田的面积，即为"稻田当量"，计算结果见表 12-3。

表 12-3　南方地区粮食作物和饲草的干物质(DM)、粗蛋白质(CP)、代谢能(ME)产出及"稻田当量"(PE)

产品种类	干物质产量/(t/hm²)	利用系数	可利用干物质产量/(kg/hm²)	粗蛋白质含量/%	粗蛋白质产量/(t/hm²)	代谢能含量/(MJ/kg)	代谢能产量/(MJ/hm²)	稻田当量
稻谷	5.5	1.0	5.5	8.5	0.47	13	71 500	1.00
小麦	2.5	1.0	2.5	13.0	0.33	13	32 500	0.45
玉米	3.8	1.0	3.8	9.5	0.36	13	49 400	0.69
冬闲田黑麦草	12.0	0.8	9.6	15.0	1.44	10	96 000	1.34
青贮玉米	20.0	0.8	16.0	8.0	1.28	10	160 000	2.24
多年生栽培草地	8.0	0.7	5.6	15.0	0.84	10	56 000	0.78

注：稻谷、小麦、玉米谷粒产量根据《中国农业年鉴 2005》中 2004 年的数据计算而来，干物质含量按 88% 计算；冬闲田黑麦草、青贮玉米、栽培草地的产量，粗蛋白质和代谢能的含量均根据文献报道综合而来。

根据表 12-3，如以饲料代谢能产量为衡量标准，每公顷小麦和玉米籽实稻田当量分别为 0.45 和 0.69，而每公顷冬闲田黑麦草、青贮玉米和栽培草地的稻田当量分别为 1.34、2.24 和 0.78。如以每公顷粗蛋白质产量作为衡量标准，冬闲田黑麦草、青贮玉米和多年生栽培草地的粗蛋白质产量分别是稻谷的 3 倍、2.7 倍和 1.8 倍，是小麦的 4.4 倍、3.9 倍和 2.5 倍，是玉米(籽实)的 4 倍、3.6 倍和 2.3 倍。

目前我国南方 15 省区(不包括台湾)水稻种植面积近 2500 万 hm^2，水稻冬闲田闲置面积很大。假设其中 40% 即 1000 万 hm^2 冬闲田能够在冷季种植一年生牧草，则相当于增加 1340 万 hm^2(2 亿亩)稻田的产能。南方玉米种植面积约 609 万 hm^2，而目前玉米主要用作饲料。如果将其中 1/3 即约 200 万 hm^2 的粮用玉米改为青贮玉米，则相当于 448 万 hm^2 稻田的产能，减去原来粮用玉米减少的 200 万 hm^2，相当于新增 248 万 hm^2(3720 万亩)稻田的产能。南方可利用天然草地面积达 6500 万 hm^2，如果将其中 1/3 即 2000 万 hm^2 建成高产栽培草地，相当于增加 1560 万 hm^2(2.34 亿亩)稻田的产能。这 3 项合计，相当于 3148 万 hm^2(4.72 亿亩)的"稻田当量"，潜力十分可观。另外，南方还有 833 万 hm^2 的烤烟地，也可发展冬闲田种草；106.9 万 hm^2 茶园、464 万 hm^2 果园，以及大面积的疏林和隙地均可发展不同类型的栽培草地。

由此可见，通过发展草地农业、以草代粮，能够更好地发挥资源的潜在优势，对保障我国的食物安全有重要意义，也是农民增收、农业增效的一个重要途径。以上只是一个粗略的推算，而且是以解决饲料问题为目的，其前提条件是整个农业结构(包括种植业和畜牧业)随之调整，即从当前的"粮-猪"农业向草地农业转变，减少耗粮型家畜特别是猪的比重，增加草食家畜(禽)的比重。而这个调整也符合当前我国畜产品消费市场及畜牧业结构调整的发展趋势。

五、结论

对中国这样的人口大国来说，食物安全是关系到可持续发展的重要问题。食物安全的内涵十分丰富，而并不局限于粮食安全。随着我国家庭收入的提高，城乡居民的食物消费结构已经在发生变化，其显著特点是肉类和奶类的人均消费不断增长，粮食的人均直接消费不断下降。统计数据显示，我国目前是世界上粮食最安全的发展中国家之一。单纯从口粮需求来看，现有粮食产量完全能够保障，而饲料粮正在或已经成为我国粮食需求的第一大项。我国人均耕地贫乏，完全依靠粮食来保障饲料安全在经济和生态上成本太高，不符合中国国情。草地农业将植物生产与动物生产密切结合，着眼于食物生产系统的整体效率，使食物资源得到更充分的利用，符合可持续发展的需要。我国南方地区水热条件优越，具有发展草地农业的巨大潜力，如以大面积草山草坡开发利用为特征的山地温带多年生栽培草地、以草田轮作为特征的冬闲田黑麦草系统、以丘陵旱作区土地高效利用为特征的冷季和暖季一年生高产饲草系统、以林地和果园草地高效利用为特征的林草复合系统等。以饲料生产为目的简单推算，每公顷冬闲田黑麦草、青贮玉米和栽培草地的稻田当量分别为 1.34、2.24 和 0.78。假如南方地区能够发展 1000 万 hm^2 的冬闲田黑麦草、200 万 hm^2 的青贮玉米和 2000 万 hm^2 多年生栽培草地，按代谢能产量核算，相当于新增 3148 万 hm^2 "稻田当量"，由此可见南方草地农业的巨大潜力。

（本文完成于 2007 年. 作者李向林，中国农业科学院北京畜牧兽医研究所，北京 100193）

参 考 文 献

陈伟烈, 张喜群, 梁松筠, 等. 1994. 三峡库区的植物与复合农业生态系统. 北京: 科学出版社: 24~40

黄季焜. 2004. 中国的粮食安全面临巨大的挑战吗? 科技导报, 22(9): 17~18

李向林, 白静仁, 韩雪松, 等. 2001. 牧压和肥力对亚热带山地牧草净生产的影响. 草地学报, 9(2): 79~82, 86

刘芳, 李向林, 白静仁. 2006. 川西南农区高效饲草生产系统研究. 草地学报, 14(2): 147~151

刘国栋, 曾希柏, 苍荣, 等. 1999. 营养体农业与我国南方草业的持续发展. 草业学报, 8(2): 1~7

聂中南, 王代军, 周奠华. 1992. 林下人工种草、林草结合的研究//黄文惠, 王培. 亚热带中高山地区草地开发研究. 北京: 中国农业科学技术出版社: 138~146

任继周, 李向林, 侯扶江. 2002. 草地农业生态学研究进展与趋势. 应用生态学报, 13(8): 1017~1021

任继周. 1999. 中国南方草地现状与生产潜力. 草业学报, 8(增刊): 24~32

任继周. 2004. 草地农业生态系统通论. 合肥: 安徽教育出版社

孙鸿烈, 李振声, 张新时, 等. 1998-05-04. 南方草地: 亟待开发的后备食物资源. 中国科学报

王代军, 聂中南. 1992. 森林–草地生态系统中森林生长状况的研究//黄文惠, 王培. 亚热带中高山地区草地开发研究. 北京: 中国农业科学技术出版社: 186~189

王华, 黄宇, 阳柏苏, 等. 2005. 中亚热带红壤地区稻–稻–草轮作系统稻田土壤质量评价. 生态学报, 25(12): 3271~3281

吴克谦, 周清水. 1992. 林下草地产量与家畜生产性能的研究//黄文惠, 王培. 亚热带中高山地区草地开发研究. 北京: 中国农业科学技术出版社: 172~178

辛国荣, 岳朝阳, 李雪梅, 等. 1998. "黑麦草–水稻"草田轮作系统的根际效应 3. 黑麦草根系对土壤生物性状的影响. 中山大学学报(自然科学版), 37(6): 94~96

杨中艺, 潘静澜. 1995. "黑麦草–水稻"草田轮作系统的研究 II——意大利黑麦草引进品种在西南亚热带地区免耕栽培条件下的生产能力. 草业学报, 4 (4): 46~51

杨中艺, 潘哲祥. 1995. "黑麦草–水稻"草田轮作系统的研究 III——意大利黑麦草引进品种在西南亚热带地区稻底撒播条件下的生产能力. 草业学报, 4(4): 52~57

杨中艺, 余玉粦, 陈会智. 1994. "多花黑麦草–水稻"草田轮作系统的研究 I——意大利多花黑麦草引进品种在南亚热带地区集约栽培条件下的生产能力. 草业学报, 3(4): 20~26

杨中艺. 1996. "黑麦草–水稻"草田轮作系统的研究 I——冬种意大利黑麦草对后作水稻生长和产量的影响. 草业学报, 5(2): 38~42

杨中艺, 岳朝阳, 辛国荣, 等. 1997a. 稻田冬种黑麦草对后作水稻生长的影响及其机理初探. 草业科学, 4 (4): 20~24

杨中艺, 辛国荣, 岳朝阳, 等. 1997b. "黑麦草–水稻"草田轮作系统应用效益初探(案例研究). 草业科学, 14(6): 36~39

贠旭疆. 2002. 发展营养体农业的理论基础和实践意义. 草业学报, 11(1): 65~69

张卫建, 郑建初, 江海东, 等. 2001. 稻/草–鹅农牧结合模式的综合效益及种养技术初探. 草业科学, 18(5): 17~21

张新时, 李博, 史培军. 1998. 南方草地资源开发利用对策研究. 自然资源学报, 13(1): 1~7

中华人民共和国农业部畜牧兽医司, 中国农业科学院草原研究所, 中国科学院自然资源综合考察委员会. 1994. 中国草地资源数据. 北京: 中国农业科学技术出版社

国家统计局. 2005. 中国统计年鉴 2005. 北京: 中国统计出版社

中国农业年鉴编辑委员会. 1984~2005. 中国农业年鉴. 第 5 卷~第 26 卷. 北京:中国农业出版社

Atta-Krah A N. 1993. Trees and shrubs as secondary components of pasture. *In*: New Zealand Grassland Association, et al. Proceedings of the XVII International Grassland Congress. New Zealand: New Zealand Grassland Association: 2045~2052

Barnes R F, Miller I F, Nelson C J. 1985. Forages: An Introduction to Grassland Agriculture. 5th ed. Iowa: Iowa State University Press: 3~13

Lundgren B, Nair P K R. 1985. Agroforestry for soil conservation. *In*: El-Swaify S A, et al. Soil Erosion and Conservation. Ankenny, Iowa: Soil conservation Society of America: 703~717

我国的生态建设与生态现代化

黄　黔

本文提出，我国生态问题有两类，一类是经济较为发达，工业化中的环境污染和生态退化；另一类是经济较为落后，过度垦殖造成生态退化。本文主要研究农村贫困引起的生态退化。作者认为贫困地区的生态修复应当遵循历史的阶段性，实现生态修复和农民脱贫致富的和谐同步。在生态修复的同时对植被适度利用，通过森林抚育、灌木和草地的刈割及适度放牧促进植被的健康发育。林草植被的保护、利用和建设是相互依存，相互制约，又相互促进的。生态建设必须以人为本，把生态修复与区域经济发展结合起来，把生态建设与农民脱贫致富结合起来，把各部门的治理结合起来，把财政力量和群众力量结合起来。

一、生态建设的回顾和争论

我国大规模开展生态建设，引起科学家的广泛关注和深入讨论。

(一) 对生态环境建设一词的讨论

2005年5月全国科学技术名词审定委员会遵照国务院要求组织讨论会(钱正英等，2005)。

(1) 中国工程院钱正英、沈国舫、刘昌明院士认为应将"生态环境"一词逐步改正为"生态和环境"或严格一点用"环境与生态"；应将"生态环境建设"一词逐步改正为"生态与环境的保护、修复和改善"或"环境与生态的保护、修复与改善"。在全国五届人大讨论宪法草案时，中国科学院院士黄秉维提出"生态环境"，被采纳写入宪法。但是黄秉维院士后来写文章表示这是一个错误，希望科技名词审定委员会改正过来。钱正英等院士说"生态"是与生物有关的各种相互关系的总和，不是一个客体，而环境则是一个客体，将环境与生态叠加使用是不妥的。应改为"生态与环境"。1987年中国科学院环境科学委员会提出"生态环境建设"，原意是：应把社会、经济、环境作为一个复合系统，在高效发展经济社会的同时，应保护生态环境，促进生态良性循环。国务院还发布《全国生态环境建设规划》。但在国际交往中发现这个名词不能为国外接受，其原因是：对自然环境，国际的共识是应去除或减轻人类对自然界的干扰破坏，保护、恢复或修复(部分恢复)原有的自然生态系统，而不是人为地"建设"一个生态系统。事实上，这个词在国内已经产生一些误解和误导。一些地方，不是努力认识在当地自然条件下天然生态系统的演化规律，不是着眼于如何利用大自然的自我修复功能，去保护、恢复或修复天然的生态系统，而是热衷于建设大规模的人工生态系统，造成大量资金和劳力的浪费，有的由于违反当地自然环境的规律，不但徒劳无功，甚至事与愿违，反而增加了破坏。

(2) 国家林业局黎祖交建议用"生态建设和环境保护"替代"生态环境建设"。建议对"生态建设"一词给出如下定义："生态建设是根据现代生态学原理，运用符合生态规律的方法和手段进行的旨在促进生态系统健康、协调和可持续发展的行为的总称。"其中既包括对原有自然生态系统、半自然生态系统的保护和对遭受破坏生态系统的恢复、修复或重建，也包括新的人工生态系统的建立。

(3) 中国科学院孙鸿烈院士主张"生态建设"这个词是可以用的。"生态建设"一词译成英文应该是"ecological restoration"。其内涵包括了修复、重建、建设等概念。实际上，人工生态系统建设是不可避免的。不要人工系统，只能都回到自然去，回到原始社会去。

(4) 中国林业科学研究院唐守正认为"生态环境"一词作日常用语是可以的，但是在科学术语和政府行文中应该规范；"生态建设"从广义来讲也是可以使用的。

(5) 中国科学院动物研究所王祖望说，生态学名词审定委员会在 2002 年对初步选定的 14 008 条名词经筛选确定为 3735 条。大家始终未将"生态环境"和"生态建设"两词选入"生态学名词"。这是由于"生态建设"这个词极易突出人的主观意志，而往往忽略了按照生态系统自身规律进行所谓的建设。而生态学本身已有一系列科学的名词，如生态恢复、生态修复、生态系统管理等名词，准确而科学地指导人们去处理受到人类破坏的生态系统，如何按照科学本身的规律去恢复、修复，甚至于重建生态系统。总之，在我国特定的条件下，多一点对大自然的敬畏，少一点"人定胜天"的思想，对保护我们已经千疮百孔的自然环境会有莫大的好处。

(6) 全国科技名词委邬江认为可肯定"生态建设"这个名词；将"生态环境"的内涵一分为二，在一般情况下用"生态与环境"，在强调两者相互交融密不可分时用"生态环境"；在通常情况下，"生态环境建设"可用"生态建设和环境保护"代替。

本文认为，生态学和环境科学是两个科学领域，环境污染和生态退化是工业化过程中出现的两个重大历史性问题，生态建设和环境保护是两个重要国策，在做严谨的科学研究或政策研究时可分别加以表述。但这里的生态退化问题主要是针对自然生态系统和农业生态系统而言，这个生态退化问题是现代化面临的一种环境问题。然而，就人类社会与周围环境及其相互关系形成的生态系统而言，环境问题又成为另一种生态问题。

(二) 生态修复的思路和途径

(1) 一部分人对生态建设持积极有为的态度，包括林地建设、草地建设和水土保持工程建设等，可称为生态修复的有为学派。例如，新中国成立50多年来，在黄土高原采取植树、造林、改梯田和筑淤地坝等工程，治理水土流失。从20世纪五六十年代治理的局部观测数据看，各水土保持试验站进行的小区和小流域径流泥沙观测取得的大量科学资料证明，坡耕地修成水平梯田可以减轻水土流失80%~90%；荒坡造林种草，可以减轻水土流失40%~60%；沟中筑坝淤地，每亩可拦泥1000~5000t，同时还可巩固并抬高沟床，稳定沟坡，减轻沟蚀。如果小流域综合治理措施面积达到流域面积50%~60%，加上坝地的拦泥作用，全流域减沙量可达原产沙量的70%~80%(周佩华等，2002)。

(2) 一部分人认为生态修复主要需要依靠自然修复的力量，人类活动对生态系统只能起干扰破坏作用，可称为生态修复的无为学派。在退牧还草工程和一些省区全面禁牧的生态恢复过程中，这个学派起了重要作用，事实上禁牧后也的确可能见到植被自然恢复的效果。但是这部分植被生长量原来是群众的放牧量，禁牧使农民收入减少。

(3) 还有一种思路，既承认生物措施和工程措施的作用，也承认自然修复的力量，但认为不能只从技术角度看问题，农村贫困是生态退化的重要原因，改善生态必须建设林草生态经济，可称为生态修复的和谐学派。

回顾黄土高原 50 多年植树造林,到目前保存的林地面积仅有 800 万 hm²,其中真正成片的郁闭度较高的森林面积很少;有很大一部分成为"小老头树",生态效益、经济效益与人们的期望相差甚远,挫伤了群众造林的积极性;与此同时,出现反复造林、反复投资、年年造林不见林的情况(周佩华等,2002)。从图 12-4 可知,"小老头树"集中分布区的南界大致与暖温带落叶阔叶林带的北界接近(侯庆春等,1991),可见造林效益低的主要原因是造乔木林范围不适当地向西、向北扩展造成的(周佩华等,2002)。

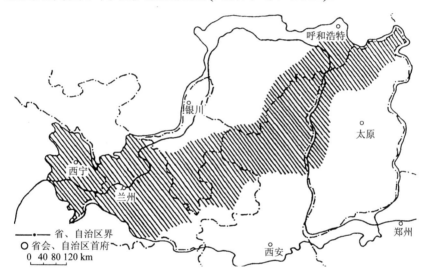

图 12-4 黄土高原"小老头树"分布带(阴影部分)
资料来源:周佩华等,2002

黄土高原草场建设一直是薄弱环节,一方面草场是集体的,羊是个人的,虽然提出了草地承包到户,但并不落实,形成只养羊不建设草地;另一方面忽视科学放牧,春季 3~5 月牧草刚刚发芽,经过反复啃食践踏,牧草生长被抑制;同时也缺少抗旱、耐瘠、耐牧、适口性好的牧草品种(周佩华等,2002)。边治理边破坏的现象在一些地方相当严重(周佩华等,2002)。黄土高原综合治理必须构筑让农户脱贫致富的林草生态经济。

岩溶地区生态脆弱(曹建华等,2006)。图 12-5 至图 12-8(同时参见彩图 10 至彩图 13)给出了广西壮族自治区的岩溶分布、森林分布、灌丛分布和草地分布。从图 12-5 与图 12-6 的对比,不难发现,虽然广西壮族自治区水热条件好,原始植被的顶级群落是常绿阔叶林和落叶阔叶林,但是,岩溶发育强烈的区域由于土层薄，基岩不隔水，大部分可更新水资源进入地下水系，在人类活动的条件下，森林分布比较稀疏。从图 12-7 和图 12-8 可以看出，灌木和草本植物在岩溶发育强烈的区域，具有明显优势。目前被划为林地的主要是疏林地和灌木林地，包含疏林草地和灌丛草地。生态建设采取人与自然和谐的方针，就应当顺势而行，在岩溶地区首先应当搞好草地和灌木林地的生态经济建设，播种多年生优质牧草和饲用灌木，通过适度放牧保持其生态稳定性。

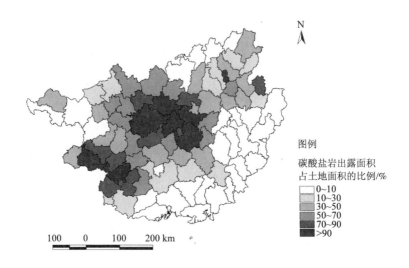

图 12-5　广西壮族自治区岩溶分布(曹建华等，2006)

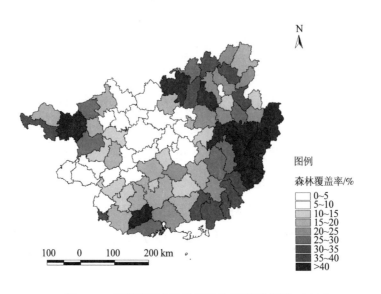

图 12-6　广西壮族自治区森林分布(曹建华等，2006)

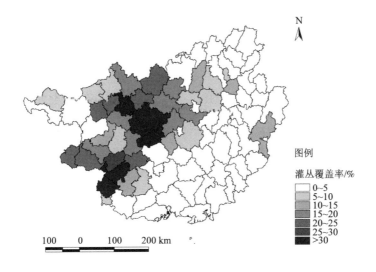

图 12-7　广西壮族自治区灌丛分布(曹建华等，2006)

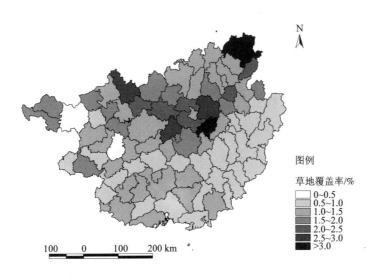

图 12-8　广西壮族自治区草地分布(曹建华等，2006)

邓小平同志在改革开放之初曾指出："总地说来，现在农村工作中的主要问题还是思想不够解放。除表现在集体化的组织形式这方面外，还有因地制宜发展生产的问题。所谓因地制宜，就是说那里适宜发展什么就发展什么，不适宜发展的就不要去硬搞。像西北的不少地方，应该下决心以种牧草为主，发展畜牧业。"(邓小平，1980)。

本文认为，因地制宜不仅是生态修复的操作方法，更是生态修复的根本原则。我们既要承认生物措施和工程措施的作用，也要承认自然修复的力量，但是必须认识到，农村贫困是黄土高原和岩溶山区生态退化的主要原因；因而在综合治理的内容上，不仅要修复生态，还要建设林草生态经济，在生态改善的同时适度地科学利用植被资源；在综合治理的布局上，生态负荷应相对分散，减轻局部生态压力，全面协调农林牧业，科学利用植被资源和土地资源，使生态修复和脱贫致富和谐同步；在推动机制上，不能只依靠公共财政，应始终与群众利益紧密结合，与区域经济发展及群众脱贫致富结合，各部门协同，充分调动群众力量，这是贫困地区生态修复的根本途径。

二、生态系统和生态现代化

生态建设的对象是生态系统，只有准确理解生态系统，深刻认识生态问题，才能正确把握生态现代化的方向。生态系统是 Tansley(1935)提出的，他发现土壤、气候和动物对植物的分布和丰度有明显的影响，这是自然生态系统；有人类干预的则是农业生态系统；从更广的视角，人类社会与周围环境及其相互作用又形成一个生态系统。

地球上生命能量的基本来源是植物通过光合作用获取的太阳能，因此，自然生态系统的基础是植物初级生产力，植物是大多数生态系统的初级生产者，食草动物是初级消费者，又是次级生产者，食肉动物在食物链上则可能居于二级消费者、三级消费者……的位置，微生物可能是生态系统的初级生产者，大多是分解者。

(一) 陆地自然生态系统

没有人类干预的生态系统是自然生态系统，自然生态系统可大可小，最大是生物圈，最小是一片草地，一个池塘。陆地自然生态系统主要有以下几种形态(蔡晓明，2002)。

1. 森林生态系统

森林是陆地自然生态系统的主干。历史上全球森林面积曾达到 76 亿 hm^2，覆盖率60%。在人类大规模砍伐之前森林约占45.8%，至1985年下降到31.7%。在一些国家，森林是陆地自然生态系统的主体，如日本森林覆盖率达 68%；有些则不然，如英国森林覆盖率只占 7%。中国森林面积 1.75 亿 hm^2，森林覆盖率 18.2%。森林在净化空气、调节气候、保护环境等方面起着重大作用，是丰富的种质基因库。森林生态系统一般可分为乔木层、灌木层、草本层和地面层 4 个层次。森林生存着大量野生动物，是多物种、多层次的复杂系统。森林生态系统具有很高的自调控能力，维持系统的稳定结构与功能，是地球上生物生产力最高的生态系统，每公顷森林年生产干物质 12.9t，而农田是 6.5t，草原是 6.3t。

2. 草原生态系统

草原是内陆半干旱到半湿润气候下的地带性产物，降水不足以维持森林的成长。世界草地总面积约 50 亿 hm^2，占陆地总面积的 33.5%(Lieth, 1975)。中国草地面积 4 亿 hm^2，占国土面积的 41.7%。草原处于湿润的森林区与干旱的荒漠区之间，是荒漠化的第一道生态屏障。

在我国的草原中，草甸草原是最湿润的类型，如呼伦贝尔；典型草原分布在比草甸草原更干燥的地区，如锡林郭勒；荒漠草原分布在锡林郭勒往西到二连浩特、鄂尔多斯西部一带。阴山以南、鄂尔多斯高原中部和东部等地分布有暖温型草原。西北和西南还有山地草原和荒漠草原。草原生态系统的初级生产量在所有陆地生态系统中居中等或中等偏下水平。它的生产力主要受到水分条件的限制。因此，从草甸草原至荒漠草原，随雨量减少，初级生产力随之有规律地下降。

3. 荒漠生态系统

荒漠是地球上最为干旱的地区，其气候干燥，蒸发强烈，是由超旱生的小乔木、灌木和半灌木占优势的生物群落与其周围环境组成的综合体。全球荒漠化土地面积有 36 亿 hm^2，占地球陆地面积的 28%。中国荒漠化土地以温带荒漠为主体。面积已达国土面积的 8%，其中风沙活动和水蚀引起的荒漠化面积各约占 50%，全国水蚀面积 1.79 亿 hm^2，每年流失土壤总量约 50 亿 t。荒漠生物群落极为稀少，植被丰度极低，但荒漠植物以丰富多样的状态忍受着水的缺乏。荒漠降水量少而集中。

4. 苔原生态系统

苔原是由极地平原和高山苔原的生物群落与其生存环境组合的综合体。

全球苔原面积约 8 亿 hm^2，约占陆地总面积的 5.3%(Whittaker，1970)。中国仅在温带东部的长白山和西部的阿尔泰山存在山地苔原。

5. 湿地生态系统

湿地指地表过湿或常年积水、生长着湿地植物的地区。湿地是开放水域与陆地之间过渡性的生态系统，它兼有水域和陆地生态系统的特点。全世界湿地面积约有 5.14 亿 hm^2，约占陆地总面积的 6%，其中中国湿地面积约占世界湿地面积的 11.9%，居亚洲第一位，世界第四位(Mitsch and Gosselink, 1986)。据近期研究，实际上中国有沼泽约 1100 万 hm^2，湖泊 1200 万 hm^2，滩涂和盐沼地 210 万 hm^2，稻田 3800 万 hm^2，共计 0.63 亿 hm^2，还没有包括江河、水库、池塘及浅海水域。稻田约占全国湿地面积的 60%。而在全国沼泽面积中，山地沼泽面积约占 60%。

湿地水文条件成为湿地生态系统的独特属性，一般有高的穿水流和营养物的湿地生产力最高。在水的过饱和状态下，动植物残体不易分解，土壤中有机质含量很高。湿地生态系统是许多粮食作物的重要生境。生长在水淹土壤的水稻是世界 50%以上人口的粮食，占世界总耕地的 11%。湿地有重要的净化水源的功能，被誉为自然界的"肾脏"。浅水湿地为污染物的降解提供了良好的环境。湿地的厌氧环境又为某些有机污染的降解提供了可能。湿地还具有削减洪峰、蓄纳洪水、调节径流的功能。

(二) 农业生态系统

农业生态系统是人类干预的生态系统，应当优化人类的干预。在 20 世纪 80 年代初期国际上兴起可持续农业的同时，中国兴起了相应的生态农业，与国际上曾经出现的生态农业不同，中国倡导的生态农业不是简单地拒绝现代技术进入农业领域而回归自然，而是把生态学原理应用于农业发展，并继承和发扬中国自古以来处理人与自然关系的哲理，在农业技术进步的同时，用整体观和系统观研究、规划和发展农业。

我国比较典型的生态农业模式(李文华，2003)有：农田间作、套作与轮作模式；农林复合系统生态农业模式；畜禽养殖生态农业模式；湿地系统生态农业模式；淡水湖泊系统生态农业模式；草地生态农业模式；以沼气为纽带

的物质循环利用模式；水土保持型生态农业模式。其中有些模式的划分体现
了相关部门的管理职能，便于在中国利用政府项目推动生态农业发展。

　　我国比较典型的生态农业技术(李文华，2003)有：高效立体种养技术；节
水农业技术；生态优化植保技术；化肥高效利用与控制技术；农业微生物应
用技术；健康安全食品的生产技术；城市污水土地处理技术；农村污水处理
与资源化利用技术；农牧业固体废弃物处理与资源化利用技术；农村能源开
发与利用技术；生态农业信息技术。

　　我国比较典型的生态农业区划(李文华，2003)有：农村生态家园；生态农
业村；生态农业县；东北地区生态农业；华北温暖半湿润区生态农业；黄土
高原半干旱半湿润区生态农业；西北干旱半干旱区生态农业；西南亚热带湿
润区生态农业；中亚热带东部湿润区生态农业；华南热带亚热带地区生态农
业；青藏高原地区生态农业；近海地区生态农业。

　　不同角度划分的生态农业既体现了我国农业生态系统的多样性，也反映
了农业技术和管理的条块分割。本文认为农业生态系统还可作以下划分，并
加以深入地研究。

1. 耕地农业生态系统

　　我国耕地目前约有18.3亿亩，农业生态系统从狭义而言就是指耕地农业生
态系统。现有生态农业的大部分研究内容和成果，都是针对耕地农业生态系统
的。一方面我们要保护耕地，坚守18亿亩耕地的红线，加强农田水利建设，
另一方面要保护和建设草地，发展草地农业，从大农业的角度提出草地农业和
林地农业的时机已经成熟，因而，研究耕地农业生态系统的必要性也日益迫切。

2. 草地农业生态系统

　　过去，草业从属于耕地农业，草地农业生态系统常常是研究草田轮作的
耕作制度等特定内容。在草业发展提到议事日程之后，需要界定草地农业即
草业的内涵，草地农业与耕地农业并列，已成为大农业的一部分，草业不再
只是草制品业，草地农业不再只是草地畜牧业，草地农业包含四个生产层，
即前植物生产层、植物生产层、动物生产层、后生物生产层，草地农业生态
系统的研究也就提上了议事日程(任继周，2004)。我国现有3.2亿亩栽培草地

和改良草地，今后在建设好 16 亿亩基本农田的同时，应当有计划地建设好 10 亿亩优质的栽培草地，确保国家的食物安全。

3. 林地农业生态系统

森林不但在保障国家的生态安全方面发挥重要作用，而且也是我国森林工业的木材资源，从大农业的角度，还应大力发展林地经济，使林地成为广大林农的致富基地。

在以往许多研究中，林地农业生态系统被称为农林系统，是以林木为基础，农业为主体的农、林、牧、渔结合的人工复合生态系统，利用生态学原理，发挥树林长期稳定的生产力，具有生产食物、木材、饲料和燃料等产品的能力和防护农业的功能，进行时空多层次安排，把种植和养殖工作统一组配，形成合理的多种功能流，提高单位面积上的生产量和经济效益，并能提高生态系统的稳定性。

4. 耕地–草地耦合的农业生态系统

我国北方放牧草原冬季自然条件相对恶劣，牲畜大都要补充饲草度过冬春；我国农区的山地也有丰富的草地资源，可建设栽培草地；在耕地上可实行草田轮作制度，有利于保持土地生产力。从家畜方面而言，家畜成长期在草原放牧，育肥期在农区补饲；从季节方面而言，牧草繁茂期家畜在草原放牧，枯草期在农区过冬；从土地方面而言，主要作物生长期种水稻或经济作物，空闲期种优质牧草，都是耕地–草地耦合的农业生态系统。研究和发展耕地–草地耦合的农业生态系统对我国农业发展有重大意义。

5. 林地–草地耦合的农业生态系统

发展林间牧场是世界各国以短养长发展林业的惯例，林牧结合可以使林农致富。广义的林草农业生态系统包括了林地农业和草地农业的耦合，在研究了基础含义的耕地农业、草地农业和林地农业生态系统之后，有必要对林地–草地耦合的农业生态系统做专门的研究和发展。

生态建设，在自然保护区内是自然生态系统的修复和保育；在广大农村既包括自然生态系统的保育，也包括耕地农业生态系统、草地农业生态系统、林地农业生态系统的建设。

(三) 工业化社会的生态现代化

我国现代化的主流是工业化和城市化，因而必须关注人类社会快速发展与自然环境的关系，解决工业化中的环境、资源和能源问题，这是一种更重要的生态建设。从 20 世纪 60 年代开始，环境问题引起人们的关注，到 80 年代，诞生了欧洲生态现代化理论，主要围绕人类社会与自然环境的相互关系。生态现代化概念进入欧洲国家的政策议程，成为政党的政纲、议会的主题和社会政策的指导原则，认为在生态学原则指导下，环境管理和经济增长的协同发展是有可能实现的。生态现代化的主题是人类社会发展和周围的自然环境及其相互关系，这也是生态系统。与自然生态系统和农业生态系统一样，都是生态系统概念的一种具体形态。在中国，生态一词过去较多地用在与生物有关的领域，今后还应把生态一词扩展到环境社会学领域，从生态现代化的角度，解决工业化中的环境、资源和能源问题。

(四) 生态脆弱贫困地区的生态建设

我国长期以来就处在工业化大规模建设的热潮中，这个建设热潮还将持续几十年。我们遇到了发达国家工业化过程中遇到的问题，也遇到了发达国家后工业化时期遇到的问题，还遇到发达国家工业化过程中没有遇到的问题。例如，我国农村人口以常住人口计有 7.45 亿人，以户籍人口计有 9.49 亿人。除了外出打工，在生态脆弱的贫困地区，农民获取收入的简单手段是漫山垦殖和饲养猪鸡。农村贫困和生态退化耦合形成恶性循环，是不同于发达国家的生态问题。生态系统包括人类在内，生态建设必须以人为本，只有从扶贫开发入手才能遏制生态退化，生态建设只有与经济社会发展结合、与农民脱贫致富结合才能顺利开展。

三、新时期的生态建设

针对农村贫困引起的生态退化问题，经过大量生态建设实践，加深了对客观必然规律的认识，我国的生态建设正在逐步提升到综合治理的新阶段。

(一) 从林草生态经济的整体布局规划综合治理

生态建设不仅要建设林草植被，更要建立林业和草业，不仅要通过调整土地利用结构保护生态,更要将这部分被调整的土地由耕地农业向草地农业和林地经济转型;草地农业和林地经济是在植被基础上的产业,是生态经济,既可修复生态又可富民;只有从向生态经济转型入手抓综合治理才能真正实现生态修复和重建。生态建设的巩固不能单纯依靠后续产业,而要从一开始就形成内在的整体布局。没有从林草生态经济角度做工程设计,产业资金和金融资金就难以配合投入,靠中央财政既治山又养人,生态建设就难以大规模推进。为把生态建设提高到新的阶段,应针对黄土高原、岩溶山区、高寒草甸、蒙新草原、中部山地以及横断山脉、秦巴山区等不同生态区制订林草生态经济的发展规划,开展综合治理。

(二) 从扶贫开发入手遏制生态退化

我国黄土高原和岩溶山区生态脆弱,与农村贫困相互耦合形成恶性循环。只有从扶贫开发入手,发展林草生态经济增加农民收入,才能摆脱越垦越穷的怪圈。如果没有增收来源,贫困地区的草地和林地仍有可能被开垦。生态建设应贯彻以人为本的科学发展观,依靠群众,把生态建设与经济社会发展以及农民的脱贫致富结合起来。在生态脆弱的贫困地区,科技扶贫的重点是发展林草生态经济,使扶贫产业发展成为生态修复和扶贫开发的结合点。

(三) 应重视生态自然修复和人与自然和谐

生态建设不仅要植树种草,更重要的是依靠自然力量修复生态,实现人与自然和谐。以草地为例,在自然生态系统的食物链中,植物生长量,食草动物生长量和食肉动物生长量之间有按 $1/10$ 比率递减的法则。在草地、家畜和人所构成的草地农业生态系统中,促进草地和家畜的协同进化,可提高生产效率。20 世纪 30 年代以后欧美国家草地畜牧业转型,实行划区轮牧的方法,把草地按照恢复情况划分为 4~8 块,每次限制采食地面以上植物生长量的 $1/2$,轮牧周期应使植物得以恢复。显然,每次采食地面以上植物生长量的 $1/2$,加上划分为 4~8 块进行轮牧的划区轮牧方法,实际上符合草食家畜生长量与牧草植物生长量之间 $1/10$ 比率的生态学规律。传统放牧,生产水平低,营养转化率低,出栏率低。通过草地畜牧业的转型和现代化,改良草种畜种,科学管理,可提高畜产品的质量和产量,一般而言增产潜力可达 3~5 倍,精细管理甚至可提高 5~10 倍。

(四) 摸清底数，统筹规划，协调发展农林牧业

林地和草地既是重要的生态屏障，也是农民致富潜力很大的土地资源。为了保障国家食物安全，在建设好 16 亿亩基本农田的同时，应规划建设好 10 亿亩栽培草地。有计划地建设栽培草地，科学放牧，严格管理，可使草地成为我国重要的食物后备来源。同时，应有计划地发展林地经济，包括木竹果药及林产品加工，在林间牧场养畜是各国林业以短养长的通行做法，造林 9 年后可以放牧，林草结合有利于保持水土，林牧结合可使林农致富。耕地、林地、草地都是农用地，集体农用地承包到户建设家庭农场，农户才能成为新农村建设的主体。为了加强对农民的服务，提供技术、资金和产业的支持，各级政府应加强统筹和协调机制，摸清底数，统筹规划，协调发展耕地农业、草地农业、林地经济和农村建设。

(五) 岩溶地区石漠化综合治理的序幕已经拉开

岩溶地区森林脆弱，难以利用，在人类活动条件下森林稀疏，大多是疏林地和灌木林地。人工造林虽可以成活，但由于土层薄和岩溶漏水，经济效益不高，但在陡坡上保水保土的作用很大；岩溶地区通常 70%~80% 是山地，耕地资源贫乏，过度垦殖造成水土流失和石漠化；传统草食畜牧业也存在过牧现象。但是，从另一个角度看，夏天满山可见绿色，疏林、灌丛和草丛十分繁茂。这部分植被和土地是宝贵的资源，现在有条件采用新的生产方式，对这部分植被资源和土地资源加以保护和科学利用，例如，可在陡坡上育林，在缓坡上种草养畜，发展山地畜牧业，发展多种林草生态经济。

20 世纪 80 年代，任继周院士在云贵几个万亩草场引进温带优质牧草，适度放牧保持草地的生态稳定性，形成了新的植被类型——东亚亚热带山地常绿温带草地(李博，1998)。贵州省晴隆县在贫穷落后的农村把这个科技创新转化为生产力，在岩溶山区栽培四季常绿草地，放牧杂交羊，羊羔当年出栏，实现了生态修复和脱贫致富的双赢，被称为生态畜牧业。2006 年 6 月国务院扶贫办在贵州晴隆召开科技扶贫现场会，决定在西南 8 省区市开展种草养畜

科技扶贫试点。2006 年 12 月国务院西部开发办和农业部部署了云南巧家县、贵州晴隆县和德江县草地治理试点。2007 年 4 月贵州省在 20 个县部署推广晴隆模式开展草地生态畜牧业产业化扶贫试点，其中 17 个县种草养羊，3 个县种草养牛，省财政经费对每县支持 500 万元，对每个试点农户支持 8200 元，购买能繁母羊 20 只或能繁母牛 3 只。国家发展和改革委员会组织 8 省区市编制石漠化综合治理规划已初步完成，准备在 100 个县实施综合治理试点。我国岩溶地区石漠化治理的序幕已经拉开。南方草地资源为 10.2 亿亩(杜青林，2006)，可利用草地 8.4 亿亩(卢欣石，2002)。可利用的植被资源还包括疏林草地、灌丛草地、林下草地和林间草地，都可以建设成为放牧地。南方山地的植被资源和土地资源是国家食物安全的重要后备资源，国家的生态安全和食物安全是统一的整体。

　　我国生态系统的修复、改善和重建是现代化进程中的一项十分重要而艰巨的任务，大规模的生态建设标志着我国的现代化进入了同时建设物质文明、精神文明、政治文明和生态文明的新阶段。

　　(本文完成于 2007 年. 作者黄黔，中国国际工程咨询公司，北京 100048)

参 考 文 献

蔡晓明. 2002. 生态系统生态学. 北京: 科学出版社: 241~283

曹建华, 袁道先, 章程, 等. 2006. 脆弱的广西岩溶生态系统: 地质地貌对资源、环境和社会经济的制约. 中国人口、资源与环境, 16(3): 383~387

邓小平. 1980. 关于农村政策问题. 收入邓小平文选(第二卷).1994 年版. 北京: 人民出版社: 315~317

杜青林. 2006. 中国草业可持续发展战略. 北京: 中国农业出版社: 34~57

侯庆春, 黄旭, 韩仕峰. 1991. 黄土高原地区"小老树"成因及其改造途径的研究 I——小老树的分布及其生长特点. 水土保持学报, 5(1): 64~72

李博. 1998. 南方草地资源开发利用对策研究//旭日干. 1999. 李博文集. 北京: 科学出版社: 392~398

李文华. 2003. 生态农业. 北京: 化学工业出版社: 109~899

卢欣石. 2002. 中国草情. 北京: 开明出版社: 104~109

钱正英, 沈国舫, 刘昌明, 等. 2005. 关于"生态环境建设"提法的讨论(14 篇文章). 科技术语研究, 7(2): 20~38

任继周. 2004. 草地农业生态系统通论. 合肥: 安徽教育出版社: 20~44

周佩华, 柴宗新, 刘万铨. 2002. 第十二章 黄土高原与长江上游地区水土流失变化趋势预测//秦大河. 中国西部环境演变评估 第二卷(丁一汇. 中国西部环境变化的预测). 北京: 科学出版社: 114~139

Lieth H. 1975. Modeling the primary productivity of the world. *In*: Lieth H, Whittaker R H. Primary Productivity of the Biosphere. New York: Springer-Verlag: 237~264

Mitsch W J, Gosselink J G. 1986. Wetlands. New York: Van Nostrand Reinhold Company: 2~88

Tansley A G. 1935. The use and abuse of vegetational terms and concepts. Ecology, 16: 284~307

Whittaker R H. 1970. Communities and ecosystems. The Journal of Ecology, 58(3): 897~898

按贫困片区扶贫开发的必要性及案例分析

黄　黔

一、中国扶贫开发面临新的历史任务

21 世纪以来，中国进入全面建设小康社会的历史阶段，农村发展也进入了以城带乡和以工补农的新时期。但是，一些中西部农村的经济生活仍然处在逐步从半自然经济向市场经济过渡的进程中，地区差距和城乡差距仍然很大，并且在继续拉大。扶贫开发基本解决了温饱问题，在完成与农村最低生活保障制度的衔接和过渡之后，将主要致力于贫困农户生产方式的升级和发展能力的建设，逐步缩小城乡差距和地区差距，根本解决农村的地区性贫困问题。

中国农村虽然基本解决了温饱问题，但是在相当长时期内一部分农村居民的温饱问题作为个体性贫困问题仍将继续存在，对此必须有清醒的认识。在新时期，农村温饱问题将主要依靠农村低保制度和赈灾救灾制度，用财政救助的方式解决。今后，一部分农村居民温饱问题的解决，不再以享受最低生活保障的贫困人口数量的减少为特征，而是以农村最低生活保障制度的不断完善为特征。

二、中国贫困农村的区域分布

(一) 贫困农村分布的主要影响因素

1. 中国三个地势阶梯

中国青藏高原崛起成为"世界屋脊"，是晚新生代全球变化中的一个重要因素，造成中国地形结构的三级地势阶梯(汤懋苍等，2002)。青藏高原是最高一级阶梯。云贵高原、黄土高原、内蒙古高原、天山、阿尔泰山、秦岭及四川盆地、塔里木盆地、准噶尔盆地、河西走廊、银川平原、渭河关中平原构成第二级阶梯。中国东部的平原、丘陵及中低山，则处于最低的地势阶梯。

当青藏高原上升到一定高度时，中国行星风系在晚第三纪被古季风系统所取代。红色的风成沙在广大区域的残留，表明红色沙漠的存在(董光荣等，1995)。到第四纪初，当青藏高原上升到动力临界高度和水汽凝结高度以后，现代亚洲季风环流便代替了古季风环流(张林源，1995)。从西北干旱区带来的粉沙，形成巨厚的风成黄土，覆盖在红色盆地之上，演变为黄土高原。黄土分布的地区是人类离开洞穴定居和农耕活动开始得最早的地区。黄土文化就是一种古老的农耕文化，黄土高原成了中华民族和华夏文化的摇篮。云贵高原因地表普遍存在第三纪红色风化壳又被称为"红土高原"。它在不断上升过程中因气候变凉，红土风化壳遭受剥蚀，处于退化过程(汤懋苍等，2002)。

2. 中国三个生态大区

中国科学院的报告《中国西部环境演变评估》中，采用气候-地貌-植被相结合的指标体系，把中国划分为东部季风区、西北干旱区和青藏高寒区三个生态大区(伍光和等，2002)。

(1) 东部季风大区。不仅包括行政分区的东部和中部，还包括西部位于地势第二阶梯的西南湿润地区和西北半湿润地区及半干旱地区，从南到北含有7个气候带。气候特征是冬冷夏热，雨热同期。冬季风偏北，寒冷干燥；夏季风来自海洋，温暖而又湿润，气温及雨量显著高于同纬度的其他国家与地区，是中国最主要的农林牧渔业区。

(2) 西北干旱大区。不含陕西省、宁夏南部和甘肃河东地区，却包括内蒙古中西部。昆仑山、阿尔金山、祁连山及青海省也不属西北干旱区而归属青藏高原。有中温带和暖温带两个气候带。绝大多数地区年降水量不足200mm。植被以灌木、半灌木荒漠为主，覆盖度很低。人类活动集中于有灌溉水源的绿洲区。

(3) 青藏高寒大区。该区生物循环、土壤发育等生态过程迟缓，生态系统结构简单，处于相对原始状态，有明显的垂直地带性和水平地带性。以高原荒漠、草原和草甸为主，在高原南部和东南边缘，发育了具有亚热带特性的生态系统。整个大区生态环境严酷，也相当脆弱。中国地势三阶梯、生态三大区、干湿四分区的界线和沙漠分布见图12-9(同时参见彩图1)。

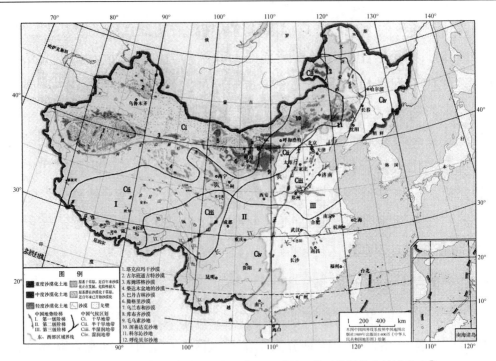

图 12-9　中国地势三阶梯、生态三大区、干湿四分区的界线和沙漠分布①

3. 中国贫困农村的主要分布区

中国贫困农村主要分布在地势第一阶梯和第二阶梯(大致相当于西部 12 个省区市)，并延伸到第三阶梯一些低山丘陵地区。

(1) 第一阶梯的青藏高寒大区。由于海拔高，积温低，加上氧气稀薄，生存条件严酷。农牧民主要靠放牧牦牛和藏绵羊，少量种植青稞，商品率很低，生活条件艰苦。随着农牧民定居也开始种植蔬菜。

(2) 第二阶梯的西北干旱大区。戈壁、沙漠、盐碱地面积大，在流动沙地、重盐碱地和风蚀地甚至几乎不生长植物。中国沙漠面积共达 81 万 km²，仅新疆、内蒙古两自治区就达 66.6 万 km²(董光荣等，2002)。农业主要是绿洲种植业和草原牧业，土地自然生产力低，难利用土地的比例很大。

(3) 第二阶梯上属于东亚季风区的贫困山区。大体包括黄土高原、岩溶山区、内蒙古东部和中部、山西、河南、湖北、湖南各省的山地，这是中国主要贫困人口分布区，地跨不同热量气候带。这些地区生态脆弱。当生态负荷较小

---

① 引自《中国西部环境演变评估》第一卷"中国西部环境特征及其演变"(王绍武和董光荣，2002)书末彩图 5，原图题注为"中国沙漠及沙漠化分布图"(根据《中国北方沙漠及沙漠化土地分布略图》等编绘 2001.4)。

时，曾经很富饶；当生态负荷长期处于临界状态，就因生态退化而导致贫困。

4. 灾害多发区与贫困分布

中国是自然火害多发国家，贫困地区由于气候类型复杂，自然条件恶劣，更是自然灾害多发区域。特别是随着垦殖过度和生态退化，贫困地区自然灾害的发生频率、影响范围与危害程度均在增长，成为摆脱贫困的重要制约因素。

5. 社会历史条件与贫困分布

贫困农村的分布不但受到自然条件的影响，也受到历史和社会条件的影响。随着扶贫开发的深入开展，贫困人口越来越集中分布在少数民族地区、边境地区和革命老区。全国 592 个扶贫开发工作重点县中，少数民族县 267 个，陆上边境县 42 个，革命老区县 101 个。

(二) 中国扶贫开发工作重点县可划分为 8 个贫困片区

为了解决农村地区性贫困问题，应以自然生态区划、农林牧渔业产业区划、灾害分布，以及民族、宗教和文化特征作为科学依据，划分贫困片区，按照贫困片区制订扶贫产业规划。据初步研究，592 个扶贫重点县可大致分为 8 个贫困片区(图 12-10，同时参见彩图 16)：岩溶山区(涉及 8 省区市)，县

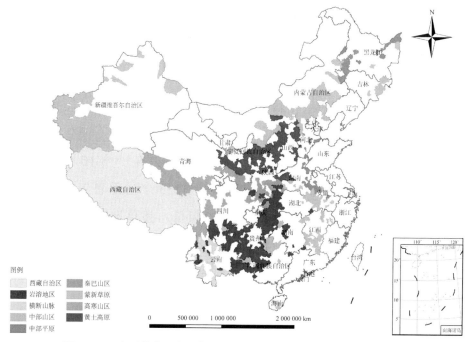

图 12-10 中国扶贫开发工作重点县划分为 8 个贫困片区(黄黔，2009)

数约占 592 个县的 27%；黄土高原区(涉及 7 省区)，县数约占 21%；蒙新草原区(涉及 3 省区)，县数约占 9%；高寒草甸区(涉及 4 省)，县数约占 4%；秦巴山区(涉及 4 省)，县数约占 7%；横断山脉高山峡谷区，县数约占 6%；中部山区，县数约占 17%；中部平原区，县数约占 9%。

三、不同贫困片区扶贫开发的案例分析

下面介绍几个不同贫困片区扶贫开发的案例，反映了贫困地区农民群众、各级干部、科技人员、企业家和扶贫工作者坚韧不拔的奋斗精神和把农业搞活，使农民致富，让农村变美的宝贵经验。

(一) 岩溶山区的科技扶贫

1. 晴隆县草地畜牧业科技扶贫

贵州省黔西南布依族苗族自治州晴隆县是石漠化严重的贫困山区，依靠财政扶贫资金的扶持，贫困农户种草养畜，是扶贫开发和生态修复结合的典型。近年来晴隆县建设了 20 多万亩人工栽培优质草地，给大石山铺上了四季常绿的地毯，农户家庭经营繁育了 20 多万只杂交山羊，远望山坡上放牧的羊群仿佛行走在云端，已经有近万户贫困农民脱贫致富，走上了社会主义市场经济条件下共同富裕的道路，成为周边县份和邻近省份农民自发前来学习的榜样。

2. 贵州省生态畜牧业产业化扶贫

贵州省是唯一没有平原支撑的省份，农民在土地承包以后大量开垦陡坡地，一些地区垦殖率高达 36%，造成严重水土流失和石漠化。在晴隆县草地畜牧业科技扶贫试点的基础上，国务院扶贫办在贵州 10 个县开展石漠化治理和扶贫开发结合的试点，省财政资金在 33 个县部署生态畜牧业产业化扶贫，财政资金扶持农户种草、建圈、购畜，县草地畜牧中心组织技术服务和销售服务，稳步发展草地畜牧业。云贵山地 20 多年来的科学试验，晴隆县 9 年来扶贫综合试点，贵州省 3 年来连片开发，构成了三阶段科技扶贫模式。

(二) 黄土高原的扶贫开发

1. 陕西苹果产业带

渭北黄土高原海拔 800~1400m，年日照 2200~2400h，昼夜温差 11.8~16.6℃，年降水量 560~750mm，土层 80~200m，土壤富含钾、钙、镁、锌、硒等元素，符合苹果适宜区的 7 项气象指标，比美国华盛顿州和日本青森县苹果产区的自然条件还要优越。

陕西从 20 世纪 50 年代开始栽种苹果，80 年代以来，特别是近 10 年来，依靠技术进步，苹果产业取得很大发展。科技人员经科学试验，提出陕西苹果区域规划，选育秦冠苹果，推广旱地矮化苹果栽培技术，推广苹果园规范化管理技术。目前，陕西苹果产业已形成规模，2007 年苹果面积 890 万亩，产量 650 万 t。至 2008 年年底，苹果浓缩汁年加工能力达到 75 万 t，果品贮藏能力达到 300 多万 t，其中冷藏能力超过 80 万 t。市场拓展到欧盟、东盟、北美等 80 多个国家和地区，果品年创汇额达 7 亿美元。陕西苹果栽培面积和总产量超过山东，位居全国第一，约占我国苹果总产量的 24% 和世界苹果总产量的 11%。

2. 西北设施农业

黄土高原和整个西北地区适宜发展设施农业。截至 2008 年年底，西北地区设施农业面积约 367 万亩，其中陕西 137 万亩，甘肃 95 万亩，宁夏 73 万亩，新疆 52 万亩，青海 10 万亩。以日光温室和大拱棚为主，约占总面积的70%，其次为小拱棚，连栋温室较少，仅有 1000 亩左右。以种植蔬菜为主，包括番茄、黄瓜、辣椒、茄子、甜瓜、芹菜。

西北地区光热资源很丰富，日照 2600~3500h，年温差和日温差都很大，年降水量大多不到 400mm。充足的太阳辐射和较长的日照有利于农作物的光合作用及有机物的积累；较大的日温差和相对干燥的空气有利于香气发育完全和糖类、矿物质与色素物质的良好形成；凉而不寒的气温有利于设施蔬菜全年生长。

3. 黄土高原半干旱区的草田轮作和草地农业

1) 庆阳草地农业试验站　试验站位于甘肃省董志塬,是黄土高原残存最大的塬面,年降水量 440mm 左右,年均温 8.2℃。任继周院士在农业部支持下于 1981 年建立庆阳站,把牧草引入农耕系统,建立草田轮作制度。长期试验证明,当豆科牧草面积在农田中占 20% 时,由于土壤肥力增加,单产提高,粮食总产量并不减少,而畜牧业产值在农业总产值中可占 50%,也就是总产值增加 1 倍。单独比较同样面积和同样栽培条件下的牧草和粮食,苜蓿与小麦的地面以上总生物量接近,但小麦籽实仅占地上生物量的 30%~40%,不超过 50%,而苜蓿的地上部分可全部刈割,且收获 2~3 次。同样生物量的苜蓿的蛋白质含量是小麦的 2~3 倍。

可见,在黄土高原无论实行草田轮作还是种植牧草,都有利于修复生态,而且可明显提高畜产品产量,增加农户收入。在人多地少的地方可重点推行草田轮作制度,在地广人稀或农民大量外出务工的地方可由农转牧。

2) 华池县科技扶贫试点方案　甘肃省华池县是半牧区县,农民有牧业生产和畜产品消费习惯,但在草地栽培和畜种杂交方面科技水平不高,发展生态畜牧业的科技潜力很大。2006 年 10 月,任继周院士带领科技扶贫专家组考察了黄土高原的华池县、和政县和方山县,对华池县与和政县提出了科技扶贫试点方案。

专家组考察华池县的试点村平均每户占地 200 亩左右,建议发展肉羊产业,基础母羊采用陇东黑山羊,发放到户;种公羊可采用波尔羊,由县草地畜牧中心建种羊基地管理,配置到户,每 8 个月轮换一次,避免近亲繁殖。试点方案平均每户需投入资金 2 万元,其中 4000 元由农户贷款或自筹,16 000 元由扶贫资金扶助。资金使用分为 4 个方面。一是草地栽培和围栏,二是购置家畜,三是基础设施,四是每村购置青贮打包设备以及防疫、技术服务和培训费用。项目户 3 年后达到预期规模,户均年收入可达 2 万元(依据 2006 年年底物价水平计算)。

3) 黄土高原坡耕地向生态畜牧业转型　中国的耕地农业具有精耕细作、技术配套、产量很高的特点,不论是坡地、湿地、滩地的农耕技术,还是复种套种的农耕技术都相当完备,可以比较充分地利用光温水资源。对农户来说，投入资金量较小，技术熟悉，产业链短，风险因素较少。但是，在黄土高原半干旱区，与好年成相比总是十年九旱，农户增收困难，水土流失严重。而中国的传统草地畜牧业比较粗放，没有实行优质草地栽培制度和优良畜种繁育制度，农区没有落实草地家庭承包制度，家畜近亲繁殖和出栏期长的现象较为普遍，商品畜过冬的草料消耗和体能消耗都很大。因此，用一般号召的办法不能完成由耕地农业向草地农业转型，甚至可能因粗放过牧而破坏植被。黄土高原半干旱区由耕地农业向现代草地农业转型，可以解决农户增收问题和水土保持问题，对降水量的年度变率和季节变率耐受能力较大。但是，初期投入较大，配套技术要求较高，产业链较长，风险因素也较多。因此，这种转型需要政府在基础设施、初期投入、技术服务和政策性保险等方面采取配套措施，才有可能顺利实现。

(三) 中部山地的扶贫开发

1. 湖北英山县茶业扶贫经验

英山县地处鄂东北大别山南麓，属湿润地区，耕地约占 14%，植被资源十分丰富。目前茶业是英山县的一个支柱产业，县里整合财政、扶贫、农业综合开发等部门的支农资金，对良种繁育推广、龙头企业建设、茶叶标准化生产、茶叶品牌开发等项目给予资金扶持，扶持建设了两个茶叶市场，100个名优茶制作中心，发展无性系良种茶园 3 万亩。2002 年制定了英山云雾茶省级地方标准。建立了英山云雾茶网站，推进了茶业的标准化、市场化和信息化。2007 年英山茶园面积达 15.8 万亩，茶叶年产量达到 1580 万 kg，产值达 4.2 亿元，茶叶产值占农业产值的 30% 左右。全县 8.8 万农户约有 60% 经营茶园。

英山县除了 15 万亩茶园之外，还有桑园 7.5 万亩，年产蚕茧达 190 万 kg。药材基地 10 万亩，已形成木本、草本、菌类三个系列，年产药材 1000 多万千克。此外，尚有占总面积 50% 以上的土地资源可用于生态保育、旅游开发或其他农林牧渔业发展。

2. 湖南城步县奶业扶贫考察

湖南省城步苗族自治县位于越城岭与雪峰山脉交汇处，北部海拔

350~450m，东南西三面环山，海拔 600~2000m，年降雨量 1300~1500mm。1956 年长沙和邵阳知识青年到城步县南山拓荒，先后创办过农场、园艺场、林场，都未获成功，从 1973 年开始改办牧场，与澳大利亚专家开展技术合作，建设了 7.5 万亩栽培草地，绿茵连绵起伏，蔚为壮观，号称"中国南方的一颗明珠"，生产"南山奶粉"。1997 年转制为上市公司，草地租赁给周边各县农民，草场建设大体停顿。1998 年城步县依托南山牧场发展奶业，县委书记带队考察新西兰，2003~2006 年县委、县政府、县人大发布文件和条例，解决鲜奶收购、奶业小额贷款、基层奶业工作人员管理、奶牛母犊饲养奖励、奶牛县内有序流动管理、奶牛保险等问题，奶业迅速发展。近几年因栽培草地的建设不够得力，各乡镇奶业发展势头趋缓，奶牛数量出现下滑。

现场考察中，各乡镇农户以舍饲方式用牧草、稻草和饲料喂养奶牛，平均每头奶牛种草 1.2 亩。目前该县草地尚未得到很好利用(全县草地占 35%)，也没有通过抚育森林利用林下草地(全县林地占 47%)，农户主要是利用承包的农田和周边的零星草地种草(种草 50%占用稻田或冬闲田，50%在坡地)，奶业尚缺乏足够面积栽培草地的支撑，草地建设尚缺乏路水电设施的有力支撑。

考察南山牧场，占地 20 万亩，其中 7.5 万亩已建设成为栽培草地，饲养奶牛以放牧为主。公司上市以后，从股市筹集的资金都转向其他经营方向，没有进一步扩大栽培草地。南山牧场 50 年的曲折历程和城步县各乡镇 10 年来发展奶业的探索，证明南方山地适合发展奶业，奶业是农户脱贫致富的有效途径；同时证明全放牧模式适合中国南方山地，是成本低而质量高的奶业生产方式；证明现代草业和奶业需要有资金、技术和管理等新的生产要素，贫困山区需要政府的扶持。

四、按片区扶贫的三阶段扶贫模式和扶贫产业的新特征

通过对不同片区扶贫开发的案例分析，我们发现，根本解决农村的地区性贫困，必须针对每一个贫困片区，探索自然生态系统规律、农业生态系统规律、农林牧渔业发展规律、扶贫产业发展规律，以及当地的民族、宗教和文化特点，经过长期的科学试验、综合的扶贫试点和持续的连片开发，因地制宜发展农林牧渔业，并应对灾害多发和市场风险的冲击，解决农村的地区

性贫困问题，加大对革命老区、民族地区、边疆地区、贫困地区的扶持力度。在新时期扶贫开发工作中，科学试验、扶贫试点和连片开发是相互衔接的三个环节或三个阶段。

研究还表明，新时期扶贫开发产业的发展具有以下 5 个新的特征：①从贫困农村入手解决中国农村的科学发展问题；②按贫困片区组织科学试验、扶贫试点和连片开发；③扶贫开发与生态修复相结合；④以口粮田建设和草地畜牧业为基础发展多种农林牧渔产业；⑤以农户经营为基础推进新农村建设和县域集群经济。

(本文①完成于 2009 年. 收入本书有节略. 作者黄黔，中国国际工程咨询公司，北京 100048)

参 考 文 献

董光荣, 王贵勇, 陈惠忠. 1995. 中国沙漠形成、演化与青藏高原隆升的关系//中国青藏高原研究会. 青藏高原与全球变化研讨会论文集. 北京: 气象出版社: 13~29

董光荣, 柴宗新, 陈惠中, 等. 2002. 第四章 生态环境的演变(下)//秦大河.中国西部环境演变评估 第一卷(王绍武, 董光荣. 中国西部环境特征及其演变). 北京: 科学出版社: 108

汤懋苍, 高晓清, 张林源, 等. 2002. 第五章 青藏高原对西部环境演变的作用//秦大河.中国西部环境演变评估 第一卷(王绍武, 董光荣. 中国西部环境特征及其演变). 北京: 科学出版社: 145~170

王绍武, 董光荣. 2002. 第一卷 中国西部环境特征及其演变//秦大河. 中国西部环境演变评估. 北京: 科学出版社: 彩图 5

伍光和, 杨勤业, 郑度, 等. 2002. 第一章 自然环境与社会经济//秦大河.中国西部环境演变评估 第一卷(王绍武, 董光荣. 中国西部环境特征及其演变). 北京: 科学出版社: 10~27

张林源. 1995. 青藏高原形成过程与我国新生代气候演变阶段的划分//中国青藏高原研究会.中国青藏高原研究会第一届学术讨论会论文集. 北京: 科学出版社: 261~281

---

① 原文为：黄黔. 2009. 按贫困片区扶贫开发和中国扶贫产业的新特点. 草业科学, 26(10): 12~23

第五篇　决　策　参　考

第十三章　草地农业决策参考

建设山清水秀富裕安康的大西南
——实施西南岩溶地区现代草业和奶业行动计划的建议

黄　黔

近日国务院研究室社会司与工程院、农业部、中国农业大学、中国农业科学院的同志到西南岩溶地区腹地云贵高原 7 地市 11 个县区考察，与当地干部群众座谈，回京后调研组又与科技部、教育部、扶贫办的同志一起研讨，有关情况和建议报告如下。

一、西南岩溶地区农村贫困和生态恶化必须引起高度重视

我国西南滇东、贵州、桂北、湘西、鄂西、川南等岩溶地区山高坡陡，土层瘠薄，日照偏少，水热资源尚好。明清以来，特别是康乾年间以后，移民垦殖，生态渐次恶化，成为我国贫困人口最多的地区。1958 年以来垦殖率持续攀升，耕地面积增加了 1 倍多，航测耕地约为统计耕地的 3 倍。玉米和马铃薯品种改良后，群众垦殖积极性更高了，"有一点土，就开出一块地"，靠生育和开荒与自然抗争的观念根深蒂固。近年来边退边垦，垦殖率居高不下。例如，毕节地区 1999~2002 年垦殖率仅下降 0.5%，其中还有 1/3 是因建设项目占用了优质耕地。沿途各地退耕还林指标是应退陡坡耕地的 1/10~1/5。石漠化明显加快，泥石流灾害严重。在今年滑坡灾害现场，表层漫布玉米、马铃薯残株，尽管地质条件是灾害的根本原因，人为垦殖也是重要诱因。

20 世纪 80 年代中期以来，多数群众有饭吃，有衣穿，生活有所改善，但还有一部分群众生活在贫困线以下，处境困难。沿途地市人均受教育年限仅 6 年左右，肺结核、肝炎、疟疾尚在流行。西南岩溶地区扶贫开发工作重点县和贫困人口约占全国 1/3，另有约 1/3 在西北黄土高原等半干旱地区，其他则散布于各偏僻地方。西南岩溶地区和西北半干旱地区农民增收和生态治

理对我国的现代化具有战略意义，应部署重大战役，否则会拖全国小康建设进程的后腿。

沿途干部群众对基础设施建设和退耕还林政策表示欢迎。交通、电力、水利改善了闭塞恶劣的生活条件。退耕还林改变了农林牧业生产与生态建设的观念，意义深远。新时期干部群众干劲很大。然而，各种发展措施都受到生态压力的制约，西南岩溶地区的生态建设和经济发展必须探索新的思路。

二、西南岩溶地区发展以现代草业和奶业为龙头的草地畜牧业势在必行

岩溶地区水热资源与新西兰相当，适宜种草。新西兰草地的 65% 是栽培草地，靠科学放牧，羊毛产量居世界第二，奶产品占世界贸易量的 60%。我国南方草地资源是新西兰的 3 倍，可以建设栽培草地，发展草地畜牧业。20多年来引种优质牧草，草场和牛羊生长良好。岩溶地区具有栽培草地和放牧养畜的自然条件。

草地是农林牧业联结的纽带，也是生态建设的重要途径。种草郁闭快，能保持水土。豆科草和豆科灌木有固氮作用，可改良土壤。在恢复乔灌草植被的过程中，草具有先导性。发展优质牧草，效益很好。种草可以促进林业发展。林草结合，能加快林木生长，还可以林间养禽或养畜，增加植林户和林业队伍收入。种草又可以促进农业发展。冬闲田种牧草既增加收入，又提高地力。我国的试验表明，用 20% 的耕地轮作种草，粮食单产、总产均可提高，还可增加草业收入。栽培草地是现代草地畜牧业的基础。南方天然草地5~10 亩承载一个羊单位，栽培草地 1 亩一个羊单位；传统畜种羊的出栏率为30%~40%，牛约为 15%，改良畜种羊的出栏率可达 90% 以上，牛可达 40%，即同样面积草地，存栏数可以提高 5~10 倍，而同样存栏数，畜产品可以提高1 倍。以现代草业为基础，实行科学管理和草畜平衡的草地畜牧业，在西南岩溶地区有很大的发展空间。在科学指导下，农林牧业结合，重点发展草地畜牧业，山清水秀、富裕安康的岩溶山区必将出现在美丽的大西南。

在现代草业的基础上，改良的肉羊、肉牛、半细毛羊和奶牛，以及其他猪、禽、水产、兔等，将迅速发展起来。要监测存栏数量，控制生态负荷，建设草场围栏，实行划区轮牧，在修复生态的同时增加农民收入。就发展农

业的先进生产力而言，应特别重视奶业发展。奶业是农业生态系统中的"重工业"和"火车头"，可以扩大就业，增加农民收入，带动产业结构调整。"六五"至"九五"西南种草养畜的科技项目中，凡有奶牛的，都延续下来，并呈扩大态势。近来，云南省昆明市晋宁县、宜良县、呈贡县出现 11 个奶牛生产合作社，贵州省贵阳市乌当区、花溪区、清镇市几个奶业经济联合体呈现雏形，云南省曲靖市麒麟区和贵州省黔南布依族苗族自治州独山县分别在公司加农户的机制中引进政府以奖代补和技术人员包户分担部分风险分享一点利润的作法推进奶牛扶贫贷款计划，进展顺利。究其原因，是西南岩溶地区光照略少，基岩漏水，雨水时空错位，"籽实农业"不如茎叶"营养体农业"，种草效益高于种粮；养畜延长产业链，提高了效益；奶牛利用反刍胃这个蛋白质转化率最高的天然发酵罐，进一步提高效益。在加入世贸组织以后，我们必须把高技术起点和高组织形态作为扶贫工作的基本思路。奶业是提高科技含量和资本有机构成的重要载体，能够增强农民的市场竞争能力，提高农业的集约化程度。我国有潜在的巨大的奶产品市场，目前人均年消费牛奶 9kg，发达国家在 100kg 以上，世界卫生组织建议人均年消费牛奶150kg。当然，奶牛繁育需要较长过程，但从学生饮奶计划提高了日本民族平均身高的经验和奶业可推动草地发展有生态效益看，发展奶业具有重大战略意义。

西南地区发展草地畜牧业潜力巨大。建设栽培草地、林间种草和草田轮作都有很大发展空间。长远看来，在奶产品和肉产品相对充足以后，舍饲成本下降空间小，科学放牧的草地畜牧业和奶业将具有更强的市场竞争力，将成为西南岩溶地区的优势产业。

三、进一步发展现代草业和奶业需要解决的几个问题

(一) 转变观念

西南岩溶地区不是粮食优势主产区，从草地畜牧业入手发展生态农业，是合理的分工格局。然而，调整产业结构，干部群众都亟待转变观念。"安于现状"和"粮食情结"是处理农林牧业关系普遍存在的传统观念，"粗放过牧"和"简单禁牧"是处理人畜草关系流行的操作误区，与农林牧结合的现代草业是产业结构调整和生态建设的坚实基础。现代草业的特征是栽培草

地和划区轮牧，实行"人管畜、畜管草"。任继周和蒋文兰等科学家在西南草地从事20多年的科学研究，证明适度放牧是保持优质草场生态稳定性的主要管护手段，通过示范使农民接受了正确的人畜草观念。

(二) 政策扶持

优质草地和优良畜种需要技术服务，畜产品占领市场需要形成规模，奶业的产业链需要环环紧扣。但建立技术服务体系和产业化经营体系，需要有政策的引导和扶持。一是培育科学养殖的示范户，二是培育技术服务机构和加工销售企业，三是鼓励公司和示范户带动贫困农户，四是进一步组织好公司加农户的经济联合体，对奶业要逐步建立养牛户对加工销售企业入股的奶牛合作社。县乡基层政权和党组织应通过宣传动员、贴息奖励、政策优惠等多种措施推动农民自愿地组织起来，在技术与组织方面给以指导。

(三) 科教领先

栽培草地、改良畜种、发展草地畜牧业特别是奶业，能否取得成功，首先要看科技示范、技术培训和技术服务是否到位。要通过科学试验确定当地适宜的草种、畜种和科学养殖规范。科技示范项目应包括对示范农户的扶持，建立中心场指导联户示范的机制，形成对周围农户的辐射带动能力。鼓励中心场建立加工销售公司，发展龙头企业。稳步推进当地农业技术推广队伍的建设和体制改革，发挥他们对农户特别是贫困农户的帮扶作用。吸引国内外企业家参与西南草业和奶业建设。争取国际机构立项支持。组织高等学校和科研院所围绕草业和奶业开展相关基础研究和技术开发，解决草和畜的改良繁育，草和灌木的刈割加工和科学放牧，奶的采集、储运、保鲜和深加工，促进科学和技术与生态建设相结合，与农民增收相结合。

(四) 市场信息

我们不仅要抓住长期起作用的因素，还要对瞬息多变的市场做出灵活反应。必须加强西南岩溶地区的生态农业信息化建设，做好市场信息预测，提高公司和农户间利益协调能力，严格技术标准，加大科学和技术含量，增强抵御市场风险的能力。西部地区农林牧业受自然经济影响深，适应市场经济难度大，要打开眼界，克服固步自封，形成和发展自己的特色，才能在市场竞争中占领一席之地。

(五) 加大投入

在西南岩溶地区发展高技术起点和高组织形态的现代草业和奶业，需要有较大投入。目前投入不足，而且项目分散。说起来，有生态建设、扶贫项目、科技专项、农业综合开发和西部开发项目等，但各部门之间协调不够，难以做大事。而县乡财政困难，一些专项经费又被挪用发工资。要进一步加大投入，搞好统筹规划。县乡政府要分流事业人员到富民项目中，在发展经济的过程中深化机构改革，以保证专项任务的落实。财政投入应放在草业和奶业发展相关的科学研究、技术推广、农户培训、示范户带动的奖励、贫困户贷款的贴息，以及普及义务教育和预防控制流行病等方面。

四、两点建议

(一) 加大西南地区种草养畜的力度

1980年邓小平同志批示搞飞机播草，1982年又指示："空军要担负飞机播草任务，不只搞一两年，要搞20年。"在西南飞播种草成本低，一些早年飞播草地在放牧条件下仍生长良好。在新的历史时期，我们应当探索新的发展模式，进一步加大种草养畜的力度，逐步地、成片地、有计划地种草养畜，改变西南岩溶山区面貌。

(二) 实施西南岩溶地区现代草业和奶业发展行动计划

(1) 作为落实西部开发战略、进行生态治理和促进农民增收的重大战役，设立西南岩溶地区草业和奶业行动计划，综合协调和统筹规划西南岩溶地区生态建设和农林牧业发展，各省应统筹协调，把生态建设和农民增收结合起来，把退耕还林和产业结构调整结合起来。

(2) 西南岩溶地区地方政府要做好区域规划和草业及奶业的专题发展规划，有条件的县也要做区域规划和专题规划。

(3) 建立岩溶地区林草植被改良网络、家畜改良网络、技术服务网络。

(4) 设立专项资金，包括财政项目、贷款项目、招商项目、国债项目等，实施林草植被建设计划、家畜改良与繁育计划、科学放牧和饲养计划、畜产品加工计划、奶业发展计划。

(5) 加强对草业、畜牧业和奶业市场和产品质量的监测和监管。

(本文完成于 2002 年. 作者黄黔，国务院研究室，北京 100017)

发展现代草业和奶业是西南岩溶地区致富之路

黄　黔

　　我国以贵州为中心，包括滇东、桂北、湘西、鄂西、重庆、川南及粤北的岩溶地区，是全球三大岩溶集中分布区之一。由于土层瘠薄，基岩漏水，加上过度生育和垦殖，造成贫困和石漠化。然而，西南水热条件较好，发展现代草业和奶业可形成常绿植被，并使农民较快致富。目前我国粮食主产区向北方转移、畜牧业向东部特别是大城市郊区集中的趋势不尽合理，而在大西南发展草地畜牧业正当其时。2003 年国务院领导同志对西南岩溶地区发展草业和奶业的建议作了重要批示。近日同任继周院士一道，并有西安交大启光科技(集团)有限公司、上海交大昂立股份有限公司、武汉武大创新投资有限公司、西部草业有限公司的几位主要负责人参加，赴贵州考察西南草地农业生态系统，了解到的情况报告如下。

一、西南岩溶地区具备发展现代草业和奶业的条件

(一) 自然条件适宜草业和奶业的发展

　　西南岩溶山区是青藏高原和华南地区之间的台阶，海拔 500~2000m，除河谷盆地，一般夏无酷暑，冬无严寒，水热条件常年适合牧草生长和牛羊放牧。以贵州为例，有天然草地 6431 万亩，其中 300 亩以上成片草地3058 万亩，还有林下草地 2538 万亩、冬闲田土 3200 万亩(闲置 185~245天)。云南、广西各有天然草地 22 963 万亩、13 048 万亩。该地区天然草地以热性草丛和灌草丛以及暖性草丛和灌草丛为主，草质较差，利用得还不多。养畜约 60%靠饲草，其余用秸秆或粮食等饲料。牛羊存栏不少，出栏率很低。例如，贵州省牛的存栏数居全国第七，但出栏率只有 9.7%，远低于全国平均的 33.6%。因此，科学种草、发展奶业、提高肉畜出栏率的空间很大。近年西南交通根本改观，高等级公路通达地州市，各县公路改善，沿线牛奶储运加工便利。南昆、内昆铁路通车，各地支线机场陆续兴建，肉奶产品出口渠道通畅。

(二) 可在稻田和烟地等耕地复作种草养畜

考察中见到兴义市乌沙镇 500 亩烟地,复种一年生黑麦草,牧草吸收了种烤烟后土壤中的过量氮素,使下一季烟叶提高等级增加收入。贵州有 1125 万亩稻田,270 万亩烟地,利用冬闲种草(如紫云英和黑麦草等)可约合 700 万亩高产草地。滇桂也有不少冬闲稻田,而烟地仅云南就有 521 万亩。冬闲田土种草既保养了耕地,又通过订单草业加快致富。

(三) 可在陡坡撂荒地建设栽培草地养羊

在晴隆县见到耕地破碎,岩石裸露,有不少零星草地和撂荒地。县草地畜牧中心贷给农户本地黑山羊,用波尔山羊配种,"波黑羊"8 月龄可长 80 斤卖 800 元,3 年来扶持 4000 多户农民致富。例如,江满村五组山高坡陡,贫穷落后。对每户投入 6000 元左右,买母羊和草种,修羊圈,共种草 3200 亩(原来全部承包耕地仅 380 亩);中心出资修水电路基础设施,出借配种公羊,与农户 4:6 分成。一年后每户收入 1 万~2 万元,成为全县最富村组。时近冬季,遍山绿草,生态景观明显改善。滇黔桂三省 25° 以上陡坡耕地除梯田外有 2696 万亩,一部分已经退耕还林,其余如能以"晴隆模式"改造,加上农民游耕的开荒地和周围零星草地,陡峭山区的贫困村落将具有丰富的栽培草地资源。

(四) 可在林下种草养畜

兴义市丰都周壁林场有 40 多年历史,2000 多亩林地经过 223 头奶牛"蹄耕"变成优质林间草地,冬季杂草枯黄衰败,但栽培草地一片绿茵,成为名副其实的"绿茵奶牛场"。豆科牧草增加土壤肥力,改善植被保持水土;而林场职工不靠政府贴补也步入富裕坦途,值得推广。实际上,国外林地 9 年允许放牧,有许多以短养长、养护森林的成功经验。

(五) 栽培草地有待改进

天然草地水电路限制因素多,开发尚少。我们考察了国家投资建设的安龙县万亩草场、晴隆县三望坪草场,景象蔚为壮观。但产业机制不健全,有草少畜,出现退化苗头。在当地条件下,牧草若经家畜啃食或刈割(保持在

5~20cm)能够长期持续生长，但如果是开花结子则完成生命周期即行衰败以待萌发；优质牧草(如白三叶、黑麦草、鸭茅、高羊茅等)须经适度放牧才能保持其生长优势。与半干旱草原及高寒草甸不同，西南栽培草地的退化主要是杂草占据优势，载畜能力降低。20 世纪 80 年代以来仅贵州省就建设了 370 万亩栽培草地或改良草地，但其中只有 50 万亩仍然高产，其他不同程度退化，100 多万亩退化严重。繁育牧草种子、改良牲畜品种和育成出栏肉畜都需要建设栽培草地，应认真总结经验教训。

(六) 栽培草地前景可观

西南岩溶地区栽培草地退化问题，经任继周、蒋文兰等科学家在云南和贵州坚持研究 20 余年，在他们指导的几个万亩草场得以解决。他们认为，一是养畜要种草(西南栽培草地是天然草地载畜量的 5~10 倍)；二是合理放牧可以防止草场退化(杂草经不住牲畜践踏和粪便，优质牧草耐践踏喜粪便)；三是以奶业作为草地农业的"火车头"(利用奶牛反刍胃这个高效的天然发酵罐)。欧美舍饲奶业依赖政府补贴缺乏竞争力。新西兰把天然草地改造为栽培草地，划区轮牧，在国际奶制品市场竞争力很强。贵州省与新西兰长期合作，实践证明，新西兰的经验适合我国西南地区，栽培草地可提供大量肉奶产品和其他畜产品。

二、发展现代草业和奶业需要有经济实体

在西南岩溶地区建设栽培草地和改良草地发展草业和奶业，与种植业相比，更需要有经济实体把农户与市场联系起来。对依靠扶贫或技术部门建立的经济实体来说，可以首先从近处的陡坡耕地、撂荒地和冬闲田以及林下种优质牧草养奶牛和肉羊开始，这样在水电路基础设施方面的投资少，风险小，见效快。在有经济实力和建立起公司加农户机制后，再逐步到较远的山坡建设大型草场，以适应规模订单，发展龙头企业，从根本上摆脱贫穷。

(一) 应扶持龙头企业形成全国及国际品牌并占有市场

西南牧草优良，常年碧绿，放牧养牛，奶质上乘；在广东、海南等亚热带地区的中高档鲜奶和奶产品市场空间很大；当地"黑山羊"行销中国港澳地区和珠江三角洲；"波黑羊"更是名扬日本、韩国，供货要求动辄每天几

百只，完全可以形成国际品牌占领市场。在与贵州最大的几家龙头企业座谈时发现，尽管企业自我增长很快，但年产值仅达 0.5 亿~1.2 亿元，无力承接规模订单，亟待大力度地扶持。

(二) 应引入外援兵团解决市场、资本、科技、组织问题

改革开放以来岩溶地区农村初步解决了吃饭问题，逐渐由自给自足转入自产自销，但龙头企业活力不足。应大力推进农业产业化，包括引入外援兵团，内外结合，既适应本地情况，又迅速提高市场化程度、资本规模、科技能力和管理水平。在引进外来公司并购本地企业的时候，地方政府应给予宽松政策，协助剥离无效资产和社会包袱，注入必要的资本金，建设水电路基础设施。

(三) 应组织农民专业协会形成企业与农民的纽带

岩溶地区农民勤劳肯吃苦，但信息相对闭塞，难以适应现代草业和奶业的技术要求和市场经济对法制、诚信、公平竞争的要求，重要的问题是组织农民。贵州省晴隆县草地畜牧中心以企业形式组织肉羊产业效果显著，应加以推广并进一步规范化，探索建立农民专业协会，加快龙头企业走向市场的步伐。

三、促进草业奶业的产业化还需要有政府项目

吸引企业进入西南岩溶地区需要有政府项目作催化剂，把农户结合到经济实体周围。回顾以往，政府农业项目虽然很多，却大都随项目结束而终止。有的投给政府部门，往往转化为事业单位，需要更多财政拨款维持；有的投给农民，往往转化为生活资料，生产变化不大；有的投给企业，往往转化为无效益公司，把钱花光完事。

(一) 政府项目应相互配套

政府各部门常常靠安排项目形成自己的影响力，有时因职能分工也使项目难以配套。即使草地和畜牧，由于处室和运行机制不同，资金又有限，也很难实现配套。今后政府职能应转变为宏观调控，指导监管，从而给基层、企业、农民留出协调空间。

(二) 政府项目可依托经济实体实施

政府直接实施项目，难以避免形式主义和表面文章。依托经济实体则容易协调解决项目配套、组织农户和走向市场等问题，使政府对农村基础设施的投资产生致富效果而不仅是形象工程，使政府对农民的扶持具有造血功能而不产生依赖性。

(三) 向农民发放长期低息贷款

西南岩溶地区解决草畜结合，关键是农户购买草种和基础母畜，没有贷款难以做到。而贷款回收没有实力雄厚的经济实体作担保也难以实现。总结以往经验，农业项目应当把政府、企业、农民三者结合起来，政府扶持农户可依托经济实体向农民发放长期低息贷款，保证资金转化为农户的生产资料并产生经济效益。

四、世界银行农业贷款的做法值得借鉴

西安交大启光科技(集团)有限公司承担世界银行在陕西的猕猴桃项目。世界银行一些农业贷款具有以下特点：由企业出面申报；三个独立专家小组评估；批准后企业按预算自行投资并代农户采购；经技术、财务、行政等方面验收后向世行委托机构报账拿到贷款；宽限期后还款期很长；我国政府贴息。这样，农民可得到贷款，又有回收机制，企业也很宽松。那些没有实力或没有效益的企业不敢拿这种贷款。

今后，我国政府的农业项目也应当更多转换为贷款模式，做到：①项目规划和运行采用公司加农户机制；②项目评审采用专家机制；③项目布局讲求效益，避免"形象工程"；④用验收报账的方式拿贷款，财务黑洞小；⑤贷款回收，扩大扶持范围；⑥政府负责指导和监督，而不是直接操作和管理项目。

五、建议

国家对西南岩溶地区发展草业和奶业设立类似世界银行农业项目机制的专项贷款，推动全国有资质有实力的公司进入西南山区发展，通过较为充足的长期低息贷款依托公司扶持带动广大农户，使公司靠自身效益迅速地稳步

地扩大规模，使山区农民走上草地生态农业之路。培育在全国市场和国际市场有竞争力、对广大农民有带动力的龙头企业，在西南岩溶地区发展现代草业和奶业，建设山清水秀富裕安康的大西南。

（本文完成于 2004 年. 作者黄黔，中国国际工程咨询公司，北京 100048）

关于实施西南岩溶地区生态畜牧业扶贫行动的建议

黄　黔

近日，参加中国工程院对云南、贵州、广西、湖南、重庆、广东等省(自治区、直辖市)生态修复和扶贫开发的调研，发现生态畜牧业可解决生态修复和扶贫开发两方面的难题，而岩溶地区存在发展生态畜牧业的巨大潜力，有关情况和建议报告如下。

一、岩溶地区兴起生态畜牧业

近些年来，我国农区兴起了生态畜牧业，通过秸秆和畜禽粪便等废弃物的资源化利用，解决秸秆处理和舍饲规模化养殖所造成的环境污染问题；牧区也兴起了生态畜牧业，通过季节性休牧、划区轮牧和贮存过冬饲料等措施，遏制超载过牧所造成的草地退化。而岩溶地区兴起的生态畜牧业，值得给予更大关注。在岩溶地区和其他南方山地，通过栽培放牧型草地和饲用灌木，杂交配种加快出栏，实现季节性草畜平衡，农户小群体放牧，形成县域较大集群，发展以放牧为主的现代生态畜牧业，可修复重建和合理利用草地、灌木林地、疏林地、坡耕地和荒山荒坡的植被，生产高质量的肉奶产品，既修复生态，又脱贫致富，还能成为食物基地。这种生态畜牧业不同于原始牧业、传统畜牧业和工厂化畜牧业，比舍饲规模化养殖更为进步，反映了我国现代草地畜牧业的新水平。

20 世纪 80 年代，贵州省威宁县出现以科研为目标的"灼甫模式"，面对南方飞播种草后杂草生长很快的情况，任继周院士在云贵几个万亩草场连续 20 年承担国家科技攻关项目，引进优质牧草，靠科学放牧保持栽培草地的生态稳定性并带动周围农户致富。1996 年中国科学院生物学部考察，认为南方栽培草地形成了新的植被类型——东亚亚热带山地常绿温带草地。

21 世纪初，贵州省涌现出以扶贫为目标的"晴隆模式"，把灼甫科学试验转化为生产力并扩展到全省。晴隆县 6 年来投入扶贫资金 1600 万元，开发性金融贷款 1720 万元，扶持了 9000 多户农民养羊；每户投入约 6000 元，两三年后每户现金毛收入为 8000~20 000 元，配发的母羊回收后滚动扶贫。到冬季，牧草在薄雪下一片碧绿，生机盎然；许多农户盖上新房，绝大多数项目户成了"万元户"，生态景观和农村面貌大为改观。邻近省份竞相来观摩学习。

2007 年起，贵州省用地方财政资金在 20 个县开展草地生态畜牧业产业化扶贫行动，每县拨给 500 万元，连续支持 5 年，共将投入 5 亿元。各县每年扶持 550 户农民，每户种 20 亩优质放牧型草地，配发能繁母羊 20 只或能繁母牛 3 只。各县县长担任领导小组组长，整合农业、林业、交通、水利、电力等部门的资金和项目支持生态畜牧业，抽调技术人员组建县草地畜牧中心，乡镇成立项目办，引导农民协商调整地块，在坡耕地、撂荒地和荒山荒坡栽培优质牧草，农民种草养畜积极性很高。

近两年，晴隆县在大面积栽培四季常绿草地的同时，还种植饲用灌木 5 万亩，并在未成林地清除灌木杂草，栽种优质牧草，放养绵羊，促进树苗成长，形成包含耕地畜牧业(种饲用作物和冬闲田种草)、草地畜牧业、灌木林畜牧业和林地畜牧业的更为完整的生态畜牧业。

二、如何破解岩溶地区农村贫困和生态退化的恶性循环

(一) 岩溶地区的致富资源

岩溶地区土层较薄，基岩漏水，大部分雨水渗入地下，经地表和地下双层水系汇入江河，因此地表旱涝灾害频发，农村十分贫困。然而，该地区水热资源丰沛，夏天漫山绿色，虽然森林稀疏，灌丛和草丛却十分繁茂。过去在占土地面积 70%~80% 的山地上，植被资源没有得到妥善利用，任其一岁一枯荣或樵采烧掉，生态压力集中到仅占土地 20% 左右的耕地上，过度垦殖造成石漠化。现在有条件安排路水电等配套设施，可对坡耕地、撂荒地、荒山荒坡、疏林地和灌木林地的植被资源加以保护、建设和科学利用，发展林草生态经济。

(二) 生态修复需要与农村脱贫致富和谐同步

一般说，生态修复有三种路径。第一种是用生物措施和工程措施建造生态系统。工程区植被有所恢复，但常常没有认真考虑如何利用植被资源，在消除贫困方面没有发挥明显作用，因生态负荷集中在非工程区，还可能加快

那里的水土流失。单靠这种路径难以摆脱农村贫困和生态退化的恶性循环，难以实现贫困地区生态修复。第二种路径是完全依靠自然修复，封山绿化。这个办法适用于自然保护区、40°以上的陡坡和重度石漠化地带，但不能任意扩大，以免造成生态负荷的进　步集中。第三种路径是实现人与自然和谐。所谓生态系统不仅包括植物，也包括动物，还包括人，包括耕地农业、草地农业和林地经济等人类活动。我们既要承认生物措施和工程措施的作用，也要承认自然修复的力量，但要看到农村贫困是岩溶地区生态退化的主要原因，在工程区内不仅要修复生态，还要建设林草生态经济，在生态改善的同时适度地利用植被资源。实际上，森林抚育、灌木刈割、草地适度放牧可以促进植物生长。从全局看，生态负荷应相对分散，避免生态压力集中，应全面协调农林牧业，科学利用植被资源和土地资源，使生态修复和脱贫致富和谐同步。生态修复不能仅仅依靠公共财政，应与群众利益结合，与经济发展及脱贫致富结合，各部门协同，充分调动群众的力量，实现人与自然和谐，这是社会主义初级阶段生态修复的根本途径。

(三) 有畜农业的基本原则

在恢复和保护植被的同时适度利用植被资源，通常采取有畜农业的形式。草山草坡、疏林地、灌木林地、灌丛草地、林下草地、林间草场，植被面积这么大，不可能完全靠人力刈割搬运，要靠家畜采食，又不能让家畜伤害植被，就需要科学放牧，通过放牧促进植被的修复和重建，实现植被和家畜的协同进化，实行"政策管人、人管牲畜、畜管植被、植被保水土"的原则，充分利用岩溶地区的水热资源，适度地科学地利用岩溶地区相对薄弱的土地生产力和目前农村相对较弱的劳动力资源，把劣势转变为优势。

(四) 培训农民种草和扶持农户购畜

发展生态畜牧业的基础是栽培优质牧草。岩溶地区的热性草丛和灌草丛以及暖性草丛和灌草丛适口性差，载畜量低。农民没有种草的习惯和经验，技术人员大都不掌握栽培放牧型草地的技术，必须充分认识培训农民种草的难度，认真投入经费、技术和管理。

生态畜牧业是有畜农业，贫困农户往往没有资金购置基础母畜群，需要政府扶持。在技术和销售等支撑条件完备的地方可以利用贷款扶持；在贫困地区起步时往往需要财政扶贫资金的扶持，并以企业对农户借畜还畜形式为好。杂交配种可缩短出栏期，减少过冬消耗，因此需要建立配种服务体系。以养羊为例，羊的孕期短，生长快，为避免近亲繁殖，种公羊在农户只能住8个月，每个县要建设种羊场和一批种公羊基地，还要建设育肥基地，做好商品羊销售。只有县草地畜牧中心建好种畜和育肥基地网络，农户养殖才能取得较高的生态效益和经济效益。

(五) 技术体系和产业架构

生态畜牧业产业化扶贫项目要构建以农户养殖为基础的县域集群产业。县草地畜牧中心须派出技术员包村包户在第一线指导农户种草养畜，安排农户的种公畜，负责防疫和配种及销售服务，提供全面的技术服务和技术培训，建立完整的产业链。以公司机制处理县草地畜牧中心与技术员及农户的关系，保证技术员的工作效率和农户的效益，形成产业化架构。在农户得到显著效益的同时催生县域龙头企业。努力实现农民的转型、技术人员的转型、政府职能的转变和事业机构的改革。

(六) 整合资金和相关项目

过去农业和林业项目、基本建设资金和产业发展资金均难以整合，甚至草地建设和草食畜牧业都难以同步发展，以致生态效益和经济效益较低。这次由扶贫部门牵头，农林牧业协调，路水电设施配套。项目县以 500 万元扶贫资金为主推进草地畜牧业，各方面整合的资金和项目大多超过了扶贫资金。

(七) 效益验收和风险担保

通常，扶贫项目验收主要考核建设内容，未必有明显效益，也就难以延续。生态畜牧业产业化扶贫的考核目标是生态修复和脱贫致富的效果。晴隆县的栽培草地 80% 是四季常绿的放牧型草地，20% 是准备过冬草料的刈割草地。四季常绿草地的面积可作为生态修复的考核指标。晴隆县对新参加项目并与包户技术员签约的农户，保证配畜后每户年现金毛收入达到 5000 元，不到 5000 元的由中心补齐。一般有 4% 左右农户达不到，应逐步调整去做其他环节的辅助工作。多年来保持签约的农户约占 84%，养殖大户一般不再签约。

对初建的县草地畜牧中心，农户现金毛收入保证水平可适当降低。

扶贫不是恩赐，而是我国现代化建设中一个专门从难处入手的重要方面军。为农户争来项目，安排好种草、建圈、配畜的经费，好事还远远没有做完，要取得效益并持续发展，路还很长，有许多风险和曲折。不但要落实技术要求，还要在项目实施头 3 年对农户收入提供风险担保，保护农户积极性。

(八) 石漠化治理的后续产业

国家对岩溶地区的各种生态建设项目累计投入已达上千亿元，石漠化仍在扩展，生态效益和经济效益均不理想，一是因为各部门分头规划实施，没有形成综合治理局面，二是没有发展与生态修复相协调的后续产业。适度利用林草茎叶作饲料生产肉奶产品，不但成本低，而且质量高，可以占领国内外市场，这个后续产业应当大力支持。

(九) 生态畜牧业可作为初级阶段石漠化综合治理的主轴

从根本上说，农业是从生态系统中获取人类食物。生态畜牧业在保护和建设林草植被的同时适度利用植被资源生产肉奶产品，应成为初级阶段石漠化综合治理的主轴。初级阶段石漠化综合治理的规划应围绕发展林草生态经济来编制，治理经费也应当首先用于生态畜牧业，不但生态效益好，而且经济效益好。随着农民脱贫致富，植被也依照生态演替规律，灌草先行，森林逐步扩大，实现生态修复和脱贫致富的和谐同步。

三、几点建议

(一) 在岩溶地区部署生态畜牧业产业化扶贫专项行动

中央财政对岩溶地区实施石漠化综合治理试点的 100 个县中的扶贫开发重点县增设扶贫专项，每县每年拨给扶贫资金 500 万元，发展生态畜牧业作为石漠化综合治理的后续产业，连续支持 5 年。

(二) 高度重视南方草地建设，做好草畜平衡

把南方山地的草地建设纳入农业综合开发项目和土地开发整理项目，利用坡耕地、撂荒地、荒山荒坡栽培优质牧草，扶持农户配畜，实现季节性草

畜平衡，高山区应建好棚圈，贮存过冬饲草料。利用南方山地的水热条件建设我国食物安全的战略后备基地。

(三) 养羊与养牛相结合

牛羊采食方式和喜食植物不同，为了科学利用植被资源和促进草地健康发育，应把养牛和养羊结合起来。肉羊、肉牛和奶业条件不同，岩溶地区山羊是扶贫的轻骑兵，奶业是致富的"火车头"。

(四) 提倡种植和利用饲用灌木

饲用灌木是治理石漠化和发展生态畜牧业的重要手段。在薄土上和石旮旯地种植饲用灌木可降低石漠化程度，减小石漠化面积。岩溶地区牛羊皆宜的饲用灌木品种很多，还有一些只宜羊或只宜牛的灌木，应加强灌木林畜牧业的试验示范和推广。

(五) 是否建设养殖小区应因地制宜地决策

岩溶山区道路崎岖，草地不平，刈割运输不方便，主要应采取划区轮牧方式由家畜采食，同时由农户单户或自愿联合建圈，辅以必要的舍饲。在山区较大面积建设草场后聚居农户出现逐步散居的现象，有向家庭农场过渡的趋势，应予以关注和支持。

(六) 建立试验和示范基地

针对不同的地质、气候、海拔和纬度，在岩溶地区建立多个生态畜牧业的试验示范基地，做好畜牧业科学研究和技术开发，加强生态监测和管理。

(七) 加强培训提高技术和管理水平

抓好农民、技术人员和管理人员三个层次的培训，提高种草、放牧、补饲、配种、防疫、产业链衔接、生态监测和保护等方面的技术和管理水平。

(八) 加强牧场的路水电设施建设

根据生态畜牧业发展情况，制定岩溶地区牧场交通、水利和电力规划，加大投入和实施力度。进一步抓好岩溶地下河勘探和开发的试点，研究和制定岩溶地下河勘探和开发规划。

(本文完成于 2008 年. 作者黄黔，中国国际工程咨询公司，北京 100048)

我国食物供需格局变化和光温水资源战略配置

黄　黔

在全面建设小康社会的进程中，我国城乡食物需求格局发生重大变化，农业发展面临新的形势。随着城乡土地利用格局的变化，我国粮食供应格局也发生重大变化，光温水资源的合理配置成为农业领域科学发展的重大战略性问题。

一、我国食物供应和需求格局的重大变化

(一) 我国粮食生产格局的变迁

1. 农耕文明的发展

我国西周时期农耕文明从关中平原扩展到黄河中下游，秦汉时期扩展到长江中下游和西北地区，隋唐时期更向东南沿海和西南山地大规模发展。宋代人口突破 1 亿以后，普遍采用梯田法和圩田法，直至明清时期，大面积开垦坡地和围湖造田。清朝乾隆年间人口相继突破 2 亿和 3 亿，道光年间突破 4 亿，大量引种玉米和马铃薯。近代随着工业和城镇发展，除东北和西北耕地有所增加外，沿海耕地渐次减少。1949~1995 年开垦耕地 10.2 亿亩，因城市工矿和交通占地，耕地总面积略有减少。1996 年耕地航测数据达 19.5 亿亩。中国农耕文明具有精耕细作的特点。随着技术进步，粮食平均亩产量由 1952 年的 176.3 斤提高到 2007 年的 633.1 斤，增长 3.6 倍。按联合国粮农组织数据，2004~2006 年中国谷物平均亩产量 698.2 斤，是世界谷物平均亩产量的 1.6 倍，低于同期美国的 875.8 斤，高于俄罗斯的 250.5 斤。

据竺可桢研究，中国近 5000 年有 4 个暖期和 4 个冷期：第一暖期包括夏商两朝，黄河中下游地区呈现亚热带暖湿气候，河南称为豫州还有大象。第一冷期是商周更替期。第二暖期包括春秋、秦和西汉，亚热带植物在渭水流域生长茂盛。第二冷期包括东汉、三国、两晋南北朝。第三暖期包括隋唐两朝。第三冷期包括北宋和南宋。第四暖期仅持续 100 年，包括南宋后期和元初。第四冷期包括明清两朝。文献记载和考古发现证实，东亚季风区在暖期

较湿润，冷期较干旱。宋代以后农耕文明成熟，开垦山地和滩涂，以致明清在冷期仍有农耕文明大幅扩展，以支撑人口增长。农耕文明适应固定地域的战争，容易维持低水平的生存。但单一的土地利用方式，使生态负荷长期处于临界状态，会造成生态退化和农村贫困。

2. 近年粮食主产区北移

目前黄淮海地区和东北地区占我国粮食产量的 53%，商品粮占全国商品粮的 66%。主要原因是粮食生产的比较效益较低，南方耕地减少很快，而在北方粮食产区，粮食直补和国家投资对粮食增产作用明显。此外，北方光照充足，温差较大，在灌溉条件下适宜籽实农业，黄淮海地区适于小麦生长，东北湿地适于水稻生长。南方虽然水热丰沛，但光照略差。

3. 食物供应格局与水热资源相悖

黄淮海流域水资源不足，一些地方的地下水位出现漏斗状下降，东北平原积温偏低，黑土地退化，我国北粮南运的局面具有明显不合理性，食物供应格局与水热资源格局相悖，存在资源风险。

(二) 我国食物消费需求的变化

1. 历史上我国食物消费以粮食为主

我国长期以农耕方式适应贫困生活和人口增长。1955~1980 年我国实行粮食统购统销，支持工业建设。改革开放以来，靠家庭承包制和技术进步解决了吃饭问题，食物消费需求从温饱型向小康型发生了历史性转变。

从表 13-1 看出，我国城市 1981 年人均口粮消费 145.4kg，2001 年以后下降到 80kg 以下。表 13-2 中，农村人均口粮年消费量长期稳定在 250kg 以上，21 世纪初逐年下降到 200kg 以下。

表 13-1　城市居民人均口粮消费量　　　　单位：kg/a

年份	1981	1982	1983	1984	1985	1986	1987	1988	1989	1990	1991	1992	1993	1994
人均口粮消费量	145.4	144.6	144.5	142.1	134.8	137.9	133.9	137.2	133.9	130.7	127.9	111.5	97.8	101.7

年份	1995	1996	1997	1998	1999	2000	2001	2002	2003	2004	2005	2006	2007	
人均口粮消费量	97.0	94.7	88.6	86.7	84.9	82.3	79.7	78.5	79.5	78.2	77.0	75.9	77.6	

资料来源：国家统计局农村社会经济调查司，2008。

表 13-2　农村居民人均口粮消费量　　　　　　　单位：kg/a

年份	1954	1956	1957	1962	1963	1964	1965	1977	1978	1979
人均口粮消费量	221.7	246.5	227.0	189.3	208.0	212.7	226.5	234.7	247.8	256.7
年份	1980	1981	1982	1983	1984	1985	1986	1987	1988	1989
人均口粮消费量	257.2	256.1	260.0	259.9	266.5	257.5	259.3	259.4	259.5	262.3
年份	1990	1991	1992	1993	1994	1995	1996	1997	1998	1999
人均口粮消费量	262.1	255.6	250.5	251.8	257.6	256.1	256.2	250.7	248.9	247.5
年份	2000	2001	2002	2003	2004	2005	2006	2007		
人均口粮消费量	250.2	238.6	236.5	222.4	218.3	208.9	205.6	199.5		

资料来源：国家统计局农村社会经济调查司，2008。

2. 小康型食物消费需求人均口粮减少而肉奶增加

从表 13-3 看出，近年我国人均热量和蛋白质摄入量增长很快。

表 13-3　每日人均热量摄入和蛋白质摄入的国际比较

国家	每日人均热量摄入/kcal			每日人均蛋白质摄入/g		
	1979~1981 年	1989~1991 年	2003~2005 年	1979~1981 年	1989~1991 年	2003~2005 年
美国	3180	3460	3825	99	107	116
法国	3390	3540	3585	112	117	116
德国	3330	3390	3506	96	98	99
英国	3170	3250	3424	89	94	103
澳大利亚	3070	3210	3060	105	109	106
新西兰	3080	3170	3148	98	95	92
日本	2710	2820	2754	87	95	90
中国	2330	2680	2963	54	65	84
泰国	2280	2190	2494	50	51	57
巴基斯坦	2210	2320	2338	55	59	59
印度	2080	2370	2358	51	57	56

资料来源：联合国粮农组织，2007，2009。

与谷物不同，大国的肉奶产品进出口率较低，如 2001~2003 年中国和美国的肉类生产与消费比率为 0.99 和 1.08，奶类生产与消费比率为 1.01 和 1.00，人均产量可作人均消费量的参考。从表 13-4 和表 13-5 看出，我国动物食品以猪肉为主。猪肉依赖粮食饲料，许多省份猪的增长率是人口自然增长率的 6~8 倍，生态压力很大。发达国家奶制品消费较多，主要依靠饲草和饲用作物。

猪肉脂肪多热量高，现代型的食物消费需要控制热量，而转向生物活性更高的新鲜健康食品。

表 13-4　2003~2005 年每日人均摄入 10 种动物食品国际比较　单位：kcal

国家	牛肉	羊肉	猪肉	禽肉	内脏	全脂奶	奶酪	鸡蛋	动物脂肪	蜂蜜
美国	117	3	132	205	3	201	151	56	109	5
法国	85	21	267	97	25	99	252	53	269	4
德国	35	6	249	53	7	132	131	46	310	9
英国	65	39	245	110	10	217	107	39	152	4
澳大利亚	129	95	107	146	30	145	110	19	135	6
新西兰	64	161	77	145	17	96	32	40	278	13
日本	25	1	89	53	8	74	22	75	37	3
中国	29	17	358	54	11	35	2	78	45	1
泰国	17	0	98	45	4	19	1	39	14	0
巴基斯坦	28	17		8	6	199	0	8	118	0
印度	8	3	4	6	1	69		7	57	0

资料来源：联合国粮农组织，2007。

表 13-5　2006 年中国和美国的人均牛奶、猪肉和牛肉等产量比较　单位：kg/a

国家	人均牛奶	人均猪肉	人均牛肉	人均禽肉	人均禽蛋	人均鱼类
中国	24.6	40.3	5.7	12.0	22.8	23.1
美国	275.8	31.9	39.8	64.5	17.9	12.6

资料来源：中华人民共和国国家统计局，2008。

3. 饲料供应的悖论

我国耕地紧缺但畜牧业却主要靠粮食。农家养猪尚可利用厨余泔水，规模化养猪养鸡完全依赖饲料。美国养牛 12~14 个月放牧，4~6 个月舍饲，肉食的 75%靠饲草，25%靠谷物。澳大利亚肉食的 90%靠饲草，新西兰肉食的 100%靠饲草，澳新肉奶产品更充足和健康。

耗粮畜牧业造成我国耕地与粮食长期处于紧平衡，饲料粮是粮食需求增长量的主体。我国应借鉴各国饲草料多元化的经验，恰当利用"上帝送给人类的两个礼物"——豆科牧草的根瘤菌和反刍动物的瘤胃，大面积栽培牧草，获取天然氮库，利用草食畜牧业使农业变活，农民变富，农村变美。

(三) 我国农业的科学布局

人类从生态系统获取食物，除了在耕地上生产粮食和用粮食饲养猪鸡，能够获取优质动物食品的土地资源还有很多。

1. 我国农牧业分离、林牧业分离、农区与牧区分离的状况再也不能继续下去了

我国农业生态系统被分割为几个孤立子系统，单一农业、单一牧业和单一林业不但生物产量低，比较效益差，还造成生态退化。这样的农业生态系统不利于农区、牧区和林区脱贫致富。农林牧业结合将成为我国农业现代化的标志，也是我国农村发展的康庄大道。实践证明，南方贫困山区在冬闲田种草，在坡地栽培牧草，在灌木和疏林地建设优质放牧地，发展生态畜牧业，是扶贫开发和生态修复的有效途径。

2. 建立农林牧业结合的农业生态系统

我国除了青藏高寒区及河西干旱区，大部分位于东亚季风区，雨热同季，植物茂盛，但草食家畜发展不足，大部分草地和灌丛没有经过科学规划和精心栽培，未能有效保护和利用。我国在建设好小麦和水稻等基本口粮田和商品口粮田的同时，应从 7 个方面统筹规划饲草料种植，包括天然草地、栽培草地、灌木和疏林地、林下草地、饲用作物地、饲料粮地、冬闲田土等，全面发展畜牧业。

1) 农牧结合和林牧结合将使生物产量加倍　草地繁茂期牲畜经科学放牧健康繁育，枯草期利用贮存的饲用作物过冬。抚育森林并在林下种草养畜，可促进林木生长，减少森林火灾，以短养长。

2) 农林牧业耦合将使经济效益跃升　美国经历 20 世纪 30 年代沙尘暴以后，形成西部草原区繁育家畜，中部农耕区育肥的格局，草原区增收 6 倍，农耕区增收 10 倍；草地采用划区轮牧并限制利用牧草茎叶的 1/2。我国局部农区牧区耦合试验各增收 3 倍。

3) 农林牧结合有助于修复生态系统　农林牧业结合可充分利用光温水资源，科学利用土地资源，是生态修复的突破口，使扶贫开发和生态修复形成良性循环，以克服造成生态退化的不利的人为因素。

(四) 建设家庭农场形成耕地、草地、林地、建设用地的镶嵌格局

我国耕地分割细碎，草地未加栽培常使草地退化，林地未做抚育常使林分很差。除了按照"习惯亩"管理的承包耕地，行政村和村民组没有明细的上地账册，国土管理停留在县、乡两级政府，没有落实到农户，这是我国农林牧业结合的障碍。从近280年世界各国农业现代化历史看，家庭农场是农业领域有活力的细胞，可吸纳农业技术进步并适应市场经济。美国农户家庭劳动力约占农业劳动力的70%，欧盟15国农户家庭劳动力平均占农业劳动力的88%，日本自耕地比重达90%。在我国农村人口减少过程中，应坚持集体耕地、林地和草地的家庭承包制度，把农地农用和耕者有其田作为农地制度的核心，鼓励建设家庭农场。

二、充分利用南方光温水资源应成为我国农业的战略举措

(一) 我国南方草地资源

南方草地泛指秦岭淮河以南青藏高原以东的草丛和灌草丛，包含国土部门分类中的牧草地、荒草地、灌木林地、疏林地以及森林的林下草地。

1. 第一次全国草地资源调查

按1979~1990年农业部和中国科学院第一次草地资源调查，我国有60亿亩草地。其中，东南片区(涉及13省市695县市)亚热带和热带湿润地区热性草丛和灌草丛以及暖性草丛和灌草丛面积为4.76亿亩；西南片区(涉及9省区市447县市)亚热带和热带湿润地区热性草丛和灌草丛以及暖性草丛和灌草丛面积5.48亿亩；两片区合计，南方草地资源(涉及18省区市1142个县，台湾未计入)达10.2亿亩，其中可利用草地8.4亿亩，载畜能力占全国天然草地资源理论载畜量的41.4%。加上冬闲田和林下种草，南方可利用草地资源可达10亿亩。

南方草地位于亚热带和热带湿润地区，水热丰沛，草群繁茂，覆盖度高，多为次生植被。自北向南依次出现暖性草丛、暖性灌草丛、热性草丛、热性灌草丛等草地。可分为云贵高原、华南和华东三个亚区。云贵高原位于南方草地西部，岩溶发育。华南亚区位于南岭以南的福建、广东、海南、台湾和广西南部，山地多有林间草地和次生灌丛草地。华东亚区泛指南岭以北秦岭淮河以南从温带到亚热带的过渡带，在其中纬度和海拔居中的地带暖季型多

年生牧草越冬休眠而冷季型多年生牧草越夏休眠，须科学栽培。

2. 国土部门划分的牧草地、荒草地、灌木林地和疏林地

目前国土资源部在土地利用现状调查中，灌丛草地和疏林草地被划为林业用地。如果把全国灌木林、疏林、牧草地、荒草地面积加起来有 55 亿亩，接近草地资源 60 亿亩的总数。此外，有的地方草地计入沼泽地或田坎。以贵州省为例，1985 年草地资源调查的草地资源面积为 6430.9 万亩；而 2006 年省国土厅统计牧草地为 2402.0 万亩，灌木林 3424.2 万亩，疏林地 655.2 万亩，三项合计为 6481.5 万亩，与草地资源数基本一致。

3. 国家和农户在土地数据上的测不准现象

农户通常按"习惯亩"计量耕地。对质量较差的耕地，村组在划分土地、统计农业产量和以往计算农业税时把面积缩小计算；国土部门按照航测或遥感投影面积计算，耕地调查数与农业统计数相差较大。有的山区还有开垦几年后撂荒另垦新地的游耕性"帮忙地"，使航测和遥感面积更大。

灌木林和疏林从绿化角度覆盖着林草植被，可计入林地，但兼有草地资源属性，在农户经营使用中应作为放牧地资源加以保护、建设和科学利用。这部分土地是农户致富的潜力，林业部门和畜牧部门应携手为农民服务，共同指导农户修复生态，脱贫致富。

(二) 晴隆县种草养羊的成功经验

贵州省晴隆县依靠财政扶贫资金扶持贫困农户种草养羊，9 年来建设了 20 万亩栽培草地，10 万亩改良草地，给大石山铺上了四季常绿的地毯，农户繁育了 20 多万只杂交山羊，已经有近万户农民脱贫致富，走上了共同富裕的道路，成为扶贫开发和生态修复结合的典型。

(三) 贵州省生态畜牧业连片开发

贵州省政府用省财政扶贫资金在 43 个县发展生态畜牧业，扶持农户种草、建圈、购畜，县草地畜牧中心组织技术服务和销售服务，出现了山清水秀富裕安康的村寨。国务院扶贫办在贵州省 10 个县开展石漠化治理和扶贫开发结合试点，形成连片开发格局，生态修复和扶贫开发成效明显。

贵州省没有平原，但垦殖率很高。生态压力集中在占土地 25.5% 的耕地上，如果利用荒山草坡和灌木地及疏林地的草地资源属性加以保护建设和利用，则全省可增加 24.6% 的土地资源用来放牧草食家畜，生态压力将分解到 50% 的土地上；如果进一步做好林牧结合，抚育森林，林下种草，则生态压力可进一步分散，林草资源得到系统的保护建设和科学利用，生态修复和扶贫开发将迎来新的局面。

三、黄土高原半干旱区发展草地农业具有战略意义

在黄土高原半干旱区实行草田轮作和种草养畜，可修复生态并大幅度提高农户收入，是重要的战略举措。

(一) 庆阳草地农业试验站

1981 年庆阳站把牧草引入农耕系统，建立草田轮作制度。长期试验证明，当豆科牧草面积在农田中占 20% 时，由于土壤肥力增加，单产提高，粮食总产量并不减少，而畜牧业生产使农业总产值增加 1 倍。同样面积的苜蓿与小麦相比，地面以上总生物量接近，但小麦籽实仅占地上生物量的 30%~40%，不超过 50%，而苜蓿的地上部分可全部刈割且收获 2~3 次。同样生物量的苜蓿的蛋白质含量是小麦的 2~3 倍。

(二) 黄土高原坡地上耕地农业向草地农业转型

对农户来说，耕地农业资金投入小，技术熟悉，产业链短，风险较少。但是在黄土高原半干旱区，与好年成相比总是十年九旱，农户增收困难，而且坡耕地水土流失严重。传统草地畜牧业比较粗放，没有实行优质草地栽培制度和优良畜种繁育制度，农区没有落实草地家庭承包制度，家畜近亲繁殖和出栏期长的现象较为普遍，商品畜过冬的草料消耗和体能消耗大。因此，用一般号召的办法不能完成由耕地农业向草地农业转型。然而，黄土高原半干旱区坡地上由耕地农业向草地农业转型，可以解决农户增收和水土保持问题，对降水量的年度变率和季节变率耐受能力较大。唯其初期投入较大，配套技术要求较高，产业链较长，风险因素也较多。这种转型需要政府在基础设施、初期投入、技术服务和政策性保险等方面配套采取措施。

四、几点建议

(1) 我国光温水资源的合理配置是农业领域科学发展面临的重大战略性问题。为了保证我国食物安全，应在保护和建设 16 亿亩基本农田的同时建设 10 亿亩栽培草地；像种植粮食一样精心栽培牧草；把南方草地畜牧业发展放在与粮食生产同样的战略地位。

(2) 南方水热丰沛，光照略显不足，适合利用植物茎叶等植物营养体发展"有畜农业"。应制定南方山地建设规划，综合部署生态综合治理专项、农业综合开发专项和生态畜牧业扶贫专项。

(3) 在黄土高原半干旱区通过扶贫综合试点实行草田轮作和种草养畜，有利于修复生态和增加农户收入。在人多地少的地方可推行草田轮作制度，在地广人稀的地方可由农转牧。

(4) 在农区提倡农牧结合；在牧区发展向农区延伸的畜牧业产业链，加强农区和牧区的结合；在林区把森林抚育和林下种草结合起来，培育林间草场和林下草地，发展林草生态经济。

(5) 建设与利用天然草地和栽培草地，种植饲用作物和饲料粮，发展多元化饲草料基地，打破单纯的粮猪农业格局。

(6) 在草业的基础上大力发展奶业，改善交通条件，建设奶品收集和加工的冷链网络，改善城乡动物性食品结构。

(7) 编制和完善岩溶山区、黄土高原、蒙新草原、高寒草甸、秦巴山区、横断山脉的生态综合治理规划。

(8) 编制岩溶山区、黄土高原、蒙新草原、高寒草甸、秦巴山区、横断山脉和中部山地的扶贫连片开发规划，发展以口粮田建设和草地畜牧业为基础的多种农林牧渔业扶贫产业。

(9) 编制以建设栽培草地为主要内容的农业综合开发规划。避免盲目开荒。在执行耕地补偿时，在缺乏耕地后备资源的地方，可因地制宜地实行栽培优质牧草的"占一亩耕地补三亩草地"政策，扶持农户养畜。

(本文完成于 2009 年. 作者黄黔，中国国际工程咨询公司，北京 100048)

参 考 文 献

国家统计局农村社会经济调查司. 2008. 中国农村统计年鉴 2008. 北京: 中国统计出版社: 20

联合国粮农组织. 2007. FAO 2005~2006 年鉴. http://www.fao.org/economic/ess/publications studies/ statistical yearbook [2009-01-08]

联合国粮农组织. 2009. FAO 2007~2008 年鉴. http://www.fao.org/economic/ess/publications studies/ statistical yearbook [2010-11-08]

中华人民共和国国家统计局. 2008. 2008 国际统计年鉴. 北京: 中国统计出版社: 123~126, 238~240

草地畜牧业是现代农业的重要组成部分

黄　黔

随着全面建设小康社会的进程和我国食物供需格局的变化，草地畜牧业具有越来越重要的战略地位，我国草业和奶业处在大发展的前夜。现将有关情况和建议报告如下。

一、我国牧区和草地资源的分布

我国草地资源近 60 亿亩，可分为三大片：半干旱和干旱草原(24 亿亩)，高寒草原(20.9 亿亩)，湿润半湿润草地(东北和华北湿润半湿润草地 4.4 亿亩，南方草地 10.2 亿亩)。有三种牧区：干旱和半干旱牧区、高寒牧区以及湿润和半湿润牧区。

我国传统牧区县主要分布在干旱半干旱牧区、高寒牧区和东北及华北湿润半湿润牧区：内蒙古 33 个、新疆 22 个、西藏 13 个、青海 26 个、甘肃 8 个、四川 10 个、宁夏 1 个、黑龙江 7 个、吉林 1 个，共 121 个县；半牧区县分布在：内蒙古 20 个、新疆 15 个、西藏 24 个、青海 4 个、甘肃 12 个、四川 38 个、宁夏 2 个、黑龙江 8 个、吉林 7 个、辽宁 6 个、河北 6 个、山西 1 个，共 143 个县；在这 264 个牧区县和半牧区县里共有草地 34.5 亿亩。我国秦岭淮河以南青藏高原以东的 10.2 亿亩南方草地,通常被看做是农区或林区，其理论载畜量占全国天然草地理论载畜量的 41.4%，加上陡坡耕地种草和冬闲田种草，可建设 6 亿亩栽培草地，发展草地畜牧业的潜力很大。

二、牧区、牧业和牧民问题的核心是草地畜牧业现代化

近来，牧区生态问题和牧民增收问题引起各方关注。

(一) 牧民收入增长较慢

与全国农民收入增长速度相比，牧民收入增长较慢。可考虑建立牧民直接补贴政策，如优良草种补贴、种草直接补贴、种植饲用作物补贴、饲养种公畜补贴、饲养基础母畜补贴、超载草原减畜补贴、牧业农机具补贴、牧业生产资料补贴等。

(二) 农村贫困问题相对集中到少数民族地区

随着城乡统筹发展，农村贫困问题相对集中到少数民族地区、边境地区、革命老区等特殊贫困地区，应制定扶贫连片开发财政专项，通过科学试验、扶贫试点、连片开发、发达地区援建以及低保制度，解决牧区贫困问题。

(三) 草原生态退化，草地畜牧业亟待转型

由于我国草原受耕地挤压(1949 年以来开垦 3 亿亩草原)；牧区人口和畜群逐步扩大，超过草原生态承载力(约有 30 亿亩草原超载退化)；目前草原生态保护工程的内容比较简单，未能从根本上遏制草原退化趋势。然而，近年南方生态畜牧业产业化扶贫行动在生态修复和扶贫开发两方面取得明显成效，启示我们牧区、牧业和牧民问题的核心是草地畜牧业的转型和现代化。

三、草地畜牧业转型的目标

草地畜牧业是人畜草组成的生态系统，草地畜牧业转型的目标是建设可持续的草地农业生态系统。

(一) 草地畜牧业应实行科学放牧与科学舍饲相结合

现代的科学放牧方式经营成本较低，草地和家畜更为健康，肉奶产品质量更高；为了减少过冬损耗和提高育肥效率及产奶效率，可与科学舍饲结合。如果把农区圈养肥猪的方法用到牧区饲养草食家畜，则不利于草地和家畜健康，不能提供优质肉奶产品，这不是草地畜牧业现代化的方向。

(二) 放牧的 1/2 律加上划区轮牧，符合生态学的 1/10 律

20 世纪 30 年代美国出现"黑风暴"之后，在家畜放牧的时候限制采食地面以上植物量的 1/2，草场根据恢复情况划分为 4~8 块，划区轮牧。这符合食物链上高一级生物量与低一级生物量约为 1∶10 的生态学规律。

(三) 休牧是草原休养生息的手段，划区轮牧才是草地畜牧业转型的关键

在温带草原，休牧可让草原休养生息；但在亚热带山地，放牧是保持牧草生长优势的条件，禁牧使牧场杂草丛生，划区轮牧是草地畜牧业转型

的关键。

(四) 借鉴世界各国草地畜牧业转型经验

20 世纪 30 年代以来欧洲、美洲、大洋洲都实现草地畜牧业转型, 值得我国借鉴。

1. 划区轮牧适用于我国

不仅栽培草地应当划区轮牧, 较差的草地和灌丛更需要划区轮牧。放牧必须限制在植物生态承载力之内, 并让草地及时恢复, 从而使草畜协同发展。

2. 家畜在牧区长大, 到农区育肥

美国肉牛 12~14 个月在牧区生长, 4~6 个月在农区育肥, 牧区效益提高了 6 倍, 农区效益提高了 10 倍。我国河西走廊小规模试验, 牧区和农区效益都提高了 3 倍; 青海从牧区贩运牛羊到农区育肥, 减轻草场压力。

3. 变山地垦殖为山地放牧

新西兰草地的 65%以上是栽培草地, 发展全饲草放牧型草地畜牧业, 市场竞争力很强。我国西南山地过度垦殖造成水土流失和农村贫困的恶性循环。近年农牧结合, 开展扶贫开发和生态修复结合的试点, 建设常绿栽培草地, 发展放牧型草地畜牧业, 山清水秀, 富裕安康。

4. 林业与牧业结合

美国有 1/3 草场是林间草场, 生产力较高; 发展牧业, 以短养长。我国林业占地很多, 但依赖财政, 林工林农都很清苦, 也应实行林牧结合。斯洛文尼亚在 40°以上陡坡育林, 40°以下缓坡放牧; 瑞士高山畜牧业也呈现类似景观。

我们应解放思想, 调整农业结构, 协调发展农林牧业, 合理配置光温水资源, 统筹建设栽培草地、天然草地、林间草地、林下草地、灌木和疏林地、饲用作物地、饲料粮地、冬闲田土, 推进饲草料多元化, 开辟草地畜牧业的广阔空间和美好前景。

四、全面规划草地畜牧业转型

当前应总结草原生态建设和保护的经验，全面规划草地畜牧业的转型，部署四项工程，制定两项政策。

(一) 不宜放牧草地的禁牧工程

对生态承载力极低、生态极度脆弱的草地实行永久禁牧。原则上，$3hm^2$以上才能承载 1 只绵羊的草地应当禁牧。因地制宜制定禁牧保护区标准，完善相关补助和人员安置办法，如生态搬迁、扶贫产业、社会保障和教育培训，部分牧民转为专职或兼职的禁牧保护区管护人员。

(二) 重度退化草原的休牧工程

对重度退化草原实行长期休牧，以恢复草原植被。完善长期休牧补助政策，增加配套建设内容，加大补播力度，逐步向划区轮牧过渡。

(三) 草地划区轮牧工程

凡草地放牧都要实行划区轮牧；限制家畜采食地面以上植物量的 1/2，轮牧周期应使植物得以恢复；因地制宜制订划区轮牧的工程措施和采食限制要求；建设棚圈、饮水、牧道、青贮窖、牧草机械、储草棚等基础设施和饲草料地，建立可持续的草地家畜生态系统。

(四) 南方栽培草地工程

在秦岭淮河以南青藏高原以东的南方山地，改造天然草地、陡坡耕地种草、冬闲田种草，规划建设 6 亿亩栽培草地，加强草种和畜种改良，提供技术服务，以扶贫资金或贷款方式扶持农户种草养畜。

(五) 超载草原减畜政策

制订监测管理措施和相应补助措施，切实减少超载草原家畜数量；通过有计划地品种改良缩短家畜在牧区长成周期；奖励长成家畜到农区育肥；实施栽培草地的农业综合开发，减少天然草地家畜数量。

(六) 占用草原补偿政策

划定牧区基本草原，凡占用基本草原的实行"占一亩草地补一亩草地"

的政策；对草原开垦成耕地但已明显退化的土地，对草原采矿后废弃的土地，制订草原恢复重建的农业综合开发规划；遏制和补偿多年来每年约 1000 万亩的草原损失；采取多种措施恢复和扩大草原面积。

五、几点建议

1. 推进草地畜牧业现代化

遏制草原退化趋势，促进牧区经济文化发展，提高牧民收入水平。

2. 制定牧民直接补贴政策

如优良草种补贴、种草直接补贴、种植饲用作物补贴、饲养种公畜补贴、饲养基础母畜补贴、超载草原减畜补贴、牧业农机具补贴、牧业生产资料补贴等。

3. 继续对重度退化草原实施长期休牧

完善长期休牧补助政策，增加配套基础设施建设内容，加大草地补播力度，逐步向划区轮牧过渡，建立可持续的草地家畜生态系统。

4. 全面规划部署草地畜牧业转型

部署实施不宜放牧草地禁牧工程、重度退化草原休牧工程、草地划区轮牧工程和南方栽培草地工程，制定超载草原减畜政策和占用草原补偿政策。

(本文完成于 2010 年. 作者黄黔，中国国际工程咨询公司，北京 100048)

第十四章　扶贫开发决策参考

消除农村贫困应当有新的思路

黄　黔

近日，参加了对农村贫困状况的调研，感到扶贫工作应有新思路，现将情况和建议汇报如下。

一、扶贫开发出现新的情况

20 世纪农村家庭承包制度改革调动了农户的积极性，中央财政对贫困县的转移支付减轻了农民负担，扶贫开发和农村基础设施建设取得了显著成效，我国农村贫困人口 1978 年占 30%，1985 占 14%，1993 年占 8.7%。经过"八七"扶贫，2000 年农村贫困人口降为 3.4%，低收入人口降为 6.7%，有效地减少了农村贫困人口，扶贫开发取得举世瞩目的成就。近年来农村扶贫工作出现一些新的情况。

(一) 农村贫困人口总数徘徊

我国贫困人口和低收入人口占乡村人口的比例，2001 年为 3.2%和 6.6%；2002 年为 3.0%和 6.2%；2003 年为 3.1%和 6.0%；2004 年为 2.8%和 5.3%；2005 年为 2.5%和 4.3%，出现了徘徊。1978 年以来我国农村贫困人口和贫困发生率见表 14-1。

(二) 小康建设中农村贫困人口的重新发现

20 世纪末各地加大越过温饱线的工作力度，完成大规模的"越温"。但是在近期各省的农村贫困状况普查中，发现一些农村群众依然十分穷苦，家庭经济状况脆弱，有的因病、因灾、因学、因婚礼、因迷信活动而陷入困顿，仍然处于贫困状态。

表 14-1　1978 年以来中国农村贫困人口和贫困发生率

年份	贫困人口/百万	贫困发生率/%	年份	贫困人口/百万	贫困发生率/%
1978	250	30.7	1992	80	8.8
1979	232	28.7	1993	75	8.2
1980	214	26.8	1994	70	7.7
1981	196	18.5	1995	65.4	7.1
1982	178	17.5	1996	58	6.3
1983	160	16.2	1997	49.6	5.4
1984	142	15.1	1998	42.1	4.6
1985	125	14.8	1999	34.1	3.7
1986	131	15.5	2000	32.1	3.4
1987	122	14.3	2001	29.3	3.2
1988	97	11.1	2002	28.2	3.0
1989	102	11.6	2003	29	3.1
1990	85	9.4	2004	26.1	2.8
1991	94	10.4	2005	23.7	2.5

(三) 县乡财政缺口造成统计中的博弈

农村税费改革和免征农业税有效减轻了农民负担。但贫困地区县乡财政缺口依然很大，中央项目成为贫困地区发展的希望。扶贫工作重点县有转移支付和扶贫项目以及其他部门捆绑到"贫困县"的项目。因而在贫困统计上出现博弈现象。克服这种博弈要靠政府职能转变和县乡机构改革。县乡机构里许多人在当地相对有文化有能力，应分流出科技服务机构和其他经营实体，把他们组织到扶贫开发工作中去。

(四) 扶贫开发和民政救助对象重叠

2006 年享受农村居民最低生活保障、特困救济和五保户救济总人数为2281 万人，临时救济 282 万人次；贫困人口 2148 万人，低收入人口 3550 万人。民政救助对象是具体的农户，而作为扶贫开发对象的贫困人口是抽样统计数据，没有明确到具体农户，为了调动农户脱贫积极性也不宜戴上贫困帽子。整村推进过程中对农户排队，相对明确了贫困户，但"推进"之后往往不再计入，实际仍然可能有贫困户。当前，从农民人均纯收入的角度，民政救助和扶贫开发的对象已经高度重叠，难以区分不同政策的适用对象。扶贫开发应针对有开发能力的贫困农户，而民政救助首先针对丧失劳动力或遭受不可抗力打击的农户，也包括有劳动能力的贫困农户。显然，提高贫困线才能使扶贫开发针对适用人群，扶贫目标应当有人的调整。

二、我国农村的贫困状况

在全面建设小康社会的进程中，我国地区差别、城乡差别和农村内部差别继续拉大，部分农村生存条件仍然很差，市场化水平很低。对农村贫困状况须作出正确判断。

(一) 地区贫困和个体贫困

有人认为我国地区贫困已不存在，只有个体贫困；有人认为农村基础设施差别不大，不必继续作为投入重点。实际上，地区贫困仍然存在，一些农村设施简陋。例如，西部建设了公路骨干网络，但农民主要使用乡村道路，很多村落尚不可及，山区马驮人背现象仍很普遍；学校布局调整后有的儿童因路远失学或延迟上学；卫生设施陈旧落后；文化单调；饮水依然困难；土地利用布局杂乱。

(二) 绝对贫困和相对贫困

有人认为贫困人口是绝对贫困，低收入人口是相对贫困，这是认识误区。从形式分类，绝对贫困是按固定标准考虑物价波动统计的贫困，相对贫困是按收入相对水平分组统计的贫困。而我国的低收入线是一条固定贫困线。从内涵分类，我国低收入人口大体处在恩格尔曲线转捩点之前，食物消费比例仍随总消费增长而上升，多数收不抵支，无力自行扩大再生产，仍然属于绝对贫困。一些国家工业化中农民失去土地的绝对贫困化和雇佣劳动的相对贫困化与这里的讨论有所不同。

(三) 自然人贫困和社会人贫困

我国对农村贫困人口的统计可分为三段。1985 年以前，省级政府曾按照各县人均粮食产量统计贫困人口，1985 年国家统计局按照人均每日最低摄取热量和 12 种主要食品的价格再考虑恩格尔系数确定人均纯收入的全国农村贫困线，历年贫困标准虽略有提高，但折合为 1985 年不变价多年来并没有上升。可以说，1985 年以前以填饱肚子为标准确定贫困，1985 年以后按照以温饱为主的多方面基本消费需求确定贫困。现在全面建设小康社会，就应当依据农户在市场经济中最低的生存发展能力确定新的标准。

(四) 四种不同性质的贫困

我国农村的贫困，一是鳏寡孤独，以及因残、因伤、因病、智障等丧失劳动力的家庭，一旦脱离救助就无法生存，过去主要靠村社集体保障，在市场经济体制下应逐步建立农村初级社会保障制度；二是有些农户因灾因病发生临时困难，如不加以救助，就会陷入贫困的恶性循环；三是部分农村地处偏远，交通不便，基础设施落后，自然经济比重很大，贫穷落后，处于传统生活方式又受到市场经济冲击，甚至原有家庭社区生活方式发生演变和裂解，乡镇调整后更显闭塞；四是在农村市场化进程中，部分农民在竞争中成为弱势群体，遭受机会剥夺和一定意义的社会排斥，出现相对贫困化趋势，失地农民甚至发生绝对贫困化现象。针对不同类型的贫困应制定不同的政策。

(五) 按照国际标准的贫困人口

世界银行 2005 年人类发展报告按购买力平价计算，认为中国 2001 年每天 1 美元的贫困发生率为 16.6%，贫困人口 2.1 亿，其中包括城镇贫困人口。联合国千年首脑大会提出到 2015 年每天 1 美元贫困人口减半的目标。由于购买力平价与汇率评价有关，我国可自行制订新的贫困线与国际标准靠近，按照国家财力，提出新的扶贫工作目标。

三、消除农村贫困的方式和机制

消除农村贫困需要认真研究各地农村的具体情况，探索从传统生产方式逐步向市场经济过渡的扶贫和济贫的方式和机制，发展家庭经营为基础的农村和县域集群经济。

(一) 贫困救济——农村初级社会保障

西方发达国家的贫困理论主要针对公共财政提供最低生活保障的对象。我国 2005 年有 12 个省 1534 个县试行农村最低生活保障制度，保障标准还较低。中西部省份还需要在中央财政支持下完善特困救济、大病统筹补助、免费义务教育等农村初级社会保障制度。并应从最贫困地区做起，花钱不多，效果显著。

(二) 市场经济发育的必备条件——农村小康社会基础设施建设

农村基础设施建设是公益事业，是农产品市场化和农村消费市场发育的必备条件，广大农民群众是基础设施的最大受益者，因此，公共财政在农村应主要投向基础设施建设，包括农村道路、电网、饮水、农田、草地、林地的建设。在道路和基本农田建设中，有的贫困农民自愿向路边迁移，如能配套给予住房、水窖和沼气补助，可利用原有土地资源实现引导式生态移民。

(三) 试验示范带动和技术扶持——农村新型服务体系

过去一段时间乡级机构主要做的是"催粮收款、刮宫引产"，并形成"收费养人，养人收费"的恶性循环。在税费改革和免征农业税以后，乡级原有事业单位应转变成新型服务体系，不是靠行政命令，而是引入市场机制，用试验和示范方式扶持带动农户进入市场化的产业链。有的可依据他们为农户提供的服务给予财政或项目补助，有的可逐步转变成经营性科技中小企业，明确方向，逐步过渡。

(四) 产业带动和信贷扶贫——农村市场化、产业化和产业集群

产业开发需要技术和资金投入，财政扶贫应与信贷扶贫结合。贫困农户偿还贷款很困难，但资金流转是开发的本质属性，应试点与农村开发性金融配套的政策性农业保险和贫困地区中小企业贷款担保资金，推动信贷资金流转。贫困农户技术和经营能力薄弱，财政扶贫和信贷扶贫都应允许通过科技中介机构和中小企业等扶贫经济实体对农户以实物扶持形式实施，但应严格财务手续，如采取报账制，加强银行内部制度建设和金融市场信用体系建设。我国农村产业扶贫有两个特征：一是如果打破小型和微型的农民家庭经济可能产生贫困人口，把农户纳入产业化链条形成产业集群才能有效构筑低成本规模经济。二是与其他产业开发项目相比，农村产业扶贫项目的困难和风险较大，须注入科技以增大效益空间，并有迎接挑战的责任感和坚韧不拔的毅力。农村扶贫开发担负了民族振兴进程中由难而易的攻坚任务，应当成为我

国全面建设小康社会的一个重要方面军。

(五) 转移劳动力和延伸农村产业链——扩大农村就业

农户脱贫致富取决于劳动力有效就业和农产品稳定占领市场。因此，扶贫的有效途径是促进农业从传统种植业向生产高品质高价值蔬菜、水果、肉奶产品、水产品等新兴产业转移，促进农民向非农产业和城镇转移或劳务输出。过去主要发展耕地农业。今后应同样重视发展草地农业和林地经济，建设好16亿亩基本农田和10亿亩高产栽培草地并承包到户，使农村能够提供优质口粮及肉奶产品、优雅人居环境和宽阔就业空间。

四、几点建议

(1) 扩大扶贫工作面，制订接近国际极端贫困线(购买力平价每天1美元)的新贫困线，提出近期我国财力可实现的消除农村地区性贫困的目标。

(2) 统筹安排民政救助和扶贫开发，全面规划，区别对待，提高政策适用性，可以重复，避免遗漏。

(3) 加大扶贫资金投入。目前的财政扶贫资金、民政救助资金、以工代赈建设资金、扶贫信贷资金各有其功能，不能归并或取消，而应稳定和扩大。按照新的扶贫开发目标加大贫困地区农村基础设施建设、产业开发和信贷融资的投入力度。扶贫办统筹监管，专业部门组织实施。除中央资金外，各省特别是相对发达省份应当支援省内外贫困地区，救助特困人群。属于市管县体制的应统筹城乡发展。

(4) 把农村基础设施建设作为公共财政在农村的主要投入方向，合理布局农村道路、电网、饮水、农田、草地、林地，与新农村建设结合，村庄建设可整体规划，分步实施。在山区，通村路一般应到行政村而不必抵达每个自然村寨，并应延伸合理联网，使多数自然村有过境道路。

(5) 扶贫产业开发从行政运作向产业运作转型。加强县域规划、项目论证及管理。建立试验示范服务体系，创办讲求经济效益的扶持农户的非营利技术服务机构，依据农户得到的服务给予补助。对贫困农户可采取实物扶持、实物回收和滚动扩大的扶助方式。

(6) 加大信贷扶贫力度。建立贫困地区县域中小企业贷款担保资金和政策性农业保险制度，扭转金融资金继续从乡村大量流入城市的趋势。扶贫贷款可采取联户担保等小额信贷方式或通过中小企业及技术服务机构等扶贫经济实体扶助农户并验收报账的方式。贫困地区政府及事业单位，在组织项目和协调开发性金融的过程中，可在不直接经营商业、不直接承贷、不直接作贷款担保的条件下发挥积极作用，整合推进项目，营造良好的金融信用环境。

(7) 调整农村产业结构，扶持专业合作组织。发展蔬菜水果、草地畜牧业、水产养殖业及其后续加工、储运、销售，延长产业链。

(8) 扶贫开发与生态建设结合，遏制生态恶化。恢复和建设林草植被，发展生态经济，把种草养畜作为岩溶山区和黄土高原科技扶贫的重要内容。

(9) 基层技术干部应更新知识，转变职责，参与扶贫开发项目的组织、示范和技术服务。探索建立公益性科技服务机构、非营利科技中介机构、社会化科技服务产业和科技型龙头企业。

(10) 坚持行政和企事业单位及社团的定点帮扶，鼓励吸引高收入人群捐赠和国外资金扶贫济困。

(本文完成于 2006 年. 作者黄黔，中国国际工程咨询公司，北京 100048)

扶贫开发是拉动内需的重要内容

黄　黔

当前，扶贫开发对促进贫困地区农林牧渔业发展、修复生态、扩大就业和拉动内需具有重要意义。现根据近期调研，将有关新形势下扶贫开发的一些研究和建议报告如下。

一、新时期扶贫开发的任务和对象

(一) 扶贫开发的任务

改革开放以来扶贫开发基本解决了我国农村的温饱问题。21 世纪以来我国进入全面建设小康社会的新阶段，但地区差距和城乡差距仍在持续拉大，消除农村的地区性贫困成为我国现代化面临的重大课题，成为新形势下扶贫开发的主要任务，也是当前拉动内需的重要内容。应加大扶贫开发投入，一方面利用贫困地区特色资源发展特色产业，在贫困地区推进工业化和城镇化；另一方面针对不同生态区农村的实际情况，引入资金、技术和管理等新的生产要素，因地制宜地发展农林牧渔业，争取在一个不长的历史时期内从根本上扭转我国贫困农村的落后面貌。我国已建立市场经济体制，但中西部农村仍然处在从半自然经济向市场经济过渡的进程中。扶贫开发项目的运行既要采用市场机制，又要适应半自然经济现状，促进贫困农村逐步向市场经济过渡。

(二) 扶贫开发的对象

我国正全面建立农村最低生活保障制度，农村贫困群体的温饱将由此得到保障。2007 年农村低保总人数 3452 万人，农村贫困人口 1479 万人，低收入人口 2841 万人，低保对象与扶贫对象交叉重合，需要适当区分。目前农村的温饱问题已经是少数的个体性贫困问题，可依靠农村低保解决，应落实到户；而产业发展不足是地区性贫困问题，只能依靠扶贫开发解决，要落实到村组。低保、直补和扶贫是消除农村贫困的三项相互补充又缺一不可的根本措施。目前欠发展地区需要扶助才能在市场经济中立足发展的农村人口大体占农村常住人口的 1/3，为 2 亿~3 亿人，除了没有劳动能力的以外，都应是扶贫开发对象。

(三) 重新制订贫困线

我国按 1985 年 12 种食品物价水平和每人每天至少需要 2100kcal 热量的生理要求，配合其他必要需求，确定了农村贫困线，这是温饱贫困线，经适当调整可用于农村低保工作；为适应新时期扶贫开发任务还需要制订农村小康建设贫困线。

联合国 2000 年提出每天收入或消费 1 美元的贫困线。世界银行评估 2005 年购买力平价，认为计算 GDP 时 3.45 元人民币相当 1 美元，计算农村贫困人口时 4.08 元相当 1 美元(不同类型商品购买力平价不同)，2005 年 1.25 美元相当 2000 年 1 美元，因此世界银行的网上软件给出 2005 年中国农村贫困线为 1862 元，农村贫困人口 1.98 亿人。应当看到，适当提高扶贫开发的贫困标准，有利于在国际上客观地描述我国是发展中国家的现状，有利于我国全面建设小康社会，有利于从根本上扭转我国农村地区的落后面貌，有利于拉动内需，促进就业。

在统计上，农村居民总收入包含了农户家庭经营和农民家庭生活两个方面，与市场经济中的个人所得不对应；人均纯收入仍包含了扩大再生产部分，而且用实物计算不能反映从半自然经济向市场经济的过渡。建议采用农村人均消费支出作计算依据，按 2005 年价格，人均消费 1500 元(其中现金消费不少于 1000 元)作为我国农村小康建设贫困线。根据农村住户调查估算，2005 年消费在小康建设贫困线以下的有 2.05 亿人。当年甘肃农村人均消费 1820 元，其中实物消费 524 元；贵州农村人均消费 1552 元，其中实物消费 457 元。农村小康建设贫困线不是救助标准，而是在一个可以确切规划的时期内制订的我国消除农村地区性贫困的奋斗目标，符合中西部农村实际情况。应当说，这离东部发达地区城乡一体化目标还存在着巨大的历史性差距。

二、划分贫困片区，制订扶贫产业规划

在我国工业化和城市化进程中，农村人口将逐渐减少，但是国土的大部分仍然是农村或保持自然状态。许多国家在现代化过程中经历了农村凋敝和

生态退化，我国必须避免类似现象发生。应认真组织力量，以自然生态区划、灾害分布、农林牧渔业产业区划为科学依据划分贫困片区，按照贫困片区制定扶贫产业规划，加大投入，认真实施。

(一) 划分贫困片区的初步想法

这里用 2005 年 592 个扶贫重点县的 2.01 亿农业人口为样本粗略分析我国农村贫困人口的分布概况。按照划分扶贫重点县的政策目标，扶贫重点县的贫困人口约占全国贫困人口的 60%。在调研中感到，扶贫重点县内大约 60% 的农业人口在小康建设中需要给予扶助。

据初步研究，592 个扶贫重点县农业人口大体可分为以下 8 个片区。岩溶地区(涉及 8 省区市)，县数约占 27%，农业人口约占 32%；黄土高原区(涉及 7 省区)，县数约占 21%，农业人口约占 15%；蒙新草原区(涉及 3 省区)，县数约占 9%，农业人口约占 5%；高寒草甸区(涉及 4 省)，县数约占 4%，农业人口约占 1%；秦巴山区(涉及 4 省)，县数约占 7%，农业人口约占 9%；横断山脉区，县数约占 6%，农业人口约占 4%；中部山区，县数约占 17%，农业人口约占 19%；中部平原区，县数约占 9%，农业人口约占 15%。

(二) 按贫困片区制订扶贫产业规划

我国农村的地区性贫困有深刻的自然原因和历史原因。应针对造成农村贫困的根本原因，按照贫困片区部署扶贫产业，从科学技术、政策引导和市场经营等方面探索该片区发展扶贫产业的途径，取得经验，完善产业技术、扶贫方案和片区政策，推动区域性扶贫行动，因地制宜地发展以农户家庭经营为基础的县域集群经济，使多数农户能够参与产业链而脱贫，县域产业能够占领市场稳定发展。

(三) 实施科技扶贫项目，带动片区产业扶贫

科技扶贫项目包括科学试验、扶贫试点和区域扶贫三个阶段。例如，经过 20 多年南方草地的科技攻关和晴隆县 7 年科技扶贫试点，贵州 33 个县开展生态畜牧业扶贫行动，成效显著，应加大投入，在岩溶地区进一步推广。

科技扶贫应由国务院扶贫办牵头，协调科技部和农业部按贫困片区开展科学试验；选择在实践中扶贫效果较好的产业项目，组织科技扶贫综合试点，

在技术、政策和市场等方面完善配套支撑条件；引导各省按贫困片区扩大试点项目，发展扶贫产业。

三、发挥贫困地区和贫困农村的资源潜力

贫困农村多在山区，包括荒山荒坡在内的土地相对较宽；也有一些贫困农村人多地少；一般有地有人有资源，但缺乏资金、技术和管理。

(一) 土地资源和植被资源

我国农村贫困人口大多分布在全国地势第二阶梯上的东亚季风区内，土地上有光温水资源形成不同植被，但过去林地和草地对农户没有发挥明显致富作用。据 2006 年农村住户调查，全国户均耕地 8.65 亩，园地 0.41 亩，牧草地 16.2 亩，山地 0.31 亩，养殖水面 0.03 亩，家庭经营总面积 25.6 亩；耕地分割细碎；农户勤于垦殖，但水土流失和生态退化限制了耕地扩展；荒山草坡因缺少水电路设施难以开发，林地和草地在县国土局有面积数字，但到村组一级就没有相应数据，也没有明细归属，尚未落实承包到农户。应改善水电路等基础设施条件，适当调整地块形成家庭农场，扶助农户建设林地和草地，发展有畜农业，让林木栽培、种草养畜和林下养畜成为农户收入新的增长点。农林牧结合可使生物量产量加倍而市场产值增长 3~5 倍以上，从而扭转生态退化和农村贫困的恶性循环，避免出现"徒有满山绿色，农户一贫如洗"的现象。

(二) 人力资源和教育资源

尽管贫困农村初中辍学率还很高，但初中生的进城冲动带动农民工进城浪潮，改变了我国产业工人结构，但初中生还较难在城里立足。下一轮农民工进城，人均受教育年限应再提高 2~3 年，学习现代科学知识。我国应像发达国家一样，允许较好的中学开设大学基础课学分课程。我们可在 592 个扶贫重点县，依托一所较好的中学试办集高中补习、选修大学基础课、职业培训为一体的县级学院，用较低成本改变青年人一生的命运，为贫困地区增添无限生机和活力。这样的社区学院在国外十分普遍(如美国有 1500 万读大学学位课程的学生，约 40%在 2 年制学院，40%年龄在 25 岁以上，仅 1/3 读完拿学位，形成了成本较低、学以致用的终身学习制度)。这样做需要的政策许

可，只是在高等教育质量控制上从对整套学历课程的监管转为每一门学分课程的标准化，多数发达国家都完成了这样的教育改革(通常标准化教材每两年改版一次并在世界各国发行)，可节约社会成本，办成农民工进城前和返乡后的"充电场所"。扩大大学基础课的学习面，有利于提高我国劳动力素质，有利于社会稳定。高等教育既要提高又要普及，应两条腿走路。

(三) 特色资源和矿产资源

在贫困地区的特殊条件下有时可发展特色产业；充分利用特色资源发展特色产业是减少农民负担和发展现代农业的有利条件；适当提高贫困地区矿产开采的地方税比例，有利于地方政府配合管理好矿区，保护资源，并利用矿区的生命周期发展多元经济和社会化矿区城镇，带动贫困区域经济的可持续发展。

(四) 引进资金技术管理要素

目前扶贫重点县每年中央财政各种项目约达 5000 万至 1 亿元，但项目官员不到现场，也没有企业和专家参与，效果较差。交通和信息化设施包括小型机场可提供跨越时空的手段。目前我国只有 156 个民航机场，与国外差距很大(如巴西有 4223 个公共机场)。应在 592 个扶贫重点县酌情部署建设铁路、高等级公路或小型机场(1200~1600m 跑道，起降 30~50 座涡桨飞机)，完善民航网络和机群结构，缩短中央及省级政府与偏远县份距离，提高财政投入的成效，实现以城带乡，以工促农。

四、几点建议

1. 调整温饱贫困线，设立小康建设贫困线

调整温饱贫困线，做好农村低保工作；设立农村小康建设贫困线，分步做好欠发展农村 2 亿~3 亿人的开发式扶贫；低保、直补与扶贫三位一体，消除农村贫困。

2. 划分贫困片区，部署扶贫产业

研究贫困农村的生态区划、灾害分布和农林牧渔产业区划，划分贫困片区；分片区制定扶贫产业规划；部署扶贫开发项目和农村发展项目。

3. 推进贫困农村的市场化

解决扶贫重点县在农村金融、商品流通和农产品加工遇到的困难，促进产业资金良性流动，建立县域和省级技术和金融服务平台，完善农业政策性保险。

4. 生态建设与扶贫开发结合

在初级阶段，生态脆弱区的综合治理应围绕发展生态经济，从扶贫入手，协调实施，把生态修复与农民脱贫致富结合起来，破解生态退化和农村贫困的恶性循环。

5. 落实林地和草地的家庭承包

落实贫困地区农户对耕地、林地和草地的承包权和经营自主权，扶助贫困农户建设基本口粮田，适当调整地块形成家庭农场，栽培林木，种草养畜，协调农林牧业发展。

6. 部署科技扶贫

加大科技扶贫的财政投入。在不同贫困片区开展长期的科学研究和技术开发；提炼形成扶贫方案，组织县级科技扶贫综合试点；取得经验，完善政策，推进省级和片区扶贫。

7. 部署教育扶贫

在 592 个扶贫重点县巩固"普九"成果，整合高中教育和职业培训，在继续输送高中毕业生和外出务工人员的同时举办集高中补习、大学基础课程、职业培训为一体的县级学院。

8. 优化扶贫队伍结构

扶贫重点县和贫困农村连片的省地级政府应加强扶贫机构，配备工作装备，协调相关部门，吸引年轻人和科技专家参与，深入贫困村组，扶助农户发展扶贫产业。

9. 加强新农村建设

围绕新农村规划和扶贫产业规划加强基础设施建设，改变贫困农村交通不便、缺水少电、信息闭塞的状况。编制和实施偏远县份的民航小机场规划。促进就业，拉动内需。

10. 编制扶贫开发中长期规划

适当提高贫困地区矿产开采的地方税比例，以改善贫困地区发展条件。适应农村低保新情况，组织编制扶贫开发中长期规划，从根本上扭转贫困农村的落后面貌。

(本文完成于 2008 年. 作者黄黔，中国国际工程咨询公司，北京 100048)

新时期扶贫开发的历史任务
——新时期农村扶贫开发问题系列研究之一

黄　黔

在我国农村基本解决了温饱问题并全面建立农村低保制度之后，农村是否还存在贫困问题？扶贫开发的对象和任务有什么变化？是摆在我们面前的一个重要问题。

一、当前中国农村的贫困问题

(一) 扶贫开发取得巨大成就

中国的扶贫开发大致可分为 3 个阶段：①农村体制改革推进扶贫开发(1978~1985 年)。土地家庭承包制度改革、提高粮食收购价格、农产品市场逐步放开，使农村贫困状况初步缓解；中央财政设立"支援经济不发达地区发展资金"；对甘肃省定西地区、河西地区和宁夏西海固地区进行"三西"农业建设；实行"以工代赈"基础设施建设；党中央发布《关于尽快改变贫困地区面貌的通知》，划定了 18 个贫困地带。②农村扶贫行动推进扶贫开发(1986~2002 年)。国家制订了农村贫困线，成立专门扶贫机构，制定扶贫政策措施，中央和省级政府核定重点贫困县，全面实施开发式扶贫。1994 起实施"八七"扶贫攻坚计划，将扶贫重点进一步放到中西部地区，加强扶贫资金的管理，动员各级党政机关、沿海省份和重要城市及国内外其他机构广泛参与扶贫。在中国基本解决了农村的温饱问题，取得举世瞩目的成就。又进一步制定了《中国农村扶贫开发纲要(2001~2010 年)》，调整了 592 个扶贫开发工作重点县，确定了 15 万个贫困村。③全面协调持续推进扶贫开发(自 2003 年以来)党中央提出科学发展观，实行了有利于贫困农村发展的农业政策、区域政策和社会政策，在全国范围内取消了农业税、农业特产税、牧业税和屠宰税，实行粮食直补、综合直补、粮种补贴、农机具购置补贴；对农村义务教育阶段的贫困家庭学生实行两免一补的政策；建立农村初级医疗保障制度；在全国建立农村最低生活保障制度。这些政策有利于城乡协调发展，区域协调发展，经济社会协调发展，人与自然和谐相处。实践证明，开发式扶贫是具有中国特色的消除农村贫困的道路，不仅适用于解决农村温饱问题，也适用于解决农村的地区性贫困问题，扶贫开发已经进入根本扭转农村贫困落后面貌的新阶段。

(二) 少数农村居民仍然存在温饱问题

我国农村虽然基本解决了温饱问题，但是农户家庭经营受自然条件和家庭状况制约，在相当长时期内，少数农村居民的温饱问题作为个体性贫困仍将继续存在，并与自然灾害耦合。在新时期少数农村居民的温饱问题将依靠农村低保、医疗、教育、养老、救灾等社会保障制度，用财政救助方式解决。今后，解决少数农村居民的温饱问题，不再以享受低保的人数迅速减少为特征，而是以农村社会保障制度的不断完善为特征。

(三) 消除农村的地区性贫困是现代化的历史任务

21 世纪以来，中国进入全面建设小康社会的历史阶段，农村发展进入以城带乡和以工补农的新时期。但是，一些中西部农村的经济生活仍然处在逐步从半自然经济向市场经济过渡的进程中，地区差距和城乡差距仍然很大，并且在继续拉大。扶贫开发在完成与农村低保的衔接和过渡之后，将主要进行开发式扶贫，推进贫困农户生产方式升级，提高农户发展能力，消除农村地区性贫困，逐步缩小城乡差距和地区差距，根本改变贫困农村的落后面貌。

(四) 继续推进扶贫开发的必要性

目前农村贫困，既有农村欠发展问题，也有农村发展不平衡问题。市场经济靠竞争淘汰落后生产力，而完善的市场经济体制需要有社会保障制度保护竞争中的弱势群体。我们不仅要建立农村低保制度，还要在农村建立完善的食物、住房、医疗、教育、就业、养老、基础设施等社会保障制度。同时，农业具有区别于工业的特点，光温水资源和土地资源是分布资源，不能只抓主产区和优势产业带，还要全面促进农林牧渔业发展，全面发挥光温水资源和土地资源潜力；农林牧渔业又是在分布资源上的生物性生产过程，农户家庭经营在各国农业生产中始终处于主导地位。我国政府应扶持贫困农户生产方式升级，用开发式扶贫消除农村的地区性贫困。我国贫困地区有一支长期深入农村联系农民群众的优秀扶贫队伍，应充实优化这支队伍，提高扶贫开发的科技水平、管理水平和装备水平。

二、农村贫困的度量和判定方法

(一) 农村温饱贫困线和中等贫困线

目前中国农村贫困线为 1196 元，2008 年贫困人口达 4007 万人，同年农村低保对象达到 4305.5 万人，说明这条贫困线是温饱贫困线。新时期扶贫开发的任务是扶持农户生产方式升级，提高农户发展能力，消除地区性贫困，还需要建立中等贫困线，以明确扶贫对象。

(二) 实物收入和现金收入

我国农村采用人均纯收入作为个人收入的计量，包含自家生产自家消费的实物收入，还包括役用牲畜和未销售的农产品，以及农户的种籽和用于扩大再生产的收入，这与个人所得并不对应，是城乡差距在统计方法上的表现。目前，农户的现金收入对贫困状况具有重要的指标意义，而自家生产自家消费的实物收入已相对有限，在统计中应严格规定实物收入的折算限额并计量现金收入。我国农村中等贫困线可采用人均消费支出作为计算依据，按 2005 年价格，建议定为人均消费 1500 元(其中现金消费不少于 1000 元)。

(三) 绝对贫困和相对贫困

马克思在研究资本主义原始积累过程时分析了农民失去土地的绝对贫困化，以及成为雇佣劳动者的相对贫困化。中国农村现行的集体所有家庭承包土地制度避免了现代化过程中出现大批失地农民，政府还努力保护外出务工农民的正当权益。

各国在社会保障制度中通常划定一条绝对贫困线，是在一定时期内仅随物价指数变动的固定贫困标准；而相对贫困则是按收入水平划分的一定比例的低收入组。

在社会学意义上，绝对贫困通常指收入不能满足最低生存需要，特别是不能满足食物营养在热量摄取方面的最低需要；而相对贫困通常指社会能够容忍的最大贫富差距(称为基尼系数)。

(四) 实物补助和社会保障

美国自20世纪30年代以后实行食品补助。1955年美国农业部由莫莉·奥珊斯基主持食物消费调查，发现美国三口以上家庭收入的 1/3 用于食物消费是贫困标志，是随着总收入增加，食物消费占总收入的比例(恩格尔系数)从上升到下降的转捩点。1965 年美国社保局由奥珊斯基提出贫困线，把三人以上家庭的食品补助成本乘以 3 得到贫困线，二人家庭食品补助乘以 3.7 得到贫困线，美国贫困线是个 124 项的矩阵表(1981 年减到 48 项)，考虑了家庭人口数、农户或非农户(农户贫困线为非农户的 70%，1969 年改为 85%，1981 年改为 100%)、户主性别(1981 年改为不分性别)、家庭儿童数、单人或两人家庭是否为老人或包括老人等因素。每 10 年用食物消费调查修订食品补助标准，并修订恩格尔曲线转捩点对应的贫困线乘数。

(五) 个人就业和农户生产方式升级

贫困的本质是社会排斥。要消除贫困，对农民个人而言，重要途径是通过教育培训解决外出就业或本地就业问题；对农户而言，根本途径是通过生产方式升级解决农户经营在市场经济中立足问题。社会保障应落实到农户，而开发式扶贫应在自愿参与的基础上实行整村推进。

三、贫困农村的区域分布

研究贫困农村的区域分布规律，是部署扶贫开发的基础。

(一) 自然条件影响贫困农村分布

我国地势可分为三个阶梯，西部 12 个省区市大致处于我国地势的第一阶梯和第二阶梯；我国又可分为三个生态大区：东亚季风区、西北干旱区和青藏高寒区；西北干旱区和青藏高寒区生存条件严酷，人口较为稀少；而在地势第二阶梯的东亚季风区范围内，如岩溶山区、黄土高原等地区，贫困人口分布较为集中。

(二) 社会历史条件影响贫困农村分布

在全面建设小康社会进程中，革命老区、少数民族地区、边境地区和其他特殊贫困地区的贫困人口在全国农村贫困人口中所占比例有增大趋势。

(三) 扶贫重点县划分为 8 个贫困片区

综合考虑生态区划、农业区划、灾害多发区以及民族、宗教和文化特点，我国贫困农村可大致划分为岩溶地区、黄土高原、蒙新草原、高寒草甸、秦巴山区、横断山脉区、中部山区和中部平原区。

四、科技扶贫和连片开发

新时期扶贫开发的任务是经过科技扶贫试点，完善技术、方案和政策，实施连片开发，根本消除农村的地区性贫困。

(一) 科学试验和产业示范

科技部门、农业部门与扶贫部门配合，用科学试验和产业示范带动扶贫开发。

(二) 科技扶贫综合试点

科技扶贫试点通常是在县政府领导下，农林牧业协调，路水电设施配套，贫困农户自愿参与，在贫困村整村推进，并形成县域产业支撑体系的扶贫项目。

(三) 连片开发

连片开发通常是在省政府领导下，在科技扶贫试点的基础上，在同一个贫困片区实施的可持续产生生态效益和经济效益的农林牧渔业扶贫项目。

五、扶贫产业特征和扶贫开发中长期规划

新时期扶贫产业具有从贫困农村入手实现中国农村的科学发展，按照贫困片区实施开发式扶贫，开展科技扶贫试点和连片开发，与生态修复结合发展多种农林牧渔业，立足农户家庭经营推进新农村建设和县域集群经济等特征。

当前应组织力量编制扶贫开发中长期规划，划分贫困片区，制订扶贫产

业规划，加大对革命老区、民族地区、边疆地区、贫困地区的扶持力度。下面三篇报告将对贫困农村区域分布、科技扶贫和连片开发、中长期扶贫规划做进一步分析。

(本文完成于 2009 年. 作者黄黔，中国国际工程咨询公司，北京 100048)

中国贫困农村的区域分布
——新时期农村扶贫开发问题系列研究之二

黄　黔

在新时期,农户的个体性贫困将主要依靠农村低保等社会保障制度解决,而农村的地区性贫困将通过开发式扶贫解决。中国农村贫困的区域分布规律是摆在我们面前的又一个重要问题。

一、扶贫开发工作重点县和贫困村

1984 年中共中央发布《关于尽快改变贫困地区面貌的通知》,划定了 18 个贫困片区。1986 年国务院扶贫开发领导小组确定了 258 个国家级贫困县,标准是 1985 年人均纯收入低于 150 元的县和人均纯收入低于 200 元的少数民族自治县;对民主革命作出过重大贡献的老区县份,标准是人均纯收入 300 元。1987 年 13 个革命老区县和 2 个其他县列入国家级贫困县。1988 年 27 个牧区和半牧区县列入国家级贫困县,加上国家财政援助的"三西"地区贫困县。1989 年海南建省时又列入 3 个贫困县,共计有 331 个国家级贫困县。1994 年调整了国家重点贫困县,凡是 1992 年人均纯收入低于 400 元的县纳入国家重点贫困县,凡是 1992 年人均纯收入高于 700 元的原国家重点贫困县则一律退出,共有 592 个国家重点贫困县。

2001 年再次调整 592 个扶贫重点县,称为国家扶贫开发工作重点县,东部和西藏不再安排重点县,西藏整体作为重点扶持单元,以各省原有贫困县为基数,一般省份不变,少数省略有增加。全国还确定了 15 万个贫困村,包括非贫困县中的贫困村,也给予重点扶持。

二、中国贫困农村区域分布的影响因素

地形和气候等自然条件是贫困农村分布的重要影响因素。灾害因素以及社会历史因素,也对贫困农村分布有明显影响。

(一) 中国三个地势阶梯

中国青藏高原崛起成为"世界屋脊",是晚新生代全球变化中一个重要

因素，造成中国地形结构的三级地势阶梯。青藏高原是最高一级阶梯。云贵高原、黄土高原、内蒙古高原、天山、阿尔泰山、秦岭及四川盆地、塔里木盆地、准噶尔盆地、河西走廊、银川平原、渭河关中平原构成第二级阶梯。中国东部的平原、丘陵及中低山，则处于最低的地势阶梯。当青藏高原上升到一定高度时，中国行星风系在晚第三纪被古季风系统所取代。红色的风成沙在广大区域残留。到第四纪初，当青藏高原上升到动力临界高度和水汽凝结高度以后，现代亚洲季风环流便代替了古季风环流。从西北干旱区带来的粉沙，形成巨厚的风成黄土，覆盖在红色盆地之上，演变为黄土高原。黄土分布地区是人类离开洞穴定居和农耕活动开始得最早的地区之一。黄土高原成为中华民族和华夏文明的摇篮。云贵高原因地表普遍存在第三纪红色风化壳又被称为"红土高原"。它在不断上升过程中因气候变凉，红土风化壳遭受剥蚀，处于退化过程。

(二) 中国三个生态大区

中国科学院的《中国西部环境演变评估》报告中，采用气候-地貌-植被相结合的指标体系，把中国划分为东亚季风区、西北干旱区和青藏高寒区三个生态大区。①东亚季风大区。不仅包括行政分区的东部和中部，还包括西部位于地势第二阶梯的西南湿润地区和西北半湿润地区及半干旱地区，从南到北含有七个气候带。气候特征是冬冷夏热，雨热同期。冬季风偏北，寒冷干燥；夏季风来自海洋，温暖而又湿润，气温及雨量显著高于同纬度的其他国家，是中国最主要的农林牧渔。②西北干旱大区。不含陕西、宁夏南部和甘肃河东地区，却包括内蒙古中西部。昆仑山、阿尔金山、祁连山及青海也不属西北干旱区而归属青藏高寒区。西北干旱区有中温带和暖温带两个气候带。绝大多数地区年降水量不足 200mm。植被以灌木和半灌木荒漠为主，覆盖度很低。人类活动主要集中在有灌溉水源的绿洲。③青藏高寒大区。该区生物循环、土壤发育等生态过程迟缓，生态系统结构简单，处于相对原始状态，有明显的垂直地带性和水平地带性。以高原荒漠、高原草原和高原草甸为主，在青藏高原南部和东南边缘，发育了具有亚热带特性的生态系统。整个大区生态环境严酷，也相当脆弱。中国地势和生态分布见彩图1。

(三) 中国贫困农村的主要分布区

中国贫困农村主要分布在地势第一阶梯和第二阶梯(大致相当于西部 12 个省区市)，并延伸到第三阶梯一些低山丘陵地区。①第一阶梯的青藏高寒大区。海拔高，积温低，加上氧气稀薄，生存条件严酷。农牧民主要靠放牧牦牛和藏绵羊，少量种植青稞，商品率很低，生活条件艰苦。随着定居也开始种植蔬菜。②第二阶梯的西北干旱大区。因远离海洋，这个地区早在 6500 万年前白垩纪末期就陷入干旱，青藏高原隆升使干旱程度进一步加剧。戈壁、沙漠、盐碱地面积大，在流动沙地、重盐碱地和风蚀地甚至几乎不生长植物。中国沙漠面积共达 81 万 km^2，仅新疆和内蒙古两个自治区就达 66.6 万 km^2。农业主要是绿洲种植业和草原牧业，土地自然生产力低，难利用土地的比例大。③第二阶梯上属于东亚季风区的贫困山区。大体包括黄土高原、岩溶地区、内蒙古东部和中部、晋豫鄂湘各省的山地，这是中国主要贫困人口分布区，地跨不同热量气候带。其中西南各省区市的原生植被包含了热带雨林，热带季雨林，亚热带常绿阔叶林，亚热带针叶林，热带、亚热带常绿落叶阔叶灌丛，常绿落叶阔叶混交林，竹林等多种类型；次生植被多为疏林草地、灌草丛或草丛。西北各省区从青海河湟谷地到内蒙古东部，包括青东、陇中、宁南、陕北直到内蒙古东部的狭长地带，则基本上是温带禾草草原或杂类草草原。除在陕西部分地区和陇南可见北亚热带常绿落叶阔叶混交林外，森林仅以垂直带形式分布于山地。

(四) 生态脆弱区与贫困农村分布

中国贫困农村大多处于生态脆弱区，当生态负荷较小时，曾经富饶秀丽；当生态负荷长期处于临界状态，因生态退化而导致农村贫困。我国农业生态系统割裂为农林牧孤立子系统，是生态退化和致贫的因子。例如，黄土高原长期坡地垦殖造成严重水土流失。又如，西南地区自秦汉两晋垦殖，至唐宋时四川、滇东北和黔西北原始森林基本消失，自 16 世纪传入玉米、花生、甘薯、马铃薯等作物，推动旱地和坡地开发，长江中上游森林覆盖率剧减，生态破坏甚于战火。

(五) 灾害多发区与贫困农村分布

中国是自然灾害多发国家，贫困地区由于气候类型复杂，自然条件恶劣，更是自然灾害多发区域。特别是随着垦殖过度和生态退化，贫困地区自然灾害的发生频率、影响范围与危害程度均在增长，成为难以摆脱贫困的重要制约因素。

(六) 社会历史条件与贫困农村分布

中华民族是多元文化长期融合形成的民族共同体，其中少数民族人口10 643万人，占全国总人口的8.4%，各种宗教信徒约1亿多人，宗教活动场所近10万处。在中华民族长期相处过程中56个民族形成大杂居小聚居的格局，在宗教信仰上形成重视现实生活而相互包容的格局。贫困农村的分布不但受到自然条件的影响，也受到历史和社会条件的影响。近年来，贫困人口越来越集中地分布在少数民族地区、边境地区、革命老区和其他特殊贫困地区。在中国西部地区，少数民族人口占全国少数民族总人口的71.5%，陆地边境线占全国陆地边境线的91%。在592个国家扶贫重点县中，少数民族县267个，陆上边境县42个，革命老区县101个。

三、592个扶贫重点县划分为8个贫困片区

扶贫重点县是中央财政扶持贫困农村的一种制度性机制，也是开发式扶贫的重点目标，应加强对扶贫重点县贫困状况的监测，规划部署对扶贫重点县集中连片开发的重大战役。

依据生态区划、农业区划、灾害多发区以及民族、宗教和文化特点，经过初步研究，592个扶贫重点县及其农业人口可划分为8个贫困片区：岩溶地区(涉及8省区市)，县数约占27%，农业人口约占32%；黄土高原(涉及7省区)，县数约占21%，农业人口约占15%；蒙新草原(涉及3省区)，县数约占9%，农业人口约占5%；高寒草甸(涉及4省，西藏未计入)，县数约占4%(西藏未计入)，农业人口约占1%(西藏未计入)；秦巴山区(涉及4省)，县数约占7%，农业人口约占9%；横断山脉高山峡谷区，县数约占6%，农业人口约占4%；中部山区，县数约占17%，农业人口约占19%；中部平原区，县数约占9%，农业人口约占15%。

岩溶地区，山多而平地少，石多而土壤少，大部分雨水渗入地下水系再汇入江河，垦殖过度引起的石漠化是该地区的主要灾害。黄土高原区，有土缺水，干旱少雨，降水量的季节变率和年度变率大，十年九旱和水土流失是该地区的主要灾害。蒙新草原地域辽阔，但牧区气候条件差，草原退化。高寒草甸地处高寒，雪灾危害很大，粗放过牧造成草甸严重退化。秦巴山区包括秦岭南麓和大巴山区，山大沟深，交通不便，气候湿润，植被茂盛，但农村贫困，主要灾害是暴雨、水土流失和泥石流。横断山脉高山峡谷区位于滇西，雨水丰沛，冬干夏雨，气候呈垂直性分布，丘陵坡地开垦普遍，水土流失严重，交通极为不便，农村十分贫困。中部山区属湿润和半湿润地区，跨越从南亚热带直到中温带的不同气候带，水热条件较好，但植被退化，水土流失，灾害频繁，交通不便，农村贫困。中部平原的贫困农村，人多地少，土壤盐渍化，生活水平很低。

四、按照贫困片区推进扶贫开发

贫困农村有土地资源、光温水资源、植被资源和人力资源，有穷则思变的后发优势，在推进工业化和城市化的同时，应开展科技扶贫试点，因地制宜部署连片开发，发展现代农林牧渔业，逐步消除地区性贫困，建设社会主义新农村。

(本文完成于 2009 年. 作者黄黔，中国国际工程咨询公司，北京 100048)

科技扶贫与连片开发
——新时期农村扶贫开发问题系列研究之三

黄　黔

我国不同贫困片区有各自独特的自然条件和社会条件，如何有效使用财政扶贫资金部署开发式扶贫，是摆在我们面前的重要问题。农林牧渔业是传统产业，又是需求持续旺盛而科技创新空间广阔的朝阳产业。在一定意义上，21世纪是生命科学的世纪，农村扶贫开发大有可为。

一、贫困片区的科学试验和产业示范

为了扭转我国贫困农村的落后面貌，需要组织科学家深入贫困农村，探索不同贫困片区的自然生态系统、农业生态系统和扶贫产业的发展规律，了解贫困地区的民族、宗教和文化特点，为扶贫开发提供科学依据。

(一) 建立以扶贫为目标的科学试验场站

科技部门和农林水部门在全国各地建设过许多科学试验场站，为农业技术进步作出了重要贡献。西南草地研究是一个成功的案例。1980年岩溶地区飞播种草之后杂草很快长到齐腰深。农业部和科技部在"六五"、"七五"、"八五"、"九五"期间长期支持任继周院士带领的科研团队在南方草地做科学试验，发现在适度放牧条件下牧草比当地杂草具有更强的生长优势，证明岩溶地区适合发展草地畜牧业。1996年中国科学院生物学部组织考察，认为南方栽培草地形成了新的植被类型——东亚亚热带山地常绿温带草地。贵州省威宁灼甫草场和云南省曲靖朗木山草场的牧草已经稳定繁茂地生长了近30年。

近年来，科技部门建立了一批国家野外科学观测站，主要以观测和科学研究为目标，还需要在8个贫困片区建立以扶贫为目标的科学试验场站。可由国务院扶贫办提出设置布局，科技部与农业部资助建站经费，地方安排试验场地，高等学校和科研机构组织科研力量，长期坚持现场试验，在各贫困片区探索生态修复和适度利用植被资源以提高土地生产力的有效途径。

(二) 设立贫困片区农业生态系统的科研专项

对贫困片区的深入研究需要有科研专项的支持。例如,任继周院士的科研团队在贵州灼甫和云南朗木山试验草场,不但开展了与气候、土壤、地质有关的植被研究,解决了栽培草地恢复和重建途径;还开展了农业生态系统研究,提出草地农业生态系统的理论;还开展应用技术研究,提出了亚热带山地适用的多种混播草种配方,划区轮牧的科学放牧方法,栽培草地–绵羊系统概念模型,栽培草地–奶牛系统概念模型和栽培草地–肉牛系统概念模型。

目前科技体制改革初步形成了开放、流动、竞争机制,但是,要在贫困地区开展研究,科研体制还需要进一步完善。应当形成扶贫部门、农业部门、科技部门的协调机制,支持科学家针对不同贫困片区扶贫产业的规律,开展长期的系统研究。

(三) 用产业示范带动扶贫开发

扶贫产业需要科学引领和技术支撑,还需要在市场经济中运行,用产业示范带动扶贫开发。各省科技厅、农业厅、扶贫办实施了许多农林牧渔业项目,应选择扶贫成效明显的,与科学试验探索结合,通过深入的科学试验和完整的产业示范,在实践中发现能够持续产生生态效益和经济效益的农林牧渔业项目,形成科技扶贫试点方案。

二、县级科技扶贫试点

科技扶贫综合试点,是在科学试验和产业示范的基础上,在县政府统一领导下,扶贫办牵头,农林牧业结合,路水电设施配套,整合支农项目和资金,引进资金、技术和管理等新的生产要素,在贫困村实施整村推进,促进农户家庭经营生产方式的升级,并形成技术和销售服务等县域产业支撑体系。

(一) 榜样的力量

21 世纪初,贵州省黔西南布依族苗族自治州晴隆县涌现生态修复和扶贫开发结合的生态畜牧业典型。9 年来投入财政扶贫资金 3970 万元,开发性金融贷款 2800 万元,草地建设资金 2831 万元,各方面配套资金 1724 万元,种羊场建设资金1000万元,在全县建设了22万亩栽培草地和15万亩改良草地,2009年全县羊饲养量达25万只,扶持1万多户贫困农户种草养羊。县草地畜牧中心主任张大权在扶持农户养羊的同时积累草地畜牧中心资产,既有扶贫热情又有企业家精神。到冬季,牧草在薄雪下一片碧绿,生机盎然,养羊农户大多成为万元户,并且盖上了新房,生态景观和农村面貌大为改观,草地畜牧中心的实力也不断壮大。

(二) 动员和培训农户转变生产方式

以晴隆为例,养羊先要种草,但农户没有种草习惯,也没有掌握栽培放牧型草地和科学放牧的技术;农户缺少购置基础母羊的资金;杂交配种可缩短出栏期,减少过冬消耗,为避免近亲繁殖每头种公羊在农户不能超过8个月;县草地畜牧中心扶持农户种草、购畜、建圈,还要建设种羊基地和育肥基地,提供技术服务和销售服务,农户才能取得经济效益。

(三) 整合县政府各种支农项目

国家对每个扶贫重点县每年投入几千万元资金,但是单个项目往往难以产生效益。例如,基本建设资金可栽种牧草,扶贫产业资金可扶持农户购畜,二者结合才有持续的生态效益和经济效益。科技扶贫综合试点由县政府领导,可把各种支农项目以及农业开发项目整合起来。

(四) 农户取得效益和实现生产方式转型

项目验收之日不能成为项目结束之时。要让农户取得效益,实现生产方式转型,需要闯过许多难关。一些农户往往需要三五年才能真正掌握新的生产方式,在看到周围农户稳定走上致富之路,自己才能真正下决心接受新技术。对于晴隆县来说,要建设好50万亩栽培草地,发展到2万多户养羊户,还需要5~10年。

三、省级连片开发

近年来国务院扶贫办开展连片开发试点,从区域经济角度统筹安排扶贫开发,连片开发已经成为一种有效的扶贫方式,可整合多方面的农村建设项目,把扶贫开发提高到新的水平。例如,贵州省政府用财政扶贫资金扶持43

个县实施生态畜牧业产业化扶贫，是一个连片开发范例。国务院扶贫办在其中 10 个县部署了石漠化治理和扶贫开发结合试点，取得明显效果。

(一) 连片开发的科学依据

连片开发的依据在于尊重自然生态系统和农业生态系统的规律，尊重贫困地区的民族、宗教和文化特点，因地制宜发展农林牧渔业，并应对自然灾害和市场风险的冲击，从根本上消除农村的地区性贫困。各贫困片区通过科学试验、产业示范和科技扶贫试点，探索连片开发的区域布局和产业布局。例如，贵州省政府深刻分析坡地垦殖是明清以来岩溶地区石漠化扩展的主要原因，栽培牧草是固土保水的有效途径，扶持农户发展草地畜牧业，增加农户收入，繁荣农村经济，走可持续发展的生态农业道路，建设山清水秀富裕安康的新农村。

(二) 连片开发与生态治理结合

我国贫困农村大多分布在生态脆弱区，连片开发与生态治理密切相关。修复自然生态系统，完善农业生态系统，是搞好连片开发的基本条件，而有利于生态修复的扶贫产业才有可能持续发展。目前在综合治理中出现林业部门、水利部门、农业部门和畜牧部门多头治理、难以综合的现象，治理效果较差。在贫困地区综合治理的初级阶段应深入贯彻以人为本的科学发展观，从林草生态经济着手规划综合治理，不仅要建设林草植被，还要建设林业和草业，把生态建设与经济社会发展结合起来，与扶贫开发结合有效遏制生态退化，实现人与自然的和谐相处。依照生态演替规律，灌草先行，草灌乔结合，逐步扩大林草覆盖面积，协调发展耕地农业、草地农业、林地经济和新农村建设。例如，岩溶地区石漠化治理试点规划应允许省级政府根据生态治理和连片开发的实际情况上报修编。

(三) 技术部门参与连片开发

贫困地区的连片开发，通常由财政扶贫资金扶持启动，但应逐步走上市场经济的轨道，让贫困农户在市场经济中立足。目前，形成扶贫产业链的困难是贫困山区龙头企业薄弱或缺失。当前，需要由基层农技推广机构对项目农户提供技术服务和销售服务。有的技术服务应采取非营利机制，但对农户和技术人员建立责任制度和奖励制度；有的技术服务和销售服务可采取有偿服务机制。在扶贫产业发展过程中，在农户家庭经营基础上，发展农民专业合作组织，催生县域集群经济的龙头企业。

四、我国光温水资源的战略配置

随着我国沿海都市圈的发展和粮食主产区重心北移，光温水资源的合理配置成为我国农业领域科学发展的战略问题。科技扶贫和连片开发可发挥贫困地区光温水资源和人力资源的潜力。

(一) 西北地区的光热资源潜力

西北地区土地辽阔，光照充足，降水较少，积温尚可，在灌溉农业区，应实行节水灌溉，推行草田轮作，发挥生产谷物的优势；在非灌溉农业区，宜栽培牧草和灌丛，发展季节畜牧业；实行农牧结合，建立牧区和农区的耦合机制，完善农业生态系统；发展温室大棚等设施农业。

(二) 南方山地的水热资源潜力

南方山岳起伏，水热丰沛，植被茂盛，日照略显不足，应保护河边湖畔湿地水田及梯田等水稻田；在占南方陆地面积 70%~80% 的山地，精心栽培牧草，改良疏林草地、灌丛草地、林下草地，利用冬闲田，发展植物茎叶营养体农业；依据农户实力建立我国肉羊、肉牛和奶牛等草食畜禽基地。我国农业开发的历史性任务，是在建设好 16 亿亩基本农田的同时，以南方山地为重点，建设 10 亿亩栽培草地。

(三) 特殊条件下的动植物资源潜力

我国的生态多样性提供了各种农作物、畜牧业和林果蔬菜的适宜产区，可满足我国食物消费的多种需求；特殊高寒条件或特殊湿热条件下动植物的次生代谢物，在生物技术支持下，可生产高营养食品；水产养殖和菌类以及低等动物养殖的潜力也很大。小康建设阶段农业发展规划必须把动物性食物列入议程，有力推进饲草料的多元化。

五、加大对科技扶贫和连片开发的财政投入

建议加大中央财政对科技扶贫的专项投入并设立连片开发财政专项，

扶贫部门与科技部门和农业部门一起认真做好科技扶贫试点和连片开发的项目论证及后评价，加大国务院扶贫办对不同贫困片区扶贫开发的指导和推动力度。

(本文完成于 2009 年. 作者黄黔，中国国际工程咨询公司，北京 100048)

扶贫产业特征与中长期扶贫规划
——新时期农村扶贫开发问题系列研究之四

黄 黔

贫困地区既要利用特色资源推进工业化和城镇化，又要发展农村经济，建设新农村。既要推动农村劳动力向城镇转移，向非农产业转移，又要拓展农林牧渔业领域的就业。所谓扶贫产业主要是指贫困农村农林牧渔业的发展。当前，把握扶贫产业特征和制订中长期扶贫规划是摆在我们面前的一项紧迫任务。

一、扶贫产业的特征

(一) 从贫困农村入手解决中国农村的科学发展问题

我国农村的现代化，既要抓农业优势产业布局，抓主产区基础设施建设和技术进步，也要充分发挥贫困农村土地资源、光温水资源、植被资源和人力资源潜力，推进贫困农村基础设施建设和技术进步，完善从植物生产到动物生产的农业生态系统，建立农区和牧区的耦合机制，在建设好16亿亩基本农田的同时建设10亿亩栽培草地。把贫瘠的坡耕地改造成优质栽培草地，开发荒山草坡，利用灌丛草地、疏林草地和林下草地，生产优质的健康肉奶产品。扶持贫困农村发展现代农林牧渔业，增加贫困农户收入，繁荣贫困农村经济，根本改变贫困农村的落后面貌。

(二) 按贫困片区开展科学试验和产业示范，组织科技扶贫试点和连片开发

要消除农村的地区性贫困，必须针对每一个贫困片区，探索自然生态系统规律、农业生态系统规律、农林牧渔业发展规律，了解当地的民族、宗教和文化特点，科学引领，技术支撑，管理推动，经过科学试验和产业示范，组织科技扶贫综合试点和连片开发，因地制宜发展农林牧渔业，加大对革命老区、民族地区、边疆地区、贫困地区的扶持力度。

(三) 扶贫开发与生态修复相结合

许多贫困地区属于生态脆弱区，应主要发展农林牧渔业或处于自然状态。而农林牧渔业是从生态系统中获取人类食物或其他产品，构建适宜的人居环境，并提供广泛的就业机会。当前，修复和保护自然生态系统，完善和建设农业生态系统，是消除农村贫困的基本条件；从林草生态经济入手开展综合治理，遏制生态退化的人为因素，是扶贫开发和生态修复的成功之路。

(四) 以口粮田和草地畜牧业为基础发展多种农林牧渔业

温饱建设阶段农业发展的基础是粮食生产，而小康建设阶段农业发展要抓好两个基础，一个是口粮生产，一个是草地畜牧业，以适应城乡食物需求从热量型饮食向营养型饮食转变，提供健康的动物性食品。单纯的粮食生产或粮猪生产无法满足新的食物需求。应加强资金扶持和技术服务，适度利用天然草地、栽培草地、灌木和疏林地、林下草地、饲用作物地、饲料粮地、冬闲田土，发展多元化饲草料生产。以口粮田和草地畜牧业为基础，因地制宜发展种植业、经济作物、蔬果园艺、畜牧业和水产业，发展农产品加工业和农村服务业。

(五) 以农户家庭经营为基础推进新农村建设和县域集群经济

为了避免贫富悬殊，应坚持土地家庭承包制度。一些中西部农村仍然处于半自然经济向市场经济过渡的进程中，贫困农户在市场经济中立足能力较弱，应稳定土地家庭承包制度，鼓励农户建设家庭农场，自愿组织专业协会。

在各国农业现代化过程中，家庭农场是有活力的细胞。马克思说，在现代各国，自耕农的自由小块土地所有制，是封建土地所有制解体所产生的形式之一，土地所有制是个人独立发展的基础，也是农业本身发展的一个必要的过渡阶段(马克思，1974 版)。在现代各国随后的发展中，农业领域没有像工业领域那样直接被资本支配并采取雇佣劳动形态。在市场经济体制下家庭农场一直是农业的主体形态。1999 年欧盟 15 国农户家庭劳动力占农业劳动力总量的比例平均为 88%(欧盟统计局，2003)。日本自耕地比重达 90%。美国家庭农场面积占 81.7%，1998 年雇佣农工仅占农业劳动力的 33.5%(Milton, 2001)。

光温水资源是分布资源，健康农作物和家畜是分布生长，农业劳动者也是分布生产，在农户家庭经营基础上的集群经济，可以适应技术进步和农产品加工销售进入市场的需要。以农户家庭经营为基础，建设新农村，形成县域集群经济，是社会主义市场经济体制下贫困农村共同富裕的道路。应加强对农户的科学和技术支撑，建设路水电设施，拓展农产品加工销售，适度发展家庭经营规模，规划市场化和城镇化格局，建设社会主义新农村。

二、制订扶贫开发中长期规划

当前，急需研究新时期扶贫开发政策，制订中长期扶贫规划。

(一) 编制中国农村扶贫开发中长期规划

设立农村中等贫困线，体现全面建设小康社会的目标，贯彻以城带乡和以工补农的精神，以逐步消除农村的地区性贫困。把扶贫开发的重点转向贫困农户生产方式升级，着力提高贫困农户的发展能力。组织多学科研究，开展贫困农村生态区划、农业区划、灾害多发区研究，了解贫困地区民族、宗教和文化特点，划分贫困片区，按贫困片区制定扶贫产业规划。建立生态脆弱区的生态补偿机制和资源补偿机制。加强农村贫困的统计监测，加大对革命老区、民族地区、边疆地区、贫困地区的扶持力度。

(二) 科技部和农业部在不同贫困片区建设以扶贫为目标的科学试验场站，设立扶贫产业的科研专项

建立科技部和农业部与国务院扶贫办的协调机制。在不同贫困片区建立以扶贫为目标的科学试验场站，以多种方式吸引高等学校、科研机构和农业技术推广机构的科技人员研究贫困地区的扶贫产业和生态建设。设立不同贫困片区的扶贫产业、特殊农业、防灾减灾科研专项。有计划地长期开展对各贫困片区的自然生态系统监测、农业生态系统研究，以及扶贫产业有关的基础研究和技术开发。

(三) 加大科技扶贫试点财政专项投入

由国务院扶贫办部署县级科技扶贫试点。通过科学试验和产业示范，在贫困片区各省扶贫办、科技厅、农业厅实施的农林牧渔业项目中选择成效显

著的项目，完善技术、方案和政策，开展科技扶贫综合试点，以产生持续的生态效益和经济效益。

(四) 建立连片开发财政专项

由国务院扶贫办协调规划，经过科技扶贫试点，组织省级连片开发，对不同贫困片区，在抓好口粮田和草地畜牧业的基础上，发展多种农林牧渔业。同时，建立国家发展和改革委员会及农业部与国务院扶贫办的协调机制，凡国家重大农业项目和农村发展项目都应分区规划，试点先行，充分考虑贫困农村的特殊条件，对不同贫困片区部署必要的试点。国家发展和改革委员会与林业及草原主管部门在组织生态修复项目时应当与扶贫开发结合。

(五) 部署教育扶贫，加强人力资源开发

我国的城乡差距和地区差距突出地反映在教育差距上，教育是摆脱贫困的根本途径。扶贫重点县应从基本普及义务教育向全面普及义务教育迈进(基本普及的要求是85%)，逐步解决目前偏远山区小学和初中的师资不足、教师居住条件很差、部分农户距离学校很远而寄宿条件又不够的问题。贫困农村高中教育应以人为本，把通识教育与职业教育结合起来，增加个人对课程的选择空间，降低教育成本，满足培养本地人才、优秀考生和外出人员的不同需要，使农民工在城里更容易立足。在592个扶贫重点县，在现有重点高中的基础上举办集高中教学、大学基础课和职业教育为一体的县级社区学院。增加返乡农民工多种充电学习机会。高等教育应在创办研究型大学的同时向人民群众广泛传播现代科学知识，创新和开放两条腿走路。应有步骤地放宽学校讲授高等学位课程的门槛和学生学习高等学位课程的门槛，把教学质量的管理从政府部门对高等学历的监管转变为教育机构对每一门高等学位课程的标准化，像大多数发达国家一样，允许社区学院和质量较好的高中开设高等学位课程，用较低成本改变青年人一生的命运，为贫困地区增添无限的生机和活力。

(六) 加强社会主义新农村的基础设施建设

编制各贫困片区基础设施建设规划，加大投入，改变贫困农村交通不便、缺水少电、信息闭塞的状况。发展贫困农村的社会事业，建设小康社会的教

育、卫生、文化服务基础设施。从长远着眼，从骨干项目入手，逐步实施。建设信息化设施和小型通用航空设施，提供跨越时空距离的手段。在 592 个扶贫重点县酌情部署建设铁路、高等级公路或小型通用航空机场，开放通用航空的空域。

(七) 优化扶贫开发队伍结构

扶贫重点县和贫困片区的省地级政府应加强扶贫机构，优化扶贫队伍结构，配备必要的工作装备。广泛吸引年轻人和科技人员参与扶贫开发事业，为农民群众服务，发展农村社会事业，扶助农户发展扶贫产业。

(八) 推进贫困农村的市场化

采取必要措施，营造政策环境，促进贫困农村从半自然经济向市场经济过渡，推进贫困农村的市场化和现代化。建设和完善农产品市场和农村消费市场，解决扶贫重点县在农村金融、商品流通和农产品加工遇到的困难，发展旅游业。实现农村科技与金融的制度性结合。推动农村政策性保险制度的建立和完善，建立县域中小企业的贷款担保机构，协助农村信用社、农业银行、农业开发银行和国家开发银行在贫困农村建设良好的信用市场。

(九) 稳定贫困农村土地家庭承包制度，落实集体林地和集体草地家庭承包权和经营自主权

在落实集体林地和集体草地的家庭承包制度后，农户可以逐步调整地块，建设家庭农场。应指导和扶助贫困农户建设基本口粮田，栽培林木，种草养畜，协调发展农林牧渔业。

(本文完成于 2009 年. 作者黄黔，中国国际工程咨询公司，北京 100048)

参 考 文 献

马克思. 1974 版. 资本论第三卷//马克思恩格斯全集, 25. 北京:人民出版社: 909

欧盟统计局. 2003. 1999 年农场结构调查. 转引自道欧 L, 鲍雅朴 J.荷兰农业的勃兴. 厉为民等译. 北京:中国农业科学技术出版社: 109

Milton C H. 2001. Economic Trends in US Agriculture and Food Systems since WWII. Ames, Iowa: Iowa State University Press: 5~6, 8 (Appendix 2: Statistical Table A1)

第十五章 生态治理决策参考

如何破解西南岩溶地区石漠化治理难题
——草地畜牧业是生态建设和扶贫开发的结合点

黄　黔

近日参加西南山区的扶贫调研，还考察了生态建设和草地畜牧业。自西南岩溶地区石漠化治理列入国家"十五"计划目标以来，各部门做出很大努力，但生态建设和扶贫开发矛盾比较尖锐，草地畜牧业是二者的结合点，现将情况和建议报告如下。

一、西南岩溶地区石漠化治理现状

(一) 岩溶山区的分布和贫困状况

西南岩溶地区以贵州高原为中心，以滇黔桂为重点，涉及滇黔桂川湘鄂渝粤 8 省(自治区、直辖市)，是全球三大岩溶集中分布区之一；地处青藏高原与东南丘陵之间的台阶，气候温暖潮湿多云雾，原始植被繁茂；碳酸盐岩的可溶性造成地表地下双层水系，地下水丰富但难以利用，滇黔桂地下水各占该省区可更新水资源的 43.2%、83.1%、66.0%；碳酸盐岩与碎屑岩交叉或互层分布，使地表石山和土山间或出现；交通闭塞，经济落后，少数民族杂居。明清以来移民垦殖压力增加，与黄土高原一同成为我国两大生态恶化区和贫困人口集中分布区。目前妇女总和生育率为 2 左右，接近人口更替水平。各民族大都习惯种粮养猪烧柴，勤于垦殖，促使土层下移而岩石进一步裸露，群众说·"不长树，长石头"。

(二) 石漠化治理初见成效但不巩固

在近年生态建设和水土流失治理中，西南山区列入退耕还林、珠江防护林和珠江流域综合治理等工程范围，项目区植被有明显恢复，但尚未实施石漠化专项治理，垦殖率仍居高不下，水土流失十分严重，虽雨量丰沛但旱灾频仍。

该地区农村贫困发生率很高。据贵州、广西扶贫部门统计，1985 年分别为 57.5%、44%，1993 年为 34.4%、20.8%。"八七"扶贫以来国家统计局开始有分省(自治区)贫困状况数据，2000 年滇黔桂农村贫困发生率分别下降到 8.2%、10.8%、5.0%，扶贫效果显著。调研见到，乡村水电路基础设施建设有很大进展。但有些县县公路仍是砂石路，一些通乡路断头未成网，贵州省行政村通路率仅 79.6%，许多乡村道路晴通雨阻。

从 1980 年以来，西南栽培草地和草地畜牧业有一定发展。近年列入退牧还草工程，开展草原的恢复和建设，栽培草地面积扩大。但是，该地区草地属于热性草丛和灌草丛以及暖性草丛和灌草丛，长势快，如无牲畜啃食或刈割，栽培牧草很快被杂草抑制而退化。现有的草地项目未与畜牧项目配合，未能实现草畜平衡，草场没有引入农户，很大部分栽培草地逐渐荒芜。

退耕还林补助期临近结束，但大多未形成林产业和草产业，亦未形成其他接续产业，已可见到林下种粮和新开荒地的现象。生态建设的成果难以巩固，成为紧迫问题。

(三) 养猪是垦殖的重要动因

西南山区种粮养猪十分普遍，呈现"苞谷上山"的景观，加上马铃薯、木薯或甘蔗上山，加剧水土流失和生态破坏。2003 年末滇黔桂总人口 1.31 亿人，自然增长率 8.5‰；生猪年末存栏 0.70 亿头，加上当年出栏 0.72 亿头，共有 1.42 亿头猪，比上年增长 5.1%，是人口增长的 6 倍。按三省(自治区)统计年鉴数据，口粮仅为粮食产量的 54.5%。依照每千克猪肉耗粮 1.75kg 匡算，三省(自治区)粮食产量的 25.9%被出栏肉猪吃掉，算上家禽合计要吃 31.9%，还要再加存栏母猪和种猪，大约 1/3 耕地是种饲料粮。峰丛洼地、谷地和梯田主要种稻谷等口粮，陡坡石坎大多种玉米等饲料粮。养猪导致垦殖破坏生态，应总量控制，并向草食畜牧业转型。

(四) 晴隆县种草养羊解决扶贫开发和生态建设的矛盾

从 20 世纪 80 年代以来，云贵两省与兰州大学任继周院士及新西兰专家在飞播草场合作研究草地畜牧业，示范草场上草茂畜旺。近年影响扩大，科学研究已经转化为贫困农户的实践行动。例如，贵州省黔西南布依族苗族自治州晴隆县草地畜牧中心开展科技扶贫，每户启动资金为 6000 多元(购买草种和 20 多只本地母羊)，四年多以来共注入资金 1000 万元，带动 7200 户 3 万人种草养羊，人工种草 6.8 万亩，改良草地 4 万亩，羊群存栏 7.2 万只，每年销往江苏、上海、香港的优质杂交肉羊已达 3 万多只。他们采取政府资助、技术中介机构出面、用草种和母羊等实物扶持、建设基础设施(约占投入资金的 40%)、提供波尔羊配种和技术服务、肉羊现金收购、新生羊羔分成的办法，组织贫困农户在石山陡坡地种植牧草，放牧山羊，在农户致富后配发母羊回收、滚动扩大，效果显著。由于草畜平衡和技术服务做得好，牧草长势越来越好，羊群越来越大，脱贫农户越来越多。到冬季，栽培草地一片碧绿，而四周枯黄，呈现出绿地毯上种草养畜与石旮旯种粮养猪迥然不同的生态景观。晴隆县已成为岩溶山区扶贫攻坚、生态建设和草地畜牧业结合发展的一面旗帜。

二、"十一五"期间应开展石漠化专项治理

西南岩溶地区人多地少，扶贫开发和生态建设相互制约，退耕则减少既有生存条件，垦殖则带来生态恶化，种粮养猪的传统致富模式与生态建设矛盾尖锐。而种草养畜的现代致富模式可兼顾扶贫开发和生态建设，是破解石漠化治理难题的有效生态措施，有必要在"十一五"期间予以支持，部署西南岩溶地区石漠化专项治理。

(一) 林草生态农业具有治理石漠化的能力

西南山区石漠化面积仍在扩展，但西南水热条件和石山土山交错分布使石漠化有一定的可修复性。欧洲的斯洛文尼亚在岩溶山区长期实行 40°以上坡地育林，40°以下坡地种草放牧，使大地披上绿装。我国岩溶山区应实行林、草、农结合，建设林草生态农业。可规划为三个圈层：①基本农田带，在岩溶洼地、平坝和川地，通过坡改梯和淤地坝项目建设基本农田解决口粮；②育林绿化带，35°以上陡坡育林，禁止耕作，适度抚育改进林分；③林草开发带，15°~35°坡地发展有市场需求的林产业和草产业，并在保护植被前提下发展现代草地畜牧业，减少对坡地土壤的耕作，在植物生产的基础上发展动

物生产，延长食物链，使人处于食物链高端。现代草地畜牧业的特点是：种植牧草、改良畜种、划区轮牧、产业化经营和废弃物利用。

(二) 发展西南草地畜牧业是个大战略

在西南山区发展草地畜牧业，不但可以成为生态建设和扶贫开发的结合点，对全国农业生产格局和土地利用格局也将产生重大影响。据草地资源调查，我国西南地区共有 5.48 亿亩天然草地，其中可利用草地 4.5 亿亩，理论载畜量占全国天然草地的 21.1%。经科学试验和扶贫实践证明，栽培优质牧草，载畜量可达每亩 1 只羊单位以上，是天然草地的 5~8 倍。如果我们能在西南地区规划建设 3 亿亩栽培草地，可形成相当于 1.5 倍新西兰的畜牧业生产能力。

建议首先选择岩溶地区的国家扶贫开发重点县，把石漠化治理和扶贫开发结合起来，将草地建设资金和财政扶贫资金配套使用。在岩溶地区 8 省(自治区、直辖市)共有 158 个县既是岩溶县又是国家扶贫开发工作重点县，其岩溶面积占该县土地总面积的 20%以上，因地下水系发育，地表旱涝灾害频发，构成致贫因素。这 158 个县共有天然草地 2.49 亿亩，其中可利用草地 1.96 亿亩，加上岩溶山地陡坡石旯旮地退耕，可逐步建设 1.5 亿亩栽培草地，逐步扶持 500 万农户发展山区牧业，载畜量将可达 1.5 亿只羊单位以上，能有效缓解该地区耕地紧张局面，是个大战略。草地畜牧业是劳动力密集产业，岩溶地区具有比较优势，种粮养猪是耕地密集产业，在岩溶地区是比较劣势。畜牧业由养猪到养草食家畜的转型有利于生态修复和农村经济发展。

(三) 新时期扶贫策略应进一步完善

我国生态脆弱地区和贫困人口集中分布地区相对重合，西北黄土高原和西南岩溶地区等生态脆弱地区的生态建设应与扶贫开发配合部署。特别是西南岩溶地区石漠化与贫困互为因果，石漠化治理必须加大扶贫力度。此外，扶贫策略也需要加以完善。

我国农村贫困发生率 1978 年为 30%，1985 年为 14%，1993 年为 8.7%。2000 年农村贫困人口降为 3.4%，低收入人口降为 6.7%。2004 年相应比例为 2.8%和 5.3%，出现徘徊。以贵州农村为例，2004 年贫困人口占 8.3%，低收入人口占 14.3%；据贵州省民政厅调查，农村特困人口占 6%(其中孤寡 4‰，因残或缺乏劳力致贫 2%，因灾致贫 1.5%，因病致贫 1%，因学和其他原因致贫 1.1%)。目前作为扶贫对象的贫困人口与作为民政救助对象的特困人口已经大体上相对重合，低收入人口很容易返贫。因此，建议对扶贫策略作如下调整。

1. 提出新的扶贫目标

我国目前的贫困线实际上是极端贫困线，新时期应参照国际上的贫困线，把现有低收入人口也列为扶贫对象。针对民政救助的特困人群建立农村初级社会保障，包括大病救助、鳏寡孤独抚养、义务教育免杂费书费等，也列入贫困救助工作。贫困救助针对特困人群，开发式扶贫针对地区性贫困。

2. 开发资金应逐步实现流转

扶贫开发是由难而易、由穷而富的开发，与一般高效率开发有所不同，偿还信贷比较困难。但资金流转是开发的本质属性，应推动信贷资金流转，把财政扶贫和信贷扶贫结合起来。贫困农户技术和经营能力薄弱，财政扶贫和信贷扶贫都应允许通过科技中介机构和中小企业等扶贫经济实体对贫困户以实物扶持形式实施，但应严格财务手续。逐步建设农村金融市场的信用体系。

3. 用设施建设引导生态移民

在道路和基本农田建成后，有的农民自愿从远处向路边迁移。如能配套给予住房、水窖和沼气补助，可利用原有土地资源实现引导式生态移民。山区通村路延伸联网，使多数村寨有过境路可及，引导散居农户自愿向路边迁移，可减少社会服务成本。

4. 加大扶贫资金投入

目前的财政扶贫资金、民政救助资金、以工代赈建设资金、扶贫信贷资金等，各有其功能，不能归并或取消，而应稳定和扩大，并科学地统筹规划。除中央资金外，各省特别是相对发达省份应当支持贫困地区，救助特困人群。

三、几点建议

(1) 在"十一五"期间把西南岩溶地区石漠化治理列为专项工程。在石漠化治理工程中分列生态建设、扶贫攻坚和草地畜牧业专项行动计划。

(2) 通过科学规划和长期坚持，在岩溶地区形成35°以上陡坡育林绿化；洼地和谷地建设基本农田；缓坡地建设栽培草地和特色产业的格局，减少在坡地和石旮旯土壤上的耕作。

(3) 建设栽培草地应实行道路、水源、电网、畜群配套，引导农民迁入并稳定农户草地使用权，严格掌握草畜平衡。

(4) 调整扶贫策略，实行民政救助和开发扶贫相结合，财政扶贫和信贷扶贫相结合，设施建设和生态移民相结合，统筹扶贫和专业扶贫相结合，行政推动和技术服务相结合。

(5) 进一步加大财政扶贫资金、民政救助资金、信贷扶贫资金、以工代赈资金的投入，加强扶贫办的统筹监管和专业部门对项目的组织。

(6) 引导过度分散的贫困山寨自愿向道路近旁移居，配套建设道路、梯田、饮水、沼气和民居，改善教育和卫生设施。

(7) 由财政资助设立贫困农户和中小企业扶贫开发担保资金和政策性保险，使贫困农户小额贷款和中小企业扶贫贷款贷得出，收得回，推进农业综合开发和农村市场化。

(8) 基层技术干部应更新知识，转变职责，参与农户开发项目的组织、示范和技术服务。探索建立各种公益性科技服务机构、非营利科技中介机构、社会化科技服务产业和科技型龙头企业等扶贫经济实体。

(本文完成于2005年. 作者黄黔，中国国际工程咨询公司，北京 100048)

西南岩溶地区石漠化成因和治理重点

黄　黔

　　我国岩溶地区石漠化治理取得一定成绩，但石漠化继续扩展。当前急需协调农林草业和水利部门，突出重点，把坡地种玉米养猪改变为坡地种草养畜，以遏制石漠化扩展。有关情况报告如下。

一、西南岩溶地区石漠化扩展的原因

(一) 岩溶地区的自然条件

1. 碳酸盐岩出露

　　地球上碳酸盐岩含碳量占地球碳库的 99%；在遥感观测中，当碳酸盐岩距地表仅有 1~2m 以内，该图斑面积称为碳酸盐岩出露面积，又称为岩溶面积；当岩溶面积占全县土地面积 20%~30%以上，大部分降水将进入地下水系，再汇入下游江河，该县称为岩溶县；当碳酸盐岩裸露面积(没有植被和土被)占遥感图斑面积的 30%以上，该图斑面积称为石漠化面积。表 15-1 给出我国西南地区岩溶面积和石漠化面积，岩溶县呈带状分布在滇东、桂西、贵州、渝东、湘西、鄂西。

表 15-1　8 省(自治区、直辖市)岩溶面积和石漠化面积

省(自治区、直辖市)	土地面积/万 km²	岩溶面积/万 km²	岩溶面积比例/%	岩溶县数/个	石漠化面积/万 km²
贵州	18.98	11.61	61.2	70	3.24
云南	38.43	10.83	30.0	57	3.33
广西	23.64	8.21	34.8	45	2.73
重庆	8.17	3.01	36.8	13	0.45
湖南	21.15	6.36	30.1	47	0.51
湖北	18.56	5.18	27.9	29	0.43
四川	48.11	7.03	14.6	28	0.42
广东	17.65	1.03	5.8	3	0.24
合计	194.69	53.26	27.4	292	11.35

注：其中岩溶县以岩溶面积占 30%划分。

资料来源：国土资源部航空物探遥感中心，1999。

2. 气候和生态区划

岩溶地区地处热带和亚热带季风区湿润地区，水热丰沛。当岩溶面积超过 30%，大部分降水进入地下水系；当岩溶面积超过 20%，可表现出连片贫困现象。岩溶地区旱灾频发，暴雨时地下水流不畅引起涝灾危害也很大。当地植被的顶级群落破坏后修复时间很长，往往需要 70~80 年以上。

3. 土壤类型和特性

岩溶地区既有碳酸盐岩又有碎屑岩，石山与土山相间，在地壳隆起的第三纪，古季风环流带来红色沙尘沉积。在植被和气候长期作用下形成的地带性土壤以铁铝土纲红壤和黄壤为主，具有酸、黏、瘦、冷等障碍因素。也有部分土壤是石灰土，呈碱性。

4. 次生植被的现状

在岩石–土壤–水–植被–农业的相互作用下，岩溶地区的次生植被主要是疏林草地和灌丛草地。因此在生态修复中，石旮旯可首选种灌木，而有土的坡地可首选种草，随着生态演替过程，逐步实现草灌乔植被的结合。

(二) 石漠化治理存在的问题

从珠江流域治理开始，岩溶地区的生态建设开展了 30 多年，已投入上千亿元，但石漠化仍在扩展。目前治理措施主要是植树造林、封山育林、小流域治理、围栏禁牧，各部门按照行业标准各自搞生态建设，但未能遏制石漠化扩展的趋势。

1. 石山上的"小老头树"

岩溶地区年降水量 1000mm 以上，但因基岩漏水，有的地方飞播造林像西北半干旱区一样，长成"小老头树"，光有树还保不住土，"远看青山绿，近看水土流"。

2. 夏天漫山绿色，冬天一片枯黄

岩溶地区年平均气温在 14° 以上，年温差较小，但因植被退化，杂草丛生，冬季枯黄。为了让家畜吃到嫩草，每年 2~4 月，时有山火发生，久禁不绝。

3. 峰丛洼地晴旱雨涝，灾害频发

岩溶地区降水大多进入地下水系再汇入下游江河，地表水系发育不足，与北方的"小流域"不同。

4. 禁牧变成荒草地

20 世纪 80 年代以来西南岩溶地区曾陆续种草，但禁牧的草场大都变成荒草地。南方牧草在放牧条件下才有生长优势。

5. 一边退耕，一边开荒

岩溶地区贫瘠的旱坡耕地，常常耕作几年，撂荒几年，航测遥感耕地面积通常是农业统计耕地面积的 2~3 倍；安排"退耕还林"时，总有可退耕地，又总有新垦荒地。

6. 生态建设效益不明显

有些生态项目实施后难以巩固，只有与群众利益结合的项目才能产生持续的生态效益和经济效益。

(三) 坡地垦殖是石漠化扩展的主要原因

1. 坡地垦殖的历史

西南稻作历史久远，而坡地垦殖大量出现在元明清时期。元朝设云南行省，明朝设贵州布政使司，清朝雍正年间滇黔桂湘鄂川等山区土司改为流官，中央政府影响力加大，推动移民垦殖，而引进玉米、马铃薯、红薯等高产作物使瘠薄旱坡地的垦殖成为可能，"湖广填四川"等移民浪潮加快了坡地垦殖。

2. 坡地垦殖的现状

岩溶山区至今沿袭坡地开荒的游耕陋习。例如，贵州省没有平原，但垦殖率高达 25.5%(对比黑龙江为 26.1%，吉林为 29.0%)。表 15-2 给出贵州省各地州市垦殖率，其中毕节、六盘水、安顺、黔西南州的 15°以上旱坡垦殖率很高，石漠化严重。自 1995 年我国有航测和遥感耕地数据，但在云贵陕甘蒙等省(自治区)与地方农业统计面积难以协调，区别在于是否认可短期流

动开荒。

表 15-2 贵州省各地州市的垦殖率　　　　　　　　　　单位：%

地州市	总垦殖率	水田垦殖率	旱地垦殖率	15°以上旱坡垦殖率
毕节地区	36.7	3.0	33.7	16.2
六盘水市	30.5	4.0	26.5	15.4
安顺市	32.0	11.5	20.5	13.0
贵阳市	33.8	9.8	24.0	12.0
黔西南州	26.6	6.4	20.3	11.8
遵义市	27.3	10.5	16.9	11.1
铜仁地区	25.8	12.5	13.3	8.0
黔南州	18.7	8.3	10.4	5.8
黔东南州	12.7	8.3	4.4	2.7
贵州全省平均	25.5	8.1	17.4	9.8

注：水田垦殖包括灌溉水田和望天田，旱地垦殖包括水浇地、旱地、菜地；15°以上旱坡垦殖为 2006 年末数据，其中旱地坡改梯面积已除外。

资料来源：贵州省国土资源厅，2009，2007。

3. 山坡上的玉米带

玉米在明末清初传入岩溶地区，但直到嘉庆道光年间才在云贵高原广泛种植，高寒地带仍以荞麦和马铃薯为主食，20 世纪 70 年代乌蒙山区玉米品种退化，还有"山有多高，苞谷有多高，老鼠啃苞谷还要弯腰"的说法。随着玉米育种技术进步，云贵川渝湘鄂山区出现山坡上的玉米带，石旮旯遍种玉米，但玉米作为口粮的比例明显减小。

4. 岩溶山区的粮猪农业

坡地种玉米主要用于喂猪，30 年来岩溶地区各省(自治区、直辖市)生猪饲养量的增长高于全国平均水平，并超过该省人口数，是沉重的生态负担并成为石漠化扩展的主要原因(表 15-3)。同时，30 年来我国坡地垦殖率较高省份牛羊存栏量的增长却低于全国平均水平，草地被开垦，林草茎叶利用率降低，耕地生态负荷加重(表 15-4)。

表 15-3　岩溶地区各省(自治区、直辖市)生猪饲养量及人均饲养量

省(自治区、直辖市)	1978 年饲养量/万头	2008 年饲养量/万头	30 年增长/%	人均饲养量/头	养猪在牧业产值比重/%
贵州	1 140.3	3 148.6	176.1	0.84	72.9
云南	1 813.8	5 370.7	196.1	1.19	71.6
广西	1 689.7	5 242.0	210.2	1.09	58.5
湖南	3 344.1	9 068.4	171.2	1.43	78.5
川渝	6 418.5	15 222.4	137.2	1.39	64.6
湖北	2 625.5	5 960.7	127.0	1.05	71.8
全国	46 238.0	107 307.9	132.1	0.81	53.2

资料来源：中华人民共和国农业部，2009。

表 15-4　坡地垦殖率较高 4 省牛羊存栏量 30 年来增长情况

省份	1978 年牛存栏量/万头	2008 年牛存栏量/万头	30 年增长/%	1978 年羊存栏量/万头	2008 年羊存栏量/万头	30 年增长/%
贵州	355.7	523.4	47.1	174.4	231.2	32.6
云南	552.5	706.4	27.9	707.9	843.3	19.1
陕西	173.7	166.0	−4.4	601.5	681.6	13.3
甘肃	206.5	423.6	105.1	1 071.2	1 675.0	56.4
全国	7 072.6	10 576.0	49.5	16 993.7	28 084.9	65.3

资料来源：中华人民共和国农业部，2009。

二、石漠化治理的重点是遏制石漠化扩展

多年来岩溶地区一边炸石填土种树，一边在石旮旯点播玉米；一边补助退耕还林，一边补助开荒种粮。考察中曾经见到，广西大化县七百弄乡茂密的灌丛一岁一枯荣，而在一个瑶族村寨，农民在坡度超过 40°的陡坡耕地上种玉米，他们的生活处于极度贫穷状况中。石漠化治理的重点应放在改坡地垦殖为坡地种草，遏制石漠化扩展。

(一) 坡地种草和草地放牧

西南山地灌草丛生，但冬季枯黄，除了嫩草期外，适口性差，早春时有山火；而混播牧草产量高，营养好，四季常绿，可改良土壤；放牧型草地与杂草相比，生长点低，耐牲畜啃食践踏，喜牲畜粪尿，在适度放牧条件下，牧草具有生长优势和生态稳定性，家畜与草地协同进化；因此，精心种草、划区轮牧，可以科学利用南方山地的光温水资源、土地资源和人

力资源，促进生态修复，形成人管畜、畜管草、草保水土的良性局面。研究表明，岩溶地下水富含碳酸氢钙，向江河海洋输送，沉积碳酸盐岩，是碳循环的重要部分。

(二) 扶贫开发和生态建设

岩溶地区生态退化的主要因素是贫困造成的垦殖陋习和烧荒陋习，用生态补助方法可减少但没有禁绝陋习；更有效的方法是扶持农户种草购畜建圈，把坡地种玉米养猪改变为栽培放牧型草地养畜，让生态建设变成农户自身根本利益所在。以种草养羊为例，每户需建设 20 亩栽培草地，购置 20 只基础母羊，加上灌丛改良和林下种草，每户平均可饲养 50 只羊，实现脱贫致富。启动种草养畜生产方式，每户平均需要投入 1 万~2 万元。通过划区轮牧实现草畜平衡，冬季薄雪下牧草一片碧绿，生机盎然，呈现四季常绿的生态景观。

(三) 生态建设要转变观念理顺体制

我国生态现代化需要解决工业化和城镇化带来的环境问题和生态问题，还要保护自然生态系统，建设农业生态系统。

1. 构建人与自然和谐的农业生态系统

南欧是全球三大岩溶地区之一，斯洛文尼亚长期实行 40°以上育林绿化，40°以下种草放牧；美国 1/3 的草地在林场以内，以短养长，形成和谐的农业生态系统。我国农业生态系统分割成农林牧孤立子系统。许多地方禁牧舍饲，群众捉迷藏打游击，家畜昼伏夜出。我们应扶持农户种草购畜，建设围栏，划区轮牧，使生产方式升级，利用家畜采摘收割植物茎叶，节约农村劳动力，消除农村贫困和生态退化。

2. 南方栽培草地应实行轮牧，不能禁牧

栽培草地俗称人工草地，经改良土壤(如酸性红壤和黄壤要加石灰，施磷肥)，混播豆科与禾本科牧草，载畜量是天然草地的 3~5 倍以上。长期试验证明，保持牧草生长优势和生态稳定性的关键是适度放牧，采用划区轮牧方法。北方草地既可短期轮牧，也可休牧几个月甚至 2~3 年，但南方草地通常只能短期轮牧，不能长期休牧。在湿热季节 40 天不放牧，草地就可能因生长过旺

而犯病长虫，需要采取刈割等紧急措施。有人认为放牧是落后的生产方式，这就把家畜放在草地农业生态系统之外，把饲料主要局限到耕地上，光温水资源就不能合理利用。实际上，超载过牧与草地权属不清有关，也与草地畜牧业转型有关，只要落实草地家庭承包制度，扶助农户栽培牧草，群众就会十分爱惜自己的草地。发达国家仅对 $3hm^2$ 以上承载 1 只羊的荒漠草地实行禁牧。我国除西北荒漠草原以外应慎言禁牧，加强草地建设，实行划区轮牧。

3. 种树是绿化，种草也是绿化

植树造林和保护林木对营造良好人居环境十分重要。而抚育森林，林下种草，林草结合，正是育林之道。贵州兴义林场用奶牛蹄耕，再清理灌木杂草，播种牧草，林下放牧，减少了林火，改良了土壤，让林业工人脱贫致富；晴隆县在杉树苗下播种牧草放养绵羊，避免山火，促进树苗生长成林，都是林草结合的成功案例。

4. 生态建设中合理利用林草茎叶减轻垦殖压力

统筹规划建设耕地、草地、林地等农用地，完善农业生态系统。推进饲草料多元化，保护和建设天然草地、栽培草地、灌木和疏林地、林下草地、饲用作物地、饲料粮地、冬闲田草地，降低垦殖压力。

5. 自然生态系统保护和农业生态系统建设的管理体制

我国对自然生态系统保护实行环保部门综合管理与林业、草业、地质、水利、海洋分部门管理相结合的体制；对农业生态系统建设同样应当建立大农口综合管理与农业、林业、草业、水产业分部门管理相结合的体制。由单一林业部门管理农业生态系统建设在布局上往往有片面性，有时还出现不讲求生态效益和经济效益的低质量造林的倾向。

三、几点建议

1. 修编石漠化治理规划

将石漠化治理重点放在改变坡地垦殖为坡地种草，遏制石漠化扩展。在岩溶地区 15°以上坡地种植多年生牧草，适度放牧保持牧草的生态稳定性，使生态建设与发展有畜农业结合，调动政府和农民两方面生态建设的积极性。

2. 石漠化治理与扶贫结合

在岩溶县全面部署石漠化治理和扶贫开发，使生态治理与农户生产方式升级结合，扶助贫困农户购畜建圈，开展生态畜牧业的连片开发，从根本上扭转部分农户坡地开荒和春季烧山的陋习。

3. 开展种草的农业综合开发

栽培豆科与禾本科混播牧草，适度放牧，既可改良土壤，又可生产优质肉奶产品，是新型农业的综合开发。在缺乏后备耕地资源的地方对占用耕地补偿时可实行栽培牧草的"占一亩耕地补三亩草地"政策，扶持农户养畜，避免盲目开荒。

4. 建设和完善人与自然和谐的生态系统

统筹生态治理、扶贫开发和农业开发，建设生态农业、生态畜牧业和生态经济，兼顾生态修复和农户增收，讲求生态效益和经济效益。

5. 修整灌丛和林下种草

加强技术服务和监督管理，修整灌丛，抚育森林，林下种草养畜，提高林分和木材蓄积率，加大地表植被覆盖度，提高林草茎叶利用率，建设山清水秀富裕安康的岩溶山区。

6. 理顺自然生态保护和农业生态系统建设的管理体制

自然生态系统保护实行环保部门综合管理与林业、草业、地质、水利、海洋分部门管理相结合的体制；农业生态系统建设实行大农口综合管理和农业、林业、草业、水产业分部门管理相结合的体制。

(本文完成于2010年. 作者黄黔，中国国际工程咨询公司，北京100048)

参 考 文 献

贵州省国土资源厅. 2007. 2006年度贵州省土地变更调查成果资料. 贵阳: 贵州省国土资源厅印刷

贵州省国土资源厅. 2009. 2008年度贵州省土地利用变更调查成果资料. 贵阳: 贵州省国土资源厅印刷

国土资源部航空物探遥感中心. 1999. 国土资源部航遥中心内部报告

中华人民共和国农业部. 2009. 新中国农业60年统计资料. 北京：中国农业出版社: 547~549, 560~568

跋

截稿之后，任继周先生让我作跋。

古人说，十年磨一剑。从 2002 年与任先生相约调研到书稿付梓，已将近十年，兑现了对我国南方草业和奶业调研的承诺，也还了 1998 年与李博先生许下的一个心愿。

1997 年我在教育部科技司司长任上，与高校学者在北京大学勺园研讨酝酿各领域的"973"计划项目。李博先生参加了勺园农业领域历次研讨，以及在杨凌、兰州、呼和浩特的座谈会。会底下他对我谈起，在他提议下中国科学院生物学部考察了南方草地，看到任继周先生在南方草地的实验，他约我邀任先生一起再次考察南方草地，推动立项。后来李博先生赴匈牙利考察中欧草原，在他架起相机摄影时，不幸被身后拐弯不鸣笛的火车撞上殉职。李博先生夫人整理出版《李博文集》后不久也辞世，她亲手送给我的《李博文集》就成了我放在案头珍藏的著作。本书中将李博先生的考察报告和任继周先生回溯南方草地–畜牧业研究的文章呈献给读者。

任继周先生是我国草业科学奠基人之一。钱学森先生 1984 年在草原科学的基础上提出草业概念[①]。任先生把草业划分为前植物生产层、植物生产层、动物生产层、后生物生产层。他请教钱先生草业的英文译名。钱先生复信认为应该取一个拉丁词，可以赋予新意而不生歧义，并拟出两个新词，一是 Prataculture，一是 Praticuture。任先生选择了 Prataculture，并将《草业学报》的外文名称定为 *Acta Prataculture Sinica*，并出版发行。一年后钱先生写信说应该用 Praticulture，与农业 Agriculture、林业 Arboriculture、海业 Mariniculture、沙业 Deserticulture 并列[②]。任先生回信说明 Prataculture 已进入英国 CAB 检索系统，为国外所采用。钱先生回信说，"您对草业外文译名的意见我同意，就不再变动了。将来也就说：任继周教授为草业起了个外文

---

① 任继周. 2002. 钱学森先生为草业科学开辟了一条新路——为祝贺钱学森九十华诞而作. 草业科学, 19 (1): 1~3
② 钱学森. 钱学森给任继周的信(1994 年 7 月 31 日)

名称。以此载入史册"①。

这本书是对我国南方草业和奶业发展实践的一个考察研究，十年来，得到许许多多真诚的帮助，有的来自学者和技术人员，有的来自干部和群众，他们的肺腑之言是这部书稿的基础，实际上是一篇在祖国大地上书写的锦绣文章。

本书成书得益于中国工程院"西南岩溶地区草地畜牧业咨询项目"和第68场工程科技论坛，课题组全体成员广泛深入地调研，提供真知灼见，论坛上专家和领导们无私献文，《草业科学》杂志侯扶江主编及编辑部出版过工程科技论坛全部讲话和论文。本书成书还得益于亚洲开发银行的技术援助项目"中国典型生态区科技扶贫模式研究"，课题组成员有国务院扶贫办王国良、徐晖、刘书文、海波、黄承伟、程鲁川同志，专家组有任继周先生、黄黔、王树进、陶佩君教授，顾问组有刘更另、山仑、石玉麟、张子仪先生。先后负责与亚洲开发银行联络的有吴华、焦淑芳、许谨同志。本书成稿过程中，兰州大学林慧龙教授负责与科学出版社李秀伟同志联系，做了细致工作；研究生高亚敏、韩永增协助做核对文献、修改图表等工作。兰州大学草地农业科技学院、贵州省晴隆县草地畜牧中心、北京小奇农业技术开发有限公司资助本书出版。编著者在这里一并表示衷心的感谢。

对于草业我是一名新兵。在中国科学技术大学，钱学森先生是我们系主任。毕业后我到苗岭山区和武陵山区劳动锻炼，后参加飞行器研制和自动控制装置研制，又跟钱伟长先生研究非线性板壳力学，再到加拿大研究复合材料力学。我体会，两位钱先生都是遇到什么研究什么，不囿于自己的专业。钱伟长先生指导我研究过许多问题，经常鼓励我勇于踏入新的领域。这次我从国家图书馆借了一部吴征镒先生主编的《中国植被》，就投入西南调研。

吴征镒先生在本书序中提出以林养牧，以牧富林。以草为纽带，林牧结合，应当成为岩溶山区生态修复的重要方法。吴先生提到我的父辈。我母亲1946 年带我们兄弟三人上太行山，使我从 3 岁半就到解放区体验山区农村生活。父亲 1945 年从西南联大考取英国文化协会奖学金在剑桥跟 1957 年诺贝尔奖得主陶德攻读有机化学博士和博士后，1949 年 7 月他带领 30 多名留学

---

① 钱学森. 钱学森给任继周的信(1994 年 10 月 23 日)

生回国，周总理让他和伍修权、王炳南组成三人小组写了 3000 多封信欢迎欧美留学生，其中约 2000 人回国任职。当美国使用化学武器，朱德同志亲自写信请他参与组建防化学兵。后来张爱萍同志与他一起在现场试验，取得成功，为祖国作出贡献。

张爱萍同志也关心草业，曾给甘肃草原生态所题词——"广袤草原绿如海，牛羊群群骏马来，匠心苦，新生态，神州处处多风采"，对我国草业发展寄予厚望。

让我们期待着中国草业和奶业的大发展，继续为之做出不懈的努力。

黄黔

跋于北京，2011 年 7 月

图　版

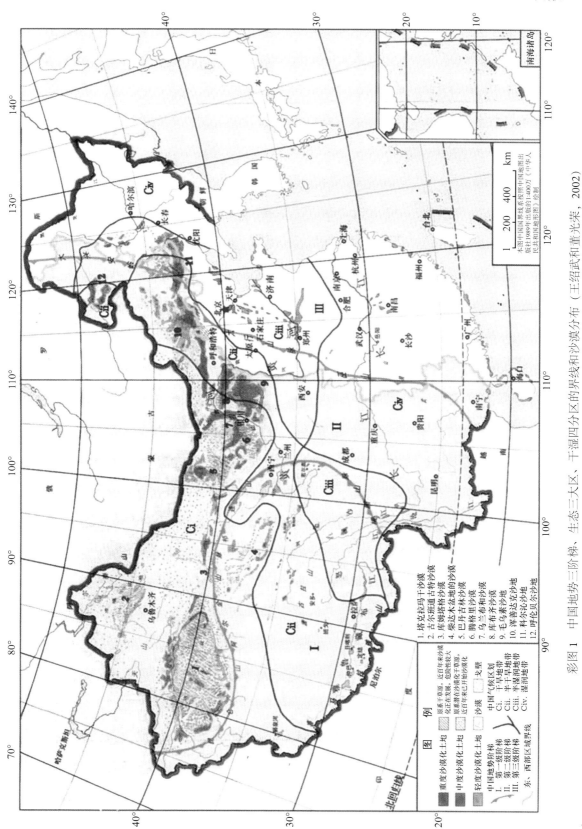

图版 I

彩图 1 中国地势三阶梯、生态三大区、干湿四分区的界线和沙漠分布（王绍武和董光荣，2002）

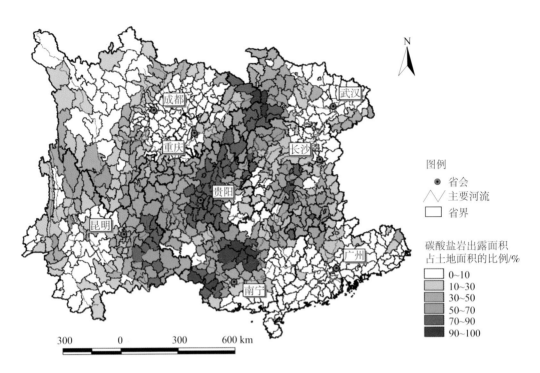

彩图 2　中国西南 8 省（自治区、直辖市）岩溶县分布（曹建华等，2005）

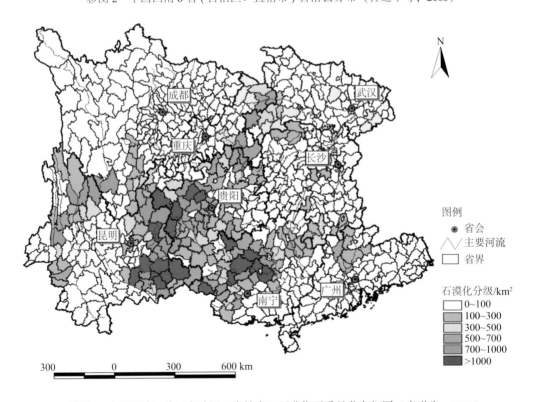

彩图 3　中国西南 8 省（自治区、直辖市）石漠化严重县分布细图（袁道先，2008）

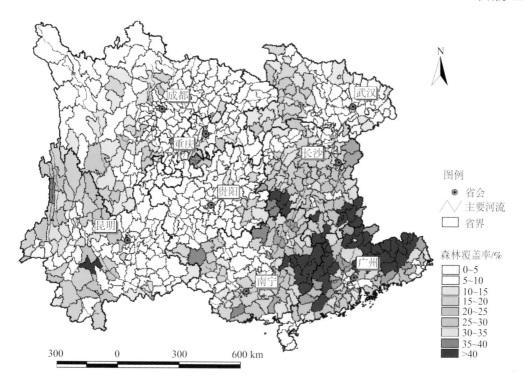

彩图4　中国西南8省(自治区、直辖市)森林覆盖率(曹建华等，2005)

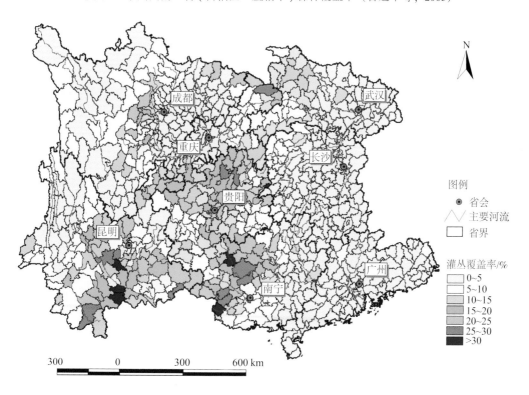

彩图5　中国西南8省(自治区、直辖市)灌丛覆盖率(曹建华等，2005)

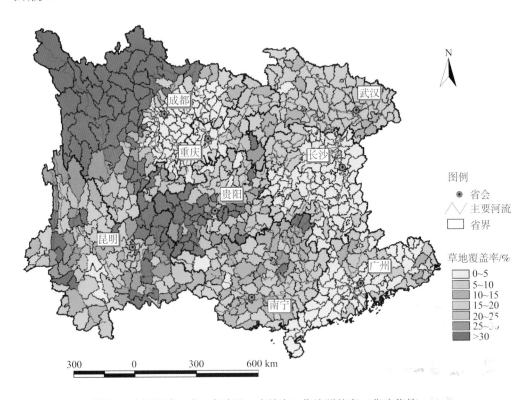

彩图 6　中国西南 8 省（自治区、直辖市）草地覆盖率（曹建华等，2008）

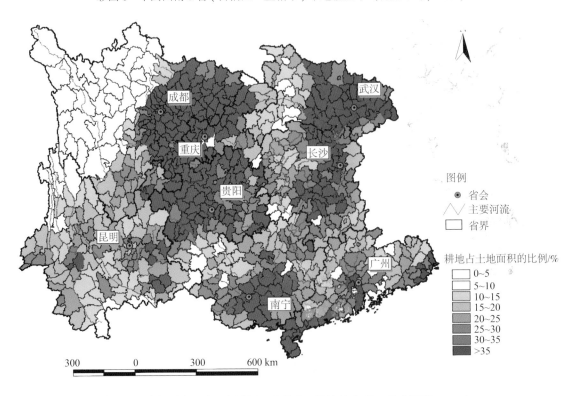

彩图 7　中国西南 8 省（自治区、直辖市）耕地垦殖率（曹建华等，2005）

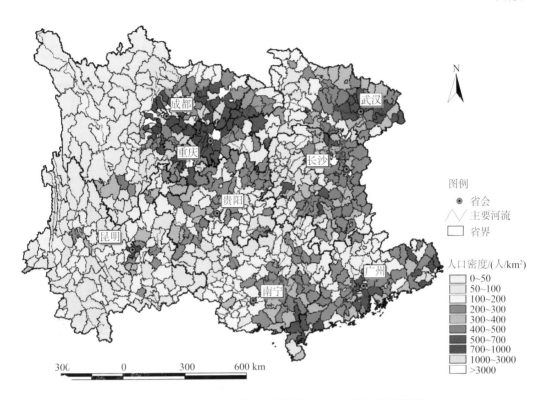

彩图 8　中国西南 8 省 (自治区、直辖市) 人口密度 (曹建华等，2005)

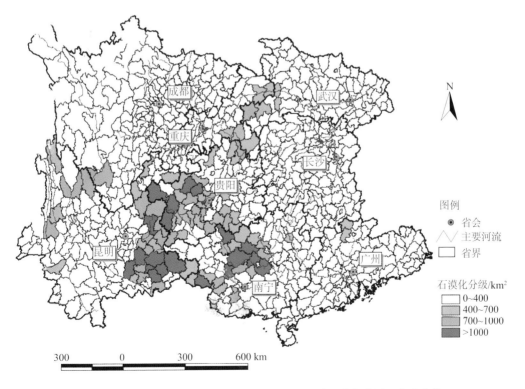

彩图 9　中国西南 8 省 (自治区、直辖市) 石漠化严重县分布略图 (曹建华等，2008)

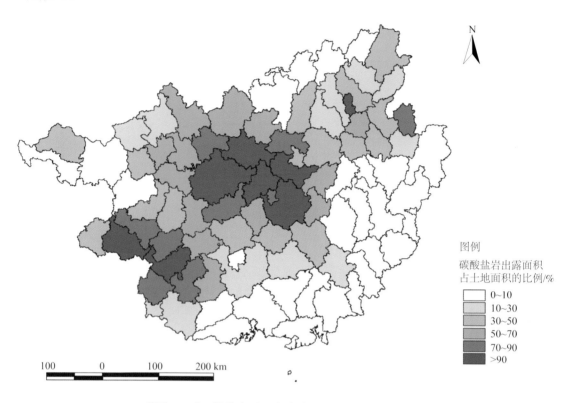

彩图 10　广西壮族自治区岩溶分布（曹建华等，2006）

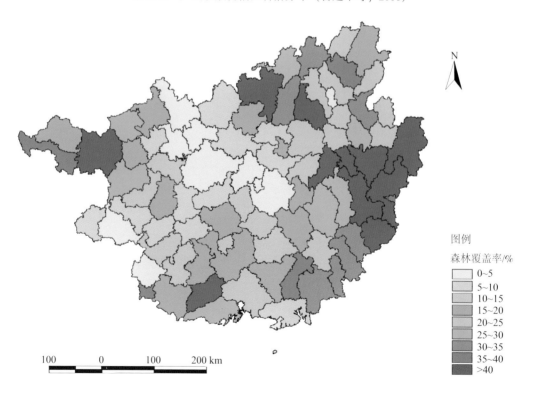

彩图 11　广西壮族自治区森林分布（曹建华等，2006）

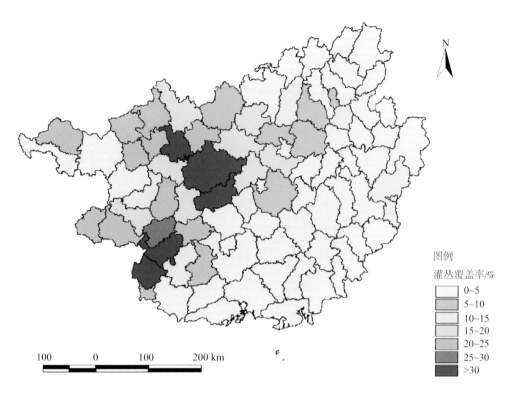

图例

灌丛覆盖率/%

0~5
5~10
10~15
15~20
20~25
25~30
>30

100　0　100　200 km

彩图 12　广西壮族自治区灌丛分布（曹建华等，2006）

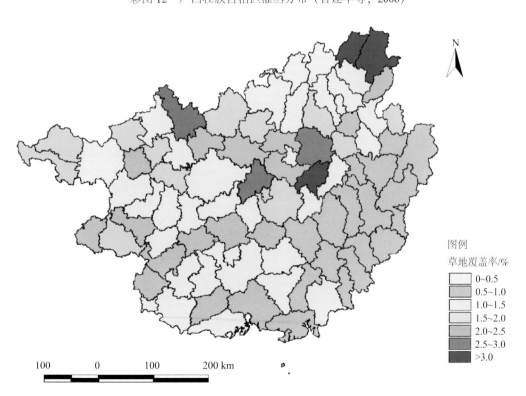

图例

草地覆盖率/%

0~0.5
0.5~1.0
1.0~1.5
1.5~2.0
2.0~2.5
2.5~3.0
>3.0

100　0　100　200 km

彩图 13　广西壮族自治区草地分布（曹建华等，2006）

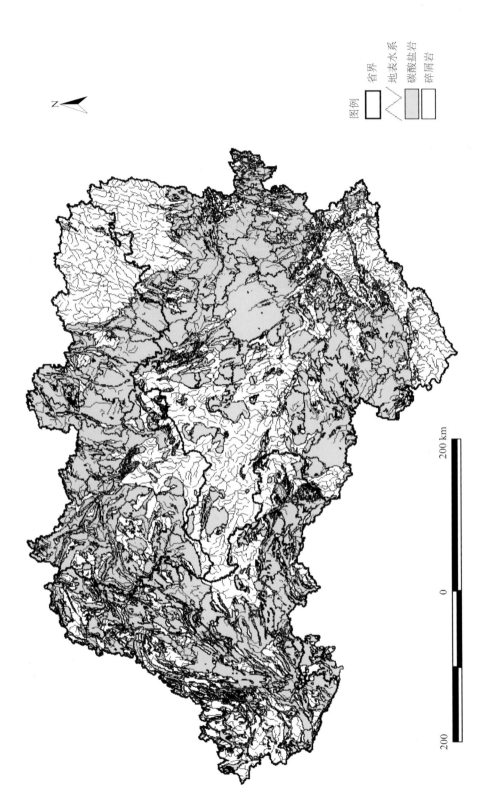

图例

省界

地表水系

碳酸盐岩

碎屑岩

200 km

200   0

彩图 14 珠江流域地表水系的发育与碳酸盐岩分布的关系（曹建华和康志强，2009）

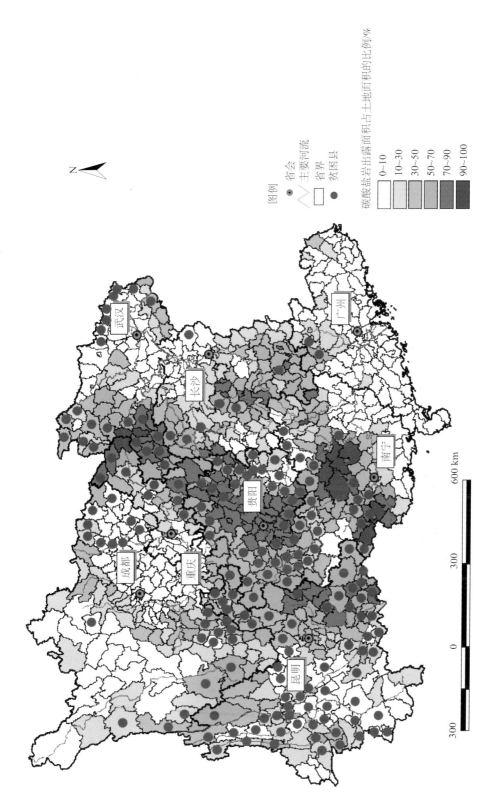

图例

⊙ 省会
/\/ 主要河流
□ 省界
● 贫困县

碳酸盐岩出露面积占土地面积的比例/%

| 0~10 |
| 10~30 |
| 30~50 |
| 50~70 |
| 70~90 |
| 90~100 |

武汉

长沙

广州

成都

重庆

贵阳

南宁

昆明

300   0   300   600 km

彩图 15　中国西南 8 省（自治区、直辖市）国家级贫困县与岩溶县的对应关系（曹建华等，2005）

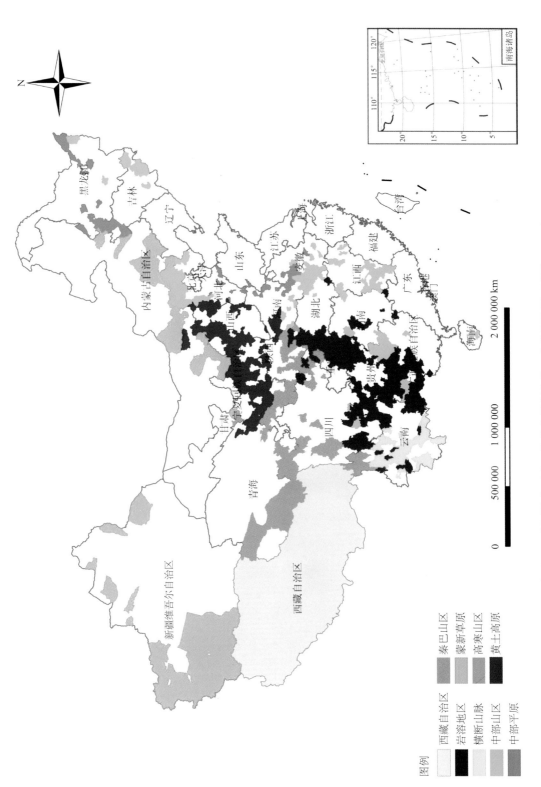

图例

	西藏自治区		秦巴山区
	岩溶地区		蒙新草原
	横断山脉		高寒山区
	中部山区		黄土高原
	中部平原		

彩图 16 中国扶贫开发工作重点县划分为 8 个贫困片区 (黄黔，2009)